成蹊 著

东方 西方

北京龙泉寺欧洲参访纪实

清华大学出版社
北京

图书在版编目（CIP）数据

东方 西方：北京龙泉寺欧洲参访纪实/成蹊著. —北京：清华大学出版社，2020.1
ISBN 978-7-302-54829-4

Ⅰ. ①东… Ⅱ. ①成… Ⅲ. ①纪实文学—中国—当代 Ⅳ. ①I25

中国版本图书馆 CIP 数据核字（2020）第 001281 号

责任编辑：王巧珍
封面设计：傅瑞学
责任校对：王荣静
责任印制：宋 林

出版发行：清华大学出版社
网 址：http://www.tup.com.cn，http://www.wqbook.com
地 址：北京清华大学学研大厦 A 座 邮 编：100084
社 总 机：010-62770175 邮 购：010-62786544
投稿与读者服务：010-62776969，c-service@tup.tsinghua.edu.cn
质 量 反 馈：010-62772015，zhiliang@tup.tsinghua.edu.cn
印 装 者：三河市铭诚印务有限公司
经 销：全国新华书店
开 本：170mm×240mm 印 张：27.25 字 数：430 千字
版 次：2020 年 2 月第 1 版 印 次：2020 年 2 月第 1 次印刷
定 价：76.00 元

产品编号：074335-01

与葡萄牙前教育部长助理国务秘书 Jorge Pedreira 先生交流

在里斯本大学高等工程学院与机器人结缘

欧洲行首次讲座——贤清法师在新里斯本大学用中英双语演讲

悟光法师在巴塞罗那自治大学做讲座

悟光法师在里昂第二大学讲座后向学院方赠送礼品

贤清法师在庞培法布拉大学做讲座

在佛光山日内瓦会议中心参访交流

参访联合国日内瓦办事处

在国际佛教基金会(日内瓦)参访交流

悟光法师在巴黎大学伯纳丁学院做讲座

在巴黎与联合国教科文组织高级官员杜杜·迪埃先生交流

在巴黎与马神父以及迦密修会修女交流

在巴黎世界灵山佛教会总部讲座交流

贤清法师在阿姆斯特丹自由大学做全英文讲座

在图宾根大学的全球伦理研究中心与著名学者孔汉思教授交流

与著名学者莫尔特曼教授以及图宾根新教神学院的学生交流

德国佛教联盟成员在慕尼黑气功中心听悟光法师讲座

在意大利普华寺讲座交流

前言

国际化弘法事业的进一步探索

2013年5月31日至6月26日，由北京龙泉寺书记、监院、翻译中心主管悟光法师，翻译中心助理贤清法师率领的赴欧参访团一行21人，远赴葡萄牙、西班牙、法国、瑞士、荷兰、德国、意大利7个欧洲国家，途经19个城市，参访了9座佛教道场、16所高校以及16个天主教教堂、修道院和2个基督教堂，举办了13次讲座和22次座谈，进行了多宗教、多文化交流。这也是继2012年赴美国参访后，龙泉寺国际化弘法事业的进一步探索。

在近一个月的欧洲七国参访过程中，当东西方文化会遇之时，在佛耶的对话之中，迸发出一次次电光石火的碰撞交流，也连起了种种不可思议的殊胜因缘。

• 再扬帆更进一步

中华文明是世界上唯一几千年来不断延续、传承至今的文明，中华民族伟大复兴的“中国梦”，就是砥砺于中华民族五千多年的悠久文明传承。从古印度传入中国的佛教，在与灿烂的中华文明交汇、融通之后，与儒、道一起成为中国传统文化的三大主干。在全球一体化的当下，时空距离趋近，各国相生相倚，“中国梦”成为世界关注的热点，中国文化随之重新走向世界，而具有慈悲和平精神、利济天下情怀的汉传佛教，也在进入蓬勃欲出的对外弘传新阶段。

早在2006年，北京龙泉寺就开始组织翻译佛法开示。2011年初，龙泉寺翻译中心正式成立之后，着手翻译、出版了数种开示文集以及音像制品。在之后的两年时间中，英语、法语、德语、俄语、日语、韩语、西班牙语、泰语等多个语种的翻译事业全面铺开，撒播海内外，多语种法会成为外国友人了解中国传统文化的一个窗口，参访交流的国外官员、学者、记者等纷至沓来……

2012年9月2日，在赴美参访团回京后，2012年12月17日，欧洲参访第一次预备会议召开，确定第二年6月出行。这一次的欧洲参访，涉及的国家多、时间长、人数多、行程复杂，筹备难度加倍，历经数月的签证过程更是一波三折，但终在出行前十天，全团签证顺利通过。

相对于2011年赴美国，此次去欧洲则是7个国家，与这7国有缘的各语种义工积极发力，各国的友人也倾力相助，多方善缘的会集凝聚成了一份规格更高、类型丰富的行程单。在“把握因缘”之时更是“创造因缘”，成就了更多的胜缘。

• 如风行花开有声

从葡萄牙里斯本入境，到意大利罗马乘机返京，在此次欧洲参访路线图上，如果把我们所经历的19个城市——葡萄牙的里斯本，西班牙的马德里、瓦伦西亚、巴塞罗那、蒙彼利埃，法国的马赛、里昂，瑞士的日内瓦，法国的巴黎，荷兰的阿姆斯特丹、海牙，德国的科隆、杜塞尔多夫、斯图加特、图宾根、慕尼黑，意大利的普拉托、佛罗伦萨、罗马——连起来看，就像一个向前奔跑的人。如同这幅路线图的寓意一样，参访团在27天的密集行程中，确实是急行军于这7国19城，虽然速度像风，但留下了当代中国汉传佛教的真实痕迹。

欧洲的佛教弘传情况，是我们关注的重点。参访团为此参访了法华禅寺(法国马赛)、法华禅寺(法国巴黎)、世界灵山佛教会总部(法国巴黎)、善明寺(法国里昂)、荷华禅寺(荷兰阿姆斯特丹)、佛光山日内瓦国际会议中心(瑞士日内瓦)、国际佛教基金会IBF(瑞士日内瓦)、普华寺(意大利普拉托)等九座寺院。

本次也延续了美国参访的重点——大学，共参访了新里斯本大学社会人文科学学院、里斯本高等工程学院、里斯本大学工商管理学院、里斯本教会大学、阿尔卡拉大学、巴塞罗那自治大学、庞培法布拉大学、蒙彼利埃第三大学、马赛第二大学、里昂第二大学、日内瓦大学、巴黎大学伯纳丁学院、阿姆斯特丹自由大学、图宾根大学新教神学院、乌尔姆大学等16所欧洲高等院校。通过法师讲座和座谈的方式，与欧洲各国高等学府的学生、学者、专家面对面分享交流。

在本次参访的过程中，平均每两天一次的讲座，法师讲座数量、规格的提升，让中国汉传佛教的声音得到更为舒畅的表达。悟光法师①、贤清法师②一共进行了13场讲座，其中有8场是在大学举行，此外还有5场在佛教灵山会总部、普华寺、科隆Abtei中学、杜赛尔多夫菩提善知识协会、慕尼黑气功中心等寺院、居士道场、中学举行。而在大学举行的讲座中，在新里斯本大学社会人文科学学院、里昂第二大学、巴塞罗那自治大学、庞培法布拉大学、阿姆斯特丹自由大学举行的5场讲座，都是由学院方来邀请和组织。

在注重对话与交流的欧洲，多达22次的座谈成为本次参访的一大特色。通过几乎每天一次的座谈，在与法师、佛教组织领袖、大学生、专家教授、基督教神职人员与信徒、国际组织官员等多层面、多维度的交流中，我们在较短时间内深入、真实地了解了欧洲风土人情、宗教状况以及文化特点。其中，有4场是与天主教修道院的神父、修女之间展开的跨宗教交流，还有两场是与著名哲学家、神学家孔汉思教授以及当代著名的改革宗神学家莫尔特曼教授的高规格对话。

• 看前方希望无限

27天的密集行程，如同打了4次精进佛七③，只不过这次是在佛法的指导下“参”欧洲，让我们全身心进入欧洲的“境”中，全方位去感受欧洲大地的点点滴滴。这片起源于四千多年前古希腊文明的土地上，既沉淀了绚丽璀璨的精神文化成果，又拥有高度发达的现代物质文明。当我们这个来自高速发展的当代中国，而又传承着古老信仰的团队“闯入”时，在彼此的碰撞、交流中，心得和启示可谓意蕴良多。

在欧洲七国穿行之后，我们发现想用一种语言走遍天下是一种妄想，真切地感受到多语种翻译事业的重要性。走过的国家中，每个国家都有自己的语言，而在不少国家，在很多的场合，作为世界通用语的英语也失去了用武之地。如果不精通当地的语言，想要深入交流和弘传佛法，可以说是障碍重重。多个语种对应的就是多个国家、多

---

① 现任北京龙泉寺书记、监院、翻译中心主任。

② 现任北京龙泉寺教化部主任、翻译中心副主任。

③ 指专以念佛为主、为期七天的修持法会。

种文化，造就了国际弘法事业的桥梁。当一位德国的朋友拿到中德对照的《多语种法会宣传册》时，脱口而出："竟然还有德语的！"欣喜之情溢于言表：这一方面是看到本国语言的亲切感，另一方面是对龙泉寺拥有多语种事业的开放、包容态度的欣赏。当我们现场感受到这些时，才真正理解了多语种翻译团队在国内埋头翻译，着力培养各语种翻译人才的重要价值所在。

在欧洲的参访过程中，我们也感受到宗教信仰辐射出的正能量。在欧洲了解的情况是，虽然影响力已不如前，但基督教的影响依然随处可见——遍布于大城小镇的教堂，不可胜数的源自基督教文化的艺术精品、建筑佳作，众多拥有教会背景的高等院校……从北京首都机场出发时，一位德国女孩主动为我们拍合影开始，一路走来，我们接受了许许多多欧洲普通民众的善意和帮助，在他们身上体现出来的淳厚、礼貌以及对于诚信、法律的信守等特质，都给我们留下了深刻的印象。通过交流去了解基督教时，发现这些特质是与基督教在欧洲的长久积淀和影响密切相关，宗教信仰所带来的善能量，时时处处让民众享受着"日用而不知"的好处。

在欧洲，参访团受到来自各方的礼遇和优待，让我们看到中国崛起的影响力以及汉传佛教在外弘传的希望。感到意外的是，当法师带着 21 人的团队走在欧洲各国的大街上时，好似变成了发光的能量团，有太多的陌生人会热情地向法师打招呼、合十，要求合影，很多欧洲人会主动用中文跟我们打招呼、聊天，打听我们来自中国哪里，告诉我们他们"喜欢北京""想去北京""准备去龙泉寺看看"。而在欧洲多所大学的讲座以及与孔汉思等大师的交流过程中，作为一个民间参访团，也受到了意料之外的高规格接待。当悟光法师在巴黎大学伯纳丁学院的讲座结束时，就有好几位神父、教授表示要带队到龙泉寺参访；贤清法师在阿姆斯特丹自由大学讲座结束后，几十位荷兰听众迟迟不肯离去，热烈地与法师、参访团交流。面对这来自各个层面、令人欣喜和激动的场面，我们认识到这一切并不是来自个人的魅力，而是来自散发着蓬勃生机的中国对世界的吸引力，是来自汉传佛教的功德展现。无论是好奇还是好感，这都预示着未来的广大缘起。

"佛法二宝，赖僧弘传。"对于汉传佛教在海外的弘传，僧才的培养将是一个至关重要的条件。在欧洲参访后，我们发现欧洲对于僧才的需求是极为紧迫和旺盛的。来自中国本土的僧才是少之又少，面对日益增长的普通信众需求来说，可以说是严重的“供不应求”。而欧洲的知识分子阶层，对于佛教的兴趣是越来越浓厚，对于这部分长年接受西方高等教育的人群来说，能够用外语直接与其对话，能够将佛法用他们信服的方式宣讲出来的，才有可能真正地打动他们的心，而这样的高素质僧才更是凤毛麟角。“人能弘道，非道弘人。”国际弘法事业能够长远发展的落脚点最终还是在僧才的培养上。

目录

出发

今天，参访团正式启程，从北京飞往此次欧洲参访的首站——葡萄牙首都里斯本。空间的距离早已不是难题，从中国到欧洲，万里之遥也就在 10 小时左右，但要能够做到连通心灵的此岸与彼岸，就需要我们从 27 天参访的第一念开始就广发大愿，倍倍努力！

• 来去皆欢喜

凌晨 3：00，翻译中心的灯还亮着，今天就要出发，但十天的行前筹备时间实在紧迫，大事因缘在前，只能从睡眠借时间了。

8：30，参访团全体成员在中心集合，中心一下子变得满满当当，格外热闹。

虽然飞机上也会提供午餐，但悟光法师特意安排参访团以及送行的同学在中心提前用了午斋，以免出现无常[①]。这次午斋也是行前的动员会，悟光法师开示说："尽量保持一颗清明的心，一颗学习的心，看能够观察到什么，能够学习到什么，不管是从人家那里还是从同行身上，都能够观照自己，这样我们的欧洲之行一定是各方面都非常圆满，自他受用。这样的话，我们就会形成一个能量团，我们的路线就是像一个人在跑，跑遍欧洲各个地方，就有一种能量在那个地方，就会造成

---

① 指世间一切事物，都处在生起、变异、坏灭的过程中，迁流不居，绝无常住性。

影响，就跟中国、跟汉传佛教联系起来了。”

10：40，离开中心，赶往机场。办公室转瞬就寂静无声，之前的热闹景象似乎从来没有存在过，这不就是无常嘛。到欧洲去参访，从一国到另一国，从一个城市到另一个城市，更是转换迅速，要以平常心待之。

• 取舍见佛法

我坐的是倒数第二辆车，到 T3 航站楼时，已经是在队伍末尾了。“又要出发了！”去年参访美国出发时的情景历历在目，一种紧张的感觉却迎面扑来。

因为希望把更多法宝带到大洋彼岸去，我们的行李都有超重的危险，去年出发时也是捏着一把汗，但幸好三宝加持，顺利过关。今天还会那么幸运吗？

我先托运了装法宝的行李箱，重量刚刚好。但看到我的手提行李箱和背包时，机场服务人员说，只能携带一件随身行李，重量不能超过 8 公斤，超 1 公斤就要收 100 欧元。“啊？！”正在我不知所措时，又被同学叫到了外面。原来，排在前面的几位同学在行李称重后被要求减重，在准备转移部分到随身行李时，旅行社工作人员提醒，如果随身行李重量超出 8 公斤，安检时要么被迫放弃，要么支付每公斤数百元的高额费用。还有 20 分钟就停止办理托运了，怎么办？

“舍吧！”悟光法师果断决定。

“舍！”一个多么简单的字，又是一件多么艰难的事，如果我们都懂得“舍”的话，生命又何曾会如此沉重？

“快！快点！”法师的话很简短，也直指核心，我们目前最紧要的就是赶快登机，走不了可就耽误大事了。

说完这些话后，法师就坐在一旁，看我们怎么抉择。现在是箭在弦上不得不发，一是必须得舍；二是必须在 20 分钟之内舍完。于是，每个人都启动自己的紧急“舍”程序，按照各自的原则开始往外“卸”东西：轻重的原则、公家和个人的原则、必需品和非必需品原则……现场一片热火朝天。

因为分配给我的法宝都已托运，我就不用在法宝和个人物品之间纠结了。收拾行李时，我担心超重，把一件冲锋衣放在随身行李中，想着万一不行可穿在身上，首先就把衣服掏了出来。剩下的怎么办呢？抬头一看，悟光法师就坐在面前，当下决定，把抉择权交给法师！

首先掏出来几包吃的,“不吃也饿不着”,舍掉！再掏出来一本《玄奘大师传》,内心开始纠结:“这本书挺重的,带着也不一定有时间看,但这要舍了,显得我修行也太差了……”我看看法师,法师说:“舍吧!”一下子截断了我连绵的妄想。再掏出来一串佛珠,“这得舍了吧?”法师一看,说:“你可以戴手上嘛。”一着急,智慧都没了。我又掏出一堆数据线、充电器、移动硬盘,有了法师的加持,也清醒了些,想起来冲锋衣上有很多口袋,可以塞很多东西,“不管有多重,只要能穿在身上,就不会有人管了”。在法师的鼓励下,很快冲锋衣的大小兜里都塞满了,虽然看上去有些可笑,但我又快又欢喜地完成了“舍”务。

我身旁的郑屹带了一个大箱子,在她有些手足无措的时候,陪同前来的张克勤很爽快地说:“先拿必需的,再拿可选的。”说完又马上帮她整理起行李来,终于也在规定时间内完成了任务。在这紧急的关头,善知识和同行善友对我们生命的重要性,一时显露无遗。

在这番折腾之后,我们终于赶在最后的时间通过了安检。坐上摆渡车后,对于刚才的那一幕,悟光法师很有感触:“我们舍东西等于是割舍烦恼,你割舍不了就往生不了西方极乐世界。现在的情况下,大家要赶快割舍,你割舍慢了的话,人都断气了,就走不了了。”是呀,从当下的境来说,割舍慢了就上不了飞机;从最后的生死大事来说,割舍慢了,就不能往生净土。当下的境界也是临终一念的显影,如果连行李的取舍都没法把握清楚,那到临终的境界,恐怕更是难以清明了。

我接着问:“大家一般都割舍了什么,您观察了吗？最先割舍的是什么?”法师并没有直接回答,说:“你可以观察。割舍的过程就是一个决策的过程。”法师接下来说:“主要还是决策问题。”法师分析,如果这次能够决策早 1 个小时过来,就不至于这么慌忙,没有时间再去搜寻相关信息,做更周全的解决方案,只能是就地“舍”了。“这样锻炼一次也好,即兴锻炼。如果整天待在翻译中心,这种锻炼就没有了。”去年托运行李时奇迹般的顺利是三宝的加持,今天的“折腾”也是三宝的慈悲。在参访正式开始前,给我们一个强猛的境,让我们好好思考,好好总结,对于未来 26 天的参访之行自有其助益。

- 起飞

到了登机口,才觉得踏实了。此时,悟光法师提醒大家赶快合影,留下历史的印记，正好也是利用第一次合影的机会，把以后合影时的每个人的站位顺序确定下来，提高合影效率。在我们编排站位顺序的过程中，坐在一旁的一位年轻的德国女孩儿主动过来，帮我们合影，这样我们的照片中就不会少任何一人。还没走出国门，就感受到了来自欧洲的善意。为了表示感谢，悟光法师给这个女孩送了一些结缘品。蒋晓旭又紧接着介绍了龙泉寺和我们这个团队，在听到我们都是义工时，女孩脸上露出温暖的笑容。

13：20，飞机起飞，我们真的出发了。虽然已经连续熬了好几天夜，但是大家都没有睡觉的意思，对于未来的 26 天参访，大家都希望不要空过。

坐在我身边的兰天，一直在认真地研读法语版的《菩提道次第广论》。我们在法国期间的参访、讲座以及各种交流，基本都要靠她翻译。重任在肩的兰天始终是战战兢兢、如履薄冰。

而贤清法师则是上了飞机就“抱着”笔记本电脑，准备 6 月 3 日新里斯本大学的讲座，这也是我们此行在欧洲的第一场讲座。法师专注的神态，不由得让人想起了临行前两天那个“说梦话”的故事。30 日早上缘念的时候，悟光法师说到大家熬夜筹备的事情，提醒大家注意身体，同时也提到贤清法师昨晚准备讲座到 11 点多。此时，贤清法师说：“昨天梦里还在准备讲座，一边准备，一边还梦话演练。”悟光法师问：“你怎么知道自己说梦话了？”贤清法师说：“当时说着说着就醒了。醒过来时，还担心影响法师的休息。”听到这里，悟光法师终于忍不住乐了，说：“本来我是不想说的，既然你说了，我也就可以说了。昨晚你说了三次梦话，我也醒了三次。”贤清法师赶紧说：“看来还是打扰到法师了。”悟光法师很赞叹地说：“当时我就在想，贤清法师真是认真呀！过去禅宗的参话头，也是这样的一种精神状态，心心念念，白天黑夜。”法师间的幽默对话，一下子驱散了大家筹备期间的紧张和疲惫，提策了大家的心力。

北京时间 21：14，机窗外虽依然明亮，却是一片清凉的景象：幽蓝的天空泛着琉璃的光彩，洁白的云团犹如雾霭的朦胧，当飞机在万里高空中挥翅而过时，《华严经》中的偈颂如在眼前——“菩萨清凉月，常游毕竟空。”

飞机上的佛耶对话

在全球化时代，宗教对话才有了实在的基础。遥想交通、通信条件不发达的古代，要想跟外国人说说话，都需要徒步或骑马数月，远涉千山万水，穿越流沙峻岭。而如今，一位中国法师与一位德国大学生——虽然来自相隔万里的两个国家，但同在一架飞机上，就可毫不费劲地坐在一起自由谈话。还没等参访团到欧洲，一场佛耶之间的对话就开始了。

- 美其所美心交流

悟光法师的座位号虽然和大家连在一起，但被一条通道隔开，反倒与一位在斯图加特大学读书的德国大学生 Rich 成了双人座。看到这样一位装束与众不同的法师，Rich 很是好奇。过了不久，由王硕做翻译，悟光法师和德国小伙子 Rich 聊起天来。Rich 拿出他的手机，兴高采烈地给法师看他在雍和宫与一位喇嘛的合影。

Rich 问道："您是一位和尚还是牧师？"

悟光法师："法师，佛教的和尚。"

Rich："您成为一名法师多少年了？"

悟光法师："十三年了。"

Rich："如何能成为一名法师？"

悟光法师："通过发愿，发愿成为一个完美的人，像佛陀一样的人，发愿不变，就能成为法师。你想当法师？”

Rich 连连摇手：“不不不！”

悟光法师：“你是信什么教的？”

Rich：“我是新教徒。”

悟光法师：“佛就是一个觉悟的人，一个完美的人。世界各大宗教都有共通的部分，但是终极信仰有区别。佛教说，人人都可以成佛。”

Rich：“新教不会说人会和上帝一样，基督教说人不能成上帝，但是可以通过信上帝上天堂，从而与上帝同在。”

悟光法师：“你是生在信教的家庭还是后来才信的？”

Rich：“我父母都是新教徒，但我是 13 岁才开始信仰上帝的。”

悟光法师：“那你今年多大？”

Rich：“23 岁。”

悟光法师竖起大拇指，说：“Very good！”

悟光法师：“你觉得信仰耶稣基督使你发生了什么改变？”

Rich：“心中更加快乐，不会被罪恶的感觉缠绕，会更加去看事情好的一面。”

悟光法师：“在德国像你这样信仰新天主教的人多吗？”

Rich：“差不多有 80%。”

悟光法师：“年轻人呢？”

Rich：“现在几乎没有多少年轻人信教了。”

悟光法师：“哦……”

悟光法师：“人什么时候能上天堂？或者是死后？”

Rich：“死后，身体死，但灵魂没死，灵魂是身体很小很小的一部分。”

悟光法师：“什么样的人能上天堂？”

Rich：“上天堂有两个条件，第一要努力工作，第二要听从上帝的教导。通过努力工作很难达到完美，所以只有通过听从上帝的教导这一种方法。”

悟光法师：“天堂为什么好？”

Rich：“一、有上帝在；二、与上帝同在；三、街道是金色的。当然，这只是很小的一部分，只是说天堂有多美。”

悟光法师：“这其中最重要的是什么？”

Rich："前两条，有上帝在和与上帝同在。"

悟光法师："天堂里的人吃饭吗？"

Rich："吃吧。"

悟光法师："天堂里有厕所吗？"

Rich："这个，《圣经》上没有说。《圣经》中只说天堂很美，对这些没有具体的描述。"

悟光法师："天堂里有房子吗？"

Rich："有。房子是上帝建的，他一说，东西就自然出现了。就像《圣经》里说的，上帝说要有光，就有光。"

悟光法师："天堂里的人分男女吗？"

Rich："大家都一样，不知道是男还是女。但大家都是上帝的孩子。"

悟光法师："天堂里有医院吗？"

Rich："没有，人们获得新身体、新衣服，没有疾病，没有死亡，永远快乐地生活下去。"

悟光法师："天堂里有灯吗？"

Rich："没有灯，有光。"

悟光法师："光从哪里来？"

Rich："光从上帝处来。"

悟光法师："佛经里也有天堂，叫极乐世界。这次我们访问欧洲会有一个讲座，会讲到佛经里的天堂。"

法师这样说之后，Rich 与法师碰饮料杯，表示为有共同点而欢喜。

悟光法师："佛教里的天堂、地狱和基督教里的天堂、地狱是一样的吗？"

Rich："不一样。如果下地狱，就不能再上来了。"

悟光法师："那这一生必须做好事啊。"

Rich："所以此生就是一个考试，你自己必须选择好，耶稣基督是你唯一的救护者，按照《圣经》的教诲生活。"

悟光法师："所以拥有这个身体就很重要，就能够选择，我们互相学习。"

Rich："只要我们相信上帝，都是上帝的好孩子。"

悟光法师："祝福你能无限接近耶稣基督，成为他的好孩子。"

Rich："你应该读读《圣经》。"

悟光法师："OK，如何读？"

Rich："圣经有《新约》《旧约》，可以先读《新约》，里面有更多关于上帝和耶稣基督的内容。读之前要祈祷。"

悟光法师："如何祈祷？"

Rich："祈祷上帝。"

悟光法师："如果是我，会祈祷能领悟到耶稣基督的真实内涵，并能够通达宇宙人生的真理。"

Rich 表示赞同。

悟光法师："上帝不能让人们上天堂吗？"

Rich："人生是一场考试，上帝并不是操纵我们，我们也不是机器人。人有两条道路，一条上天堂，一条下地狱，这都是你自己选择的。人们就像父母的小孩，有的小孩不听话，有的小孩听话，不听话的小孩父母就会伤心难过。"

悟光法师："你真是个孝子。"

Rich："不不，我并不完美。"

悟光法师："每个人都不完美。你学得很好。你是一个非常优秀的传教士。"

Rich 很欢喜，再碰杯。

这次对话结束后，王硕好奇地问 Rich，他在交流后，对法师印象最深的是什么？他说："有两点，第一，他奉献出一生，只为佛生活；第二，他的眼睛里，充满了对他人的关爱。"在 Rich 的眼睛里，也有着一种特别的宁静和干净。虽然不是同一种信仰，但由信仰带来的善良本性，让 Rich 对法师很是照顾，当他看到法师的素餐送来时，害怕法师不习惯用刀叉，还特意向空乘人员要来了筷子给法师使用。

• 雨过天晴

10 个小时后，我们在德国慕尼黑机场转机去葡萄牙首都里斯本。到候机室的那条路格外的长，一路都是素白的装饰，也没有任何标识。那一刻，我突然意识到已在异国他乡了，生出一种陌生的恐惧感，看看四周，确认法师和同行都在，心又踏实了。

候机室里面坐满了人，但依然安静。为了团队不分离，我们 21 个人挤在面对面的两排椅子上，没有座的同学坐在了地上。突然，这几位同学都被贤清法师吸引了过去。盘坐在椅子上的法师，正拿着《金刚经》在低声地诵读，虽然周围布满了探寻的目光和“长枪短炮”，但他也仿佛在静室中独处，如入定境。大家拍了拍就放下了，不忍再打扰法师那一份虔诚的清净。

候机的时候，下起了雨，让人担心起来，飞机能按时起飞吗？飞机按时起飞了，一份新的忧虑又涌上心头，这样起飞安全吗？飞机顺利起飞，不一会儿就冲上了万里云霄。在穿越重重云层之后，飞机进入了一片新天地，雨完全不见踪影，阳光分外的灿烂，眼睛好像都要被刺痛了一般。修行也是如此，如果被眼前的那一点黑暗所障碍，不敢去突破，如何能够见到这雨后天晴、大放光明的时刻呢？

大概是时差的缘故，上机后不久，我就昏昏睡去。飞机快要降落时，才从朦胧中醒来，往窗外看了一眼，却再也挪不开眼：夜色中的里斯本，城市的轮廓被灿若明星的灯光所勾勒，密布的明灯，如同因陀罗网[①]上的颗颗宝珠，隐映互彰，重重无尽，光晕交织在一起，似有云雾氤氲其间。原本是一点概念都没有的葡萄牙，却以好似仙境的模样出现在面前，让人猝不及防。内心的震动，让一向对景色没什么感觉的我，有些意外。

• 久别重逢一线牵

里斯本时间 2013 年 5 月 31 日，星期五 21∶50，我们抵达里斯本机场。出站后，法师与接我们的导游吴先生结缘了法宝和念珠，吴导很欢喜。又坐了 1 个小时的车，23∶00，我们终于到了宾馆。临近深夜，但我们还有一场重要的约会。

我们的朋友——葡萄牙前教育部长助理国务秘书 Jorge Pedreira 先生，已经在宾馆大堂等我们了。Pedreira 先生衣着优雅，很有欧洲老派绅士的风度，见到我们就很温暖地微笑。在热情的见面致意后，悟光法师将礼品和法宝送给 Pedreira 先生以示感恩。当法师拿出念珠时，Pedreira 先生主动将手伸出来，等待法师给他戴上。

随后，两位法师与 Pedreira 先生坐在大堂的沙发上，进行了一番亲切的交谈。

---

① 《华严经》中说，忉利天王的宫殿里，有一种用宝珠结成的网，一颗颗宝珠的光，互相辉映，一重一重，无有穷尽，这种由宝珠所结成的网，就叫作“因陀罗网”。

在欢迎我们的到来后，Pedreira 先生表示，下周一在新里斯本大学的讲座已经确认了，还想在教会大学再安排一场讲座，但还没有确认。讲座是我们最关心的问题，Pedreira 先生马上主动提到这个问题，这是真实的善护他意。

Pedreira 先生接下来问：“你们周末有没有什么安排？”

悟光法师：“看看您这边有没有更好的交流安排，如果有的话，我们以您这边为主，没有的话，我们再想办法。”

Pedreira 先生：“因为交流活动在周末比较难安排，如果安排一些参观的活动，会比较好一些。”

Pedreira 先生对我们未来两天的行程又悉心地给予了建议：“因为这两天是周末，如果是参观的话，建议去看里斯本的老教堂，它可能有上千年的历史，当然可能没有办法和中国一些寺院的老建筑相比，但是历史也很悠久，从那儿看里斯本的河流，景象也非常美丽。”

对 Pedreira 先生的建议表示感谢后，悟光法师说：“刚才来到这里，飞机快降落的时候，从机窗里往下看，感觉到葡萄牙有点熟悉。”

Pedreira 先生听到法师的话，很欢喜，确认地问了一句：“真的？”

悟光法师答道：“可能这就是佛教里讲的缘分吧，感觉挺奇妙的。”翻译的同学对“因缘”这个佛教名词做了易懂的解释，让 Pedreira 先生一下子就领会到其中意趣，这句话显然也打动了他的心。此时，我也有些明白之前在飞机上的那种触动从何而来了。所有的相遇都是久别的重逢。我们此次欧洲参访，最终是在葡萄牙入境，如果跟这里没有甚深的缘分，是绝无可能的事情。

会面结束后，虽然 Pedreira 先生一再表示不用送他，我们还是一起把他送到车上。在路上，Pedreira 先生说：“你们很幸运，因为昨天天气很差，又冷又潮湿，从昨天晚上才开始变好。”悟光法师说：“葡萄牙的环境给人感觉很干净，很舒适的感觉，也很安静。”Pedreira 先生很开心地答道：“葡萄牙是一个很热情的国度，国民都很乐于接受外国人的到访，对人很热情。”

送走 Pedreira 先生，我们快速赶回房间放行李，15 分钟之后在副团长张龙的房间里面开始此行的第一次回向，悟光法师和贤清法师出席。教育组的同学特意准备了一个便携式佛龛，将佛像供出来，里斯本的宾馆瞬间就变成了一个小佛堂。

“今天，我们算是真正来到了葡萄牙。欧洲之行第一天算是非常顺利、圆满，善缘已经开始。”悟光法师总结后说：“接下来的26天，我们主要是在欧洲参访、学习、行走、感悟。希望大家来到欧洲，每天按照我们的宗旨目标、我们的原则去践行、去努力、去思考、去反思。在这个过程中，也适当留一点余心去照顾周围每一个你能照顾的人，互相关怀，互相保护，互相做护法。”

接下来，法师提出了缘念[①]和回向[②]的原则，每天早上7点缘念，晚上回酒店15分钟后结行回向，每到一个国家开始和结束当天，两位法师参加，其他时间由俗众副团长带领大家缘念和回向，缘念时提策心力，宣导当天整体行程，回向由组长简要汇报，不做分享。“要持之以恒，而不是刚开始两天很热情，要到后来还是这样。我们最初把流程安排得简单一些，后面就能坚持，不然坚持不下来，到最后心就散了，这一点是很重要的。”

对于这样的缘念、回向方式，法师希望我们先尝试，“也不是一下子就成型了……我们还有26天，相信会越来越完善。诸法无自性，别一定要执着怎么做。因缘条件需要我们怎么调整合理，我们就怎么调整。所有的安排，无非让我们可以学到更多东西，身心清净、轻安”。

---

① “念”就是铭记不忘，时时刻刻为了这个目标，为了这个发心，去缘它。缘念文：“诸佛正法众中尊，直至菩提我皈依，我以所行施等善，为利众生愿成佛。”

② 回是回转，向是趣向，回转自己所修的功德以趣向于众生或庄严佛净土，叫作“回向”。回向文：“愿此殊胜功德，回向法界有情，净除一切罪障，共成无上菩提。”

看风景的是谁

此次欧洲参访的正式行程是始于昔日的"欧洲之都"——里斯本，一个承载着历史的繁华与荣光的城市。当我们踌躇满志、斗志昂扬准备参访时，开篇的行程却是观光。"荆棘丛中下脚易，月明帘下转身难"，这看起来的好事，对背负着重重期许的我们来说，却变成了艰难的陷阱。

• 种种皆颠倒

临近出发前的一个月，才确定在原本不在参访计划中的葡萄牙入境，加之签证诸多事宜，在葡萄牙的很多联络工作都未来得及进行。而如 Jorge Pedreira 先生昨晚所说，周末也不方便安排交流。种种因缘所致，这两天的行程只能安排观光名胜了。

早上 7：00，按照悟光法师昨晚确定的原则，大家集合缘念，皈依发心，并宣导当日行程。当诵起熟悉的《心经》时，虽然身在里斯本，但我们的心又回到了中国，回到了北京，回到了龙泉寺。

葡萄牙本土位于欧洲伊比利亚半岛西南尽头，西部和南部是大西洋的海岸，唯一相接的国家是西班牙，海岸线长 800 多公里。在 15、16 世纪的"大航海时代"，葡萄牙作为海上霸主，与西班牙并列为欧洲最富庶强大的国家，而里斯本作为葡萄牙首都和第一大港口，更是繁盛荣耀一时，被称为"欧洲之都"。

受大西洋暖流影响,葡萄牙冬不结冰、夏不炎热,全年大部分时间风和日丽,温暖如春。上午 8：00,里斯本安住于一片宁静之中,街上几乎没有人,偶尔穿行的车更显此时的静谧。太阳即将升起,天空是通体纯净的蓝色,唯有与晨光相接处才晕出淡淡的玫瑰色,空气清新爽洁,天气不冷不热——如此晨曦美景在里斯本市中心就可轻易见到。

在参访团此次拟定的目标中,"考察当地风土人情"是最后一个。我们乘上大巴出发时,悟光法师特意强调说:"今天我们算是参访名胜。在我们此次的目标排序中,参观名胜是最后一个,现在却一下子跑到最前头,这叫一切种种皆颠倒。所以,在参访的过程中,不单要去体悟历史给我们带来的种种启示,还要体悟一切种种皆颠倒的佛法道理。"

• 事事皆无常

我们上午到里斯本的老城区阿尔法玛(Alfama)区参观。在大巴上往外眺望,路边的现代建筑很少,大部分是精巧的欧式建筑。虽然样式古老,但外观颜色却是格外新鲜,粉红、翠绿、鹅黄……在灿烂阳光下,散发着一种热烈的气息,"当音乐和传说都已沉默时,建筑却还在歌唱",想来这里的人也很热情。运行了 100 多年的黄色有轨电车,还在交错的老街上穿梭。据刘导说,因为老城区道路狭窄,大的公车过不去,而有轨电车小巧、方便,就一直保留了下来,不仅供观光使用,也是老百姓出行的代步工具。电车保持着 100 年前的造型,车体、车厢还是木结构,在棋盘交错的电线下,在电车的当当声中,仿佛进入了历史的轨道。

随着刘导介绍里斯本曾经的一次巨大灾难,眼前安宁而美好的一切仿佛突然陷落。1755 年,一场史无前例的大地震袭击了里斯本,金碧辉煌的城市以及大航海时代的珍贵资料,都在地震中毁于一旦。在刘导的描述中,那个令人不寒而栗的时刻,宛在眼前。1755 年 11 月 1 日清晨,太阳高照,晴空万里,往日喧闹、繁忙的里斯本却安静至极,因为这天是万圣节,天主教徒最重要的节日之一,人们一定要去教堂做弥撒。大约在 9：20,就在主祭神父的问候词还未说完时,突然整个教堂就像巨浪中的船舶摇摆起来……地震发生后,很多人逃到特茹河两岸的开阔地带,庆幸逃过一难。但这次地震的震中不在陆地,而在大西洋,地震又引发了海啸,通过特茹河入海口涌入陆地,掀起了高约 20 米的巨浪。当时逃到河岸的人们看到巨浪扑来，却没时间躲避……因为是万圣节，家家户户都点上了蜡烛，而这却又成为火灾的诱因，彻天的大火在城中持续了五天五夜。很难想象，在水火之中，在残垣和瓦砾之间，留下了多少痛彻心扉的哭泣和来不及述说的告别。大地震让葡萄牙国力严重下降，殖民帝国从此衰落。

再繁华也是无常，原来眼前的这些建筑并不如我想象中那般古老，大部分都是1755年之后修建的。此时大巴穿过无花果广场，进入一个狭窄的街道，刘导继续讲解："这是里斯本低洼区，地震时全部被淹没了。1755年地震之后，约瑟一世国王命令彭波侯爵重新建设里斯本，按棋盘式格局重新修建。"重建让里斯本浴火重生，还带来了宽阔的大马路、宏伟的广场和人行道，与地震遗留下来的古建筑融合在一起，一个别具风貌的新里斯本出现了。无常并非是惨烈与痛苦的代表词，佛法告诉我们，所有的一切都是能够改变的。改变才会越来越好，没有不变，只有改变。无常就是变化，要让它变得越来越好。如果我们没有主动的变化，被动的变化会越来越糟糕。

• 处处即学问

里斯本号称"七丘城"，最初就是建立在七个山丘之上。大巴沿着狭窄的山坡驶向里斯本大教堂。在欧洲参观，第一就要去看教堂，就像在中国旅游，名山大川中的寺院是必去的一样。从中世纪以来，欧洲对基督教的尊崇，化为了对教堂建筑的精雕细琢，而基督教与欧洲政治、历史、文化的紧密联系，也赋予了教堂分外丰富的内涵。

坐落在斜坡上的里斯本大教堂，还未走近，就予人厚重的感觉，石头外墙痕迹斑斑，一看就知历史悠远。这是我们到欧洲之后，见到的第一座天主教教堂。但这座教堂看起来与普通的教堂不太一样，正面还有两个塔楼，上面建有射箭口，外观也很杂糅，既有着沉重、敦厚的罗马式外形，但墙上又镶嵌着哥特式的巨大玫瑰花窗，大门却是繁复华丽的巴洛克风格——这些分别都是不同时期的教堂建筑风格。这样"复杂"的外表，正好折射出里斯本1000多年的发展历史。

最早居住在此的是腓尼基人和迦太基人，"里斯本"这个词就是来自于腓尼基语，意为"良港"。公元前205年罗马人到此定居，到了8世纪，信奉伊斯兰教的摩尔人开始统治欧洲，里斯本大教堂的前身就是一座清真寺。1147年，葡萄牙开国国王唐·阿方索将其改建为里斯本最早的教堂。为抵御外敌，教堂上建有塔楼作为防御性工事。承载过多个民族的足迹，接受过多种文化的熏染，里斯本的这种融合性和开放性，也许是在大航海时代，让其成为航海探险中心的一个重要原因。

大教堂门口站满了人，很多当地人穿着正装，在此三三两两地交谈。走进大教堂，蓝天白云突然消失，仿似进入了夜空，灯光很幽暗，在墙壁的高处才有玫瑰花窗，瑰丽的光影斑驳陆离，高耸的穹顶向上极力地延伸着，站在底部的我，感觉非常渺小。这里正要举行一个宗教仪式，今天正好是六一儿童节，很多人带着小孩子一起来参加。在祭坛的一旁，坐着两排穿着玫紫色礼服的小朋友，好奇地四处张望。管风琴悠扬的琴声在室内回旋，百合花编就的烛台燃着白色的蜡烛，充溢着一种神圣的氛围。

因为时间的缘故，我们在大教堂只能稍作停留。走出大教堂，我们沿着山坡步行到露西亚平台。路上，贤清法师说："教堂的建筑与我们的寺院确实不一样，它往高处发展，像苍穹一样。"悟光法师说："寺庙的大殿也很高，皇宫式的建筑。"贤清法师接着说："是的，但我们是整体起来的，但他们这是特意向高处发展。"悟光法师说："因为要上天堂。"

一路上，很多人都在朝法师这边张望，悟光法师笑着说："我们变成旅游景点了。"法师接着问刘导："出家人在这里少吧？我们在教堂里面的时候，大家都在看我们，不看教堂了。"刘导说："比较少。"法师笑着说："本来是我们看别人的，现在变成别人看我们了。"

石头路的颜色虽然深邃，但经过岁月的打磨，带上了闪闪的光彩。悟光法师说："这里还是石头路呢。"刘导说："他们跟国内的观念不一样，喜欢留着老东西。老城区基本都是这样的石头路。"

• 各各无不同

位于露西亚教堂旁边的露西亚平台，是一个观景平台，里斯本下城、上城的景色可由此尽收眼底。"看到海了！"我们看到的"海"实际是一条河——特茹河(Tejo)，起源于西班牙，穿过葡萄牙，向西15公里流入大西洋。眼前粼粼的特茹河有着海一般的蔚蓝颜色，难怪我们误以为是海。刘导说："中国有一句古话叫'一江春水向东流'，在葡萄牙要改为'一江春水向西流'。"说的就是特茹河是西流入海。从平台往下望，特茹河边的山丘上层层叠叠都是红瓦白墙的老房子，与蓝色的河水融成了一幅画。刘导介绍说："地震前，这里是达官显贵居住的地方，但因为是低洼区，在地震中损失巨大，他们就都搬走了。"

我们随后拐到瞭望台边的一个走廊，里面有现场作画售卖和演奏乐曲的艺人，他们看上去都是悠然自得的样子。出了走廊，刘导带我们走到了露西亚教堂的侧墙边，墙壁上有两幅蓝色的瓷砖画。"在葡萄牙，会看到很多这样的瓷砖画。瓷砖画技术最早来自于阿拉伯人，阿拉伯人攻占伊比利亚半岛，带来了制瓷的技术。"墙上的两幅画，一幅是表现 1147 年阿方索攻占里斯本的场景。在这场战役中，涌现出一位英雄马丁·莫尼士，当摩尔人要把城门关上时，他用身体堵住了城门。"现在，里斯本有一个地方就是以马丁·莫尼士来命名的，也是中国人聚居的地方，专门做小商品批发的。"刘导说。我好奇地问："在里斯本的中国人多吗？""全葡萄牙有 3 万人左右吧。"另外一幅瓷砖画描绘的是大地震前的皇宫，"15～16 世纪，葡萄牙在海外有很多殖民地，像马来西亚、摩罗迦等，这些都是香料群岛。香料运回里斯本，就会卸货到皇宫前的广场，各国的客商就在此交易"。"在皇宫门前交易？"大家感觉惊讶。

"法师，他会说中文！"当我们准备合影离开时，王硕匆匆跑来。原来旁边一位弹琴的老人，主动用中文跟她打招呼，"他说以前在德国上大学的时候，学过中国字，以前会写毛笔字"。悟光法师让王硕跟他结缘书签和光盘。老人拿到结缘品非常开心，弹琴一首以示感谢。我们在旁静静听他演奏，老人清瘦的脸上刻着深深的皱纹，半长的头发有些凌乱，脸上带着淡淡的忧伤，一如手中弹出的悠扬而伤感的吉他声。

"你好！"刚走出露西亚平台，又遇到一位葡萄牙小伙子，欢喜地用中文跟我们打招呼。"往下走！"我们顺着石头台阶一路往下，从建在山丘上的居民区穿行。错落的民居样式质朴，都是红瓦的顶，墙面上有斑斑剥落的痕迹，还有各式鲜艳的彩绘，浓浓的生活气息迎面扑来。刘导说："这个区叫阿尔法玛区，里斯本最早有人集中居住的区域，现在还有很多人居住。这个时候，还有很多人没起床。""10 点还没起床？"悟光法师很好奇。"这里的人看起来很悠闲。"王硕说。"这里住的是有钱人还是穷人？"张龙问。"你还是没体会到颠倒。"法师的话很有禅机。

我们走到一个台阶处，发现一栋粉绿色房子下部是一堵高高的石头墙。刘导介绍：“这里原来是里斯本的城墙，后来房子都盖到这里了，就变成了房子的墙体了，等于房子少盖一面墙。”继续往下走，又发现一个新奇的东西，一堵墙上有两尾石刻的鱼，清水从鱼嘴中汩汩流出。“以前没有自来水，只有取水口。这就是取水口，下面还有。”

我们下到山脚，顺着路往右走，很快到了一面墙，这就是刘导说的取水口。白色石墙上布满了顺流而下的黄色水渍，几个长方形的出水口上方有精致的船帆雕刻。刘导说：“当时城市里面的取水口不多，为了争水用，甚至出了人命。后来就将取水口进行了划分，有的是专门给黑人用的，有的是专门给白人女众用的，还有的是给白人男众用的。这个取水口临近里斯本港口，出海的船只就是在这里补给淡水。”从现在来看，取水还分黑人、白人，白人还分男众、女众的做法，简直是匪夷所思，但是在当时的因缘下，却是合理的抉择。

“上面是一个酒店，很漂亮。”听到刘导的话，我们都往上看。宾馆阳台上有一位女士，冲我们热情地打招呼。我们拿起相机时，她也给我们拍照。悟光法师笑着说：“对于他们来说，我们确实是老外。这里出家人很少，我们本来是不来的，阴差阳错就来了。”蒋晓旭接着说：“有因缘，三宝就来了。”法师点点头：“所以，我们在这里转一圈也挺好，结缘。”我说：“今天很多人跟我们打招呼。”法师说：“物以稀为贵。”我说：“他们都很友善。”法师点点头：“很好客。”

原本是在里斯本参观的我们，却成为了葡萄牙人眼中的景色——确实如法师所言，一切种种皆颠倒。但这种颠倒究竟是好还是坏呢？答案还要我们在后面的行程中继续去寻找。

真正的快乐

因为在老城区，大巴无法行车，所以刘导接下来带我们步行于街区。当我们“弃车而走”，才开始真正融入里斯本，城市的面纱被我们揭开。就在这一片悠然的美景中，要如何去思维法师时时提策的“坏苦”①呢？

• 里斯本的客厅

离开取水口，我们向罗西欧广场走去。罗西欧广场被誉为“里斯本跳跃不息的心脏”，是里斯本交通的枢纽，大部分的巴士及电车均会经过此地。

到欧洲，除了教堂之外，广场也是必看的风景。从古希腊开始，广场便是欧洲市民文化的中心，一直是市民户外活动、聚会、打探消息、议论时政的场所，也是重大庆典和集市贸易的发生地。广场就犹如一个城市的“客厅”，城市的历史风情与现实风貌从中可窥见一斑。

罗西欧广场入口处有几棵巴西紫金，现在正是花开的时节，一树如云般的紫色。刘导说，花落的时候，并不会清扫，飘散满地的紫色花瓣也是里斯本一景。地面依然是碎石路，但画上了白色波纹，顿显活力。广场中心的白色大理石柱上矗立着佩德罗四世的青铜雕像，佩德罗四世是葡萄牙布拉干萨王朝第九任君主，也是巴

① 为苦苦、坏苦、行苦三苦之一。坏苦是快乐的境界失去时所感受的苦。

西帝国的首位皇帝。1500 年,葡萄牙人卡布拉尔发现了南美大陆,巴西开始成为了葡萄牙的殖民地。1822 年,佩德罗四世率领巴西从葡萄牙独立出来,建立巴西帝国。

我们在佩德罗四世塑像前合影后,继续往前走,看到一个广告牌,上面是一幅漫画。漫画的背景是风和日丽的晴天,中间的三角区域中有一双被锁链紧紧捆住的黑色大手,手上插着深陷欧债危机之中的希腊、意大利、西班牙和葡萄牙四国国旗。

广告牌旁边有一个喷泉水池,水池中立着四个青铜美人鱼塑像。“野鸭子!”水池中浮着几只野鸭,悠然自得地游来游去,我们的惊呼并没带来一丝涟漪。广场周围都是咖啡座,不少人喝着咖啡闲聊,鲜艳的观光车在四周穿梭,时光在这里慢慢地流淌。

广场一角正在搭建舞台,舞台下方有几个惹人注目的纸板——奥巴马、默克尔、贝卢斯科尼、克里斯蒂娜·拉加德等的照片被放到真人大小,游客们纷纷上前跟这些政要合影。

罗西欧广场并不大,我们很快就转完了,然后跟着刘导沿着广场南端的街巷往东,前往无花果广场。无花果广场正前方有一个雕像,是葡萄牙第二代王朝阿维兹王朝的国王若昂一世。若昂一世的第三个儿子亨利王子,是葡萄牙航海事业的奠基者。从亨利王子开始,葡萄牙的国力开始走向强盛。

• 集市中的感触

转到无花果广场,没有看到无花果树,却“冒出”一个集市来。在我的印象中,集市总是与喧闹和脏乱联系在一起的,但这个集市却不同。来往的人并不多,洁白的帐篷下,一个个精心布置的小摊位,摆放着手工艺品、书籍、葡萄酒、蛋糕、水果、蔬菜等各类商品。哪怕是水果、蔬菜,也是洗得晶晶发亮,一捆胡萝卜也要摆出造型来,这里的人把生活像艺术品一样去对待。在集市中穿行,悟光法师一直若有所思:“我在感受,他们到底要什么?”

耳边一直萦绕着激烈昂扬却又悲凉的歌声,这是已被列入世界非物质文化遗产的葡萄牙民歌法多(Fado)。Fado 源自拉丁文 fatum,意指命运,歌词充满了悲剧性的宿命观,曲调是粗犷、奔放、悲痛的百感交集,体现了葡萄牙民族特有的忧郁。

在里斯本明朗的天气下，法多的声音让人不由得产生对往事怀想的沧桑感。

“这是泥巴做的？”“陶土。”一个老人坐在高速旋转的转盘前，沾满土红色泥浆的手随之转动。“十二缘起[①]图中就有一幅是制陶的，代表‘行’。”悟光法师说。无明、行、识、名色、六处、触、受、爱、取、有、生、老死——有情就在这十二缘起中生死流转。在十二缘起轮回图中，代表“行”的图就是一个陶工在做陶器，他的作坊中有泥、水、绳子、火等，他不断地制作各种形状的陶器，凡夫就如同轮回[②]工厂中的陶工，身语意就是造作的工具，会造作种种语言、动作与心念。老人手上的动作很简单，但三下两下，一个瓶子坯就从手中浮现。“‘心如工画师，能画诸世间’。心如制陶手，能制诸陶器。”贤清法师笑着说：“真是制心一处，熟能生巧，无事不办。”我们的身语意造作，也是在累生累世的串习中任运自如地呈现，如果没有佛法做引导，就是不断的轮回。

“Do you want to try?（你们想试试吗?）”老人一旁站着一位穿着蓝色背带裤的中年男子，用英语邀请我们来试做陶器。“他是我的父亲。”男子说。“传承!”悟光法师赞叹道。他说父亲已经做陶器45年了，自己只会在陶器上雕刻，但英语比较好，专门负责与客人沟通。老人一直专注于手中的陶坯，看起来很享受这个过程，对已做了45年的工作毫无疲厌，乐在其中，这也是一种功夫，难怪老人身上带着一种恬淡的宁静气息。“我们的心也是被善知识这样塑造。”贤清法师的话把我们的心又拉回到佛法上。

在集市中央的咖啡座旁站着一位葡萄牙男子，胖胖的脸上带着热情的笑容，用带着葡萄牙口音的中文跟我们打招呼：“你们是中国来的吗?”“是的。”“我学习汉语。”我们都笑了。“我们是北京来的。”“啊，北京。你——们——出——来，啊……”正在他思索下面的中文该怎么说时，悟光法师递上一张名片和光盘。“谢谢!”男子双手接过，并向法师鞠躬。

“Do you want coffee（你们想喝咖啡吗）?”男子改用英文。“我们一行21人，我们一会儿就走了。”悟光法师解释，宋柏青翻译成英语。听到我们也用英语，他很

---

① 亦称“十二因缘”——无明、行、识、名色、六处、触、受、爱、取、有、生、老死，是说明生死流转的过程。

② 亦称“六道轮回”。佛教认为，众生如不寻求解脱，就永远在六道中生死相续，无有止息，犹如车轮转动不停。

高兴："English is better(用英语说更好些)."法师问："你在这儿做咖啡吗？""我是集市的主办方。我也在这里卖咖啡。""哦！""我们就是从这儿来的。"法师指着龙泉寺中英文简介跟他说。

"我们之前和这个集市一起被邀请去上海，因为这个集市里面的手工制造者都是葡萄牙最优秀的。"他接着介绍："这个集市就是后厂前店，现场制作就卖。""我9月份可能会去西安，到时候给你们写邮件。"法师马上跟宋柏青说："给他我们的邮箱地址。""看到你们来，我非常高兴。"听到他的话，我们都很欢喜："到北京来的时候，欢迎你来找我们。我们也有很多文化活动。"

悟光法师问："你是葡萄牙人吗？"男子换用中文说："我是葡萄牙人。"大家都笑起来。他接着用中文自我介绍："我家住里斯本。我叫弗朗西斯科。"弗朗西斯科又用英语说："葡萄牙使馆的文化处也给中国人提供到葡萄牙来的免费培训课程，同时也给葡萄牙企业家提供来中国的培训课程，包括汉语课程。"

• 一路上的风景

虽然交流很愉快，但时间有限，我们乘上大巴，赶往下一个目的地。在大巴上，一路也是风景。我们首先路过了罗西欧火车站，这是一个新曼纽埃尔式风格的建筑。随后路过中心制式广场。1580年到1640年，葡萄牙被西班牙统治，在28年的战争之后，1668年西班牙承认葡萄牙独立，为了纪念这次独立，在此修了纪念碑。之后，我们又路过了号称葡萄牙的香榭丽舍大街的自由大道，绿荫大道两边都是国际一线品牌的专卖店。"国际大牌就这里有，这里主要是海外游客来购物。"刘导说。

大巴车顺着自由大道前行，开到彭波侯爵广场，这是里斯本的中心地带。广场正中央矗立着彭波侯爵的雕像，他左手抚摸着一头狮子的脑袋，俯瞰着他重新缔造的这个城市。在彭波侯爵广场周围都是一些公司总部，其中包括葡萄牙国家电力。"葡萄牙电力、电网，中国公司现在都有股份。"刘导说。中国长江三峡集团公司2011年购得葡萄牙电力公司21.35%的股权，中国国家电网公司2012年收购了葡萄牙电网公司25%的股份。出售部分国有能源公司股份，是葡萄牙陷入欧债危机后，从国际货币基金组织获得金融支持时接受的条件。"中国银行最近在葡萄牙也开了一家分支机构，就在纪念碑后面的小楼。所以说，现在中国也强大了。"刘导颇为自豪。

“正前方这个城堡是监狱，在市中心的一个山丘上，虽然风景很好，但是里面的人看不到。”如果不是刘导特意指出的话，很难想象市中心这个童话般的城堡会是一个监狱。如果不得自在，再漂亮的风景也是味同嚼蜡。

到了山顶，我们又开始下车步行。“很悠闲的一个城市，里斯本。”刘导说。“整个欧洲都很悠闲。”蒋晓旭点头。悟光法师说道：“所以，在欧洲体验坏苦是我们的任务——这是我们的内在的任务，不是外在的任务；自己的任务，不是团队的任务。”

爱德华七世公园位于自由大道的尽头，是为了纪念英国国王爱德华七世来葡萄牙访问而修建。公园占地 26 公顷，依山丘而建，是一个幽雅清静的法式开放庭园。我们来到公园最高处的平台，视野极为开阔，造型精致的绿地一泻而下，自由大道与特茹河美景尽收眼底。平台上有一个大理石水池，水池中央竖立着半段残墙和几方古朴的石柱，在水池中也有几只野鸭游来游去。台阶上，立着一面巨大葡萄牙国旗，在不时掠过飞机的蓝天下随风飘扬。

我们在平台合影时，一位外国男士一直在旁关注着我们。兰天感受到他内心的善意，便上前跟他结缘。兰天给他结缘龙泉寺的简介，他看了后表示，未来有机会去北京一定要去寺里看看。他又问两位法师是喇嘛吗？兰天跟他解释是汉传佛教的出家法师。

- 思维修的启示

我们从平台上下来，顺着绿地往下走，空气格外清新，公园里面人也不多，几个男孩在草坪中惬意地玩球，天空如蓝宝石一样纯净，身在其中，有点微醺的感觉。“这变成了观光旅游。”宋柏青说。“你心不观光就不是观光，不要被相欺骗，要体会坏苦。”悟光法师说。

看到绿地旁的长椅，吴梓纯建议：“法师，休息一会儿？”正好刘导要去联络大巴司机过来接我们，悟光法师点头：“坐一坐，感受下。”“菩提树下。”贤清法师一说，闻法的意思就出来了。大家围圈坐下后，贤清法师祈请悟光法师为大家做开示。

“对于个人来讲，可以观察坏苦。把你置身其中，想着我这 27 天就是在比较富足、无忧无虑的世界中生活，从中观察它，放弃它。从自身修行来说，这27天的收获非常不可思议。你就把自己观成是欧洲人，感受、观察欧洲人，再感受这种坏苦。回去之后，我们的生活将会上一个台阶。”

“走！到点了！”看到刘导过来，悟光法师立时站起来，带大家往前走。

“上升一个台阶！”蒋晓旭一边起身一边说。

“这样的话，你会时时处于正念之中。”法师边走边说。

“法师，那要体会的话，就要把自己融入其中？”张龙继续请益。

“不，首先教理方面得清楚，否则没法体会，你没有所依[①]。所缘[②]就是欧洲悠闲富足的生活，所依就是自己内心当中有一个标准。根据所依对所缘，产生心得。”

“如果法师不开示的话，就不知道还要融入其中。”王硕说。

“你必须得融入其中，然后才能够观察，才能放下对这种坏苦的执著。为什么有的人到一定程度就放弃了宗教呢？因为置身于坏苦之中，迷失了自我。因为不知道这种宗教所给我们的快乐——极乐的状态远远超过这个所给予的快乐。”法师答。

“太重要了，因为这两天都是参观。”李冰说。

“参观有参观的好处。如果陷入这种坏苦，就只能得到这种快乐，不能超越这种快乐。要想比这种快乐更好，就必须得超越它。世出世间的道理是相通的。”法师继续开示。

“要想超越它，必须怎么做呢？”李冰问。

“超越它就是放下它。放下它，不是不拥有它，只是放下内心对它的一种执取。你只有拥有它才能超越它，你根本都没有它，怎么超越它？所以，地上菩萨资财不缺，种种受用不缺，各方面都是富足的，但是他已经放下了。正因为他放下了，所以他有，正因为他有，所以更有，所以佛土才出现。所谓佛土，就是拥有一切，什么都有了。”法师的开示愈加精要。

“因为他放下一切了！”王硕问。

“正因为他放下一切，所以他拥有一切。没有放下，就不会拥有。拥有是一种

---

① 所依止、仗托的对象。

② 被认识的对象。

受用，受用是没有爱取[①]，所以不会起烦恼，不会起烦恼就都是净业[②]。去掉爱取，并不一定是不受用。受用是心受用和身受用，所谓受用圆满，我们修行就是要受用。”法师的开示如及时雨，让我们被外境所纷扰的心清凉下来。

走了一上午，午斋的时间也到了。“叙香缘茶馆……”远远就看到餐厅招牌上熟悉的中文字。“阿弥陀佛！”走到大门口，眼前一尊笑容可掬的金色弥勒佛立像，让我们喜出望外。餐厅接待区陈列着做工精美的佛像、佛珠以及有中国特色的工艺品，用餐区的装修简约而淡雅，为数不多的中式家具和挂饰点缀出中国味道，桌上摆着的观音莲和小烛台带出禅意。“这是星云大师的字。”细心的同学开始研究墙上挂的字画。

清淡的素食非常可口，食材的选用和国内的素食馆有很多相通之处，摆盘也很精致，并不太像普通的团餐。在里斯本吃到如此地道的中国素食，让我们有他乡遇故知的感觉。餐厅不大，一位葡萄牙小伙子为我们服务。他非常热情，风风火火地上菜撤盘，用流利的英语和我们交谈，偶尔也能说上几句不太熟练的中文。悟光法师开始练习上午学习的葡萄牙语“谢谢”，每端上一道菜，他都跟服务员说一句，虽然发音还不够准确，但服务员听到后，总是开心地大笑。

在一上午的急速奔走和目不暇接后，此时大家才能够真正安定下来，分享上午的见闻觉知。“禅悦为食，法喜充满”，离开了外在的五光十色，我们此时才体会到真正快乐的所在。

---

① 爱与取，“十二缘起”中的两支。爱是由错误观念所衍生的贪爱；取，对所爱的境界执取追求。

② 业是造作、行为的意思。一般包括身、口、意三个方面，故称“三业”。业又分为善、不善、非善非不善三种。

发现者之路

15 世纪之前，亚洲是世界繁荣的中心，欧洲则处于次要位置，而人类则像一个个“孤岛”，相互隔绝地生活在各块大陆。这一切，在大航海时代到来后彻底被改变，世界史重新被书写，影响至今。改变世界格局的大航海时代起点就是葡萄牙——我们无心插柳而选择的欧洲参访起点。对于我们这个来自中国汉传佛教的参访团来说，欧洲也是一片“新大陆”。下午的参访多与葡萄牙海上探险历史相关，希望能从中探寻到共鸣的回声。

大航海时代，又名地理大发现，是指 15～17 世纪，欧洲的船队在世界各处的海洋上探险，开辟新航路和“发现”新大陆。很多历史学家都认为，公元 1500 年前后是人类历史的一个重要分水岭，拉开了不同国家相互对话和相互竞争的历史大幕。

• 探险家的启航地

用过午斋，我们继续出发去里斯本的另外一个区——贝伦区。在葡萄牙语中，“贝伦”意指耶稣的出生地伯利恒。在大航海时代，很多葡萄牙航海家也是从这里的港口启程。

下了大巴，我们沿着特茹河行走，前往贝伦塔。除了偶尔来去的白色游船掀起波澜外，河面一片风平浪静，河边遍布的都是咖啡馆，游人如织，音乐阵阵，一片悠闲而安然的景象。

如同纽约自由港口的自由女神像，屹立在特茹河入海口的贝伦塔，是里斯本的标志性建筑，也是大航海时代的象征。这是一座由白色石灰岩石铸就的堡垒式建筑，水、风和时光在白石上刻上了深深浅浅的痕迹，外形仿若船帆的贝伦塔就像一艘扬帆出发的战舰。东方风格的窗花、胡椒粉盒状的炮台，绳索、石结、锚等曼努埃尔风格的精美雕刻——融合了多种建筑风格的贝伦塔，以华美而优雅的姿态守望着特茹河。随着海上探险的开始，里斯本成为重要的海港，需要建造防御工事来防卫，1515 年开始修建的贝伦塔最初就是炮台，作为从特茹河到大西洋的必经之地，又做过海关征税所、灯塔、电报站、水牢等。据说，在大航海时代，葡萄牙航海家们在出海之前，都会登上塔顶，回望故乡，而后踏上征程。

站在贝伦塔前，看着底座层层缠绕的青苔，涨涨落落的河水，似乎能够体会当年在此起航的航海家们的复杂心情。离开平静的特茹河后，即将面对的是变幻莫测、危险重重的汹涌大海，没有现成的经验做指导，也不知道目的地在何方 ——站在贝伦塔上对故乡的回望，也许就是此生的最后一眼。但是，来自未知世界的诱惑却是巨大的。

13 世纪末在欧洲流行的《马可 · 波罗游记》中，中国、东亚甚至整个亚洲被描述为文化繁荣、黄金遍地、盛产香料，让欧洲掀起了向往东方的热潮。但是欧洲与这些东方国家却不能直接接驳，香料贸易先是被阿拉伯商人垄断，接着商路又被突然崛起的奥斯曼土耳其帝国阻断。1406 年，古希腊天文学家托勒密的著作《地理学指南》出版，“大地球形说”在欧洲广泛传播。那么，是不是可以在海上找到通往富庶东方的新航路呢？

探索新世界的巨大梦想和强烈渴望，让航海家克服内心的恐惧，踏上征途。穿过特茹河，就是一望无垠的大西洋，前路既可能遇到恐怖的风暴之角，也是一片希望之海，唯有勇往直前、无所畏惧，新大陆才会涌现。从贝伦塔出发，造就了未来的种种——麦哲伦证实了“地球是圆的”，世界开始联通为一体……因缘的变化如此不可思议，当下小小的一步，却开演了广阔的未来。

贝伦塔的前面也是炮台，现在被改装成了战争博物馆。在战争博物馆旁有一个清澈的水池，池中矗立着一个合十形状的纪念碑，半圈的大理石围墙从纪念碑后绕过，上面密密麻麻地刻着许多名字，这都是战争中牺牲的战士名字。有一朵玫瑰别在一个名字上面，也许是亲人来拜望过。“往生极乐世界。阿弥陀佛!”看着碑上的名字，悟光法师默然片刻说："我们转一转，结个缘，超度[①]。"大家跟着法师，念着佛号右绕而行：既是"超度，也是希望以后不要再有战争"。

• 不远航的航海王子

我们继续步行，来到航海纪念碑，这是1960年为纪念葡萄牙航海王子亨利逝世500周年而建。高达52米的航海纪念碑，是用混凝土浇筑而成的一艘展开巨帆的船只，乘风破浪会有时的气势跃然而出。纪念碑上刻有33位航海名人的雕像，包括哥伦布、达·伽马等世界闻名的航海家，但对于葡萄牙人来说，其他人都只是亨利王子的陪衬。纪念碑上的亨利王子，面容沉静、坚毅，手持帆船模型站立船头，遥望远方，航海家、将军、传教士、科学家等紧随其后。

一生只有4次短暂的海上航行经历，都是在近海水域，却被称为"航海家"——亨利王子被葡萄牙人视为民族英雄，葡萄牙国旗上的绿色就是向他的致敬。历史学家也对其评价甚高，认为从他的航海时代起，每一个从事地理大发现的人，都是沿着他的足迹前进的。站在航海纪念碑前，看着这位不远航的"航海王子"，不由得想去探究这位发现者与那个不平凡时代的故事。

葡萄牙最初是作为卡斯提尔王国公主的嫁妆而分裂出来的，地理位置偏僻，资源匮乏，陆上国境线全部与强国西班牙相邻，几乎没有发展空间。15世纪，人口已达150万的葡萄牙面临着生存危机，唯一的出路只有向海上发展。

1415年，19岁的亨利王子跟随国王诺昂一世出征，攻占了北非重镇休达。后人把这看作葡萄牙人，也是欧洲人向外扩张的开端。在休达期间，他获得了非洲有富庶的"绿色国家"的信息，学到了许多非洲西海岸航行的知识，开展航海事业、探寻未知世界的想法孕育而生。

从休达回国之后，亨利王子主动要求到阿加维省担任总督，住到了萨格里什——葡萄牙最西南端坐落于悬崖上的一个小渔村，当时被认为是大西洋尽头的荒凉偏僻之地，并在此度过了余生。那一年，他23岁。在萨格里什，亨利王子如同修道士一般生活。他终生未娶，远离里斯本宫廷的荣华尘嚣，过着朴实的生活，将全副精神都放在了航海事业上，"制心一处，无事不办"在他身上得到充分演绎。

---

① 指借由诵经或作法事，帮助死者脱离地狱、饿鬼、畜生三恶道的苦难。

在很多人眼里，那时的亨利王子地处偏远，放弃了世俗的享乐，就像很多人认为的出家生活一样，“长伴青灯古佛前”，定是有许多的寂寞凄凉。遥想当年，萨格里什云集了来自各国的地理学、数学、天文学、航海学精英，“谈笑有鸿儒，往来无白丁”，这里有人类历史上第一所国立航海学校，还建有地理研究院、天文台、图书馆、教堂，以东 20 公里的拉各斯有港口和船厂，是葡萄牙航海事业的中心。亨利王子与一群志同道合的同伴，做着自己最想做的事业。茨威格在《人类群星闪耀时》中说：“一个人的幸运，莫过于在他的人生中途，即在他年富力强时发现了自己生活的使命。”拥有这样的幸运，我想他更多的是乐在其中。

事业成功的关键就在于人才。根据传记作家费尔南·洛佩斯的记载，亨利王子是一个非常慎重、果断的人，他非常清楚他需要什么，善于同其身边的出色幕僚相处。1000 多年前，亨利王子就面向全球招募人才，广纳各国的地理学家、地图绘制家、数学家和天文学家，意大利人、阿拉伯人、犹太人、摩尔人，不同种族、不同信仰的专家学者都被招致麾下，许多威尼斯和热那亚的航海家也来为他效力，全欧洲最著名的制图家犹太人贾富达·克雷斯奎斯，也从马卡略岛来到葡萄牙。为了培养航海人才，亨利王子创办了一所航海学校并亲任校长。他聘请制图、地理、数学、航海、天文学各方面专家到学校任教，将理论与航海实践相结合，在西非海岸的探险过程中，将航海员收集到的资料运用到教学中，不断更新教学内容，培养出一批具有丰富经验的航海家。

据资料记载，亨利王子从不为琐碎事情浪费时间。他广泛收集地理、气象、信风、海流、造船、航海等种种文献资料，并加以分析、整理、利用；建立旅行图书馆，收集了很多地图并且绘制新的地图；与各类专家共同研究、讨论、制定规划；造出了适宜在大西洋上航行的多桅三角帆船，资助数学家和手工艺人改进、制作新的航海仪器，解决了航海中的技术难题；严密规划着每一次远航，虽然他从未出海远航，但可“运筹帷幄中，决胜千里外”。无论是何种世出世间的事业，要想获得成就，都需要有一段耐心积攒资粮的过程。

从 1418 年开始，亨利王子组织了多次非洲西岸的探险活动，先后发现了马德拉岛、佛得角群岛，并从直布罗陀沿非洲西海岸到达几内亚湾。亨利王子留下了精密的航海计划、完善的航海资料，最适合远航的帆船和最优秀的水手，将零散的探险变成了持久而系统的事业，而葡萄牙由此迸发了海上探险的热潮，改变世界历史格局的地理大发现自此拉开序幕。

• 通向新大陆之路

在航海纪念碑的背面，刻有一个大十字架，而在追随亨利王子的塑像中，两位传教士塑像位居正中。“亨利王子是虔诚的基督教徒，进行航海也是为了传播基督教。”刘导说。1420 年，教皇指派亨利王子为基督骑士团大团长，他的帆船即以红十字图案为装饰，在他的探险活动中，很多船长都并非老资格的水手，而是充满激情和幻想的年轻贵族。《通向现代世界的 500 年：哥伦布以来东西两半球汇合的世界影响》(北京大学出版社，1994)中这样说道：“15 世纪初，亨利王子向西非沿岸南下，教皇任命他为骑士团长，该骑士团拨出大量钱财供他用于在西非传教……基督教的理想是扩张的凝结剂，使各种各样世俗的要求罩上神圣的光圈，不管是到东方来的达·伽马还是到西方去的哥伦布，都是把宗教目标和现实目标糅合在一起，无法区分。传播基督教成了探险家们强大的精神来源之一。”在当年的远征航船上，除了船员外，传教士也是必不可少的成员。

望着航海纪念碑上众多航海家塑像，悟光法师说：“我们也是航海家，现在也可以说是航空家，这次就是坐飞机，远赴重洋到欧洲。”法师接着说：“我们右绕一圈吧。”

因为纪念碑紧挨特茹河，我们计划中的右绕“被迫”改为登上航海纪念碑顶层。登高望远，眼前是一片廓然美景，一边是蓝色的特茹河，美丽的贝伦塔在岸边优雅地伸展；一边是建立在山丘上的城市，红瓦的屋顶缀于成荫的绿色之中。即使是经过了大地震的冲击，从大航海时代中走来的“欧洲之都”里斯本依然美丽。

从纪念碑上往下眺望，在一个巨大的风向玫瑰罗盘图案中央，有一巨幅世界地图，上面标示了葡萄牙航海探险的足迹和发现新大陆的日期：1487 年，迪亚斯的探险队到达非洲南端，发现好望角；1497 年，达·伽马沿着迪亚斯的足迹，第一次绕非洲航行到印度，被称为“新航路的发现”；1519—1522 年，麦哲伦船队完成人类历史上第一次环球航行。与此同时，西班牙也在海上大力扩张。1492 年，哥伦布发现新大陆。发现新大陆后，欧洲至印度、印度尼西亚、中国和美洲的最有利的通商航路都被西班牙和葡萄牙所占据，两个国家一跃成为当时欧洲最富强的国家。荷兰、英国等为发展海上贸易，开始在高纬度地区寻找通往印度和中国的新航路，并探险世界其他地区。

伴随着新航路的开辟，东西方之间的文化、贸易交流开始大量增加，世界连成一体，客观上促进了世界文明的汇合。欧洲这个时期的快速发展奠定了其超过亚洲繁荣的基础。对世界各大洲在数百年后的发展也产生了久远的影响。

站在特茹河边，看着蓝色的河水源源西流，思绪开始飘向不远处的大西洋：心灵的“新大陆”又在哪里？

道在何方

从修道院到总统府，下午的参访行程开始变得繁杂起来。青青翠竹尽是法身，郁郁黄花无非般若。无论是修了 80 年的古老修道院，还是总统博物馆，怀着一颗学习的心，道就在一切时处中。

• 时代的见证

大航海时代的巡游还在继续，下一站是最能代表葡萄牙海权时代荣景的建筑——杰罗尼莫斯修道院。

建于 1502 年的杰罗尼莫斯修道院，是当时的国王曼努埃尔一世为了庆祝航海家达·伽马发现前往印度的新航路而建。“这座修道院修了 80 年。”“80 年！”大家都为之惊叹。刘导介绍：“1755 年大地震时，葡萄牙国王约瑟一世正率领王室成员在此做礼拜，当时里斯本有 20 多间教堂被震塌，但这里依然安然无恙。”

看到杰罗尼莫斯修道院，第一感觉就是气势如虹。修道院的门墙与其相连的 Santa Maria 骑士团教堂纵深长达 100 多米，必须站在远处，才能将全景摄入镜头中。相对于里斯本大教堂的厚重古拙，杰罗尼莫斯修道院则有着皇宫的奢华大气。修道院由葡萄牙特产的金彩米黄石材筑成，白石的圣洁中蕴润着黄金的华贵，30 对数十米高的塔尖直指天际。绳结、锚、珊瑚等精美雕饰遍布其上，大海的气息迎面扑来。杰罗尼莫斯修道院是曼努埃尔式建筑的代表作。曼努埃尔风格

(Manueline)是葡萄牙大力发展海权主义出现的独特建筑风格，特征是将航海元素融入哥特式建筑，多以海浪、贝壳、船只、航海仪器、海洋生物和植物等图案作为墙面、窗框等的装饰。

1499 年，达·伽马船队从印度带回了满船的黄金、香料、瓷器、丝绸，一时举国沸腾。新航路开辟后，葡萄牙进入原由阿拉伯人控制的印度洋贸易，国家财富急剧膨胀。曼努埃尔一世用香料和黄金征税的 5%，修建了杰罗尼莫斯修道院。历史就是一部无常的注解全书。即使是当年繁盛如此的杰罗尼莫斯修道院，当 1833 年葡萄牙的自由主义运动发生时，所有的宗教都被驱逐，葡萄牙的教会宣布停止使用修道院，修士都被逐出修道院。

因为时间有限，我们只进入 Santa Maria 骑士团教堂参观。进入教堂大门，往右走可看到亨利王子与基督十二门徒的雕塑，两翼则分别是葡萄牙文艺复兴时代最伟大的诗人卡莫斯与达·伽马的坟墓。卡蒙斯的代表作《卢济塔尼亚人之歌》，以达·伽马东行为背景，歌颂葡萄牙航海家的大无畏精神。据说，外国元首到葡萄牙，都会到卡蒙斯墓前献花。曼努埃尔一世和玛莉亚皇后、若昂三世和卡达琳娜皇后也被葬于此。与中国讲究入土为安的传统不同，将王公贵族、传教的圣徒与先知、先贤的遗体安放在教堂里，是欧洲的传统。

走进教堂的中殿，发现外面广阔的天空倒不如这有顶的教堂显得高广。六根满是精美雕饰的八角圆柱通体拔地而起，似要直通云霄，穹顶上是石柱交错而成的精美图案。阳光透过玫瑰花窗投射进来，为十字架披上一层金沙，似在天上，又似在海底。虽然游客很多，但过于高广的空间把声音给掩抑住了，少许声响反倒更显空旷。墙面、门框、窗框也满是绳索、浪花、珊瑚、海草等海洋样式的精美雕饰，巨大的窗玻璃上绘着五彩斑斓的圣像。

- 信仰的展现

徜徉其中的贤清法师叹道："快还是慢好呢？花了 80 年修的建筑，延续了 500 年。"法师伸出手，仔细地摩挲着墙面绳索形状的石雕："这些绳索，都是一个一个刻上去的，看起来又像是麦穗，也像橄榄枝。"

"这是艺术。"有同学说。

另一位同学说："这是信仰的展示。"

贤清法师赞同地说："所以感人。"

在一个古老的天主教堂中，身穿黄色僧衣的法师分外注目。一位外国老者一直在旁注视着法师。过了一会儿，老人走到我们身边，问："这是谁？"

我们告诉老人："这是出家人。"

老人又问："他祈祷的神是谁？"

有同学答："佛陀。"

老者说，他感觉法师在这个环境里非常自在，没有被局限住，和环境融入得很好，"有着一个开放的心态，有这样一种灵魂的追求，就一定能够实现自己的目标"。

祭坛前的巨大横廊屋顶，不以任何柱子支撑，穹顶如同飘在空中，下面巨大的空间中满是座椅，可以想见当年的盛况。祭坛的四壁是罗马柱隔开的精美壁画，祭坛前立着低眉垂视的圣女贝特勒赫姆塑像。"金碧辉煌，真的不可思议！"悟光法师赞叹之后，又无不惋惜地说："这么大的教堂，如果不做礼拜，真是可惜！这么大，这么高，几百年前能修成这样，而且都是石头块建成的，真不简单！"

此时，王硕过来跟法师说："有人合十。"一位外国女游客主动跟法师致意，法师跟她结缘了龙泉寺简介、光盘，她拿到法宝很高兴，连说"Thank you（谢谢）"。

蒋晓旭说："来问的都是有缘的。"

法师："没缘不会过来。"

王硕："所有的宗教场所，不管是寺院，还是教堂，都给人神圣的感觉。"

悟光法师："因为都是善业嘛，业力不一样。"

李冰："能感受到。"

从修道院离开后，我们步行来到葡萄牙总统府。一路上，又是很多人在向法师这边好奇地张望，悟光法师淡淡地说道："估计很多葡萄牙人没见过我们这种衣服，第一次见。"在毫无察觉之时，法师说："到总统府了。"总统府的铁门小而平常，而且只有两位士兵在守卫，游人还可以与他们合影，总统府的建筑还都是鲜艳的粉红色，这些让我觉得很是意外。更让我诧异的是，当法师问是否可以进去参观时，刘导居然走进铁门，跟一位保卫人员沟通起来。刘导带回的答案仍然出乎意料："今天是儿童节，小朋友可以进去，我们不能进去。但我们可以去旁边的博物馆参观。"从大门远远望去，总统府门前的花园中，有很多小朋友在嬉戏。

虽然没有达成所愿，但又有了新的因缘，法师立即带着我们去总统府一侧的博物馆，随缘就得自在。在入口的商品区，有一个儿童专区，看来为了儿童节，总统府确实做了精心的准备。博物馆分上、下两层，面积不大，但布局精巧，展示历届总统及其家人捐出的近百万件物品，包括总统手迹、衣物、用品以及历届总统就职的照片及文献资料。其中，我们也看到了不少来自中国的精美工艺品，包括清代的中国瓷器，还有一尊白色的菩萨像。在异国他乡见到中国物品，顿时让我们觉得非常欣喜。一面墙上挂着历届葡萄牙总统像，贤清法师看后说："佛在因地修菩萨行时，也曾多世在世间做大臣、国王，磨炼心性。"

在返程的大巴上，随着刘导在车上总结今日的行程，从他口中报出的那一长串的地名，不断提醒我们，我们来到葡萄牙了。

此时，宋柏青感叹道："怎么我没感觉到了欧洲呢？"

悟光法师笑着说道："这是因为和团队在一起，如果是一个人来，感觉马上就不一样了。到了葡萄牙，只会英文也不行，一个人就会感觉陌生和害怕。"

晚上，我们还是回到中午用斋的叙香缘餐厅用药石[①]。跟中午一样，这里并没有其他的客人，似乎是我们的专场。而晚上的菜式与中午的居然完全不同，但精致的做法却是一以贯之，如同一双温柔的手，将我们一天的疲劳轻轻拭去，感受到一种发自内心的清凉。专注、用心去做一件事情，在这家葡萄牙的中式餐厅中，是不是也有某种道呢？

---

① 佛制比丘过午不食，故寺院称午后之饮食为药石，意思是为了治疗饿病。

感悟“伊甸园”

昨日的里斯本市区“一日游”，虽然看了不少的景致，但几乎是脚不点地，一天跑下来，法师数数提策思维的“坏苦”变成了真实的“苦苦”[①]。今天，又有两位在葡萄牙的中国人加入我们的行列，带着我们在这个地上的“伊甸园”进进出出，让我们的参访有了更为多元的角度。

• 结识新朋友

到酒店大堂集合时，看到一张和善的中国面孔，这是我们在国内联络的中国留学生刘川的好朋友周峰，今天特意过来为我们做向导。虽然是第一次见面，但彼此之间并不觉得生分。周峰在里斯本大学读博士，研究智能机器人。看到一位在异国他乡的自己人，我们都纷纷地向周峰了解当地的情况。

听说周峰在里斯本已经待了 3 年，李冰问：“在这里感觉如何?”

周峰说：“还行呀，但要看你是哪种人。欧洲的空气什么都很好，但这里肯定没有国内热闹。欧洲的生活要舒服、惬意很多，休闲很多。”

李冰：“感觉这里的人挺友好的。”

周峰点头道：“欧洲人，尤其是南欧人，像葡萄牙、西班牙、意大利等国家的人

---

① 三苦之一。苦苦是饥渴、寒热、刀杖等痛苦的境界所产生的苦。

都比较热情。”

李冰问：“我看这里的消费水平不高?”

周峰说：“葡萄牙的物价是欧洲最低的。有些东西价格可能比北京还低。”

我问：“这个城市好像不是非常现代。”

周峰说：“这里的老留学生说,20 年前这里是什么样子,现在也都还是什么样子。”

我：“这里的很多房子看起来都是 20 世纪七八十年代的建筑。”

周峰说：“我住的房子都有 100 多年了,这里不让拆。在老城区,你可以看到非常旧的房子,但不准拆,也有很多是私人财产。”周峰说,他有一个朋友,就是在自己的房子内部装修,都被法院告了,罚了十几万欧元。

我接着打听道：“葡萄牙人一般都说葡萄牙语吧?”

周峰：“是的,我感觉,在欧洲,除了荷兰英语普及率高,其他国家都不太说英文。荷兰几乎每个人都会说英语,他们甚至会说中文,特别是在商店里面。”

我接着问：“去的中国人很多?”

周峰说：“你们走走就会发现,在欧洲的中国人很多,学习、生活、旅游的都不少。”

我问：“那在这里见到中国人,不会觉得很奇怪吧?”

周峰答：“不奇怪,特别是在旅游景点。”

“那昨天那么多人跟我们打招呼,看来都是冲着法师去的。”我说。

“都是中国人吗?”周峰问。

我摇头道：“都是外国人。”

刚说到法师,悟光法师、贤清法师也来到大堂。李冰跟法师介绍周峰：“他在里斯本大学高等理工学院读博士,研究机器人的。”

悟光法师马上说：“参观参观你们的机器人。”

“我们周一、周二都必须待在实验室,你们周一、周二可以来我们实验室。”短短几句话间,一个原本不在计划中的新参访因缘就被创造出来了。

走到宾馆大门外,又发现一张新的中国面孔——这就是我们今后几天在里斯本的新导游李导,悟光法师跟他结缘了法宝。李导来葡萄牙已有 30 多年,在里斯本当过老师,黝黑的皮肤,戴着大大的墨镜,一脸的阳光,很有葡萄牙当地人的感觉。

• 感受“伊甸园”

今天上午，我们要去离里斯本30公里的辛特拉小镇参观。周峰上车后，细细地询问我们未来两天的行程，为我们规划路线，毫不见外。我们要去的辛特拉小镇也被列入了世界文化遗产。这里气候条件独特，据说即使全葡萄牙都晴空万里，这里的海岸上也可有浮云留下的阴凉，辛特拉山脉几个世纪以来都被认为是夏日乘凉的好去处，曾被英国著名诗人拜伦称为“地上的伊甸园”。葡萄牙被摩尔人统治了500多年，留下了很多阿拉伯风格的建筑。在摩尔人统治初期，他们就开始在辛特拉的山上盖城堡。

李导在大巴上，为我们介绍葡萄牙的情况。在葡萄牙待了多年的李导，对葡萄牙的评价是“适合人类居住，不适合赚钱。如果不考虑赚钱，在这个国家生活是非常舒适的”。葡萄牙的休假日非常多，但因为欧债危机，也在改变。“原来有三个国家公休日，现在改成继续上班了，以前中午半个小时的吃饭时间也算入上班时间内，现在也不算了。”大巴车渐渐驶入辛特拉山脉，走在弯弯曲曲的小路上，绿荫葱葱，空气格外清新，山的背后就是大西洋。李导说，摩尔人统治过的城市，街道都是曲里拐弯的，所有的路都四通八达，这是出自战备的考虑。下车前，李导提醒我们要把包看住了，“在欧洲人的印象中，中国人口袋里除了欧元之外什么也没有”。悟光法师听后说：“我们来到欧洲，就要让他们不仅看到中国人的欧元，还要看到中国人的善心。”

下车后，李导带着我们去小镇漫步。辛特拉的潮湿，让这里的绿色似乎都笼上氤氲的雾气，路边潮润的石墙上，绽放出半墙烂漫的野花。因为里斯本没有工厂，所以这里非常干净。李导让我们用手去摸摸石头墙面、路沿等，确实是一尘不染。李导说，这并非人力所为，而是天然形成的。“福报！”悟光法师叹道。我们先来到一个小广场，摆满了咖啡桌，一位浓妆的女歌手，在路边唱着法多，忧伤而又悲凉。我们从广场旁的石头路拾级而上，鲜艳的糖果色墙面、石质的窗框、蓝色的外墙瓷片——两旁的房子质朴而古老。底层大多是商店，主要售卖软木工艺品、陶瓷制品、纺织品。李导在大巴上曾介绍葡萄牙的一大特点“人要脸，树不要皮”。葡萄牙盛产栎树，栎树9年剥一次皮，栎树皮也就是“软木”，可以做成酒瓶塞以及其他工艺品，葡萄牙的软木酒瓶塞销量为全球第一。

李导带着我们沿着小街小巷边走边看，朝着辛特拉国家宫走去。一路上都是各具特色的老房子，不少房子已经墙皮斑驳。欧洲人对老城的保护意识很强，对建筑的修缮要求是“修旧如旧”。这里的路标、门牌都是用瓷砖拼成，经年不坏，很像中国的青花瓷。在路上，不时就能看到不少白墙蓝瓷的阿拉伯风格小屋，一下子就从中世纪的欧洲踏入了《一千零一夜》中的神秘东方国度。

路过一个天主教堂，里面正在举行宗教仪式，且对公众开放，大家都非常好奇，进去体验。推开厚重的木门，肃穆悠扬的管风琴声马上就让人静下来。教堂面积不大，但依然是穹顶入云，金碧辉煌。在祭坛上，一位穿着金色刺绣白长袍的神父旁边，站着一位着金色长袍的男童。一个中年女子跪在神父面前，神父左手拿圣经，右手拿着一个小拂尘，从男童手捧的水罐中蘸水，洒在女子头上，其他的人都在为她祝福。神父读了一段《圣经》，在场的信众合唱着赞颂。仪式结束后，刚才表情肃穆的神父，与这名女子对起话来，说着说着两人都笑了起来，下面的信众也都笑了，感觉彼此非常熟悉。走出教堂，外面的广场上立着一根石头圆柱，顶端有一个十字架。李导说这叫耻辱柱，虽然天主教有忏悔的方法，但有些罪不能完全忏除，如果犯了这些罪，或者是反复犯罪，那就要在这里示众以示羞辱。

教堂的边上就是著名的辛特拉国家宫，这是葡萄牙保存得最完好的摩尔人风格的中世纪皇家宫殿。在葡萄牙建立共和制前，这里一直是国王的避暑行宫。在宫墙的广告牌上，用三种语言写着“辛特拉宫每日开放”字样，其中就有中文。白色的石头宫墙看起来甚为朴素，背后两个大烟囱很是醒目，四扇焰型大门提示着阿拉伯风格。我们没有进入宫内参观，在门厅转了一圈，就来到宫外的城市广场。站在广场中，感受整个小镇——全城被绿色植物所覆盖，那些童话中的美丽房子建在跌宕起伏的北侧山坡上，石子小路贯穿整个城市，向林木茂密的郊外辐射开来。建筑物、花园与周围自然环境和谐共处，而这些都是天然形成的，真可谓是现量[①]的人天福报了。正在我要陷入眼前的美景时，悟光法师一句话点醒我：“如果在享受的心态里，那就是贪分所摄，内心没有造善业的机会。”

---

① 唯识学立有三量：现量、比量、非量。量是认识、知识，也是测量的准绳。现量是用不着意识思索就能够直觉其存在，也就是直接之知，如人的手碰到火，立刻就知其存在。

路边有一排观光的马车，马都非常高大健壮，但是眼睛两侧都被挡住，只能往前看，嘴巴也被铁箍锁着，舌头不能吐出来。有师兄说："它们一定很苦吧。"法师："眼睛也被挡住，吃也不能吃。能不苦吗?"感恩它们的示现，让我在一片美景中思维到三恶道[①]苦，念死无常[②]，"如是现法一切圆满，于临死时唯成念境。如醒觉后，念一梦中所受安乐"。

• 中国人在葡萄牙

11∶25，大家坐上大巴去用午斋。在大巴上，李导分享了他自1983年来葡萄牙后，和本地文化的冲突和融入的经历。李导谈到，当他刚来这里不久的时候，有一次，葡萄牙朋友邀请他周末到家中做客，说是8∶00过去，结果他按照中国的习惯，7∶50就提前到了。到了之后却大为尴尬，那位朋友还在睡觉。原来，葡萄牙人一般说8点过去，其实就是9点去的意思。此外，如果想要去串门，即使是再好的朋友，如果去之前不提前打招呼，都是不礼貌的行为。李导还谈到葡萄牙人的直接。如果去朋友家，正赶上饭点，如果问你是否吃饭、喝饮料，你如果像在中国一样客气几句，说"不用了"，那葡萄牙人就不会问第二遍，他们很直接。

李导经常会遇到中国游客咨询移民的事情。他通常会建议看自己是否能度过寂寞关，虽然这里的房子不错也不贵，但"再好的房子，住两个月也就不新鲜了，再好的商店，逛三个月也烦了。长时间下来，很多人就会感到很寂寞，过不了这关，又回去了"。这不就是坏苦吗？仅仅五欲[③]的满足，就有无饱足的过患，而且很快就感苦苦的果，如再好吃的东西，吃久也腻，吃多也撑。

李导的讲说非常有感染力，大家听得都很专注，说着说着，就到了用午斋的地方，一个藏在小区中的中国餐厅——福建餐厅。

"我们这样7个国家走下来，非常不可思议。集中式地了解整个欧洲，快速把7个国家了解一下，就有了整体概念。"当我问到如何了解时，悟光法师开示："这就看你的心。你的证量有多高，你就了解多深。跟外在的没有多大关系。要去

---

① 指地狱、饿鬼、畜生。

② 思维自身的死与无常：自己一定会死亡；自己不定何时死亡；死时除佛法之外其他无益。

③ 指财、色、名、食、睡五种欲望。

感悟。”

贤清法师开示了解的重要性：“有很多东西是实践出来的，不是规划出来的，没办法想的。比如你想到欧洲、到美国弘法，以什么方式，是规划不出来的，必须跟他们互动，要先体会他们的苦乐。”周峰坐在贤清法师这桌，和大家一起讨论明天的讲座用什么语言。周峰说，感觉整个欧洲，除了荷兰的英语比较普及，其他各国都不算很好，但是在国际学校里，由于学生来自各国，所以英文就是教学语言，在大学里用英文讲座应该都没有问题，再配上 PPT，就更没问题了。周峰还提到，这里很多人对中国文化、中国人都非常感兴趣。

周峰的话让我们对葡萄牙乃至欧洲大学的情况都有了进一步了解，对明天的讲座就更有信心了。看似吃饭中的闲聊，也可以收获颇丰，这也许就是两位法师都强调“了解”的深意所在。我们来了，我们去看、去听、去感受，只要用心，一切都可以成为修行的资粮①。

---

① 资是资助，粮是粮食，佛教认为修道亦如远行，要有善根、福德、正法等粮食资助其身，才能到达。

陆止于此，海始于斯

在里斯本的一天多时间中，听到了太多关于大西洋和航海的故事。但是，再精彩绝伦的描绘，也抵不过现量看到那一刻的感受真切，这也是参访团要到欧洲实地走一圈的重要原因。下午，我们终于看到了大西洋。

• 天涯海角无穷尽

用完午斋，大家准备去参观葡萄牙的最西端，也是欧亚大陆的最西端，欧洲人曾经以为的“天涯海角”——罗卡角(Cabo da Roca)。李导说，在罗卡角，有一块著名的石碑，上面刻着葡萄牙诗魂卡蒙斯写的诗文。卡蒙斯并没有参与过葡萄牙的航海事业，但是他的忌日却成为葡萄牙的国庆日，葡萄牙人对其的尊崇可见一斑。“因为他是把葡萄牙的航海历史写出书、留下文字的人，而文字可以永远流传下去。”李导解释道。

13：50，到达罗卡角。到了罗卡角，才知道什么叫“海天一色”——那种纯净到极点的蓝色，从天至海，无有穷尽，让人无法分清何处是苍穹，何处是碧波。身处其中，迎着海风的那一刻，平日里那个强大的“我”似乎都被吹走了，消融在那一片无始无终的蓝色中。

罗卡角实际上就是一块突入海中的巨石，角上立着一块石碑，顶端是一个十字架，碑上刻着罗卡角的经纬度和卡蒙斯的传世名句——“陆止于此，海始于斯”。崖边，仅有一圈原木栅栏作围，栏内是深茂的绿草和似锦的繁花，栏外是潇厉的海风，拍岸的惊涛，还有望不到边际的大西洋。站在石碑的边上，望着苍茫的海面，想想开启航海大时代的葡萄牙，对于当年的远航者来说，这里是他们对于陆地最后的记忆，但也是海上旅途的起点。站在这里，可以感受到他们在海上大展拳脚的那种雄心壮志，那种愿望和决心。“弘法也要有这样的精神！”悟光法师凝重地说道。

“陆止于此，海始于斯”——陆，止，海，始，一灭一生，生命无限，希望无穷。这八个字，多一字则嫌繁，少一字则不足，既有西方诗歌的浪漫情怀，又有中国古典文学的含蓄韵味，促发人去思考、去回味，让我们感受到了翻译的力量。

望着大西洋的远处，碧海蓝天，对面不就是美国吗？我们去年美国参访回来后制作了一部记录短片，片名叫作“此岸 · 彼岸”。去年，我们去了大洋的彼岸；现在，我们正在大洋的此岸。

悟光法师说：“去年到彼岸，今年到此岸，在那边觉得此岸是彼岸，在这里觉得彼岸是彼岸。到底是此岸，还是彼岸呢？”

此岸彼岸就是在一念之间，此岸就是痛苦，彼岸就是快乐。人活着世间是此岸，所有的元素都是一正一负的，有得必有失，有喜必有悲，何来永恒？唯有抵达佛的彼岸，才得永恒，才得真实。

沿着悬崖的边缘，大家跟着悟光法师，依旧是右绕的方向，从一边经行到另一边。在这里的高处，矗立着一个面向大西洋的红色灯塔，这是当年住在罗卡角附近的亨利王子所建，是为远航的探险家们指引方向。坐在灯塔下的一片草丛中，悟光法师带着大家，至诚殷重地诵了三遍《心经》。就这样，在大西洋边上，140 米高的悬崖上，用我们特有的方式种下了一粒种子，结下了一份未来的因缘，那种感觉，异常的殊胜，无以言表。

• 碧海蓝天风乍起

离开罗卡角，我们前往卡斯卡伊斯(Cascais)地区，它是葡萄牙的富人区，曾经是葡萄牙国王夏天在海边度假的地方。葡萄牙有 800 多公里的海岸线，堪称黄金海岸，沙滩是黄色的，并且都是免费对外开放。

在行车的中途，我们经过一个沙滩——劲松沙滩，那是个冲浪的好地方，因为浪比较高，比较适合照相，李导建议大家下来走一走。

从停车的地方走到沙滩有一段距离，一路上，迎面而来的车里的人们不断向法师们招手致意，法师们也不断地回应，不断地为路人播下善的种子。

六月正是欧洲人度假的黄金季节。今天天气很好，又是周末，李导说，差不多全里斯本的人都到沙滩上来晒太阳了。不仅是葡萄牙本地人，欧洲其他国家的人，也都喜欢到葡萄牙海边来度假。大西洋风平浪静，美不胜收，唯一的缺点就是水质冷，大约为 15℃到 18℃。因此，在海边的人都是在沙滩上晒太阳，晒热了，就下水去凉快一下，然后又上岸接着晒。

远远看到沙滩上簇拥的人群，两位法师没有下去，让我们自己去看看。我本来也不想下去，但李导的盛情相邀，让人不忍拂其美意。踩在细柔的沙中，面朝大海，在阳光下徜徉，确实很惬意。但转念又想，如果真的让我待在沙滩上，什么都不做，晒一天太阳，一定会是惴惴不安的，感觉浪费了珍贵的暇满人身。正在尝试思维坏苦的时候，被同行们叫了上去。

原来，几位师兄跟着法师来到一片无人的岩石区域，一路走下去，就可以近距离接触大西洋。两位法师行动迅捷，一会儿就到了大西洋边上。相对于刚才沙滩上细沙的柔滑，法师开发出来的这条路真是崎岖难走。礁石上布满了海苔和细小的贝壳，让人感觉无处下脚。站在这湿滑的岩石上，海水也不再平静，在猛烈海风的推动下，一浪高过一浪，一重又一重地拍击着岸边嶙峋的巨石，看着那似乎就要溅到身上的浪花，不由得为之心惊，但两位法师却是一派自在无畏的样子。近距离感受大西洋，浪花一个接一个打来，后浪推着前浪……也在重重冲击着我的心——不管前方浪有多高、海有多深，还是要无所畏惧地前进。

• 千山万水喜相逢

因为要等候大巴车，大家走进了海滩边上的一家五星级酒店，里面有一家 Muchaxo 咖啡馆。由于时间允许，法师同意大家在咖啡馆里稍作休息。坐在屋内，听着音乐，窗外是无尽的大西洋，湛蓝的天空，热情的阳光，长长的沙滩，屋子四周种着美丽的花花草草，这也许就是这里的人心目中的理想生活吧。李导说，在海滩晒太阳是欧洲人喜欢的生活方式，但中国游客并不是很喜欢，因为“怕晒黑了”。真是一人之美食，他人之毒药，五欲的快乐是如此的不真实。

坐在咖啡馆里，大家围着法师，抓紧时间分享参访心得，请益佛法问题。此时，李导问，咖啡店的老板正在店里，要不要见见。悟光法师说请过来，见面就结缘了法宝，还给他戴上一串念珠。

经过交谈，得知这位老板已是83岁高龄了。他跟中国的渊源很深，去过香港、澳门、珠海等地。本地中国使馆举办的很多活动，都会邀请他参加，他还说，自己的儿子是学电子专业的，他的业务一直和中国有往来。

简短交流后，老板非常热情地带我们参观这家咖啡馆以及他的一些收藏品，其中有一段500年前的来自印度的木材，树的名字叫卡西亚。在早餐厅的大壁炉上面还雕了一条龙。在我们要离开的时候，老板还盛情邀请我们看了一幅中国客人留下的题字："葡萄牙天涯海角，别具风情；海南省天涯海角，与天齐美。"最后送行时，咖啡馆里的一位工作人员还用中文和我们打招呼，我们则以葡萄牙语的"谢谢"作为回馈。李导说，这个老板对中国很友好，非常喜欢带着中国游客来此参观。

没想到在这里，都还有人在学中文，让我们确实感到了中国的强盛、国家的发展所带来的影响。国力的强盛，必然带来文化的传播，这也是我们这次参访成行的广大缘起之一。

上车后，就一直沿着海滨大道，经过卡斯卡伊斯(Cascais)地区，往里斯本市区方向返回了。沿途的沙滩是一个接一个，正如李导所说，都是风平浪静，游泳、晒太阳的好地方。我们看到，路边的停车场都停满了车，可见沙滩上的人非常之多。

在卡斯卡伊斯地区海滨大道的两边，一边是人们在沙滩上支着太阳伞，悠闲地躺着；一边是各式的豪华别墅，并带着巨大的花园和游泳池。"真是在建造人间的快乐生活。实际上真快乐吗？都是业力所引。"悟光法师说了一半，停了一会又说，"快乐来源于内心的宁静"。平时比较容易感受到"苦苦"，"坏苦"只是书面上的一个名相，没有太多的认识。而在当下的因缘，经法师的数数提示，才对苦苦和坏苦都有了更深的认识：如果心里觉得这是很舒服的、很安逸的，就会不自主地把这种人天福报转化成内心的宗旨目标，那还怎么能去超越？

不肯去天堂

从今天开始，我们从里斯本的历史走入现实，上午来到的是里斯本世博园，里面景色令人心旷神怡，让人联想到天堂。

- 海洋的世界

9：30，我们坐上大巴前往里斯本世博园。世博会的会址位于里斯本东北部边缘的特茹河畔。里斯本因航海而兴，举办1998年世博会的初衷，也是为了重振城市经济，改变一度成为炼油厂、屠宰场和垃圾场的港口区面貌。世博会过后，这里成为里斯本的生活新区——国家公园。世博会的临时建筑区域和世博会的周边地区用于商务和住宅发展，跨河大桥以北区域作为大型公园。

来到世博园区，首先映入眼帘的是简约别致的世博园大门，中央是一潭碧水，周围以蓝色装饰为主，让人联想到海洋，而当年世博会的主题就是——“海洋，未来的财富”。

走进大门，便看到一座气势恢宏的现代建筑，这是里斯本世博会的标志性建筑——建筑大师卡拉特拉瓦设计的东方火车站。站台看上去像绿洲，像森林，也像地中海式的露天市场。钢、玻璃和棕榈树紧密排列，覆盖着8条铁道，带来了全新的感受。整个建筑物堪称现代建筑的一个杰作，也寓意着葡萄牙过去和未来都会面向东方，意味深长。

紧接着，眼前出现一片开阔的草地，满眼的绿色。这里的草地有个特点，地势是不规则的，有低洼，也有山丘，踩在上面软绵绵的，如同遨游在大海的波涛之间，真是处处不离“海洋”的主题。

法师问起：“这里人为什么这么少？”

李导告诉我们：“葡萄牙大部分单位早上 10 点才上班，目前还没到上班时间。”

法师：“那几点下班？”

李导：“下午 5 点下班。”

不远处，有一座外形如同巨轮的建筑——国家海洋馆，馆的四周都是水，进去要通过浮桥。海洋馆的外形好像是四个长方体组成，李导说，四个长方体分别是四个场馆，分别装着四大洋的动物，四大洋海水的温度不一样，动物的种类也不一样，这里每个馆的水温也是不同的，并且每天都会换水。

与海洋馆并排的是葡萄牙国家馆，场馆西侧树立着参会各国的国旗。国家馆不算高，馆中央有一张很大的预制板，长 65 米，宽 55 米，可以随风波动，但不会掉下来。又是海！真是处处不离办会主题，处处不离宗旨目标。国家馆后有两座住宅楼，外形像帆船一样，李导说，住宅楼离河最近的一侧，是观景最好的，也是单价最贵的，一套 125 平方米的房子，总价约在 60 万欧元。但李导说，不过因为房子价格太高，很多房子到现在都没卖出去，里面是空的。

走到园区边上，环绕的是一眼望不到边的“大海”，这并不是海，还是特茹河。我们沿着河岸，向西步行。岸边的路面是用木板条铺成的，走在上面感觉很软，很惬意。不时有一些跑步的人经过，远处的石台上，稀稀两两有几个坐着发呆的人，阵阵河风吹过，让人顿时烦恼尽无。

李导说，他遇到许多中国人想到这边来购买房产，但他并不建议，因为里斯本的房价变化很小，几十年过去了，房子还是同样的价钱，不增不减。“而且有些房子看起来很便宜，才十几万欧元，但是离市区很远，出门方圆几公里都没有人。”

“建道场，可以。”有师兄马上联想道。

说到这里，李导不无感慨地对法师说：“法师，我看一些电影里，有些人金盆洗手躲到一个寺里待十几年不出来，我真是佩服得五体投地！现在的人，三天不看手机，不上网就难受。如果一关十几年不出门，就念佛，心静得真是让人佩服。”

法师说："你要是有空读一读《法华经》，会更佩服。佛陀一入定就是按劫[①]来算的。"

李导顿时默然："我有一次去度假，在一个地方待了两天，就受不了了，心静不下来。"

我们继续朝着主会场的方向走去。一片开阔地中竖立着当年参加世博会的国家和地区的国旗。每根旗杆下都有一张地图和说明，标记着国旗的所属国和国家的地理位置。李导说，因为考虑到很多小朋友都喜欢问"这是哪个国家的国旗?"有了这个说明牌，家长就不会尴尬了。一个细微处透出了代人着想的心愿。

穿过"万国旗"后，终于来到了主会场——乌托邦馆。乌托邦馆从其他角度看，顶部都是圆的，但走到正门才发现是尖的，整个造型像鲨鱼的嘴。乌托邦馆在世博会后用作里斯本的多功能活动中心，举办了各类世界级体育比赛和文艺表演。

- 大桥的思考

看着远处的空房子，悟光法师说道："从福报上来讲，并不是你买了就有福报，像这里的房子，拥有并不等于受用，在这里呼吸新鲜空气的也不一定是你。""受用有两种，一种是身受用，一种是心受用；买了的人身受用没有，心受用中的名受用有，拥有这个房子的名分。"听到这里不禁联想到自己，如果不学佛，现在也一定在为名受用而拼搏奋斗。学佛后才发现，一个人真正能够身受用的，其实很少，很简单。

走到路边的石椅上，法师带大家坐下休息。远处的达·伽马大桥在蓝天下横亘于特茹河之上，气势雄伟，欧洲第二长的跨海大桥，建成时是葡萄牙以至欧洲包括高架桥在内的最长桥梁。为了纪念葡萄牙著名航海家达·伽马由欧洲经海路到达印度500周年而修建。

李导说，1998年3月29日，大桥通车当天，有几十万人在桥上吃饭、走路，创下了吉尼斯世界纪录。"为什么会在那个时间，会有这么多人来到大桥上呢?"大家都很好奇。李导讲，如果当天不上桥的话，有可能这一生永远上不了这座桥。因为葡

---

① 计时单位，分为小劫、中劫、大劫，一小劫等于1680万年，二十小劫等于一中劫，四中劫等于一大劫。

萄牙的法律规定，大桥之上，人是不能走动的，只有车能够走动；并且在这座大桥上，还有一个特殊的规定，当车坏掉或抛锚的时候，人是不能离开车的，只能把警示灯打开，警察会派吊车进去，把车吊出来。之所以会如此规定，是因为美国的金门大桥，一直有“自杀圣地”的称号。据统计，自金门大桥建成以来，共有1200多人从桥上一跃而下。本地政府为防止人们效仿而在此自杀，故出此规定。

听到此处，蔚蓝的天空似乎也失去了颜色，不由得一声叹息。社会的物质生活越是丰富，科技发展越是迅猛，社会问题却越多，人们一直在不断地追求物质生活，可是人们的幸福度却一再下降，追求的方向错了吗？人在追求什么，又应该去追求什么，好像少有人问及。多数人都是在抓紧一切时间赶路，但路是通向哪里，好像少有人觉得重要。我也是这几年通过学习佛法，才一点一点了解到，追求物质生活是永无止境的，是有漏①的，而追求心灵上的成长才是真实的快乐。

• 天堂的生活

顺着河岸行走，我们来到一座酒店的前面，酒店名字叫MYRIDA，这是一家独特舒适的未来主义酒店，是用旧办公楼改造而成，半年前刚刚开业，外形看上去很像是一艘帆船。酒店门前还挂着中国的国旗，李导说一定有中国人在这里住。“你好！”酒店的领班用熟练的中文跟我们打招呼。我们走进酒店大堂，眼前是色彩缤纷的现代化装修，这里的每间客房都能看到壮丽的特茹河。

我们在大堂的休息桌前，望着远处悠长的特茹河，头上蔚蓝的天空、近处茂盛的大榕树，阵阵的微风吹在脸上，整个画面真是令人心旷神怡，流连忘返。这里无论是石台还是凳子，总是一尘不染、清静整洁；无论是小桥还是木板路，总是曲径通幽、蹊径延绵；气候无论寒冷还是炎热，都是天朗气清、惠风和畅。不禁让人想起广论中描写的天界的景象，也是无比干净，无有尘埃；也是处处充满鲜花和淡淡的幽香；也是到处的景色美不胜收；也是衣食无忧，人人不用工作。

正在此时，听到悟光法师说：“这里很像天堂，但我不来天堂。”“撤离天堂，到人间去。”法师的话，让正在回味天堂景色的我如梦初醒。天堂如斯美丽，但是我们真正想追求的吗？而什么又是真实的快乐呢？

---

① 漏是烦恼的别名，有漏就是有烦恼。

结束参观后，我们依旧到叙香缘餐厅用斋，这也是里斯本唯一的一家素食馆。除了那位葡萄牙小伙外，店老板也来为我们服务。店老板来自台湾，在这里已经有40多年了，神情总是温和而平静，说话也是轻轻柔柔的。在用斋间隙，我和她谈话并了解到，她家里人都信佛，都吃素，现在也在里斯本的佛光山道场做义工。原先，餐馆做素食也做荤菜，每次切肉时，他们心里总会觉得不舒服。想想为了多挣钱而做荤菜是不值当的，于是在几个月前就开始改为只做素食，客流量好像也没有太大的下降。

佛教的生命观

今天下午，贤清法师在新里斯本大学社会人文科学学院做主题为《佛教的生命观》的讲座。这也是本次欧洲之行的第一次讲座。这也是重要的一个缘起，对我们每一位成员来说，也是一次重要的修法。

• 殷重做前行

我们用完斋后，回到酒店。围坐在酒店大堂，准备为下午的讲座做一个简短的前行①会。正在此时，酒店的大堂经理朝我们走来，问我们是否需要一个会议室。听到这话，心里很欣喜，但第一反应却是"是不是免费的？""怀疑心太强，总怕别人骗自己，动不动就以经济利益为中心，所以人家也会关注你口袋的欧元。因为你心里想的都是钱，感的果报也是别人只看你的钱。"悟光法师的一段加持，让我很惭愧。面对境界的第一反应，正是内心的真实表现。修行就是要让这第一反应趋向光明，趋向正法。

跟着那位大堂经理，我们走进了一间宽敞而正式的会议室，前面还有发言席。主动而且免费为我们提供了这么一间会议室，可见其细心和热情。

在这个正式的会议室中，悟光法师的开示也显得格外殷重。

---

① 一种法门的修持可分前行、正行、结行三个部分。前行属于做准备的阶段，正行是修持的主体，结行是如法地回向等。

“这两天我们睡的、吃的都是安排好的，参观的地方都是名胜，可以说是很轻松的。接下来呢，就要修了。今天下午，算是本次欧洲之行第一堂讲座，很重要的一个缘起。对我们每一位成员来说，也是一次重要的修法。对个人的提升来说，就要尽量去靠近团体的目标，抱着谦虚的心，学习的心。

一座法我们能够受用多少，主要是对听闻轨理[①]能够做到多少，但也不是说，你整座听下来都很紧张，有信心的状态不是紧张的状态，是轻松的状态，这种轻松也不是一种放逸，而是一种希求心的状态，是一种欢喜心的状态。

以后我们不管在哪一堂讲座，都要用这种心态面对，你配合好，本身就是护法，位置坐在该坐的地方，就护法了，就得到功德了。”

13∶50，我们坐大巴赶赴新里斯本大学社会人文科学学院。

社会人文科学学院是新里斯本大学的一个分校区，走进校园便看到前来迎接我们的校区秘书，在他的带领下走进一座九层高的主教学楼。走进教学楼，在布告栏中，一眼便看到了院方为此次讲座制作的海报，在一片葡萄牙文中间，贤清法师的名字和“龙泉”两字的拼音很是醒目。

讲座所在的T14教室是长条形的，讲台在中间，投影在一侧，这无形中给我们安排座位增加了难度。悟光法师提出，尽量让来听讲座的人坐在投影对面，把最好的位置让给别人。团员们各尽其职，每个人都在忙碌着讲座场地的布置工作。几位来听讲座的学生，早早就来到教室等候。

14∶15，讲座正式开始。首先由Jorge Pedreira先生介绍此次讲座的缘起，随后悟光法师介绍龙泉寺。介绍结束后，悟光法师引出此次讲座的主讲人贤清法师主讲的《佛教的生命观》讲座。法师讲座的内容辑录如下：

- 生命轮回之因

“有些问题曾经被人们问了数千年——我是谁？我从哪里来？要到哪里去？

对这些问题不同的回答，形成了不同的文化传统：在圣经里面，生命被认为是上帝所创造的；在中国的神话故事里面，人是由女娲这样一个女神所创造的；在印度婆罗门教里面，会认为人是由大梵天所创造的；而在今天，在科学发展的时代，我

---

① 关于如何听闻佛法的教授。“轨”是轨则、方法；“理”是用这个方法的原因。

们认为人是进化而来的，据说是由猿猴进化而来的……

但是，上帝从哪里来？女娲从哪里来？大梵天从哪里来？生命是怎么出现的？这又产生了新的问题。

佛教认为，生命没有开始，也没有结束。认为生命在六道里面不断轮回，六道最高的就是天道，最低的就是地狱道，中间包括阿修罗道、人道、畜生道和饿鬼道。

佛教认为，生命轮回的力量来自于业。那什么是业呢？佛教认为，业的核心要素就是人会思考，思考会形成一个新的动力，来推动人去讲话、去行动。

佛教认为，六道里面，唯有人道的思维能力足够强大，所以唯有人道的造业能力足够强大，足以去改变他生命的轨迹。”

- 业的作用机制

“业会产生影响力，而且这种影响往往是通过周围的环境施加给我们的。人们通常会以为，是这个环境在对我们产生作用，实际上这只是一种幻象，环境对我们的影响，无非是我们造业的一种反馈。这就相当于我们在一个山谷里面，面对山谷大叫一声，这个声音就会传播，一直到对面的山顶返回，这时我们听到回声。如果我们不了解这样一个完整的过程，我们会以为在山谷的对面站着一个人，他向我们喊叫。当我们了解这个完整的过程以后，就会发现，其实我们所听到的，不过是我们所放出的。业的作用机制就是这样的。

业的影响分为正面的、积极的影响和负面的、消极的影响。正面的、积极的影响能够积聚能量，而负面的、消极的影响能够耗散能量。当我们的能量被积聚起来以后，就具有了一种功能，我们的生命就会推着往上走，升为人天善趣；当我们的能量不断被耗散以后，我们的生命就往下，堕落三恶趣。我们把这样一种积极的、能够积聚能量的业称为善业；把负面的、耗散能量的业称为恶业。

所以，无论是善业还是恶业，只要是业，一定会把我们的生命约束在轮回之中。从这个意义上来讲，善业和恶业没有本质区别，因为它们都是业，都是让我们的生命在六道里面轮回的一种力量。

我们的生命之所以不自在的根源，就在于受到业的束缚。当我们的生命结束以后，是业力在牵引着我们将要去到哪一道。我们自身的生命跟六道里面某一道众生的关系，就如同地球上一个物体与地球的关系是一样的——当我们造了和某一道相应的业，那么这个业和那一道相应众生的业，会产生一种强大的相互吸引力，导致我们投胎进入六道里的某一道。”

- 造业的推动力

“那业为什么具有这样一种力量——约束我们的生命，让我们没办法从六道里面去跳脱出来的力量？是什么原因导致的？

我们知道，正面的、积极的善业，在积聚能量；负面的、消极的恶业，在消耗能量。佛教认为，正面的善业来自于爱，而负面的、消极的恶业，来自于恨。爱是一种力量，能够积聚能量，能够创造事物；恨是另外一种力量，能够毁灭能量。这是为什么在小说、影视作品、历史中赞颂爱的原因，因为它有积极的能量，能够创造事物，而仇恨全在耗散能量，在毁灭事物。

但是，如果从整体上来看的话，这能量终有一天还是会被耗散掉的。当这个能量被耗散的时候，终有一天还会重新积聚，这就是佛教里讲的‘高必堕落’的无常性。

当能量累积的时候，一个生命就诞生了，当能量被耗散的时候，一个生命灭亡了。所以人的一次生和死，放在宇宙大能量的背景下去看时，不过是宇宙能量大海中的一滴浪花的浮现和消亡。

因为我们心中怀有爱和恨，所以能量被积聚和耗散。爱来自于生命之间的相互契合与相应，而生命中的恨则来自于生命之间的冲突和决裂。

生命之间的相应和契合，带来愉悦的感受；而生命之间的冲突和决裂，带来痛苦的感受。这种种感受借由名言、概念的力量而得以巩固和放大，爱和恨的情绪，因为人会思考，也能够成为我们去思考、造业的强大推动力。”

- 造业的源动力

“当我们去看业的本质的时候，会发现这样一种概念化会成为我们造业的源动力、推动力，也正是借助语言和文字，而使得人类造业的能力如此之强大。在六道里面，讲到一个关键性的因素，就是人类的名言和文字的形成，这也成为我们造业的推动力。一个具体的事物一旦被概念化以后，我们再和这个事物接触的时候，接触的就不是事物的本身了，而只是我们头脑中的概念。我们再去到海边的时候，我们接触的就不是海，接触的不是海水本身，接触的是头脑中海的概念。

人的心就像一面镜子一样，当它映射外在事物的时候，镜子上面就会出现一个影像。一旦出现这个影像，那么镜子在跟外界事物发生作用的时候，就不是直接跟外界事物发生作用，而是通过影像发生作用。所以中间就隔了一层膜，有一堵很坚固的墙在那里等着我们。

所以，这就是为什么我们面对现实的时候总是感到很无力。我们总是和在我们头脑中现实的影像互动，而没有和现实本身互动。这就导致我们在面对现实的时候，没有这个力量去改变。

这种情况就相当于牛顿第三定律里所描述的作用力和反作用力之间的关系。我们的心对事物的作用，现在集中体现在我们的心对影像的作用，我们的心和影像的作用之间的相互关系不同，这个作用力和反作用力之间的相互关系就不同。你给它多大的力量，它就给你反馈多大的力量。这就是业产生的机制。

在佛教里面，我们把概念化这个内容定义为烦恼，也就是取相①，来描述这样一种心理状态。把取相这样一种心理状态定义为烦恼。

所以，一般当我们概念化一个对象的时候，取相就产生了，当我们一旦取相了以后，我们的心就会对这个相发挥作用，这个就叫造业。一旦这个业造下来以后，我们的生命就会被这个业紧紧地束缚住。当造的业的力量越强，将来这个业束缚我们在轮回里面的力量自然也就越强。”

• 开启生命内在潜能

“因为我们的心被取相的过程，被概念和名言紧紧地束缚住了，所以我们心的能量不得开启。生命内在的潜力如何发挥出来——这就是要我们去发心。

在佛教里面，会把这个概念化的过程——人的思想对外在事物的取相这样一个状态，描述为颠倒梦想，或者叫种种的幻想。人们一天到晚活在颠倒梦想和幻想当中，很少生活在真实的世界之中，这就是为什么我们心的能力、生命的潜力得不

---

① 本文指色受想行识五蕴中的想蕴：心于所知境执取形象。看、听、接触东西时，会认定所对的境有一定的相貌，然后为它安立名称、生起认识的心理。

到开启的原因。

发起菩提心，我们才能冲破这种种的幻想，自由自在地生活在真实的世界里，这就是佛教里面所说的发心的意义和价值。冲破种种的颠倒梦想，把我们心的潜能充分地发挥出来，这就是发心。”

- 破除妄心启迪真心

“佛教里面所说的发心就是要破除妄心，启迪我们的真心，让我们不再为虚无缥缈的影像而生活，而是能够真实地去面对事物本身。我们不再去逃避，也不再去幻想；不再恐惧，也不会孤傲。自从我们发心那一刻开始，我们就开始放松，全身心去拥抱生活，去投入生活，将自己的生命全然地融入生活，这就是发心的特质。人发心以后，不是生活在名言概念里面，而是生活在真实生活里面，与生活零距离接触，完全融入。

前天，我们去杰罗尼莫斯修道院，这个修道院修建于 1502 年，它在后来 1755 年的大地震中，竟然能够顽强地生存下来。那天我们去参观的时候，发现这个修道院还是那样的完美，没有受到毁坏。在如此强烈的地震中，级别达到 8.8 级，竟然能够保存下来，这真是一个奇迹。

这样一个修道院，我们参观的时候，发现它是如此的精致，每一处都是用心雕刻的，建筑是如此高大，地震级别又是如此之高，竟然没有倒塌，什么原因？大家能给它一个解释吗？有同学说是佛力加被，神的护佑。（笑）当我们去看这个修道院的时候，发现它每一处的雕刻是如此之精致。因为之前学过工程力学，后来看了它的结构以后，发现不完全是佛力加被，不完全是神奇的感应，那是建筑师、建筑工人每一处都付出他的心力，它的结构、雕刻是如此精致，而且那个结构在力学上是可以平衡各种力量。我们现在的房子的结构很简单、很单调，如果稍微雕琢下，它会产生各种力的平衡，你是推不倒的。这样一个修道院建了 70 多年，后来在网上查了一下，有的说一个多世纪，又有说持续了 500 多年，也就是可能到现在为止，它还在修建。所以这样一个建筑，我们相信是出自真心而做的建筑，它不是出自妄心而做的建筑。如此高大的一个建筑，如果半年完工了，这就是一个妄心。妄心不堪一击，风来雨打就倒了。

怀着一颗真心去生活，我们能从每个生命身上感受到所有生命的呼吸，你能从一粒沙里面去看到整个世界。这个时候，我们生命中的所有躁动会平静，所有轻浮会厚重。

怀着一颗真心去生活，我们看起来做的事如此之少，看起来所做的事情又没什么作用，事实上成果如此的丰富，而延续的时间又如此长远，丝毫不会随着时光的流逝而有任何的褪色。

怀着这样一颗真心去生活，就可以化解人与我的对立，消除主客二元的对立，生命因此融为一体。在这里，不分你我他，有的是心与心的互动与交融。”

• 菩提心与善心

“真心，菩提心，绝对不是狭隘的善心。跟大家分享一个故事。这是前段时间发生在日本的一个真实事件。有一个日本女子，在她把她父母和外婆一一凶杀后，自己自尽了。她在遗书里说她之所以这样做的原因是，她对家人、对社会失去了信心，觉得这个社会太冷漠，家人太冷漠。

听到这里，我们自然会有疑问，她有没有资格去说这个社会冷漠？因为她的行为不单单是冷漠，而且残忍，她有没有资格去评价家人和社会？这个女子对流浪狗情有独钟，因为当时日本发生地震以后，有很多流浪狗没有人收养，她看到以后，不忍心，开始收养流浪狗。当她收养一只的时候，发现还有第二只，还有第三只……很快，她收养了很多只流浪狗。她自己的积蓄很快花完了，于是向父母请求帮助。她的家庭是很富有的一个家庭，父母觉得孩子心地善良，所以刚开始支持。但当流浪狗越来越多时，父母也支撑不了了，矛盾就激发了。父母不给钱的时候，孩子不愿意，于是悲剧出现了。

这位女子在救流浪狗的过程中，内心的取相是越来越明确，她就是要救流浪狗。这个狗是有概念的，父母、家人和社会也是概念。在这个造业过程中，概念没有消弭，概念变得更加对立，当她帮助一群人的时候，对另外一部分人的排斥增加了。在这个过程中，烦恼没有净化，烦恼反而增加了，业随着我们烦恼的增加，最后走向极端。这个时候，因为我们自己的极端，导致了周围的环境承受了灾难，是他们为我们的极端买了单。

我们可以去想一下，一颗真心的状态和一颗普通善心的状态，区别在什么地方。我们普通的善心，不仅仅是因为有局限性，而且会因为这种局限性的善心，当你去做的时候同时会带来灾难性的后果，这是值得我们警醒的。”

• 探讨：佛教如何适应现代社会

讲座结束后，Jorge Pedreira 先生提问道："我对寺院的介绍印象十分深刻，尤其是龙泉寺结合传统和现代这方面，我想问的就是，佛教怎样在一个快速发展的现代化社会当中能够继续地存在和发展？"考虑到此前是由悟光法师介绍的龙泉寺，贤清法师请悟光法师来做解答。

悟光法师说："这个方面，我们特别重视——如何在现在这个社会，科技高度发达的时代中将佛教古老的教理教义与现代社会相结合。刚刚因为时间的因缘，没有对这部分做介绍，现在可以略略说一点。

在佛教的教理教义当中，住持佛法的是三宝，具体能够令正法久住的就是戒律（为出家及在家信徒制定的戒规，有防非止恶的功用）。在龙泉寺，对戒律的弘传和研究特别地重视。目前汉传佛教遵循的是《四分律》[①]，唐朝南山道宣律祖对《四分律》的注解'南山三大部'，以及宋朝元照律师对戒律的注解也有三大部，总共加在一起是六大部，这是目前汉传佛教诠释戒律比较权威的论著，龙泉寺僧众也在学习。

寺院里面的出家人，目前基本上还是保持传统的修行生活。龙泉寺的相关事业是以现代化的面貌呈现。僧团的传统，主要包括对戒律、戒律随顺以及高僧大德所立清规的一种持守。

龙泉寺的公共设施、现代化设施都较为齐备。但是对于个人来说，龙泉寺是没有电视、没有报纸、收音机等看、听。如果要上网的话，还是要通过申请、报批，最后才能够使用。摒除这些外缘之后，一个人的心就开始慢慢静下来，才能够见诸事物的本来面目。

对于龙泉寺与外界相结合的部分，比如说，龙泉寺的各项现代化事业，主要是由护法居士，也就是义工来承担。他们对于法理的吸收，主要靠僧团来指导。僧俗二众安心办道，从而继承传统，又尽量地与现代社会相结合，去创新。"

---

① 佛教戒律书，亦称《昙无德律》。原为印度上座部系统昙无德部（法藏部）所传戒律。它是汉语系佛教僧尼奉行的一部广律。《四分律》因全部由四分构成而得名。

对于悟光法师的介绍，Jorge Pedreira 先生听得非常认真。之后，Jorge Pedreira 先生对贤清法师诚挚地说道：“您是一位很好的老师。”在贤清法师的致谢声中，全场也响起热烈的掌声，讲座圆满结束。

讲座结束后，Jorge Pedreira 先生热情地带领我们参观校园。据 Jorge Pedreira 先生介绍，这个学院是在 1973 年建成的，因为当时经济发展比较迅猛，需要提供一些高级人才。这个校园本来几年前就要搬家到另外一个地方，但因为爆发了经济危机，只好仍在此处继续教学。目前，整个新里斯本大学有学生 4000 多人、教师 300 多人，也是里斯本中学生人数最多的大学，这里是其中的一个校区。

Jorge Pedreira 先生提到了一个很有意思的信息，“葡萄牙有个特点，大部分的大学生是女士，能够占到 60%”。当宋柏青问这是不是在文科学校是这样的，但 Jorge Pedreira 先生表示并非如此，包括理科、医科都是这样的，“女士占到 2/3”。“为什么呢?”悟光法师问。“因为女生心更安、更静，能把精力集中在学习上，男生总是把精力都放在喝酒、玩电子游戏、赛车等上。”Jorge Pedreira 先生笑着解释。

走出教学楼，我们在门口和 Jorge Pedreira 先生一起合影，许多有缘的外国同学也想加入进来，悟光法师热情地说：“来，来。” Jorge Pedreira 先生走后，两位刚才认真聆听讲座的同学，发心带我们在校园内参观。走出校区，才看到人文科学学院的校名 LOGO，我们在此照了一张合影，为此次讲座画上了一个圆满句号。

与机器人结缘

当佛教的法师遇上先进的智能机器人，会碰撞出怎样的火花呢？讲座结束后，我们如约赶往里斯本大学高等工程学院，参访视觉实验室。

• 3.5 岁的机器人

下午 4：50，我们坐上大巴车，去往里斯本大学高等工程学院参观智能机器人。前天与我们一起相处大半日的周峰，早已在学校门口等着我们。

校园很大，但和美国的大学一样，没有大门。在周峰的引导下，我们很快来到一座蓝色的大楼前，我们要去的实验室就在其中。

“达里奥！（音译）”我们正谈着，周峰跟一位外国学生打招呼。“这是我们实验室的一位博士生。”周峰向我们介绍说。周峰又跟他说：“这是 master（法师）。”这位高个子同学有一头爱因斯坦式的卷发，对着我们腼腆地微笑。

贤清法师：“实验室定期也有交流？”

周峰：“经常有，每周有好几个讲座。”

王硕：“谁来讲？”

周峰：“欧洲其他国家、美国的专家。在欧洲，交流很频繁的。”

悟光法师：“都有什么类型的？有关于佛学、东方文化的吗？”

周峰：“没有，都是科技方面的，机器人、神经科学等。”

王硕:“现在不是有跨学科研究吗?”

周峰:“我们也是跨学科研究,把电气、计算机都结合起来,所以都称为研究所,很难被称为系。”说话间,电梯来了,悟光法师、贤清法师带着第一批同学赶紧上去。在电梯上,法师问:“你们认为将来的世界能否发展成像电影《机器人总动员》里一样?”周峰自信地答道:“没问题的,先让您看看我们研究的全世界最先进的3.5岁的机器人。”“跟它对话!”悟光法师说。话音未落,我们已经走进了一个不大的办公室。

“这就是机器人。”世界上最先进的智能机器人,此时静静地立在办公室的一角,个头、长相都如同3岁小孩,鼓鼓的两颊还带着淡淡的红晕。周峰介绍:“它就是按照3.5岁智能做出来的机器人,这是全欧洲各学校一起来攻克的项目,我们实验室主要承担视觉的部分。”“杰曼尼(音译),来自意大利罗马。”此时,又过来一位留着爱因斯坦式卷发的同学。

“Hello,this is the star(大家好! 这就是明星).”人到齐后,杰曼尼发心为我们做介绍,略微夸张的语调中充满了热情,好像这是真的明星。“它的这个部位就是仿造人体的耳朵造的。信号过来,从这里射入,里面有好多装置,它就可以听到你说的话,同时头就可以转向你。人说话的声音就是信号,传过去,它就能识别。”周峰接着说:“这是一个国际性的项目,机器人仿造的是3.5岁的孩子。最重要的是,要实现3.5岁的智能,能像3.5岁小孩一样去思考,去学习的智能。”

“等着来抓”,这时杰曼尼拿起一个红色的球,等待着它来抓。机器人的手动作还不够灵活,显得有点笨拙,但杰曼尼就像对着一个真正的小孩子,宽容这种稚嫩,不时发出爽朗的笑声。“原先的设计中,表情是没有的,但为了更像孩子一样,通过它的表情让大家更直观化,我们后来自己加进去的,我们会不断丰富它的表情。”周峰说。李冰赞叹地说:“它的眼神会流动。”悟光法师接过杰曼尼递过来的小红球,放到机器人手上,和这位3.5岁的“小孩”交流起来。法师叹道:“这已经很智能了,手可以弯曲、打结。如果外边包得跟人皮一样,简直看不出真假。”周峰说:“这是全世界自由度最高的机器人,关节自由度最高。”

• 业力的程序

“又来了一个机器人。”我们在电梯间遇到的那位同学达里奥抱来了一个红色的小机器人，“它是法国机器人，会跳舞”。果然，它随着音乐跳起了迈克尔·杰克逊式的舞蹈。“I am going to Taiji(我要打太极了).”接着，达里奥在它脑袋上拍了一下，它又随着平缓的音乐打起了中国的太极拳，抑扬顿挫，平衡不倒。“这都是设好的吧?”张龙问。悟光法师点点头：“都是程序。实际上人也是输了程序，业力的程序，也是一样的。”宋柏青说：“可是人有自主意识。”法师说：“所以是有情嘛。”

这个机器人还能表演受伤，摔倒后自己经过仰卧起坐、单手撑地等动作站立起来。“Ouch!”达里奥看它倒了下去，用英语说了声“哎哟”。达里奥一扫初遇时的腼腆，坐到了办公桌上，边说边比画，热情洋溢地介绍起来：“它并不是模仿小孩子的动作，它只是来做展示，这个设计师的理念，就是展示各种动作。因为对机器人来说，走动是个很困难的事情，不倒更是困难，但这个机器人做到了。”倒下的机器人又起来了，又柔声“我要打太极了”。靳学勤开心地说：“跟中国人有缘。”又有人问：“为什么选择让它打太极呢?”“因为可以展示它的平衡性，这很难。”悟光法师说道：“看来东西方文化要结合，太极是东方文化，是精神部分，这个是物质部分。”

“又有一个!”正在大家回味法师刚才的话时，一位同学又抱来一个黑色的机器人，是个会踢球的机器人，曾经参加过商业机器人足球赛。它会捕捉红色的小球，然后定位，向红球跑来，用右脚踢出去。悟光法师把小红球放到机器人的背后，结果机器人就有点“找不着北”了。

• 机器人与佛法

短短20分钟，我们和这里的同学们交流得很开心，几位同学邀请我们到旁边的会议室再交流一下。

周峰：“你们有什么关于佛教的问题要问?”

一位同学问道：“我对佛教感兴趣，也参加过禅修闭关。不知道你们学的是哪一个宗派？我对宗派并不清楚。”

悟光法师：“我们是从中国北京龙泉寺来的，我们是汉传佛教寺院，对于藏传、南传也有学习。汉传佛教分为八大宗派①：禅、净、律、密、天台、贤首、唯识、三论

---

① 佛教从古印度传入中国，经过不断传播和发展，形成天台宗、华严宗、相宗、性宗、禅宗、净土宗、律宗、密宗八大宗派。

宗。现在这个社会，大家普遍对佛教的基础知识、基础认知有待于提高，所以龙泉寺并没有侧重哪个宗派，目前还是普及基础知识的阶段。”我们秉持着佛陀精进的精神，就像诸位一样，努力地去探索人类的真理以及人类存在的价值。”

听了悟光法师的回答，这位同学赞同地说道：“谢谢！对我来说，刚刚你提到说，你们有探索精神，就是探索心的知识或者说心的科学，我对这个是非常感兴趣的，我对探索心的世界的规律，了解自己的精神世界很感兴趣。现在西方大学里面的心理学也是热门课程，很多人也对此产生了浓厚兴趣。所以听到法师说，佛教对这个方面有特别的探索，感到很有意义。”听了这位同学的话，法师用葡萄牙语的“谢谢(噢布里达度)”来表示，大家都笑了起来。

这时，一位同学问：“刚才在实验室看到了拟人化机器人，拟人化机器人是我们实验室的一个重点，研究人的认知、机器人的认知。不同的社会、宗教的因素、文明的程度、文化的层面，对机器人的接受度是不一样的。将来机器人可能会走向社会，从宗教的角度来说，你们怎么看待这个问题？”

悟光法师说：“这个问题贤清法师来回答，他出家之前是清华大学的博士，刚好跟你们这个是很对口的。”

贤清法师答道：“如果将来有朝一日，机器人能够发展到可以顶替人大部分工作的情况下，我想社会上的人就可以出家修行了。”听到法师的话，大家都笑了起来。

法师接着阐释：“因为人是非常奇妙的生命，我们对自身的认知还存在很多未知的领域。近代科学发展只有几百年，人们对现在外在物质世界的认知，已经达到了非常精细的程度，但对人内心的认识却存在很多未知的领域。所以在研究机器人的时候，刚才我们也看到机器人的表演，很像大人围着几个孩子的感觉，机器人很多的行为模式，给我们带来很多愉悦的心情。可是事实上，我们并不了解我们人自身在认识外在事物上的很多规律，所以在设计机器人的时候，我想会带来很多挑战性的问题。”

大家都对此很感兴趣，法师接着说：“刚才我们问一位老师说，在设计机器人的时候，最关键、最困难的部分是什么？他谈到，主要是人的脑部，因为它是整个智能的核心。释迦牟尼佛[①]在出家之前，是一位太子，地位很高。但是他放弃了做国王的机会，到深山老林里修行，苦修了6年。这6年，他的生活环境非常单调，但是他内心的世界非常丰富。6年后，又通过菩提树下悟道，他对自己生命的认知达到了前所未有的深度，一生中宣讲了很多佛教的经典。所有的佛教经典说的，在今天都可以认为是认识生命的科学。今天我们再去学习这些经典的时候，发现其中很多对我们生命的认识是全新的，包括现在的心理学等科学总是能验证它，而很少有否定它的。在历史上，有一种经典能延续2000多年，还总是被验证，而没有被否定，是很少见的。”

“在佛教的发展过程中，形成了一个专门的学科，就是唯识学[②]。唯识学主要讲人的心理结构和行为模式之间的关系。唯识学把整个世界分成很多种法：从我们看到一个图像，到辨识它，到去吸收、接纳并转化成行为，对它作用，这样一个连续的过程可以细化出上百个过程、上百个法。所以，如果这点各位有机会能学习的话，将来对设计机器人应该会有所帮助。”

听完法师的回答，大家都鼓起掌来。刚才一直在如数家珍般为我们做介绍的达里奥，很有感触地说：“刚才在跟大家交流的过程中，还有一点深刻的体会。机器人有一个功能，就像一个宠物，能够使人们去除孤独感，它能够跟人互动，能够跟人对话。再往下发展，就是心灵层面的交流。从这点想到，我们研究机器人的一个益处到底是什么？它到底是用来做什么的？它首先应该是用来跟人相关的，跟人的本身紧密联系起来的。这个学科的研究千万不能忘了为人的服务。”

在欧洲，大巴车每天的行驶时间不能超过10个小时。我们的大巴将要超时了，交流只能到这里了，虽然渐入佳境，也只得就此结束。在合影的时候，法师教实验室的同学们说“随喜”，他们也欢喜地和我们一起说“随喜”。周峰解释说：“随喜的意思是Share happiness（分享快乐），”宋柏青补充道：“Because you are happy，I am happy（因为你快乐，所以我快乐）.”听到这两个充满幸福感的解释，大家很

---

① 佛教创始人，释迦牟尼意即“释迦族的圣人”。佛（陀）是梵语，翻译为中文是觉者，是已经觉悟宇宙人生真理的大圣人。

② 此宗传自印度大乘佛教两大学派之一——瑜伽行学派，宣说“一切唯识所现”。我国唐代玄奘三藏法师，游学印度期间，于那烂陀寺从戒贤法师受学5年，回国后广译此宗经论，建立相宗。

开心。

悟光法师给实验室的同学结缘法宝后，对大家说：“欢迎到北京来！”“再见，三岁半！”悟光法师出门时，冲那位可爱的智能机器人挥了挥手。

虽然参访交流的时间很短，但是效果却出乎意料，孟祥兰欢喜地说：“以后可以在这里做唯识的讲座。”“机器人研究中，与唯识很相关。”贤清法师答道。

我们下了楼，来不及欣赏校园的美景，急匆匆向大巴赶去。悟光法师说：“时间就是金钱。在美国体会太明显了，大巴超时就罚钱，要几百美元。”张龙说：“刚才问过了，在欧洲，给钱也不行，到点儿司机就不干了，再换一个司机来。”

在与周峰道别后，我们坐上了大巴。在大巴车上，大家继续刚才没有来得及的讨论。悟光法师说：“机器人是人研究出来的，但最后机器人控制了人。比如说，‘电’本身也是个机器人。机器人有具相机器人和不具相机器人，不是说跟人长得一样才能叫机器人。”蒋晓旭说：“我们跟科学界有缘，在美国法师也在麻省理工学院做了讲座。”

悟光法师：“佛法本来就是心智科学，很多都是相通的。刚才说到的，探索人生存的意义和价值，这些终极的内容都是相通的。”

隆凤：“这些同学看起来都很单纯。”

悟光法师：“确实单纯。”

蒋晓旭：“单纯就容易专注。”

晚上8：00，大家又来到酒店的会议厅，召开了一次讲座结行会。悟光法师说：“今天是在葡萄牙的最后一个晚上，明天晚上我们将坐飞机进入西班牙。这几天的行程比较紧，大家比较辛苦，不过这些都是正常现象。”

走失奇缘

佛法里面讲“因缘不可思议”。平日对看不见、摸不着的“不可思议”总是思维不起来,但今天在葡萄牙高级工商管理学院的参访中,与一位管理学者意外的相遇,让我们真实地体会到“因缘不可思议”的真实不虚。

• 他乡遇故知

大巴 9∶30 出发,9∶45 便抵达了目的地——葡萄牙高级工商管理学院(ISCTE)。在这里读博士的刘川已在大门守候多时。

“你就是刘川?我是王硕!”一见面,王硕便立刻上前打招呼,史彦芳也热情地做自我介绍。她俩之前与刘川一直通过网络联系,现在终于见到“真人”,彼此都有一种“原来是你”的感觉。

今年 4 月,刘川的一位葡萄牙朋友想来中国寺院体验。刘川打电话到寺里咨询,由此结识了王硕。虽然刘川的朋友后来并没来龙泉寺,但刘川却因此与我们结缘。当刘川得知我们要来里斯本时,感叹道:“太巧了,我就在里斯本!”刘川主动说有什么需要帮助的就尽管告诉他,又帮我们找同学翻译法师的简介,特意安排周峰前天陪我们参观。今天,也是他发心带我们到自己就读的葡萄牙高级工商管理学院来参观。

刘川显得比同龄人更加老成持重,与我们简单寒暄之后,介绍起了自己的学校："葡萄牙高级工商管理学院前身是里斯本大学的管理学院，1973年独立出来了。现任葡萄牙副总理、财务部长等就是毕业于我们学校。"葡萄牙高级工商管理学院是位于葡萄牙里斯本大学城(大学园区)内的国立大学，在本科生、硕士生和博士生层级的管理学科教育以及研究领域享有盛誉，已获得世界MBA协会(AMBA)等的权威认证。

跟随着刘川的脚步，首先映入眼帘的是空旷的广场，还有一颗不大的银杏树。银杏树……思绪立即回到龙泉寺金龙桥畔的千年银杏，眼前的校区立即变得亲近起来。

随后，我们跟着刘川进入教学楼内的一个图书馆参观。一进图书馆，我们的目光就被大厅里的一件抽象艺术作品所吸引，"这里很多的摆设都是建筑系的学生自主设计的"。刘川说，图书馆的馆藏约在50万册左右，"因为只是一个商学院，不像国内的大学都是综合型的大学，有多个院系，这里主要就是经济、政治、管理类的书籍"。很多学生都放下手中的书，改看我们。见此场景，刘川笑着说："很少有这么多人过来参观，而且又看见几位来自中国的法师。"

- 丢失结因缘

参观完图书馆，来到2号教学楼。大楼四通八达的设计，仿佛四处都可以让充足的阳光洒入。"这是什么地方?"悟光法师在一个房间前立住。刘川说："这是一个大自习室。这里的人很讲究团队工作，小组作业很多，他们在做小组作业的时候，就在这里。"蒋晓旭接道："我们也讲团队修学。"

"去参观下我的办公室吧!"刘川边走边介绍自己，他来自成都，在这里读战略管理博士。"这是我的同事，芮卡登(音译)。"刘川向办公室内的一位同事介绍我们。"Nice to meet you(见到你们很高兴)!"芮卡登用英文跟我们打招呼。宋柏青问："你们是用英文教课?"刘川答道："是的，都用英文。商学院都比较国际化，国际学生达到27%。"宋柏青："有多少中国学生呢?"刘川说："在校的中国学生接近20人，因为和国内两所大学有合作。"但据刘川说，办公室里的20位博士，来自亚洲的就他一位，大部分都是欧洲的，"葡萄牙以前是殖民国家，所以以前很多殖民地的人，比如巴西、莫桑比克来这里留学的不少，因为都是葡萄牙语国家"。

有同学问："这里的就业形势如何呢?"刘川说："回去国内的还好，但留在葡萄牙当地的人不好，因为经济不太好。但博士可以不就业，一直在这里做研究，拿奖学金，奖学金比工资还高。这里的最低工资是每个月600欧元，做研究员每个月可以拿到1000欧元。”孟祥兰对此很好奇：“每个博士都可以拿到奖学金吗？”刘川答：“博士要在这里做研究员，做研究才可以拿。”宋柏青问：“总得毕业吧？”刘川答：“读博士时可以兼职做老师。博士毕业后，可以接着做老师，也可以进入一个博士后流动站。”

“带你们去看看葡萄牙国家图书馆，就在大学城里。”我们跟着刘川走出办公室，下楼的路线左拐右绕，也可谓移步换景。出得楼来，走着走着，突然周韶毅跑到队伍的前边，神色有些紧张：“法师，等等，我们少了一个人，隆凤掉队了！”悟光法师马上停下脚步：“少一个就不能走了。”

悟光法师问：“隆凤去哪儿了？”宋柏青说：“刚才我们都从办公室出来了。”刘川问：“丢了，会罚抄《金刚经》吗？”悟光法师笑着说：“不会罚抄，会关怀，正好相反。她有手机吗？”李冰答道：“她没带手机，手机放在别人兜里了。”专门负责点人数的关怀委员周韶毅最为着急：“要不我们再去找一找。”刘川说：“要不你们在这儿等一会儿，我去看看。”悟光法师想了想说：“你再带一个人吧，关怀委员周韶毅，一起去。”随即，在刘川的带领下，周韶毅、王硕立即折返大楼去寻找同行。于是，大队伍原地休整，大家纷纷推测隆凤的去向。悟光法师借机进行安全教育：“由此给我们一个启示，你可以走散，但必须要两个人一起，这样起码有一个通风报信的。”宋柏青：“尽量手机要带在自己身上，发个短信什么的也方便。”

不久，周韶毅笑容满面地返回来，欢喜地报告：“找到人了！”这可是我们参访团的第一次走丢事件，毕竟是个大团，大家一直担心着这种情况出现，而如今果然发生了。但是，隆凤呢？怎么没有跟着回来？周韶毅解释道：“在路上，我们碰到管理学院的副院长了，刘川的导师，他现在有15分钟时间，我们可以去交流一下。”悟光法师：“在哪儿？”周韶毅：“在他办公室。王硕、隆凤她们已经先去了。”悟光法师：“第一次走丢事件，创造了一次交流机会。”周韶毅说：“是王硕跟刘川导师提议的。”悟光法师说：“大胆就能够转业。”

宋柏青问：“隆凤刚才去哪儿了？”周韶毅说：“她出了图书馆就找不到我们了。她就坐在一个很明显的地方，等着我们去找她。如果她在里面走，我们肯定找不到。”悟光法师说：“因为找隆凤，找到了院长。”刘川说：“那你们可以介绍下佛学，我导师很喜欢佛学，我见他有时候戴一个佛珠。”蒋晓旭叹道：“这是缘分呀！”悟光法师说：“需要有人发心。”贤清法师说：“不可思议。”

- 管理与佛法

我们马上就跟着刘川到他的导师尼尔森·安东尼奥(Nelson Antonio)教授的办公室门前，刘川又去迎接导师。不一会儿，就看到了与我们“失散”了半个小时的隆凤和教授一起走了过来。因为时间有限，两位法师很快就进入办公室，与教授亲切地座谈。原本刘川没有约到导师与我们交流，却由于寻找掉队的同行所造成的“因缘和合”，恰巧碰到了这位ISCTE商学院DBA项目主任、商学院战略管理与全球化战略教授、博士生导师。教授也正好有时间。于是就有了这场不期而至的交流座谈。

教授的办公室墙上贴着的一幅中英对照的讲座海报，一个柜子上还摆着各式各样的中国工艺品，其中还有一个小和尚泥人，可以看到，教授与中国可谓有缘。“这都是中文的？”悟光法师指着海报。教授笑了起来：“我在澳门住过12年。”他曾经担任过8年的澳门大学工商管理学院院长，并任西安交通大学和中山大学的客座教授。从1987年起，就开始研究亚洲商业文化。

悟光法师的“法宝”中，自然也少不了佛珠。“这是代表佛法的吉祥物。戴在手上意味着一切吉祥平安！”法师说。听了这话，教授很高兴。交流的话题自然从教授与中国的缘分开始。教授所带的项目目前和成都及广州的大学都有合作。“以后有机会去北京，一定去我们龙泉寺看看。”悟光法师介绍了北京龙泉寺所在的海淀区就聚集了100多所大学，包括北大、清华、人大、北师大，等等。

“我在澳门住了12年，清华大学去过两三次。”教授说。

“这位贤清法师就是清华的博士！”悟光法师介绍。

“我是西安交通大学读的本科，后来在清华读的博士。”贤清法师补充。

“我也曾在西安交通大学任教！教过一个学期，6个月。地球真的很小！”教授说。

真是无巧不成书啊！这背后，无不有个“缘”字。

悟光法师：“刚才听刘川说您对中国传统文化很感兴趣？”

教授：“不能说了解多少，但是读过一些相关的书，我喜欢读。”

悟光法师："在中国，很多工商管理界人士，都有兴趣跟佛学去接触，去结合。"

教授："他们在寻求一种价值，因为除了钱之外，还要去追求一种价值，于是就去了解西方哲学或者中国传统哲学。"

悟光法师："拿北京龙泉寺来说，几乎每个月都有经济方面的学者或者企业家们来参访。"

教授："他们来的话是待多长时间，一天还是怎么样?"

悟光法师："也有 3 天的，欢迎您有机会带着您的学生到龙泉寺来参观交流!"

教授："非常感谢!"

悟光法师："应该的!"

教授："在我们这个工商管理学院，人们也对哲学等思想性的东西越来越感兴趣。特别是现在环境遭到破坏，遭到过分开采，人们就会反过来思考这些有关的问题。"

悟光法师："两方面相结合的话将会更完美，就会真正产生出人的价值了。"

教授："是的! 这样的话，世界会变得更好。现在欧洲很多的工商管理学院都注意给学生开哲学方面的课程。"

悟光法师："欧洲的同学们觉悟能力一样高。"

教授："也许欧洲人更注重技术方面的东西，而在中国也有很多先进的东西。"

悟光法师："在欧洲，基督教的历史也是很悠久，有很普遍的相关教育。"

教授："这里的宗教教育是从小学就开始的。"

悟光法师："深入人心呢!"

教授："从很小就开始。"

悟光法师："难怪我们到这边来，感觉这边的人民普遍都是善良的，因为有宗教教育啊!"

"是的!"教授连连点头。对法师提到的这点，教授还做了补充解释："葡萄牙还有一个传统，一直是在走出去，习惯和外人打交道，从来没有过闭关锁国，在大航海时代就跑到非洲、美洲这些地方。而且葡萄牙本身也有来自世界各地的人种，习惯于多元文化相处。"

悟光法师："很高兴跟您交流!"

教授："我也很高兴!"

悟光法师："佛教讲缘分，缘分不可思议。我们在即将离开这所大学时，有一个团员走失了，在找团员的过程中，碰到了您。"

教授听完笑着说："我在走廊看到她了。"

悟光法师："佛家讲，因缘未尽走不了。"

教授欢喜地说："希望在北京见到你们！"

悟光法师："非常欢迎！"

教授："谢谢！"

在这一次愉快的交流面前，15 分钟显得很短，我们在与尼尔森 · 安东尼奥教授合影后结束了这次意外的会面。缘已结，相信未来希望无限。

徜徉大学城

在经历了上午的走失事件和意外交流后，我们进入里斯本大学城的参观行程。

- 行走大学城

与尼尔森·安东尼奥教授作别后，刘川带我们去里斯本大学城参访。在教学楼的一层出口处，一面用五颜六色的大小方形木匣组合而成的墙壁很是惹眼。刘川说，这是社会科学学院做的一面公益墙，假如有人给学校捐款的话，就会在这些方块上刻上这个人的名字。“根据钱的多少来决定刻多大的。最大的是这个，需要捐 5 万欧元，最小的捐 10 欧元就可以。”刘川指着墙面的方块说。这面墙一方面用于公益募款；另一方面，伫立在此处也是一个现代感十足的雕塑装饰品。看到这面设计独特的“功德墙”，郑屹开始琢磨把“北京龙泉寺”刻上去，与这里的师生结缘。正在大家意欲深入研究时，悟光法师手一挥，说：“走吧，别取相了！”

- 公益墙

现在已经是中午 11 点了，我们跟着刘川走在大学城的石子路上，周遭是白色的墙和建筑，顶上是靛蓝的天空，时不时有飞机低飞而过，一阵轰鸣。

葡萄牙国家图书馆就坐落在这片文化气氛浓郁的地方。图书馆的长方形造型简约、大气，白色墙面上饰以砖红色的竖条，大门两侧是人物浮雕，前边是干干净净的草坪。地中海的夏季是旱季，所以草坪都是黄的，在灿烂的阳光照耀下，别有一番感觉。

正处于假期的大学城，行人很少。刘川介绍说，里斯本大学城大约有 3 万多人。但是这里的法律规定留学生不可以打工，所以学生们要么外出旅游，要么参加暑期班继续学习，要么参加夏令营。从路旁的文学院及法学院的清冷来看，留校的学生并不多。这里还有一个里斯本大学城医院，也对外开放，纳入社保体系，学生也自然享受医保福利。

我们一路向前，来到里斯本大学剧场前。之前一直没怎么说话的李导，特意跟我们介绍说，葡萄牙的佛光会每年春节都会租下这个剧场来上演大型新春音乐会，“演出时，大使、政要都会来看，因为是华人的节目”。悟光法师听后立即说：“那我们进去参观一下！”一走进剧场大厅，王硕就用英语跟保卫沟通，却无功而返，因为“没听懂”。“那快请李导！”法师的话音刚落，李导就热情地上前用葡萄牙语沟通，保安很快又领来一位女士，李导跟她交流后，她同意让我们进到剧场参观，并去拿钥匙。在等待的时候，李导说：“葡萄牙只有一千万人口，但世界上讲葡萄牙语的人有两亿三千万。巴西是世界第五大国，有一亿六千万人口，都说葡萄牙语，再加上安哥拉、莫桑比克、佛得角、几内亚、东帝汶等，这些都曾经是葡萄牙的殖民地，全都说葡萄牙语。”

几分钟后，这位女士拿来钥匙为我们开了门，一座华丽而精致的剧场大开洞天。剧场非常安静，我开始想象佛光会的新春晚会的情形——在有着浓郁基督文化特色的十字连缀花纹造型穹顶下面，舞台上演绎着中国风，呈现在超过千人的座席上的观众面前，那该是怎样的一种吉祥欢喜的场景和氛围。中华文化、佛教文化的传播，离不开文化的纽带。

悟光法师问李导：“这个音乐会有多少人来看？”李导答道：“上千人吧。”法师问：“都坐满了？”李导：“满的，都是满的。”法师：“都是中国人吗？”李导：“大部分是中国人，也有外国人。晚会开始的时候，都是用中文和葡萄牙语两种语言讲的。”

走出剧场的时候，大家都跟保安说：“谢谢！”李导边走边说：“葡萄牙人的性情都比较温和，只要你能够讲出道理来，他们能够帮你的地方都会帮你。”蒋晓旭：“这也是恒顺众生呀。”

• 又一次丢失

没想到的是，走出剧场不久，发现李冰、孟祥兰不见了，关怀组的薛园春立即返回去找她俩。为了等待三位同学，悟光法师带着我们在一棵树下休整，“观想来到菩提树下”。参访团副团长张龙特意对周韶毅嘱咐：“提醒大家注意安全。”

在等待的间歇，李导继续介绍葡萄牙的情况：“我们在这里，过年过节会喝点酒。开车上路，警察在路上碰到车的时候，他会先问你：‘喝酒了吗?’如果你说喝了，警察就会说：‘开车不能喝酒，你不知道吗?’你可以解释下理由，然后说自己虽然喝酒了，但没醉。警察会说：‘下次别这样了，走吧。’但是如果你说自己没喝，仪器一测发现你喝了，就会必罚无疑。”李导顿了顿，总结道：“外国人是这样的——他们认为骗是最可悲的。错并不可怕，改就可以了，但有话要直说。”悟光法师点头道：“不妄语戒持守的很好。”李导：“我觉得这样很好。”悟光法师：“这叫黄金法则，佛教里对这个也特别重视。”说话间，看到了几位迟到的同学的身影。

我们起身继续前行，走到一栋楼前，刘川与我们挥手告别：“这里就是法学院了，我从这里就直接回办公室了。”大家都合十送他，他又停下来说：“下次有机会在龙泉寺见!”为我们送上祝福：“也祝你们剩下的欧洲之旅能够一切顺利！圆满结束!”

• 最后的午餐

中午的阳光下，路旁还有些建筑工人在铺路面。由大大小小的方块石头铺就的路面，应该是葡萄牙的一道独特的风景线。工人很友好，表情看上去很放松，他们自然地跟我们打着招呼，但手下的活儿一点儿也不放松，叮叮当当，一块块灰白的方形石便嵌入地面。看来这种铺路工序简单，效率还挺高，对于石头的要求也不严，可以就地取材，大块的做建筑材料，小块的就破成铺路的方石，倒也浑然一体。这样的路面碰到下雨，能很好地渗水，有利于环保。

中午 12 点，大巴从大学城出发，约 10 分钟便停到了大家业已相当熟悉的老地方。再走几分钟，就到了我们的“定点餐厅”——叙香园茶馆餐厅。

餐厅老板早已等候在内，温雅地迎接着我们的到来。落座后不久，葡萄牙小伙儿服务生就热情而干练地把一道道菜端了上来。

想到今晚即将离开葡萄牙，这家餐厅每餐都为我们做精心准备的素餐，对于我们来说，就像是汉传佛教在葡萄牙的一个窗口，在感恩之余也有几分好奇。午餐时间还有一些空闲，宋柏青专程请素餐馆的老板坐下来，做了一次小小的采访。这位女主人来自台湾花莲，礼数周到，进退有度，很有东方女性的淑娴之风。

宋柏青："以前我也在龙泉之声网站素食栏目做过编辑义工，所以也接触了一些北京素餐厅，知道这行也不易，业内人把这行叫作'勤行'，是很辛苦的。尤其是在这里的海洋文化环境里，当地人一餐不食鱼都不习惯。您是怎样坚持下来的呢？"

老板："还好啦！我们开餐馆 20 多年了，原来做的是半荤半素，生意很好，有很多的团餐。但是后来我信佛了，慢慢就改变了。3 个月前，我们改成了只供纯素，连带饭馆的名字也改过来了。生意嘛，慢慢来吧！"

宋柏青："为什么有这个决心呢？"

老板："不食众生肉嘛……"

宋柏青："那您的家人都支持吗？"

老板："家里边都信佛了，连我的孙子都很虔诚。"

宋柏青："我注意到餐厅的服务员都是葡萄牙当地的小伙儿。雇当地人是不是开销更大呀？"

老板："以前都是聘的中国人，也许工资会低一些，但是要包吃住，吃住也是要花销的，所以和雇当地人费用相差也不太大。"

宋柏青："那么用当地人，有个便利的地方就是容易和顾客沟通？"

老板："是啊！他们人都很好，对于在餐厅里吃素也很能接受。"

在交流中得知，老板在佛光会做义工，护持佛光山在葡萄牙的弘法事业。听她说，佛光山在葡萄牙北部也开了一家素餐厅。葡萄牙的佛光山系统的佛教信众约有 200 多位，已经建起一座道场。佛光会每年在里斯本举行的春节联谊会，并非是靠外来的力量，主要就是依靠葡萄牙本地的信众，就承办了如此大的晚会。

上大巴后才听说，这位低调而谦和的女老板，原来就是葡萄牙佛光会的会长。听到这个消息，里斯本大学城金碧辉煌的大剧场好像又浮现在眼前，佛光山的新春音乐会每年都在那里隆重开演……

渺茫与光明

我们的行程表在出发时有一半都是空白的，今天下午的参访临到头也还没落实，怎么办呢？

• 光明初现

在西方社会，很多世界一流大学都是由教会首创的。葡萄牙天主教大学(Universidade Católica Portuguesa)建立于1967年，有4个校园，分布在波尔图、布拉格、里斯本和贝拉。这所学校原本在我们下午的参访计划中，但种种因缘所致，我们还没有和校方取得正式的联系，但由于该校的独特性，这段时间也没有其他的公务安排，为了不浪费时间，法师还是决定径直登门。当我在大巴上获知这点时，心中凉了半截，面对未卜的前程，会有什么在等待我们呢？

快到学校门口的时候，李导又给我们"泼了"一盆冷水："按我以往的印象，教会大学一般都是封闭式的，我们先到门口去问一下，看能否进入参观。"说话间就到学校了。宋柏青跟悟光法师说："法师，您给我一张名片，我去交涉下。"法师摇头道："我们一起去，都是宗教人士，我去会好一些。"

到了学校的门口，却发现大门是敞开的，并无人看守，我们轻松进入校园。进到学校的大楼后，李导发心与接待处的一位女老师沟通，这位老师答应帮我们去找相关负责人士。"祈求！时时刻刻祈求！"当光明的苗头出现时，大家都有些雀跃。

在等待期间，李导描述刚才与那位老师的对话过程："她是老师，不负责这件事情，让我自己去看看。我说不认识这个地方，您要不给我找个老师指导指导。"蒋晓旭似有所悟："原来这是可以谈的。"悟光法师说："有些事情提前约不一定成，必须要现场见到人才行。"那位老师很快领来了一位身着红裙的女士——商学院(Católica Lisbon Business and Economics)国际部的 Paula Bastos 女士。

"我的英语很好，跟我谈都可以。"Paula Bastos 女士非常热情。首先表示要"先了解你们的要求"。悟光法师说："我们主要是想进行宗教交流。" Paula Bastos 女士表示，交流需要跟校董会申请，校董会下午两点才上班，她可以先带我们参观下。

尽管是午休时间，Paula 女士立即热情地引领我们参观了整个学校，包括各职能部门、教授办公室、校董办公区、大小教室、机房，等等，同时了解参访团的背景和目的。这所大学的所有部门都在一栋大楼中，看起来和一般的大学没什么区别，只是在一些标识上有耶稣受难的图像，楼顶是透明玻璃，上面悬挂着各国国旗，据 Paula 女士说这里"每年有 250 个国际学生名额"。在一个摆有打印机的区域，Paula 女士颇为自豪地介绍："这里是给学生提供支持的，可以打简历什么的。这里 90%的学生在离校前都找到了工作。"昨天听李导说，现在葡萄牙的大学生毕业都很难找到工作，所以很多人都选择读高职，现在听说这里的就业率如此之高，贤清法师不由赞道："管理严格！严校出高徒。"

- 渐入佳境

出了国际部办公室，Paula 女士就跟我们说："一会儿将有一位负责国际关系的校董接待我们。"没有想到，交流这么快就成真了，就像蒋晓旭说的，这是"三宝加持"。Paula 女士把我们带到一个教师休息区域，这里有咖啡等饮料可以自行取用，她去安排交流的事宜。悟光法师感叹道："很多时候，在没有现量到之前，需要发心。来了，完全跟想象的不一样。"隆凤问："您为何觉得直接进来就可以？"悟光法师："因为有信心呀。再一个，没别的地方去了。"隆凤："那我们可以选择不来。"悟光法师："不来，也没别的地方可以去。再一个就是缘起，之前联系过这所大学，我们要尊重缘起。"

Paula 女士很快过来，带我们到了商学院的办公区域，引荐即将与我们交流的里卡多·佩斯(Ricardo F. Peis)教授——商学院主管国际关系的副院长。教授手中拿着龙泉寺的简介,看到我们还用中文说“你好”,让我们喜出望外。

在参观完商学院之后,Paula女士把我们引到了四楼的一间大教室,然后去请里卡多·佩斯教授过来交流。这时,大教室悬挂的大钟的指针刚刚指到下午两点,一切就像是预先安排好的那样顺畅。悟光法师说:“效率太高了,临时性的来访,都安排得这么快,这一点我们要学习。我们的概念中,欧洲人都要提前3个月预约,不然不会见你。但现在看,其实也不一定,要看因缘,看三宝的加持力。”

里卡多·佩斯教授很快便赶来教室,身着灰色T恤的他,正值壮年,说一口流利的英语。“今天,由于事先不知道大家的光临,所以穿着不正式,有点失礼,但非常高兴大家能够过来。”教授首先表示歉意,谦逊的态度让人感动。

从里卡多·佩斯教授的介绍中,我们得知天主教大学包括不同的院系,其中商学院是葡萄牙名列前茅的佼佼者。它也同我们上午所造访的葡萄牙高级工商管理学院一样,得到世界MBA协会(AMBA)等美、欧、英有关商学院组织的权威认证,英国《金融时报》(*Financial Times*)也把该院列为世界顶级商学院之一。教授还特意说明了自己跟中国的因缘,他跟中国大陆以及其他讲汉语的地区,比如香港、澳门、台湾,都建立了比较密切的关系,所以“今天能够迎接到来自中国的客人,非常高兴”。

双方交换礼物并合影留念之后,播放了美国ABC电视网络前副总裁哈维先生解说的龙泉寺简介短片——《一个美国人眼中的龙泉寺》。当片中关于龙泉寺的一幕幕闪过时,感觉既熟悉又陌生,我的心中涌出莫名的感动。当片中的云板被敲响时,那种极富穿透力的声音,穿越了万里重洋,像慈母在呼唤游子,像师长在叮咛弟子,提醒着我真正的心灵皈依处。

• 吉祥圆满

片子刚刚放完,王硕推门进来,并带来了一位满头银发、面容慈祥的长者。见到这位长者,里卡多·佩斯教授马上起身示意,并对王硕说:“在这里见到他,是非常荣幸的事情!”原来长者是神学院院长热奥·杜阿尔特·洛伦索(Joao Duarte Lourenco)教授。院长的到来归于王硕的“奇遇”。当走进教学楼之后,王硕在一个食堂恰好看到一位长者,身着西装,看起来很和善,值得信赖。王硕大着胆子和他打招呼，他也很温和地回应。王硕跟他介绍了参访团的情况，并诚挚地表达了交流的想法。院长虽然表示有重要活动，比较忙，但最终还是答应了，两人互换了电话，并约好了时间。但那时，院长只是说自己是教《圣经》的，并没有透露神学院院长的身份，所以他的到来，让里卡多·佩斯教授也很意外。

“很高兴见到你！”虽然是初次见面，但院长与法师并没有生疏的感觉。院长首先谈到自己曾在澳门住过 7 年，访问过北京、上海、广东等地，“我去北京访问过两次，10 年前”！

悟光法师说：“我们这一次是从中国的北京龙泉寺过来。我们还有一个关于我们寺庙的视频，不知道您的时间还够不够？8 分钟。”宋柏青的翻译还没结束，里卡多·佩斯教授就马上回答：“我们有时间！”这时又进来 3 位学校老师，一起观看视频。

“非常好！”片子刚放完，院长就开始鼓掌，紧接着就开始提问：“能问个问题吗？做了那么多活动，那经费从哪儿来？”当听到悟光法师解释说是由信众及爱心人士支持时，他点头赞许，并感叹：“能够成就这么多的活动，动用这么多的人力！”悟光法师答道：“这在佛教里面，就叫不可思议。”

院长又仔细询问了寺院是否可以接待国外不同文化、宗教背景人士，并且幽默地表示“我自己就可能到访”。正如悟光法师所言，龙泉寺欢迎多元文化交流和对话，并且已经接待过天主教、基督教等不同背景的访客和进行交流。

院长：“如果下一次还要去澳门的话，我会尽量安排，尽快去一趟龙泉寺。”

悟光法师：“欢迎欢迎！”

院长：“我为什么提到这点呢？我在澳门待了 7 年，澳门也有一个天主教大学，我们两个大学关系非常密切。我的一个同事，也是一个教授，现在就在澳门，也是在神学院。我建议你们如果有机会到澳门，可以和澳门的天主教大学建立联系。”

悟光法师：“去年我也去了一次澳门。但那时候不知道有这个因缘。要知道的话，当时就可以登门去拜访了。”

院长：“未来可以去！”

院长接下来又提到，他明天要接待一个团，团里有 17 个人就来自澳门，其中还有一位非常重要的人物，如果有必要的话，也可以介绍给我们认识。悟光法师说：

"非常遗憾，今天晚上我们会乘飞机到西班牙，不然的话，我们是非常希望能够相见。我们相信，有心就会有缘，以后就会有机会再相见！"院长点头道："会的！"

"我们寺院提倡多宗教交流，而寺院里的出家法师，除了专心修学佛学以外，对于其他宗教，比如说天主教的教理教义也会去了解。世界各大宗教对于整个人类的幸福都会产生巨大作用，每一个宗教发挥不同的作用，都会给人类带来好处，都应该得到尊重。这一次我们来参观访问葡萄牙，听说这里有个教会大学，我们非常感兴趣，虽然没有提前联系好，但很想过来看看。今天有幸遇到教授、遇到院长，我们非常高兴、非常欢喜！"悟光法师诚挚地说。

"非常感谢！"听了悟光法师的话，里卡多·佩斯教授首先是致谢，接着就提问："我想问两个问题：一个是刚才提到的多宗教交流，这个可以留待将来我们再讨论；第二个是，刚才提到了慈善，假如在发生灾害的情况下，你们怎样能够参与到救助里面来？"贤清法师答道："因为现在人类的活动，给自然环境带来了很大影响，自然灾害也越来越多。对于这些自然灾害的救助，不仅仅是一个人、一个团体的事情，也同时是整个社会的事情。宗教团体在救助过程中会发挥它的特殊作用，尤其是人类在遭遇自然灾害以后，内心所产生的创伤需要更多精神方面、宗教领域方面的救助。像刚才看到的仁爱慈善基金会，就有很多的义工参与到这个社会救助过程中。这个方面的救助，一方面是信众对这些受灾地区的民众物质方面的救助，更重要的是对在后期恢复过程中心理方面的救助，会一直关注。事实上，在整个救助过程中，越来越多的人得以去了解宗教的正面、积极的意义。我们寺院很多的义工和出家法师，也是在这个过程中逐渐进入宗教和信仰的领域。因为自然灾害不可预期，而人们在面对它的时候，更多的是需要心灵层面的更强大支撑。所以在平时，当越来越多的人去了解文化、了解宗教的时候，就有更多的心理准备去面对越来越多的灾难。在这种情况下，即便灾难发生，内心所受到的创伤和痛苦也会越来越轻。"

院长还特别表示，下次我们来访时可以提前联系，以便安排一个小型研讨会，"这样的话可以更好地表达佛教的观点，以及在伦理方面的一些见解。"院长还透露了自己的另外一个身份——里斯本文化协会主席，并提到以前协会办活动的时候也曾请过葡萄牙的佛教协会来参与。他特别强调："我所代表的这个神学院在思想上是非常开放的。有的时候是语言障碍的问题，若能说英语或有很好的翻译，那么这样的交流就不存在问题了。”悟光法师又再一次表示了谢意：“今天在没有任何预约的情况下，你们能够给这么多时间让我们畅快地交流，感觉到非常荣幸！期待下一次的见面！”

在一片“随喜”声中，我们以与两位教授的合影作为这次见面的纪念。临走时，热奥·杜阿尔特·洛伦索院长主动要求与悟光法师握手，这也许就是未来缘分的一种契约。

再见，里斯本

15：30，大巴驶离葡萄牙天主教大学，一路奔向那座多少次从其脚下来来往往的巨大耶稣像，这是我们在里斯本，在葡萄牙驻足的最后一个名胜。

• 无声的对话

当我6月1日站在贝伦塔下，隔湾眺望远处的耶稣像，他那深邃、哀悯的目光，瘦削而略显憔悴的面容，以及向世人无私张开的怀抱，我便能感受到一种深邃的天主教文化的气韵，越过千年时光，扑面而来。

眼前的耶稣像坐落于里斯本城南太加斯河左岸的阿尔马达（Almada）山巅之上，塑像连底座共高82米，隔河拥抱着美丽的里斯本。据说葡萄牙在“二战”期间未被卷入战火，为了感恩和祈求和平，便建起了这座耶稣像。

15：55，抵达耶稣像脚下。直爽的阳光从白云掩映的湛蓝天穹倾斜而下，中间便是平展双臂、呈十字架造型的高昂入云的耶稣。特茹河慢慢地流淌着，一桥横亘左右，便是1966年通车的四二五大桥（Ponte 25 de Abril）。此桥极肖美国西岸的金门大桥。二者同出于一家设计公司之手，而此桥较彼桥晚29年，技术上应该更出色些，比如桥底面的钢板，这座桥是镂空的，雨水可以直接泄流，虽然泄流的声音会很大，但是大桥的重量也减轻不少。

凭倚河边的围栏望去，对面就是里斯本的主要城区，四二五大桥优美地连接着特茹河两岸，交通川流不息，运载着每个人奔赴对岸的心愿。背后高台上的张臂耶稣，默默地俯瞰着这一切。围绕着耶稣像，延展着耶稣受难苦路十四站的系列雕塑，它们矗立在一棵棵郁郁葱葱的橄榄树间，讲述着天主教传统朝圣文化的典型题材，展示了耶稣为了救赎世人的罪而历经苦难终被钉上十字架又显圣复活的往事。

• 修道院的奇遇

走到耶稣像下面唯一的建筑物，现代化的外观，黄色与橘红色砖块铸就的外墙，很是引人注目。“这应该就是修道院，耶稣像下面肯定会有修道院的。”悟光法师说。下午在葡萄牙天主教大学的“奇遇”，让我们的胆子大了起来，虽然没有人导引，大家也准备进去看看。“我先去探探路。”王硕说。“只要你有一颗美好的心，就可以。”悟光法师鼓励道。我们走到右侧的门，发现门是锁着的，透过门上的玻璃，看到里面有人在祈祷，静悄悄地。看到一位老者，用英语跟他打招呼，但他似乎也没听懂。

努力了好一阵子，还是发现进不去，法师还是希望合影记录下。正当大家合影时，两位年轻人走过，他们穿着短袖 T 恤，看起来很和气。“Hello!”法师马上跟他们打招呼。王硕上前问道：“我们来自中国，来这里参观，您知道这里是什么组织吗?”他们用不是非常熟练的英语回答说：“我们是一个天主教社团的义工，就在这里工作。学生、小朋友在这里做祈祷。”王硕随即跟他们介绍法师，一位年轻人好奇地问道：“你们是佛教徒吗?”王硕接着问，可否带我们参观，他们非常爽快地答应了，并掏出钥匙打开门。这一举动让我们喜出望外，原本只是抱着试试看的想法，没想到还真的碰到了遍寻不得的入口之匙。

于是，我们一行人便由此“走后门”参观了这座修道院。两位小伙子——Aelson Aires 和 Amilton 很是热情，带我们进去上上下下地参观，Aelson 还主动请缨当起了解说员。虽然他的英文不是很好，但一直在努力表达他所能表达的所有内容。走进大门，里面是出乎意料的精致和干净——餐厅、会议室、小祈祷室、卧室——这座三层的建筑物，功能非常齐备。

进门后，先看到一个厨房。紧接着就往二楼走，楼梯间的白墙上挂着很多的耶稣及圣母玛利亚为题材的油画，油画并不是古典风格，而是带着后现代主义的奇幻色彩，Aelson 介绍“这是社会上一些艺术家画的”。

我们上到二楼，进到一个会议室。这间会议室内墙都是由红砖筑成，顶面就是裸呈的水泥，是极为现代的装饰风格。Aelson 说，他们在这里读圣经，学习圣经。在正前方的红砖墙上挂着一幅极为特别的耶稣像——由 5 张小幅画错落拼合而成一位身着白袍的耶稣，在 5 幅画中间的空隙中有一颗红心，在耶稣像的四角上还有四幅人物画，分别是修女、非洲人、中国人、德国人。

我们随后进入一个小教堂——圣心小教堂。现在，大家都在祈祷，室内一片静谧。这里立着耶稣和圣母玛利亚的塑像。Aelson 指着塑像外衣上凸显着的一颗形似苹果的心，介绍说："这是心。我们在这里祈祷，是因为我们的情绪和耶稣基督有一种对抗，不够祥和。"法师问："在这里做一些宗教交流，可以吗?"Aelson："可以。一些会议包括祈祷都是可以的。"

Aelson 带我们来到耶稣像座下的展览室，里面展出了耶稣像的建筑场景，以及信众谢主赐福的场景。这里还有一座小圣母教堂。这座教堂依然是顶高入穹，内部非常素简，没有任何的雕饰，墙和顶面都是素白的，四周挂有后现代主义风格的圣经题材油画，一尊纯白的圣母像悬在正墙的"半空"，顶部的十字架上缀有星星般的灯盏。几位修女和几位信众正在念诵玫瑰经，他们专注得令人不敢呼吸，虽然有来人参观的开门声，但他们并没有抬眼看。

在教堂门口，Aelson 请来了一位黑人神父，与两位法师交流。贤清法师递过名片，并用英语介绍说："我们来自中国北京。"神父接过名片，点头道："北京，中国。谢谢!"

• 最后的眺望

在 Aelson 的建议下，我们上到耶稣像脚下的观景台。首先众人右绕三匝，以佛教的礼仪对耶稣表示敬意，然后极目四方，里斯本城区以及远处风物一时尽收眼底。登高望远后，悟光法师说："这是对这几天参观的一个总摄!"

观景台上还有一个礼拜堂，名为"信心"。这里虽然不大，但是陈列着重要的天主教圣物，包括圣人遗骨。在礼拜堂中，也挂着多幅油画。Aelson 说，油画上表现的都是天主教圣人的故事，主题都是表达对耶稣的"信"，依信得救。Aelson 的英文尽管不太流利，但是他不断地主动为我们讲解和解释，那种对宗教的传教热忱展露无遗，让我们充分感受到一位传教士的热情。

参访结束，准备下台返城。此时恰是当地时间 17：00 整，北京时间 12：00 整。

18：42，参访团抵达机场。一直对我们照顾有加的 Jorge Pedreira 先生，尽管晚上还有课，还是赶来和大家郑重道别，还抱歉地说"没有把行程安排好"。老先生的礼数周到，行事不苟，值得尊敬和仿效。

与陪同大家数日的大巴司机道别……与尽心尽力、活力四射的李导道别……葡萄牙，是欧洲之旅的第一站，此时便要结束了。下一站，是伊比利亚半岛上另外一个与葡萄牙相继崛起的海上大国——西班牙。

21：30，飞机终于在一片玫瑰色的晚霞中升空。

葡萄牙时间 22：43，西班牙时间 23：43，访问团一行抵达马德里机场，从此踏上了欧洲之行的第二站——西班牙。

新的开始

结束5天的葡萄牙行程，6月5日凌晨，我们到达西班牙马德里机场。每到一个新的国家，就是一段新的开始。

• 初来乍到

西班牙是欧洲第二大国，国土面积50万平方米，地广人稀。北接比斯开湾、西通大西洋、南濒地中海，气候常年湿润温暖，长达1500公里的黄金海岸线，吸引了大量游客，是世界第二大旅游国。马德里（Madrid）是西班牙首都，是欧洲著名的一座历史名城。

我们所到的第四航站楼，是由知名建筑师安东尼奥·拉梅拉和理查德·罗杰斯设计的，2006年2月启用。进入航站楼，高大宽敞的空间，独特现代的设计，鲜亮夺目的色调，让凌晨抵达的我们困倦之意被一扫而空。连续波浪形的巨型屋顶蜿蜒起伏，上面缀有许多圆形玻璃天窗。用橘黄色长条竹片装饰，这些经过防火处理的竹片都是来自中国。这样的设计既充分利用了自然光，节约能源，又使厅内的光线柔和，体现出人与自然和谐的设计理念。西班牙的现代建筑世所闻名，这相见的第一面就让我们为之惊艳。

我们的新导游——何导前来机场迎接。何导是北京人，住在马德里13年了，做导游这个行业也有很长时间。虽然身在异乡多年，但何导的乡音依旧未改，满口的“京片子”，幽默而又洒脱，让身在欧洲的我们倍感亲切。何导说自己是第一次接我们这样的佛教团队，从今天开始到法国的南部城市里昂都是由他来陪着大家。

很巧的是，今天正好是何导44岁的生日，法师跟他结缘了念珠和法本，以此法缘祝贺。何导谦虚地说，相信这一路下来会和大家学到很多的东西，对他来说这也是一个很难得的机会，尤其感谢法师送的能带来好运的吉祥礼物。

大约经过45分钟的车程，我们于凌晨1点抵达酒店。下了中巴车后，悟光法师观察到地面不再是小石头块了，而是现代化的地砖和瓷砖，“两个国家地气不一样”。

酒店的房间非常狭小，基本就只有放两张小床的空间，与之前住的酒店的条件相差甚远。我们努力将全团人“塞进”副团长张龙的房间，完成了回向。短短5天相对优越的生活，就有点不适应眼下的条件，五欲的腐蚀作用是如此强猛而迅速，让我们心生警惕。

- 再见金凤

在马德里我们只做一夜的短暂停留。8∶30，按照悟光法师在首次回向时的安排，进入一个新国家，首次缘念是由法师带动。悟光法师根据观察到的情况，给大家做了一些提醒：“西班牙看起来更大一些，行程跨度大一些，大家多注意身心。另外，我们的胸牌要戴着，这是我们区别于其他团队的唯一标志，干什么事情更容易成办，一看这就是一个团队。”法师再次强调安全问题：“安全是第一位。我们的目标、活动，要在安全的前提下成办，如果没有安全，这个活动宁愿不成办。”法师对接下来如何做也给予了指导：“不一定光坐那里讲才叫弘法，行应该是最转人心的。……包括我们的发心，根本都没预约，现场预约就做成了，这原本在欧洲是不太可能，但不可能的事情成为可能。往前走，前面一片渺茫；再往前走，前途一片希望。”

用过早斋，我们立即回房间收拾行李，登上大巴车，准备启程赶往阿尔卡拉大学。我们走出宾馆，意外地看到一张熟悉的面孔——来自英国的义工金凤，她是专程从英国飞到西班牙来与团队会合的，昨天晚上住在西班牙的亲戚家。金凤之前曾两次来中国，两次都来到龙泉寺，虽然也曾因为不适应寺里的生活条件和严格的作息而偷偷落泪，但是最终还是坚持了下来。在此期间，她对师长三宝树立起了深厚的信心，成为一名佛教的皈依弟子，与我们这些黄皮肤、黑头发的同行善友也建立起了深厚的友谊。金凤见到大家，如同见到久别的亲人一样，兴奋地去拥抱那些相熟的同学。当悟光法师出现的时候，她更是马上就合十鞠躬，虔诚的程度并不亚于中国的居士。

当听说这个团有 21 个人时，金凤很是惊讶，“孟祥兰呢?”从她的问话中，能知道她还惦记着每一个她熟悉的人。落座后，金凤再次感叹道：“这次太多人了，超过了我的想象!”法师说：“本来有计划去英国的，因为这次行程时间太长，签证也没有办好，所以辛苦你来到这里一起会合。”金凤：“我是学生，没关系的。”

上了大巴，何导就提醒我们系好安全带。他说，西班牙的交通法规很严，不论大巴小车，都要求乘客系上安全带，特别是在高速公路上。当悟光法师得知我们就此离开马德里，不再回来时，便提醒大家：“在车上好好观察外面的风土人情。”

中巴行驶在高速路上，蓝天上飘着白云，路边的草地泛着青色。西班牙是地中海气候，夏天非常热，阳光灿烂，五月到十月基本不下雨，每天都是蓝天太阳，云彩都见不到，非常干旱，地里的草全是黄的。何导说，今年特别反常，进入五月以后下了好几场雨，到六月份还能看到绿草这是相当少见的。何导说，因为西班牙地广人稀，是欧洲的农业大国，所以并不需要把地都拿来种植，路边大多都是草地。西班牙盛产油橄榄，橄榄油产量占全世界的 60%，因为日照时间长，蔬菜水果的产量、质量都不错。

我们走的是环城线，相当于北京的五环。马德里是中心城市，一个一个的卫星城都连成一片，靠环线沟通起来。在高速路上行驶的两厢车比较多，个性鲜明的两厢车更讨这里人的喜欢，这可能和城市的街道窄小也有关系，两厢车车身短、瘦，不占地方，出行停车都很方便。法师坐在车上是一路观察，发现高速路上的指路牌比国内的大两倍，比较人性化，字迹清晰，简单明了。

• 初到古城

在快进入阿尔卡拉之时，在路边看到很多灰扑扑的居民楼。何导介绍说，西班牙在 1975 年之前曾经是独裁国家，处于被制裁的状况，所以经济非常落后，1976 年开始进行改革开放，一点点才发展起来。因为之前是农业国家，城市化程度不高，在经济发展起来之后，农民才大量进入城市，当时就突击修了一大批居民楼，所以不是特别美观。

阿尔卡拉城是个古朴的小城市，位于马德里大区，距离马德里约35公里。小城的名字意为埃纳雷斯河畔的城堡，城市的历史可以追溯到史前时代。15世纪，当马德里还仅仅是乡村的时候，这里已经是重要的宗教中心了，留有众多保存完好的学院建筑、教堂、修道院和古城墙。1998年，阿尔卡拉被评为世界文化遗产。

阿尔卡拉之所以著名，一是因为它是西班牙著名文学家塞万提斯的故乡；二是因为这里还有距今已有500多年历史的阿尔卡拉大学。1486年，希斯内罗斯创建了阿尔卡拉大学。此后，整个城市都向着文化方向转变，城市也因大学而繁荣起来。大多数西班牙黄金时代的伟大人物都曾在这学习过。

到达这座古朴的小城后，我们的参访从阿尔卡拉的中心——塞万提斯广场开始。广场不大，中心耸立着文艺复兴时期西班牙文学大师塞万提斯高大的铜像。广场旁边是阿尔卡拉政府大楼。广场中的小花园种满了似锦的月季花，周匝是高大的梧桐树，悠闲的老人们坐在长椅上晒着太阳，当地白色的鹳鸟伴着远处教堂的钟声不时从头顶飞过。塞万提斯是西班牙人眼中最值得骄傲的人物。何导拿他自己的亲身经历来为此做注解，他在西班牙经常会带一些国内的公务团，各个地方的代表团送的礼物都不同，但西班牙这方面则是不约而同地都会拿出一本《堂吉诃德》来作为回礼，"我家里现在就有10多本《堂吉诃德》"。

在我们身处中世纪小城的宁静和优美时，突然传来一阵嘈杂声，循声觅去，原来是市民在呼喊游行。在看起来这么安宁和美好的地方，仍然还是有许多的不如意呢。正在我思维着，阿尔卡拉大学中国留学生学者联谊会副主席杨劲栋到了，他将带大家去校区参观，让我们真正走近西班牙。

古城今历

走进阿尔卡拉，时光就开始倒流，完全的中世纪建筑让人一时不知身在何处。但看上去如此古老的阿尔卡拉大学，却与现代中国有着甚佳的缘分。

• 寻找因缘

前来迎接我们的杨劲栋来到西班牙读书已有3年了，在他的引领下，我们先参观阿尔卡拉大学中心的文学院。走过学院的餐厅，不少外国同学都热情地跟我们打招呼。杨劲栋说，学校里有很多外国人很喜欢中国文化，所以在这个小城中就有4所教中文的学校。据学联统计，在这里读书的中国留学生有300多人。每年来来往往的零散的学生也有五六百人。

文学院是“日”字形小院，有点像北京四合院。杨劲栋说，阿尔卡拉大学在各地散布有很多小学院，一个楼房可能就是一个学院，不像国内的大学有围墙。这里比较古老，没有围墙。听到这里，悟光法师意味深长地说：“有围墙就不容易进来，没有围墙好进却难出。”

阿尔卡拉大学是欧洲最古老的大学之一。环顾周围，石质的建筑很古老，很有历史感，三层楼都有拱形的环廊，顶部有多个雕像以及十字架，结构上敦实厚重。一层是办公区域，楼上是教室。一间洗手间的标识很有趣，在墙面上画着两个中世纪穿着的小人，艺术化，简洁明了，也好像提醒别着急，要保持绅士淑女的风范。由于学联这边没有联系到校方，我们的参观只能到此为止，大家都觉得意犹未尽。

悟光法师并不愿就此放弃，带领大家走进楼区，嘱咐王硕多祈求，寻找机缘。王硕尝试着推开一扇暗红色的大门，里面只有一位女士。和她说明了来意之后，这位女士用不熟练的英语说，可以到前面那个门去问问。王硕走进去之后，发现原来这是他们的国际部办公室。此时，恰好有一位女士抬头看向王硕，王硕走上前去和她说："我是佛教徒，来自中国，由两位法师带领，想和您这边的教授或者主任交流。"没想到这位女士说道："我也是佛教徒。"接下来，她就找同事帮助我们去约国际部副主任。因缘就这样创造出来了！

当看到法师带着一团人扛着摄像机、拿着照相机，国际部办公室内工作人员在惊讶之余，也不忘热情地接待。法师也各个结缘小礼品，皆大欢喜。在这里，似乎有不少中国的影子。在办公室的墙面上，看到一张用中文简体字写的"阿尔卡拉大学"的宣传海报，上面有一张堂吉诃德骑驴的剪影，还有挂着"福"字剪纸的挂画。

不一会儿，国际部副主任 Rectorado 教授就来到了办公室，与法师简短交流后，Rectorado 教授便热情地带我们参观阿尔卡拉校区。

- 古城之旅

Rectorado 教授的讲解是从文学院的门墙开始。在黄褐色的墙壁上，充满了历史的痕迹，表面饰以数根立柱，其上有很多雕刻极为细腻精致的浮雕，让人目不暂舍。除了教学的声誉以外，阿尔卡拉大学以其壮丽的银匠风格建筑著称。这面墙就是典型的银匠风格——这种风格的装饰常常十分精致，使人联想起的不是石雕，而是精细的银器。Rectorado 教授介绍，阿尔卡拉初创于 1553 年，这堵墙有 500 年的历史，不同季节的太阳晒上去会变色。墙面的浮雕并非只是装饰，而有着深厚的含义：最上面是上帝，他的手势寓意拥抱整个世界；还有男、女、老人、年轻人 4 个立像，以及代表西班牙法律的国标；两个头像分别代表西班牙及热尔曼两个民族。四面的上方中间各有不同的图案代表不同的传说，其中一个是说因为之前有战争，上帝把阳光带走，这个人又把阳光带回来。在 1998 年 11 月 2 日，联合国教科文组织（UNESCO）正式将阿尔卡拉大学列为世界文化遗产。世界文化遗产的标志被刻在地面上，上面写着"知识之城"。

西班牙文学领域的诺贝尔奖——塞万提斯文学奖的评审理事会就设在阿尔卡

拉大学。塞万提斯奖由西班牙文化部创办于 1976 年，颁奖给在西语文学领域做出突出贡献的西班牙和拉丁美洲作家。Rectorado 教授带我们到理事会所在地时，我们看到一整面墙壁上挂满了获此奖项的文学家的名字、获奖时间和雕像。

Rectorado 教授把他认为我们会有兴趣，以及很重要、很出名的几位做了介绍，非常代人着想。首位获奖者——西班牙诗人纪廉，他是个现实主义诗人，同时把佛教的理念融入诗歌作品里。1979 年的获奖者是博尔赫斯，他是 20 世纪文学史上最重要的人物之一，他的作品更多的是在描述上帝，描述创造。在颁奖时，Rectorado 教授曾经见过他一次，“感到非常高兴”。还有一位是 1981 年获奖的墨西哥诗人奥克塔维奥·帕斯，他曾是墨西哥驻亚洲一个国家的大使，对佛教很感兴趣，参访过印度的佛教寺院。他的诗很多是关于人生、宗教、永恒这样的思考。

出了理事会，Rectorado 教授开始一路为我们详细介绍阿尔卡拉大学的历史：“15 世纪时，这个学校就开始创建了，那时西班牙很强盛，发现了美洲，当时的德国已经出现了印刷术，可以让书籍得到大量传播。建立这所学校的初衷，是因为当时西方的教会整体变得非常腐败了，学校的创始人希望恢复到原始天主教时的那种状态。当时西方的天主教很富有，有大量的钱财、土地。他觉得如果没有这些诱惑，回到贫穷的状态，信仰也能回到最初、最纯净的状态。所以，他回到这个地方，建立天主教的学校，培养一批修道士，恢复最纯正的信仰。因为有这样一个愿景——所以必须从原典里、《圣经》里来寻求，因为《圣经》一开始是上帝对犹太人讲的，是希伯来文，后来被翻译成希腊文，最后再被翻译成拉丁文。他们在这里做的一个工作就是把三种文本做一个对照。因为‘上帝是不会犯错误的，如果大家对教义理解有错，那肯定是翻译错了’。所以他们把三种文本做比较，从中去掉谬误，找到最正确的文本。”Rectorado 教授又把我们带到了阿尔卡拉大学礼堂。每年，西班牙国王都会亲临此处，颁发塞万提斯文学奖项。当国王颁奖时，获奖者会站在左侧的高台上致辞，也会谦虚地说：“我很荣幸，但是根本不配得到这个文学奖项”云云。这个礼堂最重要的景观是金碧辉煌的伊斯兰风格天花板，其重要特征就是不准出现人物形象。在四周墙面的挂毯上，绣有学校培养出来的最重要学生的名字，他们在当时起到影响西班牙进程的作用。当时西班牙只有两所重要的大学，其中一个就是阿尔卡拉。

介绍到此，悟光法师把一本八语种的《和尚·微博——北京龙泉寺的 365 天》

赠送给 Rectorado 教授，幽默地说："给您也颁个奖!"教授很高兴地接受并表示感谢。借此因缘，法师邀请教授和我们到讲台上合影留念。

接着，Rectorado 教授带着我们来到了小城的主广场，一一介绍了周围的建筑，其中一个小教堂是塞万提斯出生受洗的地方，一个是现在的市政办公厅，以前则是修道院。游走在小城的街道，Rectorado 教授无有遗漏地介绍着路边的古老建筑：17 世纪巴洛克风格的剧院，还有 17 世纪一位大主教建的哲学院、修道院、文史院、地理学院等。Rectorado 教授介绍说，小城中有需要修缮的建筑都必须用原有的材料，以保持原有的历史风貌。走进修道院改成的建筑学院，天井顶面是由原木板做成，其中洞面镶有一扇扇的玻璃，既遮风挡雨，采光又好，学生们用来写生画图，还有办展览等，这也是 Rectorado 教授喜欢的地方。

- 与文学家相遇

在小城里，最令人瞩目的，不是古老的建筑，而是一位西班牙国宝级人物——文学巨匠塞万提斯。从小城的广场向西的一条小街，有着与阿尔卡拉同样久远的历史，两侧的房屋大多建于文艺复兴时期。塞万提斯的故居就在这条小路上——一座二层红色小楼。在大铁门外，《堂吉诃德》的主人翁——堂吉诃德和桑丘的铜像，表情生动地坐在门前的路边。《堂吉诃德》是一部反骑士小说。故事背景是个没有骑士的年代，主角堂吉诃德幻想自己是个骑士，因而做出种种令人匪夷所思的行径，最终从梦幻中苏醒过来。

Rectorado 教授一路为我们讲解得很详细，带领我们在古城内参观了近两个小时。其间，不断有电话来催他回去工作。法师又给他结缘了一条楞严咒挂件，并亲自挂在他的脖子上，祝福他平安吉祥。Rectorado 教授也祝福大家在此玩得愉快。

在我们互相道谢道别以后，Rectorado 教授却没有离开，他还是有点不放心我们，考虑到塞万提斯故居非常重要，也需要介绍，又走进塞万提斯故居的院落，带着我们参观起来。

院子里有一个方形的天井，已经弃用了。一楼是起居室、厨房和餐厅，还有塞万提斯父亲的小药房，房间里的家具、用品原位摆放着。二层是塞万提斯出生的卧室，此外还有一个陈列室，陈列着《堂吉诃德》的各种版本和译本，其中也包括中文译本。

在 Rectorado 教授的讲解中，我们了解到，塞万提斯出生于一个贫困之家，直到 1607 年才定居马德里。颠沛流离的童年使他无缘高等教育，但傲人的文学天赋让这位大师终于成就了不朽的著作。1605 年，《堂吉诃德》第一部出版，立即风行全国，一年之内就再版了 6 次，并成为世界名著。靳学勤与故居的工作人员结缘了龙泉寺书签，他们非常喜欢上面龙泉寺、凤凰岭的美景。爱在传递，他们也拿出塞万提斯故居明信片跟我们结缘。当法师们参观结束的时候，他们还非常希求和法师合影，兴奋地拿着手机来拍照，并表示希望有机缘到北京看看。

当结束对塞万提斯这位西班牙人眼中最重要人物的故居参观时，Rectorado 教授才真正离去，与我们挥手作别。长达两个小时的过程中，他似乎并不是在做讲解，而是充满激情地演讲，对阿尔卡拉如数家珍，那种对自己国家、故土的热爱之情，让我们看到一种传教士的热情。

此时，我们也见到了中国学联主席田野，年轻又有活力。在大学城内一处小公园内，我们与几位中国留学生在草坪上席地而坐，进行了短暂的交流。非常巧的是，有三位留学生都是来自河南，正好与两位法师是老乡，五位河南人在西班牙相逢，最后汇成了一张灿烂的合影。

相聚总是短暂的，为了再一次的相见，我们欢喜告别。在路上，田野追上来与法师合影，表示回国后一定到龙泉寺去参访。

用午斋的时候，大家在各自供养后开始用斋。大家还记着今天是何导的生日，提议唱生日歌为何导祝贺。听完我们的祝福后，何导感动地说："44 岁，人生走过了一半时间了，从来没有接触过佛教的团队，这是第一次。做导游工作会涉及各个宗教，也都要学习一点、知道一点。接触宗教以后的感觉是，宗教对人的生活是非常重要的，可以洗涤人的心灵。"何导说，这里是天主教国家，所以他带过好多次朝圣团，每次一个团带下来十多天，最后都是劝他信教。何导每次带完朝圣团后都特感慨，也很希望自己有一种信仰，不管是信天主教、犹太教、伊斯兰教还是佛教，"各种宗教对人都是有好处的"。何导希望等到基本上衣食无忧了，也去信仰一种宗教，但现在还没有这个打算，"怎么也得到 50 岁吧"。对于我们饭前的默声供养，何导也是很有感触："看着你们，包括带过的天主教徒，吃饭前祷告之类的，感觉就和平常人不一样。以前带朝圣团，他们坐在车上，有时候唱起赞美诗，感觉非常平和，身处在这个环境中特别受感染，所以像宗教类的团体还是相当喜欢带的，带一次这样的团内心就平和了很多。”

何导这番生日感言，真实而恳切，也打动了我们的心。信仰的力量就是这么真实，在日常的行住坐卧之中，就能够润物细无声。就像法师说的，弘法重在于行，这也对我们提出了更高的要求，更加小心地看护自己的身语意。

离开阿尔卡拉，我们又坐上大巴，驶向瓦伦西亚。

路上的百法

这次欧洲之行，会有相当多的时间是在大巴上度过。如果只是上车睡觉，未免浪费这难得的时光。在法师的引领下，我们试着让走路既是走路，又不再是走路。

• 艺术与科学

西班牙是拥有世界文化遗产最多的国家之一，43 处历史古迹被列入世界遗产名录，其中大多是建筑。西班牙的建筑设计被公认位居世界前沿，建筑风格很独特，其奇巧怪异的外形、匪夷所思的搭配堪称一绝。

此次欧洲之行，西班牙停留的时间比较短，想感受西班牙建筑，就要想办法挤时间。我们住的酒店离著名的创新建筑师圣地亚哥·卡拉特拉瓦所设计的瓦伦西亚艺术科学城(City of Arts and Sciences)非常近，早斋后我们就将离开瓦伦西亚，所以大家都赶在早斋前去目睹大师的创作风采。

卡拉特拉瓦以桥梁结构设计与艺术建筑闻名于世，最近的作品是 2004 年雅典奥运会主场馆。由于卡拉特拉瓦拥有建筑师和工程师的双重身份，他对结构和建筑美学之间的互动有着精准的掌握，常常以大自然作为设计时启发灵感的源泉。

这座艺术科学城就是大师建筑特点的代表，包括三个壮观的白色钢筋混凝土建筑物：天文馆、科学馆、歌剧院。有意思的是，它们是建立在巴伦西亚突利亚河(Turia)干涸的河床上。突利亚河因为曾经泛滥，早已被引导到城外，原来的河床现在成为公园、运动场、音乐厅。河床虽然已干，但建筑师在建筑下设计了浅浅的水池，大型建筑之间是跳动的天光与水色，就像与整个自然空间融为一体。

天文馆的设计是半球形的，被覆盖在一个透明的拱形罩下，在罩的一侧，一个巨大的门上下开闭，露出里面的球形天文馆，就像是在水面上一张一合的眼睛。

大剧院看上去像是科幻电影里的太空船，又像是一个大鱼的头。巨大的顶上，无论从哪个角度看都只有一点相连，很神奇。据说其外表如同悉尼歌剧院一样，能在白天和夜晚发光。蓝色水面上的歌剧院和天文馆，仿佛是提醒人们这里曾有一条河流经过。

这三个建筑中最大的就是菲利佩王子艺术科学宫，设计灵感是卡拉特拉瓦惯常采用的动物骨骼，很像一个鱼骨架，具有韵律美。这座造型古怪的先锋派建筑，一度成为瓦伦西亚现代化的象征。

这个地区原本属于城市边缘，但因为艺术科学城的兴建，带动当地经济、旅游、房地产等快速发展，成为瓦伦西亚市新的高级住宅区、重要观光景点。艺术科学城的独特建筑，成就了种种辉煌，让我们从中窥见了建筑对于一个城市、一个地区的重要价值。对于寺院来说，建筑也是在表法，不仅能够安顿人身，也能安定人心。

在长廊旁边是一排来自各个国家的艺术绘画作品牌。我们惊讶地发现，其中一幅是由中国漫画天才 Benjamin 创作，表现了一个人在死亡时化成西方独角兽的一瞬间，在这瞬间，天空中出现一尊佛接引。而这幅作品的名字也非常佛教化，叫作 reincarnation（轮回）。这幅画虽然只有几个人物，却展现了东西方文明的融合。佛法在传入中国时，磨合、消化、吸收、交融，最终成为中国传统文化的一部分。而在当今，佛法来到西方，也必将经历一次本土化的过程，融合而不失核心。

离开艺术科学城，我们往酒店走去，一路上总能看到慢跑和骑着自行车的人。在欧洲，自行车道和步行道是在一起的，用一条白线和颜色区域分隔开，并且像汽车道一样分单双向。西班牙也有专门的自行车交规，如规定自行车必须前后都有车灯并且晚上骑车要都开启才可以上路、人行道上不能骑车等。虽然与人行道只是一条线的区隔，但几乎没有骑车人会越过它，使得骑车人的安全大大提高。在街上也可见到自助自行车租赁项目，这是为了减少搭乘公车和地铁的人数和减少碳排放。租车的年费非常便宜，使用也方便，使骑车的人数也多起来。

• 把走路当学习

回到酒店整理行装，我们又准备往西班牙的下一个城市——有“欧洲之花”美称的巴塞罗那进发。在那里，悟光法师会做他此行的第一场讲座《佛教概论》。

9∶10，大巴启程。对于此次长途车程，悟光法师在来欧洲的前行中就有开示：“不要把走路当成走路，要当成一种学习。”

这次车程大概需要4个小时，算是长途，一上车大家就各司其职的忙碌起来。悟光法师忽然说：“我现在要发一个消息，内容叫‘没有的事，办成了。非正式的活动，很正式。见不到的人，见到了。横批——主动创造因缘’。”大家听后都会心地笑了，知道法师是在说在里斯本和阿尔卡拉主动创造因缘的事。记得悟光法师在一次开示中曾说起：“修行就是这样，要创造因缘，组合因缘。因缘是要靠创造和组合的，要把这个主动性发挥出来。这就是大乘所不共的地方，不单是厌离，还要创造这种好的善缘，让善缘倍倍增长，增长广大。”

因为要准备下午的讲座，悟光法师拿出讲稿提纲开始熟悉。法师算着之后将要讲的十几场讲座感叹道：“每一场都要讲不一样的内容，难，难，难呀。最难的是如何让听的人有兴趣。”从这一连说的几个“难”字，真切能体会到其中的不易。“Hola（你好）！Gracias（谢谢）！”后面又传来了悟光法师练习西班牙语的声音，从葡萄牙开始，法师就已经在学习用当地的语言打招呼，并且随时在改并且在随时应用着。传播佛法，语言是重要的一关啊。

此时，在另一侧坐着的贤清法师也在抓紧时间熟悉着第二天要讲座的PPT，却一会儿就被几位同学围住了。因为贤清法师经常出去参加活动，有非常丰富的照相抓拍、构图等经验。负责文宣的同学们自然也不愿错过这样的学习机会，拿出自己的作品向法师请教起来。

负责拍静物、风景的隆凤向法师分享了自己的心得，感觉静物要比人物好拍。贤清法师说：“静物虽然感觉好照，但要照好比照人还难，中庸里讲‘能尽己之性，则能尽人之性；能尽人之性，则能尽物之性’。从这个角度讲你能把物拍好是更高一个层次了。静物因为没有情绪变化，所以要把它的生命力拍出来非常难！”接着法师又分享拍人物的体会：“拍人物也是。有时候人对自己的心相观察细了以后，对别人的心相观察才能比较细，那样拍照才能拍好。我们一天心相续[①]的变化，有时候自己也搞不清楚。心相在变化的时候，色身是有变化的，神情、脸色都是内心的外显。其实我们看别人也是一样，我们要抓住他最好的那一刻。这些都是微细的色法[②]，微细的色法就需要这些照相的艺术把它放大，别人通过你的眼睛看世界。”

接着法师又给大家讲了一个故事。故事大意是：“一个人把儿子托付给一位卖玉器的老板学习。结果老板3年没有教这个孩子一点玉器的知识，却天天让他抱着一块玉石睡觉。有一天，这个人来找儿子，质问这个老板为什么不教自己儿子，老板说：‘我已经教了啊！’这个时候，有个卖家拿来一块玉石鉴别真假，老板跟这个孩子说：‘你去看看吧！’孩子很不自信，觉得自己怎么可以鉴别玉器的真假。但因为老板已经下令了，他也不好拒绝，就过去看那块玉石。回来跟老板说：‘这块玉石跟我一直拿着的那块差别很大。’老板说：‘可以了，那块石头是假的。’”

法师解释道，这个故事是说一个人如何在长期的熏习中被塑造出来。这个人越来越专注，玉石已经成为他生命中的一部分，一种生活方式了，虽然感觉不到在用心，其实已在用心了。这种生活方式只有那些过来人，才能不知不觉地让你培养起来——这就是善知识的作用。“善知识不会给你讲很多道理，他更多的是给你一种生活方式，慢慢培养起你的一种感觉，耳濡目染中，自己慢慢也就知道应该如何看了。”

“我们已经走了100多公里了。”何导这时候说。“我跟大家说说巴塞罗那吧。”

巴塞罗那市位于西班牙东北部地中海沿岸，面积91平方公里，市区人口约160万，若连同外围地区则为400万。巴塞罗那是享誉世界的地中海风光旅游目的地和世界著名的历史文化名城，也是西班牙最重要的贸易、工业和金融基地。巴塞罗那是名副其实的艺术之城，成为培养世界级艺术家的摇篮，毕加索、达利、高迪都成长在那里。

巴塞罗那最吸引人的就是建筑。不管哪个国家的建筑师要想增长见识，必定

---

① 连续不断的念头。

② 广义言之，这是物质存在的总称，泛指有质碍性之物，即占有一定空间，具有自他互相障碍，以及会变坏的性质的事物。

要去的地方就是巴塞罗那。而这里几乎所有最具盛名的建筑物都出自一人之手——被称作巴塞罗那建筑史上最前卫、最疯狂的建筑艺术家，安东尼奥·高迪。他的17项作品成为西班牙国宝，8项列入世界文化遗产名录。“我明天上午会带大家参观这位建筑大师毕生的代表作——圣家族大教堂。”何导说。

在欧洲国家中，西班牙是一个始终坚持对华友好政策的国家，和中国又同为文化大国，所以文化交流非常多，在西班牙的孔子学院数量也很多。四川和上海也成为瓦伦西亚和巴塞罗那的友好城市。所以，在这里的中国人也相对很多，这点在昨天的阿尔卡拉大学就能感受到。

- 地中海之旅

因为是地中海沿岸，所以一路上都可以从车窗中若隐若现地看到地中海。地中海是世界上最古老的海，位于亚、欧、非三大洲之间。地中海是欧洲文明的发祥地，也是世界上五大文明中三个的发源地。细心的何导特意和司机沟通，到离海边近一些的地方加油。在何导的帮助下，我们停在了离地中海步行几分钟的地方。因为欧洲规定司机开车两个小时就要有一次休息时间，我们因此有了半个小时的地中海之旅。

下车步行5分钟，几个同学同时叹道：“海！”海水干净湛蓝，岸边礁石林立，风浪又很大，让我想起苏轼的一句词：“乱石穿空，惊涛拍岸，卷起千堆雪。江山如画，一时多少豪杰！”遥远的古代，我们的祖先是否也曾隔海远眺，想象着海洋对岸的世界？是什么促使人们打通了东、西方之间沟通的渠道？又是什么使得诸多不同的文明在这片海域中交织共进的呢？今天，我们带着佛陀的教诲踏上一条新的丝绸之路，在这里是否将要迎来又一次的文化交融呢？

返回车上的途中，大家发现路边有一个分类非常细致的垃圾存放点。这里把生活垃圾分成了六类：植物枝叶、有机垃圾（如水果蔬菜等）、包装类（如塑料瓶、牛奶盒子等）、纸类、玻璃、残余（如灰尘、烟头、用过的牙具、打破的碗等）。每个分类一个大筒，上面清晰地写着分类名称和示意照片，旁边还竖着一个详细说明的牌子。

据说对于生活垃圾，欧盟确立了废物处理优先的原则，使资源得到最大限度的利用，然后进行废物焚烧发电等回收利用。通过科学有效的垃圾分类和处理，西班牙一个城市每年能够回收 12 万吨的纸张或纸板、5.3 万吨各类塑料和金属以及 3.8 万吨玻璃，并能从垃圾中提取 7 万吨的有机肥料。垃圾，在懂得惜福的人手里，也成了宝贝。龙泉寺的废物处理也有异曲同工之处。寺里除了对日常的生活垃圾细致地分类处理外，平时的洗漱用水也会再利用，木板上的旧钉子、一小块的泡沫塑料、碎砖头和其他建筑垃圾也能被再次利用。

巴塞罗那城中的佛教概论

今天下午，悟光法师将要在西班牙最优秀的公立大学之一的巴塞罗那自治大学(以下简称“巴自大”)翻译系，做一场题为“佛教概论”的讲座。

• 善缘凝聚

巴塞罗那自治大学创立于1968年，在国际化进程计划推展中，校长办公室工作团队把和中国大学进行紧密合作及双向交流列为首要任务之一。目前，巴自大已和浙江大学、南京大学、对外经济贸易大学、北京外国语大学等院校开展了国际交流与合作。

巴自大本部位于巴塞罗那市郊的Bellaterra镇。学校的教学楼都是分落在一个大片区域内，因为校区广阔，要在一片区域内找到一个教学楼不是一件容易的事情。我们的大巴车行驶到校园时，发现这里就像一个大公园，绿树成荫，绿草如织。据了解，学校拥有教研中心、科研机构、图书馆、实验室、学生及教员宿舍、学生餐厅，旅游学院还建立了实习用的三星酒店，以及各种体育、商业服务设施，是一座设备齐全的大学城。

我们几经询问，还是没有找到翻译系大楼。正当我们不知要往何处去时，巴自大中国学生会主席杨振出现在了我们面前。杨振在此读博士，对这次讲座的组织有很大支持，我们在阿尔卡拉大学与学联的交流也是他帮忙安排的。

“欢迎，欢迎！”一见面，杨振就和两位法师握手致意。“对不起，我们来晚了。”悟光法师抱歉地说。“这个学校跟其他学校不太一样，各校区不是分开而是集中在一起的，所以比较大，不容易找。”杨振说。他边走边向我们介绍起来：“这里是西班牙第一批有中文专业的学校，有很多西班牙人在这里学中文，对中国很感兴趣。”另一位学生会的同学介绍说：“全西班牙最精通中国文化的老师几乎都在巴自大的翻译系，这里很多老师都会说中文。”

我们来到了翻译系的楼前，远远就见到一位白发的西班牙人和两个中国同学在那里等。我们知道那位西班牙人一定就是翻译系的 Joaquín Beltrán 教授。教授是西班牙社会人类学专家，马德里康普顿斯大学社会学与政治科学博士，现任巴塞罗那自治大学东亚研究专业教师、东亚文化研究组组长、翻译系教授，曾任巴塞罗那孔子学院外方院长，与中国颇有因缘，是全西班牙最精通中国文化的教授之一。这次讲座也是 Joaquín Beltrán 教授为我们在翻译系安排的，今天又亲自来迎接我们。“你好，你好！欢迎你们来我们的大学！你们很辛苦！”一见面，Beltrán 教授就一个字一个字地，用很地道的中文向我们问好。“让大家久等了！”法师马上回应道。

跟随 Beltrán 教授而来的，还有巴自大翻译系的中国留学生何莹，她负责这场讲座的翻译。早在 2011 年年底，何莹在国内读书时，就接触到了龙泉寺的西班牙语团队，成为一名义工。

• 礼尚往来

一走进翻译系的大门，便看到在大厅的电视墙上正播放着系里特意为本次讲座设计的宣传页。虽然我们比预期的时间晚了将近一个小时，但仍有近 40 位同学在耐心地等待着，其中还有 10 位西班牙当地的学生和老师。对于今天这场讲座，双方都期待已久。

走进教室，悟光法师首先将一包法宝赠送给了 Beltrán 教授，还特意拿出八语种《北京龙泉寺的 365 天》为教授做介绍。看到上面的西班牙文，教授很是欢喜。

15：52，讲座正式开始。首先由 Beltrán 教授用西班牙语简单做介绍：“大家下午好！非常感谢大家的到来！今天能够邀请到来自中国的贵客，对于我们来说是莫大的荣幸。很高兴，北京龙泉寺的悟光法师能来到我校。他是北京龙泉寺的书记法师、研修处和翻译中心的主管法师，同时也是一个非常有意思、非常重要的人，因为他把佛法带到了世界的很多地方。悟光法师即将向大家介绍的龙泉寺是一座非常重要的佛教寺院。一方面，因为龙泉寺与时俱进，运用现代科技来弘扬佛法；另一方面，他们还积极走向世界，增进对外交流，让更多的人了解他们正在努力奋斗的事业。"

最后，Beltrán 教授还特意用中文向我们表示了欢迎："欢迎！欢迎你们来我们的大学！"

随后悟光法师开始了本次讲座的主题"佛教概论"。以下是悟光法师讲座的内容辑录：

- 佛教的起源

佛教虽起源于古印度，不是中国本土的宗教，但在中国各文化融合的过程当中，已经成为了中国三大传统文化之一。佛教的创始人释迦牟尼佛，在记载中是公元前 565 年出生在古印度的迦毗罗卫国，父亲是净饭王，母亲是摩耶夫人。释迦牟尼佛出世之后有很多神迹，比如他刚一出生，就一手指天一手指地，说道'天上天下唯我独尊'，并行走七步，每一步脚下都产生莲花，而且由天上的龙为释迦牟尼佛沐浴。

他从小就跟随婆罗门的学者学遍了文学、哲学、算术、武术等。用我们现在的话来说，就是一个天才，世间的学问基本上全部学遍了。

后来释迦牟尼佛进一步思考，觉得单单这样是不够的。因为他看到了老人、病人、死人以及一个修道士后，感觉自己学到这么多东西并没有真正解决人生的苦乐问题，这些老、病、死的情况依然存在，没有因自己学的知识而改变。也就是说，当时婆罗门经典里面的吠陀书以及权力、王位等不能真正解决人类的痛苦。当然这也不止是释迦牟尼佛本人，而是整个全人类都面临的问题——痛苦如何解决的问题。

经过多次思考之后，佛陀决定出家，在一天夜里就离开皇宫去专门修道。其间，他又参访了不少的学者、修行人，最后在菩提树下成就了佛道。

佛陀一生弘法 49 年，分成三个阶段。第一个阶段是我们所说的'初转四谛法轮'——苦、集、灭、道。'苦'，是描述整个人类现实状态是苦的状态；'集'，是说苦的原因是什么；‘灭’，是能够解决这个原因的实际结果；‘道’，是怎么来解决这个苦。第二个阶段是‘中转无相法轮’，也就是佛陀开讲《大般若经》，这是中观派[①]所依的经典。第三个阶段是‘后转无性法轮’，也就是后来结集为《如来藏经》等的唯识派所依经典。”

- 佛教的时空观

“时空观是一个世界的组成部分，也就是佛教里面常说的欲界、色界、无色界这三界。欲界里面有六道：地狱、恶鬼、畜生是三恶道，人、阿修罗和天人是三善道。

这个世界在空间方面分为横和竖两种状态。‘横’就是围绕着须弥山四周的四天王天。须弥山周围有南瞻部洲，南瞻部洲在佛教里面指的就是我们这个世界，还有东胜神洲、西牛贺洲和北俱卢洲这四大洲。刚才说的‘横’，是围绕四天王天的四大部洲。‘竖’则是往上走的28层天。这‘横’和‘竖’用现代科学用语来说就是多维次空间，人类没在一定的禅定状态下是不容易见到的。

这整个就是一个小千世界，一千个小千世界就是一个中千世界，一千个中千世界就是一个大千世界，一个大千世界就是一个佛所教化的国土。佛教里所讲的大千世界是非常大的，相信科技发展到一定时候，人类是会感知到或者会发现这个宇宙当中还有新的生命的。

现在说时间。佛教里面有小劫、中劫、大劫，一小劫就有一千六百八十万年，是一个世界的‘成、住、坏、空’四个时期。地球本是在虚空之中，什么都没有，因为人的心念的念力产生了微细的风，由风开始形成微尘，再由这些微尘慢慢聚集在一起形成了地球，这就是‘成’的过程。‘住’，地球现在的状况就是住的过程；‘坏’，这个地球的寿命到了之后会坏灭。最后这个地球会破灭，消失在这个宇宙空间当中，称之为‘坏空’。在现今的科学界来说，是可以被证实的：很多的星球此时此刻也正在坏灭之中，但也有很多的星球在形成之中。二十个小劫为一个中劫，四个中劫为一个大劫。这就是佛教的时间观念，这个劫数是非常之长的。”

---

① 印度大乘佛教两大学派之一，是以龙树菩萨的《中论》为基础，而宣扬空观的学派。主张诸法无自性、空，即一切存在无固有的本质。

- 佛教的生命理论

“六道轮回说明了什么呢？说明这个生命不只是这一期。佛教的观点是有天、人、阿修罗、地狱、饿鬼、畜生这几种生命的形态，每一种生命形态的形成是由心念所造成的。

这几种形态在这个宇宙当中共同存在，比如说我们现在是人类，但是也有很多跟人类共居的畜生。天、阿修罗、地狱、饿鬼我们是看不见的。在佛世的时候，包括有修行的人，也可以看到这几种生命状态的存在。佛教相信生命是无限延续的，绝对不是说这一生结束就完了。因为只有无限延续，才不至于说，我这么努力、这么辛苦，我想把我的人生过得更好，但也就这么几十年就结束了，我是可以继续存在的。佛教认为生命无限延续，可以用一个比喻来说明，就好像是今天、明天和昨天。也好像是一个人，不可能说我今天坐在这里是突然出现的，对不对？他一定是由昨天延续下来的，不可能说从空中掉下来一个人，一定是从昨天累积下来的，他是无限延续的。所以，佛教认为生命的状态是一个续流，是跟流水一样前前后后流下来的。就像我们看电影一样，我们在屏幕上所看到的好像是真的人一样，实际是吗？他是一张张图片的累积，他是一秒钟 24 个镜头这样堆起来的。佛教认为的生命状态就是这样的，是从前生流到后世，一直这样流转，直至生命进入最究竟的状态，直到我们真正解决了自己的苦乐问题。”

问答中的法喜

听了一个小时的佛教基础知识，同学们早就难抑心中的好乐，有很多问题想要和法师交流。

• 大乘的心法

第一个同学的问题就有些锐利："对于现在佛教越来越多地用旅游或休闲的方式，而不是单单通过法会或讲道接纳信众、进行传播，您怎么看待?"

悟光法师答道："大乘佛教是具有包容性的，不管什么样的根器、什么条件的人，他都会接收。人进来之后，再根据自身的条件选择适合自己走的路。条件不够的人，或者说是想根据旅游达到学习目的的人，那就到寺庙去旅游。如果说想更深入学习，那就通过讲道这种方式。要再深一点，那就去参禅。如果还要深，那就去受佛教的戒律，再深就出家。我们会通过不同的方式、方法来接引不同的人。特别是在现在这个社会，大家普遍来说是比较躁动，都没有心思去坐在一个地方思维甚深的佛法，所以只能讲浅一点的东西去跟他结个缘。这一生不行，下一生再来，无限生命嘛!"

之前对佛法有过了解的同学，问起了他一直的疑惑："作为修行人，我知道应该爱自己的国家，但这种对自己的国家的爱和对别的国家的爱，应该是一样的，还是要偏爱自己的国家呢? 如果对自己的国家偏爱，怎么能说是众生平等的爱呢?

释迦牟尼佛能解决一切问题，平等地看待众生，但是释迦牟尼佛为什么又会几次拯救自己即将灭亡的国家呢?”

面对一连串的问题，悟光法师从业感缘起的角度做了回答：“在佛陀的内心当中，确确实实对各个国家都是平等心来看待。至于为什么他救释迦族，这就是一个因缘所生法，也就是佛教里说的业果和缘起的道理。举一个简单的例子来说，你跟在你的导师身边去学习，有好的东西，你的导师肯定优先让你受益。但你的导师并不是说对别人有任何看法，如果有人想学习，他也会帮助他。虽然是平等心，但也是因缘所生法，因为这是佛陀的国家，离他比较近，他自然是去帮助它，但这个时候并不否认他不帮其他国家。就好像我肯定是想拯救、帮助我的父母，或者是让我父母学习佛法，或者我有好东西希望给我父母，因为熟悉嘛。我在学习的过程当中，其他人不认识，也不找我，虽然想帮助他，也没有因缘。在我内心当中是这样作意的，何况佛陀呢？他的心是极其平等的，只要是各种条件成熟了，佛陀就去了。”

最后，法师又幽默地当场举例：“比如说我现在手里拿了一个冰激凌，我发心想给所有人，但就一个，你现在在我身边，我就给你了。”

“感谢法师对我的偏爱!”提问的同学也立刻机智地答道。现场的同学们都被这段智慧风趣的问答逗笑了。

这位同学马上又提出了新的问题：“我们留学生，如何在西班牙这个佛学不算太发达的国土进行自修，如何找到自己的上师教导我们呢？还想问一个比较私人的问题，您当初为什么要去学佛？现在又为什么要出家修道？我怎么才能知道我已经求到了？如何证果呢?”

悟光法师答道：“第一个问题，对于现今的地球村时代，如果想学习佛法，单单这一点不是什么问题。你只要能够上网，网络上世界各地的佛教信息，中文的、英文的、西班牙文等各种文字都是非常多的。我想你说的西班牙这边佛教不是很兴盛，主要是指现量的人，也就是出家法师和寺庙相对少一点。我觉得就如佛教的业果缘起理论一样，只要我们有这个心，能够组建学佛的居士团队，慢慢里边就有人发心深入佛道，就犹如我一样，通过学习慢慢我就出家了。这也就是第二个问题，我为什么出家。我觉得佛教的教理教义，对我自己、对整个人类有巨大的帮助，并且我觉得出家这条路更适合我一些。如果想要西班牙佛教能够越来越兴盛，就要靠这样做。这两个问题一起回答。”

“至于如何证果，得学佛教的教理教义，慢慢地去证，一分一分地断证，一点一点地去证，这个急不来。通过这10年的学习，至少自己的心态更加平和了，碰到各种的困难和障碍，更容易去突破。碰到一些事情，更容易从积极的角度去思考，碰到一些不好的境界，试着不发脾气。当我们的心一直趋向善良光明的一面时，内心就会越来越宁静、越来越祥和、越来越快乐，这就是我们的所愿，我们已经达到了，何乐而不为呢？”

一位同学说自己对佛法早有好感，她向法师提了自己困惑的三个问题：第一，如果自学佛法，有没有一个系统的、从简到难的方法？第二，在佛教里，“快乐”的定义是什么？是否是一个很平和的心理状态？第三，如果说色相都是过程，色相灭后的未来期许是什么？

悟光法师回答：“关于第一个问题，佛教各种经论里都有相关修学的法门和次第，介绍你一本宗喀巴大师所写的《菩提道次第广论》，这个是比较系统的一部论典；南传的《清净道论》，也是比较系统地介绍佛陀所讲的这些法理。

第二个问题，你说的快乐不是我们目前所认为的快乐。我们所认为的快乐都处在分别当中，我们认为的快乐都是在欲望的驱使之下，或者是没有欲望的禅定之乐、无色界之乐，或者是四空之乐，这些乐都不是佛教所认为的快乐。佛教所认为的快乐，是灭尽各种烦恼后所得的乐，也就是解脱之乐。我们目前所要的快乐，最终都是让我们痛苦的，只是眼前有时候感觉会快乐一点，但是最终的结果还是受苦。佛陀所讲的灭尽一切烦恼的解脱究竟之乐，现在来说是没有副作用，又环保的。（众笑）

第三个问题，色相是不会灭的，因缘所生法嘛。就好像人死了以后，会产生新的生命状态。”

“那您有没有想过您之后的生命状态是什么样的？”同学追问道。

“那就要看现在怎么努力。一直在付出，心地一直处于善良状态的话，那么你将来的生命状态会比现在还好。必须去努力。”法师答。

“是得道成佛吗？”同学继续问。

“没成佛之前就可以得到各种自己想要的快乐，也就是各种的结果。成佛是最后的结果，最究竟的。先翻译吧。”虽然问答紧密，法师还是不忘观照身边翻译的同学。

• 有神与无神

接着，另一位同学问道："我听说佛教的理论是一个比较高层次的无神论。我想知道，在您心中，佛教和无神论到底是一个什么样的关系？"

"佛教的教义里面，认为每一个人是靠自己来创造命运的。你将来是什么样子的，你想当公司的总裁，还是当大学的老师，要靠自己努力，而不是别人给你的。别人给你的，不会是你想要的。从这个角度来说，是无神论。因为没有一个唯一的神去创造万物，每一个人都要靠自己去努力。就像这个房子是靠自己去盖的，自己去设计的。从这个角度来说，是无神论。佛陀他本人也不是神，他就是人，通过修行越变越好，最后成为我们心目当中的圣者。"

"现在时间是6点了，还要不要……"悟光法师的话还没说完，下面一位同学就已经迫不及待地拿起了话筒，开始继续提问。同学一开口就先表明："我提的问题可能是比较尖锐的，先提两个，后面还会有问题的 。请问法师，佛教是在宣扬一种宿命论吗？这种宿命论是一种消极的宿命论吗？"

悟光法师答道："首先宿命论就是说不能改变，佛教不是这样。刚才我说的很多观点都是说要创造，要去改变，而不是说任天惩罚我，不是这样。比如说，你现在能够在巴自大读书，是你过去努力而来的。未来我们将怎样，想要多好，都要我们现在去努力。比如，现在你不主动拿这个话筒去提这个问题，大家会听到吗？不会听到。这就叫努力创造，而不是等待。如果等待就是宿命论。如果不等待就是积极的，所谓加引号的'宿命论'。"

"非常感谢！我这个问题的提出，是因为刚才听到，如果我努力或不努力，会导致我下一个轮回的一些结果，有一个因果必然的道理。我想反过来问一个问题，这个能不能解释现在很多富二代的出现，是说明他们前几辈子做了很多好事，所以这辈子可以来享受之前的努力呢？"

法师明确地回答："是的，确实是。但是不能因为这个原因，我过去是很辛苦努力的，现在成为富二代我就安享，就停滞不前，就享受了。你这个富二代是过去努力产生的一个结果，如果你现在就去放任，不去努力经营，不去好好学习，你下半辈子可能就不是富二代了，我估计再过几年你就可能会是穷二代。下一辈子有可能会更糟糕。所以说，即使是富二代也不必骄傲，要继续努力，争取将来继续富。"

法师的回答引得大家一片笑声，但这位同学的提问好像才刚刚开始，他继续问道："我听得非常明白，非常感谢！但是我想说，这两个问题是最后这个问题的前奏，希望大家原谅。"面对他的探索精神，大家又被逗笑了。

"我们都听说，在美国有个东西叫'美国梦'。美国梦最根本的核心就是，如果你能够努力、坚持、奋斗，就会得到一个很好的结果，但是他强调的是这辈子。佛教可能会说，你也会有，但是这个可能会在几个轮回之后。这两种价值观是否会在一定程度上与人类文明存在相悖之处。我这个问题有个背景，就是任何一种宗教、一种学说的盛行，都和当时统治者阶级所倡导的治国政策分不开。那佛教的教义，是否在人类历史上有类似的相悖之处呢？"

面对犀利的问题，法师依然从容："不管是美国梦还是其他梦，佛教讲的是个人的超越。这里的每一个人，包括每个国家里的每一个人自己如何去解脱。但是佛教离不开国家的支持。对于每一个佛教徒或者每一个宗教徒来说，他们走他们自己的路，我觉得并不冲突。

还有一点补充的是，佛教里面也不只是说，我们去努力之后非是下一辈子、下几辈才感这个果报，如果我们足够努力，这一生的下半生有可能会感果，也就是佛教讲的现法受。"

这时又有一位同学直指核心："听了这个讲座，我有看似矛盾的两个认识。第一个认识是，佛教似乎承认有终极目标这个东西存在，比如说，这个世界存在很多问题，生老病死是充满痛苦的。如果我们像佛陀那样修行，我们就能达到这个目标。这个目标把一切问题像佛陀一样彻底解决掉，那么这个终极目标难道不是代表一种永恒不变的状态吗？第二个认识是，佛教似乎承认万事万物是在持续不断变化之中，并且在认识过程中应当消除分别心，消除对立。那么这个目标是为我们自己好，不也是由分别心产生的功利性的问题吗？"

法师回答："你问的这个问题确实比较核心，抓得比较要害。首先，这个终极目标也是一个安立，就好像我们坐船从此岸到彼岸，要不要坐船？你要去，坐了船，到了彼岸，这个船还要不要？船是个方便。成佛不是终极目标，是一个阶段性目标。我们现在不是有很多不如意吗？我们通过学习佛法，修行佛法，慢慢会达到一个更好的状态、更圆满的状态，取个名字叫佛陀，究竟、圆满地解决一切苦乐问题。它不是最后的目标。最终目标是什么？成佛以后帮助别人，永远帮助别人，没有结束。

其次，刚才所讲的变化之中，主要是谈到没有自性，没有永远不变的一个东西。佛教说没有是从这个角度来说的，从自性来说也没有佛。为什么在很多禅宗公案中，祖师可以把佛像给劈了，就是破内心当中的一种执着、一种自性执。我们要的是解脱痛苦，解脱烦恼之后，当下得到自在，并不是说安立一个什么东西。

之所以安立这些种种的名言，就是让我们有一个心的所依，毕竟我们现阶段还没有证悟空性，对于这个甚深的缘起性空的道理，我们还没有现证到，必须给我们一个东西，让我们能抓住，然后慢慢往上走才能豁然开朗。就如坐飞机，刚开始往上走的时候是阴雨天气又有雾，我们什么都不知道，必须要靠这架飞机。再往上走，到最上面的时候，天气晴朗，什么云彩都没有的时候，才明白一切都不是我们所想象的，都不是自性有的东西，都是一些因缘所生法，知道这个道理是为了破我们的烦恼。最深层次的烦恼就是我执，认为有一个我存在，有一个我之外的万事万物存在，这叫人我执[①]和法我执[②]，把这两个我执破了，才能彻底解决苦乐问题。现在我们就是这里出了问题，所以从有分别到无分别也是一个过程。”

时间很快过去，已经是晚上 6：30 了，尽管还有许多同学意犹未尽，法师也不得不结束了，转向 Beltrán 教授：“教授，我们是不是也该结束啦？”

Beltrán 教授起身表示感谢：“谢谢你们，也谢谢翻译！”此时，现场响起了一片持续很久的热烈掌声。

随后 Beltrán 教授来到悟光法师身边，与法师交流感受。教授从始到终一直在用中文与法师对话，使得他们的沟通非常顺利。

“谢谢你们！辛苦来到这里，很有意思！”教授又指了指后面说：“有很多中国人来，他们也都很感兴趣！”

悟光法师回应道：“是，他们能坐这么久也很不容易！”接着又对何莹的翻译表示赞叹。Beltrán 教授不愧是翻译系的主任，说到翻译很有感受：“我觉得翻译是很重要的，如果你们能够用西班牙语、德语、法语来说，是很重要的，很多人可以了解佛法。”

---

① 二种我执之一。凡夫不知人身为五蕴假合，而有见闻觉知的作用，固执此中有常一主宰之我体。

② 二种我执之一。凡夫不了诸法空性，不明五蕴等法由因缘而生，如幻如化，固执法有实性。

讲座外的讲座

讲座的热度还在持续，一个小时的问答环节依旧不能满足海外学子对佛法的渴求。面对那一颗颗珍贵的希求心，一次精彩的场外交流又开始了。

• 我该如何修

讲座虽已结束，但同学们的热情不减，在教室里久久不愿离开。见此情景，学生会主席杨振提出了想与法师们继续交流的意愿，希望能给同学们多一些向法师请教的时间。

在教室后面有几间玻璃小屋。同学介绍，这原来是翻译系的同声传译室，里面摆放着各种同传设备。

大家一起走出翻译系大楼，准备在这里合影留念。在巴自大读博的中国留学生李恩汉同学爱好摄影，主动发心安排大家站位拍照，忙得不亦乐乎。合影完毕，我们便和同学们一起参观校园。而刚才忙着摄影的李恩汉也放下相机，来到贤清法师身边。李恩汉是中国政法大学的博士，在巴自大是准备拿第二个法学博士学位。他的博士生导师的夫人就是中国人，在他和导师第一次通邮件时，竟收到了中文的回复，令他惊讶中文在此地的普及。李恩汉经常看一些佛教书籍，早就有很多的问题，今天终于可以请教法师了："之前虽不了解佛教，但会去寺庙，也会跪拜。但后来随着年龄增长，不再愿意跪拜请香，而只是在那里静静地体会，这是什么原因呢?”

贤清法师解释道:“那说明你对佛教的认知慢慢变理性了。对佛教的信仰,本身也是一个不断变化的过程,刚开始你没有认识的时候可能是一种心理状态,慢慢了解以后可能又是一种心理状态。再接触一些人、事,可能又变化了。”

李恩汉接着问:“我从读研究生时开始,会每年吃一个月素食,一直到现在都是如此。但是我特别爱喝酒,现在准备戒,只是我不知道持戒是否也算是一种执着呢?”

贤清法师说:“有时候你越要求自己不这么做,越克制,在烦恼没有化解的情况下越会反弹,可能会喝酒喝得更厉害了。这就是为什么一个好的团队对我们来说这么重要的原因。你看有的人在家里的时候,抽烟、喝酒怎么样都戒不了,但在寺里两三个月就戒掉了,在一个好的环境里自己就变化了。戒与不戒其实也是分别念,当真的进入这个环境中,不会想这个问题,问题自己就没有了。”

李恩汉赞同地点头,随后又问道:“我知道历史上有几次灭佛,那要怎么看待灭佛的人呢?我之前看过一些书说,对自己不好的人是一种菩萨道的逆行,佛不是也说提婆达多是帮助自己的人吗?”

贤清法师回答道:“一件事情从不同的角度看,结论是不一样的。像提婆达多,如果站在我们的立场上看,他去陷害佛,造的恶业太重了。但如果站在佛陀的立场上,不一定是件坏事。什么原因?好的人、事、物要成就,一定要有相应的缘让他呈现出来。”

“我还有一个问题,为什么必须要出家才能证得四果[①]?而要证得菩萨道,在家反而更好呢?就是为什么在家居士不能证得小乘却能证得大乘呢?”李恩汉继续追问。

“佛最后一生成佛,现的还是出家相。无论是大乘还是小乘,最圆满的成就都需要经历出家的阶段,只是因为大乘菩提道需要累积无量无边的福德与智慧资粮,在成佛的道路上有时现在家相。”贤清法师如是回应。

“那罗汉如果已经摆脱六道,他死后又去哪里了呢?”李同学锲而不舍。

“因为他不再投生了,他的精神就回归到法界,这是完全精神的层面。找不到

---

① 指小乘声闻修行所得之四种证果,依次为预流果、一来果、不还果、阿罗汉果。

一个实体称为他了，这个就叫涅槃[1]。不执取有一个‘我’存在了，就没有生灭了。”贤清法师耐心地解答着。

• 中西的交融

就在李恩汉与贤清法师热烈地互动时，杨振也在和悟光法师交流。

杨振告诉我们，巴自大中国学生会才刚刚成立两个月。“如果你们再早两个月来，都没有我们什么事了。”

悟光法师也颇感意外：“真是有意思啊，如果提前两个月来的话，就没这个缘了。”

因为看到翻译系的中国同学很多，杨振又将翻译系的背景向我们做了介绍。翻译系的主任周敏康教授，是最早一批从中国来西班牙的教授，他一直在参与翻译系的建设和与中国学校的合作项目，西班牙政府还曾颁给他一个中欧关系、教育界文化与交流的奖项。所以会有很多中国学生来这里上课，有很多和亚洲相关的专业。这里是西班牙中国学生最多的一个学校之一，主要都集中在经济系和翻译系。而巴塞罗那自治大学也是西班牙第一个有中西翻译专业的学校。

悟光法师感叹道：“中西两个国家关系友好啊！”

杨振介绍说：“在国内，西班牙语使用率不高。但其实西班牙语是世界第三大语言，有 4 亿多人在讲。据最新的统计，未来讲西班牙语的人会超过讲英语的人 。”

这个数据让大家有些惊讶。杨振继续说：“现在，整个拉丁美洲，除了巴西外，已经全部讲西班牙语了。美国讲西班牙语的也有一半人口。所以如果会中文、英语、西班牙语，几乎就可以走遍世界了。”

跟随着杨振，我们一路参观了巴自大的各个院系。因为整个大学是一个山谷，所以很多院系的楼就建立在了山坡上。有意思的是，经常会有两个隔坡相望的楼中间有一个悬空的通道相连着，让两个楼的“沟通”变得更加方便。

杨振说，巴自大因为离城区有三四十公里，所以在有课的日子里，每天每个小

---

① “涅槃”是佛教修证的最高境界。简单地说，“涅槃”就是经过修道，能够彻底地断除烦恼，超脱生死轮回，入于“不生不灭”的境界。

时都会有两三班校车接送学生到火车站，20 分钟就可以到达城区。

“你们不住在这里吗？”悟光法师问。

“我们大多数都是在外面租房，因为这里的宿舍会比外面贵一倍。大多数院系也都有自己的食堂，但是很多留学生不会在这里吃饭。我自己就是前一天晚上做好带过来加热，因为食堂的饭菜是很贵的。”出门在外，真是万般不易。

• 不同的巴塞罗那

在走过学校的通道时，我们看到一些饮用水出水器。杨振说，巴塞罗那因为靠海，自来水中重金属含量比较高，不能直接饮用，所以会有许多直饮水站。

继续向前，我们进入了法律系的楼群。

有意思的是，在法律系楼上写的系名并不是西班牙语，而是巴塞罗那本地的加泰罗尼亚语。在巴塞罗那，不管是语言还是文字，普遍使用的都是加泰罗尼亚语。

“这很有意思，在西班牙不讲西班牙语。”法师说。

一位同学回答道：“这是西班牙的一个历史问题。西班牙的官方语言，除了西班牙语外还有三种合作官方语言：巴斯克语、加泰罗尼亚语和加利西亚语。巴塞罗那是加泰罗尼亚自治区的首府。在巴塞罗那有各个区政府开的语言班，免费提供加泰罗尼亚语的学习。幼儿园老师一定说的是加泰罗尼亚语，所以小孩刚开始是不会说西班牙语的。”

“现在还是这样吗？”法师问道。

杨振接着回答：“一直都是这样。小学、初中才开始慢慢加入西班牙语 。即便今天就在这个学校里面，在本科教学中，差不多有一半左右的系都是用加泰罗尼亚语授课。英语授课的比率就更小，只有一些国际性的专业才有。这个城市喜欢的文化体育活动都跟西班牙不一样。西班牙最著名的文化形式是一种舞蹈叫弗拉明戈，而在巴塞罗那就不流行。在西班牙最流行的斗牛这项体育运动，在这里更是立法禁止的。”

正当我们在校园漫步时，有人也在关注我们。在一旁草地上围坐的几个西班牙同学见到法师们，便很友善地挥手致意。

• 草地的论坛

这时，我们看到前面的大片草地上，摆着几张木头桌子。杨振说："巴塞罗那学联会定期给大家组织一些学术论坛，讲述他们各自所从事的研究，通常就是在这里举行。几张桌子一拼就做一场学术论坛。"杨振提议在此再交流一会儿。

得到法师同意后，杨振便招呼男同学们把桌子拼了起来。于是我们的临时"小论坛"也被搭建起来。

"没想到你们学生会刚成立两个月。"法师说。

杨振介绍说："在成立之前有马德里学联、巴塞罗那学联，后来马德里的各个高校就分别成立了学生会。我们觉得挺好的，就向学校申请，成立了这个巴塞罗那第一个以大学为单位的学生会，也是目前唯一一个。"看来唯有主动创造因缘，善业才能加速成办。

同学继续问道："那你们明年还会再来巴塞吗？"

法师回答道："看因缘吧，佛教讲因缘。不好说，因缘成熟就会再来。"

"那我能加入您的行程吗？如果你们到欧洲来的话。"同学很期待地看着法师。

"可以啊，提前联系。"法师表示肯定。

"其实刚刚大家都在那里提问，我自己都还有问题没问。"杨振接着说。

"正好现在可以问，到 8 点走，现在还有 14 分钟。"法师对时间的把握非常严格。

杨振说："据我所知，这些年北京龙泉寺的特色一是网络弘法，二是国际性弘法。"

法师接着杨振的话说道："这是创新的部分。现在提倡传承和创新，要不就会被社会淘汰了。"

"从手段上来讲，可以创新；从理念上来讲，有没有可能根据时代、社会的发展也做出一些修改？"杨振提出了自己的想法。

法师答道："核心理念是不会改变的，只是外在的一些东西会改变，比如说用现代的工具 。"

杨振继续发表观点："我认为基督教能够保存到今天，马丁·路德的改革是最重要的，世界上最发达的几个国家全是信新教的。佛教的理论体系是 2500 年前建立的，可是两千多年来社会发展这么多，我在想，有没有可能佛教也进行一定的改革。"

法师解释说："如果是不可改变的地方没有改变，不叫改革，叫善巧方便。比如说，佛教讲的五戒十善[①]，你要去掉一个——不杀生，你给它去了，这叫真改革。但是，这些是根本，不能改。

在中国，中国佛教协会对于出家人的三条规定是独身、素食、着僧衣。底线有不能破的。素食，当然不是指藏传佛教和南传佛教的，是指汉传佛教的。

还有一个，刚才提到，现在信仰基督新教的国家反而更发达。从宗教的角度来看待这个问题，也不是从外在的科技发达来决定的。比如说，佛教发源于印度，印度实际上是很穷的地方，但是佛教最纯正。宗教实际在某种程度上，超越了物质，超越了现实世界，寻求的是一种究竟的快乐，基督教讲的是永恒的快乐。物质是个辅助条件，最终还是要超越它。

就是说，从宗教的角度来说，科技发达不发达不是主要的。宗教创新必须要保持传统，所谓的保持传统，就是传统的那些根本的东西不能变。变了，越创新越麻烦。"

虽然在一起已有 5 个多小时的时间，但大家仍然意犹未尽。同学们一直把我们送到了车下，目送大家全部上车。

- 安静的缘念

晚上 10：00，我们在一片草和石子相间的空地上回向。缘念前，悟光法师特意对大家说："小声点。"我们便压低声音，在公路中间的草地上做了一次"安静"的缘念。

因为明天下午就要离开西班牙前往法国，悟光法师做了总结："我们这两天算

---

① 五戒：不杀生、不偷盗、不邪淫、不妄语、不饮酒。十善：十种的善业，即不杀生、不偷盗、不邪淫、不妄语、不两舌、不恶口、不绮语、不贪、不嗔、不邪见。

是比较安全地度过了，大家还没有生什么病。接下来法国的阶段会待 4 天，我们继续保持这个葡萄牙、西班牙的优良传统。第一是身体方面没问题；第二是大家别走散了；第三就是保证公务正常进行；第四是个人的体会心得观察。”

法师的这次开示又让我想到在欧洲至此的七天里，两位法师无时无刻不在关心着大家的健康和安全，细微之处也能体会深刻。

未完的奇迹

巴塞罗那是一座以建筑艺术闻名于世的城市。在这里有许多现代建筑大师的作品,其中最著名的是一座至今仍未完成的教堂——圣家族教堂。

• 清新的早晨

不知不觉,离京赴欧已是第 8 天,第一个精进七倏然而逝,第二个精进七开始了。

今天的行程重点是,上午贤清法师在庞培法布拉大学的讲座。想要从容地准备讲座,至少需要提前 15 分钟到达,讲座结束我们还要赶赴法国的蒙彼利埃,并且要确保让司机工作不超时,一天的时间非常紧凑。但是既然已经来到了建筑艺术之都巴塞罗那,好心的何导觉得,我们至少应该去参观巴塞罗那的标志性建筑——圣家族教堂,所以特别在赶赴讲座之前,挤出半小时时间让我们去看一看,留下一个美好记忆。

下车以后,在嘈杂的人群中走过短短的一段路,我们的目标建筑很快便映入眼帘,周匝的喧闹瞬间寂然。“哇!”第一眼看到圣家族教堂,大家齐声发出了这样的一声惊呼,悟光法师也发出赞美之词:“确实雄伟啊!”

- 天使看得到

圣家族教堂是近代著名的建筑大师安东尼奥·高迪的作品。如果没有亲眼见证,就不会了解高迪的天才究竟在哪里。这座教堂有三个正门,循次往上是三组风格迥异的建筑群,170米的入云高塔、五颜六色的马赛克装饰、螺旋形的楼梯、宛如从墙上生长出来的栩栩如生的雕像……庞大的建筑却显得十分轻巧,有如孩子们在海滩上造起来的沙雕城堡。高迪将教堂的三个立面分别以隐喻的手法象征耶稣一生的三个阶段:诞生、受难与复活,并为教堂设计了18个圆塔,分别代表耶稣的12位信徒、4位传教士和圣母玛利亚,而中央最高的一个塔尖象征着耶稣本人。不仅是塔尖的数目具有一定的含义。高迪通过隐喻和装饰把教堂的纪念性推到顶峰,后人也把高迪推为后现代建筑的鼻祖。

这个巧夺天工的建筑充满了高迪对信仰、对艺术无限丰富的遐想。不可思议的是,他能将想象付诸现实。更特别的是,这座始建于1884年的教堂,至今仍在建设之中,估计要到2030年才会完工。到那时,它将是世界上最高的教堂。如果说其他的建筑都会有一个引人注目的焦点,圣家族教堂则不同,除了非同寻常的高度之外,建筑本身似乎浑身都是焦点,每一处雕塑都精巧无比,细节上充满了各种奇思妙想,后现代的建筑风格让人叹为观止。建立在虔诚信仰上的创新手法,让这座未完成的作品,吸引了世界各地的人们蜂拥而来。可以想见,如果这座教堂完工之后,在这里举办宗教仪式,会有多少人将慕名来参加,建筑本身就是一位无言的传教士。

能够设计出这样震撼人心的宗教建筑作品,不仅仅是要有卓越的建筑才能,真的是需要信仰的力量作为支撑。高迪是一位虔诚的天主教徒,过着修道士般的生活,离群索居,终生未娶,摆脱了外界的一切干扰,一心一意地投入教堂的修建。在他修建圣家族教堂的后十年,他始终以工地为家,每天从古尔公园步行十几公里到教堂工作,直到最后因年迈住进圣家族教堂的工作室里。在工作室里,他就是工作、祈祷、做礼拜,很少出门。高迪把圣家族教堂作为献给上帝的礼物,在四座钟楼上有许多精美的马赛克装饰,顶端饰以十字架、和平鸽以及赞美上帝的话语,如果不靠近根本看不到。有人问高迪为何在一般人看不到的地方花费如此大的心血,高迪回答:“因为天使看得到!”

合影之后，何导招呼大家，环绕大教堂一周，从外围完整地做一个观览。教堂虽然高大，占地面积并不是很大，巴塞罗那是精心规划的城市，每一条街道长度都是 113 米，大教堂占地一个街区，走一圈并不需要多少时间。我们一边走一边从各个角度欣赏这座壮观的建筑，很快就环绕了一周。途中，法师说："看了人家的教堂，就知道我们还要再努力。"

佛教的社会作用

离开圣家族教堂，我们立即赶赴庞培法布拉大学，贤清法师将在那里做一次学术讲座。

• 讲座前的插曲

庞培法布拉大学（Universitat Pompeu Fabra）成立于 1990 年，为欧洲发展最迅速的大学之一。庞培法布拉大学出色的各项学术指标，使之成为西班牙大学教育的典范。

负责为我们联系讲座的 Manel Ollé 先生，是庞培法布拉大学中国研究硕士专业负责人、现当代中国历史文化课教师、亚洲电影研究生课程负责人，曾在北京外国语大学中国海外汉学研究中心做过访问学者。很遗憾的是，Manel Ollé 先生今天有事不能来，但他特地委托了另一位老师——佛学研究专家 Ramon N. Prats 教授来接待我们，并主持今天的讲座。

进入庞培法布拉大学，映入眼帘的建筑方方正正，基本色调是青灰，使步入校园的人可以很快沉静下来。何莹告诉我们，这是一个用军营改装的校区。校园中间是开阔、平整的青砖铺地的中庭，四面围绕的是教学楼，面向中庭的一面都是玻璃幕墙，增加了活泼和开放的大学气氛。走在中庭，每一个教室都清晰可见，看到我们这一队以出家法师为首的中国人走进来，正在上课的教授和学生都被吸引住了，集体转头从窗中看我们。

Ramon N. Prats 教授已在中庭等待，看到我们立即迎了上来。教授是一位风度颇佳的中年学者，面容和善。何莹告诉我们，这位教授对藏传佛教很有研究。教授看到法师就热情地用中文说："你好！"法师也热情地和教授握手，递上名片以及事先准备的礼物。收到法师的礼物，教授欢喜地说："谢谢你！很好！"标准的中文发音令我们倍感亲切。

教授迅速把我们带到讲座现场。听众已在座位上等候了，其中有不少外国人。还有几位是昨天在巴塞罗那自治大学听过法师讲座的中国留学生。

教授做过开场白之后，教育组的同学首先为大家播放介绍龙泉寺的视频，之后贤清法师就正式开始了演讲，具体辑录如下：

• 佛教最初是不是宗教

"在目前人们普遍的认识里，佛教是世界三大宗教之一，另外两大宗教是基督教、伊斯兰教，所以在这样一个传统的、为大家普遍所公认的观点里面，佛教是一个宗教，这点是没有疑问的。现在，我们就要去探讨一下佛教的宗教性，来看一看，佛教最初是不是一种宗教？

在整个人类文化发展的历程中，有一个时期是比较重要的，这就是所谓的第一个轴心时代。在此期间，无论是古希腊还是中国文化、印度文化都经历了一个转折。这个转折之所以一直为后人长久地怀念，这个时期之所以能够留下诸多的经典一直为后人所关注，其背后有一个共通的特点：无论是苏格拉底还是孔子，无论是老子还是释迦牟尼佛，都对他们之前的文化做了很深的反思，对之前的各种信仰以及神的特质做了审慎的探究，在这个基础上肯定、挖掘了人性的部分。

我们通过比较会发现，释迦牟尼佛所创立的佛教对于神的认知更加彻底。因为在苏格拉底的观点里面，为神或上帝还保留了一个空间，孔子和老子同样也为外在信仰留了一个空间，但释迦牟尼佛对人性能够彻底觉悟的可能性给予了充分的肯定。在印度的文化背景里面，比较崇尚四大种姓制度，在四大种姓制度里面，最高的种姓就是婆罗门，其他三个阶层分别为刹帝利、吠舍和首陀罗。社会阶层越高，所承担的社会责任也就越大，这就要求他本身的素养、素质也就越高。当素质不够，又处于社会顶层的时候，给社会带来的影响是灾难性的。所以，婆罗门阶层在当时的社会里所受的教育是最好的，而他一生的经历也是很特殊的。

一个普通婆罗门的一生分四个阶段：第一个阶段为梵行期，他要花 12 年的时间学习世间的各种学问，包括祭祀等；第二个阶段是居家，过世俗人的生活；第三个和第四个阶段，大部分时间做什么呢？过苦行以及隐士的生活，过四处游行的生活。作为婆罗门，他的一生主要是在接受教育，主要是在苦行，主要是在游化世间。婆罗门在汉语里的意思就是梵行、净行。一名婆罗门如果没有梵行，没有净行，是名不副实，不能称为真正的婆罗门。

婆罗门阶层在印度的社会地位决定了其生活方式是受人尊敬的。身处第二个阶层——刹帝利阶层的释迦牟尼佛，他当时是释迦族的太子，怀着对生命本身的思考，选择了类似于婆罗门苦行和游行世间的生活方式，对他而言是需要勇气去突破的。对他来讲，这是作为一个人生崇高的目标去追求。经过禅定的学习以及六年的苦行，最终他觉悟到了人生的真谛。”

- 反思印度文化

“在我们的观念里面，我们或许觉得释迦牟尼佛创立了一个全新的宗教。事实上，当我们了解印度的文化后，会发现佛陀所做的工作更像是对印度文化传承的一种反思，反思之后的一种更好的传承。比如，在佛教里面特别强调梵行、净行，认为这是整个佛教的根基。如果我们考虑当时的文化背景，会发现婆罗门阶层长期处在社会顶层，在这种情况下，若外在缺乏约束，而自身又没办法对自我要求更加严格的时候，整个阶层的衰退就变成了一种必然。释迦牟尼佛在当时所做的，我们可以认为是一个全新的宗教，也可以认为他重新纠正了印度传统文化中的一些偏失。

事实上，不仅如此，释迦牟尼佛走得还更远，在整个的学修、实证体系里，佛构建了戒、定、慧三个层次。所谓的‘戒’就是梵行、净行，‘定’就是禅定，‘慧’正是释迦牟尼佛证悟之后广为宣扬的内容，而这部分内容在印度之前的文化里相对比较少。关于慧的部分，用今天的话来讲，就是在追求宇宙人生的真理到底是什么？因此，佛在证悟之后所讲的主要内容就是世间的真相、生命的真相，而这些所有的言教后来被结集成为《阿含经》。

佛陀言教与婆罗门教的差异性，在佛教的传统经典——四部《阿含经》与婆罗门教的传统经典——四部《吠陀》里可以明显看到。《吠陀》里讲的更多的是祭祀的内容，或者说是婆罗门阶层和神之间互动的内容。可是，在《阿含经》里面，主要就是一个老师和学生之间的对话过程。而这个对话基于的背景就是，佛通过不断禅修，证悟到生命的真相、世间的真相，而这些弟子当时都是在修行禅定的人，在观照、觉照这个世间的时候有很多的疑惑，带着这些疑惑找到了释迦牟尼佛来问，于是经典便在这个过程中形成了。

用我们今天的话来讲，佛教就是关于生命的科学，关于如何认识生命、如何净化生命、如何达到觉悟这样一套系统的理论。而且，它不单单是理论，是需要我们付出生命去实践的。所以，今天我们再去了解这些传统文化，了解这些宗教的时候，总是会觉得它缺乏科学性，其实它具有很严密的科学性。这种科学性的实验样本不是别的，而是我们的生命本身。因此，当我们自己的生命无法融入这个体系的时候，里面所讲的道理我们是没办法体会的。所以，我们与其把最初的佛教看成一种宗教，不如把它当作是一种生命的教育，把佛看作是一位睿智的老师，把他对生命的体悟传递给周围的人，分享给周围的人。”

• 佛教成为宗教的转折点

“那么，为什么后来佛教成为一种信仰，成为一种宗教，拥有与刚才给大家介绍的特质不同的面貌呢？佛涅槃之后，在相当长的一个阶段里，他的弟子都以他的教法，过着比较稳定的修行生活，这种状况一直延续了数百年。佛教不但影响感召了很多的出家修行者，也得到几代国王的支持。比如说，佛在世的时候，摩揭陀国的频婆娑罗王，以及孔雀王朝的阿育王，还有再往后的贵霜王朝的迦腻色迦王，这几代国王的支持使佛教一度成为印度文化的主流。

这样一种变化也给佛教本身带来很深刻的影响。这种影响主要体现在两个方面：第一个方面就是，佛教修行僧团开始分化，分化成众多的派别。佛去世后百年，僧团分化成两个部，一个是上座部，一个是大众部；后来上座部、大众部又继续分化，分化成二十部甚至更多的部派。第二个重要的影响就是，在家信众的数量、规模急剧地膨胀。佛在最初证悟以后所收的弟子里主要是修行人。由于佛陀觉悟的内容具有强大的吸引力，在影响逐渐扩大的过程中，尤其是得到国王的支持以后，整个社会民众对佛教本身的需求增加了。在这种情况下，整个社会的信众数量急剧地膨胀。在家信众数量多了以后，直接给佛教本身带来了冲击。因为佛最初所讲的内容主要是对这些修行人来讲的，当大量的在家信众开始对佛教产生兴趣，想去学习它的时候，内容就不适合了，所以在这个时候，佛教面临着很严峻的挑战。”

- 希求成就圆满佛道

“针对这种情况，佛教给予三个方面的回应，而这三个方面的回应都与信仰有关。

第一个方面的回应就是对佛本身的认识。佛最初在弟子心目中的形象，就是他们整个团队中的一员，即便对于证圣果的阿罗汉来讲，佛也不过是一个大阿罗汉。可是，当大量的信众涌现之后，佛的形象在这个时候发生了非常大的变化，主要体现在佛‘三身’概念的提出。所谓‘三身’，就是认为佛有法身、报身、化身。所谓的法身，就是以法为身。法和真理遍一切处，因此法身遍一切处。所谓报身，是佛所展现的一个最终圆满的形象，我们一般人是看不到的，谁有这个机会看到呢？只有那些见道的圣人能看到佛所具有的圆满报身。所谓化身，报身成圣果以后，大家见到的报身圆满相是一样的，但是这个圆满的相化到生活中的时候，每个人所感受到的化身就不同了。大家如果在印度看佛像、菩萨像，看到的就是印度人的形象，在中国看到的就是中国人的形象，传入不同的地区以后，他都会展现出不同的形象，是佛应不同的众生所化现出来的形象，我们称这样的身为化身。

出现三身的说法之后，释迦牟尼佛所代表的意义就非凡了。信众再去看释迦牟尼佛的时候，就不是一般的太子了，也不是一般的大阿罗汉了。因为我们现在还没有成就，所以佛示现、化现这样一个形象来帮助我们，这就是佛的化身。所以，与佛有关的一切事物都具有神圣的意义。当佛的形象被神圣化之后，佛教徒本身的目标就发生了转移，他们的目标不再是成阿罗汉，即便是大阿罗汉也不希望成了。希望成什么呢？要成佛，像释迦牟尼佛一样拥有遍一切处的法身、圆满的报身，以及无量的化身。”

- 菩萨行与发心

“当目标发生变化的时候，方式、途径就要发生相应的变化。成佛，就不仅仅是苦行、禅修所能达到的目标了。因此，另外一个概念在大乘佛教里面被提出来了，这就是菩萨行。

那么菩萨行与禅修、苦行这样一种出离行、解脱行的根本区别在什么地方呢？这就是发心。在我们发心之前，生命的流转主要靠业力推动，因此我们在解脱的时候，主要也是净化、解构我们过去曾经造的业。可是当我们发心之后，对业果的看法已和原来有很大不同。比如，佛在因地上行菩萨行时，他看到众生受苦，可以主动把自己所拥有的一切给予所需要的人。

因此作为一个菩萨行者，他在面临生活中的很多困境、痛苦的时候，他更多的不是在想，这是我在感果，而是在面对一切的困境和痛苦的时候，他要去寻求在这样一种困境和痛苦中获得新生的契机在哪里？从这个角度来看，无论是苏格拉底，还是耶稣、释迦牟尼佛、孔子和老子这些圣者，他们都主动选择了承受痛苦，而这个痛苦不是他们的业力所导致的，而是因为他们不忍心整个社会民众承受痛苦，他们主动选择了为众生探寻一条获得新生的路。

这样一种观念和侧重点，让我们所有的——无论是在家弟子，还是出家弟子，都逐渐意识到我们生命本身已经不仅仅是我们个体，而是代表着很多，乃至无限的意义在背后，这也就是我们佛教里面所讲的，发心的意义和价值。”

- 不可认知的空

“第三个转变，就是佛教在教理的认知上面。佛在最初讲法的时候，重点在构建一套教理体系，让我们能够系统地认识生命和世界。在后期，与佛的形象以及菩萨的形象相对应的，佛教认知的侧重点发生了很大变化。这个时候，一个观点被强调出来了，这就是‘诸法毕竟空’。

‘空’在佛教里面是最难以被表述的一个概念，因为任何的表述一旦表现出来，就不空了。这里说的‘空’，并不是我们想象中的‘无’或‘没有’。佛教讲的‘空’，是我们对一切事物的执着被破除了。也就是说，当我们在看这支录音笔，同时体认到它是录音笔的时候，本身又不是录音笔，而现在我们又能正确使用它，让它发挥作用。这是‘空’的近似解释，严格的解释是很难的，甚至是不可能的。

从理论上讲，我们是没有可能性去认知这个‘空’的，也就是说，‘空’无法被客体化。所以在佛教里面，尤其是后来在大乘佛法出现之后，一个词经常被传述，这个词叫‘不可思议’。因为无论是思维还是议论，都要落入名言概念，一旦一个事物落入名言概念，人的执取同时就产生了，因此‘空’就消失了。既然它不可思议，那么人们怎么去体验这种境界呢？这就是信仰产生的第三个原因，通过‘信’。所以在龙树菩萨造的《大智度论》里明确提到这个问题，佛法的大海是‘信为能入，智为能度’。没有‘信’，佛法这样一个不可思议的境界，我们是没办法入门的。有了这个‘信’之后，还要用智慧去抉择，去渡过这个大海。

大致由于以上三个方面的原因，使佛教从原来的人生哲学、生命哲学逐渐被信仰化。我们再去回顾这样一个历史，就知道佛教的基础是关于生命本身的认知。佛教是非常理性的，基于理性的基础上，再进一步，我们就容易进入一种信仰的领域。后来很多的宗教，包括佛教在内逐渐被认为是迷信的一个原因，并不是因为它们本身是迷信，是因为我们认为很多事情超乎我们的想象，超出了我们的经验世界，所以我们认为这样的事情是迷信。”

• 问答中的佛法

法师演讲结束时，Ramon N. Prats 教授表示：“我们今天很遗憾，因为时间关系，我们只能讲到这儿了，这是一门非常非常有意思的课程。所以这个话题也可以展开，来开一门本科或硕士的课程了。那么如果大家有任何疑问的话，可以问我们的法师。”以下是法师与现场听众问答的辑录。

同学：“我听一位法师讲佛教里有六个字——‘贪、嗔、痴’和‘戒、定、慧’，还有就是男人怎么做的标准以及女人怎么做的标准。比如，男人是孝悌、忠信、礼义、廉耻，女人是柔顺、谦卑、安静。那么，在当今这个社会有众多压力，我们应该怎么具体去做呢？”

贤清法师：“坦诚地讲，你这个问题我也想知道答案。因为你讲的这些标准，我反省一下，我认为我也没有做到。因此，我没有办法回答你如何做到的方法，如果我知道的话，我早就做到了。虽然我不知道所有的答案，但是我知道一部分，鱼儿要想学会游泳，就必须进入大海；鸟儿要学会飞翔，必须飞入高空。我们要想了解巴塞罗那是什么样子，必须要来到这个城市。因此，我们要想培养一些美好的德行，就必须进入那个有德行的环境，我想这个道理是一样的。”

同学：“我参加过朋友父亲的葬礼，是一个盛大的佛教葬礼，有很多的法师来。

我有一个疑问，这里超度的是他生前的这个罪恶呢，还是超度他这个灵魂？如果是超度的话，那把他超度到哪里去？是不是到了六道轮回里的一个空间去了？超度完了之后，他灵魂的归宿又是什么样的呢？”

贤清法师：“当父母生病的时候，你第一反应会是干什么？（同学：看医生。）是的，去看医生。其实这道理是一样的。当父母去世的时候，他也想为父母做点什么。因为死亡这件事情也是一个严重的病。当父母生病的时候，我们相信医生能够帮助父母解脱痛苦；当人死的时候，是更加痛苦的一种生命状态，也希望医生给他医救。可是现在的医院通常是没办法解决死亡的病苦的，所以在这个领域，宗教提供了一种方式，让人精神上的痛苦得以疏解的方式。当父母生病的时候，送往医院，我们不会思考父母亲做了什么不好的事情感得这个病痛，我们只是想解除他的痛苦，这对我们来讲是一种自然的孝心的展现。超度这件事情，也有类似的心理，我们不忍心父母精神上承受的痛苦，也忍受不了他们的未来不可预知，不知道要轮回到哪里去。这个时候，我们希望专门从事灵魂、精神净化工作的医生来帮助一下。人的心态、精神状态通常决定他的去向。当一个人内心非常痛苦的时候，决定了他不可能到好的地方去。而当他痛苦解除、身心愉悦的时候，更容易到好的地方去。所以关注当下的同时决定了未来。”

同学：“我本身对佛教并不是特别了解，但是我非常感兴趣，尤其对菩萨这个概念很感兴趣，所以我想知道一些菩萨的情况。根据我的理解，菩萨是指那些可以得道，但是拒绝得道，仍然留在世间帮助别人来承受他人痛苦的这样一种存在吗？另外一个问题是，我们每个人都可以行菩萨行吗？每个人都可以尝试做一个菩萨吗？还是那些已经有一定悟性的人才能够做菩萨？”

贤清法师：“您很谦虚，说自己对佛教不理解，但是您对菩萨的认知很准确。菩萨确实是这样的人，他有能力解决自己的问题，但是他没有这样做，因为一旦我们个人的问题解决之后想再回来的时候，那个就难了。前几天，我们在里斯本大学城参观的时候，看到一种树木叫桉树。桉树生长有一个特点，种下去以后，成长特别快，很短的时间内长得非常高大。可是你再一看，就会发现它周围的生命都枯竭了。这种自然现象给我们以启迪，说明我们生命的成长需要一个缓慢的过程，而且需要和群体一起成长，这样的一种状态看似很慢，实际上整体呈现的面貌会比较强大，比较具有感召力。过分关注自身成长的时候，实际上是吸取了更多周围的营养，这需要周围的环境足够肥沃，不然我们会跟周围的环境形成一种脱节。如果做个比喻，罗汉就像桉树，他个人快速地成长，需要周遭环境的营养成分要非常富足，因此他找到了佛，从佛那里吸收充足的营养，短时间内证果了。佛后来之所以讲菩萨行的一个主要原因就在于，让我们众生都能够安住在自己的位置上，在自己固有的环境里进行良性互动，相辅相成，生命呈现出一个整体性的面貌，我想这应该是佛在开演大乘佛教时讲菩萨行的用意所在。”

• 温暖的告别

法师的讲座虽然结束了，但余音袅绕。趁着 Ramon N. Prats 教授带悟光法师去办理讲座手续的空当，大家除了与讲座中的听众继续交流外，还在校园中与有缘人结缘。在讲座上提问菩萨行的那位西班牙女生，衣着朴素，脸上带着恬淡的表情，一直不愿离开。也许是金凤的西方人长相让她觉得亲切，又与金凤恳谈了许久。

悟光法师与 Ramon N. Prats 教授前往办公室办理手续，在等候期间，法师和教授也做了一番简单的交流。教授说：“上个学期，我在学校教了一门课，就是藏传佛教。”法师：“这个课是必修课还是选修课呢？”教授：“这是亚洲研究学科下的必修课，有 60 个学生上课。但是今年暂停了。”听到这个消息，法师感觉有些遗憾。教授解释道：“主要是佛学这个课程对大家来说太难了，所以就开了一些相对简单的课程，比如电影等。”法师说：“看来要派老师过来。”何莹解释道：“主要还是学生的问题，他们理解不了。”

虽然在这里的课程暂停了，但教授说自己 7 月份要去另外一所大学开佛学课。教授说，他有很多学生已经在外面开佛学课了，在美国、意大利都有。原来，教授是在意大利学的佛学，在美国也工作了很长一段时间，是这里名副其实的佛教专家，他的很多学生现在已经是大学教授。教授为了学习佛法，也学过一段时间中文。

那位西班牙女生一直跟着我们到了校门口。贤清法师送了一串念珠给这位女生，没想到这位女生竟然用中文说了“谢谢！”更没有想到的是，这位女生把身上戴的围巾取下来，当作哈达献给法师。这位女生说，这条围巾是她母亲的，母亲病得很重，她现在没有别的可以送给法师，就只能把这个当作礼物送给法师。礼物虽轻，但其中的殷重之意令人感动。贤清法师立时合十道：“我们会给您的母亲祝福的！”女生感动地说：“非常谢谢！”

大巴未动，Ramon N. Prats 教授和那位女生也一直没有离开。从车窗玻璃看出去，他们两位都是与佛法有甚深缘分的人，通过这次讲座的因缘又结缘。大巴启动，两位与我们挥手作别，一股暖意在心中流动。带着他们的善意和祝福，我们又将赶赴下一个国家——法国。

无常中的城市

终于到法国了。

来欧洲之前，今天原定的日程是去法国梅村一行禅师的道场参观。然而因缘不凑巧，此时一行禅师正在德国举办禅修营活动，我们不得不改变行程计划。

昨天我们刚刚结束了在西班牙巴塞罗那的参访，而下一站我们要去的地点是法国的马赛。有同这建议在这两个城市之间可以去法国的蒙彼利埃。蒙彼利埃是一个比较大的城市，也有大学，或许在这里会遇到一些意想不到的机缘。法师应允，于是我们走进了蒙彼利埃(Montpellier)。

也许，禅的意味就在于此。记得一行禅师在法国梅村的传承也是植根于临济禅师的教导，是佛陀所教导的“安住于当下”的延续，告诉人们修行就在当下，就在此时此地，无须到遥远的时空去寻觅。

• 一座有历史的城市

蒙彼利埃的早晨，静悄悄地开始了。

早上7：00，照例的晨起缘念，在我们所住的酒店对面的中学前的平地上进行。悟光法师提策说：“今天我们要主动创造机会，因为原计划我们要来的不是这个城市。现在来到这个城市，目前来看资源还不是很丰富。参观大学，我们还没有找到相关的对接人。一切完全靠祈求三宝，主动创造因缘！”

缘念后，是早斋时间。宋柏青说："今天是周末，放假了，所以没什么人。"贤清法师笑笑说："也没准儿有什么机缘就会出来。有些事情是不可思议的！"

关于主动创造因缘，悟光法师在此又进一步开演："往前走，一片黑暗；往前走，一片光明！本来什么因缘都没有，前途看似一片黑暗。但是，如果我们主动创造因缘，前途将是一片光明！"

今天，应承何导的好意，旅行社给我们换了一辆大型的大巴车，同时也带来了一位新司机——诺那。剃着光头的诺那看起来有点酷，看到两位法师，他表现得很恭敬，主动要求与两位法师合影。

蒙彼利埃也是一座很有历史的城市。可是仅从城市外观来看，它很像一个新城。根据最新的行程安排，我们将去蒙彼利埃第三大学参观。兰天的法国朋友也将和我们在这里碰面。

蒙彼利埃位于法国南部，是郎格多克-鲁西永大区的首府和埃罗省省会，也是法国第六大城市。蒙彼利埃处于伊比利亚半岛与罗马帝国的陆上必经之路，历史上一直都是个贸易重镇。公元 985 年，Mauguio（蒙彼利埃东部卫星城）的公国国主在蒙彼利埃附近的 Lez 河和 Mosson 河上修建了一座桥梁，被命名为 Monte Pestellario（奥克语），后来逐渐演变成为了蒙彼利埃这个名字。13 世纪时，法国国王曾授予该城在全国自由贸易的特权，因而财富大增。19 世纪，随着工业和农业水平的进步，蒙彼利埃的在全国的经济地位也得到了提高，在法国名噪一时。"二战"后，蒙彼利埃成为了朗格多克-鲁西永大区的首府。2001 年，法国高铁地中海线通车，蒙彼利埃至巴黎的列车运行时间由原来的 9 个小时缩短到了 3 个半小时。蒙彼利埃是法国最著名的大学城之一，有超过 6 万的大学生，占总人口的 1/4。这股年轻的力量不仅赋予了蒙彼利埃国际化与对外开放的特点，也使得这座城市变得更活泼、更热情、更好客。

• 大学中的"千与千寻"

上午 10：00，我们到达了蒙彼利埃第三大学。今天是周末，学校非常安静，在这里基本上看不到学生。路过校内的一家咖啡馆，打听一下才得知，最近是考试期间，所以学生们都在家复习功课，基本上不来学校。金凤说，英国的大学生一般都住在大学附近，所以在周末，来学校的人反而很少。

悟光法师和贤清法师带我们在校园里参观。悟光法师说："没想到是空城啊，这个场景让我想起了动画片《千与千寻》。"在《千与千寻》里，主角千寻和爸爸妈妈一同驱车前往新家，在郊外的小路上进入了神秘的隧道，去到了另外一个世界——一个中世纪的小镇。千寻的父母因为贪吃，而未经允许就在小镇的小吃店中大快朵颐，孰料之后却变成了猪！悟光法师提醒道："我们转归转，但最后可别成那样了！"

悟光法师边走边说，不是有人来接待，带着我们走才叫参访接待，寻找的过程就是在参访。看到我们有些累，法师也许是感受到我们的心力有些低沉，于是找个地方坐下来休息一下。看着我们休息得差不多了，法师又提策说："我们要走了，学校大得很，还要转呢。坐在这里干什么？"是啊，坐等是等不到因缘的。法师让大家一起在校园里寻找可以找到的老师和学生，寻找因缘。在这里，何导也没法再导游了，他俨然变成了我们中的一员，主动帮我们拉着装法宝的行李箱，跟着我们一起在校园里走寻。

走过几栋教学楼之后，王硕随手又推开一个教学楼的门，因为看到楼道里的灯是亮着的，她先进去了，悟光法师示意让王硕直接上二楼。

没想到，这一次的推门，终于让我们找到了地方。

走到二楼，看到走廊里的宣传栏，才知道这里是文学院的语言系。宣传栏里竟然还有着中文海报，原来这里有中文专业。

过了一会儿，我们在走廊碰到了一位老师，他是前来给学生补考的 Joret 教授。

法师和 Joret 教授简单地交流后，介绍了我们一行人此行来访的目的。教授对我们的到来表示非常欢迎，并愿意帮助我们。他说，先要花 20 分钟给学生进行补考，所以先派一个学生带我们参观一下校园，参观完后希望跟我们有更多的交流。

• 语言也有"魔力"

当我们随着教授的学生 Benoit 开始参观时，突然下起大雨来。大雨并没有浇灭 Benoit 介绍的热情，兰天帮他打着伞，他讲得非常投入。Benoit 告诉我们，以前他只做过博物馆的导游，为学校做向导，还是第一次。

蒙彼利埃第三大学，又名保罗-瓦莱里大学，是以法国著名作家保罗-瓦莱里的名字命名，以纪念这位出生于塞特接受教育于蒙彼利埃的法国象征派大师。这所大学是法国重点公立大学，是一个以文学、语言、艺术、社会与人文科学为主的综合大学。

Benoit 说，这所大学和欧美的大学是一样的，分布在城市的各个角落，这个学院是文学院。此外，还有科学学院、经济学院、药物和医学院。在中世纪的时候，这里不叫文学院，而是叫神学院。

蒙彼利埃第三大学素以其语言文化学院而著称，设有英语、法语、德语、俄语、西班牙语、葡萄牙语、古拉丁语、汉语等课程。学校有 3000 多名外国学生，来自世界 50 个不同的国家，从事着世界各地语种的教学与研究。

Benoit 在向我们介绍蒙彼利埃第三大学的同时，还非常自豪地介绍他正在学习的一门古老的语言以及这门语言的历史，这门语言叫作欧西坦语，也叫奥克语。奥克语是罗曼语族的一种语言，主要通行于法国南部（特别是普罗旺斯）及 Loire 以南、意大利的阿尔卑斯山山谷以及西班牙的 Val d'n。奥克语是法国的古语言，接近加泰罗尼亚语。得知我们刚从西班牙巴塞罗那过来，他告诉我们，巴塞罗那地区在推广加泰罗尼亚语。

而奥克语和法语不太一样，Benoit 说有点像普通话和广东话的区别。目前这种语言正处在衰亡阶段，只有村落里有人会说这种语言。奥克语作为非常珍贵的文化遗产，他们的老师在教，他们在学。他还介绍说，中世纪时有一种诗歌，叫游吟诗人体。在法国南部，会用奥克语书写这种诗体。宋柏青问："这种语言的古文献是否还有保存？"Benoit 答："有很多，包括很珍贵的手稿都有保存。"20 分钟的时间很快就过去了。Benoit 花了大部分时间向我们介绍他们的语言。遇到这位法国同学，如此纯熟地介绍自己的语言和文化，我们也深受其感染。Benoit 愿意把文化分享出去，说明他"有所得"，有所体会。只有对自己文化的热爱，才能感染别人。而佛法也是如此，只有自己真正拿生命去实践的时候，才是最有感染力的。

语言对于文化传播具有相当的意义。在历史上，印度佛教传入中国，很多的译经大师也是因为纯熟地掌握了汉语，并且用汉语翻译出了很多佛教经典，才使得佛法能够流传下来。而我们今天所做的佛法翻译事业，也正是这样运用载体——语言，进入世界文化当中，传播中国的佛教文化。

• 人生何处不相逢

当我们再次返回文学院语言系的时候，教授还在教室里给学生补考，我们便在走廊里等。这时，兰天在法国的朋友 Christophe Payet 赶来了。2009 年，兰天在法国里昂三大留学的时候，Payet 也在里昂。多年前，他们是在一个学语言的网站上认识的，在里昂见过一面。后来，他搬到了蒙彼利埃。此次听说我们要来法国，他表示可以在蒙彼利埃见面。他非常喜欢学汉语和中国文化，觉得佛教思想和他的人生观很接近，希望能够继续学习。真是人生无处不相逢啊！

悟光法师送给了他中英文的佛法书籍。法国朋友很好奇地问："中文的书写有什么逻辑吗?"贤清法师用英语直接回答，以象形文字为喻为他说文解字。Payet 听得饶有兴致，如此生动的中文课，竟然是由一位中国法师来完成的。一切看似没有任何的准备，但我们有理由相信，今生所有的相遇都是久别的重逢！

语言学院教授这时给学生补考完了。悟光法师向教授介绍了北京龙泉寺，以及此次参访团欧洲行的目的。教授介绍说，蒙彼利埃是一个历史名城，他教的语言是一种很稀少的语言，就是刚才那位学生给我们介绍的奥克语。学院开设这门课程主要是为了培养教学这门语言的人才，让这门语言和文化能传承下去，刚才这些学生就是来补考这门语言的。这时，语言学院的一位女老师送了法师两本用奥克语写的书。

听教授这么一说，让我想到了"师者，所以传道、授业、解惑也"这句话。当传承文化成为了老师和学生彼此生命中共同的责任和使命时，一切是处在缘起上努力，就成为了一种精神。

教授说，语言学院有中文系。我们刚才在走廊里等待的时候，碰巧遇到了一位回办公室的中国老师。

最有意思的是，教授说他有两个女儿。虽然他自己是天主教徒，但是其中一个女儿嫁给了佛教徒，而且经常去泰国参加佛事活动。

悟光法师说，看来我们能来到人文学院的语言系，少一个因缘都不行啊！

最后，教授带我们参观语言学院的图书馆。在图书馆，我们还留下了一张珍贵的合影。

下午，我们又参访了一座藏传佛教的寺院，并与那里的出家人茶叙。在朦胧的雨雾之中，在法国的山林中，能够参访到一座藏传传统式样的寺院，感受其中现代化的弘法方式，有点如梦如幻的感觉。

这样的一天走下来，真实体会到了什么叫"柳暗花明又一村"！

从零开始

早斋过后，我们就离开蒙彼利埃，前往马赛了。这次到马赛，是因为一位“自己人”的因缘。相见之后的喜悦中，更蕴含着海外游子的深深期许。

• 缘自远方来

这位“自己人”就是翻译中心法语组义工曹红，是法语组的早期义工，后来她随先生定居在了法国马赛附近的一个小镇。

去年，曹红在网络上看到我们赴美国参访的文章后，备受鼓舞，即刻给悟光法师发来信息说：“下次到法国来的时候，我一定要加入团队中。”这次听说我们要来欧洲参访，曹红是喜出望外，很早就开始帮我们联络在马赛的参访事宜。

今天一大早，曹红与先生和一岁多的小女儿，就坐火车赶往马赛大学等我们。我们还在大巴车上就接到了她的电话，说他们已经到达了马赛第一大学城，但大学现在是大门紧闭。悟光法师听后说：“大门关闭，可以看看有没有小门，我们也可以从小门进。不能大门关闭，就意味着路堵死了。有佛法就有办法。”

马赛(Marseille)是法国第二大城市和第三大都会区，是法国也是地中海最大的商业港口。马赛港分老港和新港，老港现在是游艇的码头，新港区在欧洲仅次于荷兰鹿特丹港。马赛人口一向比较多样，近25%的马赛人口为北非血统，大多为阿尔及利亚人和突尼斯人。

在午斋的餐厅前，我们终于见到了曹红一家。他们努力了很久，但也没进入校园，所以直接赶到这里与我们见面。当看到满面笑容的曹红抱着可爱的混血宝宝丽莎时，大家如同见到了亲人一般开心。午斋时，曹红奉上特意为两位法师准备的包装精美的礼物，她对三宝的恭敬之意一如既往。

午斋之后，我们就要赶往马赛城西的一个越南道场——法华禅寺，这是曹红推荐的一个道场。在去乘坐大巴前，我们路过马赛的港口。蔚蓝的海水中船桅支支，海鸥只只，周围人潮汹涌，和之前葡萄牙小镇上稀稀两两的人形成鲜明的对比。港口边有一个四方的长庭，顶部是金属的镜面顶，抬头向上，可以看到自己及周围的人。每位站在下面的人都会抬头向上找寻自己及周边的人。悟光法师说："来，我们在这里围成圆圈合影。"这对于拍照的人来说，是一个挑战。因为在平视的状态下，圆圈合影是无法全部摄入镜头的，而扇面才是最佳的，我跟法师说拍不下来。法师用手向上指指说："你的镜头向上，我们所有人都向上看，这样就可以很轻松地拍下来了。"是啊，换个角度，原来不可能的事可以变得非常容易。

• 同源的传承

下了大巴，顺着一条鲜花烂漫的山路往上，很快就见到一个不大的中式庙门，这就是法华禅寺。进门后，看到一个不大的小院，院中有一尊卧佛，有洁白的石雕弥勒佛，还有写着中文"十方三世一切佛"的钟，眼前的场景看起来都很熟悉，融汇了汉传佛教道场的种种建筑、装饰特征。一位慈眉善目的比丘尼法师到院中来迎我们，见到法师即合十行礼。

我们跟随比丘尼法师进入一个小楼，进入一层先是集体礼佛三拜，接着上二楼。楼梯间陈设着达摩祖师的木质雕像，比丘尼法师用中文很慢地读着上面的话："以……戒……为师。"这位比丘尼法师说越南语，英语、法语都只会一点点，中文就更少了。到了二楼的大殿集体礼佛后，悟光法师赠送法宝，接着合影留念。我们所在的这座小楼，平层有两层，上面是尖型向上的亭台楼阁建筑，虽然不大，但各处都很清爽、有序。在我们四处参观之时，金凤悄悄拿出硬币投到功德箱中。

之后，比丘尼法师请大家到一楼用茶点。我们在二楼停留的片刻，一楼已经摆上了三桌茶点，有咖啡、茶、巧克力饼干，等等，非常丰盛。想到刚才看到这里只有几位年长的义工，很是感动。

比丘尼法师用不太标准的中文对悟光法师说："喝茶。""谢谢！谢谢！Thank you！ma kou si bo kou！"悟光法师用中文、英文、越南文三种语言表达着感谢之情。比丘尼法师和担当翻译的兰天说，她在中国学习过一点汉语。法师随即介绍说："我们来自中国北京。"比丘尼法师说："谢谢您！来好久了？好久了？""来10天了。"法师又问："学中文多久了？"比丘尼法师颇有些遗憾地说："啊，学中文好久了……忘了……忘记了……忘记了。"法师接着问："学了多少年了？"比丘尼法师连比画带说："两年，学了两年。""两年了。"悟光法师边琢磨边说："在这个地方建个道场，真不容易！"听到法师的话，比丘尼法师颇为感触，眼里涌出了泪花。

这时，比丘尼法师说有点事，稍微离开一下。"会说中文吗？还是说英文？"悟光法师和前来帮我们倒茶的越南居士说。"No."越南居士摇摇头。"他想和您拍个照。"兰天翻译说。"可以。"法师很爽朗地答应了，对方用越南语回复"谢谢！"很快，比丘尼法师就回来了，原来她是去拿礼物了。她回赠了礼物给法师，祝法师们吉祥圆满，又坐回法师旁边。

比丘尼法师和兰天说，她有很多话想说，但不知道该从哪里说，说什么。

悟光法师说："欢迎有时间去中国、去北京看看。"

比丘尼法师："很喜欢到中国去，但是没有机会去。"

悟光法师回："可以以旅游的身份去。"

比丘尼法师有些遗憾地说："我必须留在这，这只有我一个人。"

"可以再度一个出家，你就可以走了。"法师说。比丘尼法师继续介绍道："这边的人生活比较舒适，有吃有喝，有工作，没有需求来寺庙，来寺庙后就得承担，所以他们都愿意待在家里。"

悟光法师说："可以办一些活动，不让他们干活，让他们诵经。"

- 游子的祈求

在另外的一桌，是贤清法师与曹红一家。看到法师，曹红很是开心。

曹红向贤清法师介绍说："咱们国内举办法会，他们这里也举办。"

贤清法师："你来过？"

曹红："我来过两次，每年来一次。"

贤清法师："他们什么时间举行呢？"

曹红："咱们国内是什么时间举行，这里就是什么时间。他们的时间完全和我们是一样的。有些东西是照搬过来，譬如汉字，但一般他们不知道是什么意思，他们懂得很少，可是中国人能明白。"

贤清法师："我看他们门口的地方写着汉字。"

曹红："他们办法会时，我来过两回，在二楼读经，不过是用越南语，我读不了，只能是听那个音儿。他们读'阿弥陀佛'时，和我们的发音也差不多有点像。"

贤清法师："一般参加的都是什么人呢？"

曹红："都是越南人，这不是越南寺院嘛，法国人也有参加，但也是不会读经。哪个国家来传佛法的话，一般还是用他那国的语言。咱们中国汉传的寺院在这里还没有——在法国南部，是零！"越南曾是法国的殖民地，1945 年越南战争爆发后，不少越南人开始移居法国，在巴黎建立了"法国佛教联盟"，但主要在本国移民的圈子中发展。

曹红的先生非常友善，虽然听不懂我们的对话，但是一直在旁，笑眯眯地看着我们。

贤清法师："你先生去过北京吗？"

曹红："去了很多次了，寺里的银杏树都移到我们家去了——他捡了一个籽，种到这边来了，都长得挺高的了。"

贤清法师："现在家里没有说中文的环境，还教孩子说汉语吗？"

曹红："她爸爸说法语，我就和她说汉语，坚持说汉语。"

贤清法师："孩子多学一种语言，就多一种智慧，视野多开阔一些。在这里，交际圈子中有中国人吗？"

听到法师的问话，曹红非常急切地说道："我在这儿，最大的期望就是能够有个道场。因为我们这边是零——什么都没有！"

贤清法师："整个马赛都没有吗？"

曹红："没有！但是中国人很多，商人、学生都很多。中国的道场却没有，一个都没有。"曹红的描述，让我们感受到她内心对佛法的强烈希求。

曹红继续介绍道："这里也有居士组织的道场，每周二活动一次，主要是坐禅。"曹红特别提示道："这边所有的活动都是交费的。你要是来参加，每次交 10 欧元、20 欧元啊。在法国，参加佛教活动都是要交费的。不像在国内，你想来参加就来参加。在这边你来参加得提前注册、交钱，才能来。”

谈话还没结束，但是时间已不允许，于是悟光法师送上临别的祝福语：“道场兴隆，法轮常转！”我们走出门时，几只狗也跑来。“皈依佛、皈依法、皈依僧……”悟光法师不失时机地为小狗授三皈依，使得临别也增添了几分佛缘。

回到大巴上，我问悟光法师，如何看待与比丘尼法师刚才那场无言的对话。法师说：“心的对话，体会真诚，真心！”

未熟的蒲公英

从法华禅寺出来之后，我们又马上乘大巴赶往马赛第二大学城。我们并没有提前联络好参访的大学，但是每到一处，悟光法师都希望能够去大学里面看看。上午，曹红发现马赛第一大学城是大门紧闭，于是便又推荐了这所大学城。有了前面几次创造因缘的成功经验，我们也打算下午去试一试。

• 初遇有缘人

“好像凤凰岭！”大巴停在了马赛第二大学城的校区内。校区背倚的老爷山与龙泉寺所在的凤凰岭非常相像，在法国见到这样熟悉的景致，大家的精神一下子就振奋起来。

依然是没有大门，宛如进入了一个公园，内里很是开阔，建筑都是依着地势高低而建，有着大片的绿树、草地，绚烂的鲜花四处盛放。校园里面极为安静，进去之后，没有发现人。走过一栋建筑物时，看到一个窗户处有小小的人头，大家都挥手打招呼，对方也远远地回应。接着我们又绕到了建筑物的一侧，看见楼门是开着的，悟光法师带着一部分同学进去“探路”，贤清法师带着剩余的同学在原地等候。

进入楼道，感觉这里有点像宿舍。走着走着，遇到一位外国同学。“刚才那个人是不是他啊？”悟光法师问。“就是他！”这位同学正是刚刚在窗口处与我们挥手的那位。他在这里读硕士，看起来很和善，邀请我们参观他的宿舍，10 多平方米的单间里，摆着一张单人床、一个书桌、一个书架，并带有独立的卫生间。我们一边和他交谈，一边问可否带我们参观或者帮忙联系交流，他很爽快地答应了。

我们的“先头小分队”和这位同学下楼，与贤清法师带的队伍会合，跟着这位同学去参观校区。他把我们带到了一个类似行政大楼的地方，并打电话询问联络，但最终还是没能成行。于是，他带着我们接着参观校区。我们边走边看，教学楼、图书馆、实验室全部关了，整个校园寂静无声。在行路中，我们从他那里了解到，在这儿住的学生大概有 3000 多人，加上走读的学生大致有 1 万多人。

曹红和先生轮流推着坐在婴儿推车里的丽莎，也和我们一起在校园里面“探险”。虽然跟着我们上上下下颇为辛苦，但与久违的“亲人”在一起，无论是做什么，曹红都是笑容满面。看到我们寻找因缘未果，曹红便说，要不到这附近的一处去看看，那里是地中海在法国区域最蓝的一处地方。虽然与现在的结果相比，这个地方听起来非常吸引人，但法师还是坚持要再找找看。

- 因缘未熟时

我们又在校园里走了一会儿，前面走来一位看起来像教授的法国人。王硕主动上前沟通，果真是位教授。教授告诉我们，今天是星期天，所以学校很多地方都是关闭的。这位教授是化学系的。“能否参观一下您的化学系？”悟光法师问。教授问：“谁是你们的老师？”兰天答：“是这两位法师。”教授颇为好奇地问：“你们不是做什么科学类的研究吧？”悟光法师答道：“我们在修道。”教授说可以向我们介绍一下这里的建筑，并说很愿意与不同的人去结交朋友，但因为今天是周末，大部分人都没在，推荐我们去周边的景观看看。

教授依然继续着谈话：“这个大学整体都在翻修、重建，这都是萨科齐之前的一个计划。这一片将会有一个很大的运动场所，这里一半的学生都是从事体育科学研究，他们不是运动员，但做一些体育科学方面的研究。”教授对于马赛的教育情况如数家珍：“马赛准备建一个很大的大学，包括三部分，这边主要是生物学、量子物理学。量子物理学是这里很重要的学科之一，在全世界都非常出名。”当贤清法师问教授可否参观他的化学系时，教授十分抱歉地说，自己已经约好了朋友。教授在离开前，还不忘和先前的那位学生交代说带我们去哪里哪里参观。我们也送上祝福，与教授分开。

我们继续往前走，又到了另一栋楼前，几个学生正在门口练习舞蹈，但楼门依然是紧锁的。又走过一个像火车头的建筑，再爬上一个山坡。走到这里，又迟迟没见成果，在灼热的阳光下，大家脸上都显出疲惫的神色。悟光法师提策说："把握心态很重要，当你能够完成一个又一个的事，很容易产生我慢。"这里依然没有人，建筑物里都是空空的，但是里面却有灯亮着。法师说我们再到那边转一圈就返回。

又走了一会儿，我们走到了脑神经科生物学系的大楼。在一位同学前去探路后，一位博士后愿意与我们交流，但他说进去参观恐怕不行，因为是周末，出事需要担责任。说话间，又从楼里出来一位安保人员，他表示很欢迎大家，但是他没有这个权力决定是不是让我们进去，如果明天来是可以的，可以找到校方相关部门。

这条路看来还是不通，眼见返回大巴的时间也快到了，虽然还没有参观成，但法师果断地带我们离开了。校区的环境非常优美，蓝天下的广阔天地，与那座与凤凰岭形似的山峰相互映衬，让人心胸豁然开朗，只是高高低低的小山路，有些不好走。悟光法师说："好走，是从不好走走过来的。"法师的步伐越来越快，一边走一边提示大家："时间观念决定一切……锁定目标，6 点到大巴上。"

我们按时回到了大巴，坐在路边暂时休整。这时，两位中国留学生走了过来，其中一位是来自山东潍坊的小伙，在建筑系读硕士，正准备去研究所。另外一位女生，说自己是天主教徒，脸上有一种恬淡的神情。看到我们，他们很惊喜，悟光法师跟他们结缘了法宝，他们也很欢喜。男同学说，这边就是这样建的，树藏楼，楼藏树。他表示，星期一来比较好，学校会有专门的接待中心，这边的人都非常友善。

"法师……这有蒲公英。"送走了两位留学生，隆凤意外地在路边发现了几株蒲公英，这是悟光法师喜欢的植物——蒲公英会撒播种子到各处去，寓意着佛法的广弘。法师拿过蒲公英，用力吹了吹，但花束的绒球却没有飞散开来。法师感慨地说："因缘没到，没熟！"

因为每日行程的紧凑，所以我们有时预订的晚餐不得不取消，需要自行解决，今晚也是如此。我们要在回酒店的路上找点吃的填饱肚子。

眼尖的何导看到路边有一个小比萨店，天色已晚，回酒店还需要一段时间，他建议我们就在这里用晚餐。大概在这个法国的小镇上，极少能够一次见到这么多中国人，服务生也都表现得格外热情。曹红的先生也就"入乡随俗"，跟我们一起吃素食比萨。他跟曹红说，比平时吃的比萨还好吃。

吃完比萨，曹红一家与我们告别，乘火车回家。我们的比萨还没吃完，何导就开始催我们走了。我们急急忙忙上了大巴，开出没多远，大家发现还有好几位同学包括金凤都没在车上。他们在店里结账，但因为结算的机器出故障，迟迟没有完成。大巴又倒回去，在一个公车站去接他们。看到我们回来了，金凤非常开心，当车停下来时，她又故意做着抹眼泪的样子上了车，对团队的信任和依赖一览无余。

虽然这一刻的分离是暂时的，但天下没有不散的宴席，金凤明天仍将离开。

马赛夜话

在马赛，我们遇到了故人，但也将送走友人。在金凤离开的前夜，我们在马赛的酒店进行了一次感人的夜话。

- 生命没有偶然

今天，我们又换了一家酒店。到了酒店之后，我们把沉重的行李又上下折腾了一遍，这时已经接近晚上 21：00 了，但每日的结行回向照常进行。今天让我们感到意外的是，悟光法师也来到结行现场。

何导和司机拉诺也拿着饮料，坐到了旁边，拉诺对于我们的结行非常好奇。在回向结束时，法师给我们念了一条用白话文叙述的世尊的开示："无论你遇见谁，他都是在你生命中该出现的人，这意味着没有人是因为偶然进入我们的生命，每个在我们周围和我们互动的人都代表着一些事，也许要教会我们点什么，也许要协助我们改善眼前的一些情况。"

听到这段开示，我们都将目光投向了金凤。听法师念的这段话，金凤一直在点头。念完开示后，法师说，金凤明天即将和我们分开，请她和我们分享下这几天来的心得。

"Thank you！ Oh my God！ You are joking！"(谢谢！我的天！您是在说笑话吧！)法师的话让金凤感到非常意外，她并没有预想到还有这样一个环节。金凤有些激动地说："非常非常非常高兴！实际上你们没有去成英国，我真的没有感到特别失望。因为你们毕竟是到了欧洲。虽然我周五才结束大学的课程。在此之前，我很多天都没有睡觉，非常累！但是哪怕是这样，你们在欧洲，我还想着和你们在一起。"

听了金凤的话，法师关切地问："这几天没有睡觉吗？"在一旁负责翻译的王硕赶忙代金凤说，她是上周五才结束大学课程，然后马上就飞来西班牙，和我们在一起。金凤继续说："不会因为累而不和你们在一起。我爱大家！如果有人问你们，为什么她会在这儿？实际上，我最喜欢的回答是：'我们收留了她。'最重要的是，我和大家在一起。"

法师又问道："你有什么期待呢？""至于有什么期待？很难讲……但是我和大家在一起，对我有很多的好处。在大家的这种业力当中，我感觉放松了，头脑中原来浮动的很多问题变得越来越平静。和大家在一起，能够成为这个团队中的一员，我觉得非常幸运！尽管我过去犯过很多错误，也受过很多痛苦，但是不管有多少错误和痛苦，非常感恩有这样一个机会和大家在一起，有这样的一个因缘，感受到这种快乐！非常非常感恩大家！对我来说，是一种很大的喜悦的财富！"

• 生命的价值在于奉献

"我想继续为大家做一些贡献，但实际上也没做什么。"金凤虽然说她没有做什么，但实际上，作为我们这个中国人参访团中唯一的欧洲面孔，她一直在努力，因为她的加入，也让更多人对我们这个团队产生了亲近感。还记得，在阿尔卡拉大学，金凤用微笑陪伴我们一起在国际部等待，并与我们一起与中国留学生交流；在巴塞罗那自治大学，法师讲座后发心帮后勤的同学拉行李箱；在庞培法布拉大学，金凤真正变身我们中的一员，作为"义工代表"与来听讲的学生畅谈龙泉寺和学佛心得；在越南道场法华禅寺，她又自发地向功德箱中殷重供养。

王硕说："感恩！随喜！"金凤接着说："非常感恩法师，您让我来这里！感恩与我合住的同学！感恩每一个人和我分享食物！你们一定要来英国！因为你们来伦敦的话，会发现有 300 多个国家都在这里，有太多不同的文化。这样，你们就不用总是到处跑了，节省你们时间，我会帮助你们来组织这个的。"

听到金凤体贴的话语，悟光法师说："我们会努力！"

“我把这次旅行当成是一次选择未来生命该怎么度过的机会。每天旅行的时候，我都在思考未来会是什么样子。现在是我生命中很重要的一个转折点，下一步应该去哪里呢？是去中国还是待在伦敦，或是去其他地方？然后去了之后应该做什么呢？对未来的选择需要非常谨慎。我现在有一个结论，但只是部分结论，并不是最终的结论。毕竟我还是欧洲人，虽然我和中国有一定的关系，目前考虑还是以佛教和与中国的联系为基础，继续在欧洲工作。”金凤略带深情地说。听到金凤这样说，我才明白，为什么在这几天中，金凤虽然时常在开心地大笑，但也时不时看到她脸上露出一种淡淡的忧伤。

王硕和我们大家解释道，以前法师也跟金凤说过，希望她把佛法带到欧洲，但当时她还不太理解，因为她那时是准备来中国学习 4 年。现在，金凤意识到，她不应该完全和欧洲文化分离，应该通过更强大的人格力量把佛法的影响带到欧洲。

“实际上我不知道下一步确切地要做什么，因为还需要一段时间来思考。每次和大家在一起，每次都在思考，如何让佛法成为我内在的一部分，就是我自心的一部分，包括中国的文化。我和大家在一起，有一种回家的感觉。”对于金凤来说，跟我们在一起，也是一个思维和抉择的过程。

金凤说，上次从中国回到欧洲之后，连续几个月状态都不是很好，挺有压力的，而这次和大家在一起，内心又有了更多平和的力量。“我所听到的故事，经历的这些……包括法师的人格，每时每刻都在教育着我。所以见到大家感觉好多了。我从团队中感受到这种祥和的力量，好像回到了原来的那个时候。能够感受到外在支持的力量，能够做一些事情，对世界做一些贡献。感恩每一个人给我的支持！”

悟光法师：“很不可思议！你的心得……也给我们一定的思考。”

• 生命需要突破

上午，在大巴车上，金凤还与我们分享了她第一次在寺里发言时的经历。金凤说：“在第二次译员交流会的时候，那是我第一次来龙泉寺。活动开始了一会儿，主持人王硕过来告诉我，希望我上台发言。”当时，金凤只是作为一位参与的嘉宾，并没有事先安排发言。突如其来的发言，给了金凤一次无常的境界。

“我一下子感到非常紧张，要面对这么多人，说什么呢？我吓了一跳，就问：‘我要说什么？’答案是：‘说什么都行。’然后我问：‘什么时候说？’‘这个人发言完之后就说。’我马上拿出纸笔，想着我要说什么。然后，有人就告诉我，如果你说错了，你就微笑，表现得可爱一点。”金凤的话让我们都笑了起来，“然后我就上台了，不知道大家对我发言的印象怎么样。”金凤第二次去龙泉寺的时候，好几次都被邀请发言。金凤“苦”笑着说：“要作一次发言是非常复杂的事情。首先，要战胜自己的紧张感；还有一点是，你身旁并不总是有翻译，所以不知道接下来怎么干；第三点是，你必须非常注意，在这种文化环境下，在寺院里面，你要说出正确的话。”

记得在一次多语种法会中，她担当了一项活动的策划负责人。那一次的合作，让我感受到她的个人魅力——她对于活动的统筹、协调等做得很不错，考虑得也很细致和周到。对于一个外国人而言，只身来到一个陌生的国度，又和陌生的团队生活在一起，是需要很大勇气的。

金凤分享完毕已经近23：00了，虽然大家都有些不舍，但也必须要回去休息了。看着眼前这位身材瘦小，总是带着灿烂笑容的英国女生，我一直在思考：她怎么会有如此大的能量和勇气呢？她又用她的能量在影响和带动着我们什么？我们在欧洲与她相逢，又因为什么让我们紧密相连？也许，就如同悟光法师读的那段世尊开示：“无论你遇见谁，他都是在你生命中该出现的人……也许要教会我们点什么，也许要协助我们改善眼前的一些情况。”

真正的宝物

一路走来我们遇到了很多人，有的是一面之缘，有的却相见恨晚，有的是普通百姓，有的却声名显赫。上午在圣保罗教堂，我们遇到的也是一位普通人，却给了我们很多的感动。

在欧洲，“乐受”几乎随处可见，整洁的街道旁坐落着风格各异的别墅，人们在草地沙滩上享受阳光的沐浴，在街头咖啡馆悠闲地消磨时光。正如我们所到的马赛，整个城市都充满着19世纪时期建筑的奢华，从旧港望去是地中海湛蓝的海水，洁白的海鸟自由翱翔，港中停满鳞次栉比的游艇。在这几天中，两位法师时常以“苦”来谆谆教导大家不要忘记修道。早斋后，我们出发前往马赛13区的奥利弗·圣保罗教堂参观交流。

• 社区的教堂

在此之前，我们参观了里斯本大教堂、杰罗尼莫斯修道院、圣家族教堂，无论是壮丽华美的外观建筑，还是美轮美奂的内部装饰，都让人赞叹。上午10∶30，当我们抵达圣保罗教堂时，何导的感慨将我们拉回当下，“真小呀！”

这是一座社区教堂，整个教堂虽然不大，但是石头筑成的墙壁、屋顶上的十字架、正门上方的玫瑰花窗和旁边不时传来悠扬钟声的钟楼，也显示出教堂的古朴和庄严。一反印象中神父年长、严肃的形象，在门口迎接我们的是一位阳光、笑容满面的年轻神父，让人感觉十分亲切。这位 Laurent 神父是曹红先生的朋友，今天的参访也是曹红帮我们精心安排的。

在曹红夫妇的引荐下，法师们和神父互相问候，随后神父带我们参观教堂。教堂正前方是耶稣受难的十字架，白色背光衬托出肃穆庄严。左下方是圣母玛利亚的塑像，双手是交叉置于胸前，头向左侧微倾，哀悯地垂视众生。十字架的右下方是圣约翰，耶稣十二门徒之一，双手是同样的祈祷姿势，头微微仰望右上方耶稣。教堂前方正中的圣坛上，铺有绣有十字架的淡绿色饰布。圣坛左右有鲜花和烛台点缀。圣坛、读经台、地板和四周裙围由光亮的米色大理石装饰，清新明亮。

在教堂中部左侧壁龛两旁的墙壁各有两张耶稣裹尸布——都灵裹尸布的图片。裹尸布是亚麻质地，可以清晰地在上面看到一个人的正面与背面的影像。影像身高 1.8 米，长发垂肩，双手交叉放置于腹部，在头部、手部、肋部与脚部有清晰的红色血渍状色块，与《圣经》上所记载的耶稣钉死时的状态相同。4 张图片中有两张是正面，可以依稀看到耶稣的面容。这块裹尸布的真假，也可谓是世纪之谜，引发了无数的争论。《圣经·新约》上确实记载存在这么一块细麻布，在耶稣复活后就不知下落了，之后是在 14 世纪的时候首次出现在法国一座叫里雷的小镇。最新的实验检测结果显示，裹尸布出现在公元前 300 年到公元 400 年之间，涵盖耶稣所处的年代。不过无论真假，在 2000 年“裹尸布”最后一次公开展出时，仍然吸引了上百万朝圣者。这块布的真品珍藏于意大利的都灵大教堂，由于怕其受到阳光的损害，几十年才让公众一睹风采。神父曾一睹真容，叹为观止。

这里的另外一件宝物是来自东正教的一幅耶稣圣像。据神父介绍说这幅画价值连城，所以把它锁起来放在相框里。画像上耶稣背后的圆圈引起了法师们的注意，神父解释说，头像后面的光圈代表他是圣人，大光圈代表耶稣是整个宇宙的王。“这是从基督教的角度来阐释的。”神父又补充道。耶稣手中打开的书是福音书，这一页的内容表示土地和人们都爱耶稣。IC 和 XC 分别是“Jesu” 和 “Christ”希腊文首字母和尾字母，是耶稣基督的简称。基督的右手表示降福的姿势，他的手指时常形成他的名字的缩写，即 IC、XC，左手持福音书表示布道。贤清法师注意到，画中的耶稣也是偏袒右肩——原为古代印度表示尊敬之礼法，佛教沿用之，代表十方诸佛所证悟实相诸法，若有佛陀来示现教化众生，应以右肩荷担神圣大法，以延续而不断故。

悟光法师感慨道："教堂这么小，竟然有如此重要的宝！"神父微笑着说："我们教堂的宝是你们，各位来到我们教堂的人！"简简单单的一句话，在我们的心中激起了阵阵的涟漪。

- 神父的忧心

参观完教堂，大家围坐在教堂的长椅上一起交流。神父表示，他非常欢迎大家来到这里，也非常愿意了解一下其他宗教。在马赛，他参加的一个社团经常会和穆斯林交流。神父说，马赛还有一个更大的包括了犹太教和佛教徒的社团，经常会举行一些研讨会，但他还没有加入。他说，多宗教的交流所体现一个理念就是和平共处。"和平，对所有人都是非常有价值的！"神父说。

随后，神父简单介绍了教堂的情况。和佛教的寺庙不太一样的是，人们来教堂主要是祈祷。这里是马赛边上的小城的小社区，每个社区都会有这样的教堂，让周围的居民来祈祷，每周日都会有很多人来参加礼拜。除了每日都有的弥撒，教堂还提供各种社区服务，例如，面对青少年的宗教教育，洗礼、结婚、赐福、祈祷、赐予病人的圣礼以及宗教葬礼等活动。社区居民们还可以参加合唱团、各种小组，如福音学习小组、祷告小组。教堂还会为病人和孤寡贫困人群提供福音活动、慈善活动，等等。

悟光法师首先提出第一个问题："现在法国年轻人信仰基督教或天主教的比例是多少？"当思索到这个问题的时候，神父原本一直阳光开朗的面容笼罩上愁云，语调也变得低沉而凝重，忧心忡忡地说："不到5%！"

神父继续分析说："法国是一个基督教化的国家，但是现在变得越来越世俗化。世俗化的概念就是对所有的宗教都保持中立，这是世俗化的一个基础。所以对于世俗化的法国人来说，他们会拒绝宗教，所以有宗教信仰的人或者修行人的数量现在非常少。从1905年开始，这种世俗化的过程已经有100多年了。法国人更愿意去追求事业、赚钱，在世俗中取得成功。"世俗化或政教分离或非宗教化在法国是一个具有宪法效力的原则，1905年制定颁布的"政教分离"法律为此起到了决定性的作用。这部法律终止了1801年拿破仑签署的关于法国政府与天主教会之间关系的"和解协议"，创造了一种法国式的政教分离，宣布信仰自由并保证各种信仰权的自由行使。

悟光法师继续问道："根据您多年的传教经验，您觉得现代人不愿意接受宗教是什么原因造成的？"

神父说："主要的原因是，上帝对于人们的生存来说不是必需的，对他们的幸福来说不是必需的。所以，他们就会把信仰抛在一边。"

悟光法师进一步问道："那另外的95%的人里，有多少比例是从小受洗，但是长大后又舍弃宗教信仰的？"

神父回答说："80%的法国人从小就受洗，但是之后就不再继续信仰。虽然他们有受洗，但他们没有信仰。从法国的文化来说，他们从小还是要受洗的，他们还会在教堂里结婚。所以对于结婚和受洗还是会有很多人来教堂，包括一些生死的仪式。出生的仪式就叫洗礼，对于过世的人来说，在教堂里也有一些仪式。"

贤清法师问："在谈到宗教世俗化的问题，在整个欧洲现在信仰宗教的人比较少。在美国的情况和这里的差别比较大，很多美国人还延续对基督教的信仰。在宗教发展过程中，欧洲的天主教和美国的基督新教，在您的看法上有什么根本性的变化？"

神父表示，自己对于美国的情况不是特别了解："对于法国来说，之前所有人都是基督教徒[①]，他们没有别的选择。虽然以前这些人都信仰基督教，但是对他们来说，基督教只是一些仪式，他们会参加一些活动，但是他们并不是爱自己的心。虽然现在信仰的人会很少，但他们是真正的基督教徒。但在美国会有一些不同，他们传福音的时候，改变一些形式，比如音乐等多种多样的形式。"

"对法国来说，存在一个悖论。我们的文化来自基督教，但是现在正在抛弃基督教。幸运的是，还有人会来到教堂来祈祷，他们希望能见到上帝。幸运的是，还有很多人认为，在他们的生活中爱是最重要的，和平是最重要的。这在基督的教言中也是很重要的。"神父说，他的工作就是来陪伴大家。

• 真实的信仰

贤清法师问："我们对于您个人信教的历程比较感兴趣，您现在的家庭和生活

① 这里指广义的基督教，包括天主教、东正教和基督新教。

可以给我们介绍一下吗?”神父说他没有家庭,他是单身,父母都去世了,家里就剩一些表亲。悟光法师问神父平常住在哪里。神父说,就住在对面的房子,是他的上级神父安排的。这个房子也是属于教堂的,因为这个职务,所以他可以住在那里。这个教堂就只有他一位神父。在这个教区就他一个人,他还有些同事在其他教区,有时也会一起工作。

贤清法师问:“您的信仰是从小就有的吗?”神父接下来跟我们讲述了他的生命故事。他的母亲是一位虔诚的教徒,因此对他也寄予厚望,从小就给他灌输宗教信仰。他自幼就接受天主教的教育,也接受了完整的基督教教育。即便如此,他那时也并不真正相信上帝的存在。但是在他 17 岁的时候,有一个巨大的转变。当时,他们在马赛第八区的教堂进行集体的祈祷,之后朝着里昂附近的村子阿尔斯进行一次朝圣之旅,总共有 4000 多人参加。在朝圣的人群中,有一个坐着轮椅的残疾儿童,他病得非常严重。但不可思议的是,当天晚上,通过大家一起的祈祷,这个孩子居然可以站起来了。这令他非常震惊,觉得不能不再相信上帝了。25 岁的时候,他去神学院学习,1999 年正式成为一名神父,到现在他已经做了 14 年的神父了。

悟光法师问:“教堂前方读经台铁制经架上面的铁团代表什么意思?”神父回答说:“十字架代表信仰,锚代表希望,心代表爱。”法师继续探问:“为什么锚代表希望?”神父解释道:“信仰是我们可以相信的,也可以抛弃的,但是希望像灵魂之锚一样,坚固且牢靠。”悟光法师说:“信、望、爱,这和我们佛教里面讲的信、愿、行有点像,愿就是希望,行就是慈悲,有爱心才愿意行。”

临别的时候,贤清法师在教堂门口处发现了祈祷吟唱赞颂集。神父说,这是做弥撒的时候大家看的经本。神父即兴唱了两句,恰逢钟声响起,歌声与钟声在空灵的教堂里余音不绝。贤清法师问神父刚才唱的赞颂有没有录音,神父很遗憾地说没有,但是他很愿意给大家现场唱诵一段,说着就去拿吉他了。神父很快就拿着吉他回来了,边弹边唱,为大家奉献了一曲。他的唱诵非常优美,声情并茂地表达了对主真挚的感情与热爱。

离别的时候总要到来。贤清法师代表大家,感谢神父对我们的热情款待。神父说很高兴大家来参访，祝我们一切顺利，“非常谢谢大家！”神父也很希望以后有机会去中国，并说以后曹红也许会带他去中国。

Laurent 神父让我们感受到宗教的包容，感受到他对其他宗教的尊重，对每个人的尊重，这也是修行人共同的气质吧。当我们走的时候，悟光法师合十向他道别的时候，他也合十；贤清法师向他招手挥别，他也招手，笑容灿烂。

山顶上的大教堂

上午在圣保罗教堂的参访，是我们在欧洲首次与天主教神职人员进行深入交流，了解到很多出乎意料的内容。晚上，我们又将在里昂，与这里最大的教堂——富尔维耶尔圣母大教堂的神父交流。这座屹立在城市最高点的大教堂，又将带给我们什么样的新信息呢？

• 里昂的标志

离开圣保罗教堂，我们返回马赛港口附近的餐厅用午斋。午斋期间，金凤特意提早用完斋，买了很多的饼干、水果，送给我们路上吃。

去乘大巴时，再次路过马赛港口，这里依然是游人如织，碧海蓝天，民间艺术家的演奏声欢快入耳，还正好遇上有个摄制组在拍电影，眼前的一切越发显得如戏如梦。这一次，金凤是真的要离开了。背着大大的行囊，手中拿着我们赠送的法宝，金凤迟迟不愿离去，一脸不舍的神情，跟两位法师九十度鞠躬合十，再一一跟同学们作别。

到了服务区，我们依然需要跟随大巴司机下车休息。当贤清法师问起明天在里昂二大的讲座时，兰天说："感觉压力很大。"兰天告诉法师，自己虽然读的是法语专业研究生，但毕业后两年半没用过法语，所以对自己的语言水平很没有自信。贤清法师略显严肃地说："没办法，这个压力必须要承受的。我们的成长，需要有压力,不然就没有动力。”法师还幽默地以自己为例:“我讲了那么多次了,难道就没压力吗?嘴上还起泡呢。”大家都笑了起来。贤清法师继续说道:“压力都是我执产生的,一次次破,一次次破,最后就自在了。没什么大不了的!”在法师的善巧开示中,兰天也放松了不少。

到达里昂时,已是傍晚时分,然而光线还是相当明亮。透过大巴车窗的玻璃,一条大河映入眼帘。坐落在大河两岸的名城有很多,比如,泰晤士河畔的伦敦、塞纳河畔的巴黎,里昂却坐拥双倍的精彩——名为“罗纳”的父亲河与名为“索恩”的母亲河,两河交汇处,携手挽着他们的爱子——里昂徜徉在法兰西的土地上。

街两边的建筑都是19世纪初建造的四五层楼房。街道两旁的商铺也是家家独具匠心,无论是水果店、面包店、鲜花店、糖果店都精致得像艺术品博物馆的橱窗。小咖啡馆安静地开在街角,里面高朋满座。

每一个城市都有自己的标志性建筑——纽约的自由女神像、巴黎的埃菲尔铁塔、伦敦的大本钟。而在里昂,在这个据称10%的面积都是世界遗产的城市里,富尔维耶尔圣母大教堂——我们今晚的目的地,担起了这个重任。远远望去,富尔维耶尔山顶上,圣母大教堂雪白的大理石建筑,就像硕大的珍珠点缀在山顶,亮眼夺目。建筑上层的两个塔形结构,左边代表力量,右边则代表正义。

• 信仰的感召

时值下班高峰期,一路堵车的大巴终于蹭到了山脚下,我们比预定的时间已经迟到了快40分钟了。但让人无奈的是,山路太窄车上不去,我们只能选择沿陡峭斜坡徒步攀登,而且为了能够尽早赶到,还需要急速爬坡。脚下是已有2000多年历史的富尔维耶尔坡地,也是里昂城最初的诞生地。在两位好心的年轻人的指引下,一条长长的望不到头的台阶映入眼帘。在法师的带领下,大家一鼓作气开始爬山路。据说这里总共有700多级台阶,在互相的鼓励下,我们沿着地上的玫瑰路钉,走上几个折返坡道,富尔维耶尔圣母大教堂便出现在眼前了。

不同于绝大部分法国大教堂的哥特式风格,建筑师Pierre Bossan将其设计为兼具罗马式和拜占庭式的建筑。白色大理石的外围墙壁硬朗挺拔,有极其繁复的各式雕刻。

19:05,经过15分钟的急行军,我们终于来到了教堂大门外。兰天的研究生同学张青及先生戴志新已在门口翘首企盼多时了，我们在里昂的活动都是由戴志新悉心安排。专门为华人布道的桑德济神父和十几位中国留学生，也在教堂门口等了我们近一个小时。一身白袍的桑德济神父，首先对我们的到来表示热烈欢迎。法师们和神父在门口互相亲切问候并互赠礼品。

在神父的带领下，大家走进了圣母院。进入大门，光线骤然暗了下来，拜占庭式金箔镶嵌的天顶和壁画金碧辉煌，似讲述着永恒的故事。从阳光中滤出一个曼妙多彩的世界，图案中的每一个人物都熠熠生辉，在光线暗淡的教堂中格外突出。

在教堂入口的结缘处，有一个醒目的大公告牌，上面写着一个大大的中文的“爱”字，其中每一笔都是一句箴言，还有中文的圣经和宣传品结缘。可见这里对于华人信众十分重视。

神父介绍说，有很多人在这个教堂祈祷，点蜡烛。这里一天做 4 次弥撒，周一到周五是在旁边的小教堂举行，平常的人不多。礼拜天的大弥撒在这里举行，有 500 到 1000 人参加弥撒。神父向大家展示一张照片，其中展现了 8 年前 3000 位各宗教领袖相聚在里昂的场景，有天主教、犹太教、基督新教、佛教的各位领袖等。

接下来，神父为我们介绍了里昂和这个教堂的历史。墙上一幅壁画描述的是 1800 年前的里昂，正中身着白袍头顶光圈，缓步下船的神父就是里昂的第一任主教圣伯旦。公元 177 年，圣伯旦、布朗蒂尼以及其他的 48 位基督徒为了他们的信仰殉难于里昂，这使里昂成为法国的第一个基督教城市。

中世纪时，欧洲黑死病流行，在很短的时间内，里昂人口就减少了近一半。人们于是向圣母玛利亚祈求平安，黑死病在里昂消失。于是，人们在富尔维耶尔山上建了个小教堂，以感谢圣母玛利亚。1870 年，法国和普鲁士爆发战争。里昂人又请求神父吉努雅克向圣母玛利亚祈求避免城市被占据，并发誓如果这个愿望实现，他们将建筑新的大教堂奉献给圣母。里昂保住了，1872 年 12 月，富尔维耶尔圣母大教堂破土动工。

里昂选定 12 月 8 日作为对圣母玛丽亚的敬礼——也就是光明节，前后持续 4 天。在光明节，市中心的大教堂里，会特别准备很多的灯饰及庆祝活动。据神父介绍，每年会有来自世界各地的 400 多万人来里昂庆祝光明节。

接下来，神父为我们介绍侧面墙上的耶稣被钉在十字架的雕塑：“耶稣在受难后 3 天，又复活了。这种复活就是表示，正义最终战胜了邪恶。所以对基督徒来说，所有人都是神圣的，因为天主将拯救所有的人。所以对他们来说，这种与其他宗教、其他文化的关系都非常重要。所以这种来自天主的爱，使他们愿意与其他的宗教、其他的文化相遇，还有就是耶稣的受难过程，给他们带来这种其他宗教的共鸣。”神父表示，他非常高兴与我们在此相聚，“对于我们来说，每天都有很多新的东西，都在接受新的东西。在这里，不仅有佛教的，还有伊斯兰教的经常经过这里，在这里相遇。在今天所有的宗教都可以共融，在这里相聚”。

- 断层的历史

神父介绍，这里一共有五位神父，其他地方的神父也会过来帮忙。有很多朝圣的人们来这里祈祷，教堂也会为朝圣而组织活动，平时也会有神父来听大家告解和忏悔。悟光法师对天主教中的忏悔很想了解。在教堂的一侧，有几个在门上挂着半边帘，有点像电话间的木制小屋，在一角有一个全玻璃门的房间，玻璃门上有一些条纹。神父指着小屋说：“以前是神父坐在那个小屋子里面，现在是坐在那个有玻璃窗户的屋子里，神父接待每一个人单独的忏悔。每一个人会把自己所犯的错误告诉神父，为了祈求得到原谅。”法师问：“是不是根据《圣经》里面的十条诫来告解？”神父说：“我觉得是各人根据自己的良心而忏悔。甚至有一些不太了解天主教的人，也会来忏悔他们自己觉得犯了错误的地方。当今社会，我们每一个人都有很多的困惑和问题，经历过很多磨难、痛苦和伤害。忏悔是一件非常神圣的事情。”

尽头处的祭坛是每一个教堂最神圣的地方，高高在上的穹顶交织着强烈的光线，勾勒出一幅天堂的景象。神父在祭台处，为我们介绍了弥撒的过程：“在弥撒的时候，一般我们都讲三段《圣经》，其中会有赞颂，这个过程总共半个小时。”读完《圣经》后，神父会围绕祭台再现耶稣的圣体、圣血过程。那个时候，神父会拿起面饼和葡萄酒向天主献贡，然后重复耶稣说过的话“这是我的圣体，这是我的圣血”。在这个时候，面饼和酒就变成了耶稣的呈现，对于基督信仰者来说，这是最重要的时刻。代表基督的面饼一般是放在圣母像下那个小匣子圣体龛里面。

一位法国朋友问道：“教堂的经济来源从哪里来？”神父答道：“这个教堂的经济来源比较特别，因为是里昂人修筑的，所以也是里昂人民来支援。由于 1905 年颁布的政教分离法律，其他的教堂由国家收回了。但这座教堂既不属于国家政府，也不属于教会，属于里昂人民。教会不管，有基金会管。”

悟光法师："神父不由教会管吗？"

神父说："这里的神父们也是属于天主教会的一部分，我们是由主教安排到这个教堂服务的。我把我的一生都奉献给了天主了。我是因为受到主教的召唤才来到了这里。"

贤清法师："刚才提到1905年的政教分离，很多教会被国家收回。那么，教会是由国家来管理，是吗？"

神父："教堂是属于国家来经营，但是教会是独立的。对于信仰来说，非常重要的一点就是教会的独立性，教会不属于政府。"

贤清法师："但是教会的活动在教堂里面。"

神父："是由国家来管理，支援教堂建设。这个问题在法国是非常敏感的问题，因为在法国大革命之后，法国的教会和政府的权力出现了一个断层。在现在的文化里，这种分离非常大，但双方又需要互相联系。这个问题在每个国家都不同，每个国家都有自己的历史。"

悟光法师："在里昂，年轻人信仰天主教的比例是多少？"

神父："在里昂，经常参加宗教活动的年轻人只有2%到3%。过去，在法国我们可以说所有的人都是天主教徒。现在，只有一半的人受洗，其中只有极少的一部分人经常来教堂参与活动。因为过去一段时间，有一个断层把历史整个反转了。"

在这个沉重的话题中，我们结束了教堂的参观。在这个华丽而庄严的大教堂里，我们听到了与上午去的社区小教堂圣保罗教堂相似的答案，这也让我们陷入思考中。

与心交流

从富尔维耶尔圣母大教堂出来时，天空微降甘露，庆幸我们刚才拾阶而上的时候晴空万里。但是我们也只是短暂与细雨相遇，接下来还要与神父进行一次交流。

- 宗教交流

“这位是戴志新，主要负责这次活动。”刚才因为迟到多时，为了不让神父久等，兰天现在才正式为法师介绍。在神父去锁教堂门的空当，戴志新特意带我们来到教堂左侧的观景台，在这里可以俯瞰里昂城的全景。“再过一会儿天黑了，就看不见了。”李冰的话，让我们感受到戴志新的用心。

站在观景台上，才明白为什么里昂被誉为“粉红之心”。罗纳河两岸，中世纪粉红色屋顶的住宅和教堂建筑群参差错落，恰似一片粉红色的海洋徜徉而过。太阳挣脱了乌云的束缚，从间隙中将金色的阳光洒下，照耀在粉红色的海洋上，泛出粼粼金光，仿佛被佛光普照的人间仙境。全城唯一比较高的建筑是一家酒店，法国中部唯一的摩天大楼，顶部呈圆锥形，像是一支竖立的铅笔一样从密密麻麻的古老建筑中耸立出来，大家都戏称它为“铅笔头”。听说法国人不喜欢现代高层建筑，认为丑陋而毫无生命。

随后，我们跟随着神父来到教堂边上小楼里一个宽敞明亮的房间里，里面已经摆好了咖啡和茶点，可以看出主人的周到。神龛上供奉的是耶稣被钉在十字架上的画像，旁边是身着清朝朝服的圣母玛利亚和小耶稣像，可见这里的天主教对华人传教有着悠久的历史。窗边的相框里画着一个身着中式服装的圣母玛利亚的图像，下书圣母经文。

在大家入座后，我们就开始了进一步的交流。

悟光法师说："通过简短的交流，能够感受到您对上帝的信和爱非常的纯正。多宗教交流和宗教间的和谐对话，您的简介也曾经谈到这个部分。"

"2004 年，我去过龙泉寺。"神父的话让我们很意外。

悟光法师说，龙泉寺正式恢复为宗教活动场所时是 2005 年 4 月 11 日，自那之后龙泉寺才有了常住的僧团，"现在与以前相比变化很大"。法师欢迎他有时间再去看看。

"中国人民的传统和精神本身就是开放的，甚至比法国人更要开放。"神父说道。

刚才悟光法师提到了宗教交流的话题，神父对此也很感兴趣。

神父："像今天这种宗教间的交流是非常重要的。宗教间的交流，对于现今的世界来说也是非常重要的。今天，我们不同的宗教聚在一起，我们每一个人都是不同的，但是我们见证到，不同的人都能相互聚在一起、生活在一起，这是非常重要的。法国的文化深受法国大革命的影响，这种影响使社会与教会产生了一种巨大的断层，但是通过这种宗教间的交流，我们可以寻找到一种正确的关系，世俗社会与教会的关系，可以就现在存在的一种体制为人类的需要来服务，这也为与宗教间保持非常好的关系做了一种铺垫。"

- 信仰与社会

悟光法师："刚才在教堂里您谈到，法国人现在信仰比较纯正的只有 2% 到 3%，这跟之前的全民信仰有很大的差距。这个差距是什么原因造成的呢？特别是年轻人。"

神父："过去的法国是建立在天主教文化上的。目前这种境况更多的是一种个人的选择，这些变化与法国大革命紧密关联。在过去，法国是一个非常天主教化的国家，在教会史上，有很多基督徒都是源于法国的。还有，在法国产生了很多文化思潮，这就造成了在法国经常有知识分子之间的争论，就是怎样在这个世界上生存的争论。现在法国的局势使大家有更多的可能在国家内部发展这种多样性，比如说，现在法国有很多的穆斯林，这是因为移民的缘故。在教会的历史上，经常会遇到教会的更新，新的教会运动产生。比如说在1997年，我们有一次世界青年日，有100万的青年在一起，这是我们之前完全没有想到的。今天的法国有一些人可能为了家庭问题在大街上抗议，这也是我们之前没有预料到的。教会虽然接受由法国国民议会做出的决定，但是教会也发现这些问题对于所有的个人、家庭来说是非常敏感的，教会可以为整个法国社会做出更多的贡献。在今天特别的是，教会有一种源于天主的信念而为整个社会服务，天主教会并不是考虑到自身的需要，它是为整个社会来考虑的。在法国经常会为这一些问题而产生争论，但是在中国面对这些问题往往有一种和谐的方式。我发现，中国人对社会的看法不像法国人斗争性那么强，这种状态使中国人能为社会做出更好的贡献。这一切都是天主引领我们，每一天都应该由天主驱使我们来完成这一切，因为天主的驱使，每一天我们的心里都感受到卑微、渺小。这种卑微和渺小能够使我们为社会做出更好的贡献。”

这时，悟光法师向桑德济神父介绍贤清法师：“我们这位法师在他业余时间也会学习《圣经》。”

“是吗?”神父听到悟光法师的介绍，将注意力放在了贤清法师身上，双眼中充满了好奇和期待。

贤清法师：“神父，您好！刚才悟光法师提到我在学习《圣经》，我也就顺便向您介绍一下自己的一些情况。虽然我现在已经出家，是佛教徒，信仰佛陀，但事实上我对各种文化和宗教也同样怀有特别的兴趣。现在我们在业余时间也会学习《圣经》，随着学习的不断深入，内心对上帝的认知也在不断发生变化。不知道是不是之前有学习的缘故，这一次来到欧洲，每次进教堂都有一种很受洗礼、很受净化的体验。这种受洗礼、受净化的根源，我想可能有几个方面的原因：一是每次进入教堂，看到耶稣为了人类而自己承受起如此的苦难，就会被耶稣这种精神所感动；二是教堂整个建筑、整个氛围给人的一种震撼，也深深打动了我，我想每座教堂都承载了从开始建立到现在很多神父、很多信众的精神在里面；第三个原因，是来自于我们所直接接触的神父，比如像您，身上所体现出的谦和与诚敬，神父们对上帝和耶稣的信仰也深深打动了我们。这样一种参观、交流、学习，使自己对信仰的心境更加纯净，不管这份信仰是对天主的还是对佛陀的。”

"我个人感觉,宗教和信仰现在都面临了同样的问题。现在是一个科学的时代,越来越多的人只相信他看到的,只相信他在生活中经历的,而对很多宗教的体验,因为在日常生活中没有办法体验到,所以也就没有办法建立信仰,并习惯性地认为宗教信仰是迷信。佛教在其发展历程中,经历被信仰被宗教化的一个过程。实际上,佛教在刚开始产生的时候,更像是一种生命的哲学。当我在读研究生的时候,因为有个偶然的因缘接触了佛教。随着对佛教越来越多的了解,佛教对生命、对世界更加理性的方式深深地吸引了我,所以最开始并不是信仰,而是它对生命本身的认知吸引了我。这种情景与学习《圣经》的感觉差别很大。在学习《圣经》的时候,感受更多的是上帝的存在,上帝在不断跟人们互动,但是后来上帝越来越少地出现。这样一个上帝的形象,因为超乎我们生活经验之外,我们怎样去感知到他的存在?怎么去建立起这样一种信仰?在读《圣经》的时候,我发现在今天,基督教要重新构建信仰所面临的困难,或许比佛教更为尖锐。所以我也很想了解,天主教怎样在目前这个社会环境下去应对和解决这样的问题。"

神父说:"就是做自己,过自己的生活。我们过简单的生活,这种与天主在一起的生活是为了更好地与别人交流。如果天主是为了照料我们而存在的话,首先我要变得简单、简朴。天主照料我,就意味着我接受了天主的这种生活方式,而且我能够与别人分享。我可以直接呈现在天主的面前,因为天主给了我同样的这种爱,只要我借着天主的爱去生活就可以了,这样就能够使我与其他事物更好地存在,不论我们是什么样的人,天主都爱我们,这就是我的信念、我的信仰。"

• 真实与伟大

贤清法师:"在您的心目中,是否有过这样一种期待:希望所有的人都成为天主教徒?"

神父:"我不知道是不是所有的人都应该成为天主教徒,但是我觉得所有的人都应该被拯救。天主不仅仅只爱天主教徒,天主爱所有的人。"

贤清法师:"天主爱所有的人,天主也希望拯救所有的人。那么每个人被天主拯救的呈现是什么?"

神父:"首先需要我们的意愿,需要我们自由选择的能力。如果我们不愿意被天主拯救,那么天主就不能拯救我们。"

贤清法师："所以条件就是，我要选择天主来拯救我，我要接受这份拯救。我能不能问一个比较涉及个人隐私的问题，您有没有和天主对过话？"

神父："有的。"

贤清法师："有没有见过天主的形象？"

神父："我既没有看到过天主，也没有听到过天主。"

贤清法师："那您怎么能感受到天主的存在呢？"

神父："就是借着这种爱。因为有了这种爱，我就能感受到天主的存在。我并不是看见天主或者听到天主，我是借着这种爱。我就知道天主说过他爱我们，这就好像一对情侣、一对夫妻之间，男人爱女人，女人爱男人，他们不需要说，但是他们就能够感受到这种爱。但是这里面比较难的就是，我们怎么去理解有那么一个个体去爱所有的人？对于我来说，我只需要向他说：请来告诉我你的这种爱吧！这样就解释了天主的存在，天主会把我作为一个有能力的个体去爱。使我触动的是，天主不仅仅是对我们有这种爱的概念，而且天主会用一些方式去展示这种爱，天主会向每一个人心中都展示这种爱。"

贤清法师："所以您确认天主存在的证据就是爱的存在？尽管您做了一个很形象的比喻，但是这两个比喻之间似乎存在很大的差异性。如果一对情侣一个在美国，一个在法国，他们从来没有见过面，要感受到有一个人在爱着他或她，这几乎是难以想象的。"

神父："我说的前提是天主在我们之中。如果天主爱我们，那么天主自己就会与我们接近。对我们来说，天主的这种爱是非常伟大的，我们人类不可能达到这么伟大的爱。但是借着耶稣我就知道，天主真正的来到我们之中。更多的是借着这种希望，我相信天主会来到我们之中。"

贤清法师："现在就比较明白了，您确认天主存在的根据在于耶稣的存在，因为在历史上，确实存在耶稣这么一个人，他的事迹被广为流传，我们看过以后也认为，这确实不是一个平凡的人，上帝的爱通过耶稣的苦难昭示了。不过，这里面仍旧存在两个问题。第一个问题是，您怎么确认耶稣是上帝派来的，而不是佛陀派来的？"

神父："我不太了解佛陀，但是在心灵深处我并没有这样的怀疑，主要是我与天主教的团体生活在一起，我已与两千年基督文化的这种背景深深地连接在一起。”

贤清法师：“和我们接触会不会存在一种风险或危险？因为我们可能会给您传递一个信息，耶稣是佛陀派来的。”

神父：“不。这好像是一种相遇的经历，一种历险，这也是天主给我创造了这种相遇的条件。我确信我从你们身上学到了一些东西，这种与你们的相遇确实也向我展示了一些东西，或者说我非常高兴与你们相遇在一起，这是一件喜悦的事情！”

贤清法师：“我也相信在我们这样交流的同时，上帝和佛陀也在交流。第二个问题是，耶稣已经去世将近两千年了，如果说过去上帝的存在是通过耶稣来展现的话，那么现在上帝的存在以谁来展现呢？”

神父：“对于天主教徒来说，耶稣是死了，但是他又复活了，耶稣不仅仅是一个人，他是天主派来的，他在十字架上受难，但是他又复活了。十字架是揭示天主爱的重要象征，特别是今天就尤其具有这种重要的意义，每一次弥撒都好像是耶稣重新交给我们新的东西。”

贤清法师：“耶稣复活以后，他不再以人的形象存在，而是以其他各种各样的形象存在于我们生活中？”

神父：“耶稣复活以后又向门徒呈现了 40 天，40 天之后耶稣又升上了天空。这里面‘天’的意义并不是一个离地球很远的一个空间的概念，这种‘天’的概念是说，在今天在我们的内心中与他们相聚。”

贤清法师：“在基督教的教堂里的标志就是十字架，而天主教里面还有十字架上耶稣受难的情形，以您这种复活的说法来看，单一的十字架形象似乎比耶稣受难的十字架更容易被人理解，因为耶稣被钉在十字架上会给人一种印象：耶稣已经被牢牢地钉上了，没办法再离开了，是否有这样一种寓意在里面？是否单单以十字架向我们展示的内涵更加确切呢？因为耶稣受难之后，他又复活了，所以他又离开十字架了。”

神父：“我们很难把很多东西集中到一个概念上。在一些十字架上我们可以看到耶稣受难的场景，但是这个十字架就是耶稣复活的场景，这是因为有各种各样的传统。”

贤清法师：“谢谢神父您这么耐心地解答我的问题。”看时间过得差不多了，贤清法师对神父耐心的回应表示了感谢。

神父："对于天主的那种伟大来说，我们只是分享了其中细微渺小的一部分。在我们的祈祷之中，我们可以为其他人一起去祈祷，这样我们都可以建造出更好的人生道路。"

悟光法师最后说道："贤清法师出家前读的是理工科，很善于思辨。因为他本人学习《圣经》的缘故，所以有一些自己的心得和问题，在见到您之后很想得到解答。他是以一种求学的心态向您请教的。"

神父微笑着点了点头。

贤清法师补充道："这种思辨在您坚定的信仰前变得很渺小。"

众人对即将要结束的这场略含辩论色彩的对话报以热烈的掌声。

"今天我们一进教堂就开始下雨，说明上帝在保佑我们，我们当下感受到上帝的爱！感谢神父的热情接待，我们有缘再见！"悟光法师再次致谢。

里昂旧游

按照计划，悟光法师将会在下午和晚上在里昂二大进行两场讲座，于是我们借着上午的一些空闲时间，参观了里昂旧城区。

• 感受历史

里昂与阿尔卑斯山为邻。依其优越的地理位置，自古以来就是欧洲内陆的一个重要十字路口。罗纳河和索恩河由北向南穿过城市，索恩河的右岸是我们今天要去的旧城区，这里在 15 世纪时曾是世界上最大的丝织品产地之一，17 世纪一度成为法国的政治、经济和文化中心。作为欧洲面积最大的文艺复兴街区之一，这里与昨天我们参观的富尔维耶尔圣母大教堂所在的富尔维耶尔山，于 1998 年双双被列为世界文化遗产保护区。

上午 10：00，我们下大巴后，步行进入旧城区。沿路古朴的建筑、狭窄的石板路，以及临街售卖旧书、古董和别具特色的木偶的店铺无不透露着悠远的历史和浓郁的生活气息。这些建筑历经风雨沧桑，得以被后人保存和修缮，穿行其间，让人强烈地感受到历史与现实之间千丝万缕的联系。

沿途路过一家制作电影微缩布景模型的店铺，进去后发现店铺的橱窗里摆满了各式各样的场景，有 20 世纪 70 年代的酒吧、医院、书房、学校宿舍，许多是当初作为电影拍摄布景之用，制作的精细程度几可乱真。布景中的每一件家具、陈设物品的比例像是按照真实缩放，经过后期制作，就会幻化为电影中的逼真场景。联想到龙泉寺动漫组义工为了拍摄动画，在微缩模型的制作上也倾注了大量心血。

穿过弯弯曲曲的街道，眼前出现的广场令人豁然开朗。这个名为圣让（Saint-Jean）的广场约有2000平方米，四周由建筑环绕，东西南北各有道路相连，从广场抬头便可望见富尔维耶尔山顶的圣母院。广场中心矗立着一座花岗岩和青铜雕塑亭，中间的人物雕像是受洗者圣约翰，被四个石制盛水盘环绕，庄重典雅又平易近人。清澈的水流从雕塑四周的兽首泉眼汩汩涌出，让人顿生清凉之感。中午11：00整，悠远而肃穆的教堂钟声响彻广场。悟光法师问大家："为什么包括佛教在内，全世界的宗教都以钟声警醒世人?"然而法师并没有给出答案，大家在钟声的回响中陷入了久久的沉思中……

• 神圣的力量

广场上最醒目的建筑当属广场东面的圣让首席大教堂（Cathédrale Saint-Jean）。这是一座融合了罗马及哥特式的大教堂，于12世纪始建于6世纪教堂的废墟之上，完成于15世纪，是天主教里昂总教区的主教座堂。尽管如今圣让首席大教堂看上去并不能称得上宏伟，但在富尔维耶尔圣母院兴建之前，它已是当时里昂最雄伟的教堂了。而因其拥有近千年的历史，加之里昂大主教享有首席大主教的地位，得以让这座大教堂成为了名副其实的"首席"大教堂。因为正门修缮的缘故，我们无法看到神坛背后的半圆形后殿，但通过投影幕布上的图像，同样感受到了后殿的庄严和恢宏。这里不仅见证了教皇约翰二十二世的加冕，也见证了法国国王亨利四世（Henri IV）和意大利的梅底西斯家族于1600年的联姻盛况。

在法师的带领下，当我们一行人走到教堂一处小门时，这时来了一位年轻的工作人员正准备拿钥匙开门。

珍宝博物馆始建于11世纪，14到19世纪曾作为教区儿童唱经班学校，是里昂历史中心地段中最古老的建筑。讲解员首先向我们展示的是一件重达16公斤的礼服，包括斗篷和衬衣，是大主教在重大宗教仪式上的正式穿着。16世纪开始，里昂逐渐以丝织业闻名欧洲，17世纪成为了全欧洲最重要的丝绸产地，其独特的制作工艺自然也体现在这些衣物的纺织和裁制上。这些衣物绣满了银丝金线和各式珠宝，以及里昂最早的两位大主教的头像。讲解员介绍，当时的主教在同一仪式中要更换两次衣服，由于整个过程中背向神坛下的信众，因此这些衣服背面的图案尤为繁复亮丽。现如今这种宗教仪式中神父穿着更加简朴，衣服上不再有过多装饰。

顺着讲解员的引导，我们还看到包括有10世纪土耳其拜占庭帝国时期、拿破仑一世时代等不同时期的圣器。此外，还有一些用来盛放圣物的金银器皿，是由当时专门炼金的修士制作的，由这些修士流传下来的炼金技术也成为了珠宝制作工艺的前身。与佛教信众瞻礼佛陀或高僧大德的舍利相似的是，自中世纪开始，对于天主教徒来说，朝拜圣人遗骨成为一件极其重要的宗教活动。这些陈列在橱窗中、装有圣人遗骨圣物的圣器，直到今天都在被世界各地的信徒所瞻仰和朝拜，每逢有重大宗教活动时，这些圣物会被供奉在圣坛之上，供人们排队瞻仰，甚至触摸以获得神圣的力量。

最后，讲解员特别向我们展示了天主教宗教仪式中用来盛放圣餐的器皿。圣餐仪式的直接根据来自《新约》，是基督教重要的礼仪之一。《圣经》中记载耶稣基督在被钉十字架上死去的晚上，之前与十二门徒共进逾越节晚餐。圣餐是为了纪念耶稣基督的死，信众分领饼（无酵饼）和酒（葡萄酒），以表明信众分领耶稣基督的身体和血，以及他的一切益处。

• 无界的艺术

参观结束后，为了表达对讲解员的谢意，悟光法师跟她结缘了法宝。正准备离开时，那位负责弥撒的工作人员又为我们请来一位年长的讲解员 Jean Bernard，专门为我们讲解教堂的历史，工作人员的耐心和友善令大家很受感动。Jean 和蔼可亲，手持一个塑料夹，里面装满了关于教堂的图片和资料，看他连饭都顾不上吃，买了一个法棍面包揣在背包里，认真诚恳的态度和专业素质令人肃然起敬。他问法师在教堂能停留多长时间，法师说只有10分钟。在得知我们在教堂所停留的时间有限，Jean 大步流星地带我们走出博物馆，带大家走到教堂大门口，向我们娓娓道来教堂的建造思想及其建筑特色。

谈到建造这座教堂所体现的宗教思想时，他解释到，教堂内之所以建造如此多的柱子，是为了增加教堂的高度，让更多的光进到教堂中，这样可以让人们进入教堂后感受到充分多的光。中世纪的人们认为，光线从外部射入教堂代表着上帝把光带到人间。此外，当人们进入教堂后，他们面对的方向是东方，背朝的方向是西方。面向东方象征着走向光明、善良和美好，背向西方代表着远离死亡、黑暗和丑恶。

随后，Jean 带我们走出教堂，来到正门外。教堂正面三座壮观的哥特式大门上展现的是基督教圣人的历史，每座门顶上均凸显着四叶蔷薇环的装饰。他随手翻开了手中的资料簿，向我们展示里昂光明节期间教堂被各种彩光所装饰的美轮美奂的图片，正中央的玫瑰玻璃彩绘花窗尤为令人惊叹。这些饱经时光冲蚀的雕刻依然栩栩如生，除了以圣经故事为主题之外，还刻画了神话故事、象征图形和中世纪社会的大众场景。之后，他又向我们介绍，在中世纪，由于大多数人不会读写，所以通常会用图画的形式讲述历史。比如，这里其中一扇大门上讲述的是《圣经》中创世纪的内容：上帝在大海中创造万物，亚当和夏娃的诞生；夏娃偷吃禁果，亚当和夏娃被上帝从伊甸园驱逐，下到人间耕地劳作孕育后代等。讲到这里，悟光法师向他提了一个问题："《圣经》里所述的故事是由谁创作的?"Jean 回答："《圣经》是一个庞大的图书馆，至今已有 2000 年的历史，但人们无从所知作者是谁。"

"你们的宗教是如何讲述创世和人类起源的?"Jean 反问。悟光法师说："根据佛经中的记载，地球上最初的人是从'光音天'下来的天人，到人间后，贪食地味、地肥等而身体粗重下沉，逐渐形成物质的骨肉躯体。"

参观结束后，一直陪伴我们的工作人员又为我们引荐了一位老城区教堂协会主席，他向法师赠送了关于教堂和钟楼的宣传册，法师也跟他结缘了法宝。这时，一个流浪汉走过来向法师问好，悟光法师给他戴上了佛珠和楞严咒。正当大家有些疑惑时，法师说："你看他到处流浪，和他一个人结了缘，将来会影响很多人，这样就把佛法传出去了。"

通过这两天的参访，我们或置身于教堂之中，或聆听基督教圣歌，或观赏教堂内部的绘画及雕塑，一方面被教堂设计者和建造者于细微处的用心和精湛的建造技术所震撼；另一方面也被教堂中呈现的各种艺术形式所具有的超凡脱俗的美感，以及引人求真至善的宗教氛围所感染。

虽然我们来自不同的文化土壤，皈依不同的宗教，但在与天主教人士的交流中，我们真实地感受到对方的友善、包容和开放，以及因其文化及历史而展现出的自信与自豪。这样实地感知和认识基督教文化，如同打开了另一扇窗，从另一个角度让我们对自己的佛教信仰以及传统文化有了更进一步的理解和认识。

讲座前的对话

因为大巴车在街区内行走不便，遇到堵车便会耽搁良久，昨晚已经让我们尝到了苦头。当得知午斋地点离里昂二大步行只需 15 分钟时，悟光法师下决心——走路去！上午 11：20，我们离开餐厅，步行前往里昂二大。

于是，在满满的行程中，我们也可借由走路的因缘，来感受一下里昂的风土人情。我们一路“走街串巷”，穿过里昂老城古老的窄巷，路过现代繁华的商业街，最后来到了一片开阔的广场，这就是里昂市中心的白莱果广场(Place Bellecour)。与我们之前所见的欧洲城市广场不太一样的地方是，白莱果广场的地面全部由红土铺就而成，泛起的粉红色与广场周围 19 世纪老建筑的红色屋顶相得益彰。这个建造于 17 世纪的广场如今仍然是欧洲最大的广场之一，中央矗立着一座路易十四的骑马青铜雕像，和背后山顶上雄伟的富尔维耶尔圣母教堂交相辉映，似乎在诉说着这位法兰西“太阳王”昔日金戈铁马的荣耀时代。

穿过广场，途径罗纳河畔的另一片草地广场。人们三五成群地在草地上休憩，广场上的喷泉根据固定的时间频率幻化出晶莹剔透的水柱，给人们带来丝丝清凉之意。

我们继续沿河行进，静静的罗纳河水在岸边绿树的掩映下泛着碧色。“看，天鹅！”寻着一位同学的声音望向河岸，一只通体洁白的天鹅在河岸边停靠的游船旁觅食。“穿过这座桥，河对岸就是里昂二大了！”何导在一旁提示我们。目的地已近在咫尺。顺着何导指引的方向望去，河对岸几乎全是哥特式的老建筑，一座硕大的桥梁傲然矗立在河面上，贯穿连通着两岸。这座“大学桥”(Pont de l'Université)正是因河对岸的大学而得名。大桥通体呈铁绿色，桥栏上尽是精致的雕塑，顶部装饰着著名的法国国鸟——高卢雄鸡。观察一下桥上来往的行人，脸上却少有匆匆的行色。

此次交流活动的地点在里昂二大，它的全称是卢米埃尔-里昂第二大学，其前身为创办于1896年的里昂大学，从1973起改为现行建制。这是一所以文学、语言与人文科学、法律、政治学、经济和管理学为主的综合大学。里昂二大下设6个学院，包括人类学与社会学、法律与政治学、地理学一历史学一艺术史与旅游、语言、文学一语言科学与艺术、经济与管理科学，以及5个专科学院、4所大学职业学院(IUP)、1所大学技术学院(IUT)和1所政治学院(IEP)。卢密耶一里昂第二大学拥有43个研究实验室，其中20个为法国国家科研中心(CNRS)的合作单位以及5个博士研究生院。

这次在里昂的学术交流活动和讲座是由在经济与管理科学学院任教的戴志新联络，地理学一历史学一艺术史与旅游学院的历史学研究生教学负责人菲利普·马丁(Phillipe Martin)教授组织的。马丁教授同时担任宗教学与政教分离研究中心(ISREL)的负责人，这个研究中心也是该校20个法国国家科研中心的合作单位之一。

过桥之后穿过马路，马路旁的一栋建筑雄伟气派。路边一个不起眼的小门旁挂着印有里昂二大的标识牌，推开后却发现别有洞天。教学楼的建筑风格庄重典雅，由回廊和庭院组成，庭院中是修建齐整的花园。兰天走在前面问路，遇到了一群学者模样的长者，其中一位还用中文向我们说“欢迎”，并热情地告诉我们所找教学楼的位置。兜兜转转之后，眼前映入的是张贴在楼门口的本次讲座的海报，上面是悟光法师去年在美国加州大学伯克利分校演讲的照片。进入教学楼，墙壁两侧挂有古朴的人物浮雕画，浓郁的艺术气息扑面而来。

• 佛教与经济学

走进教室，发现戴志新和几位听众已在教室里等候着我们。因为讲座之前还有一段时间，戴志新向贤清法师顺便介绍了一下里昂二大的情况。

戴志新："里昂二大的全称是 l'Université Lumière Lyon Ⅱ。在法语中，Lumiere本意是'光明''灯光'，也是一个姓氏。而里昂二大正是为纪念发明电影的卢米埃尔兄弟而命名的。"

贤清法师："您是在这个学校任教吗？"

戴志新："是的。"

贤清法师："教什么课程？"

戴志新："高等数学。"

贤清法师："经济和数学关系还是比较密切的。"

戴志新："在经济学领域也有和宗教相关的研究课题。比如行为经济学中，人在得到的时候害怕失去，不愿意再去冒险，这时候被称为'风险厌恶者'。但当人失去的时候，愿意再赌一把，直到赢下来为止，这时叫作'风险喜好者'。比如，股票投资和金融市场中的很多行为就是这样的。"

贤清法师："得到和失去之后的心理状态是不同的。"

戴志新："对。在经济学界对这方面有很多研究。我的导师在这个领域是权威，她是法国经济学会主席、法国试验经济的创始人、世界经济学会欧洲区主席。如果有可能，将来可以和龙泉寺在这方面合作，进行学术性的研究。她今天在巴黎，不能过来，不然也可以参加这个讲座了。"

贤清法师："行为经济学和心理学有关系？"

戴志新："是的。从心理学方面讲叫作经济学后果，而我们是在经济学框架内研究。获诺贝尔经济学奖的卡尼曼和西蒙都是心理学家。他们认为人是有限理性的，比如，在高兴和不高兴的时候做的决策是不一样的，吃饱了和饿的时候的行为也是不一样的，包括对时间的偏好也不一样。"

贤清法师："在讲经济学背后的人性规律。"

戴志新："是的。这块儿很有意思。我们也和国内的北京师范大学有合作关系，也想看看有没有合适的项目和龙泉寺做这方面的研究。龙泉寺现在还没有跟经济学界的合作吧？"

贤清法师："这方面比较少。目前主要是和文化界、宗教界的来往多一些。"

"你们有慈善方面的研究吗？"宋柏青问道。

"有的。比如捐献行为——什么情况下人愿意去捐献，根据不同的学历、家庭背景，收集这些数据就可以预计出来什么样的人更容易去捐赠和利他，这些都可以研究。”戴志新答道。

“可以研究一个模型，我们可以发现和挖掘那些有潜力的人，创造因缘。”听到这里，蒋晓旭有些兴奋地说。

“如果建立这方面的合作，我们的研究结果可以共享，为未来你们做决策提供参考。”戴志新说。

“我们这边是人人慈善，是绝大多数人可以参与的慈善。”宋柏青继续介绍北京市仁爱慈善基金会的慈善理念。

“可以看他们是在什么样的情况下愿意参与。比如，我们可以什么样的形式吸引他们，可以定位什么样的人群、什么样的学历背景和宗教信仰的人愿意参与，这些都是可以研究出来的，并可以通过这些结果预测。”戴志新向我们描述了未来的学术前景。

• 考验无处不在

再回到教室后，我们见到了此次学术交流活动的组织人——菲利普·马丁(Phillipe Martin)先生以及里昂二大人类学专家里奥奈尔·奥巴迪亚(Lionel Obadia)教授。两位教授温文尔雅，充满了学者风度。马丁教授首先向悟光法师介绍了活动流程，感谢法师一行的到来，并询问了我们一行这两天的行程安排。法师们向两位教授结缘了法宝，教授们也向法师回赠了研究中心出版的关于宗教遗产的研讨会论文集。

“兰天，有人找你。”史彦芳向兰天招了招手。原来是兰天的导师伊萨贝尔·卡尼尔玛戴丝(Isabelle Garniez-Mathez)女士来了。临行前，兰天曾尝试和阔别 4 年的老师联系，邀请她参加这次在里昂二大的讲座，没想到她真的来了。她说，今天是兰天的学弟学妹们答辩的日子，下午正好有空就来参加讲座了。“能在里昂再次见到自己以前的学生感觉特别高兴！”卡尼尔玛戴丝老师不无激动地说。在兰天求学期间，导师给予了许多的指导和帮助，她细致严谨的治学精神、开放包容的学术态度至今仍影响和感染着兰天。

讲座马上就要开始了，宗子萧发心协助兰天翻译：他负责法翻中，兰天负责中翻法。临近上台了，兰天内心的忐忑冒了出来。当下，她猛利祈求三宝加持，让自己身心平静下来。此时，贤清法师在西班牙时的一句话闪现在她心间："重要的不是结果，而是这个过程。"在那一刻，她意识到，翻译的好坏这个过程本身就是对自己的挑战和突破，把关注点放在过程中而非结果上，放在过程中的成长而非外在的评价时，内心的紧张和焦虑便渐渐消失了，心中注入了一种轻盈的力量。

佛教概论

下午 14∶15,在里昂二大的 Amphi Fugier 教室,悟光法师进行了佛学讲座。

- 迎进来:多元宗教呼唤对话与交流

讲座开始前,首先由马丁教授和奥巴迪亚教授致欢迎词。马丁教授所负责的宗教学与政教分离研究中心,是法国唯一得到政府承认的关于宗教科学的研究机构,也是唯一可授予宗教学文凭的教育中心。教学课程面向大众开放,涉及的学科范围广泛,包括哲学、历史学、文学、法律等。研究所还定期组织研讨会,最近一次研讨会的主题为宗教遗产管理。除了研讨会外,研究所还面向广大社会人士探讨有关宗教的话题。

马丁教授介绍,法国政府非常重视政教分离的问题,而法国社会并不局限于某一个宗教,而是着眼于如何把所有的宗教整合在一起。他说,在法国乃至整个西方社会,宗教主要面临着三个问题:一是宗教团体间彼此认同的问题——某些宗教团体会排斥其他团体;二是对宗教问题和目前宗教的状况存在误解,甚至媒体也不例外;前两个问题会导致对宗教的不理解,甚至引发排斥和暴力,其中涉及多元文化和多元宗教的问题。

马丁教授表示,非常荣幸能邀请到北京龙泉寺欧洲参访团一行的到来。目前在法国,关于宗教的讨论经常忽视佛教,焦点集中于其他几种宗教。但实际上,里昂佛教徒数量众多，也较为活跃，但很少被纳入多元文化对话的范畴内。从地理的角度而言，法国可能对个别地方特别关注，但恰恰忽视了亚洲的状况。最后，马丁教授对这次活动寄予很大的期待，希望能够探讨更多信仰和宗教问题，也能从更大的地理空间去讨论。

之后，由奥奈尔·奥巴迪亚教授发言。教授首先对代表团的到来表示感谢。他回忆起自己在20世纪90年代，曾写过一篇关于法国佛教的人类学博士论文，因此也见到过很多中国和斯里兰卡的佛教徒。有了长年的积累，教授对佛教在法国传播的历史和现状了解得非常透彻。他介绍说，佛教作为多种宗教的组成部分，在法国经过半个世纪左右的发展，佛教徒数量与日俱增。据估计，目前在法国，大约有80万佛教徒，其中20万是法国人，60万是亚洲人；佛教寺院或佛教活动中心有400个，包含日本禅宗、藏传佛教和南传佛教。他指出："实际上，佛教对社会的影响远远超过数字所显示的情况。早在几年前，法国社会中就已开始讨论现代佛教和佛教现代化，其中夹杂着知识分子的误解。而今一个非常突出的现象是，寺院正在从本地人中招募和培养新一代僧人和法师——他们接受的是法国现代教育。"

在发言的结尾，奥巴迪亚教授总结说："今天的佛教作为一种意识形态，与生态学、健康、政治、社会等学科相互影响。在今天我们讨论所处的空间中，之前并没有一些声音去表达，如今却有越来越多的人讨论佛教。令人欣喜的是，通过从历史学、政治学、人类学等不同学科的角度研究佛教，人们对佛教的关注和研究逐渐从法国延伸到佛教世界化的范围中。"

悟光法师为听众做了一场简短的讲座，用简明通俗的语言阐释了佛教中诸如"三转法轮""四圣谛""戒定慧""三法印"等重要概念的基本内涵。以下是讲座辑要。

• 佛陀：圆满的导师

"佛教是一个和平的宗教，不管是从历史还是现实来看，都对整个社会有很大作用。佛教由三大语系组成，包括汉传佛教、藏传佛教和南传佛教。三大语系的佛教有一个共同的导师，就是释迦牟尼佛。释迦牟尼佛出生于古印度，出生之后在皇宫生活，但后来观察到生老病死现象不能解决，抱着探求真理的想法，抉择出家修道，最后在古印度的菩提树下成道，成为佛陀——也就是一个觉悟的人，完美的人，证得究竟快乐的人。与此同时，佛陀发现，不仅是自己能证得究竟圆满快乐的果，一切众生都有能力证得，达到这种状态。佛陀尽其一生宣扬他所证得的境界，告诉世人大家都能像他一样，得到究竟快乐，证得究竟的果。”

• 三转法轮：佛法说法总的纲要

“佛陀一生说法，教化 49 年，一共分为三个阶段：初转四谛法论，中转般若法轮，三转善分别法轮。

初转四谛法轮时，就谈到佛教的基本理论‘四谛’——苦、集、灭、道。佛陀揭示了人世间我们经历的各种现象，当下就能够感受到是痛苦的，还是当下感觉到的是快乐，或者现在既没有感受到痛苦，也没有感受到快乐——佛陀从他的慧眼来看，这三种状态都是不究竟的，最终会给我们带来痛苦。

这也就给我们揭示了一种现象，任何人都想离苦得乐。不管我们现在开什么车，住什么房子，福利条件有多好，实际上我们就是为了自己更加快乐。只因最后结果没有达到自己所希望的，所以佛陀看到这个现象后就去寻找苦的原因，也就是集谛。后来，佛陀发现苦的根本原因是烦恼、我执。我们在实际生活当中遇到的种种人事物、种种现象产生颠倒的执著，就会导致造苦业，最后受苦果。这个问题能不能真正解决呢？可以。灭谛是四谛的第三谛，这是佛陀在菩提树下证悟的结果。怎么办呢？怎样能达到这种状态呢？第四谛是道谛，佛陀告诉我们一系列的方法，最后能够达到这样的结果。

二转是般若法轮，佛陀宣讲了 22 年，主要谈到佛教最高深的智慧——般若、空性的道理，告诉我们从另外一个角度诠释和破斥我执的过程。这 22 年的般若法轮，它的核心价值就浓缩成佛教的经典《般若波罗蜜多心经》。

三转善分别法轮，就是佛陀讲出以《解深密经》《如来藏经》《相续本母经》为代表的经典。

这是佛陀成道后对众生所说的总的纲要。”

• 遵循基本次第：戒定慧

“如何去修？道谛就告诉我们要有次第地闻思修。闻，首先要学习、闻思、研究佛陀讲的教理，包括佛陀的弟子、祖师们所作的论典；思，就是在日常生活中去思维；修，最后根据自己所学、所思再去实践。佛陀一生所讲的经典浩如烟海，包括南传、汉传和藏传的三藏，如何下手去学习？这就要求我们跟随自己接触的教派和老师，一步步地往上学习。而不管是哪个教派、哪个语系，都要遵循戒、定、慧三个基本的次第。

首先，佛陀告诉我们什么该做、什么不该做。不该做的要试着慢慢去断除，该做的要努力去行持，这就是戒律的内涵，戒律的特点就是调伏。佛陀认为，我们的心平时没有办法静下来，会缘很多东西，通过戒就能让心静下来。心静到一定程度，就开始进入修定的状态，也就是培养专注的力量，使我们内心产生力量。如同一杯水，如果里面很脏，水在搅动的时候，里面有什么东西是看不清楚的。当水静止下来，我们就能看清楚。修定的过程是一个复杂的过程。在佛教中，静坐是非常重要的。当心静下来之后，自主的能力增强了。然后再谈到集谛——真正给我们带来痛苦的'我执'，我们才有能力去看清楚和断除。

这就进入第三个阶段，也就是慧观的阶段，不仅要让自己静下来，还要去观照，不仅要观自己，还要去观外在的万事万物。我执的状态就是认为，包括我及外在的一切万事万物都有自性。这个因造成我们在生活当中承受各种苦难。在静坐观修的时候，就是要破除掉这个，这个破除之后，佛教认为我们就不会再创造很多苦因，就不会感得苦果，也就称为解脱。

再分享一个佛教中的基本概念——三法印，有三条内容来印证是不是佛法：第一条是诸行无常；第二条是诸法无我；第三条是涅槃寂静。诸行无常就是世间的一切东西——包括我自己、万事万物、一切法，我们所想到的、想不到的，一切都是无常的，都是一直在变化当中。这个概念提出之后，佛陀就教导世人不能在生活当中对自己喜欢的过分执著，对自己不喜欢的过分排斥，因而造作自己苦的因、受苦的果，也就是无常故苦的道理。

第二条是诸法无我，就是世出世间一切法皆因是因缘和合，也就是没有一个实质的、根本的、永恒不变的我或者一件东西存在。佛教认为，并没有一个我的存在。那为什么'我'能在这里跟大家说话呢？佛教认为，'我'是假合的，也就是说只有作用，本质上没有一个永恒不变的悟光法师。针对这一点，佛教中有很多办法，以及把它分成很多种类进行分析，一一破斥。举一个简单的例子，对于时空的认知。我们认为这边是上方，底下是下方，实际上地球是旋转的。当地球转到另一面时，我们还是认为那边是下方，实际上是吗？我们认为那是西方，那是东方，但地球在旋转，在旋转的过程中，我们认为那个地方还是东方，但实际上已经不是了。它是一种概念，一种名言安立，实际上并没有一个真实的东方存在。在生活当中亦复如是。也就是因为这些原因，导致我们在生活中造作了一些痛苦的因，将来感到一些苦果。第二法印诸法无我就是告诉我们这个道理，也就是要破斥实质的我，以及对事物执著的状态。第三条是涅槃寂静。这就是破除之后产生的寂静，也就是没有烦恼，是一种解脱。所谓的解脱，就是我们能够得到真正想要的永恒快乐，不再领受各种痛苦。”

讲座在此落下尾声，在随后的问答环节中，马丁教授和奥巴迪亚教授分别代表在座的听众向悟光法师提问交流。

马丁教授：“首先非常感谢您的演讲，您讲述的佛教理念非常清晰，同时您还从宇宙的角度综合介绍了佛教。正如您刚才提到，现在的西方社会建立在一种宽容的基础上，法国对各种宗教都是开放的。但是今天我们面对的问题是，各种冲突越来越严重，我们如何在这种状态下共同生存？我有三个问题：首先对法师提供的数据我很受触动，龙泉寺 2005 年之前还没有出家人，但是现在已经有近百名出家人和众多常住义工。这是如何实现的？第二，刚才您讲到佛教领域的空间是非常广阔的，通过什么方式和条件去判断一个人是真正的佛教徒？第三，在中国是否存在多种宗教共同存在的现象？是否也像法国一样？”

悟光法师：“第一个问题：佛教的存在已 2500 多年，在中国的存在已近 2000 年。至于龙泉寺，也已经有 1000 多年的历史，经过历朝历代，几经兴衰。2005 年之前，龙泉寺还没有常住的僧人。2005 年之后，开始恢复。当时看起来是没有一个僧人，实际上中国佛教已经发展了 1000 多年，有这样的文化积淀。在中国有像龙泉寺这么多出家人的寺庙还有很多，龙泉寺只是其中一个。

第二个问题，判断一个人是否是佛教徒，在佛教里的主要标准是是否皈依佛教。有一个仪式，在特定场合有法师给授皈依，个人发愿要跟着佛陀学。这个仪式相当于公司里面签合同，也类似于基督教里的受洗。

第三个问题是宗教信仰问题。这一点在我们国家已被列入宪法，也就是公民享有宗教信仰自由。每一位公民都享有这样的权利，可以去信仰宗教。在我们国内，不光是佛教徒，基督教徒也有相当的数量。”

奥巴迪亚教授：“佛教有世界性的角度，佛教来源于印度，后来传到中国、美国、澳大利亚等。传入的时候涉及本地化，本地化与世界性是怎样适应的？

悟光法师：“不管是佛教还是基督教都具有世界性，是互相传播的过程。”

因为需要翻译的缘故，法师的讲座其实只有45分钟，大家都有些意犹未尽，幸好接下来还有一场交流。在欧洲的学术交流中，这个看起来非正式的部分反而更有意味。

花园中的对话

讲座结束后，主办方在教学楼背后的花园里准备了茶点饮料，让大家能有一个舒适的环境充分交流。

• 年长的学生

在马丁教授的热情引导下，我们来到教学楼背后的花园。花园绿植成荫，修剪齐整，清爽宜人，透着浓浓的法式庭院风格，两条长形桌上摆满了饼干、点心、薯片和饮料。有些路过的教授和学生，虽然没有参加之前的讲座，也主动参与到我们的活动中。不同语言、不同肤色、不同宗教信仰的人们聚在一起，这在多语言、多宗教的氛围中，交流和理解成为主题。

一位中年模样的法国听众走近贤清法师，并向法师问候致意。询问之下才知道是本场讲座翻译宗子萧的同班同学，是一名天主教神职人员。曾听说在欧美国家上大学是不受年龄限制的，只要愿意学习，无论多大年龄都可以重返学校。如今看到这位年长的学生依然活跃在校园中，和年轻人学习交流，仍然保持着旺盛的求知欲和好奇心，令人生敬。

“佛教徒在中国占多大比例?”他问道。

“很难统计。在中国，对儒家、道教和佛教的信仰并没有严格区分。”贤清法师回答。

"这也是我所理解的，在中国'宗教'这个词的内涵有一些灵活性，中国宗教的概念和西方并不一样。"

"是的，两者有很大的差异性。如果你有任何关于佛教和中国传统文化的问题，也可以给我发邮件，一起探讨、交流。"贤清法师向对方递上了名片，并和他结缘了书签。

"谢谢！"他用汉语致谢。

另外一边，与王硕之前路遇的一位系主任主动邀请悟光法师参观他的办公室。办公室并不大，陈设古旧。教授介绍自己，在里昂二大教语言。他两周前曾去纽约和波士顿，就住在唐人街的一个宾馆里。

"欢迎您有时间去北京！"法师说。

"我非常乐意。现在我有了您的地址和电话，如果去的话联系您。"教授说。

• 久别的重逢

兰天在里昂上学时的导师伊萨贝尔·卡尼尔玛戴丝女士不仅到场认真听了整场讲座，还和其他听众一起在花园中参加了自由交流。

"你能把自己所学的专业和弘扬佛法结合起来，真为你高兴！你们做的事情非常有价值和有意义！"获得导师的赞同，兰天感觉很受鼓舞。

在交流中，当她了解到贤清法师出家前是清华大学工程热物理专业博士之后，好奇地询问法师是如何选择出家这条路的，于是便有了法师和卡尼尔玛戴丝女士以下的对话。

贤清法师："我在读研究生的时候，有因缘接触到佛教，对佛教产生了浓厚的兴趣。"

卡尼尔玛戴丝女士："之后您就出家了吗？"

贤清法师："经过三四年的学习和选择，最后决定出家。"

卡尼尔玛戴丝女士："于是您就放弃了之前的职业生涯，投入佛教事业当中了？"

贤清法师："是的，这是一个艰难的选择。"

卡尼尔玛戴丝女士："我能想象到。但您从来都没有后悔过么？会不会有时候假想一下其他选择的可能？"

贤清法师："在选择这条路之前，曾有过犹豫，但那是一个正在摇摆、动摇的阶段。但一旦决定后，内心就比较坚定了。"

卡尼尔玛戴丝女士："看来您曾经有过一段时期，很难抉择究竟是继续世俗生活还是修习佛法，我能理解这是一个艰难的选择。"

贤清法师："随着对佛教和宗教的了解越来越深，会发现这是一个非常开阔的领域。我得到的比失去的要多很多。"

卡尼尔玛戴丝女士："我想您的选择不仅温暖了您自己，也温暖了其他人。我能想象到您一定遇到过很多对佛教感兴趣的人，以及在世间生活着的希望学习如何修行的人。"

贤清法师："出家之后，我去过很多国家，遇到了很多学习佛法的人，我也学习到不同的文化。这次也是我第一次到欧洲。"

卡尼尔玛戴丝女士："您对欧洲和法国的印象如何？特别是您对法国人的生活方式、行为和宗教有怎样的看法？"

贤清法师："令我印象最深刻的是教堂。每当进入教堂中，我都受到震撼和感动。尽管佛教不同于基督教，但是在信仰领域很多方面是一致的。"

卡尼尔玛戴丝女士："的确，很多地方非常接近。我曾去过中国，我在参观一些寺庙的时候，也有这样的感受。"

"在无限生命中，所有的相遇都是久别重逢！"与兰天和她的导师久别重逢的喜悦相比，薛园春在异国他乡也经历了一次"重逢"的欢喜——她遇到了两位甘肃老乡。一位是马丁教授的学生、此次讲座的翻译宗子萧，来自兰州；另一位是奥巴迪亚教授的学生、人类学女博士曹玮，来自天水。宗子萧来法国已 5 年，跟随马丁教授从事比较宗教学的研究。在谈到他所在研究中心名字中的"政教分离"一词时，宗子萧向我们介绍，法国采取政教分离的方式，也就是所有的宗教都是自由的，法国政府不支持和偏袒任何一种宗教。比如，所有的宗教活动经费都是自己掌握，自负盈亏，政府不能干涉。但一些古老教堂作为文化遗产，政府会投资修缮，但政府不参与宗教活动的经费。政府只是把每个宗教团体视为一般的社会组织，按照社会组织的法律进行管理。而在学校中，任何中小学生或教师都不能在上课时佩戴任何一个表明宗教的标志，比如，念珠或十字架。听到这里我们才恍然大悟，原来在法国的世俗社会与宗教信仰之间在很多情况下也是泾渭分明的。

这时，研究中心的行政秘书路易莎女士走上前来，为我们每个人分发悉心准备的纪念品——一个印有里昂二大建校40周年标识的环保袋和一支同样为校庆设计定制的铅笔，以及宗教学与政教分离研究中心的宣传页。几件物品既轻巧实用，又美观大方，设计感十足而不落窠臼。

- 多语的交流

在分发礼物过程中，贤清法师身边又多了几个人，一位是马丁教授，另外一位是里昂另一所大学的教授，同时在里昂二大研究17世纪天主教教会管理问题。虽然他没有赶上讲座，但也很高兴能见到法师。一时间，中文、法语和英语三种语言穿梭其间，此起彼伏。

马丁教授向贤清法师介绍，他们所在的宗教学与政教分离研究中心与其他大学或研究机构最大的不同点在于，研究中心是一个多学科的宗教研究机构，研究主题涵盖宗教与法律、宗教与文化、宗教与社会等领域；研究区域不只局限于法国，还包括世界的其他区域，比如亚洲；研究对象不只限于佛教，而几乎涉猎所有的宗教，同时还进行跨宗教研究，如选择一个有关食物的主题在不同宗教之间做横向研究。而类似这样的研究更多的是社会研究，而非神学研究。

在谈到研究中心的作用时，贤清法师说："宗教是一个复杂的领域，涉及社会的方方面面。"马丁教授回应道："研究中心作为一个国家级的科研机构，能够在人文学科领域获得国家政府承认是比较少见的。我们的首要目标是与其他研究中心建立联系，派学生去其他中心交流，获得一些新的想法。我们在人类学、社会学和宗教学等学科方面，和日内瓦的一些大学等15所机构建立了共同协作机制。"

贤清法师："研究中心是否与道场、教会等有联系呢？"

马丁教授："研究中心与里昂天主教有联系，但由于法国大学都是世俗化的大学，所以在这里如果与宗教联系紧密，是一件比较敏感的事情。我们的目的不是为神职人员加强神学方面的研究，而是使那些对宗教不了解的人认识宗教，并与各宗教进行交叉联系。国家认为宗教是每个人的私人问题，而在社会中包括了公共领域和私人领域。在公共领域人们不提宗教问题，只有在私下才会谈论。比如在大学中，无论是基督教、佛教或犹太教，学生之间是不知道对方信仰哪个宗教的。但现实还存在其他问题：比如在食堂中，是否可以讨论你信仰哪个宗教呢？墓地属于公共领域还是宗教领域？目前有些宗教团体希望壮大自己的团体等。不过在法国目前关于宗教的争论仅限于两种或三种宗教，佛教排在第三位。”

贤清法师：“刚才教授谈到，由于政教分离的原因，公共领域很少涉及宗教，类似宗教性的活动除了在教会，是否可以在其他场合进行？”

马丁教授：“宗教活动在公共场合是合法的，但是有些人不接受宗教间的平等。天主教的一些宗教游行活动，以及佛教寺院基本上都能够很好地进行和运行。”

贤清法师：“谢谢教授如此耐心地介绍法国宗教情况！”

马丁教授：“是我应当谢谢您。如果我有讲的不对的地方，请您原谅！欢迎您下次再来里昂！”

贤清法师：“和教授您交流感觉非常愉快！”

马丁教授：“我也有同感。您是如何成为法师的？您出家很多年了吗？”

贤清法师：“希望这个话题能在下次见到您时详细描述。”

马丁教授：“那当然！那您一定还要再来里昂！”

法师和教授的一席谈话在双方爽朗而真诚的笑声中结束，在一旁的我们也深受启发和感染。

“照相了！”在悟光法师的提醒下，大家在花园的草坪上纷纷定位站好。随着一声欢喜的“随喜”，一张张灿烂笑容的面孔在明媚的阳光下绽开。社会历史、文化传统、政治制度、地理环境等的差异让各民族宗教呈现着不同的风貌，正是由于这些不同，才显示出人类精神文化的丰富多彩、绚丽多姿；正是由于这些不同，才有了进行比较、对话的必要。

凡夫与佛

“我们该走了，要不学校就关门了。”宗子萧提醒大家。虽然大家仍然意犹未尽，但为了不耽误之后的活动，我们每一个地方都要严格控制时间，于是大家离开学校，前往餐厅。今晚，悟光法师将在里昂二大再做一场讲座。

• 别出心裁的“相见欢”

我们急行军般地用完药石，又再次穿过里昂的大街小巷、广场，经过横跨在罗纳河上的大学桥，回到了里昂二大的讲座地点。到达教室后，发现到来的听众数量远远超过了我们的设想，是到欧洲以来几次讲座中人数较多的一次。这一次来的都是在里昂读书的中国留学生，包括本科生、硕士和博士研究生。他们中间，有的人是从很远的地方赶过来，有的人还推着婴儿车、抱着孩子过来听讲座……

作为里昂学生学者联合会副主席，戴志新代表里昂学联首先对两位法师和居士们的到来表示欢迎和感谢。在他简短介绍了两位法师和参访团之后，贤清法师以平实的开场白开启了这次讲座活动：“自从我们 5 月 31 日从葡萄牙来到欧洲一直到现在，很难得在同一个时空里面遇到那么多让人熟悉和感动的面孔。”

随后，法师简要介绍了欧洲行参访团的背景和主要任务。之后，悟光法师用通俗易懂的现代语言，以道次第为内在逻辑，为当地中国留学生做了一场主题为“凡夫与佛”的精彩开示。以下是法师讲座的辑要：

- 佛教跟每个人密切相关

“佛教，对我有什么价值和意义？这个问题，可以说对于每一个人，想接触、想了解佛教的人来说，都是一个重大的问题。

佛教跟我们有着非常密切的关系。在我做学生的时候，可能跟在座的有些同学是一样的，我看了一些佛典故事、佛陀所讲的经典，深深地被打动，觉得真是讲得太有道理了。我在21岁时接触到的时候，就想为什么不能再年轻一点的时候接触到呢？为什么这么说呢？因为这十几年来它改变了我的生命。

我发现佛教里所谈到的问题，正是全人类所需要的。各大宗教都是全人类需要的，不只是佛教。因为它的教理、教义主要谈的就是为整个人类，为每一个人谋求福祉。我们每一个人不都是想让自己生活得更好，过得更舒服吗？这也可以说是全人类任何一个人都需要的。我从佛教里观察到一点：佛教从始至终都在描述如何让一个人过得更好，过得更幸福。

拿一本《金刚经》或者《楞伽经》，我们不一定能够读懂，但它里面讲的就是这个。由此，我就思考，这不是跟自己的所思所想一样吗？在佛教里面，它讲得更彻底，更加圆满。既然是这样的话，那我为什么不选择了解、学习这门学问呢？通过思考之后，我发现佛法对我来说比较重要。进一步去扩展开来，只要是一个人想要过上幸福的生活，我想他也需要这门学问，这是对别人而言的。从这个角度来说，佛教跟我们每一个人应该说是密切相关的。

那为什么在这种情况之下，佛教并没有那么普及呢？就好比其他宗教一样，它虽然有很多值得人们学习和践行的部分，但是会遭很多的厄运，在人世间任何事情都不是圆满的，这也就是佛陀所教导给我们的一个理论——苦谛，由此也引申出今天给大家分享的主题‘凡夫与佛’。”

- 佛是究竟圆满的人

“要谈凡夫与佛，首先就想到凡夫是谁，佛又是谁这个问题。佛是什么概念呢？相关的经典告诉我们，佛陀有非常多的功德，这些功德是说之不尽的。佛陀，翻译成中文就是‘觉’，自觉觉他，觉行圆满。佛陀自己觉悟了，也能够让别人觉悟，自他都能够觉悟圆满,是一个达到圆满状态的人。佛的定位首先是人,不是神,这是佛教很独特的一点。佛陀,生于古印度的迦毗罗卫国,出生时间大约为公元前565年。就是这么一个人,通过学习和修行,悟道成佛,最后成为一个完美状态的人。”

- 总说佛陀的功德

“为什么要说凡夫与佛?首先,因为我向往像佛那样,因为佛具有我向往的东西——他成就佛道之后,就具有圆满的功德。其次,他愿意帮助每一个人也达到他这种完美的状态,他有这种心愿。他愿意说:‘我也希望每一个人都能像我一样。’再一个,佛陀也有这个能力。有些时候,有的人有点本事,但是他没有能力把我们变成他。佛陀有能力来帮助每一位,而且不分爱恨亲疏。不是说你是我的亲人,咱们俩关系比较好,我就帮助你;你是我的仇人,那我就离你而去……不是,任何人在他内心之中都是平等的。”

- 佛陀身语意业功德

“这是总体的,再说一些个别的。比如说,佛陀的身相非常庄严。佛陀还有语功德。佛经里面讲:‘佛以一言音说法,众生随类各得解。’佛陀在讲法的时候,他能善巧地把握每一个众生的心性,能够在每个人当前能够接受的状态下,给予他最需要的。

佛陀的意功德有两个,悲和智。悲就是慈悲——慈能与乐,悲能拔苦。慈是给一切众生快乐。佛陀所拥有的所有快乐,他都希望给每一个众生,绝不保留。悲能拔苦,佛陀希望能解除一切众生的痛苦,这就是慈悲。慈悲是任运无间地希望去掉一切众生的痛苦,希望一切众生得到快乐。智功德是佛陀对宇宙万事万物的真相非常清楚。也就是说,在宏观世界、微观世界中,我们所遇到的一切困惑、一切问题,佛陀都如观掌中的庵摩罗果,看得清清楚楚、明明白白。那你可能会说,那不就是说佛陀是万能的吗?佛陀不是万能的。佛陀不能够创造一切,所有需要创造的,都需要我们每一位自己去努力。佛陀是全知的,但不万能。他万能的话,刚才谈到佛陀希望一切众生都能得到快乐,一切众生不要有苦,那我们现在不是都没有苦了?佛陀的智慧是能洞察世间的一切,我们的疑惑,我们的悲伤,我们对人、对事、对物的种种困惑，到他这个境界就一切明朗，全然清楚了。如果再广说佛陀的功德，就如之前所谈到的是无量无边的，这就是佛的状态。”

- 凡夫走成佛之路的必要性

“凡夫是什么状态？凡夫就是在没有成就佛陀之前的一个普普通通的人。而佛就是从凡夫、从人成就的，走向这么一个完美的人的状态。那既然佛是这么好的一个人，那我也想成为他。

我们要如何走这条路呢？在佛教教理里面谈到，从凡夫到成佛，需要三大阿僧祇劫。阿僧祇劫是个什么概念呢？这是印度的时间概念，意思就是特别长、特别长。三大阿僧祇劫，我们可以把它看成几十亿年这种时间长度。我们发了菩提心之后，还要三大阿僧祇劫才能成佛，而在我们要从凡夫到发菩提心，还要有相当长的一段时间。

听到这儿，我们会说，刚才还说我跟佛好像那么近，现在怎么又变得这么远呢？实际上，关键不是时间问题，而是我快乐不快乐、幸福不幸福的问题。如果你生活得很幸福、很自在，你会觉得时间很长吗？我们会觉得，太短了，再给我延长一点吧。所以在这种情况之下，时间已经不是问题，问题是我在往这个方向行走，因为越往这个方向走，内外都越来越好，生命层次越来越高，这些谁不想要呢？”

- 第一步为皈依佛门

“在走这条凡夫与佛的道路时，佛教教典里告诉我们，首先要皈依佛门。就是要有一个仪式，我已经了解佛陀有这么大的功德，他所具备的都是我想要的，那我就向他学习。首先要皈依，就是订一个自己跟佛陀的生命契约。那皈依谁呢？皈依佛法僧三宝。佛就是佛陀；法，就是佛陀所说的教理、教义；僧，就是追随佛陀的这些弟子们。”

- 最基本的法：业果法则

“佛陀说：‘诸佛非以水洗罪，非以手除众生苦，非移自证于余者，示法性谛令解脱。’皈依并不是说，皈依你就全靠你了，皈依了以后，必须得去了解、学习、践行佛陀所讲的教理、教义，才能最后达到跟他一样的状态。这是说，皈依佛必须得学习佛所讲的法。最基本的法，有一个原理叫作‘业果法则’，就是业感果的一个道理。

‘业’简单来说，就是我们心里想的、嘴里说的、身体的行为，佛教里叫身、口、意。我们一天 24 小时，任何时候都在造业，善业就会让我们越来越幸福，恶业会让我们越来越痛苦。

业果的道理有四大原则：业决定一切，业未造不遇，业已造不失，业增长广大。第一个原则就是‘业决定一切’。目前我们所面临的一切，都是在过去生或者这一生的前半生中，你曾经努力过的结果，如果没有，你是得不到的。就如我们今天在里昂二大上学一样，都是你前半生努力而来的一样。‘业未造不遇’，我们没有努力，是不会遇到这个好事的，我们没有努力，就不会来到里昂上学。‘业所造不失’，当我们努力了，我们必定会在这里上学。最后一个是‘业增长广大’，我们造了这个业，我们在内心当中一直去串习、去思维它，这个业就会越来越重。”

- 造十善业得人天福报

“从业的别的原理来讲，也就是佛教里说的最基本的‘十善业’。身业有三种：‘不杀生’，佛教里面主要说不杀人等；‘不偷盗’，这个各国都不允许；‘不妄语’‘不邪淫’，这就是杜绝夫妻以外的其他不正当男女关系。在语当中又有四种业，第一是‘妄语’，说谎话；第二是‘绮语’，就是说一些无意义的话；第三是‘恶口’，开口骂人；第四是‘离间’，我对你说他的坏话、我对他说你的坏话。‘意业’还有三种，贪、嗔、痴。身业有三种，语业有四种，意业有三种，这就是‘十善业’。造十种善业就会让我们可以生活得越来越幸福、美满。

单单有这些就行了吗？如果要想从凡夫往佛地去走，那是远远不够的。当然我们这里只是探讨佛陀的教理、教义，要进一步去行持，佛陀就告诉我们，在这个人世间，只行这十善业，我们只能成为一个非常好的人，并且我们在死后会升到人、天界去。但单单这样是不够的。为什么？因为他希望每一个众生都跟他一样，只是得到人天的这种安乐，远远不够，还需要超越。我们知道，从一个东西超越另一个东西，你要放弃它。要想更深入，必须得从眼前的走过去，不能够停留在这里。”

• 贪嗔导致堕落三恶道

“我们虽然能够得到人和天的快乐，但是我们最终的结果是什么？我们难免有时候会做一些坏事，就会堕落到不好的生命状态。这种状态，佛教给它命名为‘三恶道’：地狱、饿鬼、畜牲。

实际上，在生活当中，我们可以观察到饿鬼是贪的来源，就是没有东西吃，非常饥渴的这种状态。这种状态在人间有吗？有！是不是？嗔心就是地狱的状态，就是别人两句话不对，我们就气愤地不得了，甚至想要把他怎么怎么样。内心当中非常恶毒，这就是嗔的状态。这在佛教看来，就是地狱的种子。这种心念就会让我们往地狱的生命层次去走，也不是说有一个有形有相的地狱，当我们的这个业造到这个程度的时候，眼前自然出现这么一个环境。”

• 去掉我执才能彻底解脱

“佛陀说人生充满了各种苦，有三苦、六苦和八苦，并不究竟，所以要超越它。那这个苦从何而来呢？佛陀发现导致我们痛苦最核心的原因来自对我的执著，叫‘我执’，把实际的情况看成颠倒的状态。对法的执著也会产生我执，叫作法我执。

那能不能破掉我执呢？佛陀就开始思考，最后发现是可以把我执去掉。把我执去掉就能彻底解脱，这叫灭谛。那应该怎么修？佛陀告诉我们既然这么苦了，就要放下。眼前这些都是苦的，所以要出离。佛陀告诉我们要放弃眼前这些小恩小惠的东西，就要出离刚才说的那种六道的状态。要出离它，就要修解脱之道。解脱之道就不单单是十善了，要掌握更多的办法才能解脱六道轮回。

举几个例子：生老病死，在佛陀的概念当中，这个苦是可以超越的。再一个，比如说爱别离、求不得。亲人往往都要离别，这叫爱别离。求不得，自已想要的往往得不到，比如说我们学习成绩很好，后来成绩突然又下去了，就难受，在佛陀看来，这些也都是苦。

还有怨亲无定，这更是不可思议了。怨亲无定是说今生你的亲人，过去生不一定是你的亲人，可能过去生彼此是冤家。这个已经超越人间的伦理，已经进入佛教的伦理、无限生命的伦理了。”

• 任运发菩提心则进入圣位

“所以，佛陀要我们超越它，因为它最终会导致我们受苦。这种生命状态不太究竟，副作用是比较大的，也就是说，我付出很多，最终只能得到一点点的回报。佛陀要我们超越它，最终不仅仅是自己解脱，还要希望别人解脱。佛陀告诉我们，也只有这样，才能真正成为一个完美的人，成为一个觉悟的人，达到自觉觉他、自他圆满的状态。一定要发无我利他的慈悲之心。到此已经进入三大阿僧祇劫的第一阶段，到这个时候，就是发任运无造作的菩提心。在这种情况下，我们就进入菩萨的行列，不再是凡夫了，就进入贤位了。

进入贤位后，下一个阶段就是资粮道，就是累积资粮的时候。换句话说，累积资粮就是‘赚钱’的时候。只有‘赚钱’，我们才能远行。进入资粮道的时候，分为四念住、四正勤、四神足这四种状态。”

• 资粮道、加行道的修持

“四念住是什么呢？身受心法：观身不净、观受是苦、观心无常、观法无我，有这四念住去修持，然后进入四正勤。四正勤是什么呢？勤是个精进的状态，就是‘已生恶令断灭，未生恶令不生，未生善令生起，已生善令增长’。四神足中的神足就是如意足，就是非常自在的意思。有四个状态：‘欲、勤、心、观。’但要想再往前走，还要把这个给舍了。所谓舍，不是不拥有，就好比做了副教授不是要把你的讲师身份放弃了，而是放弃对眼前讲师的执著心，才能升到副教授。如果你满足了，你不再继续上进了，副教授永远都得不到。

然后，从资粮道再进入到加行道。资粮道在佛教里面相应的是闻思空性。进入到加行道之后，要修几点：一是‘暖、顶、忍、世第一法’；然后还有一条就是‘五根五力、七觉支’。五根是哪五根呢？信根、精进根、念根、定根、慧根。五力是哪五力呢？也是信、进、念、定、慧，只是后面的力与根换一下。通过五根五力的修持进入世第一法。所谓世第一法，就是说凡夫与圣人的区别从此开始，也就是说世第一法再上来就是圣人，世第一法以下就是凡夫，圣人在佛教里面叫登地菩萨。”

• 由十地菩萨最终到佛地

“进入登地菩萨之后就有十地菩萨的说法。到登地菩萨就是圣人了。圣人是什么状态呢？不光是出家人称圣人，即使是在家人，只要你到了登地菩萨，你就是圣人。这十地是什么状态？第一地是欢喜地，就是非常欢喜，从来没有这么欢喜过。第二地是离垢地，离垢地是所有的污垢全部没有了。第三地是发光地，第三地就开始发光了。第四地是焰慧地，这种光像火焰一样，越来越剧烈，但非常柔和。第五地是极难胜地。第六地，现前地。第七地，远行地。第八地，不动地，八地菩萨境界极高。第九地，善慧地。第十地，法云地。最后，一分生相无明破了之后就是佛地，也就是说彻底成为一个觉悟了的人，自觉觉他、觉行圆满的人。”

成佛答问

讲座结束后，就进入了互动提问的时间。在场的同学们抓紧这宝贵的时间，纷纷举手提问。

• 到达彼岸自然会放下我执

学生："您在开场的时候就说，我们这些凡夫为什么要研习佛法，一个很重要的原因是佛法能给我们带来快乐和幸福。但是如果我们抱着这样的目的去研习佛法的话，走入一种我执的状态，这种情况下怎么办？"

悟光法师："举个例子，比如你坐船从此岸渡到彼岸，是不是需要一条船？对！佛法就是刚开始让你有这种想法，就是要给你这条船。当你真正渡到彼岸的时候，会证得佛法究竟的快乐，叫作寂静之乐，上岸的时候你还会背着船走吗？一定是放下。"

• 利他也需衡量自身条件

学生："我有两个问题。第一个问题是，您所理解的科学研究和宗教修行之间的关系是什么？第二个问题是，我现在做一些事情，只有我自己不开心，但是我做的这些事情，其他人都开心，我是应该继续做这件事情让所有的人都开心呢，还是抛弃这些，做自己开心的事情？"

悟光法师："第一个，科学与宗教不矛盾，相辅相成。科学和宗教，其实就是心灵和物质的关系。物质层面是后人必定超过前人，也就是说，我们很多的博士论文啊、新发现啊，都是从物质层面来产生的。佛学就是心灵层面。你可以说两者没关系，但它们两个相辅相成，心物一体。佛教也是心智科学，在心灵科学里，前人只能跟后人、跟古圣先贤一样，你绝无可能超过他。为什么？他已经达到极致了，我们只能去学习他，跟他一模一样。物质层面不是，越来越发达，最后地球资源就会完全用尽，不是吗？

第二个问题在佛教里面也讲得特别透彻。如果你现在没有达到相当的证量，也要衡量一下。在佛教的教理、教义里面，要自他都能开心才是真开心。当然，如果你能承受自己不开心的痛苦，以及别人都开心、自己不嫉妒的状态，可以保持一段时间，但平常一般人是不能够坚持的。所以你还要衡量一下自己的条件，从凡夫到成佛要这么高的话（法师双手伸展开比画了一个起点和最高点），你那种状态——让自己不开心光让别人开心的状态可能在这（比较高的一个点），我建议你现在还是再下电梯走到这儿（靠近起点），从这儿再慢慢走。别着急，不然的话我们撑不住——都是别人得好处，就我得不到好处，时间长了我们就放弃了行善，或者放弃了这种做好事的心，这个其实并不好。"

• 佛教就是解决生死轮回

同学："我有三个问题。第一个问题，我个人感觉在这个世界上受到了很多的苦，我觉得精神上的痛苦是很折磨人的，那既然这样为什么还要轮回？这种精神上的痛苦，到底是什么样的力量造成的？若能把大家解脱出来不就好了吗？第二个问题，刚才我听您说'我执'，假设我们放下后精神上就比较圆满，假设我们一时达不到这种状态，还要放下，就会成为一种矛盾的状态。当我们刻意地要放下执著，岂不是一种矛盾吗？第三个问题，您是当时精神上很痛苦所以才考虑出家的吗？那您出家对您有什么帮助？谢谢。"

悟光法师："第一个问题，为什么我们会这么难受，这么苦？因为是我们自己之前非常努力造成的。这么多精神、肉体上的苦哪里来的？在佛教看来，这个苦不是天神给的，是自己创造出来的。比如，我们人与人之间的矛盾，怎么来的？自己创造出来的。当别人骂你的时候，这个时候如果我们忍一时则风平浪静，你就是忍那么一下，看起来是苦，但这种是小苦，不然他再一着急，如果是个男生，再打你一顿……这两个苦比起来哪个小？两利相权取其重，两害相权取其轻。也就是说，苦这个东西的确是我们自己造出来的，是我们自己努力出来的，绝非是外在的，所以不能够怨天尤人。要按照佛教告诉我们的核心价值践行，才能摆脱目前的状态，也就是解脱生死轮回。

第二，坐你旁边的那个已经问了第二个问题。就是船的比喻，明白吗？现在需要执著，现在如果你什么都不执著，可能吗？你不执著善法，你必定执著恶法。与其执著恶法，不如执著善法。在执著善法、恶法外，还有一种叫无记状态，分为有覆无记和无覆无记。

第三，我的出家因缘，我看需要另外一堂讲座来讲。三言两语，至少不能说得很清楚，但可以跟大家分享一句话，我出家确实是因为苦，确实感受到自己的心灵很苦。当时我还在上学，从小没有接触过佛教时就有这个感觉，觉得人活着是不是应该寻找一个什么东西呢？后来一了解到佛教，就觉得这个好，慢慢地就决定出家了。但学佛并不是一定要出家。”

- 发心有其不可逾越的次第

同学：“我的问题主要是修行方面的一些细节问题。身口意业中的意业，经常是说如何降伏意当中的造业，就是如何放下恶念。我们知道一切法唯心造，而且过去心不可得，现在心不可得，未来心不可得。用这个道理，我做不到放下，但想到要发菩提心，多考虑别人，不想自己，用另外一个念头去代替这个念头，有一点效果，但是目前不是很彻底。是不是因为我执没有破掉？还是说这个业风吹得太厉害了，我们扛不住了？”

悟光法师：“降伏和放下，这是一个次第问题，绝不是说用一个代替另一个。刚开始必须得降伏，慢慢才能放下，降伏不了怎么能放下呢？就如我们都抓不到小偷，怎么能让小偷劳教，让他改呢？首先把他抓到监狱里，慢慢再教育他。抓起来就是降伏，教育他就是放下。不是谁替代谁，是一个次第的问题。反过来，发心亦复如是，不是说发心替代其他的东西来成就，发心也就是说更进一步、更深信自己的一种成就、一种量，才能够步步高升，不是一个替代关系，而是进一步的关系。明白吗？（听众丁：我听懂了，就是这是一个次第的问题。那假设我们没有时间去走这个次第的路呢?)你说没有时间走次第的路,就如你说一碗饭端到嘴边的时候,划一个口子,直接倒进去,你不一口一口地吃,会吗? 你再饿,还是得一口一口地吃,对吧? 路要一步一步地走,饭要一口一口地吃,学业要一年一年地学,这是基本道理。”

同学:“刚才我还听法师说了一个事情,修行的人到了一定程度自动就变成僧人了。”

悟光法师:“这里指的是圣僧,不是凡夫僧。圣人是什么境界? 就是登地菩萨。这在佛教里面叫僧,圣僧是一人成僧。凡夫四人成僧,所谓僧,就是一个和合众。也不是说僧就必须得剃头。”

同学:“那还要持什么戒吗?”

悟光法师:“越往上修戒律越清净,越自由。越往上面越自在,越自在它的条款越少。越往心灵方面升进,去修持,这种条条框框、外在的禁锢和束缚越少。”

同学:“就像孔子说的,70 岁的时候,从心所欲而不逾矩。他本身就已经行在道上了吗?”

悟光法师:“行走坐卧、身口意无不在道中。在佛教来讲就是,身口意任运无间饶益一切有情,无不在道中,没有什么道不道的问题,完全自在。但这个对我们来说有点高,我们只能是慢慢来,就好像现在在幼儿园,望着博士有点高,但是慢慢来,总有一天能达到,只要锲而不舍,一定能够达到。”

远方佛子的呼唤

如同在荒漠中现出清水的珍贵，海外游子对佛法格外珍重。

• 听法意犹未尽

21∶15，讲座圆满结束。听众们满怀着留恋和不舍，遗憾的是时间不允许，讲座一结束，法师们便带着大家迅速离开教室。

“法师啊，没有听够啊！”一位听众从教室追出来向法师感慨着，他的话语引发了大家的欢笑。“没听够？没事儿！上网！”悟光法师善巧地引导。“但是气场不一样啊。”看来他心中仍有些遗憾。“以后回北京可以来找我们。”悟光法师又说。

• 善缘无时不在

夜幕下的里昂静谧安然，大巴疾驰在返回酒店的路上，突然想起今天是何导和我们在一起的最后一天。从 6 月 5 日在西班牙马德里接到我们的那一天起，何导一直陪伴在我们左右，为我们安排旅途中的食住行，尽量满足我们各种需求。一开始，他帮我们换宽敞的大巴车；为了帮助我们节约开支，他积极和司机沟通，甚至免除了因行车超时而产生的加班费；当我们在校园里奔走时，主动帮我们拉装法宝的行李箱；给我们照合影时，为了取到最好的角度，躺到地上——从初见面的生疏到逐渐融入我们，再到被团队所感染而主动发心，他的诚恳和耐心也打动了我们。

利用行车回酒店的时间,悟光法师请何导谈谈这些天的感想。何导由衷感慨地说:“到现在已经8天了。之前因为需要和司机沟通以及其他事情,你们的讲座我都没进去听。今天我没什么事情就进去听了。我之前没有怎么接触过佛教,但今天应该是一个全新的接触。因为工作的关系,我接触基督教比较多,也看了很多相关的书和资料,有一些了解。但了解归了解,我总觉得自己还没到该信一种宗教的时候。我总想,到我50多岁,孩子也长大了,我把自己后半辈子安排得也差不多了,也许我该潜心地信仰一种宗教。”如此的观点,何导在初见我们的时候也有表达。

何导继续分享道:“跟你们这样的团队在一起,我总是觉得心里很轻松。平常我们带团,一个团队二三十人,各人有各人的想法,很多时候很头疼。但和大家在一起很单纯轻松,有一种如沐春风的感觉。我感觉自己也受到心灵的熏陶。不管我做些什么,哪怕是一个非常小的事情,你们都会对我说‘感恩’。我感到这个团队所有的人都非常善良,我想如果平常每个人都是这样,很多事情都会很简单。每次接触宗教团体,都让我加深一次‘我以后一定要相信一种宗教’的想法。总之,这一趟大家给我的感觉很好,给我带来全新的东西,也感谢大家。明天一早7点,我就回马德里了。但佛教讲缘分,我相信我们还有再见的一天,相信这一天也不会等太久。”在大家热烈的掌声中,何导接受了贤清法师代表全团向他结缘的法宝。

晚上回到酒店,何导向我们介绍了负责我们之后行程的赵导。赵导看起来非常热情、爽朗,悟光法师当即向她结缘了一串佛珠。交谈后才得知,赵导是一名学佛近20年的佛教徒,大家纷纷惊叹着因缘的不可思议。

• 有缘万里相会

虽然今天的行程非常满,悟光法师做了两场讲座,但在夜色和灯光下,在酒店的小花园里面,结行会依例举行。在结行会上,法师再次强调,大家晚上要尽量早点休息,“熬夜过多,并不利于白天承担和对境体悟佛法,要善于利用自己的时间,要有正知正念。否则,会产生疲劳感,再好的东西味同嚼蜡。所以要保持心力,打持久战。”

戴志新和张青也特意赶来参加结行会，和大家道别。在悟光法师的邀请下，戴志新分享了自己的感受："第一次组织这样的活动，经验不足，自己最近的工作也比较忙，有不足的地方请大家多多包涵。"对于戴志新的谦虚，贤清法师说："这三场活动的安排非常正规，讲座之后也有充分的时间交流，在里昂结下了很深的缘。这些都和戴志新前期周详的安排有直接的关系，在这里再次对您表示感谢！"

"明天我还有些事情不能陪大家，今天特意赶来和大家道个别。虽然我知道一个团队出行难度很大，但我相信在法师的带领下，欧洲行一定会圆满成功，提前预祝你们一路顺利。"戴志新真诚的祝福打动了在座的每个人。

"也祝愿你们二位在这边事业家庭顺利圆满、吉祥如意、善愿成办。"悟光法师向他们致以祝福。

• 远方佛子的呼唤

"我又追过来了！"法师的话音未落，一个略带东北口音的男声飘入耳中。原来是这两天一直陪伴着我们的赵先生。赵先生在里昂经营中餐馆，学佛多年。他不止一次向我们表达见到我们的欢喜之情。据他介绍，在里昂没有一座中国汉传佛教道场，只在郊区有一座越南道场。那里虽然每月初一和十五都会有小型聚会、研修，但因为使用的是越南语，语言不通又是最大的问题。

"那语言不通怎么办呢？"法师问。

"就在那里坐着，也挺好。"

赵先生的话，让我很是触动。为了寻求佛法，即使是听不懂的语言，他也积极去参与，质朴的语言中流露的是内心对佛法深切的希求。想到我们可以定期到龙泉寺亲近师长、听闻佛法、承担熏陶，真是一种莫大的幸运，需要更多地去思维利益，珍惜当下。

"在里昂二大如饮甘泉，意犹未尽，不解渴。"相信赵先生的这句话也道出了在场听众的心声。

"有缘分。龙泉寺的大门始终向你敞开着。"两位法师给予了他信心和鼓励。

“对于我们来说，在欧洲，真的很需要能够切实解决我们生活当中的问题，包括精进修行的佛法。我一直在跟你们的居士说，‘你们来得太晚了。’我今年 36 岁，如果提前接触佛法的话，也许我的人生道路不是这样的。”虽然夜色朦胧，听着赵先生的话，能够感受到他眼中的那一丝湿润。

在结行会结束之后，赵先生的一位同修也闻讯赶来酒店，向法师请益心中的修学疑惑。虽然已经临近深夜，但法师还是耐心地与他们交流，毫无疲厌。

“拍卖”中的佛法

今天一大早，何导就来跟我们告别，接下来将由赵导来接替下面行程的导游工作。赵导信佛有20年了，刚刚带了一个佛教的旅游团，结束没几天就遇到了我们。

10：00，我们离开酒店，准备前往里昂的一家越南道场——善明寺参访。

在车上，赵导首先就提醒我们要看好自己的护照和钱包。并且告诉我们，在法国的一些地方，高科技偷窃最近出现的频率比较多，不知不觉中游客的银行卡信息就被盗窃了。

赵导非常热情，怕我们在大巴车上寂寞，一直在给我们讲法国的风土人情。她告诉我们，法国的大巴车一天只能跑100公里，车上面都有限制设备。这样做为的是让司机好好休息。等我们到了荷兰阿姆斯特丹，大巴公司会派一个司机来换这个司机，让这个司机休息一天，法师不禁赞叹：“真人性化！”

10：30，我们到达善明寺。善明寺位于里昂的郊区，是罗纳-阿尔卑斯地区佛教协会的所在地。善明寺建于1985年至1990年间，方丈是性实法师。善明寺是罗纳-阿尔卑斯地区重要的道场之一。2006年，寺庙因火灾尽毁，后来在原址基础上又重新复建起来。

坐落在里昂市郊一个山坡上的善明寺，周匝风景秀丽。一进寺院的山门，就看到正前方的台阶尽头，矗立着一尊庄严的金色观世音菩萨立像。在台阶的两旁是优美的花园，栏杆上是金色的龙雕像。在花园里，拾级而上立着几组塑像，演绎的是佛陀的本生故事。顺着台阶而上，才看到古香古色的寺院楼阁。

首先迎接我们的是寺里的越南居士。进入到一层会客区域时，我们见到了方丈性实法师和另一名法师，两位都是身着汉传佛教僧衣。年逾古稀的性实法师，身材高大，面如满月，给人安详慈悲的感觉。悟光法师在介绍了参访团的情况和此行目的后，向性实法师赠送了北京龙泉寺翻译出版的多语种书籍。

之后，两位法师被引至沙发处，与性实法师交流。性实法师说，去年他们曾参访过中国佛教的四大名山。之后，他还给两位法师看了他们去年参拜佛牙舍利的照片。看到性实法师对我们一行 21 名成员很感兴趣，悟光法师于是介绍说，他们都是北京龙泉寺的义工。

- 32 年的坚守

在简短的交流后，我们随着性实法师上了二楼。与在马赛的越南道场——法华禅寺一样，这里才是大殿。大殿正中，立着三尊佛像，金光璀璨，供养庄严，都是汉传佛教的风格。墙上挂着刻有中文题字的匾额，中间写着“佛光明殿”，两侧各写着“高藉慈流”“俯襄六度”。进入大殿后，我们跟随法师殷重礼佛三拜，并向性实法师顶礼。之后，性实法师用越南语欢迎我们一行人的到来。性实法师说，善明寺已经有 30 年的历史了，属于临济宗。几年前，曾有一个上海的代表团来这里参访。

接着，性实法师带我们走到二楼的平台，观赏风景。站在高处眺望，真是风景这边独好：蓝天与翠柏交相辉映，空气清冽，山门口那尊庄严的金色观音菩萨像，似乎在此静静地眺望远方。看到大家都被眼前的美景吸引，性实法师说，他们在巴黎也有道场，不过那里的风景没有这里好。之后，性实法师微笑着对悟光法师说：“随着中国经济的发展，相信在欧洲的佛教徒数量一定会大大增长的。”从短短的话语里，我们能够体会到他的宽广的心胸以及护教的悲心。

贤清法师问：“这里经常举行法会吗？参加的人主要是越南人，还是当地人呢？”另一位法师答道：“有越南人、柬埔寨人、老挝人、中国人，也有泰国人，中国香港、新加坡、马来西亚的人也有。”性实法师说：“上周末，在这里举行了一个关于卫赛节的活动，有 1500 名信众参加。”另外一位法师表示，每周末，善明寺都举办讲法活动，讲的是《妙法莲华经》，一般用越南语或者法语，由性实法师和他两人宣讲。这位法师说，如果是在一行禅师的道场——梅村，则会用法语和英语来讲法，“如果你们下次来，可以带你们一起去梅村”。

我们还了解到，善明寺一共有出家法师4名。每周日都会有信众来这里念佛。这个道场已经建了32年了，性实法师这么多年来一直在这坚守，为佛教在西方的传播做出了很多的努力。

短暂的30分钟很快就到了，性实法师送我们来到楼下。一层大厅里面摆着一排书柜，这里的藏书有越南文、中文、英文和法文版的佛教典籍经卷。临走前，性实法师特意请一位比丘尼师父，给我们每人结缘一张善明寺的明信片以及佛教书籍。

走出善明寺的山门后，我还不时地回望这座越南道场。它竟然能在风景秀丽的法国里昂坚守30多年，润物细无声地传递着佛法的信念与力量！

• 不小的小事

参观完善明寺，已是中午11∶30了。接下来，我们还要按既定日程继续赶路，前往瑞士日内瓦。

从法国到瑞士日内瓦，只有三四十分钟的车程。快要到两国边境检查处，大巴停下来休整，大家也下车去透透气。这时，靳学勤突然感觉头晕恶心起来。作为后勤组组长，这些天来一直承担物资管理的她，刚才在颠簸行进的大巴上，还一直在后座忙着整理后勤物资。旁边的同修赶快给她太阳穴涂清凉油，我赶紧掐她的虎口穴。过了一会儿，她就不那么难受了。

悟光法师见状问靳学勤：“你内心肯定有不通的地方，到底是怎么回事？”听法师这么一问，靳学勤才把憋在心里的话说了出来。原来，这一路上，因为我们每天都要见许多不同的人，法师要将团员们随行带来的各种书籍等法宝作为礼品送给对方。这些法宝都放在大巴车的后几排座位上，靳学勤要不停地查漏补缺，而且她还要负责管理全团人在路上吃的食品，非常辛苦。但其他同学也各自有分工，每个人身上的担子都不轻，她又不想打扰别人，就一直扛着不说。

看到她现在身体这么难受，法师让同学把食品都拿出来，全部铺在地上，说：“好！大家认领吧！”

刚开始，大家对这些食品都不感兴趣，没什么积极性认领。法师又解释道：“这些不是让你们拿回去吃的，是让大家帮着拿着，需要的时候还要交回来。”这下，大家才恍然大悟，开始动起来。很快，一大堆的食品都被认领光了。

这次“拍卖”活动转移了靳学勤的注意力，之前难受的症状也消失了。更重要的是，法师帮她减轻了不少的负担——有物质上的重担，更有心理的负担！我们这次参访，毕竟是一次在异国的长途旅行，每天又都十分奔忙，每个人的身心难免会出现一些不适应的状况。作为本次参访团的团长，悟光法师要随时观照团员们的身心状况，随时关怀调整。

借着这个因缘，法师给大家开示：“有苦难就不要硬撑着，一定要说出来！不说的话，别人怎么替你分担！所谓的‘拍卖’，实际上是靠团队的共业，来分担彼此的压力。有了团队，一切都不用担心了。靠自己，只能是越来越苦。”

这让我想到，这一路经过不少加油站，汽车尚且需要加油，我们的心力在低沉的时候，只有皈依祈求，忆念三宝，内心才能充满能量，继续前行！

前方，就是瑞士日内瓦。

佛光日内瓦（上）

瑞士日内瓦，这里的环境优美宛如仙境，是著名的世界和平之都，各大国际组织总部在此汇聚。佛教是崇尚和平的宗教，也在这里播种发芽。

• 人间仙境

从法国里昂到瑞士日内瓦，只需 40 分钟的车程。到了日内瓦，赵导安排先在一家中餐厅用午斋。我们下车的地方，正好就在日内瓦的联合国总部附近。

王硕刚坐下没几分钟，又出去了。悟光法师说："这会儿王硕又去联系了，看能不能进附近的国际组织去参观。"正如法师所说，有发心，就是在主动创造因缘！我们吃得差不多了，王硕才回来。虽然她这次并没有太多收获，但借着这个缘起，法师决定，午斋后还是去那里看看。

联合国总部、红十字会、国际劳工协会……200 多家国际机构汇聚在日内瓦。另外，这里的银行业特别发达，有近 500 家世界各国银行都在日内瓦设立总部。

在我们用斋的中餐厅旁边，就是联合国儿童基金会和世界气象组织。步行过去也就几分钟时间。在路上，迎面看到的都是西装革履的人，他们大概都是在附近国际机构工作，有两位还友善地跟我们打招呼。

世界气象组织（World Meteorological Organization，WMO）是联合国的专门机构之一，是世界各国政府间开展气象业务和气象科学合作活动的国际机构。

在世界气象组织总部，我们意外地获得了一个去顶层参观的机会。到了这一层，才发现这里是一个绝佳的观景平台，日内瓦的美丽景色尽收眼底：远处的阿尔卑斯山上，有日内瓦最著名的雪山峰——雪朗峰，虽然是入夏时节，雪山上依然是一幅白雪皑皑的景象！

我们回到一楼大厅时，有一位外国男士主动向法师合十致敬。经过交流得知，这位 Philippee 先生是气象组织的一位专家，主要负责会议方面的事务，还负责语言和出版物方面的事情。他告诉我们，他也是佛教徒！

当我们从世界气象组织出来，步行十几分钟，来到了美丽的日内瓦湖旁时，我深深地被眼前的美景打动了。日内瓦湖中清澈见底的湖水和雪山、蓝天连成一片，成千上万的水鸭在湖面翱翔，雪白的天鹅在水中游弋。

日内瓦湖是阿尔卑斯湖群中最大的一个，湖面面积约为 224 平方英里，在瑞士境内占 140 平方英里。湖南面是白雪皑皑风光秀丽的山峦，山北广布牧场和葡萄园。在日内瓦湖中央有世界上最大的人工喷泉，其壮观景象，从日内瓦各地都可望得见，每年 3 月初到 10 月的第一个礼拜天为止，除了阴雨天之外，每天都准时做“喷水”表演。

再看远处的阿尔卑斯山，雪山是瑞士的生命之源，每一座山峰都像是高贵、冷傲的骑士一样，静静地守卫着山下这个如仙境一般美丽的国家。在这个面积仅仅 4 万平方公里的小国里，星罗棋布地盘踞着山川、河流、湖泊、森林，包含了太多我们所能想象的美丽，而且似乎比我们所想象的还要美上许多。

瑞士在人口和国土面积上算是小国，但日内瓦却是世界上最有名的城市之一。日内瓦不仅是历史悠久的大都市，还是一座充满人道主义色彩的城市。1863 年，国际红十字会在此成立，这里还是联合国难民署所在地。日内瓦的国际化和人道主义色彩，使它成为当之无愧的世界和平之都。

看到如此美丽的风景，宋柏青感叹道：“当我们能够真心行善行时，外在就会显示出这么好的增上①环境。这里如此的山清水秀，而且这么多年还能将自然环境保护得这么好，跟他们的道德观、自我修养、自我克制是相关的。”

---

① 增胜上进之意，即加强力量以助长。

• 佛光普照

接下来，我们还要赶往日内瓦佛光山会议中心，这是佛光山欧洲首座会议中心，欧洲的分院之一。佛光山日内瓦会议中心位于 Grand Saconnex 区，四周是高级住宅区，交通方便，步行 15 分钟就到联合国驻欧洲总部、国际展览馆 Palexpo、红十字会以及日内瓦各国际会议中心，是国际文化交流重镇。

今天的天气分外晴好，天蓝得似乎都化不开。来到佛光山会议中心门口，首先映入眼帘的是三尊呈“品”字形摆放的石雕菩萨像，这三尊菩萨像线条简洁、造型古朴、神态自若，最前的一尊是观世音菩萨，后面两尊菩萨像都坐落在山洞之中。地面饰以白色鹅卵石，前有鲜花围绕，旁有石板小径，间以几株翠竹，再以蓝天白云做底，清雅非常，浓浓的禅意迎面扑来，让人不禁想入内一探究竟。在菩萨像身后的裸色水泥墙面上，透明的名牌上刻着中英文的“佛光山会议中心”，前面有两个石头香炉，上面写着“佛光山”几个中文字。

这里的负责法师——妙祥法师专程到门口来迎接我们。走进大门，眼前的并不是汉传寺院的殿堂式建筑，而是一座线条平直、造型简约而大气的平层现代会堂式建筑。拾级而上，一座小沙弥石像“坐”在门口，双手支颐，憨态可掬，仿似在笑迎我们。

我们随妙祥法师进入会议中心主体建筑。整个建筑体分三个部分，第一部分是办公室、会客室和交谊厅；第二部分为大殿与禅堂；第三部分是地下层，设有小型教室，是多用途的活动空间。

在会议中心门前的护墙上，贴着一张“国际佛光会全球分布图”，在世界地图上遍布着佛光会的各国分会，看着这遍布全球的弘法足迹，让人深生赞叹。在大殿前的交谊厅中，有服务台、献灯祈福处、经书结缘处、报刊架，等等，面积虽小，但是各种功能都齐备。在功德箱上，还有形似抽签的“大佛法语”，其中都是星云大师的法语，抽一张即是对当下的教授。大殿门前是一尊弥勒菩萨像和功德箱，跟传统的寺院设置一样。

走进大殿，眼前出现一片廓然天地，圆形的大殿似如蒙古包，代表佛教圆融，为法界圆融一系，一如教堂般的顶高入穹，排列如法轮的木梁在顶部旋绕，象征佛陀证悟心境，智慧通达，无所挂碍，一圈玻璃窗户将顶棚与墙壁连接，日光从中而降；

在会堂中矗立着八根主要梁柱，代表佛法八正道[①]。会堂的正前方是一尊着金色袈裟的白色释迦世尊像，在木质的墙壁上，挂着一幅幅以中式卷轴装帧的星云大师的一笔字，题着“禅”“慈悲”等，卷轴上方是刻有“佛光山”和莲花的古铜色长牌，下方则是一圈禅坐垫。整个建筑非常有特色，将东方与西方、现代和传统融合得淋漓尽致。

在礼佛后，悟光法师与妙祥法师代表道场互致礼物，双方送上的都是双方道场的法宝。这时，佛光会日内瓦会长 Hen 也专程赶来，说道：“这里是佛光山国际会议中心。希望大家在这里感受到吉祥，在这里过得愉快。非常抱歉，我有事必须离开了，明天在联合国有个会议。如果有机会，我们在那里见面吧！” Hen 的特意前来，让我们感受到了佛光人的热情和诚挚。

- 佛法人生

妙祥法师告诉我们，佛光山日内瓦会议中心是于 2006 年 6 月，恭请佛光山开山宗长星云大师举行落成开光典礼。日内瓦州政府尊重宗教事业，在 Grand Sacoonex 区拨地 2450 平方公尺作为国际佛教用地，租用时限 50 年，以弘扬佛法为主。2005 年 1 月 10 日，在妙祥法师的主持下，偕同盛山功力区长、副部长、日内瓦州长，以及国际佛光会瑞士协会会长等共同举行动土仪式，经一年半兴建完成。据妙祥法师介绍，在会议中心筹建前期，还有其他七个佛教组织参与，加上佛光山，正好八个组织，象征着八正道。这七个组织中，还有藏传佛教、韩国佛教等宗派。

“我们这里非常靠近联合国，开车 5 分钟就到了。”妙祥法师继续介绍道：“日内瓦的信徒是比较国际性的，因为这是一个国际的城市，我们的信徒当中，华人占比并不高。因为过去瑞士收了很多战时越南的难民，所以当时会讲法文的人，不论是越南华侨还是越南本地人，都会来到日内瓦。因为瑞士有四种官方语言，我们这里属于法语区，其他还有意大利区、德语区，还有瑞士自己语言的地方。瑞士讲德文的占七成，法语占两成。当时大师希望在这里有道场的原因，是因为这里有联合

---

① 又名八圣道，即八条圣者的道法。①正见，正确的知见。②正思惟，正确的思考。③正语，正当的言语。④正业，正当的行为。⑤正命，正当的职业。⑥正精进，正当的努力。⑦正念，正确的观念。⑧正定，正确的禅定。

国，当时我们已经是NGO的会员了，所以我们在这里开会或者是接待，会有国际的贵宾来，所以当时师父才决定在日内瓦有这样一个根据地。所以，我们现在信徒也很复杂，我们的课诵本有好几种，我们需要准备中文、英文、法文、越南文，有法会的时候就是中文的开示，法文的翻译，我们所有的道场，日内瓦比较特殊一点。”

妙祥法师介绍，这里除了举办法会之外，还有讲座，还有滴水坊，可以喝茶、聊天。在一面墙上贴的中、法、德文的“2013年法会/活动行事历”上可以看到，2013年这里的活动将近有40场次，除了在佛菩萨圣诞都有法会外，还有各种讲座、儿童青少年春令营、“福慧双全”文化之旅、佛光山国际佛光山青年干部会议、文化慈善斋宴，等等。在一张海报上，还看到这里每周还有共修法会，如金刚共修法会、禅净共修法会等，此外还有素描课、素食烹饪班。这里的“幸福与安乐”讲座主题也不限于佛法，在“禅修与人生”“应用科学与佛学”外，还有“初春保健”“如何善用退休金”“中瑞文化”“素食美趣”“美化生活实用手工艺”等主题。在会议中心只有两位比丘尼法师的情况下，一年中能够举办如许多的活动，也真是让人喟叹不可思议。

在征询我们的意见后，妙祥法师带我们先到室外看看。室外都是花园，整饬精致，花草繁茂，鸟鸣阵阵，草地中散落着十几个作务、修持、运动等造型的小沙弥像，象征佛门的生活情景，真是美不胜收。妙祥法师说，有时举办禅修活动的时候，会在室外打坐，也是很受欢迎的，这里也会有义工来教授太极拳。

佛光日内瓦（中）

在会客室一侧的墙上挂着一幅海报，上面是星云大师写书法的场景，上书“给人信心，给人欢喜，给人希望，给人方便”。在接下来的交流中，妙祥法师用多年的亲身践行来诠释大师的这四句法语。

• 随顺因缘

我们跟着妙祥法师来到会客室，桌上已摆好了装盘精致的茶点，红茶配上透明的茶壶，让我们再次感受到佛光山道场的周到。在博古架上，陈列着佛光山出品的各种书籍和音像制品，是浓浓的文化味道。

“随意坐，随意坐。”在妙祥法师热情的招呼下，我们迅速入座，交流也随即开始。妙祥法师介绍自己来欧洲已经16年了，在德国待了12年，之后就调来瑞士，中间有一年多调去维也纳。悟光法师也介绍了参访团的总体情况，参访目的以及整体行程。听到我们的行程时，妙祥法师叹道：“你们这次的行程很远呀!”他又表示：“你们有一天会跟我们的欧洲总主持满谦法师交流。”“是的，在巴黎。”悟光法师说。妙祥法师继续介绍满谦法师：“她是2006年来的，过去她都在澳洲，有10年。所以，我们大部分时间几乎都在海外。”法师的话很平淡，但实在的数字让这些先行者的付出和不易跃然而出。

“佛光山可以说是把汉传佛教第一个带到欧洲来的僧团。因为我们在这边也待了 20 年了。”妙祥法师接下来的话，更是印证了这点：“20 年前来的时候，我们事务上的事情很多，所以也没有把当地的语言学得特别好。我以前在台湾的时候德文和英文都学过，所以有这么一个基础。我们有法师是从法国回去中国台湾出家的，出完家后，再派回来这边。我们刚开始来的时候，很多的辛苦点在于，要去适应他们的文化，毕竟是不同的文化，不同的性格，还有不同的法令——当时，每一个国家的法令都不同。那我们要适应这些，的确是要经过一个很长的时间。”

当悟光法师询问“这里办的佛教活动，来的人最多有多少?”时，妙祥法师谦虚地表示：“日内瓦的道场人不算多，来的人最多两三百人吧。”

悟光法师：“靠什么渠道宣传呢?”

妙祥法师：“有时候他们想过来看一下中国年，再就是浴佛节的时候，他们也会想来看一下。所以，在这样的节气、节日，我们举办的法会除了诵经外，还有讲座、义诊、书法、泡茶、素食之类的活动。他们除了想看宗教的元素外，还想看文化的元素。”

听到这里我才明白，为何在这里的活动排期表上，会有很多与文化相关的活动了。妙祥法师强调：“我们在海外宣传，不是完全用宗教的角色。中国的佛教本来就和中国的文化已经合在一起了，所以我们在传播的时候，是两者都有的。我们比较大的道场，像法华禅寺，它现在是我们的欧洲总部，那里就有美术馆。像我们这里比较小，偶尔会有佛教文物这样的展览，我们也办过十八罗汉展。有时候也会跟当地的一些艺术家合作办画展之类的。”

• 把握因缘

在传统的天主教国家里面，谈佛教，也势必要谈到天主教。

悟光法师：“在瑞士，佛教徒跟天主教徒相比，是不是比较少?”

妙祥法师：“佛教徒比较少，因为他们本来的信仰就是天主教。但是信天主教的人数也在慢慢减少。”

悟光法师：“我们去法国，我们问真正信教的有多少? 他们说只有 2%～5%，特别是年轻人信教的更少了。”

妙祥法师：“他们不信教有很多因素。其中之一就是他们要缴宗教税，收入之中有百分之多少要直接扣掉。有些人说，好像这边佛教信徒在增加，但实际上并不一定是这样。”

悟光法师：“从这个角度来说，佛教慢慢会在欧洲发展得快。”

妙祥法师：“佛教会发展，但不会太快，因为他们的天主教信仰毕竟非常虔诚。我们刚来的时候，就被排斥得很厉害。帮我们的一个西方人跟我们讲，你不要太快。现在他们能接受佛教的部分是，在佛教的历史当中没有战争，所以他们知道佛教是一个和平的宗教。他们比较不能接受的一个观念是轮回。以前曾经有人问过我，如果人家问这个，你会怎么回答。我跟他说，不要一直强调信仰的概念。如果别人问我，我会说，在佛教的教义里是怎么说的。他们听到是佛教的教义，会认为这是一个学术的理论。”

“我们在这边会遇到一大堆稀奇古怪的问题。”说到这里，妙祥法师总结了一下。

“在这边宣传佛法，非常辛苦，但是功德也非常大。”悟光法师赞叹道。

妙祥法师：“就是来结缘了。我有时跟他们讲，我们轮回的概念是这样的：我是一个中国人，我好像没有什么理由来到这里，如果我过去跟这里没有缘，我不会来到这里的。听到这个，他们就会想，有点道理。有时候你去到一个地方，你看到一个人，我们是第一次见面，他为什么对你很好，没有道理的，这都是过去世的因缘。这时候他们就会想，原来轮回的概念是这样的。因为他们提到轮回就会想，我吃了肉，就会变成猪什么的，他们就会很害怕。”

除了主动的宣传外，妙祥法师还谈道，佛光山道场在这里都担负着一个重要的角色——宗教课的“实践课堂”。在瑞士，小学和中学都有宗教课，会介绍各个宗教。“讲到佛教，老师怎么也要带他们来看下佛堂吧。他们都会来我们的佛堂参观。我们用比较简单的方式跟学生讲，会带他们参观，或者做小型的禅修。”

悟光法师：“那是怎么跟他们建立联系的呢？”

妙祥法师：“通常是学校主动来找我们。”

悟光法师：“学校怎么知道我们的呢？”

妙祥法师：“他们会去搜寻。欧洲每一个国家都有佛教协会，我们大部分都是里面的会员。”

悟光法师：“协会的负责人都是谁呢？”

妙祥法师：“大部分都是居士在负责，当地人在负责。我们成为他们一个会员，学校上网就会查到。在一些藏传的道场网页上面，他们看到那里的法师虽然是藏传的装束，但还是瑞士人或是德国人，他们就觉得没什么趣味，所以就会选择来我们道场。”

悟光法师：“还是外来的和尚好念经。”

妙祥法师：“对。他们对我们的外表是最有兴趣的。他们问我们最多的是，你们为什么没有头发？我每次都会跟他们说，没有头发就是你早上起床来不及梳头时的好处。小孩子听了之后就会很开心，觉得这个是有道理的。我不会马上就说‘佛世时代，是怎么样……’但最后我也会说，头发实际上是我们的烦恼——烦恼就是早上你来不及梳头，你出去就会难堪。”

法师的善巧与幽默，让我们都会心一笑。

对于这样“主动上门”的弘法机会，我们都很感兴趣，两位法师继续发问。

悟光法师：“宗教课是不是只是介绍一下历史性的内容？”

妙祥法师：“不会。他们基本的教义都会讲，会介绍释迦牟尼佛，四圣谛应该会讲，但还不会讲到八正道、六度等内容。”

贤清法师：“这些宗教课的老师都接受过宗教学的教育吗？”

妙祥法师：“至少有发书。我以前在柏林的时候，他们借我们的场地办了一个比较有意思的活动。佛教是必须学的课程，可是他们缺乏师资。他们就跟德国佛教会——里面有很多专业的学者、法师，合办了 3 年的培训课程。你有老师的资格，你就可以来参加培训，最后给你一个文凭。”

悟光法师：“当地社会是天主教国家，为什么把佛教当成必修课呢？”

妙祥法师：“现在学佛的人越来越多。我在德国比较久，我在柏林的时候，当时跟教界的接触比较多。我毕业之后，德文都忘光了。我出家之后，不知道下半辈子要在欧洲，不然的话当时学习的时候会努力一些。”

听到妙祥法师的话，大家也都笑了起来。妙祥法师又讲了自己跟佛教培训的因缘：“在柏林的时候，我把德文又找回来了。在汉堡，我们有一个固定的地方，我一个礼拜去一次。那里刚好有一个去台湾做交换学生的人，说汉堡大学的汉学系非常有名。当时，汉学系的系主任开了一门课‘佛陀本生经的故事’。我德文不会嘛，但中文看得懂，就硬着头皮去听了。那时汉堡大学有一个世界级的专家，他刚好开了一堂课，讲佛教的素食，我也有去听。所以我当时跟学术界有一点点因缘。

所以他们当时要培训佛教师资的时候，就选择在佛光山。他们南北传法师都请了，当然讲到汉传的部分，我又帮他们上了一堂课。他们上课，我都在旁边听，我想学习他们是怎样来培训老师的。那一次是一个很有趣的经历。”看来在外弘法，广结善缘非常重要。

• 播种因缘

贤清法师；“那宗教课除了讲天主教、佛教之外，还有什么宗教呢？”

妙祥法师：“基督教、伊斯兰教呀。我们在瑞士的德语区也有一个道场，那里的学校是可以去寺庙参观的，但是日内瓦不可以，法国也不可以，法国是政教分开的。”

悟光法师：“瑞士不分开吗？”

妙祥法师：“法语区是分开的，德语区就不分开。”

贤清法师：“瑞士是一个联邦国家，每个邦都有独立的自主权。”

妙祥法师：“是的，就跟德国一样。我们德语区和法语区都有道场，我们常常也会被‘分裂’，我们也常常觉得，那里可以，为什么这里不可以。所以我们日内瓦道场，只有国际学校可以来参观，因为他们说英语，不受限制。”

悟光法师：“听说英国也把佛教纳入中小学课本了。”

妙祥法师：“也许他们觉得佛教比较温和，也会好奇佛教的教义是什么。”

悟光法师：“说不定，21 世纪的中国文化真的能影响全世界。”

妙祥法师：“有可能，中国现在这么强大。一个国家强大了，输出文化就比较容易，就像这边的孔子学院。”

悟光法师：“昨天在法国做讲座，看到了孔子学院。”

妙祥法师：“这里也有孔子学院，大部分国家都有孔子学院，学中文是一个潮流了。”

悟光法师：“学中文很多时候都是去孔子学院。”

妙祥法师：“先教语言，才有机会去认识文字和文化的部分。”

“您刚才说在德国比较久？”贤清法师对于妙祥法师在德国 12 年的“常驻”很感兴趣。

“对，在德国 12 年。”妙祥法师答道。

贤清法师："是在那边读书？"

妙祥法师："没有。我就是被派出来，直接当执事了，一直一边学，一边做。当时我们去维也纳建寺，我就去建寺了，因为会德文嘛，有时候要跟当地的人沟通。后来，就被派到这里来，这是法语区，虽然我不会讲法文。有时候我还会去德语区，要兼顾德语区的道场。我一个月要去一次。"

悟光法师："挺辛苦的，挺发心的。"

贤清法师："您跟汉堡大学的教授比较熟，是因为听他课的原因？"

妙祥法师："对。在汉堡，我这个身份很特殊，大家会认得我。在上课的过程中，我从这些大学生的身上学到很多，他们可以看文言文，要拿《佛陀本生经》《大藏经》直接来看，直接翻译。有时我们组成一个小组一起讨论。虽然我不会德文，但我会用我仅有的智慧跟他们讲这是什么，所以他们蛮喜欢和我一起研究。"

为了弘法，出家后又重新到大学里面学习德文，而且还一直在观察别人的功德，妙祥法师的精神真是让人赞叹。"有时候信徒说，替我们在欧洲的法师'叫屈'——我们为什么不去美洲，不去澳洲？因为我们都有英语的底子，去那些地方比较能发挥出我们的优势。但是我们还是在这个德文讲不好，法文讲不好，西班牙文讲不好，葡萄牙文也讲不好的地方留着。这一辈子有这个使命，跟这一块土地的人有缘，我们要做一些播种的工作。"

使命，因缘……妙祥法师的话，让我陷入了深思之中。

佛光日内瓦（下）

对于佛光山这样的汉传佛教海外弘法的先行者来说，在与妙祥法师轻松的交流中，在佛光山国际会议中心的点点滴滴中，我们能够感受到其中的种种不易，也学习到很多的宝贵经验。

• 人能弘道

“好了吗？”一位义工走近前来，妙祥法师问道。

“我是来问大家都是一起在下面用斋，还是法师单独在下面呢？”义工很恭敬。

“法师，您觉得呢？”妙祥法师马上征询悟光法师。

“我们一直都是一起的。”

听到悟光法师的回答，妙祥法师说：“那好，就一起。”“今天是我们越南信徒准备的斋饭，他们很热心。本来是我自己要煮的。他们说，不行不行，我们来煮。”没想到，法师原本打算自己做斋饭，不由得阵阵感动。

悟光法师：“平常您在这里住持，这边常住的，还有没有居士协助您？”

妙祥法师：“还有刚才那个小姐，她是从澳洲来的，香港人。我们这里还有一个法师，她现在法国法华禅寺。她过去帮忙，因为 7 月份要开光了。我们在欧洲，法华禅寺的法师最多，大概有七八位，其他的都是一两位。”

悟光法师：“那总部这么多人，可以多派几位。”

妙祥法师："可是问题是，我们在全世界建蛮多道场。我们已经派了 1000 多位法师了，可是也不够用。"

悟光法师："那可以再收弟子。"

妙祥法师："再收弟子，也要看人家要不要出家了。现在的年轻人比较困难。"

悟光法师："在台湾，出家的应该很多吧？"

妙祥法师："现在不会。现在的年轻人有一些不同的想法。所以为什么佛光山除了佛学院之外，我们会有一些其他的吸引别人来。比如，我们开胜鬘书院，一个人到四十几岁都可以待在那里。可以在佛光山学习两个多月，然后去海外的道场。那里再学习半年，如果他有兴趣，他就继续学习，或者出家，或者当师姑，男众可以做讲师，虽然不是法师，但是终生都在佛光山佛堂。"

悟光法师："对，现在法师越来越不够了。"

妙祥法师："我们的道场，像佛陀纪念馆这么大的地方，就已经有很多法师在里面了。有这么多法师也不行，因为它实在太大了。然后现在去佛陀纪念馆的人非常多，从世界各地去的非常多，尤其是从大陆去的也非常多。"

悟光法师："就是去参观访问的。"

妙祥法师："所以就很困难。而且因为佛光山不是只有在宗教这一块，另外还有文化、教育、慈善，这四个方向都有，所以需要的人力就比较多。当然我们的佛光会，就是居士的一个组织，也是蛮强的。"

• 一路相携

"还有 15 分钟可以用斋。"此时，妙祥法师又问了问身边的义工。"礼拜天跟他们讲，我们有贵客要来参访，他们都很兴奋。"

贤清法师："这些义工他们平常都会来吗？"

妙祥法师："平常周末有法会，有共修的时候，他们都会轮流来。她就住在这里，她是中国香港人，然后去澳洲读书，在澳洲读完大学。她看我们在澳洲的法师实在太忙了，所以她就加入了。满谦法师当时在澳洲，有这样一个因缘。"

这时，又过来一位义工，妙祥法师请她自我介绍。她欢快地说道："我是印尼华侨。"妙祥法师说："也是不同国家的。"

妙祥法师："所以，常来的人很多会问我们，会不会想家了？现在不会了。我开玩笑说，当我不想念台湾吃的东西的时候，我就不会想家。有时候出国，你水土不服啊，就会想家。不太去想这些东西的时候，就不太会想家了。我们是每年在大师生日的时候，全球的法师都会回去，那时候我们1000多人，大团圆了。师父就会跟我们说今年所要注意的、所要努力的一些方针。”

悟光法师：“都去?”

妙祥法师：“欧洲总共是25个法师，然后大概只会留两个，轮流的，其他的都要回去。”

悟光法师：“你们在这里，定期一个月、两个月会聚到巴黎那边去吗?”

妙祥法师：“不会。就看有什么活动，但是固定一年有一次，我们法师汇聚在一起读书，一起禅修，这是僧众的一个培训，还有讨论下一年的计划。我们法师也借此可以去不同的国度，不要让某一地的法师很累，不会每次都来我处，每次都要我煮。”

妙祥法师坦直的话语，让我们都笑了起来。“其实我们也不是只有这样。因为我们的人很少。有时候，比较大的法会，像盂兰盆法会或者拜梁皇宝忏，需要很多的法师，我们各地的法师都会互相支援。所以我们年底的会，除了我们一起共修之外，就主要安排隔年度大的法会谁去支援谁，谁去支援谁。比如，现在法华禅寺要开光，那我们全欧洲的法师都是要去的。还有我们办短期出家，也是一样。”

“Say hello to them(跟他们问好吧)!”这时，又进来一位男义工。妙祥法师说：“他是我们的副会长，越南华侨。Say something(说点什么吧)。”当这位义工说自己不知道说什么时，妙祥法师大声地说道：“阿弥陀佛!”全场都很欢喜。“他太太在下面帮忙做饭。”

悟光法师：“越南人在法国、瑞士挺多的啊。”

妙祥法师：“对。其实德国、法国都有。当时让他们受教育，然后让他们学语言，再辅导他们去工作，所以他们现在能有固定的职务，就是因为他们学会了语言。他们会去国家机关、工厂、邮局、老人院等地方工作，我们很多的信徒是在这样的机构工作的。在这里的，一般法语都很好，他们上完大学，一般都在银行业工作。”

• 东方西方

“咱们这里的课诵本有翻译多语种的吗?”同时主管多语种法会的悟光法师问

道。妙祥法师马上答道："有，我们有一本德文课诵本。"

悟光法师："有没有可以请的，我们请一本。"

妙祥法师："可以，可以跟你们结缘。""好了，打板了，请大家移驾。"听到打板声响起，妙祥法师结束谈话，带我们到楼下的斋堂。斋堂入口处，以纱帘做遮挡，上面贴着星云大师今年的题词"福慧双全，曲直向前"，下方是佛光会世界分布图，让人不由得追想大师的国际弘法的大愿大行。这里不仅仅是做斋堂用，还兼做教室，隔起来还可以做画展，也是多功能厅。

走进斋堂大厅，义工菩萨辛劳的成果出现在眼前——近 10 种色香味俱全的素食佳肴，用大餐盘呈列，看起来就像是五星级酒店中的自助餐，完全看不出是出自几位义工之手。今天的这几位厨师菩萨，从下午两点就开始准备，他们是越南人，但做的却是中国菜，可见他们的细致用心。

"西班牙语的课诵本有吗？"在去斋堂的路上，悟光法师还在和妙祥法师交流多语种课诵本的事情。"有的，英语的也有，但只有德文是完整的一本。"到了斋堂进口处，妙祥法师介绍完用斋流程——自助餐后，就说"大家先用，我去找一下德文课诵本"。对于我们的请求，法师极为上心。

"我们那里有多语种法会。"宋柏青说。妙祥法师说："我带禅修课的时候，会先读心经，心经我们是用德语诵的。在德国，他们最早唱诵的部分是用英语。可以让他们慢慢熏习，先从比较短的开始，心经比较容易。我可以示范给你们看。"听到法师的话，大家很期待。妙祥法师说："其实我也不是真的唱诵。德国人一起诵心经的时候，我们用海潮音，他们诵久了之后，慢慢他们的调子就出来了，也蛮好的。""要不法师不急，先用也可以。"贤清法师说道。"没关系，我先去看一下。"妙祥法师还是坚持先去给我们找课诵本。

用斋结束后，妙祥法师便带我们回到大殿，给我们示范。法师一边敲木鱼，一边诵心经。虽然用的是德语，也单单是诵，但波浪起伏的诵经声，有一种自然的美感。木鱼声响起时，大殿中刹那间寂静无声，虽然我们听不懂其中的含义，但在一种庄严而空灵的氛围中，同样能够感受到佛经的加持力。诵完后，妙祥法师又解释道："反正就是随着那个音。如果是英文，应该是一样的。"宋柏青："重音。"妙祥法师："你其实不要去管，你的音在走的时候，你的木鱼一直都没有动。诵经也是这样，如果一个人在诵的时候，你不会感到有海潮音，但很多人在诵的时候，大家的高低音不一样，尤其是西方人，因为是他们的母语，我们合起来念的时候，其实是很好听的。就好像藏传在持咒的时候，我们虽然听不懂，但感觉也像这样。”妙祥法师对于外语诵经的诠释，看起来很简单，却是非常符顺缘起的道理，是一种很好的启发。

“这里只有一本，这是英文的部分，德文的部分，法文的部分，给你们结缘。”妙祥法师把手中的课诵本结缘给我们，上面还带着批注，看来是法师自己常用的，弥足珍贵。“阿弥陀佛!”大家都很感恩。

- 因缘所致

对于这位在海外弘法有着充足经验的比丘尼法师，大家都十分好奇她的出家因缘。妙祥法师非常慈悲，又给我们娓娓道来：“我在天主教学校读了5年书，但我没有成为牧师，却成为了法师，这是因缘所致，过去世跟佛教有缘。我生平第一次出国，20岁，去了尼泊尔，就被佛陀找到了。去了尼泊尔，就有回到家的感觉，我也是生平第一次去，也不知道为什么。有一个基督教学院请我去讲，它的题目很有意思‘你是业力，还是恩赐’。我讲完我的事情后说，我没有得到天主的恩赐，佛教的业力把我牵引到佛教。”

妙祥法师继续说道：“曾经有一个无神论的组织请我去演讲，我德文虽然不好，但谁请我去讲，我就敢去讲。他定的题目是，佛教是哲学还是宗教。那次讲完，他们反响也很大。这是我自己的体验。我以前在天主教学校读书的时候，我感觉佛教是哲学，在我的感觉里它不是宗教。宗教给我的感觉是，你到一个地方，像跪在圣母玛利亚、主耶稣的面前，心情得到平静就够了，而佛教要学太多东西，三藏十二部经，太多了。那个时候的感觉，它不是一个宗教。我曾经有过这样一个心路历程，所以后来学佛的时候，我可以体会别人为什么会认为它是哲学。我们之所以会认为它是一个宗教而非一门哲学，也是因为人生的历练当中有一些不同的感觉——所以才会觉得佛教不是哲学，不是理论的东西，可以通过实践体会到佛法，这就是这么多年跟这些西方人讲来讲去，有一点点的感觉。”

虽然大家都没听够法师的出家因缘，但是大巴已经到了，我们只能离开。“祝福大家一路平安!”妙祥法师谦和说道。

虽然已经晚上7：00，但天色依然晴好如斯，纯净的蓝天白云，周围的繁花似锦，有着净土一般的美丽。

和平之花 绽放云水间

这是一个极美丽的清晨。远眺，巍峨的雪山之巅，铺洒金色的阳光，如同庄严的佛陀，如《喻赞论》所说："能仁具金色，法衣端严覆，等同金山顶，为霞云缚缠。"近处，层峦叠嶂是满眼的翠绿，或是错落有致的树，或是悬着露珠的草，或是流淌不息的碧水，像是安徒生童话里的仙境。

在芬芳洁净的空气中，我们开始了新一天的旅程，第一站，是位于瑞士日内瓦的联合国欧洲总部。

• 万国宫之缘

在路上，赵导介绍说，1815 年后，瑞士从未卷入过国际战争，并积极参与世界各国的和平重建活动，这是日内瓦能够集中如此多的国际组织的原因之一。日内瓦联合国欧洲总部是联合国前身"国际联盟"的所在地。第一次世界大战以后，日内瓦古斯塔夫家族将阿丽亚娜花园捐献给国联，修建了万国宫作为国联办公地，条件就是要向公众开放，并能允许孔雀自由地在公园中活动。这一"美丽"的条件让人不由地联想到，去年夏天我们参访的万佛圣城，同样是像公园一样宽广的区域，同样有孔雀漫步其中，一个美国，一个欧洲。1946 年以后，万国宫成为"联合国驻日内瓦办事处"。

将在这里迎接我们到来的，是联合国贸发组织投资和企业司经济事务官员梁国勇教授。在参访联合国的前一天，他就委派他的学生刘崇晖与我们联络，确认参访细节，并提前表达了因为有会议而不能全程陪同我们的歉意。

10：00，我们到达联合国总部门口。不一会儿，个子高高、笑容淳朴的刘崇晖走了出来，告诉我们梁国勇教授在办理我们的进门事宜。

刘崇晖毕业于哈佛大学，目前在梁国勇教授的办公室实习。对于他如何能得到实习机会，法师问道："实习是不是也是提前通过招生啊？"

刘崇晖："基本上其实也是和招聘一样，看你的背景，笔试一下，然后面试一下。"

悟光法师："前一个月在北京，也有看到联合国准备招收一些实习生，分配到美国或者是欧洲，9月份考试。"

刘崇晖："估计国内上大学投联合国有一点不划算，因为他不可以直接投，必须通过联合国来招收才投，如果你在国外的学校的话，你可以直接网上投。"

配合悟光法师与刘崇晖的见面，贤清法师也在另一边关顾着特地从瑞士卢塞恩赶来的田梅居士。田梅是德文义工，在瑞士生活了10年的她，知道团队会途经瑞士，表示义不容辞也要来。

卢塞恩是瑞士的德语区，因为这个因缘，贤清法师还谈到了在德国弘法："德国本土的文化，历史渊源还是比较深厚的，即便我们将来在德国弘法，去传播佛法，德国本土文化也要深入去学习，在学习过程中很多佛法观念慢慢自然转换。到最后，不是说我们给大家、给德国人讲佛法，而是文化的自然分享。在学习的过程中，很多东西都融会贯通了。"

交谈之中，梁国勇教授匆匆走出来，悟光法师连忙迎上前去。

"阿弥陀佛！辛苦了。"梁教授的第一句话，便透出谦和来。

通行证办好了，上面有姓名、参访日期以及联合国标志等主要信息。这是一个特别通行证，可以在总部内一整天，从中能够看出梁教授的用心。

通过了安检，悟光法师对梁教授说："刚才进门的时候，碰见一个会说中文的外国人，叫孟佑清，他是联合国国际贸易可持续发展中心的，他说他知道龙泉寺，还去过龙泉寺，给我的名片还是他的中文名片。"真没有想到，在联合国门口居然也能碰到去过龙泉寺的国际友人，而且很有中国通的味道。

提及联合国的职员，悟光法师问道："您是中国籍，在瑞士工作？"

梁国勇："联合国的职员都是自己的国籍。"

悟光法师："您是代表中国，中国派来的?"

梁国勇："不是中国派来的，但是联合国里面每个国家都有一个名额限额，也就是说，中国籍的员工必须不得超过多少个。他有一个限额，就是代表。"

• 老传统之雅

谈话间，一片广阔的绿地和建筑群展现在眼前，联合国欧洲总部向我们展现真容。鸟儿啁啾，绿树垂荫，远远地还能听到孔雀的叫声，一派宜人景象。

悟光法师叹道："这边环境好啊，很好啊！这里感觉比纽约的总部宽敞，纽约的总部就几栋大楼，这里还有街道。"

梁国勇："那边是相对比较分散的。"

对于一会参观的行程安排，梁国勇教授建议说："你们从新楼进去，我就在这个楼上班，这是 20 世纪 70 年代的建筑，然后我让崇晖带着大家去参观老楼，这个老楼是 20 年代的建筑，当时是国联，不叫联合国，然后在下来的那边我们再合个影。"可见，对于参观路线，梁教授已考虑好。看似简单的考虑，实际代表了一种习惯。曾听闻美国的大护法沈家祯居士的行谊，每次出门前，必规划周密。

联合国日内瓦办事处的办公大楼，设计相当质朴庄重，外部略呈翱翔之势，内部大理石的地面，镶嵌着墨绿色的边，每个门的周边是同样的大理石与墨绿色的边缘，门则是暗红色的主体与金色的边缘、金色的字体，壁灯则是深绿色与浅绿色的结合，有着 20 世纪 20 年代的优雅。从走廊的窗户看出去，视野很开阔，在一处能够看到世界气象组织，从另一个侧面说明日内瓦的国际组织是多么集中。梁教授带我们穿过的一片区域，以"世界在一园内"的主题桌为起始，每个人都可以往里面投入自己的名片。

两侧长达 20 多米的展台上，以雇用、公司等为主题，摆着几百种各语种的包括书籍、折页和光盘在内的各类宣传材料，以及电视、电脑等多媒体展现方式，内容包括各国的劳工状况、创新产业、就业情况、工作条件等。原来，这里正在进行国际劳工组织的会议。来自各国的职员和参会人员来来往往，一片忙碌景象。去年去纽约联合国总部的时候，恰逢周末，办公楼里比较安静，这一次，更能感受到联合国作为全球最大的政府间的国际组织的气质。

两位法师的黄色僧服，在日内瓦的万国宫中依然引人注目。通过一个空中走廊，我们从新楼转到老楼。下了楼梯便走到了公园里面。一片广阔的区域呈现在眼前，草地平整如毯，后方是汉白玉色的雄伟建筑，前面的水池上，一个环绕着星宿的巨型青铜浑天仪呈现在眼前，上面有代表天体 12 宫的雕塑，据说有 65 个镀金的星座和 840 个镀银的星星，象征着世界的和谐文化。梁国勇教授说，这是 1938 年由威尔逊总统基金会捐赠给联合国的。浑天仪的底座上，雕刻着美国第 28 任总统威尔逊的名字，这座雕塑正是为了纪念他的。威尔逊总统是“一战”后国际联盟成立的主要推动者之一，也因此获得 1919 年诺贝尔和平奖。

梁教授要赶回去开会了，悟光法师把准备好的礼物送给梁教授，并特别介绍去年翻译中心去美国参访时的画册说：“这是我们去年去美国的。10 所高校，10 个道场。”

梁教授翻看着画册，赞道：“原来是去西方取经，现在弘法到西方。”

悟光法师：“中国的国力、实力都在提升，我们佛教讲缘分到了。”

梁教授：“希望有机会能请您指点迷津。”

临走时，梁教授叮嘱刘崇晖带我们好好转一转。

• 七彩屋之奇

刘崇晖一脸笑容地询问悟光法师：“法师，那您看是想先看万国旗还是？”

悟光法师：“咱们这边看完了再去。”

刘崇晖：“那我们就先走一圈，然后我们看万国旗去。”

虽然来联合国欧洲总部实习两个多月，刘崇晖还鲜少能有机会在公园里转，平常内部系统中的两点一线，让他颇为忙碌。

没多久，一个七彩的建筑物在长着花树的草地上冒出来，带着圆润的尖顶，门口有一群儿童在嬉戏。刘崇晖笑说：“我们的运气特别好，今天才搭出来的，这是英国一个宣传人权的活动，英国设计师设计的，我们进去走一走。”

进去之后，一位工作人员向我们介绍说：“这是一个活动雕塑。理念是可以欣赏到自然的光线，在这里可以听到不同语言关于人权的一些宣讲，所以在这里大家可以自由地发表自己的言论、想法，甚至在这里可以自由地禅修、禅坐。希望大家能够玩得高兴。”也许是看到法师的缘故，他会提到禅修，真的很会替人着想。

这座建筑物的外墙上挂着一个横幅“Pentalum”，下书一行小字：“进来，给你惊讶。”根据工作人员的指引，我们脱掉鞋子从一个较为矮小的入口处走了进去，阳光被分解回七种不同的颜色，一个颜色一个区域，每个区域又有好几个通道可以通往其他颜色的区域。因为里面的空气不很流通，又是封闭式的管式通道，与平常不同的光线弥漫在每一个角落，伴随着耳边奇异的音乐，这里像是一个与世隔绝的地方，因为太封闭，让人感觉非常不舒服。于是，我跟悟光法师说：“在这待着太难受了。”法师却泰然自若，一语双关地说：“这说明自由里面并不自由，平等里面并不平等。”

照相的同学发现，虽然里面的光是彩色的，照出的照片却是黑白的。到了红色区域，大家席地而坐，祈请法师在这个特殊的机缘之下，也分享下对人权的看法，悟光法师开示说：“真正的人权、自由、平等是在佛门当中。真正的自由是能够把握自己当下，主动造善业，这个权利是自由的权利，然后不造恶业，得到快乐。为什么要讲究自由、平等、人权呢？目的还是为了快乐，为了更幸福。但是如果不从造业的角度来谈，绝对不会自由的，你造的是苦业，是监狱的业，怎么能自由呢？平等，佛教讲的是每一个人都能成佛，每一个人都能得到究竟的快乐，这是绝对的平等。真正的平等是内心的平等，不是外在的。”

贤清法师：“刚才我也照了一张照片，大家也可以看看。因为我们平常在外面看到的是自然光，自然光是红、橙、黄、绿、蓝、靛、紫七种颜色，复合成自然光，这里面有红色光、绿色光、蓝色光，现在我们在这儿是红色光，单一的颜色。为什么用这个模型来代表人权，跟人权之间有什么关系？这个模型构建一定有它的用意在里面。我觉得，其实他代表着几大文化，能够通过禅修融合起来。伊斯兰本身就是和平之光的意思，佛陀证悟讲法也会放光，通过光各个宗教都能接受，这样就把各个宗教结合起来。红、绿、蓝能组合成其他各种各样的颜色。绿色代表生命，它就靠着那个树，以树为核心。为什么用高科技的材料？这代表现代文明，现代文明向内心回归。这也就意味着从现代回归到内心的和平之光。”

刘崇晖：“他这儿已经吸引了 300 万，来自 40 个国家的观众。”

悟光法师：“这个艺术装置还是功德很大的，就是一种教育，每个人都可以参与。”

在走出这个七彩建筑之前，法师还饶有兴致地带大家在红色区域一处像莲花一样的造型周围“右绕”几匝，这是法师和大家对世界特殊的祝福。

让人没有想到的是，这里的工作人员道别时是双手合十，让人感到非常亲切。出门后，刘崇晖对悟光法师说：“日内瓦最近很冷，今天你们过来，是天气最好的一天。”

• 联合国之爱

接下来，我们就要去参观万国旗了。刘崇晖介绍说，联合国成员国数量和这里的国旗数量是对应的。也许是为了配合万国旗的万种颜色，万国旗前面的两个小花坛里，也种上了各种颜色的花朵。万国旗分成四列分立于道路两边，朝前望去，一把巨大的缺了一条腿的椅子雕塑恰好位于中间，这高 12 米、重 5 吨的木质雕塑，是瑞士著名雕塑家丹尼尔·伯塞特于 1997 年代表国际残联为纪念“地雷议定书”的正式生效而创作的，代表世界还没有实现和平。万国旗与断腿椅的场景组合，产生了一种非常有震撼力的心理暗示，就是世界各国，都应警惕警醒，同心携手维护世界和平。纽约联合国总部广场前的“破碎的地球”雕塑，也有着相同的寓意。虽然位于不同地区，联合国内在的精神，以这种方式连在一起。

在我们沿着“万国旗大道”仰头寻找中国国旗之时，联合国总部门外，一群外国中小学生挥着手热情地朝我们打招呼，并大声用中文说“你好”！隔着栅栏交谈得知，他们是一群英国学生，在老师的带领下来日内瓦参观。能在以和平为目标的场合相遇，是一个美好的缘分。贤清法师笑眯眯地走上前去让他们拍照，大家把龙泉寺的书签、光盘结缘给他们。“I love you!”一个英国小孩对我们喊道。郑屹师姐说：“I love you too!”

• 和平花之光

从万国旗回来的路上，看到橱窗里有担任联合国儿童基金会亲善大使，投身于人道主义事业的明星奥黛丽·赫本签署文件的照片所印刷的邮票扩印版，以及各种印有联合国标志的邮票海报。

刘崇晖带我们从另一侧走入大楼。走上台阶，墙上悬挂着的壁毯展现了胜利女神在旭日东升之时走入人群，带给人们和平、安乐与希望的场景。

通往主会议厅的走廊上，挂满了世界各国送给联合国的藏品。其中一幅天坛挂毯特别引人注目，这是中国于 1984 年赠送给联合国的。这幅挂毯的特殊之处在于，无论从哪个角度看，天坛的大门总是朝向观者。人道主义，对人的关注与关怀，体现在联合国诸多的设计之中。大厅中间，是一个蓝色的青瓷地球，名字叫作“生命的蓝色星球”，是日本艺术家于联合国成立50周年之际赠送的。这里，几乎成为收集各国艺术珍品的殿堂，更代表了人们内心深处最美好的愿望。

除了这些赠品，大楼的走廊里也像一般的办公楼一样，有钟、打印机、出入指示、道路指示牌、电话、休息处乃至工作计划表，和一般的办公楼都是大同小异。

参观之后，刘崇晖带我们回到大门。对面，已经能看到国际红十字会。旁边，一个天使雕像，展开翅膀，环绕着橄榄枝与飘带，手持一朵花，像是在默默地为我们送行。

坐在天使雕像的附近，我们稍事休息。刘崇晖对悟光法师说，“在联合国工作也不容易，有时候开会开久了，饭都没得吃，只能啃面包。”一会儿梁教授从会议现场赶来，一直送我们到大门外。

纽约联合国，日内瓦联合国，走遍两个联合国总部，将世界连成一体，在心中许下一个心愿：希望，汉传佛教的道场，也能遍布联合国的成员国，为人类，带去希望，带去祥和。

道

刘崇晖带我们来到位于联合国欧洲总部对面的国际红十字会和红新月会博物馆。这座博物馆于1988年建立,为纪念出生于日内瓦的红十字会创始人亨利·杜南。他的一句话,至今依然掷地有声:“我们必须衷心地向各个国家、各个阶层的人们发出呼吁,无论是伟人们还是最贫困的劳动者。因为所有的人都能在各自的领域里、用不同的方式力所能及地做些事情,来帮助开展慈善工作。”

• 不分彼此

博物馆的入口处,一组石灰色的人物雕像伫立在门口,身披同样的披风头罩,像是在预防某种武器的伤害,一片悄然。

博物馆的服务台的后墙上,用法文刻着一句箴言:“对于世上发生的一切,我们每个人都对他人负有责任。”

放音机里,一个女中音说道:“一进大厅,你会觉得这里的建筑设计不同寻常。本博物馆是由皮埃尔·佐利先生、乔治·海费利先生、米歇尔·吉拉戴先生共同设计的。粗重的钢铁和混凝土结构恰当地衬托了红十字会和红新月会在世界各地工作时经常面对的悲剧性场景。在这种肃穆的背景中,你将看到一幅幅感人肺腑的画面,讲述着一些男男女女充满着爱心、为人类服务的故事。”

长廊深处,对面的一堵环形的墙,映着不同肤色的人们的身影,仿佛在陈述着什么，然而无声，也许他们是在用心灵讲述。

• 不舍一人

跟随着放音机，我们走入了这故事的第一章，主题是“保护生命”，投影在墙上的警句写着，“红十字会是亨利·杜南创建的，但保护生命的愿望从洪荒时代起就已经存在。”以对生命的尊重开启第一章，反映了生存权是人最基本的权利。接下来一组以灯光和石头组成的展品，以地球的寓意象征着“不同文化的相同召唤”——保护生命。右侧则书写着人类伟大宗教的训诫，“黄金法则”中也曾提到过这样的训诫：“爱邻如爱己”（摩西）；“己所不欲，勿施于人”（孔子）；“我饿了，你们给我吃……渴了，你们给我喝”（耶稣基督）……

第二章的主题是：“用仁慈行动保护生命。”任何美好的心愿，要付诸行动才能有效有用。这一章，以幻灯画面讲述了以怀着爱心的行动去保护生命。其中一幅对我来说是最熟悉的，便是南丁格尔。这位“提灯女神”出身贵族，却愿投身于当时最卑微的护理工作，用灯光照亮伤兵的希望，以一生去践行她的誓言：“余谨以至诚，于上帝及会众面前宣誓：终身纯洁，忠贞职守，尽力提高护理之标准；勿为有损之事，勿取服或故用有害之药；慎守病人家务及秘密，竭诚协助医生之诊治，务谋病者之福利。谨誓！”1907 年 12 月，英王爱德华七世授予南丁格尔丰功勋章，这是首次将此勋章颁给女性。从南丁格尔开始，护理学才真正成为一门学科。

• 不忍众苦

在第三展区，则展示了使得亨利·杜南备受震动的发生于意大利北部的索尔费里诺战役（1859）。这场激烈的战役留下死伤士兵万人，烈日暴晒下，士兵们在死亡线上苦苦挣扎却无人照料。原本计划旅行的杜南放弃了原有的行程，尽己所能地联合当地的力量拯救伤兵，并在返回日内瓦之后着手书写了《索尔费里诺回忆录》，在书中提出两条建议，一是在各国设立全国性的志愿伤兵救护组织，平时开展救护训练，战时支援军队医疗工作；二是签订一份给予军事医务人员和医疗机构及各国志愿者的伤兵救护组织以中立地位的国际公约。这两条建议得到了南丁格尔的积极支持，并最终促成了《日内瓦公约》的签署以及国际红十字会的成立，因而杜南被誉为“国际红十字之父”。

在接下来的第四展区，则展示了国际红十字会于1863年10月29日成立的历史事件，左面的纯白雕像，是亨利·杜南伏案写作的场景，一组组黑白色的语句在略倾斜的地面上滑过，显得庄重肃穆，又像是杜南急切地要将心中的话倾泻而出，以最快的速度让世人知道正在发生的灾难，以伸出援手。

- 不避汤火

第五展区的名称是“走向世界各地”。在红十字会迈开第一步之后，首次出现在丹麦战争的战场上。如今，国际红十字会已成为世界三大国际组织之一，拥有185个会员国，国际社会赋予红十字国际委员会独一无二的地位以保护国内和国际性武装冲突的受难者。

在第五展区展柜上还陈列着目前所知最早的红十字旗、红十字会臂章和一份由巴塞尔战俘查寻所发出的关于战俘情况的信件。另一排展柜，则是与1876年的俄罗斯与土耳其战争有关，在这次战争中，为尊重穆斯林医疗队的宗教信仰，日内瓦的红十字国际委员会同意所有伊斯兰国家都采用红新月旗。这一展区主要展示了第一次世界大战之前，红十字会活跃于各展区的历史记录。战争与救助，这看似奇妙的组合，在我看来，是人道主义在难以扭转的灾难之下的最后一搏。预防，让战争不要发生，是最好的办法，这也许是人道主义者最深的期望，也许正是联合国的最主要意义所在。

过去的历史，依然有残酷的阴影，在通往下一个展区的墙壁上，分别刻着已知杀伤人数超过一万的冲突，死亡人数超过1000或受影响人数超过100万的流行病和天灾。如果把天灾人祸的数字转化为当时的历史，不难想象，每一个数字背后所代表的惊人的痛苦与挣扎，人类自相残杀的惨痛后果和大自然无情的惩罚。

第六展区的“门”是一片环环相扣的铁链区，细密地悬挂，寓意“重连家庭”，环与环之间的相连，便寓意着家庭成员之间彼此相聚。

穿“门”过去是一片泛黄的卡片和资料本。卡片有700万张，装在整齐划一的小盒子里，排列在铁架上，每个盒子上都有红色笔写的编号以及以字母顺序排序的战俘的名字，记载了战俘的资料。资料本上，推测应是与卡片上战俘的主要信息一致的简表。借由这些卡片，国际战俘查询查明了38个交战国约200万名战俘，并帮助他们与家人恢复了联系。资料架旁边的柱子上，悬挂着当时红十字会成员在整理战俘资料时的场景。放音机里的一句话发人深省："每一张卡片代表着一个人，每个人的最后结局或喜或悲。"在卡片柜中间的桌子上，还特别陈列了几张卡片和相关记录，手写的笔迹，讲述着每一个战俘的详细经历，在什么战役中被俘，任什么军衔……薄薄的卡片，承载着历史的沉重。

桌子上，还放有两台电脑，是ICRC与国际红十字会和红新月会至今仍在合作努力进行的工作，就是提供寻找失散的家庭成员的查询。在主页面上，写道："每年，成千上万的家庭因为冲突、灾难或移民而失散。因为不知道他们的家人在哪里，是否安全，人们备受折磨。"他们目前进行的工作包括"寻找家庭成员，重新获得联系，家庭团聚以及确认仍在失踪的人的情况"。旁边的墙上，则是一些儿童的照片，以及人们寻找失散家人的场景。

- 不向外求

第七展区播放了红十字会在第一次世界大战期间活动的电影档案资料。根据放音机的介绍，第一次世界大战造成了850万人死亡，2000万人受伤。大战结束后，许多人饥寒交迫，再加上西班牙流行性感冒和斑疹伤寒的横行，死亡的人数多达3150万。也就是说，从1914年到1923年，共有6000万人遭受厄运，而当时的世界人口不过17亿人，大部分世界人口受到牵连。也正是在这场人类历史上的空前灾难中，红十字会被战火洗礼为一个正规的国际组织。我相信，那些救死扶伤的人们之中，必然有着人间的菩萨！

太虚大师在《发扬佛化以济现世界之恐慌》一文中，阐明道："所谓阐扬佛法真光以救现世界之战乱者，即觉得现世界之人类，都处于极恐慌之状态中；而感受此境况最重者，则唯欧洲各国。其原因即为物质文明发达，生活日高，而天产物亦日益之减少；又以欧战影响，而人民处境愈蹙。"当时就已深明物质文明过度发达之害，"好勇斗狠"，何尝不是战争的源头。基于普遍人性基础上的"心文化"，又何尝不是在源头上，消弭战争之因！

根据放音机的介绍，通过照片和纪录片片段，第八展区主要展示了第一次世界大战和第二次世界大战之间的情况，入口处介绍了国际联盟和红十字会如何派人到世界各地，去帮助遭受着第一次世界大战遗祸的人民。右边的展区，记录了历史上最黑暗的一页，平民，特别是被关进集中营的平民，因为没有受到任何公约的保护，而无法得到红十字会的帮助，600 万人死于集中营。1920 年成立的国际联盟，带来了和平的曙光。同时，红十字会和红新月会联盟于 1919 年协调对自然灾害受害者的援助。之后，它又说服各国签署了新的《日内瓦公约》，目的是保护战俘并正式承认白底红新月会旗。然而，和平的曙光瞬间被巨大的阴影笼罩，1929 年的股票市场崩溃，查科战争、中日战争、意大利埃塞俄比亚战争、西班牙内战以及其他悲惨事件接连发生。为了表达第二次世界大战之前在这些悲剧事件中进行人道主义行动所处的悲惨背景，日内瓦艺术家亚历山大·梅朗和劳若·比斯洛尔创造了一座似乎被砸毁的雕像，象征着世界和平的希望被粉碎。和平是要世界各国携手，付出巨大努力，才能够实现；虽然要付出巨大努力，然而，其代价要远远小于战争给人类社会带来的毁灭性打击。

- 不执一心

到了第九展区，可以看到反映红十字会和红新月会在第二次世界大战期间行动的电影纪实报道。从 1939 年到 1945 年，共有 60 个国家处于交战状态中。将近 4000 万人丧生，其中有 600 万人是灭绝种族罪行的受害者。背对着屏幕，左边有两个展柜，里面展示着寄给战俘的包裹样品和一名苏联红十字会护士用过的一些物品。背后是红十字会在两次大战期间用过的宣传画。镶在地板上的，还有有史以来最长的一封无线电报。这是 1943 年美国当局向红十字国际委员会发的电报，有 21 590 个字。

墙上还贴有一排各国红十字联合会早期拯救水灾灾民的海报，印度、荷兰乃至伊斯兰世界，灾难到来之际，各国的红十字联合会都在行动。

转过来，有一个小系列的全息电影场景。隔着玻璃罩子，里面的小人像是三维立体的，演绎着一个个小小的片段。绕过后面的墙，打开墙上的按钮，能够选择一些视频片段观看。有教育儿童注意交通安全的卡通片，也有赞扬红十字联合会英勇的护士们的纪录片。

伴随着主墙上标志着核武器时代到来的原子弹爆炸闪光时拍摄的照片，进入了第十展区。在这一紧张时期出现了西方社会所公认的三个希望的源泉，即 1945 年的《联合国宪章》、1948 年的《世界人权宣言》以及《日内瓦公约》。《日内瓦公约》

在 1949 年修订，加上了保护平民的新条款。

第十一展区，放音机里介绍说，讲述了红十字会和红新月会今天的活动。旗子前是电子显示板，在这里可以选择观看所有被承认的各国红十字会和红新月会的活动的幻灯。右边的脚手架象征着今日世界正处于建造之中。

在不远处，一个个电视屏幕放映着从 1945 年到现在红十字会和红新月会在世界各地发生冲突和灾难时进行的活动。今天，红十字会和红新月会与其他组织合作，继续在世界各地提供援助。

走出博物馆，我向悟光法师汇报说，感到有些压抑沉重。法师马上道："我觉得积极、昂扬得很！"是啊，压抑、沉重有什么用？人间尚有如此有力量的人道主义精神，更何况佛陀还向我们开示了菩提心——这最有力量的，能够真正饶益有情的宝筏！若真悲悯众生的苦难，不是更应焕发勇悍的力量，去精进地寻求佛道吗！

不同与大同

午斋时，有段很有意思的对话。

李晓红："法师，您说浪费消耗了福报，吃完了不消化不也是消耗福报吗?"

周韶毅："那到底吃还是不吃呢?"

贤清法师："所以人活着就是矛盾，人活着就是痛苦。"

张龙："左右都是苦，左右也都是乐。"

贤清法师："你说人死了吧，人死了也是苦，所以没有好时候。能体会到人活着是矛盾，这个人的境界已经不一般了。不能体会到，就会为有矛盾而痛苦。"

矛盾是现实、客观的存在，认识到了矛盾，就是超越矛盾，超越二元对立的开始了吧？不同的本质是大同，大同的表现是不同。

- 湖、花、钟

沿着一路的湖光山色，我们奔赴下一个目的地——日内瓦大学。

经过日内瓦湖时，我们在此小憩。湖畔有一个花钟的"始祖"——日内瓦花钟，将花园与钟表巧妙地结合在一起，花卉开放的时间特性在这个花钟上得到充分运用。湖上的喷泉，正在高喷出水，赵导介绍说，这里原来是一个水泵。无心插柳柳成荫，一个水泵反而成为著名的景点。虽处城市中心，湖水却是清澈见底，低头能看到鱼儿在来来回回地游动。水面湛蓝，远远地泊着一些游船。一只可爱的小鸭子，努力撑着掌，想要逆流而上，却被湖水冲得只能顺水而下。悟光法师：“小鸭子自己控制不了自己。”王硕：“随业漂流。”

在城市里，能有这样干净的湖水真是值得赞叹。一般情况下，科技越发达，环境就越恶劣。现代科技与环境保护，常常是一对矛盾。

在这座其中40%的人口有着180个国籍的城市里，路上的车行驶速度适中，人们严格地遵守交通规则，街上的建筑物也颇有历史感，热闹中不失和谐。很快，我们就到了日内瓦大学。

• 三、二、一

日内瓦大学享有国际声誉，是集合了欧洲12所最优秀的研究型大学的欧洲研究型大学联盟(LERU)成员之一。这所位于城市中间的大学，面积不算很大，被街道分割成几个区域，在主校区的户外区域，有遮阳棚、木制的观光车(1887年制)、格子画在地面上的巨型国际象棋，很多人在高大的法国梧桐下的草坪上晒太阳、唱歌或者遛狗，这看上去更像是一个市民的公园。开放与自由的理念，把市区与大学自然地融合在一起。

日内瓦大学由著名的宗教改革人物加尔文(1509—1564年)于1559年创立，已有近500年的历史。在校园内有一面长100米的雕塑和浮雕墙，是宗教改革纪念碑，建于1909年，当时正是加尔文诞辰500周年和日内瓦大学成立450周年。在碑的正中间，有四尊高大的全身雕像，高5米，他们是加尔文主义的重要代表人物：泰奥多尔·德贝兹、约翰·加尔文、威廉·法瑞尔和约翰·诺克斯。在碑的上方，是一行拉丁文大字“黑暗过去即光明”，这是宗教改革和日内瓦的格言。加尔文因为接纳大量欧洲新教难民移民日内瓦，使得日内瓦成为新教的中心。

根据维基百科的解释，新教即“基督教新教，是由16世纪宗教改革运动中脱离天主教会的教会和基督徒形成的一系列新宗派的统称，与‘公教’‘正教’并列为基督教三大派别”。基督教传入罗马帝国以后，逐步分化为东部教会和西部教会，东部教会承袭希腊传统，西部教会承袭拉丁传统。东部教会强调自己的正统性，称为“正教”，也称为“东正教”“希腊正教”；西部教会强调自己的普世性，因此称为“公教”“罗马公教”，传入中国后，被译为“天主教”。16世纪在天主教内部发生了宗教改革运动，一批脱离天主教而形成的新派别因为不承认罗马教皇的权威性而被称为“抗议宗”，统称“新教”，也就是与被认为是旧教的天主教相对。欧洲宗教改革运动使新教形成了路德宗、加尔文宗、安立甘宗三个主要派别。汉语中，称新教为“基督教”。天主教在历史上形成了严格的教阶制度，以教皇为最高首领。新教反对天主教以教皇为首的教阶制度，主张教会制度多样化，主要有主教制、长老制、公理制等。东正教在历史上将君士坦丁堡牧首称为“普世牧首”，但是只享有名义上的首席地位。16 世纪以来，形成了多个自主教会和自治教会。

“基督宗教”的基本教义包括宣扬独一无二的上帝、三位一体、原罪、救赎、末世等，在这些方面天主教、东正教与新教差别不大。与天主教相比，新教在教义上强调“因信称义”，重视信徒与上帝直接相通。《圣经》包括《旧约》和《新约》，是基督教各派共同的经典。天主教、东正教与新教所用的《新约》基本相同，但《旧约》差别较大。在宗教礼仪上，天主教、东正教奉行七件圣事，即洗礼、坚振、告解、圣体、终傅、神品、婚配；新教则只强调洗礼和圣餐两种圣事。有些新教派别甚至放弃了所有圣事。

- 愿、缘、圆

因为事先并没有预约，虽然怀抱着希望，一时只能在校园里来回走走，与随缘认识的学生聊聊天，看看各个院系。虽然如此，已经在前面数天的寻找、创造因缘的锻炼中，习惯于现场联络交流的同行善友们，开始积极地寻找机会。看到两位中国留学生，本来是日文翻译的靳学勤鼓足勇气，迎上前去，没想到两位欣然同意带我们继续参观。而这鼓足勇气的一问，又开启了一段善缘。

两位留学生带大家到宗教系所在的大楼参观。悟光法师一眼就看到了海报墙上的佛像。王硕发现这一整墙的海报，要么就是佛像，要么就是高僧像，猜想里面的办公室一定与佛教有关，于是推开一扇门，向办公室里面的人打听外面的海报的情况。一位和颜悦色的老师抬起头来，听到外面有人打听佛教海报，走出来。

来到海报旁边，王硕向他介绍说，我们是一个佛教代表团，想看看未来有没有在日内瓦大学进行佛教或者宗教交流讲座的机会，他热忱介绍说，海报是由文学院发布的，讲座可以与文学院联系。王硕鼓足勇气问老师想不想和法师交流，他爽快答应了。

互相问好之后，悟光法师询问教授是哪里人，请教授介绍这个学院的人数、学科等信息，教授都十分认真回答。教授叫弗朗西斯，看上去非常和善。

- 中、瑞、泰

说着说着，法师突然说，要不找个地方坐坐吧。弗朗西斯教授把我们带到一间空着的教室。不一会，教授就捧着三本看上去很有年头的书回来，大家都很好奇地张望。

法师叹道："好古老的书啊。"

教授说："日内瓦大学很古老，我也带来了几本古老的书。这是1510年出版的《圣经》不同版本，通过对比来研究哪个更贴近原义，这是宗教上第一批印刷书籍。另外一本是1520年出版的，也是新教刚出现时最早出版的书，作者是马丁·路德，是第一版印刷的原版书籍。还有一本是介绍加尔文——这所大学的创立者。"听这位教授介绍，在网络上，可以学习到相关的英、法双语的课程，约有5000到10000名学生在线，他是其中的授课老师之一。

教授接着说，"我很喜欢中国，到过中国多次。第一次是到中国五台山，那是20多年前。碰到了一个天主教神父，也见到了佛教的和尚。那位佛教僧侣在法国修道院待了10年，天主教神父在五台山待了10年，彼此是两所修道院的交换生。当时，佛教僧侣问了神父一个问题：'我不明白您怎能以如此简单的文本（指《圣经》），便能过如此神圣的生活？文本虽然简单，但你们的生活却很好。'神父答：'不。我们也以身体祈祷，不止以思想，或者心灵。'所以，我觉得我们必须了解彼此。"

教授接下来讲的事情，进一步说明了他与佛教的缘分。泰国国王在日内瓦求学期间，教授与泰国佛教也有了更深的因缘。国王邀请教授来负责全泰国的法语教学事务。以这种方式，教授对泰国、对佛教都有了相当的了解。教授评价说，佛教是一个非常优秀的传统。

- 新、信、心

弗朗西斯教授问道："你们会在日内瓦多长时间？会多待一段时间吗？"

悟光法师答："明天早上离开。来欧洲巡游，主要是在大学进行讲座，和天主教、基督新教进行交流等。您主要教新教课程?”

教授:“我的研究领域是伦理学,也就是怎样能够实现正义,怎样能够做到良善。伦理是很重要的,即便是在经济学领域。在任何领域,你都必须要学习哲学,怎样成为一个善良的男子或者女人,怎样实现正义。这周,在一次学术交流中,我和一位世界商业组织的领导人会面。在这次交流中,最重要的议题之一就是对于中国和欧洲的正义观达成共识。”

悟光法师:“佛教也讲伦理。”

教授:“我确信这一点。”

悟光法师:“如果是以在家身份,是否可以将耶稣原典正常完整地传承下去?”

教授:“当然。”

贤清法师:“马丁·路德、加尔文对于新教改革,他们之间的区别能简单介绍一下吗?”

教授:“马丁·路德主张对上帝保持虔敬,守戒。加尔文认为,规则是更重要的。别人喜欢的事,就要去做;自己不想要的事,就不要去做。这是一般黄金法则所认为的。而加尔文期待的更多,他还希望人们去做你希望别人为你做的事。而且我们必须爱人,爱每一个人。加尔文后的新教,强调国际性组织的重要。为什么在日内瓦建立这么多国际机构?是因为新教对劳工、医疗方面都非常重视。国际机构对弱势群体是有好处的。”

贤清法师:“天主教也特别重视它的教会组织,这两个组织之间有什么差异?”

教授:“是的,天主教非常重视他们的教会组织。对于新教来说,人的良知比机构更加重要。”

贤清法师:“我们这次经过了欧洲一些国家,了解天主教在欧洲还是普遍被接受的一种信仰。来到日内瓦后,第一次接触新教。据我了解,新教在欧洲大陆的影响远不及天主教。在欧洲两教相处是否有一些困难?新教是如何面对的?”

教授:“过去是很难相处的。现在,整体来说,新教和天主教的关系是非常好的,人们之间相处其实是很容易的。日内瓦是新教徒避难的场所,加尔文在此居住后,新教逐渐得到发展。”

• 圣、光、灵

悟光法师："日内瓦新教信徒有多少?"

教授："大多数。但是很多人不信了。"

悟光法师："以前绝大多数信，现在不是了?"

教授："就是现在，他们不信了。是不是还愿意捐献资金给教堂，这是是否还有信仰的一个象征。"

悟光法师："新教教堂和天主教教堂在外观上有何区别?"

教授："有很多区别。你们准备去圣彼埃尔教堂(新教教堂)吗? 你可以见到里面没有那么富丽堂皇，比较空。上帝希望你能用心和灵魂去祈祷，而不是外在的东西。你们可以通过访问教堂来看。"

教授："你们来自中国哪里? 都来自北京吗? 都是佛教徒吗?"

悟光法师："Yes!"

教授："很好。"

悟光法师："欢迎您访问北京。去过北京吗?"

教授："是的，很多年前去过。如果再去，很多很多都变了。"

悟光法师："今天非常高兴跟您做交流!"

教授："是的，我也感到非常幸运!"

悟光法师："也是我们到日内瓦大学最大的收获。"

愉快的交流结束了，教授一路远送，到大门外的雕塑处，再度与大家合影，才挥手告别。虽然时间很紧张，但是听过教授畅谈新教，我们还是抽空去参访了圣彼埃尔大教堂。教堂离日内瓦大学很近，步行十几分钟就能到，地处日内瓦的最高点。

刚看到教堂，钟声就悠扬地响起。这是一个相对封闭的院落，教堂里的整体建筑模式与其他欧洲教堂非常近似，糅合了罗马式和哥特式的风格。旁边有类似办公楼的建筑，一个牌子上写着"圣徒的家"。神坛四周的玻璃上，有彩绘的圣母玛利亚像和圣徒的画像，日光与灯光，穿透玻璃照亮教堂内外，让祈祷者的心通向神圣。确如教授所言，没有巨大的十字架和耶稣受难像，教堂内部也没有繁复的雕刻装饰。加尔文曾在这座教堂宣讲新教教义，如今加尔文的座椅留了下来，放在教堂北面的走廊中。

- 佛、法、僧

下一个目的地，一个南传佛教道场。当我们停在一个看似有一定年头的居民楼楼下，我不禁有点失望，这个道场是不是很小？转念一想，今日的龙泉寺，不也是从近乎于零发展起来的吗？

一会，一位身着南传佛教袈裟的法师走了出来，将我们带到楼上。迎接我们的还有一位更加年轻的僧侣，看到他端严的面容，心中暗忖，南传佛教的僧侣好像长得更像画上的释迦牟尼佛。他们身上，有一种非常庄重的修行人气质，让人不由自主地联想到《阿含经》里描述的场景。

佛堂的面积很小，二十几人坐进去，就已经满满的了。佛台陈设简单庄严，罩以白色雕纱布的供桌上，是纯白色的释迦牟尼佛像，背后贴着一张蓝天白云的背景画，画面的左上角，垂下几片绿油油的饱满的菩提叶。前面是佛教教旗，并有供花、供果、供香、供水、供灯，简简单单，却不会减少信仰的诚挚。窗户上挂着的黄色横幅上写着“国际佛教基金会(日内瓦)”，这里面积虽小，但有着远大的愿景。

大家坐定后，悟光法师介绍说：“我们一行21人来自中国北京，非常高兴来到贵寺和各位南传的法师交流！”

斯里兰卡法师说：“尊贵的法师，各位道友，非常高兴能在这里欢迎各位！对我们这是很重要的一个时刻，因为这是第一次有中国的代表团访问这个道场。这个道场全名叫日内瓦佛教精舍，是联合国相关的一个非政府组织。我们来自斯里兰卡，斯里兰卡和中国是好朋友。中国对斯里兰卡的支持，我们非常感恩。20世纪70年代后，在周恩来总理的支持下，中国对斯里兰卡的社会发展提供了许多帮助。所以中国对于斯里兰卡社会发展及和平都是很重要的一个因素。在斯里兰卡僧团记录里，当时铁萨罗比丘尼把比丘尼戒法传承传到中国，在中国建立比丘尼的戒法。法显大师也曾访问狮子国。”

贤清法师：“佛牙舍利在北京灵光寺有一颗，另一颗在斯里兰卡佛牙寺，第三颗相传在龙宫。因为佛牙舍利的缘故，中国与斯里兰卡佛教界有很好的交流。历史上，因为佛教发展历史阶段不同，形成了大乘和南传上座部佛教的区分。因我也曾到过斯里兰卡，深深感受到，无论是大乘佛教还是南传上座部佛教都开始站在同一个平台上来应对很多时代的问题。我们到欧洲来也是为了更多了解欧洲文化以及佛教在欧洲的传播情况。就这方面，我们也想了解南传佛教在欧洲传播的一些经历、面临的困难以及传播的经验。”

斯里兰卡法师：“我来这里已经 3 年，我的同行来这里 6 个月，还说不上什么丰富的经验。现在社会物质至上，精神方面有一些传统，人普遍心灵空虚，佛陀的法可以满足人的心灵需要，来获得内心的宁静。很多人都在学习哲学方面的理论，一般是独自学习，自己摸索，很需要法师指导，社会有这方面的需求，特别是禅修方面。”

他们还出版了一份《日内瓦佛教杂志》(2011)。事业大小，不在于空间宽窄。

时间短暂，愉快的交流不得不告一段落。南传佛教的法师对我们一再挽留。在交换过礼物之后，斯里兰卡法师提出，要为我们唱诵一段南传佛教的经文，来表达对我们的祝福。他拿出一根白色的细线，在每个人手上传递，好像美好的因缘，把佛教徒的心连在一起。当唱诵声在耳边响起，仿佛消解了所有的隔阂与分别，在不同中，实现大同。

超越两种苦

今天参访行程刚好过半，在过去的半个月中，我们一直在体会法师数数提策的“苦”。今天清晨的缘念是在法国乡间的瀑布下，在一片仙境中，法师带着我们去体验超越苦苦和坏苦。

• 大自然的坏苦

两天前入住时，我们发现在离酒店不太远的阿尔卑斯山脉上有条奔流的瀑布。今天是在这个酒店的最后一天，晨起缘念选在瀑布脚下。

在路上，悟光法师看到花草说：“这边的草是开花的多，是善业的人天福报所感啊。”我说：“听说地狱里也有草，都像利刃一样锋利。”“这都是嗔心所感。”法师回应道。依正不二真实不虚，龙泉寺也是在僧团入住后，久已干涸的泉眼才重新出水。

大家急速前进了 20 分钟，从高速公路上拐进了村里的一条小路。悟光法师回头对后面喊道：“走小路了，我们快安全了。”作为领头人，法师一路上都在招呼我们要靠边走，注意车。

“这时候别走那么快了，体会大自然的坏苦。”大家刚想趁此好好享受美景时，却被法师浇了冷水。周围的景色如此美妙，哪里来的坏苦呢？我正疑惑着，听到吴梓纯提醒：“咱们还得加快速度，要不然 7 点到不了。”

“这个时候就不是为了到而到了，是为了感受大自然的成住坏空。这条路它不是车道，我们不必走那么急。”悟光法师的话透着玄机，让我更加好奇：“法师，怎么感受大自然的成住坏空呢?”正好经过一条湍急的河道，法师开示道：“看水流无常吧，生命就像水流一样相续。看上去好像是一体的，实际上是间断的，假名安立。如果现在扔下去一个人能活吗？水力非常强，你根本就控制不了。”看得到的水流，看不到的无限生命。真是“如水涓涓，如灯焰焰。身心假合，似一似常。凡愚不觉，执之为我……”

- 三宝的护佑

“蜗牛!”法师喊道。原来，由于潮湿，很多蜗牛从草丛爬到小路上“散步”。为了避免误伤，法师捡起一只蜗牛放到草丛里，同学们也纷纷效仿，希望这些蜗牛将来也能听闻佛法。

继续向前，远远地已可看到瀑布。雄壮的山脉上云雾缭绕，满眼的绿色中，一道白色的瀑布正飞流而下，亦幻亦真。我们准备合影把这个“仙境”保留下来。这时，远处有三个人正急奔过来，原来是一直落后的他们看到大家准备合影，不甘掉队所以奋力跟上。法师笑着说：“看，合影还有另外一个妙处。人啊，就是看到了好处，自然就有被吸引过来的力量。”大家哈哈大笑。

合影照完后，悟光法师对大家说：“这个地方几乎只有我们来照，游客几乎没可能来，没有路啊。有些感受咱们是身在其中，还不容易体会。要是跳出来看，能够在欧洲连续参访 27 天，非常殊胜。想象中会觉得，一群人在这个陌生的环境，参访这么多国家非常难。实际上，遇到很多顺缘……三宝无处不在。”听了法师的这番话，倍觉振奋。

继续走，我们进入了一个村子，路两旁是一幢幢如童话世界般的木头房子。窗台上摆着一盆盆色彩斑斓的花，一摞摞劈柴堆在房子旁，就连邮筒上也满是涂鸦。斜斜的屋顶上除了烟囱外，还有太阳能板，又增加了几分现代气息。这时，在木屋的窗户里，有人在向法师招手，法师也向他们合掌回应。

“在这儿生活多惬意，有山有水，风水特别好。”面对自己相应的环境，我已然有些陶醉。“风水特别好，有佛法学习更好。不然的话，风水再好也是死的。”法师又借机“敲醒”我。

我们离瀑布已经越来越近了，但走得也越来越辛苦。悟光法师仍在善巧引导："走了 40 分钟，一来一回 80 分钟。有一得必有一失，想去看瀑布就累得不行，都是在苦苦与坏苦当中转换。去了一看，啊，太美了，然后就又继续苦。走的整个过程就是苦。最后得到了一点儿坏苦，整个都是苦苦。坏苦少，苦苦多。"贤清法师笑着说："这个话如果被记录下来，估计就成悲观主义者了。不过读文字的人可能并不了解，谈这些话的人，是多么开心。"

这时，悟光法师抬头说："看这个山势，一层一层的，非常有意思。到底山在动还是人在动啊？怎么感觉好像山在走一样。"听到法师的问话，让我想到了惠能大师"风动还是幡动"的公案，说道："法师，其实是心在动。"法师一笑。

在感受完了看得见的山水后，法师开始感受看不见的空气。"这儿空气好，吸一吸！甜的，是不是？"法师接着说。"在这个环境里面生活之后，再到城市里去看，就知道什么叫坏苦了。没这种体验，感受不到快乐也是痛苦。"贤清法师补充道。

• 真正的美景

这时水声已越来越大，瀑布也近在眼前，道路窄得只剩下泥泞的小坡。大家开始兵分几路往瀑布脚下行进，此时瀑布巨大的水声几乎盖过了我们的声音。法师仰头感叹道："真是飞流直下三千尺啊。"

面对来之不易的瀑布，正当我们打算好好感受时，悟光法师却说"走!"一下打消了我们的念头。大家赶忙拍照，法师提醒大家："走吧！再好的美景也将过去。"说着又向后面喊："走啦。"说完自己也向下走去。

见大家留恋，法师借此开示道："真正的美景是修证。"

"缘念!"法师正念具足。"就在这儿吧，创一下历史新高。"法师指着一块瀑布下面的空地说。于是缘念声、瀑布声一起回荡在了这个山谷里。缘念一结束，法师便立即说："好，赶快走!"说完，法师就往下走去。

此时已离瀑布越来越远，回头再看时，瀑布已如画中的景色，变得很小很模糊。这时想起法师的那句话："真正的美景是修证。"

斯时，阳光从云层中洒下。"阳光一出来，雾马上都散了。"我对法师说。法师应道："一下就散了。光代表智慧。智慧一出，迷雾开散。"

这时我们又走到来时路过的火车道旁边。"嘟……"远处传来一阵汽笛，一列火车呼啸而来，经过我们又瞬间远去。“好快呀。”一位同学说。看到飞逝的火车，不禁让人感受到，在业力的轨道上停不下来，想慢下来都很难。

此时走了已近1个小时，在又饿又累的急行军中，我早已把对瀑布的希求转化为了对早斋的忆念。正在恍惚之际，听到悟光法师问：“现在体会坏苦怎么样了？”我不由地说：“坏苦的体会是越来越现量了。”

8∶20，我们终于回到了酒店准备用早餐。“总算走到了，开始从苦苦转到坏苦了。”不远处又传来了法师的声音。

同心之言，其味如兰

赴欧参访的行程业已过半，今天我们将要离开瑞士，前往法国巴黎，参访佛光山欧洲总部——法华禅寺。除了国家的更替，和大家共度了14天的蒋晓旭和袁炳勇将在今天回国。

9∶13，大巴车出发。今天会在路上历时近10个小时，而此行第一站便是去日内瓦机场为两位师兄送行。佛门里的离别少了忧伤，多了感动和收获。

两位师兄收到了贤清法师的致谢，悟光法师也马上送上了祝福："祝你们两位一路顺风！身心安康！吉祥如意！"随着法师平实而有力的话语，车子也驶到了日内瓦机场。

聚散终有时，在步入候机楼前，两位师兄和大家挥手道别，蒋晓旭大声说道："用法师之前说过的一句话，无限生命里面没有离开，离开是相聚的开始，北京见啦。"

"再见！"法师回道。

"一路平安！"大家一起送上了最真挚的祝福。

经过了近11个小时的车程，我们终于从瑞士到达了位于法国巴黎的佛光山欧洲总部——法华禅寺。虽然已经是晚上19∶00，但这座历经20年筹建而成的欧洲最大佛教寺院的声名，让我们都精神振奋。

- 初到宝地

还在车里，我们远远就见到十几人在挥手，原来是五位比丘尼法师带着十几位义工在门口欢迎我们，义工们拉着一条醒目的红色横幅，上面写着“热烈欢迎北京龙泉寺代表团访问法华禅寺”。

一下车，就见到佛光山欧洲总住持满谦法师的慈悲笑容：“欢迎你们，阿弥陀佛，你们辛苦了！你们的行李一会儿会让我们的义工搬下来。”满谦法师开门见山，先解决了我们的实际问题。“感谢法师！”悟光法师合掌回应。“很高兴见到你！欢迎，欢迎，我们欢迎你！”这时耳边又传来了一阵欢快的歌声，原来是法师们带着义工一起拍手唱歌，我们又一次被这充满活力的热情包围了。

法华禅寺整体的风格现代而西式，从外观看几乎没有中国元素，但简约的造型中蕴含着禅意。我们首先来到大雄宝殿。大殿前迎接我们的是两端各一的高大白色石象，满谦法师说：“一般大雄宝殿前都是狮子，我们选择白象是因为取了释迦牟尼佛来到娑婆世界时的‘白象入胎’，另外白象又代表实践，普贤菩萨的大行。”大殿大门开阔，足有两层楼高，由三扇门组成，星云大师在2011年题写的“大雄宝殿”匾额高悬在上，左右两侧挂着一副对联“兜率娑婆去来不动金刚座，琉璃安养左右同尊大法王”，这与佛光山本山的大雄宝殿对联一致。因为大门一侧的墙面整个都是玻璃做的，所以大殿内部宽敞明亮，一层大概可以容纳三四百人，正中的白色释迦牟尼佛像神态安详。

悟光法师和贤清法师分别上香后，双方一起礼佛。虽在异国他乡，同样的信仰和心灵的依靠一下就拉近了彼此的距离。礼佛后，满谦法师做了简短的欢迎和介绍：“悟光法师、贤清法师以及龙泉寺的各位护法信众，非常欢迎大家到法华禅寺来！今天国际佛光会巴黎协会王裘丽会长带着我们的会员欢迎大家。我们担心这么长时间大家肯定肚子饿了，所以我们先简单介绍一下这里，一会吃完饭后，有时间再跟大家一一说明。”

接下来，满谦法师为我们介绍大雄宝殿：“这是我们的大雄宝殿，供奉的是缅甸的玉佛，这尊玉佛是在曼德勒山最高点取下的石头粗刻后运到台湾，在台湾细雕刻再送过来的。我们站在这里，就寓意着佛法僧三宝。中间玉佛是佛宝。墙壁上刻的是大师所写的墨宝，都是法语‘三好，四给，五和，六度’，另一侧是历年国际佛光会世界大会的主题。墙上的是法宝，墙壁背面可以打灯光，字可以透由灯光衬托出来。这个空下来的地方是要容纳僧信大众的，和合清净的大众就是僧宝。大殿上面还有包厢，年长和行动不方便的人可以坐下来。”这里处处体现着大师的弘法理念和代人着想的用心。

- 滴水润深

“估计大家一路都辛苦了。我们先用斋，然后再帮大家安单。”满谦法师接着说。出行之人最待解决的两个问题，法师早已安排妥当，让我们心里一暖。

我们一起随法师向用斋场地走去，所经之处满谦法师也做简要介绍。穿过办公区，眼前豁然开朗，一个两面玻璃墙的屋子里已摆放好了西式的桌椅餐具。这里是将要开业的素食馆“滴水坊”。法师们在主位落座后，我们也和法华禅寺的义工们对面而坐，这样的安排把用斋场地变成了充分交流的空间。

大家刚一坐好，身着中式旗袍的义工们就为大家倒汽水，一道道精美的素食也随之而上，每一道菜都只是一个人量的精致小份。“慈悲喜舍遍法界，惜福结缘利人天，禅净戒行平等忍，惭愧感恩大愿心。”带着大家合掌念诵了佛光会员四句偈之后，满谦法师举杯说：“我们先用没有酒精的汽水欢迎大家到法华禅寺来。阿弥陀佛!”开胃菜、主菜、汤、凉面、饭、甜点、水果——西式的上菜方式，中式的菜肴风味，每道菜都是色香味俱全，摆盘的精美造型，让人不忍下筷。

满谦法师介绍说：“因为这里 7 月份要落成开光，前几天刚刚举办了一个记者开放日，当时也请了法国的记者吃这里的素食，记者们品尝后都很期待‘滴水坊’素食的开业。”素食是汉传佛教的传统，是慈悲精神的体现。而佛光山把素食渐渐变成了一种潮流及文化，举办素食环保、素食与佛教文艺、素食博览会等活动。法华禅寺还有专门的素食烹调课程，用中、法两种语言授课，饮食在这里也成了接引众生的弘法手段。

满谦法师看了下表，已是晚上 8 点多了，便笑着对大家说：“我们今天是标准的欧洲餐时间啊。”“你们平时几点用斋呢?”悟光法师问。“晚上 6：00，中午晚一点是 12：30，早上这边 7：00 早课，8：00 吃早餐，这是为了避免太早会打扰周围的邻居。通常在海外我们都会是这个时间表，除了澳洲，因为那边面积大，不会影响别人。”

“这个季节欧洲日照时间很长。”贤清法师看着窗外还如白昼一样的天空说。满谦法师接道：“欧洲的夏天日照很长，不是有一个歌剧叫‘仲夏夜之梦’嘛。大家看现在的天色还很好，到了 22：00 左右，天才会黑下来，尤其到北欧几乎没有黑夜的。一次到瑞典开会，半夜两点多太阳才下山，结果不到半个小时太阳又升上来。”这对于中国人来说，真是很难想象。

法华禅寺所在的这个地区叫作多元宗教文化区，与法华禅寺相邻的有天主教、伊斯兰教、犹太教等。“这些宗教和我们都非常友好，当时是这个地方的市长邀请我们来建寺的。我们从去年 6 月开始启用这里后，办了许多的多宗教交流活动，与各个宗教办祈福音乐会，还有多宗教国际论坛、圆桌会议。去年联合国教科文组织颁给这个城市‘宗教对话城市’，因为这里每天都在对话，宗教氛围非常浓并且非常融洽。”

法华盛会（上）

满谦法师接着说："我们在市中心正在重建旧佛堂，也就是早期的巴黎佛光山，预计明年完成。其实大师最早踏入欧洲大陆就是在法国，这里是欧洲的本山。五大洲里面，美国的西来寺是美洲的本山，南美是巴西的如来寺，澳洲是南天寺，南非是南华寺。"据统计，佛光山海内外共有 200 多所道场，超越了国家、种族、性别的界限，为人间佛教的实践留下了最好的历史见证。

"最晚建好的就是这里。我总说在欧洲建寺很浪漫，所以也建得很慢——10 年。"听了满谦法师幽默的介绍，一下把我们都逗乐了。"主要是欧洲的法规也很多，汉传佛教传过来也就是近二三十年的事情，所以会慢一点。除了要建设局审批，还有地管局、文物局等，所以流程也非常久。这里从 2003 年开始谈，2009 年才把所有审批都敲定，2010 年才开始盖，一共盖了两年。大师一直希望在欧洲建一个总部，这也用了近 20 年才完成。"满谦法师用几句话很轻松地描述了建寺过程，但从经历的时间中，就不难想象其间的波折和艰辛。

满谦法师又为我们介绍了这里的一些弘法事业："现在，有了总部后，我们开始办短期的出家修道会、青年营、儿童营等活动，只要是大型的教育课程都会在这里。道场在去年启用后主要以文教为主，我们的中文学校有 370 个学生，不光华人的孩子，现在有很多法国人也都学中文，每年都会加一些像弟子规之类的比赛等。这里每周都有活动，早上是共修法会，下午有不同的课程。除了讲经之外，我们还有一些人生讲座，佛光山是以文化起家的，所以文化教育会有很多课程。这里周末是最忙的，除了例行的法会和信众的婚丧喜庆之外，各地的协会如果人力不足，都会由总部派法师支援。”

这时，贤清法师问道：“我们刚才一路走来，看到这一片的建筑风格都是一样的，这边都是道场的范围吗？”

满谦法师回答：“我把我们这一区的情况跟大家介绍一下吧。我们这个区是一个新区，很年轻，人口两万多。因为这里靠近迪士尼乐园，为了配合迪士尼乐园，这里房子感觉很像美国式的。这里每个区的房子风格都是一致的，所以大家看到的都是红色屋瓦，每一区之间的风格变化又不是太跳脱。在法国建寺有个规定，不允许建立中国式的建筑，因为法国非常保护自己的文化，法规也非常多。”

听到这里，我才明白为何这里的建筑外观如此西化。满谦法师紧接着介绍法华禅寺的建筑设计理念：“‘法华禅寺’是大师根据《法华经》来命名，寓意是法国人和华人的精神之家。这里建筑很有特色，屋顶是草地屋顶，雨水可以收集起来再利用。当时给设计师的理念就是‘自然，环保，人间佛教’三个主轴。先由中国台湾的著名设计师姚仁喜先生设计概念，他也是一个佛教徒，再由法国的建筑师设计建筑。因为法国建筑师对宗教建筑不熟，前后换了三位建筑师后，才确定由中国台湾和法国的设计师合作来盖。”

• 无远弗届

就在满谦法师为大家做介绍的时候，我们和法华禅寺的义工也在热切交流着。在这些义工里，最引人注目的就是两位来自本地的法国义工。

当我们得知其中一位法国男居士不仅皈依了，还受了五戒，并且做义工已有8年时间时，不由得赞叹起来。当我们问他做义工的因缘时，他用法语告诉我们：“我去过中国很多次，经常去一些道场，认识了很多朋友，和他们相处很愉快。我现在不用工作了，把房子换到了这边，做长期义工。”

“那为什么会到中国参访佛教道场？做义工又有何感受呢？”我们继续追问。

“我在法国的时候，就有一些信佛的中国朋友邀请我过去。我第一次去佛教道场参观就觉得很舒服，后来就经常来做义工。我觉得看电视娱乐这种事情，一点意思都没有，而做义工特别好，因为是为了帮别人。不光在寺里，在外面我也会帮别人做一些免费的文书工作。”

他还告诉我们，在法国做义工的当地人不多，在旧道场那边只有他一个人。不过，现在已有十几个法国人在这边做义工了，承担行政、安保和一些法国人的接待工作等。

“你们的法国朋友如何看待你们来这里做义工呢？”我们接着问。

“有些人能理解，天主教里面也会有义工。有的朋友好奇就会来看看，有的来一次就被吸引了，以后会经常来。这里周末会有多语的活动，法师会讲一些故事和个人分享，很吸引人，还会开一些用法语讲的佛法课和禅修，会有一半法国人参加。这里的经本是中法对照的，会把中文读音标出来，大家一起用中文读。当地法国人也会好奇地问我们，建寺的钱从哪里来，是不是市长给的。我们说都是世界各地的信众给的。”

面对善根如此深厚的外国朋友，我想在无限生命中，大家一定都曾一起在佛陀的教法下学习离苦得乐的方法，才有了今生的久别重逢。

此时，另一桌的交流也在热烈地进行着。“上次你们去美国，也是悟光法师带你们去的吧？”一位法华禅寺义工的话，让我们着实惊讶，异口同声问道：“你怎么知道呢？”他接着说出了答案：“我今年 4 月份去过龙泉寺一次，你们的银杏树很大。我还经常从网络上了解你们的信息，最近你们还做了新的动漫‘贤二律师’，你们还有仁爱基金会，雅安受灾，基金会也去了。那里很清净，山也很漂亮。还有个大地心农场，吃的都是有机菜。”听到他如数家珍地说着龙泉寺的事情，让我们倍感亲切。

通过网络，在法国就可以了解万里之外中国寺庙里的点点滴滴。那通过没有界限的心灵，各方佛子的心更是这样无远弗届。

法华盛会（中）

经过一个多小时的用斋交流，我们对法华禅寺有了更多的了解。此时已经是晚上 9 点多了，但窗外的阳光依然耀眼。满谦法师这时站起身来说："我们接下来带大家认识一下这里的环境吧。"

在刚才的交流中，我们对这座国际化的道场、欧洲佛光山的总部充满了好奇。满谦法师先带大家来到了一条走廊，介绍道："这是一条文化走廊，这里一共有四条文化走廊。两侧墙上展示的都是中法对照的星云大师法语，走过去的时候总是可以读到一个自己相应的，来这里的信众都很喜欢看这些法语。"巧妙的设计元素把大师法语一条条展示在必经的路上，让走廊富含文化气息又能让路人闻到佛法，身心清凉。

"走廊两边是教室兼图书馆。"满谦法师演示了一个房间里的隔板说："这个地方可以打开，三间屋子可以打通的。里面所有材料都是现代的，可以隔音，使它可以变成一个大的……""多功能厅？"悟光法师接道。"是的。"满谦法师回答。教室里整齐码放着一排排桌椅，讲台、投影也一应俱全，而它四周则是满满的图书，真是一室多用，一举多得。

满谦法师说："我们来看一下地藏殿。"说着便带我们走进了一个能容纳近百人的大房间。地藏殿中间供奉地藏菩萨，后面及两侧的墙上都贴满了黄色牌位。"这个地藏殿是信众供奉祖先、先人牌位的地方。信众的亲人如果往生了，我们在大殿诵完经就会过来回向功德，平常也在这个地方做超荐。”满谦法师介绍。

接着法师又向我们介绍了法华禅寺的整体布局：“地藏殿的上面正对着禅堂，我们的大殿高是12米，所以地藏殿和禅堂刚好就在大殿的后方。法华禅寺一共分三个区，都是以文化走廊来隔开的。第一个区是我们刚看到的文教区。文教区有美术馆、会议中心、教室、办公室、接待大厅、会客室。中轴线是大雄宝殿和观音殿、禅堂、地藏殿。第三个区块就是住宿区。”

经过满谦法师的介绍，我们对法华禅寺整体布局的了解一下子清晰了许多，看起来简单的建筑原来里面别有洞天，规划清晰、分工明确。

接着我们来到了楼上的禅堂。正中摆着四把禅凳，旁边放着香板，上方悬挂着星云大师的一笔字墨宝“万里晴空，一朝风月”，中间是一个大大的“定”字。

两侧各是两排禅凳，大概可容纳60人。满谦法师走到一面墙壁前，用手一推。让我们没想到的是，刚才的“墙壁”此时一下露出了窗户，原来法师推的就是这几块“墙壁”色的挡板。满谦法师介绍说：“在禅修需要的时候，就会把这个挡住隔绝，如果需要窗户的时候会把它拿掉。”

“在这里，因为一般人都很喜欢禅修，所以我们经常会有不同的禅修课程。这里是大禅堂，还有一个比较小的禅堂在旁边。如果参加的人数超过这个范围，我们就会改在观音殿或大殿，看规模决定我们要用哪一个地方。跑香的时候我们会整个绕出去，因为二楼整体刚好是一个圈。”“绕佛挺方便的，中间刚好是大雄宝殿。”悟光法师笑着说。“对，如果想绕更大一点，还可以绕到观音殿那边去。”满谦法师边说边带我们向外走去。

在经过另一个文化走廊后，走进一个门，眼前豁然开朗。原来这里是大雄宝殿的二层看台，两侧各有几排长椅，站在这里，整个大殿几乎一览无余。悟光法师往前看看说：“这里的视线很好啊，前面的围挡都是玻璃的。”满谦法师向我们介绍道：“这里都有无障碍设计，轮椅可以直接推进来，上了年纪的人也可以直接坐在这里参加法会。”站在高处，我们发现大殿除了有一整面的玻璃墙外，最上面的一圈与屋顶相接处也都是一个个玻璃窗，不管在哪个时段，都可看到有阳光照进大殿。看着洒下的金色阳光，犹如佛光普照，让人仿佛置身于佛国净土。

满谦法师表示，大雄宝殿也是多功能的，经常会在这里举办一些展览。“多功能非常适合现代人。”悟光法师感慨道。

跟随满谦法师，我们绕到了大殿后面的露天长廊上。向下看，大家发现了一处“世外桃源”，一片七八米见方的绿草地出现在眼前，半跏趺坐在莲花上的观音菩萨石像面容安详，仿佛在倾听着世间一切疾苦。在菩萨四周还围绕着六个正在劳作、用功的小和尚。满谦法师指着下面说：“这里是我们的‘禅园’。”

正当大家欣赏着禅园美景，满谦法师已转过了身，招呼我们说：“大家再看这边。”这侧是幽幽静谧的禅园，另一侧则是大雄宝殿和观音殿之间的广场。满谦法师说：“我们办晚会、音乐会时就在这里。把大雄宝殿的门关上，这里就是舞台。大家都坐在观音殿下面的台阶上。”“这里能坐多少人？”悟光法师问。“坐几百人都可以的。两边和上面，四周都可以坐啊。”这种巧妙的设计让我们大开眼界，看似只是门、楼梯、长廊这些固定不变的建筑，可是需要的时候都会摇身一变，发挥意想不到的功用。

继续向前，我们又走到第三个文化走廊，满谦法师指着前面一个门说：“这就是‘三好’楼，这里的采光非常好，我们每一个房间都有阳台。一会儿会有一部分女众住在这里。” 悟光法师问：“‘三好’就是大师说的‘说好话、做好事、存好心’？八楼就是八正道？”“是的。还有‘六度’楼、‘四给’教室，‘给人信心、给人欢喜、给人希望、给人方便’。”满谦法师回答。这里连楼名都不忘与大师的理念和佛法相结合，既有创意又让人过耳不忘。

接着向左转，法师带我们来到了观音殿门口，一侧有一块很大的功德榜和一个写着“佛光山法华禅寺开山纪念碑”的牌子，上有一些建寺时的珍贵照片。满谦法师说：“这里记录了法华禅寺开山的历史过程，以后还将会刻成一个永久的。”

“好光明！”进入殿内，眼前一亮。悟光法师感叹道：“这里的阳光正好照进来，和灯光一起，很亮啊。”一尊白色的十六臂观音像在正中间，上方五盏射灯打在菩萨身上，愈显菩萨面容的慈悲庄严。像后的背板上刻着“观世音菩萨普门品”，背板后的灯箱透过刻字照射出来，与前面的观音菩萨像交相辉映，使得整个法台无比明亮，无声地传递着佛菩萨的加持与力量。

两侧的墙壁上几十个大小、位置不同的佛龛里，供奉着形态各异的观音菩萨像，有一种石窟的感觉。在射灯的映衬下，明黄色的墙壁与白色的菩萨像颜色跳脱明亮，整个观音殿现代与传统相得益彰。

满谦法师介绍道：“这个观音殿，我们刻的是《法华经》中的《观世音菩萨普门品》，因为我们法华禅寺就是用《法华经》来命名的。又因为‘普门品’，所以两侧供奉的是观世音菩萨三十三化身。但你去数，却是32尊。为什么呢？”

大家思考时，法师给出了答案：“当初故意拿掉一尊，就是要让大家记得：当你走进来，就是第三十三尊。自己要做观音菩萨啊。”法师的解释，让我内心一阵激荡，这样的设计是为了给大家埋下成佛作祖的种子啊！

满谦法师接着介绍：“墙壁的这个观音像，是根据梵音海潮音设计的。所以，你从不同的角度看，它就是梵音海潮的一个流动性，它会有一种不同的光晕呈现。这是一个艺术家带了一个团队帮我们设计制作的。他为了要完成这个设计，几个月都来参加这里的大悲忏法会祈求，非常诚心。”难怪设计得如此灵动，真是心物不二，外境都是内心的自然体现。

满谦法师说：“在观音殿还会举办讲座、读书会的培训、纪念活动，青年、儿童的很多课程等文教活动。平常信众来，他们除了礼佛，在这边也可以随时进来抄经，想要抄长一点儿、短一点儿的都可以找到。”

观音殿里的桌子上都摆放着抄经用的工具：毡垫、抄经笔和一张星云大师所著的《为抄经闻法者祈愿文》。“慈悲伟大的佛陀！我要为所有抄经闻法的人祈愿，请您帮助我们获得禅悦法喜，请您帮助我们获得心开意解……”

离开观音殿，满谦法师带我们来到了佛光山的又一弘法平台“佛光缘美术馆”。至2013年止，美术馆在全球共设立23所分馆，而法华禅寺就是它的第23个分馆。这里在2012年6月启用，2013年3月正式对外开放。据介绍，开幕当天，巴黎碧西市市长Hugo Rondeau也来剪彩揭牌。

满谦法师先请悟光法师和贤清法师在门口的签名簿上签下了名字，然后介绍说：“开幕后举办的首次展览，就是苏绣名家姚红英女士的‘艺绣奇观——刺绣艺术典藏展’，此次展出的精美作品是第一次在欧洲地区展出。姚红英女士2005年到佛光山参访时与星云大师结缘，因为当时大师的一句话‘心要发大起来，将工艺作品提升为艺术品，并多培养人才，成立学校将此工艺保存下来’便使她勤奋创作不断。”

我们往里走去，一幅幅精美绝伦的艺术品，若不细看，已经分不清是画是绣。这些指尖上的美丽画卷，不管距离远近、何种角度，看时都是栩栩如生、极为传神。展品中既有现代西方油画风格的静物、山水、花卉等，又有展示中国传统文化的瓷器、龙袍、麒麟及佛像艺术。

满谦法师介绍道："我们可以看到，这个作品是用各种的针法来刺绣的，非常有艺术性。"

"这些都很细致。" 悟光法师赞叹。

"这里的展品西方人都非常喜欢，虽然在欧洲也有其他民族的刺绣作品，但他们都觉得中国的刺绣很有特色，甚至感觉很不可思议。"满谦法师说着，指着其中几幅花卉说："中国人很细致，你可以看到这些花卉，像这种百合花和兰花，不仅同一个作品的指法不一样，不同的花卉呈现的手法也是不一样的。"

"很有立体感。" 贤清法师说。

"对。"满谦法师接着说："而且你可以看得到，她是用针来代替笔，丝线为色彩。可以让它这么立体、这么细致地表现出来，这个就是最难的地方。你看这幅老虎，它的眼睛其实是最难绣的。"顺着法师手指方向看去，一只"卧虎"正注视着我们，眼神中的霸气威猛尽表无余。

与其他作品不同，有几幅作品是架在展厅中间的。满谦法师说："这个是比较特殊的双面绣。这个双面绣其实是很难，就是在同一块底料上，在同一绣制过程中，绣出正反两面图像，轮廓完全一样，图案同样精美，都可供人仔细欣赏的绣品。"

"绣得非常好啊。"悟光法师看后说。

"楼上还有两面绣出不同主题的双面绣，咱们一起去看看。"满谦法师带大家来到了二楼，停在了一幅佛像前，悟光法师看到佛像便合掌问讯。让我们感觉不可思议的是，当我们绕到这幅佛像后时，它竟然变为了一幅菩萨像，同样的一针一线，却有完全不同的效果呈现，真是技艺巧妙、精美绝伦。双面绣曾有"绣花花生香，绣鸟能听声，绣虎能奔跑，绣人能传神"的美誉。

星云大师在 1994 年曾说过："我的理想是建一座可以传扬千秋万世的佛教文化艺术馆，里面的收藏不但可以媲美故宫博物院，亦能集教学、展览、收藏等功能于一体。"大师的心愿在世界各地都在逐步实现着。而法国作为欧洲中心地带，也是艺术文化的大国，法华禅寺也慢慢藉由展览与所在地区文艺界、艺术家、教育等连结互动，成为东西方文化、艺术交流的重要场所。

参观完佛光缘美术馆，满谦法师带我们来到了多功能会议厅，会议厅可容纳 100 人。说它多功能是因为这里有一排排带旋转写字板的椅子以及白板、讲台、投影。满谦法师说，如果把这些都移开，就会变成一个小舞台，可以表演节目，法华禅寺的合唱团就经常在这里组织活动。这个多功能厅的整个墙壁都是玻璃做的，平时由一个个不透光的卷帘放下后，形成一个封闭教室，如果把卷帘全部拉开则能很清晰地看到室内的情况，适合各种需要。

介绍完会议室，法华禅寺的参观基本告一段落。法华禅寺建筑设计的多功能、高科技、重环保、人性化与国际化和传统丛林精神很好地结合，为我们现量示现了"随缘不变，不变随缘"的含义。

满谦法师这时提议："我们要不要去观音殿前合个影?""好啊，现在天色正好。"悟光法师也马上赞同。观音殿前的大楼梯此时又多功能地成了一个很好的合影舞台。此时，在一旁的几位比丘尼法师和义工，拿出迎接我们时用的红色条幅加入了合影队伍。两个不同地域却有同样心愿的团队，在法国巴黎的土地上走到了一起，让我不由得想起那句"海内存知己，天涯若比邻"……

法华盛会（下）

在法华禅寺内的参观，在短时间内让我们对融化于这里一草一木中的佛光山理念有了现量的感受。而接下来的交流，通过现代的音视频展示方式，让我们对这座将汉传佛教推向欧洲大陆的现代化道场有了更为深入的了解。

- 多宗教交流

参观完法华禅寺已是晚上 21∶40 了，我们把行李放回宿舍后，便集中到四恩堂教室进行交流。

法华禅寺的义工们热情地帮我们拉行李，并不时回头与我们交流，虽是第一次见面，却有一种到家的温暖。女众安排住在三好楼和六度楼，男众则是住在八正道楼，听到这些名字，就能想出来这一夜一定能住得法喜充满。

一踏进房间外的走廊，灯光便应声逐渐亮起来，因为是渐亮，所以并不觉得刺眼。接待的义工介绍说，因为担心晚上要摸黑才能找到开关会不安全，这里采用的都是这种“温柔”的声控灯光。屋内干净而整齐，各种设施一应俱全，而摆放在床头桌上的两瓶佛光山大悲水更是佛教道场的独特供应。屋里的落地金属窗帘很是实用，金属的质地既可以让它成为一面坚实的墙，旁边的几个电动按钮又可以把它升降到任何高度，透光度也可随意调节。在公共区放置了全自动洗衣机和烘干机，吸尘器、电烧水壶也都齐备，在这不大的宿舍区里，大家的基本生活都能得到保障。

放下行李后，我们立即前往四恩堂。大家一落座，满谦法师就先播放了介绍法华禅寺一年大事的纪录片，通过声光影的全方位展示，让我们在短时间内就对法华禅寺有了直观而深入的了解。

多元文化是当今世界的共同趋势，在这段大事记视频中，我们可以看到，法华禅寺不管在佛教各宗派间还是在不同宗教间的对话交流上都做了很大努力，并取得了很好的效果。

在建寺初期，这里就举办了禅净密祈福法会，引来了当地电视台的采访。在碧西市组织的以文化和宗教交流为主题的国际宗教日上，各宗教代表在法华禅寺举行了圆桌会议。碧西市市长、满谦法师、天主教神父、犹太教代表、回教代表、老挝寺庙代表及碧西市观光局官员共百人参会。为了响应国际宗教日，来自法国及卢森堡等欧洲国家的近 80 位学生也共聚法华禅寺，举行了开幕礼。

2013 年新年，法华禅寺举办了为世界和平跨宗教祈福音乐会，天主教、越南佛教、老挝佛教、伊斯兰教、市政府的代表以及满谦法师、各宗教信众代表近 400 人参加。长笛、古筝、歌声、舞蹈、诵经——各宗教用不同的形式表达着对于世界和平的期望。音乐和共同的心愿成为跨越国界、宗教，沟通彼此心灵的桥梁。

• 本土化传播

法华禅寺还在当地的各种节日和纪念日，举办专为法国乃至于整个欧洲民众开放的各种活动。在欧洲遗产开放日，佛光山作为碧西市政府着重介绍的景点之一，敞开大门迎接当地游客，全程由精通法语的义工讲解，并安排茶禅体验，让大家体味宁静所带来的法喜禅悦。最后，还给法国市民们结缘了星云大师的一笔字墨宝春联，让更多的法国人了解中国传统文化和佛教的理念。两天的活动共有 600 多人参加，让法华禅寺的知名度在当地大为增加。

为配合法国的老人节，碧西市举办了“蓝色星期”敬老周活动。2012 年 10 月 16 日，市政府特别安排住在该区的长者到法华禅寺参观。老人们在精通法语的法师接待下，欢喜地展开宗教参访行程。参观结束后，道场还在滴水坊准备素食点心供大家品尝，让老人们不仅在精神上品味法喜，同时也大饱口福，品尝独具特色的东方美食。十分巧合的是，时值中国传统九九重阳节前夕，巴黎佛光协会也为 65 岁以上的长者准备了精美的礼物。

法华禅寺还接待来自不同国家的参访。德国的麦宁根市市长就受碧西市市长邀请,特地选择法华禅寺为首选参访目标。德国柏林分寺的法师特地过来用德语做讲解。在参访中,大家最为感兴趣的要数中国的传统工艺和活动,精美的石窟艺术三十三观音像、佛门抄经都是关注的焦点,佛光缘美术馆展览的姚秀红刺绣作品更让参访者深感赞叹。这些都让传统信奉天主教的德国人,对佛教有了初步的了解。

"人间佛教"是佛光山的理念,我们在片中看到,法华禅寺在法国的土地上深入到"人间"。在2013年的浴佛法会上,除了大殿内的6个浴佛台外,还专门为孩子们安排了佛教诵经祈福仪式,110位小朋友在父母的陪伴下接受了总住持满谦法师的甘露洒净。当天还举行了写生绘画比赛,让孩子们发挥想象记录他们心中悉达多太子的形象。此外,活动还走进巴黎市中心,开放浴佛厅让大众浴佛,并举办素食园游会——舞狮子、敦煌舞、太极、腰鼓、世界各地传统服装秀等传统与现代相结合的活动,让市民们一出家门口便能感受来自佛教节日的氛围。

法华禅寺举行的一场法国人与华人佛教徒的佛化婚礼吸引了3000多人到寺。作为证婚人的满谦法师为新人送上了祝福,并提到星云大师提倡的五和理念中的家庭和顺:家庭是社会的基础,有美满的家庭才有和谐的社会。而家庭也是道场,夫妻间必须相互包容、彼此赞叹,且需要佛法维系。

此外,法华禅寺还为当地华人企业家举行了法华讲坛——禅与管理,运用乔布斯、松下幸之助的例子说明禅对于管理的重要性,鼓励把公司当成修行道场,用心栽培人才才是成功要点。

而佛光山的青年团也是影响世界的一支生力军,星云大师曾说:"佛光青年团虽然是佛光会的一小步,却是世界人类的一大步。想了解一个国家的未来兴衰,先看这个国家的青年;相同的,想知道佛教的未来发展,一样看佛教青年的表现。"青年团成立后,在全球五大洲有近200个分团。他们组织各种公益慈善、环保活动,走入校园、社区举办讲座,成立歌咏队用音声感染人。国际佛光会世界青年总团部的"白象、天马、金狮"干部制度,以时间1年、2～3年、3～5年不同级别的培训,鼓励青年了解佛教文化、人间佛教精神,并承担不同级别的活动。满谦法师介绍,法华禅寺的巴黎青年团也将在不久后举办国际青年会议。

在这一年里,法华禅寺还组织了各种佛法体验活动。2012年的短期出家修道会，共有来自英、德、法、北欧、南欧及美国共18个国家的106位戒子参加。除了华人，也有法国、德国、巴西、意大利、委内瑞拉等国的西方人士11人。此外，还为在家信众开设梵呗课、佛法课、一日禅活动，让大众能在生活中用得上佛法。

在法华禅寺举办的2012年国际佛光会欧洲联谊会上，中国驻丹麦大使馆文化参赞、联合国教科文组织驻法国巴黎非物质文化遗产专家等和来自欧洲13国、17个协会、1个筹备会的250位佛光人参加。

通过这部纪录片，我们可以看到，虽然法华禅寺道场新址建成不到一年，却举办了从小朋友到老年人、动态到静态的众多活动，在当地也有深远的影响。如何在不同文化、不同种族的土地上扎根并传播出汉传佛教的声音，佛光山道场无疑是一个先行者，值得我们借鉴和思考。就如一位来这里参加活动的法国人所说："在佛光山，语言不是障碍，能跨越语言，互相交朋友、互相坦诚相待非常难得，对环境对生命的认识都更深了一步。"

• 创新与传承

随后，满谦法师请法华禅寺的7位法师同大家一一见面。首先上来的是两位当家师如海法师和妙达法师。满谦法师介绍说："如海法师以前是在南美洲，学西班牙文、葡萄牙文和英文，主要负责西语系和葡萄牙语系这部分。另外一位当家师妙达法师是加拿大人，精通法文，所以对外的公关联系和一些课程，都是妙达法师负责。"接下来是满荣法师，满谦法师介绍道："满荣法师是学英语的，她以前是美国的牙医。""下一位是妙希法师，本地人，法国籍，她协助法文翻译和教授一些法文的课程。觉容法师是台湾人，她在我们欧洲的工程小组，这几年来，从维也纳的工程到巴黎法华禅寺，再到现在一个旧佛堂的重建工程的监工都是由她负责。如耀法师来自香港，她讲广东话和英文，在这里快10年的时间了，负责这里的法务，非常有耐心。"

几位法师介绍下来，让我们感受到了佛光山欧洲道场里法师们的高素质，而满谦法师接下来的介绍让我们对法师们弘法的艰辛有了更深的体会。满谦法师说："我们欧洲其实法师不多，只有25位。可是我们要负责18个协会、十几个国家。所以，其实平均一个国家只有不到1.5位法师，人数是非常少的。我们的法师除了自己道场的活动之外，都要去支援各国的分会，目前就在支援丹麦协会，我下个星期一就要去意大利弘法，因此在总部的法师们都是很忙的。”在人员如此紧张的情况下，还能把每次活动做得如此用心，很是让人钦佩。

接下来，悟光法师对参访团的情况做了介绍。法师先谈到，在 2012 年去美国西来寺时就与佛光山道场结下了善缘，这次欧洲行中也安排了瑞士、法国、荷兰三个佛光山道场的参访，并对常住热情周到的接待表示了感谢。之后又为大家介绍了本次欧洲之行的行程与目的。接下来，贤清法师对全体团员一一做了介绍，并播放了《一个美国人眼中的龙泉寺》视频，让身在彼岸的法师和居士们对这个“年轻”的中国千年古寺有了更多的了解。在介绍完成后，双方互致了礼物。

和法华禅寺的各位法师义工道别后，佛光山人间卫视的记者采访了悟光法师。在谈到龙泉寺的传承与创新这个问题时，法师说：“传承是要保持中国佛教原有的最核心部分，比如说佛教的戒律是最需要保持的。现在，寺里正在做南山律简化版，加上标点的校注，几十位比丘法师每天都在做。现在社会变化太快，导致全球一体化，各国、各民族都汇集到各个城市，在这种情况下，除了保持传统外，一定要创新。创新就是根据不同国家的文化和风俗习惯，在保持佛法原有价值的基础上，在外在使用的一种善巧方便。刚才在视频里看到佛光山的这些活动，我觉得做得都非常好，并且是很适合当地人的需求，这个部分特别的重要。不管在哪个国家，必须要既适合他的当地文化，又不失我们佛教最核心的东西，这样他们就愿意也想要接触了解，甚至跟着去学习。”

早斋见闻录

今天是周六，早上7：00，在满谦法师如沐春风般的“早，吉祥，吉祥!”问候声中，我们心怀期待，进入“滴水坊”用早斋。在法华禅寺的每时每刻，都是学习的机会。

• 中西合璧

一进到滴水坊，满谦法师就关切地询问大家：“昨晚睡得好吗?”倍感温暖的我们即刻响应：“好!”坐定之后，悟光法师向满谦法师称叹法华禅寺的住宿房间隔音、遮光效果好，“附近有火车通过，却听不到火车的声音”。满谦法师马上就拿来了遥控器，给我们演示窗帘的自动调光操作方法，这里的自动卷帘窗帘都经过了特别设计，光线可自由调节，非常人性化。

随谈间，法华禅寺所在地——法国大巴黎区碧西市(Bussy St. Georges)市议员黎辉先生也到了。“不好意思哦，我昨天本来是……”黎辉先生一进来就致歉，满谦法师下面的话更是让我们感动：“他今天特地来欢迎大家。昨天他来了一趟，但晚上19：00赶回去开会，开到23：00，所以就没有再来。”

“大家请慢用!”在开斋后，满谦法师接着介绍说：“这是碧西市的市议员黎辉先生。也是佛教徒，很热心。跟我们有很深的因缘。”悟光法师随即向黎辉先生致意：“我们能够来，是直接受益者。”黎辉先生谦虚地说：“没有，没有。欢迎大家光临。”

去年，我们在美国的佛光山道场西来寺参访时，道场精心准备的早餐，让我们印象深刻。今天的早斋是自助餐，品类繁多，其中的用心一目了然。满谦法师还一一为我们介绍早斋菜品。电饭锅熬制的地瓜粥，白色的米粥中露出黄色的地瓜，冒着热气，要知道半个月来不知粥滋味的我们，此时此刻感到有多么的温暖！新鲜的黄瓜、西红柿切成均匀的薄片摆成右旋的花瓣形，盛在白色的盘子中，极具美感，还有英国的豆制品、越南的腐竹、中国的煮花生、西式的生菜、法国的面包……加上新鲜的香瓜、香蕉等水果，热牛奶、豆浆、鲜榨的橙汁、咖啡等饮品。看到这样的饭菜，贤清法师赞叹是“中西合璧，各取所需”了！

“我们是晚餐简单。晚上要休息，当然不要吃太多。早餐比较均衡。”用餐过程中，满谦法师还特意提示，果汁是鲜榨的，不喝会氧化掉，劝我们要“发心”喝。而斋堂里的另一位法师，一直在照看我们的饮食。在我们取餐通过她身边时，她会不断询问我们要不要喝牛奶、豆浆、咖啡，都是她现场打制的，细腻温润着我们的心。

• 风景独好

早斋，实际也是一次形式轻松的交流会。满谦法师向悟光法师询问龙泉寺的用斋人数，悟光法师答道：“周末山下的居士会来寺里，有时达到上千人。”满谦法师：“那大寮岂不是很忙？”悟光法师：“是忙。”

法华禅寺是欧洲最大的佛教道场，经常在寺内外举办法会等活动。满谦法师介绍，寺内办活动时，五观堂可供 200 人过堂用斋。当参加的信众达到 500 人以上时，就直接用小推车将保温的热便当送入场地，信众原地不动就餐，场地变化也不麻烦，很节省时间。满谦法师说，明天这里全天都有活动，“整个是满的，上课的上课，参加法会的参加法会，做义工的做义工，下午在大雄宝殿是结业典礼，要演讲”。

为了与欧洲的大众结缘，弘扬佛法，法华禅寺的法师还克服各种困难，主动走出去到寺外举办各种活动。满谦法师说，今年在巴黎市中心广场举办的浴佛节法会活动期间，举办了文化表演、书法、禅茶、义诊等活动，因为是对外的活动，事先要向市政府报告，得到批准。火车站面前的广场，非常大，需要申请。在正式举办法会时，尽管市政府给了很大的支持，借了六个台子。但还需要自己借十几个，广场四周也需要自己动手用布条等进行装饰，还有物资的运送等。

每年的浴佛节法会，佛光山在欧洲各地道场的举办时间是错开的，当一个国家举办法会的时候，其他国家道场的法师就去支援。法会一般是从 5 月的第一个星期陆续开始，巴黎一般排在第三个星期。也许正是因为如此的不容易，所以佛菩萨的加持也更容易感知。比如说，浴佛节开始的前几天，巴黎都在下雨，但浴佛节活动举行当天却没有下，直到活动全部结束了，收拾完毕装东西上车离开后，才开始下起了大雨。类似的事例还有很多，有的法会活动全部结束后，才开始下大雪等。

黎辉先生说道："这两天天气好。"满谦法师赞同道："每个人都在晒太阳。这里阳光很少，冬天的阳光没有温度。在巴黎这样的地方，地理纬度高，夏季很短。夏季早上四五点钟天就亮了，晚上 9 点多钟天才黑，阴雨天气为主。而巴黎的冬季是漫长的，早上八九点钟太阳才出来。"我们在巴黎停留的这两天，一直都是天气晴好，蓝天白云，原本以为巴黎就是这样的呢！听了介绍，才体会到这其中也有佛菩萨的加持！

• 自由界限

透过斋堂明亮的玻璃窗，可以看到寺院内外呈现的原生态状态，之前还有点儿奇怪，为什么没有种植些树木花草什么的呢。在交流中才了解到，原来这与当地的法律规定有关。在法国，建筑物及其风格、周围种的花草树木等，都有严格的法律规定。建筑，包括建寺，在申请用地后都要求挂牌 6 个月公示，听取民众的意见反馈。如果民众有异议的话，需要跟民众沟通解释答辩，直到取得其同意，否则严禁动工修建，这也是法华禅寺建寺为何费时长久的主要原因之一了。

黎辉先生还举了一个喻："这边结婚，也是需要把两个人的名字在市政府公示 1 个月。"这里的自由，并不是我们想象的想怎样就怎样，想建寺就建寺，想建成什么风格就建成什么风格，花草树木想怎样种植就怎样种植，就像满谦法师说的："民主，是有法的。欧洲的法律是很多的，有各式各样的法。"

40 分钟的早斋很快结束了，满谦法师利用我们出发前的间隙时间，又引领我们参观了法华禅寺的五观堂、大寮、教室、存物间等，一路上还悉心地为我们开门指路，谦和而有礼，予人如沐春风的感觉。

进入到大寮中，这里非常干净、现代化。印象最深的是，这里还有整间房间的冷藏、冷冻室，还有大型的蒸烤机、整洁的厨具，贴有标签的花椒、大料、海盐等佐料瓶摆放整齐。大斋堂是多功能的，通过滑轨安装在天花板上的拉帘可以将房间进行区隔，以满足举办各种大中小型活动的需要，天花板上装有视频放映装置。

信众教室和儿童教室，墙面分别设计成了苹果绿和儿童喜欢的明黄色，教室内还分别摆放有适合大人和儿童高度的挂衣架，细节上考虑得非常周到。信众教室白板是专门设计、易于擦拭的特殊玻璃，儿童教室大面积的玻璃窗使室内的光线非常充足。

考虑到信众出门会带一些随身物品，法华禅寺对信众的储物柜进行设计，费了不少的工夫。存放物品的小柜门嵌有毛玻璃，从外部可以看到里面存放的物品。柜门是不锁的，这是借用西方民主方式经过信众投票决议的，实施一年多来，效果很不错。

8：15，法华禅寺的法师们用莲花手印在门口为我们送别，在这份温暖的祝福中，我们又将迎来充实的一天。

让世界充满爱

上午，我们来到世界闻名的巴黎圣母院参访。因为一位神父朋友的因缘，我们与这座著名的教堂有了一次深入的接触。

• 远方的老朋友

早上8：15，我们从法华禅寺出发，去往巴黎圣母院参访。此次参访巴黎圣母院，其因缘来自于曾两次参访过龙泉寺的法国高照民神父。80岁高龄的高神父曾遍访中国的佛教寺院，与佛教有很深的因缘，对龙泉寺也抱有很深的好感。当他得知我们要到欧洲参访时，发心帮我们安排了在巴黎期间的日程。但不巧的是，我们参访期间，他恰好不在法国，又托付自己的好朋友马神父（Michel Masson）代为安排我们的全部参访行程。

上午9：00，我们到达了巴黎圣母院附近。一下车，依照惯例，跟随法师，我们右绕巴黎圣母院行进。今天的天色有些阴郁，隔着桥望去，巴黎圣母院形制宏壮，雕饰精美的长廊、华美巨大的玫瑰花窗、哥特式的入云高尖塔，再加上法国大文豪雨果的世界名著《巴黎圣母院》中的跌宕情节，让这座教堂予人一种神秘的感觉。

巴黎圣母院位于巴黎市中心，周围的古老建筑很多，游客络绎不绝。这里的道路和交通都很现代，马路上色彩鲜艳的“小火车”映入眼帘，给这个古老的城市注入了活力。我们来到闻名遐迩的塞纳河，河面上时而驶过载着世界各地游客的游船。

街头有一位全身涂满颜料的流浪艺人，时而静止，时而表演，身前放着盛有几个钢镚儿的盒子。贤清法师弯腰投入一个钢镚儿，一句“阿弥陀佛”连同一颗利他心也投射其中。

塞纳河桥头，正在我们合影留念之际，后面传来同学呼唤“法师，法师”的声音，回头一看，看到几位温文尔雅的法国老人和两位中国人，原来这是马神父一行。他们早已在路边咖啡馆等候我们多时，看到法师，就截住后面的同学，用汉语询问他们是否是龙泉寺的。后面的同学当时非常诧异，当得知他就是马神父时，随即称赞神父的汉语好，神父幽默地说：“我有这个条件。”

在互相问候后，马神父用汉语介绍他们的成员：利氏协会社长、汉学家欧明华（Fransois Hominal）、一位退休的历史教授、一位中国神父以及巴黎大学宗教学硕士谢华。今天，我们参访巴黎圣母院的向导就由这位退休的历史教授来担当。之后，马神父就带我们走向几十米外的巴黎圣母院广场。

- 对爱的解说

作为法国的代表名胜，圣母院前的广场上簇拥着来自世界各地的游客，一片热闹的景象。正对圣母院的大门，是一个宽大的剧场式阶梯座位，在马神父的导引下，我们在这里坐下。坐在这里，眼前的巴黎圣母院美景一览无余。待我们坐定后，这位历史学教授开始解说。他首先礼貌地询问法师应该怎样称呼，“是该称兄弟还是朋友?”悟光法师毫不迟疑地说：“兄弟。”

“好，欢迎你们来到巴黎。”身着正装、温文尔雅的教授，以歌剧般的声腔，交响乐指挥般的手势，开始他充满激情的演说。“这是一个特别的教堂——是一个主教座堂，当地教会的一座教堂。主教在这个教区，他召集信徒来祈祷、参加圣事、布道。为了召集信徒在这里讲道、祈祷，他有一个特别的主教座在这个地方。”

教授还介绍道：“在欧洲西部一带，基督教是从 4 世纪开始发展的。从那时起，基督教便有很大的影响，开始兴建大的教堂。在巴黎，基督教是 3 世纪中叶传来的。从巴黎的第一位主教苏利起，这座教堂就开始存在，只是现在我们看到的部分是 1163 年开始重建的，重建花了相当长的时间，现在教堂已有 850 年的历史。”

教堂的建筑正面上下分为三层，最上层是两座高高的钟楼，中间是三扇巨大的彩绘玻璃窗，下面是三扇雕饰精细的正门。在建筑外观上，数根横向、纵向的柱子引人注目,教授解释道:“来到教堂,很自然地向上看。纵向的柱子代表天主在上,引人向上。教堂是为天主而建的,以人为象征。横向的柱子是为了将我们引回来。”而对于教堂前的广场,教授说:“人们在这里来来往往,象征全人类,男男女女来来往往经过教堂门口,就像被天主吸引而来。所以,主教座堂强调这是一个天、人相遇的地方。”

在基督教的相关记载中,耶稣基督是一个真实的人,出生于一个妇人——圣母玛利亚之身。在教堂三个正门上方分别有三组雕刻,分为三个主题刻画圣母的一生:从幼年到青年,到耶稣出生;临终升天,被天主加冕;世界末日,最后审判。

最后,教授饱含深情地说道:“怎么知道哪些人被救哪些人不被救?标准就是爱,你爱了没有?在《圣经》中说,被救的人问天主为什么我们被救了,耶稣说:‘我曾经饿了,你给我吃的,我曾经渴了,你给我喝的。’‘那什么时候我做过这些的?’耶稣说:‘你为你最小的一个兄弟所做的,就是为我所做的。’”

人人都渴望爱和被爱,可是什么才是真正的爱?为什么得到的爱不长久,又可能饱含痛苦?对于这一点,宗教是可以给予我们答案的,它能引领我们走出痛苦,领悟到爱的真谛。作为一个佛教徒,我相信慈悲伟大的佛陀,他的爱无处不在,他无时无刻不在以无比的慈悲和无上的智慧指引我们究竟离苦得乐。

这位教授的解说,也许并不是最权威、最全面的,但是他的身语意,却无时不在表露着对自己信仰的热诚,以致他的解说格外打动人。

• 痛苦圣母像

教堂的大门上,用多国语言提示着“静默”。走进教堂的大门,广场上的喧闹戛然而止,墙面的石壁厚实而沉稳,古典的蜡烛吊灯散发着幽静的光,让人不自觉向上仰望,游客虽多,但却是一片静默,心也随之安宁了下来。站在中间的通道上,继续倾听教授的讲解:“这里有两个祭台——拉丁弥撒在老祭台,法语弥撒在新祭台。室内分为普通信众区和神父祈祷、颂唱区。宣讲福音(即耶稣的话)在讲道台。”教授介绍说,这个教堂有三个特别的地方——主教座椅,象征传教布道的权威;祭台,庆祝、弥撒;第三个就是讲道台,“整个教堂的布置结构,是为了突出主教的宣讲、祈祷”。现代的祭台和讲道台,还有那些至今仍然进行的庆祝、弥撒,使这座850年历史的大教堂实现了古今相通。

教堂的穹顶有30米，光线是通过彩绘玻璃照射进来的太阳光，这种光并非特别明亮，“但这是天主之光，来照亮所有来祈祷的人们”。哥特式教堂有一个重要的装饰元素就是彩绘，这座教堂的北、南、西各有一个直径13米、13世纪安装上去的堂皇大彩绘玻璃窗，它的下面还有高5米的长形彩绘玻璃窗。彩绘玻璃里画着很多的人物头像，都是在表现《圣经》里的历史故事。

我们继续往前走，来到一扇精致的铁艺大门前，里面被铁栅栏封闭了起来。正在我翘首向内眺望时，大门“吱”的一声打开了。不知何时，圣母院的主管神父悄然加入了我们的行列，他是受马神父之托陪同我们参访的，是他及时指示工作人员打开了大门，由此我们才能得以参访到这个不对一般游客开放的地方。

进入封闭区域，两侧是18世纪初开始使用的主教座椅——诵祷司铎团神职人员的座椅，深红色的木质座椅独立又相连，质感厚重，最上层的椅背上方是高高的木墙，上面雕着精美的图案。在这里，神父和主教们各就其位，每天早、中、晚进行三次祈祷。

站在这里望去，前方是一尊栩栩如生的“痛苦圣母”雕像，这才是圣母院的中心。六根黄色的丝带从顶而降，分洒于六根立柱上，仿如从天而降的天路，为圣母像笼罩上浓浓的圣光。在一身纯白的圣母玛利亚的膝上，是她的儿子——刚从十字架上取下的耶稣的遗体，两个小天使在两侧护佑。圣母的表情十分痛苦，眼中仿似噙满泪水，但脸上却依然带着慈爱的光芒。她抬眼望天，在期待耶稣复活。在圣母的身后，立着一个璀璨夺目的金色十字架，与前面素白的雕像形成强烈的对比，这是象征复活新生。

在圣母像的两侧是法国国王路易十三和路易十四的塑像。路易十四正在把他的皇冠献给圣母，也就是表示将全法国奉献给圣母玛利亚。据介绍，雕像是1638年建造的。每年的8月15日是圣母升天日，每年此日在这里纪念国王把法国奉献给圣母，也就是纪念国王把法国通过圣母奉献给耶稣。

主要的部分参观完毕，马神父、圣母院主管神父、翻译告辞，其中有几位要去准备悟光法师下午在巴黎大学的讲座。法师向他们一一表示谢意，并赠送了龙泉寺的法宝以做纪念。

上午10∶45，我们走出圣母院，再次右绕圣母院一圈，结束了参访。

次第花开

下午，悟光法师在巴黎大学伯纳丁学院——一所神学院做演讲。原本的传统讲座，却随因缘变成了一场佛学问答会，更让我们体会到这里的人们对汉传佛教的好奇和期待。

• 全球化时代的宗教对话

下午 14：30，我们来到了巴黎大学伯纳丁学院。巴黎大学是欧洲最古老的大学之一，从 12 世纪初就已存在，前身是索邦神学院，于 1261 年正式称为“巴黎大学”。现在它下属的伯纳丁学院是专门培养天主教神职人员的学院，有点类似于中国的佛学院。

一抵达伯纳丁学院，研究室主任古根汉姆教授，以及包斯副主教、马神父等一行已经在门口迎接我们了。彼此介绍和互致问候后，古根汉姆教授等带我们简单地参观了学院的一楼公共区域，随即带领我们去往地下一层的讲座场地。

伯纳丁学院的讲座场地很像延安的窑洞，不过不是土窑洞，而是石头砌成的，完全是西式的建筑风格，配以黄色的灯光，一进去就有一种沧桑的历史感。这里，已经启用了 700 多年了。从一楼的门口到讲座现场的门口，沿途摆放着带有讲座题目、讲演人、时间、地点和行走方向箭头的指示牌。进入讲座现场，座无虚席。除我们一行外，几乎全是西方面孔。

下午15：00，讲座正式开始。由马神父做主持人，副主教包斯先生首先致辞。本场讲座主要是法国东方语言文化学院副教授、专门研究佛教的汲喆博士做翻译，兰天协助。

包斯副主教首先致欢迎词："作为这里的副主教，我非常荣幸在这样一个天主教的场所来欢迎大家。我们都知道，在今天这个世界上，无论是在巴黎还是北京，在所有人口密集的大城市，多宗教之间关于和平的对话是非常紧迫的。如果没有一个内在的追求，没有作为人的内在维度的思考，这个世界是不可能有和平的。对这种内在智慧或说是卓越智慧的否定，实际上是一种非常暴虐的行为。特别是在全球化的时代，宗教间的对话是能为促进社会和平服务的。所以，我今天非常荣幸在这里欢迎大家参与宗教间的对话。因为这次活动是一个象征、一颗种子，来促进社会的和平，而这个事业是我们在座的各位都希望有所贡献的。"

接下来，悟光法师开始发言。在致谢之后，先对龙泉寺做了简单介绍。

法师接下来继续说道："我个人认为，现在这个时代是全球一体化、地球村的时代，在这个时代，多宗教并存、多元对话是这个时代的一个主题。

在目前全球物质高速发展的今天，从佛教的角度来看，全世界的人类越来越趋向于从外在追求来寻找快乐，向物质层面追求和发展快乐。作为一个佛教徒，从宗教的角度来看，真正的快乐不是通过外在，或者说不完全通过外在的寻求才能够得到。从这个角度来看，全世界的人民更需要宗教。

通过这几天我们在欧洲四国的参访，特别是和天主教的交流，了解到天主教在欧洲起到了非常重要的作用，对于整个欧洲人民生活以及幸福来说，是不可或缺的。当然，我们也看到了欧洲宗教界和欧洲人民的包容性——近些年来在欧洲，佛教也在各个国家开始有它的寺庙。"

- 年轻人的精神追求

这时马神父向悟光法师提议，由于之前已将讲座的内容大纲发给大家了，所以接下来是否可以直接进入交流环节。悟光法师表示同意。于是现场问答即刻开始。

马神父首先提了两个问题："第一，据了解，您认为大学生到底是因为什么才对佛教产生兴趣的？是因为佛教是中国的传统文化，还是因为这个宗教对他们个人生活有特殊的影响？哪个因素更重要？第二，你们如何教育青年僧人？因为当今社会发展很快，互联网之类的发展会不会使僧教育产生新问题，你们是如何处理的？”

悟光法师：“针对第一个问题，我想在座的专家教授如果有去过中国或者到过北京的，甚至在高校里进行过讲座或者座谈的，都会有一些了解。如我前面所说，现在这个社会不单单是中国，包括全世界，大家在物质条件得到了一定的满足后，自然就需要精神方面的慰藉。年轻人从小无忧无虑，各方面物质条件都很好，他在学校里就会寻找精神方面的追求。这个时候如果他接触到了佛教，他就会对佛教感兴趣，如果他接触到了天主教，就会对天主教感兴趣。总的来说，是对于宗教的普遍需求。第一个问题，不知道这样回答合适吗？”

马神父边点头边继续发问：“那么佛教在中国，作为可选择的宗教之一，是不是比其他宗教的地位更突出一些？”

悟光法师：“据我所知，它的地位没有更突出，因为佛教普遍被中国人认为是出世的宗教。出世的宗教与世间是一种隔绝的状态。但实际上佛教是这样吗？不是。佛教是有层次的，从开始、中间到最后，层次都不一样。佛教提倡要出离这个世间，要厌离这个世界，要放下对这个世界的种种看法、执著、贪著，到最后发了菩提心之后，就要走入世间、利益世间、奉献世间，这个时候就要走出去。但是对于刚开始接触佛教的人，就认为这是一种与世隔绝的状态，因此他不一定先接触佛教。”

• 现代中国的僧教育

悟光法师接着回答僧教育的问题：“在过去，中国传统的寺庙基本上都是老师带徒弟，一个老师带几个徒弟，甚至只带一个徒弟。这样，徒弟直接在老师身边学习，也就是行走坐卧都和老师在一起、不离开。后来，在太虚大师——一位佛教的大师在特殊因缘下改革之后，从这种教育模式进入学院式教育，也就是从欧美引入过去的。我们刚开始参观一楼的时候，听介绍说咱们这个地方是现代大学教育的发源地。佛教在民国的时候，也开始了这种教学方式，也就是学院式的，通过集体教育、集体培训的方式去教学。已故的原中国佛教协会会长赵朴初居士曾经讲过：‘当前和今后相当时期内佛教工作最重要、最紧迫的事情，第一是培养人才，第二是培养人才，第三还是培养人才！’人才是第一位的。但是在现今这个社会，正如马神父所提到的，由于互联网等高科技的发达，僧教育也是佛教界比较关注的问题——如何把一个僧人从刚出家到最后培养成一个比较完美的僧人，就好像从最开始的修士到神父这样的一个过程。

刚才说到，中国佛教培养僧人有两种方式，一种是师徒间相传相教的方式，一种是学院式的。在学院式的培养过程中，全国各地有很多佛学院。每个佛学院所用的教材大同小异。至于老师带徒弟的方式呢，也有很多地方依然正在传承。”

讲座至此，时间已过半，马神父宣布休息 10 分钟，这又让我们再次感受到了在欧洲做讲座的不同之处。

古根汉姆教授此时走向悟光法师，开始与法师交流。

教授：“特别感谢您，您讲的打动了我的心。”

法师：“阿弥陀佛，应该的。”

教授：“您讲的那些内容，也可以请您给我的学生讲授吗?”

法师：“只要您不介意，我愿意做这个奉献。”

教授：“您刚才讲到了欧洲这方面的内容，让我很感动。您提到了人才培养的问题，两种方式——传统方式和现代方式，这也是我们的方式。还有另外一个问题，您讲到了宗教和社会、世界的关系，这个对我们也是很重要的。对于现今来讲，这是一个很好的问题。让我更惊叹的是，您带领的这个团队有很多年轻人，这一点我非常赞叹。”

法师：“这些都是龙泉寺的一个部门——翻译中心的义工。”

教授：“这样非常好。要了解欧洲，更重要的也要了解自己的传统。”

法师：“传教需要年轻人，老了传不动。”

教授：“你们寺院，其实是专注于当今的社会。”

法师：“是的。”

这时，发心给法语团队担当法文校对的一位法国女士也过来和法师交流。

女士：“三个星期后我会去北京。”

法师：“欢迎欢迎，三周之后我们也在北京。”

女士：“有可能去寺庙里面，也了解一下寺院。”

法师：“Yes! Yes! Yes!”

女士：“如果去的话，我会提前和兰天联系。我也有其他的朋友很感兴趣，如果他们也想一起去龙泉寺的话，有什么活动可以参加吗？”

法师：“提前联系就会安排活动。”

法文组的外校 Gérard Zawadzki（中文名：沙华基）老师，在得知我们将会在伯纳丁学院举行一场讲座后，早上 5：00 就坐火车从法国西部的雷恩市赶到了巴黎。虽然素未谋面，兰天还是从一群等候我们的教授中认出了沙老师——这位身着具有中国传统特色的红色唐装的法国长者，戴着一副宽大的眼镜，眼角眉梢挂着和善的微笑。沙老师一直在认真听讲座，还用相机给法师拍照。在得知沙老师专程从外地赶来，还一直帮助校对法文版《感悟人生》后，趁着讲座中这刻的间歇，贤清法师特地向他表示了感谢，并结缘了中文版的《感悟人生》和书签。沙老师说，早年间自己学习中文的时候就对佛教很感兴趣，曾经去过台湾的佛光山，后来还在法国皈依了，这次非常高兴能有机会见到法师和大家。

- 和谐的碰撞

10 分钟转瞬即过，悟光法师接着上半场的话题继续讲下去。

“在这种情况下，就会有一些人要出家修道，我们就会分成不同的班级，也就是说有净人班、沙弥班、比丘班。比丘班会按照进入寺院的先后顺序来分班。进入比丘班之后，比丘就是相当于天主教的神父，就不单单要学习，还要承担一些弘法方面的工作。

这些进入寺庙的净人、沙弥、比丘们，除了在寺院里担任相关职务以外，不能有手机，不能看电视，也没有报纸，要上网的话，要通过审批才可以。也就是说，现代网络技术等是被严格控制的，这有可能会扰乱我们的心，刚开始入道的时候不宜接触。等久了之后，自己能够调伏、控制自己的心了，由于弘扬佛法、建立僧团的需要，才允许接触一些。

另外，我们寺院里面不发工资，都是常住报销，儭钱[①]归公。如果生病或者有事或者是公派出去，回来之后常住给报销。如果外出办事，一般会安排两位出家人一起出去，避免一个人放逸散乱，以此来保护彼此。

总之，寺院会有一系列的规定，主要是让我们自己的心趋向于道，不至于远离

---

① 指供养给僧人的钱财。

道业。也就是说让修道越来越好，用佛教专业词语来说，就是要持戒清净，才能够生出定，最后才能开慧，才能解脱各种烦恼，才能得大自在，得到永恒的快乐、最究竟圆满的快乐，也就是我们天主教所说的与上帝同在。

龙泉寺的这种做法，是实践丛林学院化、学院丛林化、修学一体化、管理科学化。打造一个既传统也现代的寺庙。”

在悟光法师回答完这两个问题后，马神父说：“我们现在请古根汉姆神父做一些评论。接下来我们再继续回到提问上来。”

古神父：“非常感谢悟光法师的演讲。我不懂中文，但是我从他的声音当中体会到一种非常深刻的宁静。他刚才讲到的有关佛教在中国、在法国、在欧洲的地位这一问题，让我想到了更普遍的问题——宗教如何面对现代化的挑战。我想告诉悟光法师，在这里教授我们佛教、佛学的人，要不就是天主教徒、基督教徒，要不就是已经皈信佛教的西方人，总之就是西方人，这和直接听一位来自中国的法师演讲是不一样的。所以，有这样一个机缘让大家到这里，就希望和到家一样。

下面我来做一下评论，不仅是从一个法国人的角度，更是从一个西方人、一个世界公民的角度。我们都认为一个神父或者一个宗教的教士，他到这个世界上来都有他特定的使命。这个使命在我们西方就是先从修士生活开始的，修士生活又形成了大学生活——就是教育。这个教育推动了整个社会文化生活。让我印象深刻的是，你们这个团整体都是年轻人，这就是一个证明——真正是有某种非常值得传承的东西在这里。那么，现在如果我能有所评论的话，我愿意涉及一个问题，就是知识和爱的关系。人需要思考、思索，需要团结、统一，但是这种团结、统一中间又充满了差异。所谓的知识，就是能够接受、欢迎和我们不同的东西。而正是因为爱，我们才能和与我们相异的东西相遇又不发生恐惧。所以正是选择知识和爱的精神，我们来欢迎各位。”

- 缘起的随顺

接下来听众又提出了第三个问题：“您能否简要解释一下，如何把基督教的上帝和神的概念与佛教中空的概念结合起来，如果它们之间有联系的话？”

悟光法师：“今天中午和谢华同学，她是信仰天主教的，做了一个简短的交流。从我个人对佛教的理解来说，因为缘起、空性在佛教中是一个最高的理论，也是对世界的认知。从她那边提供的信息，我个人理解，天主教对天主的形容，跟佛教讲的缘起、空有点相似。比如，天主无形无相，他可以产生作用。”

听众：“佛教和基督教都有一个比较不幸的共同之处，就是两者之间都有不同程度的分裂，比如，在基督宗教内，有天主教、基督新教也有东正教。佛教在中国也有许多宗派，我想知道龙泉寺属于哪个宗派？在中国，是不是有人努力在融合，或者在不同宗派间对话？如果有这样的努力的话，有什么结果和意义？在西方经常会说，佛教更是一种哲学、一种宗教。在中国，人们是怎么看这个问题的？一个人是不是只要他学习佛教哲学就可以说他是一个佛教徒？想了解您对这个问题的看法。”

悟光法师：“不管是基督教的演化，还是佛教后来分成十八部，以及中国汉传佛教后来分成八大宗派，包括藏传佛教后来的四大教派，我觉得都是历史演变的产物，是根据当时人民的条件，也就是佛教说的根性，来产生的一种修学方法或者是一个路径。在保持佛教精神核心价值观不变的情况下，进行方式、方法的改变，让适合这个法门的人能够走上去，最终也就是条条大路通罗马，最终都会走到佛陀的果位。包括基督教，不管怎么演变，最终如果能够和上帝同在，走到最终的结果，圆满了。

从我个人的看法来说，这是一个历史之必然，毕竟现代的人和过去的人文化背景、教育方式等都是不同的，你要是让现在的人也完全照着过去的办法去做，可能走不通。比如说，过去的人出行靠走路就可以了，现在有汽车、有飞机，你说这个只靠走路还能行得通吗？过去没有手机，现在都用手机，不用手机你能赶上这个社会发展吗？在外在的方式、方法上做微调，保持它原有的核心价值不变的情况下，我觉得这个演化、演变是正常的，不代表这个东西本身就有问题了。

这也正印证了佛教的一个理论——‘诸行无常’的道理。也就是万事万物都是在变化中存在、在变化中成长，没有一个永远不变的东西，任何的东西都在变化。当然我们是希望越变越好，但事实上并非那么理想，因为佛教教义告诉我们，现在这个时代与过去相比，人的内心是每况愈下，福报和智慧都在衰减、减退。

看起来现在外在的东西——网络、交通、信息等这么发达，实际上从福报来说，从心灵来说是比不上古人的。我们对古人的教导，古人所讲的道理的体会，越来越赶不上古人的智慧了。现代的情况是，把古代的圣贤所体会到的境界慢慢偏到理论了，在实践层面也就慢慢退化、衰减。就拿我们现在观察到的情况来说，物质的东西，后人比前人越来越厉害，一代超过一代，而心灵的东西，后人越来越比不上古人，越来越差。这也是历史之必然，也是诸行无常的道理。”

讲座结束的时间到了，听众意犹未尽，三三两两在交谈，向我们了解更多的情况。这时，古神父、马神父则与悟光法师互赠礼品。

随后，我们在马神父的带领下，再次途经伯纳丁学院近旁的巴黎圣母院，步行十几分钟，到 St. Gervais 耶路撒冷教团体验天主教的弥撒。我们一行人，有法师，有神父，有佛教居士，有天主教信徒，在热闹非凡的人群中急速穿行，成为巴黎街头一道不同寻常的风景线。

弥撒于下午 18：00 开始。古老、庄严的教堂内，神父和修女们穿着洁白的教衣，神父做着法事，修女和信徒交相歌唱，空灵、纯净的赞歌声飘荡至教堂屋顶，给我们留下了美好的印象。让我们更加深信：道并行，不相悖。宗教虽不同，但都可以带给人们心灵的提升，带给人类和平和安乐！

善缘处处

今天的行程十分紧密，除了要参观巴黎的标志埃菲尔铁塔、世界三大博物馆之一的卢浮宫，还要与联合国教科文组织高级官员杜杜·迪埃(Doudou Diene)先生见面，与迦密修会的修女交流，贤清法师还要在佛教灵山会总部做讲座。如果单看行程的话，很难想象这么多的活动如何能在一天内完成，我们不仅完成了，而且还结了许多的善缘。

• 法国的早课

早上起来打开窗户，窗外是清幽静谧的禅园，一尊弥勒菩萨塑像在法座上仿佛在禅思。深吸一口纯净清新的空气，这已是我们在巴黎法华禅寺迎接的第二个清晨了。昨天早上，因为参观巴黎圣母院，我们和早课擦肩而过。今日上午不用很早出门，所以大家有缘参加法华禅寺的早课了。

我们身着海青，早早进入大雄宝殿，静静等候法师们的到来。这里的早课是早上7:00开始。只见满谦法师身披肃穆庄严的大红袈裟，率一众比丘尼法师，具足威仪，缓缓步上法台，各执法器，清澈嘹亮的梵呗之音缭绕在大雄宝殿。今天早课的内容是诵《金刚经》，法本早已帮我们准备好。参加的信众不多，除了我们就只有一位来自英国的义工。

• 身边的善缘

如果说巴黎圣母院是古代巴黎的象征，那么现代巴黎的标志就非埃菲尔铁塔莫属了。上午 10：30，我们终于一睹这座矗立于巴黎市中心塞纳河右岸三月广场公园的埃菲尔铁塔的芳容。埃菲尔铁塔的法文是 La Tour Eiffel，La 代表着阴性，所以即便在纯钢铁坚强的外表下，浪漫的巴黎人依然给“她”取了一个美丽的女性名字——“云中牧女”。远远地望去，“她”仿佛是一个高贵优雅的少女，静静端坐在碧波荡漾的塞纳河畔，在蔚蓝色天空的映衬下分外美丽。

阳光下的铁塔明亮耀眼、巍峨耸立、直入云霄。钢铁结构全部用铆钉连接，共用钢铁 7000 吨、12 000 个金属部件、259 万只铆钉，让人叹为观止。建筑师艾菲尔设计并完成了这项伟大的工程。为了纪念这位法国著名建筑工程师，不仅以他的名字命名铁塔，并在塔下为他塑了一座半身铜像。埃菲尔铁塔高 320.7 米，分为三层：离地面 57.6 米的第一层有播放埃菲尔铁塔历史短片的迷你博物馆；离地面 115.7 米的第二层设有高级餐厅；离地面 276.1 米的第三层建有观景台，在这里可将巴黎市区城景尽收眼底。

沿途中，遇到很多商贩在贩售纪念品，但赵导却一直不让我们买。当回到大巴上时，让我们深感惊喜的是，赵导拿着很多金色、银色、铜色的埃菲尔铁塔钥匙链和印有埃菲尔铁塔图案的丝巾上来，原来是她特意买来与我们结缘的，她还特意送给法师一个精致的埃菲尔铁塔模型。

• 心灵的联线

中午 11：50，到达中餐馆。作为联合国教科文组织高级官员，杜杜 · 迪埃先生的公务十分繁忙，选择吃饭的时间段交流，对他来说反倒更加容易一些。

杜杜 · 迪埃先生 1941 年生于塞内加尔，是原联合国教科文组织跨宗教及文化对话司司长，曾任联合国人权委员会独立专家，2002 年至 2008 年任联合国当代种族主义形式特别报告员。迪埃先生对中国佛教很感兴趣，联合国教科文组织曾委任他研究佛教的迁演，因此对佛教文化与历史有深入的了解。迪埃先生目前致力于宗教和平及反对群体灭绝的犯罪运动。

在简要介绍了这次欧洲之行的目标后，法师送给杜杜·迪埃先生一串念珠，“这是佛教的吉祥物，代表平安和吉祥”。迪埃先生接受礼物后，欢喜地说道：“我在联合国教科文组织工作了将近30年。我当时负责跨宗教对话，所以几乎和所有的宗教都打过交道。我也推进了宗教对话这个计划，推进了一个叫‘丝绸之路’的计划。当时在中国也组织了一次国际旅行，在福建也组织过活动。我非常喜爱中国，佛教对我来说，非常具有吸引力，非常高兴今天与法师会谈。我持续地在做国际宗教对话，今天上午写了一个关于多宗教对话的文本，我的工作就是让大家在精神方面保持联络。”

“之前不了解龙泉寺，希望有一天能够去拜访。”迪埃先生非常真诚。他接下来主动提道：“我的一个朋友是犹太教徒，他是个制片人，如果大家感兴趣我可以邀请他过来。”悟光法师欣然应允。迪埃先生正准备给这位朋友打电话，没想到对方正在此时打来电话。这是偶然吗？悟光法师叹道：“缘分！”

迪埃先生继续说道：“在联合国教科文组织的时候，我安排了一个国际徒步远足，参加的人包括科学家、宗教人士、学者。当时走的就是一条佛教之路，我们去了蓝毗尼园，去了很多佛陀的圣迹。所以，我和佛教徒的联系已经有20年了。”

• 同行的缘分

很快，迪埃先生的朋友艾曼纽·艾尔就到了，一头卷发的他有艺术家的气质。迪埃先生向法师介绍道：“这是艾曼纽，他是耶路撒冷前市长的儿子，是电影制片人，是我的好友。”悟光法师跟他打招呼后，送给他《和尚·微博——北京龙泉寺的365天》一书：“非常高兴见到您，欢迎您来品尝中国菜。这是我们送给您的用8个国家的语言写的龙泉寺简介，我们大部分人都是第一次来法国。”

艾曼纽先生接过书，翻看之后，问道：“龙泉寺是？”

贤清法师答道：“它最早建于辽金时代，有1000多年历史了。在历史上，有过繁荣，也有过衰落。2005年，龙泉寺重新开放，到今天还不到8年的时间，但发展非常迅速。”

艾曼纽先生兴致勃勃地继续问道：“你们的团队中有多少修行人？”

贤清法师：“2005年初建的时候只有几位，现在越来越多了。”

艾曼纽先生：“你们信仰的是佛陀——释迦牟尼佛吗？”

贤清法师："是的。"

艾曼纽先生："我是犹太教徒，犹太教是起源于耶路撒冷的宗教。我的父亲翻译了《旧约》、《新约》还有《古兰经》，因为他觉得现有的翻译并不是很好。"

贤清法师："我们也鼓励学习全世界各种宗教文化，我本人对《圣经》也很感兴趣。"

艾曼纽先生："如果学习的话，要对选择的译本特别注意。"

贤清法师："所以我对您父亲的工作非常感兴趣。"

艾曼纽先生："我的父亲推源到希伯来文，因为《圣经》最初是以希伯来文写的，所以父亲就推倒重来，回到希伯来文去翻译。"

没想到艾曼纽先生的父亲也与我们做着相同的翻译事业，这也不得不让人喟叹是一种缘分。

此时，迪埃先生很抱歉地说道："我不得不走了，我还有个会。我的朋友艾曼纽会留下来陪大家。我希望在北京能再见到大家。"

临别前，迪埃先生跟我们说了一句话，让我们真切地感受到他对佛法的尊重和了解："我对佛陀的教法有很多的感受，特别是对于慈悲。我的佛是阿弥陀佛。"

阿弥陀佛！

• 缔结未来缘

迪埃先生走后，艾曼纽先生继续与我们交流。

悟光法师："见到您很高兴。"

艾曼纽先生："我也是。"

悟光法师："佛教讲缘分，我们有缘。"

艾曼纽先生："犹太教也有类似的说法。我和迪埃先生也已经很久没见了。当他打电话的时候，我正好在附近，骑上自行车，5 分钟就到了这里。"

悟光法师："犹太教是智慧的宗教。"

艾曼纽先生："我是个电影制作人，我现在在做一个项目，想把人类追寻心灵之旅的历程——从最开始到现在的——全部记录下来。在我看来，5000 多年前的亚伯拉罕，其后的摩西、耶稣、穆罕默德，以及佛陀、孔子、老子——所有的这些先知圣贤，他们传递的都是同样的信息——'各种生命形态，不仅仅只是人类，都是来源于爱'这样的信息，以及其他的一些正能量信息。但是后来，人们开始有了争斗，然后有了杀戮。"

听到艾曼纽先生的话，再次让我们感受到了彼此的缘分——我们都是做着关注于心灵的事业。

法师又再次请艾曼纽先生进餐，他表示中国菜"非常好吃"！

悟光法师："欢迎去北京龙泉寺，我们也经常做一些小的纪录片，欢迎给我们指导。"

"是不是可以给你们拍个片子？"艾曼纽先生的话让我们喜出望外。

悟光法师接下来介绍道："我们现在制作了一个卡通片《贤二律师传》，是用面粉捏成的面人儿制作的电影，就 18 分钟。"

法师拿来笔记本电脑，给艾曼纽先生演示。在打开电脑前的空隙，艾曼纽先生表示："你们以后如果去耶路撒冷，我也可以帮忙。"他的热情、友好再次让我们感动。

电影开始播放，艾曼纽先生掏出眼镜细细看，并且赞道："看起来，这是很漂亮的地方。"

又看了几十秒，他又说道："这是一个关于善和恶的故事。"对于这位新朋友这么快就能把握影片的核心，我们都为之惊叹。

虽然还期待更多的交流，但是时间不等人，卢浮宫预约的参观时间就要到了，我们只能匆匆告别。

快游卢浮宫

卢浮宫是法国文化的象征，文化珍宝的宫殿。即使用几天的时间也无法欣赏全部的稀世珍品，而我们却只有 1 个小时的时间。在这段浮光掠影的“快游”之中，依然是震撼很大，来自艺术的力量，透过千年的岁月，依然传递着精神的信息。

卢浮宫是世界上最古老、最大、最著名的博物馆之一，位于巴黎市中心的塞纳河畔，艺术收藏达 3.5 万件。藏品涵盖了古代埃及、希腊、埃特鲁里亚、罗马到东方各国的艺术品，有从中世纪到现代的雕塑作品，王室珍玩及绘画精品，以及法国、意大利的远古遗物。

入口是由著名华裔建筑设计大师贝聿铭设计的玻璃金字塔，富有现代的简洁美。在“金字塔”设想提出时，法国人发起了抨击贝聿铭的运动。但无常的是，这个“金字塔”现在几乎成了法国人的骄傲。当我们踏入玻璃金字塔，这座交织着古埃及文明与现代文明的水晶般闪耀的建筑时，时光之河便开始缓缓地流动。

通过检票口后，我们到达中世纪卢浮宫的城壕遗迹，这里有一个 14 世纪查理五世统治时期的卢浮宫模型，卢浮宫在查理五世时开始成为皇宫。1793 年，改成国家博物馆向公众开放。

导游介绍了卢浮宫文物收藏的特色：从 1793 年改为国家博物馆以后，有一个任务，要教导法国人民认识他们文化承前启后的传统。看着卢浮宫内，虽然拥挤到接踵比肩，但满怀期待之情的各国访客们，可想而知这种透过艺术的文化传播有着何等的吸引力。

- 神之殿

继续向前走至台阶，可以看到用花岗岩雕塑的4400岁古埃及斯芬克斯狮身人面像。将万兽之王的狮子作为法老的身体，是为了提升法老王作为统治者的威信。即便有花岗岩这样坚硬的建筑材料，狮身人面像如今已经不再守护古埃及的神庙，而是寂寥地蹲伏在现代法国博物馆的橘黄色灯光底下，向我们昭示着诸法成住坏空的自然法则。

接着，我们又从古埃及走到了古希腊展区，这里展示的是具有1700年至3000年历史的文物。每种文明都有每种文明的气质，继古埃及文明之后兴盛的古希腊文明，因敬畏天神，留下的文物大多是与拜神有关的。

这里有卢浮宫中的镇馆三宝之一，也就是我们所熟知的断臂维纳斯。2100年前“出生”的爱和美的女神维纳斯，俯视着来来往往的人群。这尊神像是1820年4月米洛岛的渔夫打渔时发现的，也恰好相应了维纳斯就是在大海的泡沫中出生的传说。

古希腊，更像是一个众神的世界。为雅典城邦守护神——代表智慧与力量的雅典娜而建的帕特农神庙，处于雅典卫城的最高点。许多原属神庙的古物，现在散落在大不列颠博物馆、卢浮宫、哥本哈根等地。这里的缩微的帕特农神庙两侧墙上悬挂的两块从神庙移来的浮雕，更给人沧桑之感。现在，人和神的距离是如此遥远，不知是说明了人类越来越强大，还是人在与一种仰望、一种敬畏、一种神圣的追求越来越疏离。

穿过在19世纪曾作为博物馆入口的圆形大厅，走上两段台阶，就是萨莫色雷斯的胜利女神，也是卢浮宫中的镇馆三宝之一。飘逸的双翅展动风一样的力量，舞动的衣褶挥洒利剑一般的信心与勇气。

围绕着维纳斯、雅典娜、维多利亚三位女神，有着许多的传说，其经历很像佛经中描绘的天人，她们相貌美丽，有着种种神通变化，因宿世累积福德的缘故，享受快乐的生活，但天人们有时也会发生战争，也会有苦。东西方文明，在很多时候有着奇妙的互相印证，隐秘地揭示着宇宙的真相。

• 神之光

时光之河缓缓流动，不舍昼夜，千年，也不过一瞬，耶稣基督降临人间——从背后正对着的红厅开始，便是欧洲从中世纪到文艺复兴的浩如烟海的收藏。

艺术，是信仰证量的外现。

我们从620年前的中世纪神本主义末期展品开始参观。中世纪美术不注重客观世界的真实描写，而强调精神世界的表现，基本都是以宗教为题材。走入620年前的世界，中世纪人心目中仿佛都是耶稣基督，画作几乎都是为教堂而作。画作要描绘的是人心目中的而不是表象上的耶稣基督、圣母玛利亚与圣徒，是为唤起人的宗教情怀。醒目的色彩，好似辉映着教堂的穹顶，直通天堂；又好似七彩的玻璃，闪耀着神性的光芒。当中世纪的教徒走入教堂，内心的肃穆、庄严与虔诚是可想而知的。

金色光环笼罩下的圣母与圣子的形象处处可见。2009年，美国法界佛教总会主席恒实法师在龙泉寺，曾以《慈悲的不同面观》为题，娓娓道来观世音菩萨在各国不同的名号与应现。恒实法师说，圣母怀抱圣子，被认为与中国的送子观音非常相近。圣母，也许就是西方人心目中的观世音菩萨。对圣母，对观世音菩萨的依仰，也就代表了人内心深处对慈悲的皈依，无论是东方人，还是西方人。

• 神与人

伴随着比肩接踵的访客，我们走入了文艺复兴时代。人们穿梭在古迹中，古迹亦穿梭在人群中，心融入的当下，也便走过了人类千年的心路成长历程。

文艺复兴于中世纪后期，起源于意大利的佛罗伦萨。14至16世纪的欧洲文艺复兴，美术以坚持现实主义方法和体现人文主义思想为宗旨，在追溯古希腊、古罗马艺术精神的旗帜下，创造了符合人性的崭新艺术。然而，当我们在历史的这一点稍微驻足，再度回望几千年前的古文明，不难感知到，古文明是更接近人神性、圣性的一面，越往后，越是复杂。文艺复兴风格在绘画上的体现可用一句话来概括：神的人性化，人的神性化。人与神之间的区分越来越少，绘画的题材也渐趋多样。

神的人性化，从金色的运用中就能感受得出来。圣母圣子的金色光环不再如中世纪那样纯粹而夺目，而是越发淡化，有的只是细细的一个圆圈，甚至完全没有光环；背景也不再是纯金色，而是暗色，或是景物。人物与背景的立体，色彩和笔法的写实，乃至故事情节的人间化，使得《圣经》中的人物更像是身边真实存在的人，比一般人多的是平和超越的气质、安静优雅的神态。彼时人心目中的神，便是如此了。

人的神性化，著名的达·芬奇画像《蒙娜丽莎》的微笑透出丝丝的气息。蒙娜丽莎、山崖、小径、石桥、树丛与流水、阴影与光线，烘托出静的氛围，人物的内心与周围的环境浑然一体。同样的微笑淡然，气质平和，神态优雅，蒙娜丽莎与圣母，看上去区别并不大。

在卢浮宫要想和这幅画单独合影几乎是不可能的，画像前的游人摩肩接踵、人头攒动，让你无法立足，这也是我们见到卢浮宫内唯一一幅用玻璃镜框框起来的画作。

在参观画作时，悟光法师问道："既然这里的画作大都这么珍贵，为什么不都用玻璃保护起来?"导游回答说："这就是法国人的一板一眼，他们当年开这个博物馆是为了教育法国人民的，所以如果用玻璃罩上的话，玻璃会反光，你就看不清楚，练不到眼光。所以一定要牺牲这些画，让人看清楚。"

转过身来，在《蒙娜丽莎》的对面就是几乎有 10 米长的巨幅画作《加纳的婚礼》，表现了《新约》中所记载的耶稣基督在人间完成的第一个圣迹，以 16 世纪富庶的威尼斯为背景，人与神共处的场景被铺张地展现出来。耶稣与门徒们和他的母亲玛利亚受邀参加伽纳城的婚礼。在婚礼上，酒不够喝了，耶稣请人将酒坛子灌满水，然后让人把坛子送到主人面前——水变成了酒。而圣母此时，除了头上淡淡的光晕，着装、神态、气质几与普通妇人无异。

穿越过 17 世纪的巴洛克主义和 18 世纪的洛可可主义，18 世纪末至 19 世纪初法国大革命时期，出现了古典主义的画作。代表作就是画家雅克-路易·大卫的《拿破仑一世与约瑟芬皇后加冕礼》。雅克记录了 1804 年 12 月 2 日拿破仑在巴黎圣母院举行加冕仪式的一刻。当时拿破仑没有像其他皇帝那样去梵蒂冈加冕，而是将教皇请来巴黎，在巴黎圣母院内加冕。为表现他的雄威，将皇冠从教皇手中拿走，加冕给他的妻子约瑟芬。看到这盛大的场面，也不由得让人感慨，即便是如此的权力与荣耀，也和空中的浮云无异。

不到一个小时的卢浮宫参访匆匆结束了，我们又回到了灿烂的太阳底下，玻璃金字塔外的天空像几千年前一样，云卷云舒，几千年的历史好像一场梦。然而，人类文明的过去、现在、未来，依然在不息地奔腾，时光之河依然在缓缓地流动……

尘世中的隐修会

行程的紧迫，让我们只能在卢浮宫浮光掠影而过。刚从艺术殿堂的流光溢彩中出来，我们马上就要赶赴一家迦密会修女院。马神父说，这是一家以静修为主的隐修会，我们也许只有几个人能进入参访。

• 门内门外

下午 15：00，我们抵达巴黎北部的高地蒙马特——巴黎著名的地标之一。公元 250 年前后，巴黎首位大主教圣德尼鼓动大批巴黎人皈依基督教，被罗马统治者判处死刑。据说，圣德尼最后即殉难于蒙马特高地。自从圣德尼在此殉难之后，这里便更名为“殉道者之山”，成为基督徒的圣地。

我们的大巴停在了一条繁华街市的对面。大家以 15 分钟的急行军速度穿过拥挤的街市，又开始攀登一段层层叠叠、似乎数不清的上山阶梯。在急速登山的辛苦后，等待我们的是一座洁白壮观、气势不凡的大教堂——著名的圣心大教堂。作为巴黎的名胜，大教堂前人头涌动，热闹非凡。据说，整座教堂都采用一种叫“伦敦堡”的特殊白石建造，这种石头接触水便会分泌出一种白色物质，能使建筑在积年累月的风雨冲刷中越变越白，这也是圣心大教堂如此雪白晶莹的原因。它的大圆顶具有罗马式与拜占庭式相结合的风格，中间的大圆顶被四个小圆顶簇拥着，颇具东方情调。教堂后部有一座高 84 米的方形钟楼，里面有一只重 19 吨的世界最大的萨瓦钟。

虽与埃菲尔铁塔、凯旋门同为巴黎的象征，这里却不是我们的目的地。教堂后面曲径通幽的小巷，指引我们来到一扇神秘的大木门前，这才是我们要参访的迦密修道院——圣心大教堂的一个不起眼的附属教堂。在敲响木门时，内心有些忐忑，之前马神父曾介绍过，这里是隐修会，修女们都在这里隐居修行，不适合很多人参访，很可能只有几个人允许进入。

木门背后仿佛是另外一个时空，街市的嘈杂、圣心大教堂前的热闹都被沉重的木门隔绝在另外一个世界了。木门后左手是一幢青砖灰瓦的三层小楼，右边则是花团锦簇、郁郁葱葱的庭院，石雕的圣母拥着圣子掩映在松枝丛林中。白色、红色、黄色、玫瑰色的蔷薇爬上枝头，将灰色的墙瓦点缀出层层春意。前来接待我们的修女很和善，同意让我们所有人都进去。

• 阶下阶上

整个修道院都处于一种异常静谧的氛围中，上楼梯时，似乎都能听到自己的呼吸声。我们在一个宽敞明亮的大厅坐定后，悟光法师介绍了参访团后说道："我们是一个佛教团体，对其他的宗教抱着一种尊敬、学习、平等的态度，这也是我们的愿望和理念。"

和我们之前想象的不太一样，接待我们的这位修女年轻、亲切、温婉，带着一点腼腆，但可以感觉到她内心的平和。修女答说："今天非常高兴，欢迎大家到这里来。我们是一个天主教的修道院，属于迦密修会，是个比较小的修道院，大概有二十一二个修女。在法国，像这样的修道院大概有 90 多个。我就是来回答大家问题的，有什么问题都可以向我提问。我们这边最小的修女是 23 岁，最大的是 98 岁。"

因为我们下面还有行程，时间紧迫，法师们也就不多寒暄，开始提问。

悟光法师："在天主教的修道方式中，从一个俗人变成一个最高级别的修行人——比如说神父，需要怎样的阶梯培养过程？"

修女："这里包括很多的过程。首先，要成为一个天主教徒，要先通过祈祷、唱诵和耶稣基督产生一种联系。第一步，要接受洗礼，这样才能进入教堂，然后接受信仰，成为基督教团体的一员。第二步，得到召唤就可能成为一个神父或修士，如果成为神父或者修女的话，他们会全身心奉献给基督教，他们不结婚，祈祷的程度会更加强。在基督教社团里，有很多不同的派别。比如有些派别，可能更加注重慈善，如救助贫穷的人或儿童等；有的可能更注重弥撒，负责管理祈祷等事。我们是属于迦密派的，就属于后者，会注重祈祷、静思这样的方式，包括去教人，去静修。”

悟光法师：“从最开始出家修行到最后成为名副其实的修女，需要学习什么？”

修女：“从迦密派来说，首先要学会团体共修的方式。我们有自己生活的仪轨，比如说每天都有祈祷。每天有两个小时的静思时间，其他时间则是大家聚在一起祈祷，每天有 7 次这样的集体祈祷。剩下的时间里，会做修道院里的一些工作，所有的工作都要在安静中进行。吃饭的时候，会有人专门读诵经典或者是《圣经》，或是有人专门引领去祈祷。对于那些入门的人，就会有一些年长的修女教她们一些课程，包括圣经、教会的历史、书写，还可以和年长的修女一起讨论在祈祷中遇到的问题以及其他的一些事情。从入门到成为真正的修女大概需要 7 年。我们这个学派的创始人就曾说过：最重要的是，每天都要说‘我开始了’。”

王硕：“您通过这些年的修行，从上帝那里得到的最大的启示是什么？”

修女：“这个问题很好。我从耶稣基督这里得到的最大的信息就是：心能让生命得到滋润。”

- 动静之间

这时候，马神父带着一位翻译崔先生也加入了交流之中。马神父首先请修女再详细介绍一下这个修女院。

修女介绍道：“我们这个修女院修建在巴黎，为这个信息丰富、富丽辉煌的世界带来一点清净。这个教派的修女院历史非常悠久，最初的圣地是在以色列，很难追溯到是哪一年谁建立的，真正的修女院院规是 13 世纪的一位教皇来制定的。在 17 世纪，西班牙的一位修女——圣女大德兰对修会做了一次改革，重新强调修女院的风格是以静修、祈祷和团结友爱的生活为目的。迦密会的祈祷精神分为三个方面，第一是谦虚的精神，第二是对于世俗的弃绝，第三是姐妹之间的友爱。圣女大德兰做了改革之后，她在世的时候就已经有 20 多个修女分院，一个世纪之后，全世界达到 100 多个，甚至传到南美洲。在非洲大概有 30 多个修女院，南美、北美、欧洲都有。我们的修会在欧洲是非常普及的，男修道院非常多，还有一些信徒以迦密会的精神、宗旨聚在一起，去过这样的生活。在法国，迦密会的修道院最早是在

1604 年建立的，也是不断被拆毁然后重建。我们这个修女院建立在 1928 年。在法国大革命之后，所有的迦密会修道院全部被摧毁了。当时有一位修女叫贾米尔，她说我们的会没有了，但是我们的精神要保持，我们可以重建。”

这时，修女用非常敬佩的态度谈起修道院中最年长的那位修女——98 岁的修女，她在修道院里已经过了 76 年了：“这位高寿的修女，前段时间住院了。住院期间，陪同的一位护士很受感动。当时这位修女闭上眼睛，以为她会死了，结果她又睁开眼，跟这位护士说：‘生死中关键是要去爱。’这位护士就此被感化了，和她的孩子现在正准备受洗。”

马神父又接着询问修女院的日常生活。修女介绍道：“我们的日常生活是早上 6 点开始祷告、祈祷，之后是大家聚在一起读经文、做弥撒。弥撒之后有一个比较简单的早餐，早餐之后，大家在静默中开始工作，一直到午饭之前的祷告，大家又聚到一起。午餐之后有半个小时自由的谈论时间，之后大家就各自重新回到静默中，或者读书或者祷告。”

此时，圣心大教堂的钟声恰好响起。修女说道：“每天就是以这个钟声为标志。午餐，各自回去静默之后会有敲钟，大家再聚到一起祈祷，祈祷之后又有两个小时的时间，大家各自在静默中去工作，之后钟声会把大家再聚到一起祈祷。之后就是晚餐了，晚餐之后大概有半个小时到 45 分钟自由讨论的时间，之后就是晚祷，晚祷之后还有一段自由时间，一般都不说话，最后就是睡前祷告。这三个时段一般会读一段圣经，还有一段灵修大师的忠言。有时候也会读一些历史相关的书，比如，前段时间我们就读了一本教会历史的书。”

马神父笑着问：“不让人说话，会不会是个很大的问题呢？”

修女：“每天只有两个时间可以说话，一个是午餐之后，一个是晚餐之后。多用心去生活，就会去克服语言上的困难。”

马神父：“我之前问一位迦密会的会长，怎样教刚进来的修士或是修女祈祷。那个会长就说，教不了。”

修女：“我们不能教别人，只能教自己去祈祷。祈祷就像呼吸一样，如果我们呼吸有问题的话，那我们就要去检查一下，比如说去见一位长者、有经验的人，让他们看看有什么办法可以帮助我们。灵修导师的人选，可以是修女也可以是神父。一般来说，这个导师是修道院的负责人，也是一位会母，或者是专门负责新修女的人，也有可能是在外面找一位神父指导。”

同学提出最后一个问题：“每个人都有自己的生命历程，不知这位修女是怎样的历程，请简单用一两句话分享一下。”

修女：“在这个修女院里面，每个人都会有自己不同的修会历程。我从小当然也喜欢玩，但是也非常喜欢安静、喜欢祈祷。随着时间推展，我慢慢发现其他人也是这样喜欢静下来祈祷的，所以慢慢就进了这个修道院。”

虽然还有很多的问题想问，但想到法宝法师和很多的信众正在灵山会等着我们，我们只能和马神父和修女作别，踏上下一个旅程。

灵山一会

从寂静的迦密会修道院出来，我们一路小跑下了山，再次穿过喧闹的街市，跳上大巴，赶赴今天的最后一站——世界灵山佛教会总部，这里即将建成一所专门的佛教学院。

• 灵山宝地

位于法国巴黎东南近郊桥连城(Joinville-le-Pont)的世界灵山佛教会，是一座传承中国汉传大乘佛法的道场。邀请我们来参访的法宝法师，现在就职于联合国教科文组织，负责世界佛教事务。法师 8 岁出家，受上座部传统教育，20 岁受具足戒[①]，1985 年到法国，进入索邦大学学习，取得硕士和博士学位。法宝法师还担任世界佛教协会副会长、灵山佛教会秘书长。

下午 17：15，抵达坐落在一条僻静街道中的世界灵山佛教会。一到门口，就见到法师和信众们热情的笑脸。法宝法师和贤清法师早已有过几面之缘，他见到两位法师显得格外高兴。

我们拾级而上，来到顶层的大佛堂。大殿宽敞明亮，天花板上四个拱形八角天窗，将窗外明媚灿烂的阳光引入，显得分外温暖和光明。佛堂的布置是典型的汉传

① 指比丘、比丘尼所应受持之戒律；因与沙弥、沙弥尼所受十戒相比，戒品具足，故称具足戒。依戒法规定，受持具足戒即正式取得比丘、比丘尼之资格。

佛教风格，大殿正前方供奉三尊高大的金色佛像，面似离云满月，身如晃耀金山，双足金刚跏趺，妙相安祥端严。佛像身后的背光霓虹闪烁，流光溢彩，结合传统与现代之美。

我们先随法师礼佛三拜。法师们在主席台就座后，法宝法师致欢迎词。在致辞中，我们感受到这里居士的虔诚和热情，“今天是法国的公众假日，能有这么多的佛教信众相聚在此是非常难得的，因为举国都在庆祝父亲节，尤其是不少居士从4点就开始等候，很兴奋地期待你们的到来。”对于我们的参访，法宝法师也有很多的指导和期望：“我认为大家到欧洲参访，重要的是要了解佛教是如何在欧洲不断发展的。在很多欧洲国家，佛教受到非常热烈的欢迎，但是佛教徒们还没有完全准备好把佛法的种子播撒在欧洲的大地上，所以我们还有很多的工作要做。这里不仅仅是一个佛教的道场，而且是一个佛学院。这里最初的创始人是已示寂的大长老玄微上人。他还没有看到我们这个美丽的道场，就已经圆寂了。他的弟子净行老和尚是这个道场的主持、世界灵山佛教会的主席和世界灵山大学的负责人。目前学院各项工作已基本准备就绪，在不远的将来，希望这个学院可以正式对学生和学者开放。我代表本学院和相关人员，希望携手龙泉寺一起弘扬佛法。”

• 生命的根基

接下来是悟光法师发言，在表示了诚挚的谢意后，介绍了参访团此次欧洲之行的目标和行程。随后，贤清法师就开始了今天的讲座。讲座辑录如下：

“每一种宗教，每一种学问，当它达到极致的时候，它们的共通点要远远超过相异点。这就是为什么每一种文化，每一种宗教，当我们深入其中时，就会发现很多内在的美与和谐。今天我要跟大家分享的是，就目前我的学习体会来说，佛教的一个根本点、基础点在什么地方。我们从这个角度趣入，就能够沿着这条路，慢慢达到佛教能够带给我们的一种人生的境界。

那么，佛教的根基在什么地方？佛陀在证悟之后，一开始就为当时修道的比丘们，讲世间生命的真相到底是什么。我们现在了解佛法以后，就觉得是空。事实上，空的境界并不是我们所能了解的。所以佛刚开始讲的是，生命是由五蕴组成的。这五蕴是什么？色、受、想、行、识。这是所有生命共通的特点，就是这五个基本元素。佛看待生命，就是这样看待的。而我们一般人怎么看待生命呢？我们有人，有动物；人中间有黄色人种，有白人，有黑人；白人里边又分法兰西人、英吉利人、美利坚人……所以，我们的概念里对生命特征的规律归结，一比较就会发现，与佛用五蕴做区分是不同的。”

- 五蕴的显现

在一般人的观念里，动物和人的差别是不是很大？非常大。可是如果让我们去界定，什么是人，什么是动物，我们能分得开吗？你说人有两只眼睛，很多动物都是两只眼睛。你说人会思考，动物真的不会思考吗？这个因为我们不是动物，不能轻易下判断。当我们从五蕴的角度去看的时候，发现动物也有五蕴，在这一点上它和人没有本质区别。为什么佛的慈悲心能够遍及人和动物呢？因为他发现在这一点上，人和动物是没有区别的。

不但人和动物没有区别，以佛的智慧发现，生命形态有六道，六道里面有地狱、饿鬼、畜生，还有天、阿修罗、人。佛的这种眼光导致他看待所有生命的时候，一下就放到了一个众生平等的立场上，让自己的内心去面对这些生命的时候等无差别。所以，佛为什么后来能长养这种慈悲心，这与他最初对生命真相的认识直接相关。

那么，什么是色？什么是受？什么是想？什么是行？什么是识？比如说，大家现在正坐在自己的座位上，刚开始是不是很舒服啊？各位居士，我们在外面等一个小时的时候，是不是很累？（信众答：‘不累！’）不累啊？如果我们站得很累的时候，一种苦受就生起来了，身体就会很受苦。我们坐下来，就会很快乐、很舒服。可是，如果讲座持续两个小时，是不是坐得又痛苦了呢？

坐久了苦，大家有没有一种冲动——要站起来？自然会有一个冲动要站起来。这个过程我们细分析一下，就会发现这里面什么是色，什么是受，什么是想，什么是行，什么是识。在这个例子里，怎么表现出来的呢？我们的身体是不是色？是色。身体这个色法，它在变化。当我们坐在这儿的时候，这一个特征‘一直坐’——因为它是在变化，本质上在变化，而我们觉得是自己坐在这儿。不是的！它在变化，这种变化性体现在需要我们身体去调整，你才舒服。不调整的时候，一种苦受就产生了，这种苦的感觉就是受。身体——色，痛苦——受。痛苦以后，人就有一个想法：是因为我坐得太久了，所以我要站起来。人有没有坐相？有。站相有没有？有。甚至，人要卧一会儿。躺，有没有相？你要躺的时候，还不能随便躺。你若随便躺，人家会说你这个人怎么不讲卫生，还要找一个床，我们就开始取相了。这个是什么？想法。这个想法一旦有了以后，后面就有行法了。行法就是要去行动了，你就要站起来了，这就是行蕴。那么，识蕴是什么？识蕴是我们所有的色蕴、受蕴、想蕴、行蕴背后的一个承托。识蕴的特点就是整体了别，了别就是认识、分别，这就是我们的心理活动。”

- 恶道的集蕴

“六道的有情生命，如果都是由五蕴组成的话，它们之间有没有不同点？整个生命状态中，下面有三恶道——地狱、饿鬼、畜生，中间有人，加上欲界天，上面还有两层，叫色界和无色界。佛既然观待有情生命特征都是由五蕴组成，为什么又要分那么多的界？我们发现不同的生命形态，它对这五蕴的集聚重点不同。因为关注不同的点，导致了我们生命呈现不同的相状。就像有的人喜欢吃冰激凌，他就会想怎么吃到冰激凌，所以在他眼里就只有冰激凌，看到以后他就特别喜欢吃。有的人就不同，他喜欢喝茶，他到一个地方就观察有没有茶。冰激凌再多，对他来讲等同于没有。

三恶道的有情主要在集聚色蕴。人、欲界天在集聚什么蕴？受蕴。色界天在集聚什么蕴？想蕴。到无色界天以后集聚行蕴。我们不妨观察一下现实生活中的例子。一切的恶法表现的特点就是相互障碍。相互障碍是什么意思？色法，都是有限的，你有了，他就没有，所以大家就开始彼此争夺。因为彼此争夺导致了彼此之间的伤害，导致我们造作了很多恶业，感得的果就是三恶道。

到三恶道干什么去了？受苦去了。做牛做马，还债去了。饿鬼，很饿，但还吃不到东西。目犍连尊者证圣果以后，用神通一观察，发现母亲正在饿鬼道受苦。他是千方百计希望给母亲一点快乐，结果把饭放到母亲的嘴边，变成什么了？焦炭！这是什么业感得的？悭贪的果报。一直希望占有，结果是一无所有。这就是色法的特质。

人、欲界天在集聚受蕴的时候超越了色法。我们世间所有一切善法的特点是什么？是给予。这些道理人觉悟到了。所以人、欲界天的有情在做一件事情——给予。他们了解到什么？他了解了因果。因果是什么？同样的资源，我不占有它，我把它给予需要的人，这个时候你发现，自己需要的时候自然就有了。所以关注受蕴的生命状态，已经超越了对色法本身的执取。他已经了解到人要想得到快乐需要通过给予。最后你拥有了，而且你不知道怎么拥有的，今天别人帮你一把，明天别人又帮你一把，什么原因？因为你太好了，你一直在给予。这就是人天的福报。

如果我们顺着这样一种认识再往后走的话，自然就会体会到想蕴是对受蕴的一个新的提升和超越。这个体现在什么地方呢？比如说，今天我们很努力去工作，结果家人也埋怨，单位的领导也批评，什么原因呢？自己做得很好，为什么家人还那么要求我？还这么批评我？这是一个想法，这个想法让我们很痛苦。可是你另外换一种想法，什么想法呢？这个领导真是很慈悲。我现在虽然已经很努力工作了，但他还在批评我，说明我一定还有没有考虑到的因素。这种想法如果有的话，这个苦就不会像刚才那么明显了。同样一件事情，同样是面对对方在批评我，对方对我不好，但是因为我的想法不同会导致我生命的状态不同。想法不同，用佛教的语言来讲就是境界不同。想法是我们自己可以安立的，因此在想法的层面上，人就拥有了更多的自由度。

所以我们就能理解，佛为什么虽然贵为太子，可以享受很多的快乐，但是他没有要这些快乐，而是到深山老林里去苦修。我们一般人会认为他很痛苦，但是他不会觉得很痛苦。什么原因？想法不同。你痛苦是因为你觉得这些东西很重要，不能失去，失去了就很痛苦。可是对佛来讲，这些东西都是无常的——你现在拥有的，什么时候会失去你完全不知道，那个痛苦是根深蒂固的，他看到这一点，所以他不要了。要什么呢？他想解脱。然后他选择他想要的路，他就很快乐。所以当我们失去拥有的东西的时候，找谁呀？找佛。佛告诉你，这些东西在我拥有的时候，我就主动放弃了，你还那么痛苦干什么呢？不然跟我一起修行吧，成佛很快乐。

但是即便我们拥有同样的想法，行蕴有可能也不同。比如说，我们都觉得极乐世界很好，都想去极乐世界。有的人按照佛的教导去做，好，最后他去了。而有的人却没有办法按照佛的教导去做，就是好吃懒做、又贪睡，别人念佛的时候他也想睡，当然去不了。同样的想法，但行为不同。所以行本身又是对想的一个超越。我们在想去解脱的时候，真正能不能得解脱呢？不一定的。印度很多修道的人，都在想解脱，到最后，谁解脱了呢？唯有佛。他证悟了，他的行就不同。他的行是按道来行的，最后他得到了解脱。后来他证悟之后，他又重新回到这些修道人身边，去告诉他们，如何去行，他的境界又提升了。

色、受、想、行这四个方面，一层是对另外一层的超越——任何一个行为，任何一个想法，任何一个感受，一旦生起来了，它就会在我们的识田、识蕴里面留下影子。所以有句话讲，宇宙法则是什么呢？是公平。公平是什么意思呢？就是人做出的任何一件事情都是有回报的，都是有结果的。眼前没有，未来会有，什么原因？因为在我们的识田里面已经种下种子了，这个影响已经存在了。将来这个影响什么时候回归，那只是时间的问题。所以当我们了解到，生命是由色、受、想、行、识五个方面组成的时候，我们需要检点我们在生活中的状态，到底和哪一个蕴相应，将来我们的生命就会到哪一个道里面、哪一个境界里面。”

• 僧才与教育

在整个讲座的过程中，法宝法师一直在认真聆听，时不时还点头微笑，透露出长辈对晚辈的慈爱与赞许。听说我们之后要去荷兰、瑞士、德国、意大利，然后再回北京，法宝法师特意诵一段巴利文赞颂并祝福我们旅途顺利，令我们惊喜又感动。

在讲座结束后，当地的华人华侨居士，好几位都是爷爷奶奶级别的，但仍然虔诚地跪着做供养，此场景再次让我们感动。

合影之后，我们随法宝法师去佛学院的图书馆参观。此时，我们才有时间细看一下灵山所在地。这里有两栋现代的建筑，在花园中有十一罗汉像，完全是汉传的风格。图书馆占据了整个一层，纯白色的书柜更是显得窗明几净，其中藏有多语种的佛教书籍。

法宝法师跟悟光法师说：“将来这里培养青年僧才，目标是要培养国际性的人才。佛学院与索邦大学等几所大学已经谈好合作，将来会成为一个专门的佛学研究中心。现在正在向法国教育部申请，手续已经办得差不多了。将来特别欢迎佛教僧伽——比丘、比丘尼过来学习。僧才如果没有接受过高等教育，当地人来寺院，觉得什么都学不到，他们自然就不愿意来了。所以，现在的重心是要把僧伽教育提升起来。”

在走到藏有《大藏经》的书柜前，法宝法师说道：“这里的图书主要集中在研究生层次——硕士和博士，现在正在编目录，汉语、英语、巴利文等的三藏经典都会搜集起来，以备将来研究之用。现在正在建设，完工之后将向公众开放。在欧洲，没有一个专门的佛学院，这是唯一的一个。”

悟光法师赞道："意义和价值很大！"

- 翻译与传播

常住在此的行圆法师向贤清法师介绍道："这是《大藏经》，翻译成越南文的。"

贤清法师："是谁翻译的呢？"

行圆法师："我师父(净行长老)负责。他之前在学校教书8年，他把8年的薪水拿来做译经工作，因为越南物价比较低。他的方法比较现代，他找各方面的专家——净土宗的翻译净土宗的，禅宗的翻译禅宗的，同时进行，所以比较快。以前，中国是每个法师翻译经文的一部分，然后再合起来。他预计20年完成，现在已经10多年了，已经超过预计的进度。《阿含藏》已经印了70本了。"

贤清法师："参加翻译的人主要是越南的法师吗？"

行圆法师："越南的比较多。越南以前没有自己的文字，受到中国的影响，要学佛经，就要学中文。越南的老法师以前都学中文，他们可以看古文，但是现在的年轻人就不行了。师父也在培养一些人，毕竟是这么大的工程，希望有更多优秀的人参与，但后面校对的是专业的老师。在翻译完之后，可能还是会有些细微的地方没有注意到，以后还可以做一套《补编大藏经》。"

贤清法师："工作量很大！已经进行10年了？"

行圆法师："十几年了，已经超进度了。"

贤清法师："长老现在主要是在欧洲还是在越南？"

行圆法师："在这边比较多。以前因为要翻译，所以长期在越南，现在已经回去得少了，主要在中国台湾、欧洲。我们在五大洲都有灵山的试验田，这里是本部，学校也在这边。这边如果有比较多的年轻人才，发展可能会比较长远。师父很重视教育，说佛教如果没有教育，就没有未来，尤其是在现代的社会。"

贤清法师："都是肺腑之言。长老是这边的住持？"

行圆法师："长老是住持，佛学院请法宝法师主持工作。建立佛学院，让这边的人来学，让佛法本地化，这样就比较长久。师父研究过了，我们华人在美国以前有200个道场，但后来最后一个卖作停车场了。那些道场以前大部分都是对华人弘法，没有本地人来。华人如果没落凋零了，他的下一代就变成美国人了，持续不下去了。就像我们在这边，下一代都不会讲中文了，跟他沟通还得讲法文，一代、两代就已经是这样了。这边以后如果办学校的话，还会教中文，这样才比较容易，还有很多事情可以做。”

参观完图书馆之后，我们来到楼下的花园中，在等候车来的期间，法师们继续交流。

贤清法师：“今天的讲座来的还是华人居多。”

行圆法师：“我们前面有一个教法文的班，里面就有法国人，但是那一班现在放假。现在还是华人比较多，以华人为基础，以后发展还是要当地人，这样才能够生根。否则以后要是没有华人，事业就没落了。而且办学校短期内看不到什么成果。要看成果要很久，可能十几年之后，才会有一些人出来，做一些事情，但前面看不到。”

贤清法师：“现在佛学院正在申请进入法国正式教育体制?”

行圆法师：“应该是快通过了，预计 10 月份就可以。”

这时，另外一位常住在此的广净法师也加入到交流之中。

广净法师：“我个人观察，欧美现在佛教的发展状况相当于中国魏晋南北朝的时代。现在这里信佛、接触佛教都是思想层次比较高的人，但是在民间没有落实下来。在魏晋南北朝的时候，一些法师都是和知识分子阶层对谈，把中国最高层的知识分子折服了。佛教翻译成的经文很少，当时就有很强的动机去翻译佛经。欧美现在也是一些哲学家、医师等这样的高级知识分子信佛，但一般人还感受不到。上层人信佛之后，应该要到扎根的时候，如果说这几十年没有扎根下去，力道就会失去。这个时间如果有人再往下深入下去，就是很重要的一个机会。”

行圆法师：“现在大陆有很多年轻出家人很好，可以好好培养，很多地方可以去弘法。”

图书馆参观结束用药石的时候，又与法师、教授畅谈许久，从中深深地感受到欧洲的同行人浓浓的法谊！

于人之思想中构建和平

依依不舍中就要告别法华禅寺了。上午，我们将去联合国教科文组织参访，然后就将结束在法国的旅途，启程赶往荷兰阿姆斯特丹。

• 雨中的关怀

想到这几天，这里可敬可爱的法师、义工们，在周末忙碌的法事活动中，还要悉心照料我们一行人。想着他们早早为我们准备可口的早餐，晚上很晚还陪着我们加班，柔言软语询问我们起居行走是否适应，心中便充满了温暖。

满谦法师因为一早就要出发去意大利弘法，不能为我们送行，特地嘱咐其他法师为我们安排妥当。

早上 8∶30，法师们已在门口等候为我们送行。天有些阴，在刮风。风中，法师们的海青飘起，像心在自在地随着善法转。悟光法师提醒道："快要下雨了，回去吧。"法师们笑着摆手说："还没有。"大家全部上车以后，悟光法师说："咱们快走吧，要不他们一直站着冷。"

以佛光山人特有的莲花手势，法师、义工们与我们挥手道别，我们也以同样的手势挥别。

同行拎过来一大包粽子，这是法华禅寺的法师特意给我们带的。因为参访时间正在端午节前后，而且知道法师在福建常住过，他们特地为我们蒸了很多带在路上吃。粽子的馅丰富又实在,还有花生、香菇之类,饱含浓浓的心意。

悟光法师赞道:“这粽子让我们感觉回家了,这就是佛光山的精神,关怀做得好。”

车动了,天空飘起雨来。看着窗外的飞雨,悟光法师双手合十说道:“祈求龙王加持,到了联合国教科文组织,别下了!阿弥陀佛!”

在车上谈及昨日在世界灵山佛教会的所见,悟光法师感叹道:“看来海外的中国人对中国的情很重啊!那位从柬埔寨来到法国的华侨,到这里30多年了,看到大陆来的法师,简直要跪着了。这么大年纪了,高兴得跟小孩一样,快掉泪了。”看来,在海外佛教还起着连接中华儿女情感的作用,寺院也成为重要的文化连接平台。

• 开放的教科文

无常随时都在发生。负责联络的同学突然过来报告说:“带我们参观的那位工作人员说是在门口接我们,可她忘带手机了,联系不上。”谁也没见过她,如何能保证到时认出来呢?法师淡然答道:“各种突发状况都有,所以要准备各种方案。”

还未下车,远远地看到一位女士,悟光法师马上说:“是不是她?”法师们下车后,这位女士挥着手向我们这边打招呼。果然是!

联合国教育、科学及文化组织(United Nations Educational, Scientific and Cultural Organization)是联合国专门机构之一,简称联合国教科文组织(UNESCO),成立于1946年,总部设在法国巴黎。其宗旨是促进教育、科学及文化方面的国际合作,以利于各国人民之间的相互了解,维护世界和平。对于很多中国人来说,比较熟悉的教科文组织职能就是管理世界文化遗产。

教科文组织的外墙很简单——石头砌就的墙,不高,上面是白色的栅栏。进门处有一个白色牌子,上面以6种语言写着“联合国教育、科学及文化组织”。一根柱子上挂着两个圆组成的透明蓝色牌子,写着“开放的联合国教科文组织”,给人非常友好的感觉。走进去便是一个弧形的走廊,两侧以倒三角形状的柱子支撑。

接我们的这位女士,带我们往教科文组织的建筑模型前面走去,帮助我们对教科文组织的全貌有所了解。她介绍说:“教科文组织总部有195个成员国,195个国家按国民收入总值比例交会费,供工作人员及教育、科学、文化各方面项目以及信息、伦理、法律共十大部门使用。各国向教科文组织租这个楼，也是向法国政府申请，这是一个外交机构。这个楼每年的租金为1美元，象征性的。”

到了模型前面，可以看到整体结构，教科文组织的建筑布局非常简单，有一栋三翼形状，犹如英语字母“Y”的主楼，6个地下室，周围环绕以绿植。“在这里工作的人所拿的工资是来自各国交的会费，干的工作是为全部195个国家服务，所以不管你是哪个国家的面孔，是宣誓为教科文组织服务，而不是为哪国政府服务。”

• 多元的文化

据这位女士介绍，这个办公楼是1957年建造的，20世纪70年代就不够用了，于是就跟法国政府申请征地。这里是巴黎市区公共的地，但属于国家的地已经没有了，而且还要求地在这附近。于是，建筑师提议在院子里盖楼，但法国法律对两个楼之间的距离有规定，建筑师又想出一个办法，在地下挖了6个地下室。“这些地下室体现了亚洲文化，虽然是地下室，却是敞开的，能够有新鲜的空气和阳光，外面看不见，不影响对面的人。”

在大厅里面的时候，外面又飘起了雨。

“这个楼是‘Y’形的——求异。中国求同，而西方人不停地求新，往外发展，中国人往内修，中国人很淡泊。这个‘Y’形设计是为了采光，每个办公室都有新鲜空气和自然光。”从建筑中的中西文化差别，她开始延展到其他领域：“西方人很讲究，什么东西分得特别细。法餐多是土豆、牛排，但吃的时候分得特别细，会询问是要烂泥的还是块的，带不带蒜等。中国菜听上去特别细，菜品丰富，但吃的时候，顶多分成微辣、辣，中国人不习惯精细。西方人尊重个体，所以相对自我，老了也不指望孩子来孝顺他。家长会和孩子商量：‘这个名校你上不上?’不上，好，我自己花。不像中国，勒紧了裤腰带也要上。西方人讲究每个人自己的要求，穿衣服不是说一定穿什么名牌，分得特别细。”

随后，我们在展厅里参观。以几何形状构成的展厅里，舒展地陈列着各国送给教科文组织的礼物，摆有长椅供人休息、交流。有两个礼物特别引起了我们的注意，一个是名为“七位乐师骑骆驼”的唐三彩，中国1984年捐赠，之前保存在西安的历史博物馆里。介绍写着：“唐朝在中世纪时成为世界级的强国，对外交流特别密集，使得文化同唐朝的其他方面一起，有了前所未有的扩张。在艺术层面，我们能够观察得到与形象相关的作品忠实地描绘每日的生活，就像这个骆驼——一个普通的穿过‘丝绸之路’的方式——同时还有乐师的代表，这些乐师经常骑在骆驼背上在这神奇的道路上旅行。”另外一个是印度尼西亚的佛寺模型，造型特别，很像坛城，叫作“婆罗浮屠”。这是一座位于印度尼西亚中爪哇省的大乘佛教佛塔遗迹，是9 世纪时世上最大型的佛教建筑物。2012 年 6 月底，它被吉尼斯世界纪录认定为当今世界上最大的佛寺。

• 精神的一致

沿着走廊慢慢地走，路过一些展厅，“这里有时会办一些小型音乐会。用的建筑材料都是原生态的，不要再加工的，懂建筑的人看到就会很惊讶。这是日本、意大利两个设计师合作的，构架是西方元素，而水泥上那个条、点是在模仿木头、席子，这又是东方的思路，让冰冷的水泥变得有点温度。”

接着，我们被带到了教科文组织大会厅，这是教科文组织经常开会的地方，也是最常上电视的地方，相当于纽约联合国总部的大会堂。前面的主席台给人很宽阔的感觉。地灯从下打上去，高低参差之间，像是静静的火焰，衬托着主席台，有一种多姿多彩的感觉，“UNESCO”几个浮雕大字显得特别有立体感。到这里自然就会感受到文化的丰富氛围，科技的力量与教育的作用。

悟光法师刚走上台，音乐声突然响起，那位女士说：“调音师可能是看到法师，在打招呼呢。”

两侧如同其他联合国机构一样，是同传间。座位席有上、下两层，看上去像一个小型的体育场。整个大厅是紫色光为主，和走廊的风格互相呼应、内外协调，展现出一种几何的和谐美。

据这位女士介绍，在这里开会的时候，无论是大国还是小国，不按经济情况也不按人口多少，每个国家的发言时间都是 4 分钟，在这 4 分钟里，必须把话说完。从佛法来说，这也是正知正念的表现。“这里的外交官语言水平都很高，外交经验也很丰富，反应很机敏。所有工作都是如履薄冰，外交无小事。”

再度走出大厅时，雨停了，云彩恰到好处地遮住了太阳，非常适合照相。门外是一个非常别致的小院落，这是“日本花园”，古朴的石板路，低低的小花坛，潺潺的流水，颇有小桥流水人家之感。

走回大厅，再从另外一个门出来，就是有 6 个地下室的后院。今天并非升旗的日子，所以只是竖了一些旗杆。这里的草坪非常规整，中间还立有巨大的金属结构地球形象——每个联合国机构都有地球的相关造型，心怀世界，心怀天下。从这里看大门，也是略呈翱翔之势，与联合国欧洲总部的门有近似之处。就像佛光山的不同分部，无论如何契入当地文化，彼此之间总有相似的元素，使得无论在哪个道场里，一眼就知道这是佛光山的道场。

在楼宇中间竖立着一块石碑，用 12 种语言刻着教科文组织法的第一句话："战争起源于人之思想，故务需于人之思想中筑起保卫和平之屏障。"看到这句话，让人不禁觉得是如此熟悉。这也深深契合了佛教的真谛。因此，消除个人、种族、民族内心深处的不和谐思想，是化解各种不和谐现象而达成和谐的关键。

和平，从心开始，任重而道远！

犹如莲花不着水

昨晚，我们抵达了荷兰，以盛产郁金香、风车而闻名于世的水乡之国。今天我们将参访位于阿姆斯特丹的佛光山道场荷华禅寺。这个建立在特殊区域的道场，以多年的坚持，展现出佛法不可思议的正能量。

在赶往佛光山荷华寺前，我们顺道参观了水坝广场。水坝广场建于12世纪末。阿姆斯特河曾经流经广场，河上的第一个水坝就建在这里，因此得名。广场的西面是新古典主义的王宫，这座王宫是荷兰王国的四座王宫之一。这幢王宫位于大坝上，共有13 568棵树桩支撑着这座建筑，号称建筑史上的八大奇迹之一。

随后，我们步行前往荷华禅寺。一路上感受着宁静祥和的气息，巷陌之间绿树成荫，老人们安详地漫步，年轻人欢快地踏着自行车穿梭，这里的节奏舒缓和畅。

• 欢喜相逢一家人

赵导告诉我们，要到荷华禅寺必须经过红灯区。虽然有些吃惊，但既然无法避免，我们决定收摄身心，快步走过。阿姆斯特丹著名的老教堂也在这一区。

中午12：00，我们到达荷华禅寺。这里地处唐人街，周围商埠林立、食肆遍地。荷华禅寺的外观结合了中国传统的风格和本地的建筑样式。正中间是山门，紧邻街面，山门内是拾级而上的大殿，由于空间的限制，传统上常见的水平方向两进的大殿，在这里被设计为垂直方向的两层，第二层后退，让出第一层的黄色琉璃的重檐屋顶，使两大层的大殿彰显出层次和气势，黄色的屋檐下是一圈红色的中国风彩饰，外墙是稍浅的黄色，两边各有一座四层的配楼，外墙是和大殿外墙一样的黄色，其临街的一面宽度狭窄，和本地的建筑式样取得一致。

山门正面，书楹联一副，曰："荷生莲枝万众多喜事，华开结实百福纳千祥"，满是祝福；入门后反身又有一联，曰："问一声汝将何处去，请三思何日君再来"，引人思考。一层的殿堂，供奉的是千手观音。我们进门以后，居士们立刻迎了上来，住持妙恒法师随即来到大殿迎接两位法师，并把我们引到第二层，供奉着药师如来的大殿。

在我们礼佛后，妙恒法师致辞说："欢迎大家来到这里。很惭愧！没有到外面迎接大家。请二位法师见谅。"悟光法师立刻含笑回应："都是一家人。"妙恒法师说："为了表达我们的诚意，让我们居士唱一首欢迎歌吧。"

5位穿着黄色义工马甲的居士排队上来，热情洋溢地一边拍手一边唱："欢迎、欢迎、欢迎光临、我们热烈欢迎您！欢喜、欢喜、欢喜、我们欢喜见到您！热烈欢迎您、欢喜见到您，You will be happy，I will be happy，大家都欢喜！"5位居士都较为年长了，看着他们满面笑容，如此用心，感觉既温暖又受之有愧。

这已经是我们造访的第三座佛光山道场了。一路以来，我们充分感受到佛光山人的淳厚、体贴与善良，感受到星云大师的慈悲。

• 人间佛教在荷兰

接下来，由荷华禅寺的黄居士为我们介绍荷华寺的历史和弘法的事业。这位身材高大的年轻人是在荷兰本地出生长大的，亲身见证了佛光山荷兰道场的历史。

佛光山荷兰道场最早于1995年创建，但当时的地址不是在这里，这里是1998年动土，用了两年多时间建好的。2000年10月开寺的时候邀请到荷兰女王亲自参加，在此之前，荷兰女王已经有三四十年没有踏入唐人街。

黄居士说："建一所寺庙很不容易，是个大项目，政府没有一点财政支持，只有道义上的支持。政府认为在这样一个混杂的场所建立一个寺院是有益的，可以给唐人区增加特色。中国人聚居此地已经有千年了，整体形象还不错，工作比较努力。我们大殿的屋顶样式及建筑颜色，和本地的风貌不太一样，这是用了很大的努力极力争取来的。"

这里的环境在常人看来很不适合一个寺庙，星云大师为这座寺庙命名为“荷华”，寄予的希望是即使生在污染的土地，坐落于最严苛的环境，依然是美丽的荷花。30 年前的时候，这一区是非常混乱、复杂的，犯罪率非常高，到处是无家可归的人。黄居士说：“小时候我妈妈常常对我说：‘6 点以前必须回家。’”从 2000 年后，这一区渐渐向游乐的方向转，艺术品商店越来越多，这是一个很好的制衡。

荷华禅寺在此所开展的佛教活动，主要是文化、教育以及举办演讲，本地学校会主动组织孩子来这里，学习一些佛教基础知识。这里给他们讲佛陀的故事，也接待对佛教有一些兴趣的公司及员工；接待高校的学生；基督徒们也常常对中国文化产生兴趣；一些学者也因为研究的需要来这里。

荷华禅寺也主动走出去，和本地人接触，帮助无家可归者；在博物馆开展浴佛节、元宵节活动吸引荷兰本地人。

之后，我们又观看了视频，看到荷华禅寺举办的一些弘法活动，如元宵节、浴佛节活动，看到他们在荷兰街头展示中国传统文化，如武术表演、文艺表演等。

贤清法师问起佛光山在欧洲道场的情况，以及荷华寺道场信众的情况，妙恒法师说：“欧洲几乎每个国家都有佛光山的道场，在英国有两座，一个在伦敦一个在曼城，比利时一座，荷兰一座，法国将会有两座，德国柏林一座，瑞士一座，瑞典一座，不一而足。信众方面，中国人多一点，西方人也有，每个礼拜有共修，经本有英文注解。西方人喜欢禅坐，每个礼拜举办禅坐，都是西方人，中国人比较少。禅修不是很深入，因为人不固定，所以不能形成系列，教一些基本的，没有深入的传承。”

有同学问道：“您觉得在荷兰向西方人弘法最大的困难是什么?”妙恒法师道：“这边文化不同，我们办一些活动，既要考虑西方人也要考虑华人的兴趣。寺院虽然来自亚洲，如果办活动只有华人来参与，这会使我们弘法的角度没有那么广，我们希望西方人也能认识佛教。现在也有很多荷兰人来学习佛教，但是我感觉不是很深入，他们很多都不了解佛教是说什么的，都偏禅修的方面。另外，你们在视频里也看到，我们在这边有佛教的电视台，资金方面比较困难。”

我们随后播放了视频《一个美国人眼中的龙泉寺》。看过之后，这里的法师和居士对龙泉寺很好奇，问了悟光法师很多问题。当看到片中展示的僧俗二众过堂用斋的场景时，妙恒法师感叹道：“我们这里常住出家众只有两位，义工就是大家今天看到的这些了。”听了妙恒法师的话，心里有些难过，可以感受到，作为汉传佛教在西方弘法的先行者，他们真的是很不容易，也非常了不起。

荷华禅寺为我们准备了非常丰盛的午斋，之后请我们饮茶，招待周到。

我们兴致勃勃地围坐在妙恒法师身边，听她说自己的出家因缘。法师是香港人，年轻时有一个机缘参加了佛光山的一个短期出家法会，为期一个礼拜，很有兴趣。短期出家结束的下午，有个佛光山佛学院的入学考试，法师就去参加考试，考完后被录取了，读了 4 年书，后来顺理成章就出家了。

同学们听了以后都很兴奋，纷纷提问："佛光山的佛学院也接收在家居士吗?"妙恒法师答道："是的，读完书可以在寺院做事，像你们一样，想出家也可以。"有同学问："在佛学院学什么?"法师："主要还是毕业以后做执事学到的东西比较多，佛学院很注重解行并重，也同时参加常住的活动，从中也学到很多。"同学问："被派到海外是因为英语好吗?"法师："被派出到国外，最起码要懂外语。持亚洲的护照到欧洲获得签证也不是很容易，以荷兰为例，会要求懂得荷兰语。"

妙恒法师耐心地回答每个同学的问题，也让大家每个人都说说自己的学佛因缘。最后，我们参观了荷华禅寺的图书馆：里面收藏了乾隆大藏经以及佛光山的出版物，他们特别向我们展示了荷华寺组织翻译的星云大师的荷兰语版书，妙恒法师主翻，在当地正式出版。

妙恒法师说，星云大师之所以在世界各地建立道场，源自于他的愿望——他希望有人的地方就有道场，给大家一个家，有一个地方去学佛。大善知识的悲心愿力如此深广！

中国佛教的现状

离开荷华禅寺后，我们前往阿姆斯特丹自由大学，贤清法师将在那里举行一场全英文讲座。

贤清法师了解到听众的构成，斟酌缘起后，放弃了事先精心准备的讲稿，决定以自己的生命故事来映射“中国佛教的现状”这个庞大的题目，并且全程使用英语。

妙恒法师及几位居士也一起来参加讲座。我们抵达时，讲堂内已经坐满了听众，全部都是荷兰本地人。主办方非常细致地为我们在第一排预留了座位，并把法师的座位安排在靠近讲台的最内侧，而不是安排在正中央，这和我们国内的习惯很不一样，更加便于法师上下讲台。

以下是演讲辑录：

“今天上午我们参观了阿姆斯特丹这座城市。这座城市给我们留下了很深的印象，尤其是在路上碰到一群学生时，他们还向我们合十鞠躬，甚至用中文跟我们打招呼。这一幕让我感到很惊喜，也很惊讶，顿时感受到这个城市和这个国家的亲切和温暖。

我本来是用中文准备这个讲座的，但是当主办方问我能否给在座诸位用英语演讲时，充满期待的真诚让我无法拒绝，也给予了我尝试的勇气。所以我决定尽我最大努力。

尽管我在学校学了十几年英语，但平时只跟书本交流，很少跟人交流。我很喜欢阅读，但是当我碰到人时，却不知道如何去表达。这样的经历让我对讲英语没有信心。你们能听明白我讲什么吗？（现场答：能！）谢谢！你们帮助我建立了信心。（众笑）

今天我要与诸位分享当下中国的佛教。中国在过去一个世纪经历了巨大变化。过去两千年中国的主流文化是儒家文化，这个文化是由中国的一位圣人——孔子建立起来的。

但是两千年过去了，这个传统遇到了困境。当面对西方近代发展起来的科技的时候，这个传统似乎遭受到了严重的挫折。那个时候，中国有很多的问题已经不能用孔子的思想来解决，甚至有的人会认为，孔子的思想恰恰是问题产生的根源。所以，儒家文化开始越来越遭受质疑，另外一方面，越来越多的中国人开始接受西方的科学。

在之后很长的一段时间内，中国人逐渐忘记了儒家文化以及其他两个主流文化：一个是道家文化，一个是佛教文化。中国的主体文化实际上是由这三部分组成。佛教虽然是从印度传来，但在传入中国两千多年的历程中，已经与中国文化不可分割。如果你问一个中国人，你的信仰是什么？儒家、道教、还是佛教？他会怎么答你？他很可能会回答，它们都是教人向善的，我都信！在中国人的观念里，他们不能把这三部分文化分得很清楚。当然这样的一个结果是，当儒家文化日渐被遗忘的时候，其他两种文化的日子也不好过。”

- 真正的归宿

“2003 年真正接触佛教以前，我对佛教几乎一无所知。我知道更多的就是少林寺，里面的和尚功夫很好。这种印象还是来自电影。那个时候除了电影，也没有多少关于佛教的信息可以了解。

幸运的是，后来我遇到一个传统文化社团，虽然这个社团只有几个人。他们阅读的不是佛教典籍，而是儒家经典。他们读《论语》。《论语》是孔子的弟子记录孔子言教的。当和社团的朋友们一起读诵研讨这本书的时候，自己开始沉迷于书中的思想，我发现这本书能让我与古人交流。我开始慢慢体会它在讲什么，慢慢体会它是如何看世界的。从那之后，我开始沉浸于这些传统文化的经典。

在此之前我是一个好学生，从早到晚在实验室工作，老师都很喜欢我。但是当我遇到这个社团，开始学习这本书之后，我就很少去实验室了。再到后来，我发现社团的几位朋友竟然还有佛教信仰，但他们从来不说，也很少表现出来。当他们发现我对传统文化如此感兴趣的时候，开始给我介绍佛教的一些知识。

当我了解到佛教讲什么时，我很震惊。为什么？佛教不仅仅是信仰，不仅仅是宗教，它是哲学，很深的哲学，关于宇宙人生的哲学。这些都是在大学的教科书里从来没有读到过的。佛教告诉我们，我们有前世，我们有现世，我们有来世。你们同意这个观点吗？（有人答：是。）回答是，你会是一个好的佛教徒！（众笑）其实这是一个很难让大家相信的观点。为什么呢？你能向我证实前世吗？你能向我证明来世吗？你不能。所以，对于大多数人来说，很难相信这类观点。但是，你能否认这个观点吗？你能说这个观点是非常错误的吗？你同样不能。

所以当我听到这个观点的时候，我非常感兴趣。我想知道我前世是怎样的，也想知道我的来生会怎样。这个问题始终在我脑子里，即便在我做实验的时候，即便在我学习的时候，也无法忘怀。渐渐地，我开始相信佛教，虽然我自己没有意识到。当学习越来越多的佛教理论的时候，我的生活方式也开始逐渐改变。在我遇到佛教之前，我想成为科学家，正如许多学生的理想一样。但是当我遇到佛教后，我想要投身于这个领域。所以当我毕业以后，我出家了。

当时的情况是，我的老师不知道，我的父母也不知道。当我的父母知道后，他们哭了，他们很伤心，无法接受这个事实。他们以为我遇到了无法克服的困难，才选择了出家。我觉得很难跟我的老师、我的父母解释，也很难说服他们同意我出家。要做到这一点，真的是很难。”

• 生命的重光

“一直到今天，我还是觉得对不起我的老师、我的父母。但是，如果我不出家，我会觉得更对不起他们（众笑），因为我对传统文化、对佛教实在太热爱了。如果不能献身于此，我不会快乐。如果我自己都不快乐，也就不能给他们带来快乐。这是我当时做抉择的时候很简单的一个想法。

但是去哪儿出家呢？就在那个时候我遇到了龙泉寺，我发现我很喜欢那个环境。毕业后我就到龙泉寺住了 3 个月，试试看我是否适合这个环境。3 个月过去后，我发现我可以适应这里的生活。我意识到，这是我人生新的起点。

那个时候我就给我父母打电话，告诉家人我要出家了。你们能想象我母亲的感受吗？他们震惊了，甚至说不出话来。第二天，他们就坐了8个多小时的火车来到龙泉寺。我父母，还有我哥哥，他们一起来了，想用绳子把我捆回家（众笑）。这是我父亲的主意，但是我母亲不同意。我母亲说，他又不是动物，他是个人，你能一时把他捆回家，你能捆他一辈子吗？所以我很爱我母亲，是她帮我渡过了那个难关。（众笑）

自此之后，我成为一名出家人，常住龙泉寺，一直到现在。5年过去了，你们可能会问：'如果你现在有选择，今天你有机会做一名科学家，你会后悔吗？'（有人答：不。）'不！'你说得很好（听众：我能看出来，你是很忠于自己的人）。我发现，出家人的人生之旅很棒。

可能大家都很想知道出家后干什么。对于当时刚出家的我来说，这同样是一个问题。我的亲戚朋友们也问这个问题。所以，每年我的父亲或母亲都会来龙泉寺，跟我一起生活一段时间。他们会说，我生病了，我要来北京看医生。但他们实际上内心有个问题，他们想知道，你每天都在干嘛。所以，当他们跟我一起生活，知道我每天都在干什么的时候，慢慢地他们不像以前那样难过了。

在我出家开始新生活之后，我发现我十分自由，可以去做我想做的事情。现在你们可能会问，你想做什么呢？我发现了很多我想要去探索的领域，尤其是关于文化、宗教。你可能会说，现在你出家了，是佛弟子，你必须研究佛教。不是这样的，这只是其一，除此之外还有很多其他的宗教和文化都需要花时间去学习。在一个很深的层面上，它们之间是如此紧密相连。

所以寺院的生活，除了学习佛法之外，我还学习中国传统文化，包括儒家文化和道家文化。不但是中国文化，西方文化也吸引我。所以，我有时间还学习《圣经》。我想知道，上帝在想什么，如果上帝在中国，他会对中国人说什么，我觉得这很有意思。你可能会说不同文化如此不同，不同宗教之间差异很大，但是人们可能会忽略一个事实，不同的文化、不同的宗教源自不同的区域、不同的民族，人们常常会忘记最初的缘起。所以我常常想：如果孔子生在荷兰，他会对人们说些什么？我认为他会说一些与在中国很不一样的话。就是类似这样的问题常常吸引着我。

此次来欧洲，我们参观了很多天主教堂。当我们进入教堂的时候，里面的环境常常会让我觉得很感动。他们有很多特点与中国的寺院很相似，那种浓厚的宗教信仰的氛围一样在洗涤人们的心灵。

以上是我个人生命故事的一些简单分享。我觉得《中国佛教的现状》是一个很大的课题，希望我个人的生命经历能给各位带来一些启发。”

接下来，法师开始了《一个美国人眼中的龙泉寺》视频播放，让大家在一片轻松中去感知龙泉寺，感知中国佛教。

虽然贤清法师的英语并不是很流畅，但他用自己的生命经历与听众进行心灵沟通，深深打动了在场的人。在观看了视频后，进入问答环节后，互动非常热烈。

贤清法师：“刚刚我们花了几分钟的时间去北京，现在我们回来了。你们想去那个地方吗？”

听众：“是。”

贤清法师：“你们想吃中国食物吗？”

听众：“想。”

贤清法师：“很好吃。欢迎你们有一天去中国，去龙泉寺，享用中国食物，享受美丽的自然风光。”

听众：“你们如何教授禅修？”

贤清法师：“禅修是佛教里面很特别也很重要的部分，我也知道大家都对禅修很感兴趣。但是对龙泉寺来说，禅修还没有成为僧众集体共修的功课。寺院目前的重点放在了僧俗二众佛法的教育上。相比较而言，中国人并不是像西方人这么爱禅修，他们很喜欢学习和探讨问题。在中国，讲经说法的活动常受到欢迎。现在很多人并不了解佛教到底是什么，因此我们需要先去学习和了解。同时，佛教在社会上被认可的程度还不高，大家普遍对佛教缺乏正确的认识。为了增加社会大众接触佛教、认识佛教的机会，佛教还需要积极参与社会，包括传播佛教文化，开展佛教慈善等活动，向社会传递佛教正面的形象。这也是我们努力在做的。当越来越多的人知道佛教是什么的时候，相信会有越来越多关于禅修的课程。”

听众：“为什么过去20年，很多西方人转向佛教？希望学习佛教？寻找快乐的方法？”

贤清法师：“这也是我们来到这里的原因，我们也想了解关于这个问题的答案。从佛教的角度来看，我们有很多世的生命，过去世、现在世、未来世。所以我认为，可能很多西方人过去世是东方人，现在他们来到了西方，这时他们遇到佛教，他

们觉得太好了！这是我想要的！他们在过去世学过佛，现在他们遇到老朋友了。”（众笑）

听众：“我想问100万游客是不是太多了？因为那就是平均一天3000人。他们不会打扰寺院的宗教生活吗？”

贤清法师：“这个问题问得很好！我们出家后，的确是需要非常安静的环境。但是对于游客来说——你们知道，中国人是很多的——他们很想参观寺院，他们想知道出家人每天在做什么，所以我们压力很大！但是，从另一方面来说，我们也感到高兴，因为当他们对佛教有更多了解之后，社会会变得安宁，而且当越来越多的人了解佛教后，可能会有越来越多的人选择出家。想到这些，压力就能得到释放。”

听众：“我可以问第二个问题吗？视频里提到：我们来到这个世界，不是来享受的，是来创造的。请您解释一下。”

贤清法师：“这个问题很有意思。当我们出家后，为什么我们有这么多时间学习佛法？因为不用做世间的工作。可是没有这些工作我们如何能生存呢？因为有很多的信徒供养、支持寺院。当他们遇到困难的时候，他们需要得到解答。在这个时候出家人能帮助他们解决这些问题。所以我们出家放下一些东西的同时，肩负起了另外的重担。我们有责任帮助社会的人们解决他们内心的问题。我想每个人都是如此，每个人在这个社会上都扮演某种角色，在发挥某种作用，体现某种价值。”

在讲座结束的时候，主持人以一段精彩的讲话，来为现场的听众阐述他眼中的中国佛教：“我去中国佛教寺院问的一个问题是——你是哪个宗派的？他们很惊讶地看着我：‘你的意思是？’‘你是大乘？小乘？汉传？’‘噢，我们当然是一佛乘。’在中国，通常说一佛乘，在《法华经》里面，一佛乘是很重要的概念，不要总是分别宗派。我觉得很有意思的是，去日本的时候，‘你是哪个宗派的’很重要，在中国就不重要。在中国寺院，僧侣们在一起从事各种修行活动，他们禅修，他们念佛，他们行菩萨行，他们在院子里经行……这些都是修行。所以，有时候我还想到这个寺院的出家人，他们不常打坐，他们从事的是真正的修行。我想自己了解的佛教修行是什么？院子里行走、传法、为他人服务、与别人谈话同样是佛教修行，这是日常生活中的修行。所以我认为对于我们西方人来说，对汉传佛教有更多的了解、去中国参访或者自己去了解中国佛教是什么样，是很好的。”

主办方在讲堂外的大厅里安排了茶水、饮料和甜点。讲座之后，大部分听众们都留下来热切地和我们交谈互动，现场气氛非常热烈。

一位老太太走过来，对贤清法师说：“你讲得很好，我很感动。我尤其能体会你母亲的心情。”宋柏青与莱顿大学一位讲师进行了交流，这位讲师对佛教也很有研究。他说，法师这么一讲，很多东西就具体化了，很多人对中国都没有第一手的了解，跟他们想象中完全不一样。

坐在我旁边的荷兰女士，是从北部一个很远的城市坐了两个半小时的火车来的，听完讲座立马就要赶回去。听完法师的讲座，她觉得非常值得。

讲座结束后，我们乘坐游船返回。当我们抵达码头时，意外地看到妙恒法师在这里等我们，她是特意来帮我们购买优惠的团体票。在游船上，不少同学也主动与游人结缘，给他们介绍龙泉寺。运河边有很多人在喝咖啡、活动，见到游船经过，会很有兴致地打招呼。在运河上，也有很多小船穿行，船和船相遇的时候，也会互相热情地打招呼。令人意外的是，看到我们，有人会用中文打招呼，有人甚至向法师合十行礼……

希望之光

今天，我们离开了荷兰，抵达德国。我们首站到的是一所中学，在以严谨而闻名的德国，我们感受到了热情迎接。

• 热烈的欢迎

上午 11：00，我们到达科隆艺术中学。今天天气格外炎热，在车上，我们就看到校长霍斯·布特纳先生、副校长莫瑞尔女士已经在校门口迎接。双方互致问候后，我们随即被领入二楼的会议室。

会议室内摆放着精美的德式茶点和瓶装水，莫瑞尔女士亲自将茶点送到我们手中，而饮水的纸杯上印着北威州中国节（Nor DRHEIN-WESTFALEN）的字样，使人在细节中感受到中德友谊。

布特纳校长在欢迎辞中说："今天是我们这里目前为止最热的一天，夏季特别热的一天。不知道你们是否知道，我和莫瑞尔女士在去年夏天曾经到访过北京龙泉寺，当我们到龙泉寺的时候，被大家在寺院里生活的宁静氛围深深打动，我们很喜欢这样的氛围，所以大家到德国参访，能选择我们学校作为其中一站，我们深感荣幸！"

布特纳校长还介绍，他们和北京的一所学校保持着长久的姊妹校关系，"无论我们派人到北京，还是北京派人来这里，我们都非常享受彼此相处的时光"！

校长接着介绍学校的情况。这里50%的学生会学习一些和舞台艺术相关的文化。学校以英语和德语双语来教学，还教法语、西班牙语、意大利语、拉丁语。拉丁语在德国的中学教育里是比较受重视的，因为在某些特定领域进行研究时，拉丁语是必不可少的。教授语言的老师，如果想在中学教授英语或者其他语言，就必须掌握拉丁语。莫瑞尔女士就同时教授新的和古老的语言——法语和拉丁语。校长教授的是英语和体育。

接下来，贤清法师用英文介绍了参访团。介绍完毕后，悟光法师代表寺院向校长和莫瑞尔女士赠送了书籍等礼品，亲手给两位戴上了念珠，他们都非常欢喜。

去往讲座现场的途中，校长顺便带我们参观。学校有1489名学生。由于离电视台很近，加上考虑到学生家长大部分在电视台工作，学校特别强调文化面的教育。学校还自己拍摄电影，提供汉语教学，但由于学生觉得汉语太难，现在仅作为一门免费提供的辅助学习课程。

对于悟光法师关心的学生的宗教信仰背景，校长介绍道："学生95%信仰天主教或基督新教，也有一些信仰穆斯林教，此外就是没有宗教信仰的。"校长又简单介绍了科隆的佛教状况，仅在某些地区有一些很小的佛教社区。就他们的地区来说，只有一所大约10年前由来自斯里兰卡的僧人建立的小寺院。在学校，按规定要给学生提供宗教课程。如果家长不希望孩子学习宗教课程，就必须学习哲学课程。在宗教课程或哲学课程中，有一部分是世界宗教，世界宗教中涉及一些佛教的内容。

刚好到了学生下课的时间，孩子们都非常活泼，有几位同学还用中文和我们打招呼，有的学生见到法师后还合掌问候。

教学楼内随处张贴有学生们的原创作品，绘画、手工艺品、雕塑、摄影作品等。大厅的柱子和楼梯扶手板上绘有色彩鲜艳、线条生动的大幅绘画，墙上悬挂有充满个性特色的"蒙娜丽莎"画像。

在老师的办公室内墙上张贴了不少图画，屋顶粘贴的是毕业生们制作的特色气球，处处散发着艺术氛围。老师们的办公室，面积大约只有几十平方米的样子，却是全校100多位老师交替使用，空间得到了最大的利用。"走吧"，莫瑞尔女士用标准的中文招呼我们，让我们意外又亲切，她是1994年在中国学的汉语，就是在那时与中国结下了深厚的因缘。

- 佛陀的故事

走进一楼的多功能厅，近百名师生已整齐坐好。“参加的主要是从事宗教教育和哲学教育的老师和学生，大家非常期待，希望从讲座中能够了解关于佛教的第一手资料。”校长在致辞后，悟光法师开始了今天的讲座——《中国佛教概论》。

悟光法师讲座的内容辑录如下：

“佛教起源于古印度，佛陀大约是在公元前565年降生的。佛陀降生之后天资聪明，很快了解了社会上的各种学问和技术。但他不局限在了解这些知识，他更重视思考人生的道理。比如说看到农夫、病人、老人的时候，他就想如何来解决这种苦难的现象。虽然他的父亲用各种办法来阻止他，但最终佛陀还是选择了出家的道路。

当时的古印度有婆罗门教以及很多其他各种教派。出家之后，佛陀就遍访名师，把各种宗教的教理、教义很快就学得究竟通达。但这些也不能究竟圆满他的愿望——如何才能够觉悟人生的真理。所以，他最后决定到苦行林进行6年的苦行。这苦行有多苦呢？佛陀曾经就是日食一麦，就是一天只吃一个马麦这么少，饿得瘦骨嶙峋。后来，佛陀发现苦行并不能解决自己心中的这种疑虑，求得宇宙人生的真理，他就放弃了苦行，寻求中道。

有一天，他接受了一个牧羊女供养的乳糜粥，恢复了体力，就到菩提树下参禅悟道，最后战胜了各种魔障，成就了无上正等正觉，也就是佛陀。佛陀，就是佛教看来的一个完美圆满的人，也就是自觉觉他、觉行圆满，把一切的我们认为的障碍苦难全部都解决了，获得永恒快乐的人。

佛陀成道之后，他发现不仅是他自己能够解决这个问题，而且所有的众生都能解决这种苦难，最后成就跟他一样的境界——佛陀。于是佛陀就开始传法布道，希望让更多的人，也就是让一切的众生能够有机会领悟到这个真理。佛陀说法传教一共有49年，大致分为三个阶段：初转四谛法轮，中转无相法轮，后转无性法轮。佛陀通过几十年的宣讲，佛法在印度广为流传，后来传到了中国。

佛教的信徒包括出家人和在家人。出家人就像我们这样的，专门从事修行的人，特点就是单身、持守佛陀制定的相关戒律。在家人就像我们这一行的其他成员，没有剃度出家的，还有家庭的。在家居士，就根据佛陀所制定的一些比较浅的、简单的一些规定去行持。

出家人分为：刚开始进入寺院，做净人；剃度之后，就是沙弥。受了大戒之后就变成比丘。然后受了菩萨戒之后，就是菩萨。当然出家人也包括女众，女众出家人包括沙弥尼、比丘尼，还有式叉摩那。

在家的男女众，刚开始要受三皈依，就是发誓自己愿意学习佛法。之后根据自己的情况，有的受五戒、八关斋戒，也有受在家菩萨戒的。

平常我们在寺庙里，就是学习佛陀所讲的相关经论，有早晚的课程，就跟学生上课一样，诵经、拜佛、忏悔，还有外出参学，就如我们今天来到科隆中学一样。”

- 佛教的中国化

“佛教传到中国是西汉末年。公元 64 年，当时中国的一个皇帝汉明帝夜梦金人，醒了之后就问大臣，这个梦是怎么回事。大臣说是西方有如来佛，您梦见的就是这个。所以汉明帝就派人到西天，也就是古印度，去寻找这个人。

当时到古印度找来两位僧人——迦摄摩腾和竺法兰。他们把佛陀所讲的经卷带到了中国，用白马驮到当时的洛阳，汉明帝就在那里建了一所寺庙，命名为白马寺，也就是中国第一所寺院。

到三国、两晋、十六国的时候，佛教一直在弘传。从三国的时候起，戒律方面的学说开始流行，一直到两晋十六国的时候，佛教就发展得比较快了。

到南北朝的时候，佛教进入了阶段性鼎盛时期，那个时候出现了一些石窟，比如，大同的云冈石窟、洛阳的云门石窟、甘肃天水的麦积山石窟、敦煌莫高窟。那个时候，僧人多的时候能够达到二百多万人，寺庙有三万多座。

到隋朝的时候，隋文帝杨坚度僧、建寺、造像，大规模地恢复、复兴佛教。后来的隋炀帝，也是信奉佛教，广集高僧来弘扬佛法。

到唐朝的时候，唐太宗李世民因为接触到了去印度取经的玄奘大师，对佛教越来越感兴趣，以至于后来唐朝的历代君王皇帝，他们对佛教都有兴趣，佛教在唐朝达到全盛时期。

到武则天的时候，佛教达到了非常鼎盛的局面。有一句话描述当时的情况：倾四海之财，殚万人之力，穷山之木以为塔，极冶之金以为像。就是说从皇帝到大臣，他们对佛教都非常支持。

在举国信仰佛教的情况下，佛教逐渐形成了八大宗派，翻译了大量佛经。这八大宗派就是我们常说的性宗、相宗、禅宗、密宗、律宗、净土宗、天台宗、贤首宗。八大宗派的形成以及翻译了大量的佛经之后，标志着印度传来的佛教在中国本土化的完成。也就是说，佛教虽然是外来的宗教，但这个时候已成为中国传统文化的一部分。

到宋朝的时候，佛教虽然渐次衰弱，但从皇帝到民众，还依然继续修佛，当时儒教开始兴盛，但是还是以儒治国、以佛治心。宋太祖时还遣使者去求法，甚至有一次度人出家 17 万人，建立了译经院等。

到辽金、西夏以及元朝，佛教依然在中华大地上流传并且长盛不衰。辽金的时候，也就是我们这个参访团所在的寺院——北京龙泉寺，就是在这个时候建造的。

明朝的时候，明太祖朱元璋因为早年曾经出过家，对佛教有相当的了解，所以这个时期佛教又得到了一次弘传，当然这时也有一些限制。明成祖还亲自为《法华经》写序，赞扬佛教。明代不仅有汉传佛教，藏传、南传佛教也都在发展。

清朝的时候，佛教又一度兴盛，清朝第一位皇帝顺治皇帝据说后来出家为僧修道，后来的康熙、雍正、乾隆、嘉庆等皇帝，都崇信佛教，清朝的佛教可以说是相当的兴盛，主要信奉的是藏传佛教。这几位皇帝当中，雍正皇帝对佛教认识特别深刻，自己还号称圆明居士，同许多出家人交往、谈佛，在皇宫里面也举行各种法会等。

从清朝初期到清朝末年再到民国，佛教虽然呈下滑趋势，但实际还算兴盛。民国时，出家僧人据说有一百多万。”

• 佛教在当代中国

“1949 年，中华人民共和国成立后，成立了中国佛教协会来组织管理全国的佛教，20 世纪 70 年代末 80 年代初，国家把宗教信仰自由政策写到了《宪法》里，中国的佛教以及其他宗教的发展都呈现良好的状况。表现在外，就是建立了各种佛学院，中国几乎每一个省都设有佛学院，还开展一些相关的慈善事业，建立基金会，我们龙泉寺也有基金会。包括台湾、香港、澳门地区在内，中国有很多的佛教团体，佛教在当代中国发展良好。

至今，佛教传到中国已经有两千年的历史，在这个过程当中，对中国的社会、文化、教育等都有很深的影响。同时，也起到了净化人心、祥和社会、促进传统伦理道德的进步的作用。佛教在中国发展得比较健康，所以又重新传到西域、印度、韩国、日本、东南亚地区等。

佛教传到中国之后，对于中文词汇的丰富做出了很大的贡献。据统计，中国的词典里收入了三万五千余句佛教用语，也就是说三万五千多个句子或词语是佛教传来之后才产生的。举例而言，‘大千世界’‘不可思议’‘五体投地’‘空中楼阁’，这些都是佛教的词汇。此外，佛教对于绘画、壁画、建筑、石刻等都有很大的影响。”

讲座到这里已接近尾声，法师给大家放映了短片——《一个美国人眼中的龙泉寺》。老师和学生们看得十分专注。讲座适时结束，在座师生报以热烈的掌声，显然意犹未尽。相信此次法师的讲座和参访团的来访，会在他们心中种下一粒佛法的种子，孕育着未来的希望之光。

黑色的大教堂

接下来的行程是从中学到世界第二高的大教堂，我们在跳跃式的参访中，从点点滴滴中感受着科隆的过去与现在。

• 真诚的友爱

讲座结束后，我们返回二楼的会议室。几位老师正在摆放特意从中餐馆定制的素餐盒饭，殷切的用心实在令人感动。

用餐期间，有学生来问是否可以放学，莫瑞尔女士立即请示校长，校长即刻到广播室宣布放学。当法师询问平常是否也这么早放学时，校长回答平时下午 4 点到 6 点放学，因为今天是今年德国最热的一天，所以校长决定提前放学了。

细心的莫瑞尔女士提议，午餐后到学校的小电影放映室去观看学生制作的学校简介短片，并解释说放映室在地下室，那里很凉快，“可以放松一下”。

走进放映室，果然有清凉之意袭来。室内的墙上张贴有世界著名影星的剧照，红色的墙面和黑色的地面、座椅形成鲜明的对比，蓝色的天花板有类似繁星的图案，一侧大铁架上放有古老的胶片放映机，形成了影院的氛围。

我们在此观看了由学校老师和学生编导、制作、剪辑的学校宣传片。影片虽然略显稚嫩，但整体流畅，充满了活力，透过画面的表现力，也大约能够明白其中的意思。一想到这是一部中学生制作的片子，不由得十分佩服。

放映结束时，校长送给参访团每人一个中德两国国旗徽章。悟光法师立即将徽章别到了自己胸前，这一举动当即引来了校长的赞赏。校长又介绍了本校女教师克伦茨女士给我们认识，说已安排她陪同我们前往科隆大教堂参观，悉心的安排再次让我们感动。

当我们互致告别后，莫瑞尔女士还坚持把我们一直送到车上。车启动了，在炽热的阳光下，校长、莫瑞尔女士与我们频频挥手致意，中、德两国的国旗在校门口高高飘扬。

- 善业的凝聚

下午 16：00，大巴到达科隆大教堂旁。科隆大教堂高 157 米，是科隆市的标志性建筑物。在所有教堂中，它的高度居德国第二（仅次于乌尔姆市的乌尔姆大教堂），世界第三。科隆大教堂集宏伟与细腻于一身，被誉为哥特式教堂建筑中最完美的典范。它始建于 1248 年，工程时断时续，至 1880 年才由德皇威廉一世宣告完工，耗时超过 600 年，至今仍修缮工程不断。1996 年，在世界遗产委员会第 20 届会议报告上，科隆大教堂被列入《世界遗产目录》。

虽然之前已经见过许多华美壮丽的大教堂，但是来到科隆大教堂前时，还是为其超乎寻常的高大宏伟所震撼。照相机的镜头已经无法将这座教堂的全景正常地拍下来，那入云的高度，让人感叹当时建筑者的鬼斧神工。而让人意外的是，如此辉煌壮丽的科隆大教堂却是外表黝黑，如同被烟熏过一般，这其中又有什么样的故事呢？

跟着克伦茨女士的脚步，我们首先来到这座教堂古老的地基部分——地下室，斑驳的巨石墙面承载着这座教堂 800 多年的历史，大功德主阿古斯特国王的大理石雕像依然守护在这里。走上台阶，克伦茨女士介绍了石板地上一个特别的图案，它是修道者遇到境界希望寻求突破时的祈祷之地。

我们回到大教堂的一层，克伦茨女士介绍说，大教堂内分为 5 个礼拜堂，中央大礼拜堂穹顶高 43 米，中厅部跨度为 15.5 米，是目前尚存的最高的中厅。各堂排有整齐的木制席位 5700 个，神职人员的座位有 104 个，全用极厚木板制成。具中世纪晚期风格的唱诗台是德国最大的，它的特别之处在于各有一个预留给教皇和皇帝的座位。

除了建筑非同寻常外，如同许多教堂一样，科隆大教堂还是一个藏宝库，收藏着许多珍贵的艺术品和文物。其中包括成千上万张当时大教堂的设计图纸，为研究 13 世纪建筑和装饰艺术提供了重要资料。这里还有最古老的巨型圣经、比真人还大的耶稣受难十字架以及教堂内外无数的精美石雕。一些珍贵文物现保存在一个金神龛内，此金神龛被认为是中世纪金饰艺术代表作之一。教堂内还有一座 11 世纪德国奥托王朝时期的木雕《十字架上的基督》，成为哥特艺术的先导，对后世的雕刻产生了重大的影响。

教堂四壁的窗户总面积达到 1 万多平方米，装有描绘圣经人物的彩色玻璃，被称为法兰西火焰式，使教堂显得更为庄严。据说，画面如此漂亮，却只用了四种颜色，而且很有讲究：金色——代表人类共有一个天堂，寓意光明和永恒；红色——代表爱；蓝色——代表信仰：绿色——代表希望和未来。在阳光反射下，这些玻璃金光闪烁，绚丽多彩。

克伦茨女士特别提到，在最近修复教堂的窗户时，科隆市民捐赠修缮的窗户没有绘制圣经人物和故事，虽然教职人员对此并不喜欢，但是也只好接受了市民们的这份美意。这也体现出当代德国所崇尚的民主自由之风。

悟光法师问：“现在这里还举行宗教活动吗?”克伦茨女士答道：“是的，这里仍然是科隆市民最重要的宗教活动场所。在各种重大宗教仪式中，如婚礼、洗礼、葬礼、重要庆典、募捐，等等，主教和神父们会分别坐在祭坛两边的固定座位上，信徒们坐在祭坛下的长椅上。祭坛上供奉着圣者的棺椁，周围点亮的蜡烛是信徒们为祈祷圣母超度亲人亡灵而设。”

• 不完美的提醒

半个小时的参观结束了，匆匆走出科隆大教堂，克伦茨女士抓紧介绍教堂的外观：教堂占地 8000 平方米，建筑面积约 6000 平方米，东西长 144.55 米，南北宽 86.25 米，面积相当于一个足球场。一般教堂的长廊多为东西向三进，与南北向的横廊交会于圣坛成十字架。而科隆大教堂为罕见的五进建筑，内部空间挑高又加宽，高塔将人的视线引向上天，直向苍穹象征人与上帝沟通的渴望。科隆大教堂不断被加高加宽，教堂中央是两座与门墙连砌在一起的双尖塔，南塔高 157.31 米，北塔高 157.38 米，是全欧洲第二高的尖塔，教堂外形除两座高塔外，还有 1.1 万座小尖塔烘托。

望着黑乎乎很容易被错认为是铁塔的科隆大教堂，我向克伦茨女士提出最后一个问题：“它明明是大理石建造的，为什么这么黑呢?”克伦茨女士答道：“科隆曾是德国重要的褐煤生产基地，处于德国重要的重工业区，泛酸的空气侵蚀着教堂的每一块石头，大教堂建成仅160多年，由于长期受到工业废气和酸雨的污染、腐蚀，双塔由原来的银白色变成了黑褐色。当地文物部门为恢复教堂原来的建筑风貌，准备用莱茵河的水给157米高的双塔清洗。后来市议会知道了，决定保留双塔被污染了的黑褐色，以引起世人对环保工作的重视，增强人们的环保意识。”

被毁容的大教堂，让科隆人民非常痛心，敦促科隆市政府出台了一系列的政策措施，消除和减少污染，保护好世界历史文化遗产和历史文化名城。特别超前的是，在20世纪中叶，他们就提出了“减少碳排放、节约能源、提倡绿色生活”的口号，成为“倡导低碳、防止气候变暖”的践行者。

再次仰望科隆大教堂，之前觉得刺眼的黝黑表面，似乎也变得好看起来，在这里真实地体会到，一切都是无常的，只要积极改变，坏事也可以变好事。

怎样依止善知识

在经历了科隆的酷暑后，傍晚 6 点左右，我们又来到了德国的另一座城市——杜塞尔多夫。杜塞尔多夫是 19 世纪德国诗人海涅的出生地，现在是德国的广告、服装和通信业的重要城市。在这里，是应当地佛教组织——菩提善知识协会的邀请，悟光法师将在此做一场题为“怎样依止善知识”的讲座。

在 20 天的带队操劳之后，悟光法师病了。今天历经白天的参访、讲座和长途乘车的奔波后，法师晚上还将全程做一场为时两个小时的讲座。

我们的大巴刚停稳，久候的协会会长邱义喜先生就快步来迎。教室宽敞而明亮，已经为我们准备好了丰盛的晚餐——邱会长的夫人阿平居士亲自制作的炒面，还有粽子、中西点心、巧克力、新鲜的水果。

7 点整，讲座开始。首先是邱会长介绍此次讲座的缘起：“我们有位师兄苏继龙，他是中国禅茶协会副秘书长，他与龙泉寺有很深因缘。去年听他说龙泉寺到美国参访，今年又听说要来欧洲参访，我们就联系半路拦截，请法师和参访团来我们这里进行交流。”

在听众热烈期待的掌声中，悟光法师神采如常地站在讲台上，开始了本次讲座，讲座内容辑录如下：

• 万善根本从师出

“今天跟大家分享如何依止善知识，是因为听到咱们这是菩提善知识协会，跟老师有非常密切的关系。不知道大家对善知识这个概念理解有多深，我们在社会上学习，从小学、中学、大学、硕士到博士，都要找老师、导师，自己想更加深入地研究一门学问，就需要老师。在家庭中，父母是我们的老师；到一定的年龄，爸爸妈妈就会把我们送到学校上学。那么，在佛门里面呢？佛教传入中国，本土化过程经过了漫长的2000年时间，其间各种情况、各种状况都有，所以老师在修学佛法的道路当中就非常重要，不可或缺。

在现代社会，欧洲发展得比较早，物质极大丰富。在国内，近10年来，人们的物质生活水平得到了很大提高。但是在满足了基本的物质生活，或者说物质相当丰富之后，我们却并没有得到想象中的幸福，经常会产生某种负面情绪，或者处于一种茫然、孤独的状态。本来以为物质能够满足我们所有的需求，但事实却跟我们想象的不一样，有相当的差距。往往是在我们得到一些东西之后，接着就会有苦受产生。这个时候，佛法对我们来说，显得非常重要。

那么佛法如何才能学得更好呢？这其中，老师对我们来说至关重要。在座的各位大都在社会上参加工作了，应该说在这方面有非常多的经验。这些经验可以拿到佛门中运用，自然就能得到好处，世出世间都是一样的。

在佛门中，我们常常说‘万善根本从师出’，所有的好处都是因为老师而得来的。就我自己而言，如果不是接触佛法，现在回想起来，真是起心动念、所作所为，根本就不会想到别人。当我接触到佛法、接触到老师的时候，善知识才告诉我：这种想法是不好的，对于现今有损减，对于将来更有损减，应该想着如何突破自我的极限，想着尽量去帮助别人。一个善心、一分善行，都是因为接触到善知识、圣人的教导，我们才愿意发心。

那么修学佛法是为了什么呢？佛教开门见山地说了，就是要解脱生死轮回。佛教的很多教理、教义都是在叙述生死轮回是怎样的，众生长期在生死轮回当中，头出头没非常辛苦。这需要去思维、去想，才能有所感受。

佛教里面谈三苦、六苦、八苦，苦苦、坏苦、行苦。我们觉得现在很难受，就是苦苦；当我们认为现在很快乐的时候，不要侥幸，那是坏苦。坏苦是什么？就是诸法在幻灭的时候所产生的种种的苦，也就是苦的暂熄灭位，现在觉得快乐只是苦暂时熄灭的现象。就好比你非常渴，现在给你一杯水，在喝的时候觉得真快乐，而让你继续喝下去，你还快乐吗？它就从坏苦转到苦苦来了。实际上，在佛教看来，整个人生就是一个苦的过程，这个苦时刻缠绕着我们的身心、内外、自他。佛陀智慧地告诉我们，这才是我们长期感到疲惫的原因，出离轮回就是要出离这个。在这种情况下，如果没有老师，没有过来人的指点，那真的很难出离。

很多时候，我们生活在世间，尤其是在欧洲，可能生活非常悠闲。在这种情况下，你很难找到一条路走出来，反正就是这样过吧，即使有什么困难，努力在眼前把它解决了，变苦苦为坏苦。在佛教看来，这不是明智的选择，因为生而为人是非常不容易的，投生为人起码要十善业圆满。

三界当中我们有多少的快乐最后都消失了，很多时候都是不如意的，我们始终在这个状态当中，不能觉悟。得到人身之后，得到老师的指点后，我们就会想到要觉悟，所以在求解脱的道路中必须有老师指点。如果没有老师的指点，几乎不可能走出来。”

- 能生利乐如良田

“在佛教里面，得到老师的指点，亲近善知识的利益是很大的。首先，是可以快速成佛。为什么要成佛呢？佛是代表究竟圆满、永恒寂静之乐的状态。亲近了老师之后，就能够达佛这样的状态。不知道大家是否知道西藏密教瑜伽师米勒日巴尊者，他是一个典型的喻。他特别虔诚地依止玛尔巴上师，上师给他传法之后，他在山洞里闭关11个月，就把修学佛法整个的步骤走完了，通过刻苦修行，即身获得大成就。这个公案在藏传包括汉传佛教里都流传很广。老师对尊者非常苛刻，但是他对老师信心很足，最终获得了大成就。

我们愿意找老师，愿意跟老师学，会感得什么果报呢？我们会恒常感得很多的善知识来教我们。好比咱们这个协会，经常能请到一些法师或者有心得的人来跟我们分享，说明我们过去有这方面的努力，过去生有这方面的努力，所以就会感得有老师来指点。

依止老师，老师会教我们很多法，引导我们不堕入恶趣。按照老师的教导做，就不会堕入恶趣，换句话说，就不会受一些冤枉苦，吃一些冤枉亏。

‘你们是多长时间聚一回？’（众答：一个月。）一个月一个月地，就把我们拉过来。平常我们过一段时间，心就比较散，但一想到还要到协会去，就收回来了，平常放逸的心就收敛了，这都是好处。常常这样熏习，菩提功德就会渐渐增长。‘润物细无声’，看着成长好像没那么快，但是你长期在这个地方参加各种活动，长期坚持，整个人的身心内外气质就会得到改变，甚至我们自己可能都不知道，但是已经改变了。如果没有参加这个组织，那完全就在社会上翻滚——重复的工作，重复的事业，重复的动作，重复的事情，重复的苦乐，如此循环，永远找不到一个出路。

没有亲近善知识、依止善知识，那过患就非常大了。比如说，我们会找一些不好的恶友，这些恶友不是拿刀拿枪的，而是让我们放逸的这些朋友，跟这些人在一起，会滋生我们很多不好的习惯。”

- 如理事师求加持

“依止善知识，我们要具备哪些条件呢？经论里讲，第一，要有一颗正直的心、正住的心。在西方，能够接触到藏传、南传、汉传等各个宗派、各种法王。这种情况下，我们要有一颗正知、正住的心，在内心中不要对自己学习的法门过于执取。第二，自己要有一些辨别的能力，哪些是善，哪些是恶，哪些可取，哪些可舍，心里要知道，这非常重要。听到太多的东西，最后怎么学都不知道了，反而迷茫。这就要具慧，要去拣择。第三，就是要有希求心。印光大师说：‘佛法从恭敬中求。’要有这种敬心，这也是初机、中机直至最后最重要的，贯穿了整个修学佛法的过程。信心是非常关键的，有了信心我们就能跟佛陀、跟善知识、跟法师、跟经典进行沟通。平常看一本书或者诵经，总是好像领会不到。但是有一个法师来了，信心产生之后呢？就变了，具有穿透性，就能接受到对方的信息，就能感受到对方讲的东西。佛陀虽然离我们有2000多年了，但是用这个敬心，自然就超越了时间和空间的障碍，就能够跟佛陀对话。

还有一种情况就是，看了一些经论，也懂得拣择、抉择，但是这个抉择、拣择用在什么地方呢？看缺点，执取老师们的过失。就会成一个裁判、一个评论员。我慢障碍了自己的希求之心，对我们来说是不可取的。我们要在这个过程中慢慢熏习，靠大众的力量来调服自己的内心。

不要非把善知识想成是高高坐在法座上的，实际上坐在你旁边的就是你的善知识——同行善知识。高高坐在法座上的上师是给我们传法的，而听到这些法后，还要靠我们身边的善知识来磨我们的习气。上师或者法师在上面坐着，说说笑笑很欢喜，不会磨我们的习性，对不对？主要靠身边的同行善知识来磨我们，我们忍耐短期的不快乐，享受长期的快乐。

另外就是对自己跟的这个老师的信心要非常坚定。《华严经》谈到，依止善知识时要具备九种心，其中一个就是‘金刚心’——我知道依止的这个善知识非常重要，不管谁说什么，我都不会放弃这种心，永远坚持。

有时候，这个导师很难亲近，也许一年也不会接触到，但是我们内心当中有一个所依、有一个方向、有一个目标，那心情是不一样的。我们讲皈依三宝，讲的就是一种依靠、一种希望。老师还有一个寓意：老师是一个果相，将来我要得到这个果相，最后我要成为他！所以在跟老师学习，跟着团队的过程中肯定会产生各种问题，你退了的话，好处你就得不到了。

另外，依止善知识要好像‘大地心’一样，能够承载一切，让我承担什么事情我都愿意发心，这样的话我们就能突破生命层次，突破生命极限，就会有新的体会。

还有在这个过程中来来去去、反反复复，一会儿有信心了，一会儿又没有信心了，这种情况要把它视为正常的。不要认为我们对老师、对心中的导师永远是一种心情。心力低的话，各种障碍、问题就出来了，都会起很多烦恼。在这种时候就看清这种烦恼，不为所动，就能够突破。

再有一个，我们在亲近老师的时候，会得到一些东西，比如说，在哪个地方碰到一位大师，给我传了一个什么大法，只告诉我了，时间长了就会产生傲慢。实际上，大师告诉我们的，我们也没做，只是在心里想着‘他只告诉我一个人了，别人都没告诉’，心里就执取这个东西，实际上我们并没有按大师说的去做，反而把我们障碍住了。这叫什么呢？我慢高山①。这时候，就要我们有惭愧心。不要觉得我得到很多东西了，要觉得我是最差的人，我是最不好的人，我现在有很多毛病没有改，这样想着就容易往前走，容易继续前行。

我们在跟老师、同行善知识互动的过程中，他们可能会呵斥我们、说我们。在这种情况下，要能忍受，不能说我们两句就受不了了。平常只是关心我们，我们挺欢喜，包括我们身边的同行善友，只是关心的时候，你好我好他也好，一旦有一点点事情说我们两句，马上觉得‘你这个人怎么烦恼这么重呀？平常怎么修的？我不跟

---

① 我慢是障道的根本。古德云：“我慢高山，不留德水。”意思是我慢就像高山一样，让人无法具备德行。

你在一起了’。你想想看，我来到这个团队，做这件事情我到底要得到什么？想清楚了就自然把这些小的事情看淡了。

亲近老师，要经常思惟老师的功德。这也是能够长期跟着善知识、跟着同行善友的一个关键。否则就很容易观过，一观过就会分离。日常生活当中，对身边人多思维好处，他有九个毛病，只有一个功德，那就想他这一个功德。这个不只是用在依止善知识上面，包括经营家庭、事业都是一样的，这样的话就很容易相处了。不然的话，人无完人，人非圣贤，孰能无过，我们并没有成圣成贤，所以说谁没有过呢？看过失等于就是为彼此分开找借口，今后不再共同增上了，对我们实际上是一种损害。

第三，亲近善知识到底是干嘛呢？最主要的还是听他讲的佛法，拿这个佛法在自己的生活中去运用，自己受用，也就是依教奉行，这个是最主要的。平常我们说皈依三宝，正皈依的就是佛法。皈投依靠他干什么？为了学习佛法，为了改善自己的身心，让自己的身心不再常常处于苦痛迷茫当中，生生增上，越来越好。

佛教是理性的宗教，‘光有信也是不够的’。不会的，如果不去做，信也解决不了。也就是说，要实践他所说的法。我们的生命状态跟没学之前有相当大的差距，就不一样，当然这样下去会更好，这是可以想象得到的。

依止善知识或者亲近善知识，这个道理看似简单，实际上是非常深奥的。刚才说的这几点，能够长期坚持一条去做，都是非常了不起，非常不可思议的。比如说我们跟着一个导师，跟着他10年、20年，那就不得了，就会有某种的成就。米勒日巴尊者就是最典型的例子。我对米勒日巴尊者非常敬仰，感觉他在依师的过程中做得特别到位。将圣者作为自己的目标，自己实践了，做得好，好处自得。

跟大家分享的这些内容，出现的一些问题，在我自己的生命中也都出现过，只是自己坚持了。要坚持下来，自然好处都会得到，慢慢对佛法的道理体会越来越深。通过长时间的熏习，心境会越来越祥和，这是不可思议的。这是一个渐次的过程，到了就产生了，到了心境就有了，需要长期的坚持。”

- 答问环节

进入讲座的最后环节——30分钟的现场答问，现场踊跃举手。

听众：“在国外的信众缺少像龙泉寺义工这样的福德因缘，能够有更多的时间和机会亲近善知识，怎么办？”

法师：“首先，可以多祈求，促成善愿成办。你看佛光山这些佛教团体在海外都有道场，这是需要去努力的。不管是哪个道场，也不是最开始就有的。佛教在欧洲，从我们这次参访来看，佛教道场是很少的，有些地方一个寺庙都没有。另外，我们看到欧洲本地人还是很友善的，可以说在这里的发展空间是非常大的。其次，网络也很发达，很多不懂的地方可以通过网络去问。”

听众：“我经常被国外朋友问佛教怎么好，好在哪儿，自己却答不出来。请教法师，佛教跟其他宗教到底有什么不同？到底好在哪里？”

法师：“这个必须研读佛教经典，否则别人问时，我们就没法答。我们在这方面研读的经论少，就说不出来。佛教讲‘闻思修，戒定慧’，这是次第。闻思修证，一开始必须去学习、了解相关的基本知识。当别人问我们的时候，我们就可以跟他们说，就可以跟他们介绍不错的老师的开示，包括我们在这边一年到头学的内容，都可以跟他们介绍。慢慢地，人家问时就可以去说，自然就会去影响周围的人，这是一个过程。”

听众：“向法师请教，龙泉寺的居士是如何学修的？”

法师：“龙泉寺居士主要学习《菩提道次第广论》《大乘百法明门论》等经典，还会诵一些大乘经典《法华经》《华严经》《楞严经》《地藏经》等。我们每个礼拜都会学习。”

邱会长说道：“我们希望有机会去北京！”法师笑道：“欢迎去北京龙泉寺，虽然正在建设中，去的话还是能够住下的。”讲座结束后，协会的师兄们发心安排了 7 辆车，把我们一行人全部送回了宾馆，令我们倍感温暖！

幸福奔驰

提到德国，就会想到汽车——德国汽车因技术领先、品质精良、做工细腻而闻名于世，也是日耳曼民族精神的代表。在这次欧洲参访的过程中，我们也在效仿玄奘大师，利用点滴时间，考察记录各国风土人情。今天，我们将到梅赛德斯-奔驰博物馆参访。

• 人本的设计

上午 9∶00，我们乘坐大巴离开杜塞尔多夫。原本是去往科布伦茨，但那里的参访临时取消了，于是我们直接赶往世界著名的“汽车城”斯图加特。

在欧洲其他国家看到的多是小巧的两厢车，但进入德国，公路上的风景马上就不一样了，路上跑的都是体积较大的德国轿车，临近斯图加特时，更是满眼都是奔驰的标识。

下午 3∶30，我们来到位于斯图加特的奔驰博物馆。斯图加特是这家世界上最老的汽车公司的诞生之地，在这里建立博物馆，当是有饮水思源之意。

最初的冲击来自博物馆的建筑，整个建筑采用了独特的 DNA 式双螺旋结构，银色的金属板和透明的玻璃条带相间逶迤而行，现代而时尚，被誉为 21 世纪经典建筑之一。现在的展馆是 2006 年 5 月开放的新馆，共分 9 层，展出面积达到 16 500 平方米。

相对于传统博物馆从一楼入口处开始参观的做法，奔驰博物馆最出色的设计是充满了互动性的观众参观路线。观众首先搭乘电梯到顶层，从顶层沿着往下行参观，而且是有两条参观路线可供选择，两条路线在每一层又都有会合。如此，参观者在同一层的空间里随时都可变更参观路线，处处体现着以人为本的思想。

大厅里有同学指着指示牌欢喜地叫起来："快看，他们也是多语种呢，还有中文。"指示牌上写有 8 种语言，导览器也有汉语的。本来德语对我而言是完全陌生的语言，一旦耳边响起熟悉的中文，心灵的距离也由此缩短了。

- 科技的力量

检票后，我们搭乘子弹头造型的银色电梯飞速而上，与电梯同步的是对面墙上的奔驰车照片投影。走出电梯，似乎进入了时光隧道，耳边是优美的交响乐，头顶是灿若星空的灯光，展出的古典奔驰汽车光可鉴人，色身香味触法通过眼耳鼻舌身意作用，营造出亦真亦幻的氛围。

进入展馆，首先看到的居然是一匹"马"——这尊马的塑像底座上的铭文据说是德国皇帝威廉二世的一句"名言"："我相信马。汽车只是昙花一现。"以此作为展览的开端，颇为令人警醒。佛教的基本教义之一就是一切都是无常的，对新的事物没有一个开放的心灵，就好像用过去把自己局限了起来。

顶层的展厅，是展示奔驰汽车的创建史。奔驰公司的发展历史，可以说是整个世界汽车工业的缩影。1886 年 1 月 29 日，第一辆奔驰专利汽车诞生，这一天申请的 DRP37435 号专利被认为是汽车的"出生证"。汽车的发明对世界产生了巨大的影响，拓宽了人类的活动范围，改变了人类的生活方式。我们就是直接的受益者，一路上都是坐着大巴便利地在欧洲各国之间奔波，在玄奘大师的时代需要数年跋涉的路程，现在仅需要几个小时。科技的确改变了我们的生活，带来了许多的方便。

广论的开端是讲"造者殊胜"，对一个公司而言，创始人就是造者，他们的个性也塑造了公司的文化基因。在奔驰公司对三位创始人的回顾中，有几个评价给我留下了十分深刻的印象。卡尔·奔驰——"对发明的热爱永不止息"；戈特利布·戴姆勒——"重点不在构想，而在执行"；威廉·迈巴赫——"设计巨擘"。同为发明家，三种特质，跃然纸上。兴趣是最好的老师，只有发自内心的热爱，才能提供源源不断努力付出的动力。还有一句话叫作从爱心中爆发智慧，这里的爱心是指对众生的慈悲。但从小处来看，对一件事物发自内心的热爱，也会让我们全身心投入，让我们摒弃外缘，变得十分专注。智慧在专注中得到开启，创造的灵感就会源源而来。

• 真正的幸福

展览分两条主线进行，一个是奔驰的百年发展史；一个是收藏区域，展示奔驰产品的多样性。顺着螺旋式的坡道盘旋往下，却是越来越先进的车型，历史被提升到了一个致敬的高度。

从最初的发动机到老爷车，到小火车、摩托、第一辆四轮驱动车、飞机、环保车型——无论是外形还是内在，在这100多年的发展历程中，奔驰的汽车在一条越来越先进、越来越精密的道路上奔驰着。在这些制作精巧的汽车上，凝聚着一种不断增上、持续前进的力量。悟光法师说，他从奔驰的发展历程中看到了成佛的次第。

在连通上、下两层的通道墙面的橱窗内，用照片、文字、实物把那个时代的大事和奔驰的发展史结合起来展示。一个人、一个企业是一个行业、一个国家、一个世纪、一个年代的缩影。一张张老照片在近代德国的社会历史进程中，在全球化的发展背景中讲述着奔驰的故事。它具有什么样的社会责任？在时空因缘下如何来给自己定位？

在这一幅幅的照片和说明中，我们可以看到，作为这个世界的一分子，奔驰在受这个世界影响的同时，也在影响这个世界。第二次世界大战期间，因为帮助过希特勒，所以奔驰工厂被毁了；随着世界汽车保有量的增加，车祸也在增加，安全带、自动安全措施等各种安全保护措施出现；汽车尾气的排放加重了环境的污染，当下经济、环保成为汽车研发的重要方向……在底层的展厅中，放着最新的展示车——零排放概念车。

这让我真切地感受到世间一切事物的相互依存与相互联系。“此有故彼有，此生故彼生，此无故彼无，此灭故彼灭。”世界是缘起的，人与大自然的关系、人与人的关系，都是相互依赖、相互联系的，毁灭了大自然，人类自己也无法独善其身。

在展厅中的一个道路安全展示牌前，悟光法师说：“汽车的发展带动了交通法规的发展。因为要开车,要有道路,就开始建桥,同时促进了石油的开发,环境污染的问题也随之而出现了,又引发了环保产业。”在汽车发明之初,设计者一定是秉持着利益大众的美好愿望。旨在创造幸福的科技,在历史的长河中,却不期然地造成了人与自然、人与社会的不和谐。这也不禁让人去思考,真正的、没有副作用的幸福究竟来自于哪里。

对话大师

今天的行程是令人激动的，我们将见到两位世界级的著名学者。在英语中，“master”一词，既有“大师”之意，也被我们用来译作“法师”，当法师遇到大师，会产生什么样的火花呢？

- 顺缘具足

孔汉思教授（Hans Kung，又译汉思昆），现任全球伦理基金会主席。自1960年起，担任德国图宾根大学普世神学教授和普世神学研究所所长，直至1996年退休。他是1993年世界宗教会议《世界伦理宣言》和1997年国际行动理事会《人类责任世界宣言》倡议书的起草者。2001年，他受联合国秘书长之邀，成为“联合国杰出人士小组”成员，并参与撰写了《跨越界限：文明间对话》联合国宣言。2007年至2010年间，他担任由科菲·安南创立的全球人道主义论坛（日内瓦）委员会委员。教授对中国文化很有感情，这从他的中文名字可以看出。孔汉思这个名字来自于1971年他结识的秦家懿女士的翻译。因为喜欢孔子，所以被列入孔氏家族，他非常高兴。

全球伦理研究中心是图宾根大学与世界伦理基金会2011年达成协议后，于2012年正式成立的，隶属图宾根大学。

在赴欧之前，我们通过多种途径都没有联系上孔教授，直到我们已人在欧洲，才辗转拿到了教授的办公室电话。怀着忐忑的心情，王硕直接拨打了办公室电话。电话一下就接通了，当她不禁有些紧张，磕巴地说要找孔汉思教授时，对方马上回复“我就是”，慈祥的声音中带着幽默。在王硕简要介绍了龙泉寺和参访团的情况之后，孔教授让她发一封介绍邮件。第二天，孔教授就回复邮件说，看了我们的资料，对参访团的整体印象非常深刻，所以很高兴在 6 月 21 日上午在全球伦理基金会见我们，并同时将邮件抄送研究所的另外三位同事。就这样，一场与大师的对话就顺利地联系成功了。

今天，我们要拜访的两位大师都在图宾根大学。一下车，眼前出现了一个如在童话中的小镇，天空出奇纯净的蓝，更是加深了这种如在梦中的感觉。

- 热情相迎

我们提前半小时到达了全球伦理研究中心，怕早到会打扰对方，就在中心门口等候。在一层大厅的工作人员看到我们，热情地邀请我们入内。研究所大门左侧是一个宽阔的大厅，十几张宽大的桌子围成一个大圈，每个座位上都准备了一杯矿泉水、一杯饮料、一个玻璃杯，还有一小碟饼干，会议室的一角还准备了咖啡和茶水等以及丰盛的甜点。从交流得知，像我们这种类型的参访团、这么多人的来访，对他们来说并不多见，对研究所来说是一件大事。

进入会议室，我们各自有序地准备即将进行的座谈。不久，研究中心的主任克劳斯·迪克斯迈尔（Claus Dierksmier）教授也提前来到会议室，法师们与之互相介绍。

上午 10：00，孔汉思教授来到研究所，法师们一起去门口迎接。已经是 85 岁高龄的孔教授一头银发，绿色竖条纹的衬衫外面套着一件卡其色的外套，拎着棕色的公文包，给人亲切又考究的感觉。教授精神矍铄地走进会议室，面色红润有光泽，慈祥的目光中透出一种睿智。

与孔教授同来的还有一位教授和一位摄影师。在座谈开始之前，孔教授先邀请我们到研究所门口合影。那位摄影师是一位报社记者，从中可以看出孔教授对这次座谈很重视。

法师们见到孔教授，递上名片，并合十致礼，教授也合十回应。各自落座后，首先由中心主任克劳斯·迪克斯迈尔致欢迎辞，并对研究中心进行简单的介绍。

从主任的介绍中我们了解到，研究中心参加此次座谈的几位都是与跨宗教、跨文化的对话交流相关的专家。而全球伦理研究中心的主旨就是推广和发展孔汉思教授所倡导的全球伦理相关理念，不管是基础研究还是应用方面的研究都围绕这个宗旨进行。基础研究主要是探讨全球伦理，特别是世俗化的全球伦理的建立。关于应用方面，主要是试图将全球伦理引入政治领域、经济领域，特别是专注于全球商务伦理。

在对中心做了介绍后，中心主任隆重介绍孔汉思教授："因为孔教授，才有龙泉寺代表团的到访，因为孔教授，才有全球伦理研究中心的建立和开展相关研究，这一切都要归功于孔教授。"

- 殊胜因缘

"感谢对我的介绍"，孔汉思教授的发言简洁、有力，"在此，我别的不多谈，就谈一谈我跟佛教的关系"。

"能够有这么多成员的参访团过来，而且是来自著名的寺院，有着千年历史的龙泉寺，对我来说是一个大大的礼物。这让我想起了 35 年前我第一次造访北京的情景。那是在 1978 年的时候，可能在座的很多当时还没有出生。"听到孔教授亲切而幽默的话语，大家都笑了起来，彼此之间的距离一下子就拉近了。

孔教授回顾了当时在北大与学者们交流的情况，"那个时候在毛主席像前谈论孔子还是一个比较令人尴尬的场景"。而去年，他再次去北京参加第二届汉学大会的时候，当时有全球孔子学院的代表参加，"这是一个新的标志，一种新的发展"，"现在可以自由地就这些方面的话题进行交流和研究。在我们中心，我们认为全球伦理和佛教有很多共通之处"。

这时，孔教授拿出一本自己的著作，这是他为参访团准备的礼物。他翻到书的扉页，上面是他亲手写的赠言："赠我的中国朋友：没有宗教之间的和平，就没有世界的和平。"落款是"2013-6-13"，看来孔教授一个礼拜前就已在为这次会面做准备了。

孔教授说，他要从这本书里选几句话作为发言的结尾。在朗读之前，他还提到，"据了解，龙泉寺一方面在发展佛陀古老的教义，另一方面也以一种开放的心态面向现代社会"。随后，孔教授用深沉的语调开始读诵："我们不只需要科学，也需要智慧来防止滥用科学成果；我们不只需要技术，我们同时需要精神的力量来对技术加以控制，以免技术不受控制地被利用；我们不只需要工业，我们同样需要生态环境的科学，来对工业的发展进行控制；我们不只需要民主，我们需要伦理来对抗不同族群、不同利益集团的各自利益，在全球化的时代，保证全球伦理更好地应用。”

“自我介绍到这里，现在希望听到你们的介绍。”孔教授读诵完，马上就抛出了自己的期待。

在接下来的发言中，悟光法师说到跟孔教授的因缘：“我对孔教授的印象，来自出家之后，看到孔教授写的全球伦理的相关文章，以及联合国文明对话等宣言。在我学佛的过程中，对孔教授提出的这种理念，可以说是非常欣赏。”

在法师对参访团进行介绍后，播放了视频《一个美国人眼中的龙泉寺》。在观看视频的过程中，孔教授一直非常认真。此时，他殷重地谈道：“通过影片了解到龙泉寺的一种态度，一方面保持传统，另一方面保持现代性。我认为，不论对于佛教或是对于基督教，保持原始的教义都是非常重要的，但同时又需要创新。我们去研究基督教或是佛教时，根本的教义和原则有没有发生变化是非常重要的，这对保持宗教的纯正性及是否发生变化有一个清晰的认识。如果我们只看传统的延续的一方面，我们的观点会变得很狭窄、很狭隘。我们不只需要延续传统，我们同样需要创新。从刚刚的视频中可以看出，龙泉寺一方面在保持佛教的本怀，同时也在开放，去适应新时代、后现代化时代。我要祝贺你们，你们在弘扬的佛教是正宗、正式的佛教，不只是形式，不只是禅修的内容。”

没想到，孔汉思教授对龙泉寺的评价是如此精准、到位，这既是一位大师的超乎寻常的素养，也是一种英雄所见略同的情怀，是一种超越时空界限的殊胜因缘！

在孔汉思教授的引导下，双方抓紧每一分每一秒进行交流，让我们领略到大师非同寻常的领导力和执行力。

“现在想进入另一个话题，”孔汉思教授没有太多客套话，“你们使用了大量新媒体手段来弘扬佛教，这本身就是一种实践，是一种修行的弘扬，有社会层面的内涵。从片子中，我们学习到很多，尤其是我们如何利用现代的传媒手段来弘扬，想在这方面多提一些问题。在此之前，想让大家了解一下我们在这些方面做了哪些工作，毕竟我们不仅是来自过去的人，我们还要迈向未来”。

这时，孔汉思教授又请出一位专家："我们基金会有一个天才，尤其是在利用网络媒体等方面，他就是我们基金会的秘书长。秘书长曾和我一起组织拍了一部7集的关于宗教的片子，去年在人民大学举办的第二届汉学大会，他也是和我一起参加的。接下来，由秘书长来做一个关于基金会在教育和科技方面如何去弘扬全球伦理的介绍。这样的话，我们才可以进行一些真正意义上的探讨，而不是去说一些恭维话。"大师追求实效的风格，让我们印象深刻。

打开PPT，斯蒂芬·施伦索格(Stephan Schlensog)博士首先介绍了"全球伦理"理念："全球伦理的核心理念，就是我们需要一个共通的全球的伦理标准，我们需要有一个共同的价值观、共同的伦理标准，这样有助于所有人更加和谐、和平地生活，尊重不同国家、不同宗教之间的区别。如果我们去探讨，什么样的价值会对整个世界和社会做出贡献，那么我们没有必要在现有的宗教伦理体系之外建立一个新的伦理。我们需要做的是，就我们现有的宗教伦理的实质性内容，去重新唤醒对它的认识。1993年，在美国芝加哥，世界宗教议会发表了一个《全球伦理宣言》。这个宣言讲的就是一个基本的黄金准则，也就是关于人性、平等、男女平等、没有争端、非暴力等。这个宣言告诉我们，一个美好的世界应该是什么样的。这不是一个前景，它是非常现实的，在世界各地都有不同的人在践行这些准则，正如你们寺院正在做的一样。对于全球伦理的价值来说，和在经济领域、政治领域工作的学者去对话也是非常重要的，我们希望全球伦理的标准能触及现代社会的方方面面。几千年前，像孔子、释迦牟尼佛、老子、耶稣、穆罕默德等圣人们，他们承担着或者先知或者老师的角色，教导弟子，教导人们，去了解这个时代，并回应他们所在的时代中所出现的一些问题。这些圣人，他们的理念就是全球伦理的基础。"

施伦索格博士接下来介绍了使用新媒体去弘扬全球伦理的情况："如果我们希望人们了解这些圣人的学说和理念，让他们深信这些圣人提出的观点，就需要采用一些现代手段，比如，视频、网络等。所以全球伦理基金会根据不同族群的需要，制作了这样一些音视频作品。比如，20世纪90年代末，基金会拍了关于世界几大宗教的影片，还有很多其他关于多宗教的多媒体产品。以这些多媒体产品为依托，基金会在世界各地巡回办展，展览的主题是'世界宗教、普世和平、全球伦理'。基金会还建立了一个网上学习的平台'现在就进入全球伦理的时代'，在这个平台上提供全球伦理的不同主题供大家学习，比如，关于世界宗教的，关于经济的，关于政治的，面向年轻人。以这些内容为基础，针对不同的人群提供不同的内容，也有中文的，我们在香港有一个基督教的机构协助做一些翻译的工作。”

最后，施伦索格博士引用两段话作为结束语。第一段引自《论语》：“己所不欲，勿施于人”“人而不仁，如礼何？人而不仁，如乐何？”第二段，则是引用自联合国第七任秘书长科菲·安南：“我们是否仍然还需要一个普世的价值观？是的，我们需要。但是，我们不应该把这些价值观当作理所当然，我们需要仔细地去思考、去探讨，它们需要去强化、去加固，我们需要在我们自身去发现，去找到按照我们宣扬的价值去生活的意愿，在我们的生活中，在我们的国家社会里面，按照这样的理论、这样的价值观去生活。”

• 因缘·期望

“希望大家好好利用剩下的20分钟。”孔汉思教授进入会议室坐下时，就把手表脱下来放在了桌子上，几次对于时间的提醒，让我们领略到大师严格的时间观念。

悟光法师把《北京龙泉寺的365天》《龙泉寺简介》和一串代表吉祥的念珠以及精心准备的茶叶送给孔教授。孔教授一一接过礼物，高兴地说：“十分感谢，这些都是珍贵的礼物。这些礼物是一种象征，相信我们的合作会有很好的前景。”

“除了刚才提到的研究中心主任外，尹特·格布哈特(Gunther Gebhardt)博士也对宗教多样性有着精妙的见解。”孔教授又请出全球伦理基金会高级顾问Dr. Gunther Gebhardt。

“刚刚我在看片子时就很感动。我在片中看到了赵朴初老人，1986年，我在北京见过他。我很高兴，之前没有想到能有这样的因缘。”格布哈特博士的话也让我们觉得因缘不可思议。

“全球伦理基金会大概可以分为两大领域，一是经济学，二是宗教对话。在宗教对话的领域中，我们倾向于关注各大宗教的相通之处。尽管各大宗教的仪轨、仪式等不尽相同，但在伦理要义方面总能看到共通之处。以此为基础，我们可以共同主动应对一些问题，承担社会责任。刚才看的片子给我留下了深刻的印象：佛教也不仅仅是专注于个人的解脱，而是放眼社会、救助世人、勇于承担，这也是宗教的相通之处。龙泉寺不仅接待佛教参访团，还热情欢迎各地不同宗教的人来参观，我觉得这样非常好，多宗教的对话合作应该在未来推广。”格布哈特博士对龙泉寺充满了期望。

• 融合 • 参与 • 创新

两个小时过得很快，当孔教授问大家还有什么问题时，贤清法师问道：“您还有时间吗？”而孔教授也就真的就这个“是否有时间”的问题进行了回答：“这个问题让我想到‘天’的概念。做片子的时候，我去了天坛，在那里录了片尾的话。我们总是强调人与自然的关系，其实人与天也有着深刻、神秘、难以言说的联系。中国讲‘天’的时候，会涵盖很多无法直接表达的深奥意义。同时，北京还有一个地坛。地坛就象征着我们现在所做的事业，现实而实际。我想以此作为对刚才问题的回答。”

最后，由全球伦理研究中心主任迪克斯迈尔教授做总结：“从目前了解的情况来看，我们双方至少可以从三个方面进行合作：融合、参与、创新。融合，我们都对多宗教信仰非常关注，同时我们关注的重点都不仅是放在信仰的精神领域。第二，参与，就是双方不只是单方利用这些多媒体设备，同样让受众也真正参与到我们这些践行之中。第三，创新，从宗教的角度来讲，每个宗教都希望做善事，做好事，在道德上做正确的事情，如何把理论转变为实践，我们在全球寻求这方面的合作伙伴，所以也非常希望能和龙泉寺合作。”

悟光法师回应道：“刚才主任的一番话让我印象深刻。我们寺院现阶段的定位是精英化和国际化，另外一个理念是传承与创新，这些理念都与贵研究所不谋而合。”

贤清法师用英语总结道：“当今时代，在不同的国家存在着政治和经济方面的冲突，但是当我们去探寻问题的根源，就会发现文化在背后发挥的作用非常重要。一方面，不同的宗教有不同的内容、不同的形式，当我们试图去探寻宗教更深层次的内涵时，就会找到普世的价值和伦理。所以，当我们深入学习不同宗教时，我们会发现，在不同的宗教之间存在相同的基础。今天上午虽然只有两个小时的讨论，但是我们发现了很深的合作基础。”

最后，悟光法师带领代表团用佛教特有的礼仪，唱诵了一遍心经，祝福孔汉思教授福寿绵长，也祝福全球伦理利益全球人类。

佛耶对话

午斋之后，我们又赶往著名的图宾根宿舍——图宾根新教神学院，下午我们要拜访另一位世界级大师——尤根·莫尔特曼教授。

莫尔特曼教授生于1926年，德国图宾根大学荣休教授，当代最具影响力的新教神学家、宗教哲学家之一。他因著作《希望神学》(*Theology of Hope*)而知名，在基督教终末论方面有新的贡献。

• 前缘早定

谈到与莫尔特曼教授的缘分，要追溯到2010年北京论坛期间。当时，教授作为论坛的特邀嘉宾做主旨发言，后来在北大还做了一场讲座。那次讲座，龙泉寺几位法师和不少义工都参加了。莫尔特曼教授看到有出家人来听讲座，当时就给他留下了特别深刻的印象。

因为有这样的因缘，当我们跟教授联系时，教授欣然同意。

由于欧洲行的日程安排一改再改，我们跟教授的座谈时间也在变。原本我们还担心教授不能参加了，因为德国人是非常严谨的，他们往往提前一年或者半年就规划出自己的行程，我们只提前了一个多月联系，临了还要改期。但他还是同意了，还特别将座谈地点安排在著名哲学家黑格尔、谢林及文学家荷尔德林曾经学习、生活过的地方——图宾根新教神学院。

回想起来，如果不是法师参加那场讲座，就没有现在的因缘。当然，这是我们看得见的缘起，实际在欧洲行的过程中，很多的因缘都是偶然遇到的，能够善巧地把握当下的缘起非常重要。

图宾根市建立于 1231 年，依山傍水，以七座山头为依托，莱茵河的支流奈卡河横穿城的东西。城市建筑高低错落，街道蜿蜒曲折，古老而具有特色，名人汇聚，是德国著名的大学城，每四个人中就有一个是大学生。在路上，我们不时地看到有人捧着书在读。这个小镇给人的感觉非常安宁祥和，路两边的都是形形色色的特色小店，不像很多大城市中的嘈杂。

图宾根是以其中世纪小镇风格出名的，现在也在尽力保持着这种风格——弯弯曲曲、狭窄而陡峭的小巷和充满诗情画意的桁架建筑，让图宾根成为德国浪漫古城的完美化身。

• 找准定位

走在去新教研修院的路上，我们又遇到了上午见到的全球伦理研究中心主任迪克斯迈尔教授，不由地感叹，世界太小了。

不一会儿，我们到了新教神学院，院长德雷科尔教授已带着学生在门口迎接我们了。德雷科尔教授拿着两本泛黄的书，一看就是上了年头的。在互相问候之后，德雷科尔教授介绍说，为了迎接我们的到访，他特别准备了两本书，一本是关于 19 世纪佛教在图宾根大学的情况，这是一位当时在图宾根大学做佛学研究的神职人员保罗所著。德雷科尔教授说，在拉丁神学派中，佛教是一个重要的源泉，在图宾根的研究传统中，宗教之间的界限并没有很明确的划分，包括在教义文本上也有互相的影响。教授一上来就和我们探讨起了学术问题，从此可以看出德国人的研究精神。另一本是 19 世纪时期图宾根大学的一位著名诗人和作家所写。教授说，19 世纪初，说一句实话，保罗当时根本没有机会来遇见来自佛教的人，而如今新教神学院的学生却有机会直接与来自中国的佛教参访团面对面交流，他们感觉非常幸运。

简短的问候之后，德雷科尔教授就要离开了，他特意安排了一名学生引领我们到报告厅并负责座谈之后对神学院的参访。

• 初见大师

走到四楼楼梯口，远远地就看到莫尔特曼教授在门口，已经年近九旬的他，一头白发，身着乳白色的外套，精神矍铄，和蔼地微笑着，等待我们的到来。

法师们与莫尔特曼教授互致问候，就要开始正式活动了。现场座位摆成了两个圈的形状，圈里已经坐好了二三十名神学院的学生。能来这么多学生，出乎我们的意料，同样也是莫尔特曼教授意料之外的。参访团成员和教授要如何坐呢？针对座位安排，教授特别问道，我们是想和他交流还是和研修院的学生交流，法师回复说是和您交流。即使如此，在当时的因缘下，莫尔特曼教授安排我们和学生们坐成一个圈，因为这样比较神圣。

坐定之后，莫尔特曼教授先致欢迎辞："欢迎北京龙泉寺参访团来这里访问。大家所在地是图宾根宿舍，其实是一个新教神学院，已有 600 年的历史，这里曾经出过很多的哲学家和诗人。图宾根有两所神学院，一个是天主教神学院，一个是新教神学院，新教神学院反而是个更古老的神学院，而天主教神学院是一个比较年轻的神学院。在 3 年前我和我的学生洪亮到北京参加北京论坛，当时做了讲座，和在座的几位见过面。时隔 3 年，能在这里再次见到大家，我感到很高兴。北京论坛之后，我跟洪亮又一起去北京的一些寺庙参访过，当时还去过一个很大的寺院，不过我不记得名字了，那里有一个很大的看台可以俯瞰北京城，寺庙和周围环境之间的那种和谐给我留下了很深刻的印象。所以，我个人认为，在天、地、人、上帝还有道之间，都应该和谐共处。"

接着，悟光法师发表了简短的致辞，介绍了我们此次欧洲之行的行程和目的，就交由贤清法师介绍参访团的主要成员。在观看视频时，莫尔特曼教授和学生们都非常专注。

• 对话佛教

原本的安排是我们与莫尔特曼教授之间进行交流，现在又加上了新教神学院的学生。虽然事出突然，但莫尔特曼教授并无多言，不仅安排了"显得更为神圣"的现场座次，还自然地担当起了现场的主持。在教授的主持下，接下来进入了对话环节，首先是由新教神学院的学生向参访团提问，之后是参访团学生向教授提问。

学生："从视频中了解到，龙泉寺就像一所大学一样，有图书馆可以学习，是不是有点像我们这个新教神学院的样子？有没有一个学修的体系？"

悟光法师："Yes（是的）！"

悟光法师出乎意料地直接用英文简洁如是回答，引来大家会意的笑声。

学生："据我了解，佛教像其他宗教一样，又分很多的派别，不同的宗派之间的关系以及它们之间的对话是怎样的呢？"

贤清法师直接用英文回复道："佛教有许多派别，我认为这种情况在不同宗教中是很相似的。在释迦牟尼佛创立佛教之初，并没有分派别，但随着佛教的发展，越来越多的人开始学习佛法，他们需要不同的内容，不同派别由此而生。当问及不同派别之间有什么不同时，我们需要知道信仰者的不同。就如同病人生病要吃药。药都是用来治病的，因为病不同，所以吃的药也不同。"

学生："各宗派之间的互动交流是不是有一个组织，而不是各个寺院各行其政，有没有一个平台？"

贤清法师："通常情况下，不同宗派保持他们自己的体系，这很像大学里有化学和物理等不同的学科体系，但从大的方面来讲，都属于科学。在中国佛教界，有一个全国性的共同组织——中国佛教协会，它统管着全国不同宗派的寺院，很多交流活动也是通过中国佛教协会来进行的。"

学生："最近的10年间，中国年轻的一代有什么变化？对于精神、对于灵性的追求有什么变化？是不是他们对佛教或其他宗教越来越感兴趣？"

听到这个问题，贤清法师站起来，走到了会场中间，用英语轻松地问道："你认为我算是年轻人吗？"

学生："我认为您是老青年。跟孩子相比，您是老青年。"

贤清法师："那我就能给你一个非常具体的回答。10年前，我没有信仰，但现在我出家当和尚了。因此你知道，在我身上发生了很大的变化。但是如果我没有机会遇到佛教，也许过去的10年里我就不会有这么大的变化，主要问题在于是否有机会能遇到佛教。在过去的一个世纪里，由于科技的发展，传统信仰遇到了很多的困难。我们的传统信仰，包括儒学、道教和佛教，被遗忘了。我们的现代教育主要学习科技，我们没有那么多机会来了解我们的传统文化和传统信仰，这一点非常遗憾。当我第一次接触佛教时，我就被其中的思想和智慧吸引了。”

• 对话基督教

虽然教授和学生们对我们还很好奇，但是莫尔特曼教授还是时刻注意关照我们，适时安排参访团提问。

悟光法师首先问教授：“天主教和基督(新)教最根本的区别是什么?”

莫尔特曼教授：“天主教有一个教皇，基督(新)教没有教皇，有的只是圣经。天主教和基督(新)教更多的是相同点，特别是在过去的50年，有一个融合。东正教、天主教、基督(新)教，都是基督教不同的分支。这些的相同点应该比不同点更加重要。”

悟光法师：“这些学生都是神学院的吗?”

莫尔特曼教授：“他们一起生活在这儿，一起学习，具体上课听讲座和研讨时，在大学里选择不同课程。”

悟光法师：“他们都是学习基督新教的吗?”

莫尔特曼教授：“在座的都是。另外图宾根还有一个天主教神学院，离这里不远。”

“问一个私人问题，这些研究基督教的同学们，个人有多少人对基督教有信仰?”悟光法师举起手臂摇了摇，用肢体语言来传递自己的态度。

学生们也都很配合，纷纷举手笃定地答道：“所有的都有基督信仰。”

“非常好!”看到这么多年轻学生在研究神学的同时也持有真正的信仰，悟光法师竖起大拇指。“我们参访团的成员抱着一颗学习的心，想问什么都可以。”

杨云凌：“我对学院的课程设置很感兴趣。一周有多少节课? 有多少主修、辅修课?”

莫尔特曼教授：“首先，学生们先学习经典的语言，学习希伯来语、希腊语、拉丁语，通过这些语言的考试之后，可以学习神学，包括旧约、新约、系统神学、伦理学、实用神学。经过8到10个学期的学习，他们通过最终的考试，就会进入各个教堂去服务。我们看到的这些年轻人，毕业后将去附近不同的教区，承担教职人员的职务。”

悟光法师：“功德无量!”

兰天："德国在小学、中学和高中是否有相应的宗教教育？国家在这方面是否有相应的政策？"

莫尔特曼教授："在德国，新教有一定的特殊政策。在小学、中学有相应的宗教课程。在国立大学中，有相应的新教教职人员的设置，这点和法国、葡萄牙、西班牙等国不一样。在小学、中学中，每个星期要有 6 到 8 个小时关于新教的课程。"

薛园春："在新教神学院，如何培养一个合格的学生？好学生的标准是什么？"

莫尔特曼教授："一代和一代不一样。我父亲那一代，100 年前，当时很自由，没有这么多规矩。那时的学生主要是去图书馆，去找教授接受指导。我这一代，已经开始分科，有一定的课程设置，我们有研讨交流、讲座等，学习还是比较自由的。现在，学生没有那么自由了，他们有很多的课程设置，要做报告，有很多的规定、很多的考试。现在是一种规定好的学习。德国的学术传统是一个很成熟的学术体系。只是对学问负责，只是专心在学术上，但我感觉这个传统正在消失，这个问题可以由年轻的一代来回答。"

王硕："看到这么多年轻人有真正的宗教信仰，用佛教的话来讲，感到非常随喜。在世界上很多地方，宗教信仰是越来越衰落的状态，您认为世界各大宗教在重建人类信仰的过程中可以做哪些工作？"

虽然并不是现场学生的老师，但莫尔特曼教授却一直在鼓励同学，他转问在场的青年学生："有没有哪个同学想来回答这个问题？"没有同学主动发言，莫尔特曼教授答道："世界上的领袖们在讨论世界共同面临的问题，比如在北京、在加利福尼亚和在伦敦。我们必须下定决心，来保护自然免受过度的掠夺，保护社会公正，就这点上，佛教和基督教可以合作，比如说基督教讲的上帝对世人的怜悯，所有体会到上帝的这种怜悯的基督徒，应该将这种怜悯发扬出去，对其他人也保持怜悯，比如对那些贫穷的人、生病的人，还有不幸的人，发扬上帝的悲悯，不计回报地将上帝的爱传给需要的人。运用上帝的慈悲，或者儒家的仁，通过行动对这个社会进行回报。"

• 佛教与基督教

神学院的同学对佛教非常感兴趣。这时，又有同学抓住机会进一步提问："如果想要进入你们的寺院，是需要写申请书申请吗？需要什么条件？"

学生："一个人要出家的话，一生只有一次机会吗？"

贤清法师："根据传统的规定，男众有七次机会出家，但是对于女众，只有一次机会。"

莫尔特曼教授："是不是有女众出家的寺院？"

悟光法师："是的。"

贤清法师："教授您好，我有个问题：如何来确信上帝存在呢？"

莫尔特曼教授："上帝爱世人，从对人的爱中可以体会到上帝的爱，只是相信上帝的慈悲和爱，这就够了。作为佛教徒，您能对涅槃给出一个科学的证明吗？没有人从涅槃中回到人间。"

孟祥兰："在当今社会，神学研究的意义和价值如何？"

莫尔特曼教授还是在继续鼓励神学院的同学回答："请我们的同学来回答，我也想知道他们为什么学神学？"但是同学没有回应，莫尔特曼教授回答道："神学是来研究和了解你的信仰对象的学科，这种研究在佛教以及其他宗教中也是相似的。开始建立信仰，到你理解你信仰的是什么，直到你能够亲自见到你所信仰的对象，乃至超越。这样的过程就是神学研究的内容。"

时间过得很快，交流即将结束，莫尔特曼教授总摄道："希望今天的对话交流只是个开端。也希望以后我们新教神学院的学生去龙泉寺学习佛教，大家来这里学习基督教，这都是我们进一步交流的开端。"

最后是互赠礼品，并且一起合影留念。很多学生都是意犹未尽，在正式的活动结束后，又留下来与我们进一步交流。而这次活动的核心——莫尔特曼教授，则是在与法师告别后，很快就一个人离开了。听说，他上午也是自己一个人打车前来的。望着这位低调而热情的大师的背影，内心有说不出的感动。

行走图宾根

在图宾根大学，我们一天内见到了两位当代的大师；而图宾根宿舍，则曾经住过多位大师。

• 大师的宿舍

结束了和莫尔特曼教授的座谈交流后，我们跟随德雷科尔教授安排的同学，参观了图宾根宿舍，也就是新教神学院。

新教神学院是符腾堡州教堂的学习场所，那些希望成为符腾堡州牧师或者希望获得巴登符腾堡州高中教席的新教学生，在这里可以获得 9 个学期的奖学金。这些奖学金是以伙食、住宿和科学看护的形式来提供。这个机构由符腾堡的赫尔佐格·乌尔里希(Herzog Ulrich)于 1536 年捐赠，并设置在曾经的奥古斯丁修道院内。

这栋建筑是图宾根的历史古迹之一，主要用途是宿舍。在这里住的学生会到图宾根大学和其他大学、研究机构学习、听课、参加研讨班等。这里曾涌现出很多才能卓越的校友，比如，天文学家开普勒、哲学家黑格尔、诗人荷尔德林等。为我们介绍了神学院的历史之后，导游的同学把我们带到一面墙前，墙上挂着这些著名校友的雕像。据介绍，当时黑格尔、谢林和荷尔德林曾经住在同一个宿舍。

我们对这些名人曾经生活、学习过的地方非常感兴趣，想要去看黑格尔的宿舍。但这位同学并不清楚是哪一间，而她住的宿舍是荷尔德林曾经住过的，她便带我们到她的宿舍参观。

在路上，她介绍了新教神学院的住宿规则：刚入学的新生一般是12个人住一间，基本上是每个人一张床；屋里还有一个小台子，可以放一些书本；在黑格尔那个时代是没有窗户的。随着年级的增长，会每年调换宿舍，一个宿舍的人也会越来越少，最后可以一个人一间宿舍。

她的年级比较高，所以是单人宿舍。宿舍大约有10平方米，里面有一张床、一个书桌和一个书架。物品摆放整洁有序，书架上放着很多书，让我对德国人的读书爱好有了更直观的感受。

从黑格尔、荷尔德林时代开始到现在，这里一直有一种奖学金的模式，供他们在这里学习四五年，每天免费提供两顿饭，还有声乐培训，如弹钢琴等。这样优厚的条件，估计也是为了让学生们更安心地专注在信仰的学习上。

接下来参观的房间有些神秘，是惩罚不听话学生的小黑屋，据说荷尔德林曾在这里关过几天，由于不听从管教，所以受到了惩罚。这个小屋只能容下一个人坐在里面，饭是从门下的一个小口送进去的，可见当时对学生的管理还是非常严格的。有些被关禁闭的学生在这个小黑屋里画画，画的画现在还挂在小黑屋外面。

这是一座木质建筑，非常古老。里面的房子有大有小，不是很规则，楼中还有活动室、厨房、学习室等。走在里面感觉像迷宫，需要有人引领才能够走出来。

参观过禁闭屋之后，导游的同学带我们来到了新教神学院的小礼拜堂。这里面积不大，他们一天做两次礼拜；只有在周一晚上，才有一个大的礼拜活动。

这位同学是学历史的，她谈到，像科隆、柏林这些大城市，在二战中基本上都被摧毁了，我们现在看到的城市，基本上是重建的。而图宾根则因为比较小，而且在政治地位上没那么重要，所以在很大程度上保留了原貌，保持了从一开始出现时的中世纪风貌，到后来文艺复兴时期的建筑历史沿革。

在小礼拜堂进行简短的介绍和交流之后，我们一起在宿舍的院子里合影留念。院子斑驳的石头地面，石门上缠绕着藤和繁花，有一种中世纪的气息。虽然这里是宿舍，但在这样一个有宗教信仰的地方，还是感受到一种宁静的氛围。

• 15 分钟的偶遇

参观完新教神学院后，我们顺路来到了哲学系楼前。带我们参观的杨小刚同学就在哲学系就读。除了教室和办公室外，整栋楼就像是一座图书馆。走廊两侧摆放着一排排的书架，走在这里，感觉徜徉在知识的海洋中。

我们参观的时候，恰好在一间办公室看到一位学者模样的人，办公室中还摆着一套中式茶具。王硕过去和他打招呼，他说自己马上就要上课，但是愿意和我们交流 15 分钟，一场座谈就这么促成了。

诺伊贝博士（Dr. M. Neuber）也对佛教和参访团表现出浓厚的兴趣，首先问道：“佛教跟其他宗教，比如说犹太教、天主教、新教这些宗教的相似处在哪里？区别之处在哪里？”

悟光法师：“相似之处，就我个人理解来说，就是都是为整个社会、人类服务的，都在宣传善的一面。区别的话，可能各自有各自具体的做法。比如说，佛教是谈人人都有佛性，最后人人都能够成就佛陀的果位，究竟离苦得乐，也就是不光我，他、她都可以成佛，你一样可以。佛教是和平的宗教，讲求人人平等。自从佛教传入中国之后，从来没有因为佛教发生过任何的战争。”

诺伊贝博士：“如果不冒犯的话，我想问一个问题。现在的中国，僧人在政治方面的地位怎样？”

贤清法师：“僧人作为中国社会的公民，与其他公民一样享受宪法所规定的权利和义务。在中国，也有僧人在全国和地方的人民代表大会、政协会议中担任代表，享有参政、议政的权利，以此更好地维护宗教界的合法权益。”

诺伊贝博士又问了我们在欧洲参访的一些信息。虽然每到一个地方就要介绍一遍，今天就已是第三次了，但悟光法师还是像第一次介绍一样，那么热情、那么投入，数数宣说，无有疲厌。

诺伊贝博士继续提问：“经过这次考察，你们认为欧洲哪个国家的佛教发展是最好的？”

悟光法师说，“在回答您的问题之前，我们想了解一下您个人的情况，您在这个学院的情况以及这个学院的情况”。诺伊贝博士简要地介绍，他在哲学系教书，研究的领域是逻辑哲学和科学哲学，他曾经于 1993 年到过中国，他还有一个学生是中国人。虽然是偶遇，却也是早有缘分。之后，诺伊贝博士迫不及待地请法师回答他的问题。

悟光法师："根据我的观察，欧洲目前的佛教发展情况并不乐观。但是毕竟欧洲越来越开放，也愿意接纳佛教，从这个角度来说是乐观的。"

诺伊贝博士："应该乐观，还是在发展的过程中吗。"

悟光法师："有待于佛教徒进一步努力。"

诺伊贝博士："确实应该，因为确实现在有很多人对佛教感兴趣。"

悟光法师："为欧洲人民做贡献。"

诺伊贝博士："其实就德国哲学来说，本身就有这个传统，对佛教是很重视的，比如说 18 世纪叔本华的哲学。叔本华应该是欧洲哲学家中，最早对佛教进行认真考察的。"

15 分钟很快就过去了，诺伊贝博士要去上课了，在赠送礼物和合影后，我们结束了这场座谈。在欧洲，一般需要提前半年到一年预定约会，没想到我们在半分钟之内确定了这个会谈，真是因缘不可思议！

• 打开一扇门

走出哲学系，我们跟随杨小刚来到内卡河旁边的荷尔德林塔附近。黄色的塔身，却给人一种阴郁的感觉。1802 年，荷尔德林精神失常，1806 年住进图宾根精神病院医治，他的晚年就是在这里度过的。这里现在是荷尔德林纪念馆，收藏着荷尔德林的手稿和书信。

在他著名的诗篇《人，诗意地栖息》中，这样写道："神莫测而不可知？神湛若青天？我宁愿相信后者。这是人的尺规。人充满劳绩，但还诗意地安居于这块大地之上。我真想证明，就连璀璨的星空也不比人纯洁，人被称作神明的形象。大地之上可有尺规？绝无。"诗人选择了全然相信人的力量，并且把人在世界上的生活形容为"诗意地栖息"，但现实的遭遇却证明佛陀关于世间一切皆苦的教理。诗人没有找到脱苦的途径，最后郁郁而终。

我们在城中穿行，头顶是如油画般分明纯净的蓝天白云，路边都是保存完好、色泽鲜艳的传统木制建筑，每栋建筑的风格都不一样，鲜花盛开，让我们仿似走进了中世纪。走到城中心的一个教堂，杨小刚建议进去参观一下。但是看到大门紧闭，我想没有机缘了。这时，王硕走到大门前，一拉门把手，门居然是开着的。我们往往都会被经验和习惯所左右，其实有时只要去试一下，就能打开一扇门，进入一个新的领域。在欧洲行的过程中，已有多次这种经历，但真正要去突破，却还是不容易。

虽然教堂我们已经去过不少，但法师还是带我们进去了，像往常一样，法师带我们在教堂里右绕一圈，拍了一些照片，就出来了。好像很简单，直到法师说了一句"走一遍，业就造进去了"，我才真正明白法师每次这样做的意图。

教堂门口，我们又一次合影，吸引了周围不少人的注目，他们对我们很感兴趣。估计很少看到像法师这样穿着的人，还有我们排得那么整齐，一起很欢喜地拍照，这对他们也是一种影响。所以法师说，对这里的人来说，我们本身已变成风景线了。

由于时间有限，我们只能将晚餐打包带回宾馆去用了。吃饭之后的交流中，大家纷纷赞叹今天的活动，而我却因为一点不满意，对下午的活动耿耿于怀。我一直在找，到底是谁的问题。此时，悟光法师点拨道："凡事都要从正面来思维，'若已不济事，忧恼有何益？'从这个上面来正面思维，我们就会从中受益。我们总结的主要目的是为了清楚以后要怎么做，而不是一直在这里面去打转，去找谁的问题，而是想以后我该怎么办，这叫心向内缘，辗转增上。如果一直找是谁的问题，这就叫心向外缘，辗转增下。"听了法师的话，我顿时豁然开朗。是呀，这本来是多么充实而美好的一天呀，收获了那么多。放下即自在，感恩！

缘来如此

在这次欧洲参访的过程中，逐渐发现，所谓的因缘、缘分、缘起并不是虚无缥缈的，而是特别实在的存在，是在一点一滴的踏实造业中成就的。今天的行程是这次参访中最满的一天，我们有7个活动安排，细细推来，这些都是因缘和合的结果。

• 因缘前定

当我知道欧洲行的计划后，就向仁爱心栈的同修求助，看是否有这方面的因缘。张银明师兄提供了以前的同事刘文先生的联系方式，刘文先生表示愿意帮我们宣传并联系相关组织。5月10日，刘文先生说，乌尔姆大学的中国学联主席董瑞巨，对我们的活动非常感兴趣，并且邀请法师进行讲座交流。今天贤清法师在乌尔姆大学的讲座由此因缘而生。

有一天，董瑞巨在QQ留言说："需要安排午餐吗?"我问："师兄是推荐附近的餐馆吗?""当然是要请大家吃饭了!"没想到素未谋面的他，要请我们这个二十几人的团吃饭。他非常用心地询问，我们是否都吃素，哪些东西是不能吃的，对口味有什么要求，种种的细节中，足见他对善知识的恭敬。22号的行程非常紧张，我们只能压缩吃饭的时间，所以临时决定中午吃盒饭。他说没问题，又提醒说需要考虑在哪儿吃比较方便，还有是什么时间吃。

关于讲座的主题，贤清法师一般根据当下的缘起和对方的期望综合考虑。正巧乌尔姆学联有个国学部，最近在举办系列传统文化讲座，而部分成员对佛法也感兴趣。法师结合这一缘起，决定讲“儒家文化及其社会作用”这一题目。

听到我们这次跟基督教有交流，并参观了几座著名的教堂后，董瑞巨又盛情邀请我们参观乌尔姆大教堂。当时，22 日已安排了至少 6 个行程，但悟光法师听说他非常发心安排，就答应了。这样，今天的活动增加到了 7 个，成为整个欧洲行中行程最丰富的一天。

• 缘起处处

在参访过程中，我们有不少时间在大巴上。这个时候，坐在悟光法师身边的同学，会把握因缘，向法师请益。

过了一段时间，突然听到法师说：“奇怪，这边小麦怎么这么浅啊？”

旁边的同学答道：“是不是第二茬了？”

法师：“第二茬有可能。你看那小麦，小麦苗刚出来，咱们那天看到的，都快熟了，有的已经收割了。你看这儿的菜籽已经熟了。我估计那个就是二茬，小麦和菜籽是一起熟的。”

在欧洲行的过程中，就像关注路上的麦子的细微变化一样，法师悄然地关注着参访团的每一位成员。法师总是任运地关注到身边的人、事、物，觉察到缘起的变化，及时做出抉择。有一次，大巴司机因为午饭后行驶而打盹，那时大家都困了，法师观察到了，为了大家的安全，法师坐到与司机并排的座位，跟他聊天。不可思议的是，法师说汉语，司机说西班牙语，却聊得不亦乐乎。

“应该快到了，我看到路标上有 ULM University 字样。”一位同学指着窗外的路标说。

“真的啊？我看看，”法师说着，起身往前看了看说：“嗯，马上就到了。”

“咦，法师您没来过，怎么判断快到了？”前面的同学不解地问。

法师说：“看导航，上面有个黑白色的小旗在飘的地方就是目的地。”

导航就在前面，自己却从来没有注意过。惭愧！

• 众缘和合

上午 9∶00，大巴载着我们来到乌尔姆大学，在讲座的教室门口停下来。远远就看到一位中国学生，已经站在那里等待大家。车门一开，两位法师下车，悟光法师微笑着说：“你就是董瑞巨主席吧。”他连忙答道：“是，是，法师好！”并且鞠躬礼敬法师。

教室大门上贴着讲座的海报，上面印有贤清法师的照片，贤清法师走过，画面与现实相映成趣。推开门，一个能容纳500人的大型阶梯式教室呈现在面前，据说德国财政部部长前段时间在乌尔姆讲座也是在这个教室。

看到如此庄严的会场，大家都很振奋，开始积极为讲座做准备。这时，宋柏青师兄和几位刚到的德国同修走过来。“法师好，这是我们团队的麻莹”。麻莹这次是和朋友特地从柏林赶来，为了赶上讲座，昨天晚上就来到乌尔姆。这次看到海外的同学对佛法发自肺腑的热情，不由得想到了最初的自己，想起来“勿忘初心”的教授。感恩这些远在他乡的同行善友！

儒家文化的产生及其社会责任

在乌尔姆大学，顺应因缘，作为一名佛教的法师，贤清法师开讲儒家文化。讲座辑要如下。

• 孝是儒家的根基吗

“今天讲座的题目是‘儒家文化的产生及其社会责任’。这个题目非常大，但是今天要给大家分享的问题非常具体，就是三个：

第一个，儒家文化的根基到底是什么？是不是‘孝’？

第二个，如何看待中国在历史上形成的官僚文化和官僚阶层？

第三个，儒家在我们今天这个社会上，还有没有意义？有没有价值？

下面就这三个问题，跟大家分享一下个人学习的体会。

第一个，儒家的基本精神到底是什么？在我们的传统观念里，我们认为儒家的根本是孝。事实上，从《孝经》、过去的儒家经典里面，我们读的话也确实会感受到，‘孝’在整个儒家文化里面，确实占据到太重要的位置。

但是，我们要质疑一下，儒家的根基是不是就是‘孝’呢？各位有没有不同答案？（有同学说‘仁’）‘仁’，根据呢？当你说仁的时候，我想起一句话，孔子讲的，在《论语·学而》篇里：‘君子务本，本立而道生，孝悌也者，其为仁之本与’。孝悌是仁的根，这句话告诉我们，‘仁’的根本在‘孝’。还有没有？（有同学说‘忠’）‘忠’，根据呢？（同学答：'夫子之道，忠恕而已矣。'）这句话来自《论语》中的一段对话，当时孔子讲：'吾道一以贯之。'曾子在旁边听了以后，说'唯'。'唯'是什么意义呢？是啊。后来，孔子离开了，曾子的门人问：'你悟到了什么？'曾子说'夫子之道，忠恕而已矣'。所以，大家讲'忠'是不完整的，至少，还包括'恕'，对不对？

我们来看看，《论语》里面的原话。当然，刚才说的'孝悌也者，其为仁之本与'也不是夫子的话，谁的话呢？有子的话。有子是孔老夫子的弟子。可是孔子在《孝经》里面说过另外一句话叫'孝者，德之本也'，德的根本；'教之所由生'，一切教化都由此产生，这是《孝经》里的原话。所以，有太多的理由，让人认为'孝'是儒家的根本，这个结论还是能够成立的。"

- 怎样认识家

"但是这样就有问题了？为什么孔子把'孝'安立为儒家的根本，原因在什么地方？特定的时空下产生这样的认识，背后是有它的因缘的。什么因缘呢？

在《说文解字》里面，'孝'解释为'善事父母也'，就是非常善于侍奉父母，这就是叫孝。悌呢？'善兄弟也'，善于侍奉兄弟。所以，无论是孝还是悌，它的对象就是父母、兄弟，这是一家人。所以，孝悌它所构建的一套伦理与另外一个字紧密相关，这个字是什么呢？这就是'家'。

现在我们对'家'做一个认识，不能正确了解家是什么，我们就无法了解孔子为什么提'孝'和'悌'。家是什么？如果大家觉得不够形象的话，我给大家画一画。这是什么呢？房屋。房屋里面呢？有一头猪。这个是家，各位能接受这个现实吗？房屋里面有头猪，人跑哪里去了？你说人在喂猪，人在哪儿呢？所以古人在造字的时候，他是在观察生活，家什么时候出现？他就观察，有猪出现就组成为一个家庭。而且猪一般有一个猪圈，而且还将猪圈搭一个草屋，草屋下面可以睡觉。一年能养两头猪，家庭收入就可以保证了，是一家的经济来源。所以这个家，可不是我们现在说房子里面有猪的就是家，它的另一种含义是什么呢？有私有财产。"

- 从公天下到家天下

"那么，家什么时候开始出现，或者说什么时候开始成为一个社会整体性结构出现的呢?

你会说有父母、有孩子,这就组成一个家。其实还不是。这个家庭结构什么时候开始成为社会最基本结构的构成呢?在中国历史上有一个关键转折点,跟大禹有关系。

尧舜禹之后开始进入夏王朝了。之前是禅让制,后来是继承制。大禹治水虽然功德很大,但是他后来开辟了一个王朝,让他子孙把这个王位继承。为什么社会到大禹的时候发生了变化呢?这是跟大禹治水有关系。

当时洪水滔天,而且持续的时间非常久,在尧的时候就是这样了。当时尧就因为洪水的问题,头疼得不得了,他希望臣子能有一个人能治理洪水。后来,众生推举了鲧,也就是大禹的父亲。后来舜即位以后呢,就任命禹为专门治水的官员,结果禹很快就将水给治好了。

最初人们主要生活在山上,因为水淹不到它。水退了之后,就有耕地了,人可以定居了,定居之后家里养头猪,家庭结构就形成了。所以,从大禹之后,整个社会结构发生了变化,整个社会基本组成单元是家庭,而且非常稳。在这样一个大的背景下,政治制度就相应发生了变化,中国社会从'公'天下到'家'天下,这中间的转变是从大禹到他的儿子夏启完成的。在之前,天下为公;在之后,天下由一个个的家族组成。

正是在这样一个变化的背景里面,面对春秋战国时期混乱的国家制度,孔子就开始追根溯源——社会为什么变得动荡不安?为什么礼崩乐坏?他不断追溯的时候,发现跟'家'有根本关系。家是什么地方呢?家是产生私心的地方。人没有家,他的私心没有载体,他靠的是社会。人一有家庭,马上就考虑家庭问题,所以人的私心借助于家庭得以稳固、得以放大。当时孔子思考说,既然整个社会都是由家庭组成,如果家庭没有很好的规范,成为一个营求私利的地方,这个社会实在是太可怕了。所以在这种情况下,他构建了一套伦理——孝、悌。这个伦理在干什么?在对治人的私心,在对治人考虑自我的一种习惯。所以人在面对父母长辈的时候,在面对兄弟的时候,面对妻儿的时候,该以怎样的心理状态去面对他们,应该怎么做?他告诉我们一套方法,这套方法只要我们去实践,人习惯考虑自我、习惯去占取的一种状态就可以得到改变。所以,以家庭伦理为根本,人在进入社会的时候,他提供了另外一套伦理规范,是什么呢?就是忠,就是信。这些伦理规范是人进入社会以后，面对社会的人际关系的时候，他所遇到新的伦理规范。而这整套伦理规范，全部是在对治人的私心。”

- 大同世界与公私生命

“‘家天下’如换一个名词，便是‘私天下’。这个是什么？这就是私。这个是什么？相背。什么是公？背私就是公，它是一个不断去超越自我，不断去超越人的视野，不断去超越人的眼光，不断去超越人的行为，逐渐逐渐让人说的每句话、做的每件事，不是被私欲所蒙蔽，而是考虑到更多人的利益的时候，这个人就具有公心。具有公心的人，他就具足了一种能力。什么能力？领导力。

我们不是都很想当领导吗？领导最根本的一个素质是什么？公心。我们考虑的事情、做的事情，到底是为了多少人的利益着想？如果骨子里就是为自己的，一定会背信弃义，最后众叛亲离。这个内在的素养来自于对公私的一种生命的体验，所以我想当时孔子在观察社会的时候，他发现整个社会是以家庭为结构的时候，他在考虑整个社会系统该怎么建立，伦理规范该怎么建立，这个社会是正常的，是良性运作的，是将来能够重新回归的社会状态。什么状态呢？就是公天下，就是大同世界。

这个大同世界，在《礼记》中讲到了几句话，是‘大道之行，天下为公，选贤与能，讲信修睦’。人‘不独亲其亲，不独子其子’，当时孔子看到以家庭为中心的时候，人只亲自己的亲人，只以自己的孩子为孩子，这是私心。而大同世界告诉人的是，人不要单单以自己的亲人为亲人，不要单单以自己的孩子为孩子，而应该把所有的亲人都当作自己的亲人，所有的孩子都当成自己的孩子，就是大同世界。这是夫子的一个目的。但是入手点从哪儿做呢？从家庭的伦理规范开始做。

可是在今天，家庭变结构了。我们今天的家庭，过去其实是家族，族是一群人，再小的家庭也是一群人。那么过去为什么叫齐家呢，因为家庭就是一个家族，就是一个小社会，人在家族里能够齐家的话，这个人的能力已经发展到一定程度，他就可以治国，他就可以平天下。可是今天呢？我们是三口之家，而三口之家待在一起相处的时间是如此之少，跟孩子相处、夫妻间相处，非常非常少。所以在今天，组成社会的基本单位名义上是家庭，实际上已经不是家庭了。

今天组成社会的基本单位是企业。我们一天到晚在单位的时间，是不是远远超过在家的时间？人如果在单位、公司能够做好的话，整个生活的状态是不一样的。所以今天我们讲企业文化。在企业伦理里，它的基本单元就发生变化了。在企业里，我们能讲孝吗？你要说我们对领导很孝，别人笑话你，这个伦理规范在家庭里不太能拓展到单位里去。但是，儒家精神是可以拓展进去的。”

- 儒家文化与科举制度

“刚才我们谈到第一个问题——儒家的根基。认为孝、悌是儒家的根基的观点，要画一个问号了。那只是在当时特定的历史背景之下，孔子认为这样构建文明的时候，民众普遍可以去实践，可以提升人的精神境界。那么这样构建之后，儒家对整个中国社会产生什么样的影响呢？这就要谈到第二个问题。

大家知道，孔子一生非常落魄。他 50 岁出来做官，可是发现在本国实现不了自己理想的时候，就把官职给辞去了，从此周游列国，寻找可以推行他理想的地方，最后还是没有找到。可是就是这样一个人，他在世的时候，他的理想没有得到实现，在后世，影响又是如此之深远。那么当时是怎么变化的呢？体现在什么地方呢？

大家一看历史会觉得秦朝之所以能够建立，是因为重视法家。大家通常以为法家和儒家是完全不同的两种学派，实际上在追踪源头的时候，你会发现，法家跟儒家有根深蒂固的关系。儒家的传承，孔子传给曾子，曾子传给子思，子思传给孟子。后来，儒家的另一派出来一个荀子，荀子后来的好几个学生竟然成了法家人物，李斯、韩非子全是法家人物。

这个外在的表现是什么呢？当时秦始皇建立秦朝以后，当时的社会结构发生很大的变化。中国社会从秦朝以后，跟西方的欧洲社会有根本的差异性。西方政治制度跟中国政治制度不适应的根本差别在什么地方？就是阶级的概念。在西方社会有贵族阶级、平民阶级，而且阶级界线是十分分明的。可是，在中国社会，你去找贵族阶级能找得到吗？你可以说有士、农、工、商四个阶层，可是一个农民，可以通过读书成为士，也可以通过读书成为达官贵人。有一次到国子监，看历史资料统计，自从科举制度产生以后，在所有的状元里面，平民出身占了多少呢？49%，占一半。

整个社会是流动性的，下层也能做到最高层。一个下层的人做到最高层，他会完全考虑最高层的利益吗？不完全。所以，从秦朝开始有了一个转变，什么转变呢？当时，秦始皇成了皇帝以后，全国分成三十几个郡县，当时是郡县制，郡县的官员是不是秦始皇家的子弟呀？不是。所以从那个时候，新的官僚制度产生了。尽管汉朝在不同程度上有些反复，但是整个官僚制度产生了。这个官怎么来的？已经不完全是世袭。如果完全是世袭，那在社会中就会形成稳定的贵族阶级。后来出现许多选举官员的方法，比如说汉朝的举孝廉，一个人非常孝顺、廉洁，德行很好，可以推举出来做官。这个推举制度，从汉朝到魏晋南北朝，演变到最后逐渐形成了一种推举人才的方法——科举制度。所以，科举制度一旦成为一种社会制度，为整个社会人才的选拔提供了一个固定的规范，延续了1000多年，为中国社会选拔了非常多的人才。

这个制度的思想根源从哪里来的？儒家。也就是大同世界前面的两句话'大道之行，天下为公，选贤举能，讲信修睦'。'选贤'，贤者有德在位，能者有能力在职。'职位'，今天我们放在一起讲，确实是这样的：有德的人可以在位，他能包容别人；有能力的人你要有职，他可以干事情。有德行的人放到职上不行，因为他做不了事情，技术上可能过不了关。但是，他能接受人，你有能力他很高兴，'你来吧，给你安立一个很好的职务让你去干'。有德的人能做到这一点，心胸狭窄的人做不到，所以你就不能把狭隘的人放到这么高的位置，这样的话，团体发展就没有生命力了。'选贤与能'，儒家根本的精神就是把最贤能的人给推举出来，只要得仁就能得天下。”

- 官僚文化的真实内涵

“所以什么是仁？有很多人不理解，不是说儒家的传统是'任人唯亲'吗？跟大家分享一下'任人唯亲'是怎么回事。'任人唯亲'的根本内涵，并不是我们今天理解的意思。在《说文解字》里解释得非常清楚，仁是什么？'仁，亲也。'所以'任人唯亲'的意思就是，要选择有仁德的人。仁为什么是亲呢？仁的意思就是你要对待所有的人像对待自己的亲人一样，就是亲。'任人唯亲'的意思就是要选择一个人，他对所有的人都像对待亲人一样，这就是'任人唯亲'的意思，其实是'任人为能''任人为德'的意思，不同于我们今天理解的非常狭隘的亲人关系，这是害人，对不对？这是私心在作怪。如果这样做，这个社会、这个企业、这个团队就没有生命力，这恰恰是我们文化所批评的。

过去不了解中国传统文化，一提到官僚，就说中国文化、儒家文化是封建思想，是维护统治阶级利益的。官僚是干什么的？官僚是天下为公的。作为一个官员，考虑的是所有人的利益，所以官僚不但要维护统治阶级的利益，更要维护民众的利益，他不会损伤任何一方。官僚要有这种格局，他把所有的人，无论是高贵的人还是低贱的人都当成是自己的亲人，都一样努力考虑。但是因为民众是弱势群体，而贵族、君王是强势团体，所以他们的利益不需要我们考虑，他们自然会考虑，民众的利益需要我们考虑。如此一来，官员到底是干什么的呢？他是为民请命的人，是维护民众利益的人。所以官僚在整个社会组织里面，形成一种相互制约的机制，约束王权，是来约束贵族利益的。这样的人，我们才称他为真正具有儒家精神的人，为了民的命他是可以舍弃自己的命的。

这样的人，王怕不怕？王怕得不得了。所以历史上的君王和官僚之间，一直存在一种非常紧张的关系，因为这群都是不要命的人，都是要把命豁出去为民请命的人，你能随便动他们吗？因为这些人是民族的脊梁，你一随便动，就失去民心了，民心失去了整个社会就崩塌了。官员在约束王的私心，如果官员再有私心，和王同流合污，欺压老百姓，那整个社会很快就崩塌了。”

- 儒家精神的现代价值

“第三个内容实际上前面已经提到了，在今天这个社会，当我们了解了儒家精神的根本何在的时候，我们要问：‘今天儒家思想还有没有意义？还有没有价值？’

价值太大了！刚才我们已经探讨了企业、团体就是实践儒家精神的一个根本场所。实践什么？实践公、私的一个平衡。公和私之间的平衡，不能说我现在完全没有私心，我就是大公无私，这是你一厢情愿，没有任何人可以一下做到这一点，必须找到一个平衡点。你个人的利益可以考虑，但是你不能伤害群体的利益，你不能伤害别人的利益。

佛教里的职业修行者为出家人。出家人是什么意思？意思非常明白，就是要出家，就是出离私心，人不能再有私心，不能再考虑自己的小家了。如果考虑小家怎么会出家呢？不会的。所以把个人的利益、家族的利益放下，与家人之间的关系必须要去超越。

出家以后要干什么？出家以后要修道。这个修道在我们中国文化里面讲就是‘天道’。天道是什么？在《老子》里面讲得比较清楚：天道就是‘损有余’，来‘补不足’。人道是什么？老子也说了，叫‘损不足’。你看，人类社会很容易走向极端，为什么呢？因为他总是损不足，人家越没有，他越剥削，最后把所有的利益都汇聚到有地位的人身上去了。这是什么造成的？私心造成的。

天道是什么？天下为公。公心就是把多余的东西拿给不足的人，来平均。修道人在干什么？就干这件事情。先看社会上哪些不平衡，就去平衡哪些，把多的拿出来，给那些不足的。这样做社会就是稳定的，对所有的人都是有意义的。所以，修道有两种道，一个是解脱道，一个是菩萨道。解脱道解脱什么？解脱个人的私心，在佛教里讲就是从惑业中解脱出来。修菩萨道，修什么？修公心，就是通过发心而行六度。”

• 道在何方

贤清法师由儒入佛的讲座精彩纷呈，让大家听得入了神，到了提问环节，大家都很踊跃。

学生：“有没有已经悟道的人？至少已经觉悟、已经解脱的人？”

贤清法师：“我相信有。之所以说相信有，是因为悟道的人不会告诉别人他悟道了。通常我们在看周围人的境界的时候，与我们自身的境界有很大关系，跟我们对道的体悟有关系。”

学生：“假如人有私心的话，能不能借助私心去悟道？他有欲望，他想去悟道，他自己有私心，想自己去悟道。”

贤清法师：“孟子在跟齐宣王对话的时候，涉及这个问题。当时齐宣王有很多世俗的爱好，他爱财，又爱美色，还爱好世俗的音乐，世间的东西他好像都喜欢。孟子听了以后说，好啊，又告诉齐宣王说：‘独乐乐与众乐乐，孰乐？’你自己享乐快乐呢？还是和大家一起享乐快乐呢？从这个角度来看，私心也是有价值的，它可以将我们的追求推广到所有的人，推己及人，让大家一起来满足这个愿望。这就是借助私心，把它公化。”

学生：“您最后说到菩萨道，基督教里也说‘爱别人’。这两者的精神是不是相当的，也是指向减少个人私心？”

贤清法师："是的。"

学生："刚才您谈到了出家、解脱道、菩萨道，跟我们的文化传统有什么不同？有什么可以增加的？"

贤清法师："中国文化传统，儒家是主流，强调积极入世。佛教在印度起源的时候，比较强调出世，强调解脱。这是与我们的文化传统不同的地方。但后来大乘佛教在印度兴起，就比较强调入世，强调在世间行菩萨道。这种精神就与中国的文化传统比较相近了。这也是为什么大乘佛教比较容易在汉地被接受的原因。大乘佛教的菩萨道以解脱道为根基，远离亲疏高下，直趣众生平等，可以说这样的精神为我们的文化传统带来了活力。"

一位外国学生这时说道："我可以这样理解吗？您说的是'殊途同归'。"

贤清法师："可以这样讲。信仰很难用语言去表达。一旦用语言表达，就会被概念化，就会被理性化。信仰是一种生命的体验，你体验到了哪里，你就验证到哪里；你没有体验到，这一块领域我们就没有办法探讨它存在或者不存在。对于我们来讲没有办法探讨，因为我们的生命没有进入这种体验。从另外一个角度来看，佛法也是一门科学，因为佛法一直在做实验，就如同科学一直在实验一样。先是有一个理论的认知，然后找样品，进入相应的实验环境去做实验，做了以后得出理论所预测的结果，这是科学的体系。信仰也在做科研，也在做实验，怎么做？把你的生命当作样品去实验。生命！你愿意吗？如果不愿意，这个话题就不太好探讨了。如果愿意的话，我们把自己的生命投入到实验的环境中——教堂、寺院，去感受宗教的氛围，把我们的生命融入这个环境做实验，你去体验一下，体验之后我们再去探讨，到底信仰存在不存在。这是一套体系，是进入文化、宗教的模式，你不可能不去经验它就去探讨它。"

• 孝在当下

一位外国学生提问，给他做翻译的宋柏青说："另外一个问题，如何把在家庭的孝悌拓展到社会上其他人的关系，他举了个例子，他遇到一个年长多岁的人，应该如何对待他，是作为姐妹还是其他关系呢？"

贤清法师："关于孝悌精神在社会上的拓展，其实我刚才在讲课的时候大体上已有分享了。在传统社会里，孝悌有另一套规范，就是'忠''信'。我们对父母的态度是'孝',可是对领导、对上级的态度就变成'忠'了。这套规范永远在变化,但内涵、用心没有变。什么叫'忠'?今天我们在讲'忠'的时候,会说'忠心耿耿''唯命是从''君叫臣死臣不敢不死'。这是不是'忠'?'忠'是什么?'忠'是把心放在中间。人在与领导相处的时候,为什么要强调领导的重要性?我们为什么要去尊敬领导呢?他是在平衡人过分考虑自己的一种私心。所以在强调这一点的时候,把心放在中间就可以了。当这样强调的时候,人也完全没有必要把所有的重心都放在领导身上,事实上也很难做到。我们做下属的,有做下属的道。我们'忠'的是道,而不是人。我们是在遵道而行,而不是唯命是从。遵道而行,道是什么?剔除私心。领导有时也会为个人的私心所蒙蔽,这个时候也不能随便去随顺和服从。这个需要绝高的智慧、胆识和勇气在里面,它不是那么简单地表现出来的。

第二点,刚才那位同学分享到,这个'孝'如何变成社会中公共的行为规范?如何去拓展。比如,遇到在身边的这位,我们是以姐妹的态度还是朋友的态度去对待他比较好?说实在话,这个拓展过程还是要谨慎为宜。可能在东方的社会里,大家遇到老人时,很尊敬他,帮助他,他会很高兴;可是在西方,你以这种方式对待他,他未必高兴。当他不高兴时,你认为应该行孝道的呀,只有你认为在行孝道,对方可不这么认为。孝道在这一刻失去了意义。所以这一套伦理规范都不是死教条,而是在跟人相处的过程中逐渐找出一个平衡点,这个平衡点能让自己、让别人都舒服,能让自己、让别人都有所获益,得到成长为标准。我觉得这一点,需要逐渐在社会实践中去摸索、去体会。"

走过乌尔姆大教堂与社区修道院

从大学讲堂中出来后，我们立即赶往乌尔姆大教堂，再去到一家在市区的修道院。

• 大教堂外的露天午斋

讲座结束后，走出教室，几位同学也跟了出来，一位同学问："我们可以一起去吗？"征得法师的同意，大家一起上了车。

12：06，大巴到达大教堂旁边的一条街道。

抬头望去，乌尔姆大教堂远远矗立在街的尽头，在周边的建筑当中突显而出，东侧双塔并立，西侧教堂主塔高耸入云，十分壮观。学联的同学说，登上主塔楼的768级台阶可以到达143米高的平台，俯瞰乌尔姆城和周边，天气状况良好时甚至可以望见阿尔卑斯山。

乌尔姆大教堂坐落在乌尔姆的市中心，整个城市布局围绕着教堂展开。它始建于1377年，最终完工于1890年，原本是天主教教堂，1529年在马丁·路德倡导的宗教改革中被改为新教教堂。教堂长126米，宽52米，可以容纳3万人，共有3座塔楼，塔顶高161.53米，是世界上最高的教堂塔楼。

乌尔姆大教堂内部华丽而壮观，但因为时间所限，我们只能是走马观花。参观合影之后，我们就地借用了附近一家餐馆的室外桌椅就餐。虽然只相处了一上午，同学们对我们依依不舍，有的甚至想跟着到慕尼黑。我想，这应该都是宿世的缘分，才让彼此一见如故。

- 非同一般的修道院

Venio osb 社区修道院属于本笃会。本笃会是天主教的隐修会之一，公元 529 年由意大利人本笃所创。他手订会规，规定会士不可婚娶，不可有私财，一切服从长上，称此为"发三愿"。本笃会会士每日必须按时进经堂诵经，咏唱"大日课"，余暇时从事各种劳动。会规要求祈祷不忘工作，视游手好闲为罪恶。后来，该会规成为天主教修会制度的范本。

这座修道院安住在一条静谧的小河边，没有显眼的标牌，白墙黑顶的楼上有一个不大的十字架，静静地显示着这里的身份。

还没到时，修道院那边就打来电话，怕我们找不到要来接我们。在大巴上，远远地看到了前面路口处站着几个人，有中国人，也有德国人。下车后才知道，其中两位身穿朴素便装的德国女士都是修女，而中国女士和德国先生是一对天主教徒夫妇，修道院为了更好地跟大家交流，特意邀请这位女士来做翻译。而几位听过讲座的德国同修，也赶来这里与我们相聚。

法师下车后，那位长发的修女合十相迎。"欢迎光临!"那位德国先生一见面就指着他的太太，用中文热情地对法师说，"我的太太，她是中国人，我们等待你"。虽然用词有些不准确，但那口中国腔马上就拉近了我们的距离。

"请进!"他走到前面为大家开门，自我介绍道："我是迟乐特，迟乐特是我的名字。"悟光法师赞道："中文说得真好。"他马上答道："哪里哪里。"两位修女微笑着用英语跟大家说："欢迎！欢迎!"

我们被带到一间招待室，门口的小桌上整齐地摆放着饮料和杯子，一个玻璃杯中插着几支鲜花，看似随意，实则精心。

在表示了对我们到来的欢迎后，那位短发的修女说，修道院院长卡门修女因为有事情，今天无法参加这个交流活动，"请您原谅"。修女表示，"在傍晚的时候，我们有一个晚祷，但你们的时间可能比较紧迫，无法参加。我们很希望利用这段时间与你们交流"。

贤清法师对参访团做了一个简要介绍后说："我们提倡各宗教间的交流，所以这次也希望能实地与修士、修女们进行交流。”听到法师这样说，修女说：“这正好与我刚才说的相符，一起去我们的祈祷室看看吧。”

穿过一个幽静而美丽的院子，我们来到了祈祷室。祈祷室门口有几棵大树，枝叶繁茂，藤蔓满墙。推开厚重的古典木门，眼前的祈祷室却是现代而简约，没有繁复的装饰，墙面是直接在砖上刷的白灰，与黑色十字架上的耶稣受难像形成分明的对比，顶面是纯色的原木条，梁是清水混凝土镂空而成，大大的窗户让室内显得非常明亮。

我们在两侧的木椅处分别坐下。短发的修女介绍说，她们每天早、中、晚都进行祈祷，祈祷时会穿上修女的服装。为了让我们对祈祷仪式有更直观的认识，她特意让那位长发的修女莫妮卡去换修女服。换上修女服、戴着黑色头盖的修女莫妮卡再出来时却让我不敢直视，一种超凡脱俗的圣洁感萦绕全身。

修女继续介绍道，这个修院位于城市中心，住在这边的修女一般会有其他的工作，她自己就是儿童牙医，还有 IT 经理、超市工作人员等，各行各业都有。别的修道院的修士是没有世间工作的，这是这个修道院与其他本笃会修道院不同的地方。她强调说，因为信仰、信心是从内出来的，不会受到外界环境的影响，通过到外面工作，接触外面的人，借助于工作把信仰传给他人。

接下来，悟光法师介绍了龙泉寺的情况。在介绍了寺里现在有出家法师 100 多位，常住义工 300 多位后，修女问道：“在座的都是寺里的人吗？”

悟光法师：“是的。寺里一方面是按照中国传统的寺院管理出家法师，一方面结合现代管理模式来管理寺院。”

修女：“平时的早晚课，居士参加吗？”

悟光法师：“是的，不过法师和居士是分开的。在重大的佛教节日时，很多在家居士会到寺里来跟法师们一起参加诵经、早晚课。”

修女：“早晚课会唱诵吗？”

悟光法师：“会，待会儿我们可以诵一遍心经，祈福。”

修女：“那我们可以做个交流，我们也可以唱一段圣歌，祈祷。”

这样融洽的交流，让大家都不由自主地笑起来。

就这样，我们第一次在天主教的祈祷室诵起了心经。一次宗教间的友好交流，在彼此的祝福中画上了圆满的句号。

因为时间有限，这次的交流只能到此为止。在离开祈祷室前，薛园春送给了修女莫妮卡一本中德对照的多语种法会宣传册。她拿着宣传册，站在十字架下，对我们合十致谢，一束阳光正好照在她的身上，光影流动，构成一幅奇妙的画面。

虽然只是非常短暂的交流，但我发现我们之间还是有很多相似点，比如，他们的“发三愿”与佛教的皈依发心、早晚的祈祷与佛教的早晚课等。当然，还有更多有待于去发掘，我想在未来都是宗教对话的因缘。

据了解，在当前的时空因缘下，这个修道院也一改隐修的特质，开始对外传教。他们会定期组织一些课程、活动，如集体唱圣歌、出游、体验灵修等，请一些在家教徒参加，或者是接引新的教徒。

回到大巴上，我还在对修女莫妮卡换上修女服后的奇妙转变不得其解，悟光法师淡淡地说道：“那是天使的衣服，就像我们用的钵一样，是在表法。”那一刻，我突然对僧是三宝清净幢相[①]有了从未有过的理解，原来佛陀制定的戒律和清规都有着甚深的含义和切实的作用。我想，这就是交流的一种价值所在吧。

---

① 清净幢相，意为正法的标志。

佛法与生活

下午 18：03，我们到达慕尼黑气功中心，悟光法师晚上将在这里做题为《佛法与生活》的讲座。我们还将在此与德国佛教联盟前会长、理事会成员 Ven. Vajramala 法师，德国佛教联盟秘书格拉夫先生，理事会成员乌尔姆先生及理事会成员、前世界佛教徒联谊会副主席瑞格先生见面。

• 万里因缘

慕尼黑气功中心坐落在一栋二层德式小楼里面，一楼的门上贴着法师讲座的海报。一楼有一个小农场，里面有圈养的鸡、兔子。一对中国夫妇带着小女儿正在看兔子。吴梓纯看到他们兴奋地喊道："我们见过。"那对夫妇吃惊地回头，两位法师的出现，让他们如梦初醒："啊，是你们！"他们是 5 月 31 日跟我们搭乘同一趟航班从北京飞往慕尼黑的。

"你们在这边旅行？"悟光法师问。

"我们就住在这边，我们是去北京度假的。"而今天他们是专门过来参加法师讲座的，真是缘分啊！

走到二楼的气功中心，进入了一个新天地。这里有两个大空间，一个是用于讲座、禅坐等，一个是用于吃饭、喝茶，里面的布置充满了浓浓的中国味，还供有多尊佛像，让人倍觉亲切。馆长梁秋兰女士还有联络人鲍蕾居士已经在等候我们了，并为我们准备好了中式药石。

过了一会儿，Ven. Vajramala 法师、瑞格先生等一行也来到中心。在互致礼物之后，两位法师与几位共进晚餐交流。虽然也是第一次见面，但大家交谈得非常愉快。

之后，悟光法师开始做题为《佛法与生活》的讲座。讲座内容辑录如下：

"谈到佛法，就会想它与我们是不是有什么关系？我们会不会需要它？我们通过佛陀自己的人生经验就可以看出来：佛法，世间人人都需要。佛陀就是因为看到了世间的种种苦难，最后自己思考，不想要这种苦难，想解决这种苦难，然后才去觉悟成道的。这种苦难代表一种普遍现象，世间的每个人甚至其他道的众生，比如畜生道众生，也遭受着各种苦难，就是说佛法来到世间，佛陀讲出来，就是为了解决世间众生的苦难而产生的。"

- 三种总苦

"佛法解决世间的苦难，分为三个层次：不但要解决眼前的苦难问题，还要解决前生、后世的；不但要解决前生、后世的苦难问题，还要永远解决一切痛苦。解决眼前的苦难，也就是说不管是修行的人还是不修行的人，大家都需要。

眼前的苦难是什么呢？比如说我现在饿了；比如说我现在有自行车，想买一辆汽车；比如说我想上好的学校；比如说我想有一个好的工作；比如说我今天不想失眠等。甚至比如说，希望自己比别人更加体面，等等。

刚才谈到的苦难，是现量的、眼前的、不用思考就能马上知道。而前生后世的苦难，如果不去静下心来思考是不容易体会到的，更难以拿着佛教的教理去践行，最后解决这个苦难。

究竟的苦难是佛教的四谛中的'集谛'——也就是说最根本的'我执'，要破除这个，才能破除究竟的苦难，得到永恒的快乐。一般情况下三界六道众生，都必须领受到这些苦难，并试着去思考，才能觉醒，想着我要去践行佛法。

每一个层级的众生根据他的条件、修行的程度，去思维、体会、看破不同程度的苦。这个苦分成三种：苦苦、坏苦和行苦。对于普通人来说，必须通过苦苦来觉醒。

刚才我们谈到那些第一个层级的苦，比如说我饿了要吃饭，这种苦在一般情况下普通人是不会因此而觉悟，愿意去修道。这种苦就含摄在苦苦之中。我们所要跟大家分享的是比这种苦又强一点的苦。也就是说，如果不领受更强的苦受，我们是不想去觉悟，不想去寻求更深层次的快乐，只是耽着于眼前的快乐。而这种眼前的快乐在佛教来看就是一种坏苦。”

• 世间八苦

“我们最常知道的是人间的八种苦难——生苦、老苦、病苦、死苦、怨憎会苦、爱别离苦、求不得苦、五蕴炽盛苦。生苦是我们在母亲胎中和出生时的苦，这个是不容易体会到的。老苦是我们人人都能体会到的，当然对于年轻人来说体会少一点，需要去思维。病苦是比较多的。死苦是每一个人必然遇到的苦。这些苦充斥着我们生活的一切时处，也告诉我们在人世间、现实中的不圆满，告诉我们需要寻求更好的、更圆满的真理。

还有什么苦呢？怨憎会苦。自己的仇人，不想见到的往往经常碰到。另外一个就是亲人常常别离，爱别离苦。还有一个求不得苦，我们想要很多东西但得不到。

最深层次的苦就是五蕴炽盛苦。我们的身心是由色、受、想、行、识组成的，在这五件东西上面假名安立一个‘我’，这个就是最核心层次的苦。我们生到这个世界一直到死亡最后的那一刹那，都是这个苦的体现。修行人必须或者只有通过这些途径细心地去想、去思维，才有可能觉悟，愿意去修道、愿意去修行。如果对这些苦没有任何体会，对这些苦不去思维、思考，就不会产生动力。”

• 六苦

“在八苦之外，还有六苦，这是穿越前生、后世的苦，所以必须更多地去思维、体会，否则不容易感受到。比如说，六苦中的不定过患苦，这种苦要联系到前世今生，今生我们彼此一起生活，是兄弟姐妹、朋友的关系，但上一世不一定是这个关系，也许上一世就是仇人。或者今生我们在一起是陌生的，但上一世可能就是非常亲近的人，这个需要很仔细地去感受、感悟，否则不容易体会到。我们今天下午在座的各位，我们前世、前生有相当的因缘才导致今天这么巧，从世界各地汇集到这里，来分享佛法。说不定上一生大家彼此有很好、很深的因缘，但也有可能是仇家，还有可能曾经在一个寺庙里修道或者曾经彼此是父母兄弟姐妹。

六苦中还有无饱足过患，也就是说永远不能满足。这个过患是说明在今生的这一生或者是现在的几十年以及过去很多生，我们享受了非常多的快乐、幸福，但永远不会满足，在生生世世的轮回过程当中永远都是这个状态，一直都无度的贪求，但是不能觉悟。”

- 十善业——离苦得乐的基础

“业总摄起来有四个特点。第一个特点是业决定一切，也就是说，我们目前所面临的各种问题，不管是快乐也好，痛苦也好，如意也好，不如意也好，我们感到悲伤也好，欢喜也好，都是我们之前所造的业而召感的。当然反过来说，已经造的业是不会失去的，也就是说，我们现在所遇到的好的东西和不好的东西，这些一定是我们之前曾经造过的善业和恶业，所感得的一种果报。刚才所说的各种类型的苦，都是以前自己曾经造过的苦业所召感来的。

我们内心的问题没有解决，烦恼没有解决，苦业会一直增长，随着我们的生命续流向前推进，越来越严重，所以必须得断弃，要修行善法。佛陀所讲的十条善业，能够规范我们的基本生活，并且能让我们在这一生，以及后世的境界中，得到自己所期望的一些快乐。

这十条善业，分开来讲就是不杀生、不偷盗、不邪淫、不妄语、不绮语、不恶口、不两舌、不贪、不嗔、不痴。它们被称为修行的基础，修行的开始。持守这十条最基本的善业，就会渐次获得人生不同层次的境界，最后达到究竟解脱。这十条善业如果试着去做或者是做得相对完美，我们就是非常非常好的一个善良的人，就会成为这个世间无量众生的榜样，他们自然就会效仿，跟着去学习。以上就是跟大家分享的佛教里面的，关于最基本的十条善业如何在生活中运用的点滴。阿弥陀佛！”

讲座结束之后，法师与现场的听众做了一个交流。

听众：“我已经学习了一些佛法，但才开始打坐，我想知道打坐需要注意什么？”

悟光法师：“打坐在身体上当然是有一些规定，但一般刚开始学习佛法，我觉得还是要从这十条善业入手，这十条善业非常不容易做，但做到的话就殊胜无比。如果你只是想静一静心，那可以看看《菩提道次第广论》中的‘止观’部分。其中关于‘止’的部分就有关于打坐的时候，身体怎么坐、怎么盘腿、怎么放松、手怎么放、眼睛怎么放、嘴怎么放、舌头怎么放等规定，可以按照这些去做。”

听众：“拜佛的时候，脑子里面出现一些佛的印象，这些佛都能给我保佑吗？”

悟光法师：“我们专心地去拜他、去求他，他一定会救我们，但前提是得按照他说的方法，就是刚才所谈到的这十条善业去做。当我们按照这十条善业去做时，也就是他救我们之时。如果我们单单只是拜完出来之后就忘了，该怎么做世俗的还是怎么做，那是不容易得到救拔。佛教所谈到的这个信仰不是盲目、盲从的一种信仰，是理性的信仰，是要讲道理的。”

听众：“我这两天正好在学习广论中的思维苦谛的部分。想请法师解释一下，五蕴的‘蕴’到底是一个什么概念？”

悟光法师：“简单地说，‘五蕴’就是组成我们身体的五个部分，我们这个身体是由五蕴——色、受、想、行、识这五样东西组成的。简单地来描述：‘色’就是有质碍的东西，叫色蕴，比如说我们眼前所看到的，包括声音这些都算；‘受’就是我们的一种感受，比如说冷啊、热啊等；‘想’呢就是我们的思想，心理活动；‘行’，行蕴就是我们想之后接下来的做法，内心的一种造作；‘识蕴’是最核心的部分，就是我们的心识，是组成我们身体比较关键的一个东西，详细可参阅《大乘五蕴论》。‘五蕴’，平常不去思考，不容易对它产生感觉。虽然我们就背这五蕴，但心要细到一定程度，才能有体会，才能感受到它的存在。我们了解‘五蕴’，看自己是什么目的，不然的话，只是了解它可能就没有意义，比如说只是知道它的理论。了解‘五蕴’就要感受到‘五蕴’为苦，但这个不容易体会到，或说我们了解‘五蕴’是为了破最根本的问题——我执。”

讲座结束之后，瑞格先生等又带着悟光法师等去参观了五宗教纪念碑。“今天非常幸运，上午这里还在下大雨。”瑞格先生说。真是三宝加持！想来这一路，都是晴雨适宜。瑞格先生说：“我出生在这里。这是代表着和平和友谊的区域。”法师赞叹说：“这是一种善缘。”在返回的途中偶遇几位中国人，也是佛教徒，见到法师非常惊喜，马上要求跟法师合影。

晚上回到宾馆，还是照例的结行回向功课，为这格外忙碌的一天画上了圆满的句号。愿以此功德，普及于一切，我等与众生，皆共成佛道！

风波迭起的旅途

今天，我们将离开德国，乘飞机前往此次欧洲行的最后一站——意大利。8：40，我们乘大巴前往慕尼黑机场。沿途经过大片的麦田，放眼望去，风吹过麦稍，青绿色的麦浪让人感受到盎然的生命力。

• 无常乍现

不到一刻钟，大巴到了慕尼黑 T2 国际机场，大家下车把行李取出后，纷纷向司机拉诺道别。这位身材高大、嗓音浑厚的司机，从西班牙马德里一直陪伴我们到德国慕尼黑，每天的平均工作时间 10 小时以上，因为这次工作他已近一个月没有回家了。虽然语言不通，但他每次见到我们都会笑容可掬地打招呼。

大约 9 点钟时，我们到达机场去询问登机柜台。正当我准备离开柜台时，工作人员示意我先不要离开，打了一个电话。放下电话后，她解释说，因为航班座位超员预订，目前没有办法为部分团员提供座位。我以为自己听错了，对方进一步解释说，可能需要将我们的团分成两组，一部分已安排座位的团员乘坐原定航班前往佛罗伦萨，另一部分人要换乘其他航班取道其他城市，再乘坐大巴抵达佛罗伦萨。听到这里，迅速去找悟光法师汇报。“这种情况航空公司一定会给我们解决的。多祈求！”无论是多么紧急的情况，法师都能处之泰然。

再回到柜台，得知航空公司通常会多卖 20%的座位以防机票卖不完，这趟航班60个人的位置却有85个人预订，多出的这部分人不得不改乘下一航班。我们因为下午要赶到位于佛罗伦萨周边的普拉托，所以工作人员建议我们乘坐11∶30飞往博洛尼的航班，再由机场安排的大巴把我们送到佛罗伦萨。我们解释说，下午要前往普拉托进行一场非常重要的交流活动，看是否有可能让全体团员搭乘同一个航班。对方表示全体团员不可能，不过由于普拉托在博洛尼到佛罗伦萨的路上，他可以把寺庙的地址发给大巴司机，请他把我们直接送到寺里。

和对方的不断沟通后，航空公司将之前因单独订票而未能和大部队乘坐同一航班的一位同修的机票改为了和第二组一同飞往博洛尼。于是，共9名团员作为第二组，转飞博洛尼。经过此番辗转，尘埃落定，身心回归本位。

11∶30，飞机顺利起飞。透过机舱舷窗向外望去，云雾下的田野、绿地和房舍星罗棋布，河流蜿蜒而过，宛如一首流动的田园牧歌。不知在1个小时后，亚平宁的土地上又会给我们呈现怎样的画面？

“咱们开个小会吧！确定一下组织架构。”王硕的声音从后排传来，让我那畅想的思绪及时飘回了现实。“我刚才想了一下，咱们这个临时小组每个人也要有分工职责。”王硕作为领队，给每个人都安立了一个职位，秘书、文宣、教育、医疗、后勤……确保之后的行程中大家能有条不紊、各司其职。

大约1个多小时后，飞机降落在博洛尼机场。4年前的某个冬夜，我曾在凌晨3点在这个小城的火车站短暂停留。那时的我独自一人在冷清的站台上等待中转火车，心中充满了不安和焦灼。4年后的因缘巧合又把我带回这个旅途中的“中转站”。与往日不同，有团队这棵大树的保护，内心安稳而踏实。

初到意大利“草原”

普拉托，一个意大利中部的城市，距离意大利文艺复兴重地佛罗伦萨十几公里，是托斯卡纳大区普拉托省的首府，也是欧洲著名的纺织品集散地。有如这个城市名字的意思“草原”一样，普拉托用开阔的胸襟包容了来自各个国家的移民。意大利华人华侨佛教总会就坐落于此地。

- 古城丽影

法师带领的第一组，顺利抵达佛罗伦萨机场。大家一出舱口，就受到了来自意大利华人华侨佛教总会信众的热烈欢迎。从普拉托特意赶来的信众们，手持大捧的鲜花，还举着印有法师头像的标牌，如此的用心，让我们感受到故乡人的情意，那种对三宝的崇敬之情也跃然而出。

用过午斋后，虽然很快就要赶往普拉托，悟光法师下午要在那里做一场讲座，但他们还是特意开车带大家去参观当地的名胜——圣母百花大教堂、但丁故居等，希望大家能不虚此行。

外观以粉红色、绿色和奶油白三色的大理石砌成，宛如百花盛放，拥有连大师米开朗琪罗都感叹“可以建得比它大，却不可能比它美”的雄壮大圆顶——仅仅从圣母百花大教堂卓绝、独特的外观，就可从中窥见作为欧洲文艺复兴中心的佛罗伦萨当年的盛景。

午后天气炎热，但各名胜处也是人声鼎沸，古城佛罗伦萨因其艺术、文化的魅力，吸引了来自世界各地的游客。遗憾的是，因为时间的限制，每个景点都只能是走马观花而过，但即使这样，也能感受到佛罗伦萨的流光溢彩。

• 初访普华

下午2点，作为小分队的我们终于坐上开往普拉托的中巴车。行车至小城，低矮古朴的房屋呈灰黄色，屋外装点着茂盛齐整的绿植。可能是由于周日的缘故，静谧的街道上很少见到人。

车子转过一个又一个的街区，“Bouddist PU HUA”跃入眼帘，这正是我们的目的地——普华寺。不同于传统寺庙标志性的建筑风格，除了占地面积更大之外，普华寺的外观与周围黄墙灰顶的民居并无二致。

下车后，迎面走来的是普华寺的居士——周映。她说话干脆爽利，有着南方人精明能干的气质，热情地把我们引进寺里。耳边悠扬的念佛声从大殿传来，进入走廊，看到为下午活动做准备的华人信众在走廊中往来不断，走廊的橱窗里布满了图片和简报，其中也有此次悟光法师的佛法讲座《佛教中的三件宝》海报，以及我们刚参访过的巴黎佛光山满谦法师讲座的海报。

走廊左侧是几间办公室，右侧是居士寮房，上方悬挂着一盏别具中国特色的宫灯，尽头的墙上悬挂着书写着《心经》的木匾，下方的案桌上摆满了各种结缘品。走廊拐角处，一间悬挂有“般若堂”匾额的佛堂中供奉着一座“观自在菩萨端坐金毛吼”的木雕像。菩萨宝像落座在古朴的案几上，菩萨神态安详宁静，坐骑金毛狮子姿态威仪灵动。案几上供养着精美的瓜果、点心，两座宝塔香炉林立两侧，鲜花绿树装点其中，佛堂的整体布置华美庄严而不失生动。

这尊菩萨宝像被安放供奉在普华寺中也得益于一段殊胜因缘。据说这尊佛像最初是被一对意大利的艺术家、收藏家夫妇偶然在黎巴嫩首都贝鲁特发现的，此后一直收藏在他们罗马郊区的别墅里。虽然这对夫妇信奉天主教，他们所养育的女儿却由此皈依，成为一名虔诚的佛教徒。60年后，收藏家太太梦见菩萨开示，信仰佛教的女儿听从喇嘛开导，这对意大利老夫妇萌发心愿，要把这尊菩萨雕像捐赠给有缘的佛教寺院。殊胜的善缘让这尊菩萨宝像得以落座普华寺。

继续往里走，穿过一间佛堂，我们来到普华寺的大殿之中。大殿正中央的高台上供奉的是释迦牟尼佛，佛身金碧辉煌，两侧是阿难、迦叶尊者，大殿两旁是形态各异的十八罗汉。香案上摆放着供花、供果和供香。经幡上书写着“南无本师释迦牟尼佛”“南无阿弥陀佛”“相好庄严无等伦”等字样。大殿上方的横梁挂满了红色灯笼和传统宫灯，烘托出红火热闹的气氛。

走进斋堂中，十几张圆桌上早已摆上了供佛的珍馐佳肴，当地信众正在进行紧张的准备工作。周师姐一边招呼我们在斋堂喝水休息，一边和我们交流起来。据她介绍，普华寺是由民间集资，通过旧房改造，在原有的基础上建造而成的。最近又新批了一片房屋，未来还会扩建。

“平常有法会吗?”孟祥兰问。

“初一、十五会有法会，一般有二三百人参加，不过目前是服装业的忙季，七、八月时人会更多。”周师姐说。

“除了当地人，其他城市的人会来参加吗?”兰天问。

“大法会比如四月初八法会，还会有从威尼斯、米兰赶来的。”周师姐说。

“那这边有法师吗?”“没有法师，只有西真法师有时会过来。平常是学得比较久的居士带大家，比如像我妈妈，她懂得比较多，我就不行啦。”周师姐爽朗一笑。“我希望能去龙泉寺常住半年，多学一些东西。”周师姐对佛法的希求心让人钦佩。

在得知法师们 5 点到普华寺时，周师姐提议用这段时间带我们在市中心转转。于是，大家重新出发，跟随周师姐领略小城风情。

• 小城故事

出了门，屋外的阳光热烈地倾洒在我们身上，如同这里的当地人带给我们的热情和温暖。

“小城挺安静的。”王硕说。

“今天天气很好，一般到了周末，老外都会去海滩。”看来欧洲国家人们的生活习惯都差不多，周末对他们来说是享受自然的好时光。

穿过一条商业街，沿路的商店大门紧闭。“意大利的商店周六还会开一些，周日是都要关门的。”周师姐解释道。市中心广场很快到了。一座中世纪融合罗马式和哥特式两种建筑风格的大教堂矗立在眼前。别具特色的是教堂外部延伸出的亭子，据说这里是在重大活动中向信众展示圣物的地方。教堂的外观简朴，并无哥特式教堂繁复的装饰。走进去才发现它别具特色之所在：两排绿色大理石石柱上方是同样的绿色斑马纹饰，圣坛金碧辉煌，四周布满了圣经人物像，烘托着神圣而庄严的气氛。

从教堂出来，我们随周师姐继续穿行于小城之中。

“这边中国人很多啊!”郑屹说。沿街经常能看到华人面孔。

“是的，到这里来的中国人大多都是浙江温州地区的，当地人对中国人的印象是非常勤劳。”周师姐说：“这个城市是一个纺织城，织布、染色、裁剪、服装公司基本都是由中国人经营的。连市长都说，如果中国人撤走了，整个城市都要瘫痪了。”

“据说温州人在欧洲很多国家都占据中小市场?”王硕问。

“对啊，都说全世界没有哪个角落里没有温州人的，就像有犹太人一样。温州人是中国的犹太人。”周师姐有些自豪地说。

“是不是现在温州本地的人已经不多了?”兰天问。“其实真正温州市的人出来的不多，大多是农村地区的。”周师姐这时指着一处说：“是啊，很多人十几岁就出来了。对了，《温州一家人》就是在这里拍的，讲的是温州海外华人的故事。”

的确，温州人敢为人先，勇于开拓进取、吃苦耐劳的创业精神名扬海内外，现如今温州人有几十万人在海外创业。

“他们5∶15到寺里，我请你们吃冰激凌吧!”周师姐的热情令我们盛情难却，于是跟着她走进路旁的一家冰激凌店。意大利的冰激凌久负盛名，我们一进店就被琳琅满目的品种所吸引，数了数将近有20种口味。大家为了不麻烦店员，每个人选择了同样的口味。谁知店员邀请我们每种口味都尝尝，她们一定很希望把自己辛勤调制的每种冰激凌的美味都分享出去。“冰——激——凌好吃吗?”店员们的汉语虽不标准，却充满了真挚和欢乐。“好吃!”我们欣喜而异口同声地说。

我们很快回到了普华寺，法师们也马上要到了。寺门口已铺上了红毯，穿上海青的当地信众在排班列队，为法师的到来做最后的准备。我们来到停车场，与信众们一起等候。

佛教中的二件宝

“终于会师了！”看到载着法师和同学们的车朝我们这边驶来，大家也上前迎接。两位法师首先下车，法师们身着搭衣，缓步庄严走向山门。红毯两旁的信众都身着海青，齐声念诵佛号，屈身合掌恭迎法师，场面隆重而庄严，仿佛回到了龙泉寺一样。

进入大殿后，两位法师向佛像顶礼问询。大众按秩序落座，随法师礼佛三问询，悟光法师升座主法，并带大众缘念。之后，悟光法师在简洁的开场白后，由贤清法师向现场200多位信众介绍参访团成员和龙泉寺的简要情况：

“一下机场，我们就受到了很多居士的欢迎。这让我们内心非常感动。感动的原因是，我们感受到一份非常真诚的对佛法、对三宝的虔诚的恭敬心和希求心。这样一种情形，让我们有理由相信，佛教在意大利一定能够兴盛。”贤清法师首先是致谢和祝福。

欧洲行现已临近结束，法师也在此做了一个小结：“我们感受到，在欧洲这片土地上，大家的生活非常富足，人们内心对精神的需求也很明显。我想，我们参访团的每一位同行一定和我一样，有这样一种心情：我们希望把佛法的种子，把佛陀最宝贵的教诲，能够分享给每一位需要的众生。去年有一些居士已经到北京龙泉寺参访，因缘殊胜。希望佛法能够在更多的地方利益到更多的众生。”

• 认识三宝

接下来，悟光法师为大众做了“佛教中的三件宝”开示，辑录如下：

“欧洲的生活普遍富有、安逸。但通过这次的行程，发现大家也不满足于这个现状，非常明显的感觉是，大家还是非常希求、愿意学习佛法，愿意充实自己的精神。不管走到哪个国家，碰到哪里的人，大家对我们都特别友好。在高校里面做讲座，参访天主教、基督新教的教堂，跟神父、修女交谈，包括走在大街上，跟一些路人交谈，都有这种感受。这说明佛法在欧洲是受欢迎的，佛法还是非常有空间的。

来到普华寺这边，让我们更能感受到这个情况。整个欧洲参访下来，这次到普华寺来，才发现原来欧洲也有这么多居士。来到这里，我们感觉到非常的殊胜、难得。

佛法对于我们的生活来说，是非常需要的。因为在过去无始生死以来，我们很难保证我们没有造过各种的业障。我们的生命又是流逝得如此快速，一天又一天很快就过去，转眼间就 20 年、30 年、40 年、50 年过去了，非常非常快！在这种情况下，皈依三宝，学习佛法，对于我们来说，是生命中最为宝贵的一部分。

三宝、佛陀是怎样的呢？作为我们皈依的对象，我们要了解他。首先，佛陀已经解决了自己一切的问题。佛陀的内心已经完全调伏，烦恼完全断除，具备一切功德，也就是说，他是一个究竟离苦得乐的人，是完全解决一切问题的人。其次，佛陀不仅是完全解决了自己的问题，他还有各种能力去帮助我们解决一切的问题。第三，佛陀具有大慈悲心，他既有各种方便善巧，并且还非常愿意帮助我们。第四，佛陀帮助我们的时候，不分爱恶亲疏。只要我们向他祈求，专诚、恭敬，佛陀一定会帮助我们。”

• 三宝功德

“佛的功德分为四种。首先是身功德。佛陀的身相非常圆满，佛经上描述说是三十二相、八十种随形好[①]，相好庄严无比。其次是语功德。佛陀的语言、说法，是

① 佛的身体有种种美妙的地方。相，谓佛肉身所具足特殊容貌中之显而易见者，可分三十二相。好，为佛肉身形貌之微细难见者，共有八十种好。两者并称，即为相好。

非常不可思议的。那我们想不想要这种语功德呢？我想没有人不愿意。我们说话，别人都能够听懂，那是多么美好的一件事情啊！比如说，我们要做什么事，大家都愿意去干，这些都是语功德。再次是意功德。意功德分为两个，一个是佛陀的智慧遍知一切。平常就是因为我们不了解周边的情况，不了解他人的情况，不了解很多事情的情况，导致我们在与人相处过程中，常常就会产生误解、矛盾、障碍，导致我们受各种各样的苦。另一个是悲功德。悲是拔除一切众生的苦。佛陀看到众生的苦就不忍。最后是业功德。身、语、意这三者都是业。佛陀的这三种业都是任运无间地饶益我们。

佛陀已经解决了自己的一切问题，遍一切知，只要我们想要，他必然就能够了解，这是佛陀的功德。所以我们念佛的时候，常常想到佛陀的这些功德，我们就会对佛陀产生无限的感恩、信仰，心就比较专注，比较诚恳，就能够深入。在这个过程中，我们的很多业障、很多的障碍就消除了。有一位祖师说过，如果诚心皈依，自己学习和所做的事情，都能够成为佛法的因缘。只要内心非常诚恳，我们所做的很多事情都能够成为修学佛法的因缘。

恭敬佛，佛有无边的功德，但是佛的功德是怎么产生的呢？首先，佛的功德是因为修证灭道二谛而引发，按照佛法去实践而升起的。佛陀具备这么多功德，都是我们梦寐以求的，想要得到这样的功德，是通过修学佛法得来的。这就是法给我们带来的功德。

其次是僧功德。僧功德就是跟着佛陀修行的出家人，这些出家人去念这些法的功德，然后去实践这些法的功德，这就是僧的功德。”

• 摄分中出

“皈依了之后，应该怎么做呢？有一本论典叫《瑜伽师地论》，其中讲到四点。第一点是要亲近善知识，要跟着老师去学习。老师是过来人，他能够指引我们，告诉我们怎么做才能好，才能走得更快，不会出问题。不是单单跟着老师，跟着老师要听闻正法。听闻正法之后怎么办？要如理去思维、作意。想完之后怎么办？法随法行，想办法去落实，在生活当中去实践。

另外，皈依之后，要做到诸根不掉。诸根不掉是什么意思？就是眼耳鼻舌身意这六根，在对着色声香味触法这六境的时候，不要随意被外在的六境所牵动。一牵动自己的心就乱了，对皈依以及念佛就上不了道。

第二点，皈依之后要受学学处，随分随力来实践佛陀所讲的学处。比如说，学习十善业；比如说，受了五戒的对五戒就要随时随地去实践、去行持。

第三点，悲悯有情。皈依以后，要知道佛的圣教是因慈悲而有差别。所以我们皈依他，对于有情要升起悲悯之心。不单单是断除杀害的祸心，还要想着要保护。

第四点，就是勤修供养，日日供养。”

- 教授中出

“阿底峡尊者也谈到了皈依之后该如何行，包括应该遮止和应该去做两个部分。

皈依之后应该遮止的部分，分为三点。第一，皈依三宝后，不皈依其他的法门、教派。第二，对于有情，要舍离损害。第三，不与外道共住。

皈依之后应该去做的有三点：对佛像，不管是画的佛像，还是雕塑的佛像，都应该去恭敬，不去讥毁，并且不把他放在危险的地方；对法宝，就是佛法所在之处，就要如同有佛一样，要恭敬，我们拿到经书，不要随便放，不要弄脏了，要放到干净的地方，如果不恭敬法宝，就会障碍我们的智慧显发；对出家人，也就是僧，也要恭敬。

还有一种教法说以下两点是在皈依之后要去学习的：第一点，经常忆念三宝的功德。第二点，要随念深恩，恒勤供养。经常去思考佛陀对我们有多少恩德：我的生命改变了，我得到很多好处，这些都是佛陀他告诉我们的。去供养一切好的东西给佛陀，包括我们看到路旁有好的风景也可以供养，看到灯光很亮也可以供养。还有，不管做任何事，都要想着去向三宝请益，舍弃世间种种的方便，让我做得更好。三宝肯定是用法来帮助我们，我们践行他的法门，慢慢地就知道在生活中该如何去做。

如果我们了解到皈依三宝非常殊胜，我们就会更加精勤地去皈依。皈依的殊胜之处分为七点，这七点来自《瑜伽师地论》。第一点，皈依三宝之后可以获广大福。第二点，获大欢喜。由于皈依之后我们会如理如法地去做，就会得到各种好处，改善自己的生活，自然就非常欢喜。第三点，获三摩地。第四点，获大清净。皈依三宝后，内心当中就会越来越清净。第五点，龙天护法会守护我们如理如法的行持，我们做很多事情就比较顺，就会障碍减少。第六点，皈依之后跟同行善友、跟正法越来越近，我们的身心就会依着这个法，跟着同行善友去学习，在这个行列当中，是非常快乐的。第七点，所有的天、非人等，包括我们身边的其他人，不管我们能否看得到的，都非常欢喜。”

- 皈依的胜利

“此外，阿底峡尊者还讲了皈依之后的胜利。第一点，皈依之后就等于真正进入佛教的大门，也就是说，真正是一个佛弟子了。第二点，成为一切律仪所依处，也就是说，我们修学解脱，往生极乐世界，我们会实践佛陀的很多教导、戒律，这是一切律仪的基础，实现一切律仪，根本来源就是这里。第三点，过去所积的很多业障，会因此而消灭。第四点，会累积非常大的福报。第五点，不堕恶趣。第六点，人与非人不能障碍。第七点，随一切想，悉当成办，这也是最殊胜的。第八点，速成佛道。

有人就会说，这个有点虚幻，好像不会有这么多好处吧？或者说我为什么要速成佛呢？我现在不是也不错。我们任何一个人都想得到快乐，都想越来越好，没有哪一个人说甘于现状，就眼前就够了，都想得到各种世间的快乐和出世间的快乐。举个简单的例子，比如说今天天气很热，如果有更凉爽的地方，我们就会往那边去，这就是人的本性。皈依之后，佛有各种功德让我去掉各种热恼，让我们身心自在，非常快乐。皈依之后，下至戏笑，乃至命难，内心不舍三宝。也就是说，这一生一定不会舍弃对三宝的依靠，不能舍弃他，这一点是非常重要的。

皈依是入佛教的大门，只有皈依之后我们才是一个佛弟子，才能够践行佛法，才能够走在佛道上，才能够一步一步地越走越快，越走路越宽、越好走。单单皈依行吗？单单有这个心行吗？不行，产生这种心，一定要学佛陀告诉我们的佛法，根据佛陀所告诉我们的佛法，去实践，去改善自己的生命，这样的话，我们的皈依才算是真正的皈依。皈依三宝到最后还是要落实到生活当中，去一点一滴践行佛陀所告知我们的种种办法，践行十善业。”

悟光法师的精彩开示赢来了大众的热烈掌声，大殿上法喜充满。之后，法师留给大众 15 分钟的问答时间进行交流。

• 信念念佛往生净土

听众："感恩三宝，让我们能在这里与法师见面，非常的殊胜。我想问，怎样念佛，往生西方？平常时间都是做工，很少有时间念佛，用什么方法让我们更快成就？"

悟光法师："首先，刚才谈到皈依三宝，对三宝要有恭敬心，要忆念三宝的恩德，要常常去实践。其次，念佛的话，如果我们往生西方极乐世界，要知道西方极乐世界的殊胜处，从而产生信心，这也是皈依三宝的内涵所在。极乐世界是阿弥陀佛的庄严圣地，是阿弥陀佛与诸上善人聚会的地方，要对此有信心。这些都要我们去思考，最主要的是要去践行。刚才所说的皈依三宝后的各种做法，都是我们要去做的，这样我们的心才能够静下来。我们想阿弥陀佛的时候，想极乐世界的时候才能够专一、专心。还有行愿，自己要愿意去那个地方。刚才谈到皈依学说中告诉我们，要弃舍世间的一些东西，如果不弃舍的话，我们也走不了。最后一个是行，我刚才所讲的皈依三宝，真正要皈依的是法，也就是践行佛陀所讲的法。

我们平时不念佛，指望临终时念十声阿弥陀佛就去了，那是不可能的。《无量寿经》不是说了嘛，'一念乃至十念，即能往生彼国'。是，可以。但问题是临终的时候我们颠倒梦想，根本不可能一心念佛。一心念佛是靠我们现在活着的时候，每天坚持，每天去累积，这样才能保证我们在临终的时候专心，如果在活着的时候不专心，不去思维三宝的好处，不去忆念阿弥陀佛的功德，你说临终的时候可能吗？我举个例子你就明白了，比如说我们生病的时候，稍微有一点病痛，怎么样？别说阿弥陀佛，什么东西都忘了，都想不起来了，是不是？这一点是很实在的，甚至稍微热一点，难受了，心就不想念佛了。所以，临终的时候四大分解，痛苦无量，我们怎么有心去念阿弥陀佛呢？肯定念不了。所以还是要靠平时，多忆念三宝的功德，去思维。对世间不能贪着，要慢慢去放下，不放下是很难往生的。"

听众："感恩法师！但是我还是不理解'一念乃至十念'的意思，搞不清楚，很惭愧，学佛三年了，到底要怎么个十念法，不清楚，做不到。"

悟光法师："要靠平常，最后十念完全专注，一心皈信阿弥陀佛。"

听众甲："我听有人说，十念是十声的十念，是十口气念一声阿弥陀佛还是一直念阿弥陀佛、阿弥陀佛……"

悟光法师："数量不是关键，要真正专注的话，一念就过去了，真正相应的，当下就在极乐世界中，还需要跑十万亿佛土吗？"

听众："感恩，阿弥陀佛！"

- 正信皈依导归

听众："阿弥陀佛！我想问一个问题，有些居士说，生病的人是业障重，假如说高僧大德生病了呢？我想问一下生病是什么原因？有的人说出家师父生病是修行不够。"

悟光法师："生病不一定是修行不好，佛陀也会示现有病。佛陀跟我们情况不一样，我们生病受苦，佛陀不一定受苦，佛陀解决的是苦乐问题，而不是病不病的问题。"

听众："修行往生就是舍利子，有的修行的师父没有往生，就是生病死了。"

悟光法师："这个不一定能判明一个师父修行的好坏。"

听众："对啊，但很多人就是这么判别。"

悟光法师："这不一定正确，这叫着相！"

听众："我还有一个问题。对于皈依，有的居士说，不需要皈依僧宝，心里自行皈依是一样的，是不是一样的？"

悟光法师："僧宝主要指的是圣人，登地菩萨，这个我们必须要皈依。皈依三宝主要的是要皈依登地菩萨、圣人。"

听众："阿弥陀佛！法师您好！我想请问怎么修行才能心静？我在拜佛的时候，为什么脑子里面一片空白？"

悟光法师："想心静，首先要多拜佛，多诵经。其次要实践佛陀所讲的法门，佛陀告诉我们哪些不应该做，我们就应该慢慢舍弃，不要做；哪些应该做，我们就应该努力地去做，慢慢我们内心的问题、障碍、执着就会减少，慢慢地心就自然能静下来。"

对佛法求知若渴的信众们，虽然还有很多问题要问，但是时间已经到了，虽然有很多遗憾，但是也结下未来缘。

讲座结束之后，普华寺为我们准备了丰盛的晚宴。在斋堂里面，一下子开了十数席，桌上摆满了精心准备的素食。按照宴席标准准备的菜品，丰富而精致，让人目不暇接，而且是地道的中国做法，在异国他乡让我们感受到一种特别的情意。考虑周到的他们，还特意订制了比萨，“来意大利了嘛”！也是借着我们来的机会，普华寺的居士们也在此聚会。在这里，这种中国式的热闹场面，让人忘却了这是在万里之外的意大利，让我们感受到与普拉托的中国同胞们同根同源的“亲情”。

晚宴结束后，普华寺的居士们纷纷过来，殷重供养法师，争着与法师们合影，希望一沾法喜。夕阳之下，暖意融融，希望佛法能够在这里广为弘传。

罗马不是一天建成的

今天是我们在欧洲的最后一天。来自东方古老国度的我们，此次欧洲参访之行收官在影响欧洲大陆深远的历史名城罗马，东方与西方，此岸与彼岸……

• 路过罗马

中午就要乘飞机离开，我们在意大利期间的导游蒋哲文女士，特意从行程中挤出两个小时，带我们游览罗马名胜。早上，我们最后一次将行李装车。在这次的行程中，我们几乎每天都在换住地、上下搬行李。当生命浓缩为一次长途旅程，物质财富简化为两个行李箱时，在频繁的搬运奔忙之中，我才真正体会到，外在的拥有越少，其实越是自在。

我们今天的参观是在罗马历史中心区，这里集中了古罗马时期最著名和丰富的历史遗迹。被誉为“永恒之城”的罗马，用其悠久的存在见证了历史的如水无常：从公元前753年建在台伯河边的小城，到罗马共和国首都，再到地跨欧亚非的强大罗马帝国首都，再到教皇国首都，然后是意大利王国统一后的王国首都……而现在的罗马是旅游名城，是天主教中心，也是时尚之都。

在古罗马市苑的遗址，感觉不是在游览，而是直接走入了历史。在一片红土小山丘上，伫立着高高低低的土台、廊柱、断墙、基石，不加修饰，保留着残破的原貌，地上长着参差的杂草，幽静中带着苍凉。古罗马市苑从罗马共和时期开始就一直是罗马的政治、司法和经济中心，曾有众多神庙、会堂和凯旋门荟萃于此。历经大火、战乱、国力衰落，往日的繁华化为了断壁残垣，但在这里诞生的行政管理制度、法律精神、建筑形制、文学、艺术等“软实力”却传承了下来，甚至同化了结束罗马帝国的“蛮族”人，传播到欧洲各地，让罗马真正“永恒”了下来。

古罗马市苑的遗址以自然、真实的方式保留在原地，让人不由得产生探索之意。英国历史学家爱德华吉本，就是在游历罗马城废墟时发思古幽情，穷毕生之力写成著名的《罗马帝国衰亡史》，激发了后世对古罗马的研究热情。这都要归功于罗马从文艺复兴时期开始对文化遗产的保护措施。1624 年，罗马制定法规禁止非法买卖艺术品，1821 年又确定文化遗产是历史不可分割的组合部分。意大利统一之后，国家陆续出台了一系列文化遗产保护条例。

- 残酷的记忆

“只要罗马大斗兽场还耸立着，罗马就岿然不动。一旦斗兽场颓圮了，罗马也就倒下；一旦罗马倒下，世界也就完了。”历史学家比德的名言形象地标记了斗兽场之于罗马的意义。

穿过古罗马市苑，我们来到了斗兽场。

建成于公元 80 年的斗兽场，是一座外墙高达 57 米，相当于 19 层楼的椭圆形建筑，由石料构成的主体厚重雄伟，分为四层，下面三层都是拱门连拱门的结构，其分层“叠柱式”秩序及成熟的券柱式造型曾是罗马和文艺复兴建筑师效仿的典范。虽然现在的斗兽场只剩下了 1/3，原本浑然一体的椭圆形有了巨大的“缺口”，精美的雕刻也几乎无存，但依然让人感觉震撼，很难想象近 2000 年前修建的建筑能如此高大宏伟、气势磅礴。

据史料记载，这里可容纳 87 000 人。斗兽场不仅是外表巍巍，功能设计也很“先进”，每层的 80 个拱门形成了 80 个开口，观众们入场时可凭座位编号，从相应的底层拱门入场，再沿着楼梯找到自己所在的区域，最后找到自己的位子，而疏散全场观众只需要 15 分钟时间，这种设计依然被今天的大型体育场沿用。古罗马的建筑对后世的影响也很深远，优美古典的建筑形制是一方面原因，为功能服务的设计理念也是其中一个因素。

巨大的石料上，深深浅浅的凹损记录着历史沧桑，拱门洞中可以看到蔚蓝的天空，石缝中挤着朵朵小野花，场内外满是欢声笑语的游客，现时的宁静抑或喧哗却难掩过往的腥风血雨。古罗马人最喜爱的娱乐就是在斗兽场观看血淋淋的角斗“表演”，角斗士被驱赶上场相互残杀，与野兽肉搏，据学者统计，曾有 70 万人丧命于此。外在的繁华未必带给人们心灵的升华，反而可能为五欲的追求提供便利条件。悟光法师带我们在斗兽场右绕一匝，祈愿在此殒命的有情都能值遇三宝、离苦得乐。

在斗兽场外，一些年轻人穿着罗马战士的铠甲，与游人们合影谋生。当年武装战士的铠甲也许抵挡了敌人的进攻，但依旧抵挡不了岁月的流逝，沧海桑田的变幻。斗兽场的修建耗费了大量人力、财力，连累罗马帝国财源日渐枯竭，随着罗马的基督教化，角斗表演渐告终止。1084 年，日耳曼人将罗马城洗劫一空，斗兽场也彻底废弃，在之后近千年的时光中，成为当地人的“采石场”。

• 穿行万神殿

离开斗兽场，经过了几站路，我们下车踩着石头小路快速走向许愿池。许愿池是全球最大的巴洛克式喷泉，随着电影《罗马假日》风靡全球而广为人知。喷泉如同一个大的舞台，驾着马车的大理石海神雕像伫立在整个喷泉的中央，周围是西方诸神雕像，神态各异，栩栩如生。水流从雕像间和石刻礁石中流出，流过贝壳状的石台，如同天然瀑布一般。

喷泉前挤满了游客。据说背转身向池中投上一枚硬币就可以默想三个愿望，但其中一个必是“再回罗马”。我们此次参访在欧洲的最后一天，在这个寓意美好的喷泉前，默默祈愿……

从许愿池离开后，我们前往万神殿。路上有一座古老的建筑，石柱、石墙都已残缺斑驳，但我们惊讶地发现它还在使用，正在举行会议。这实在是一种奇异的体验，人与历史如此和谐，人们并没有对这古老的建筑求全责备，而是接受它现在的样子。

来到万神殿前，这里依然是游人如织的热闹场面。万神殿是唯一的一座至今仍完整保存的罗马帝国时期建筑。希腊式神殿的柱廊与罗马古典圆形大厅主体融为一体，并以完美的巨大穹顶覆盖，结构坚固、和谐优美。万神殿是古罗马建筑的精华，文艺复兴时期，各国的建筑师都来此取经，这种圆厅加柱廊的设计，被沿袭应用在欧美众多市政厅、大学、图书馆和其他各种公共建筑物上。

万神殿最为著名的穹顶直径达43.3米，顶端高度也是43.3米，直径和高度相同，完美的和谐感之外创造了建筑奇迹。走进万神殿，在象征着天宇的穹顶中央有一个直径8.9米的圆洞，阳光如同神光从这“天眼”中射入，犹如人神相接，殿堂内弥漫着一种静谧而神秘的气息。这种穹顶成为欧美城市建筑艺术的基本形式，甚至改变了城市的轮廓线。

大巴不能进入中心区，我们只能在古老的石头路上穿行，虽然被遗迹所包围，但路边随处可见的咖啡馆、餐厅、旅游商品店，现代装束的来往游客，在提醒着我们无常的无处不在。

“罗马不是一天建成的”，这个演绎过帝国兴衰，记载了辉煌西方文明的古老城市，见证着种种因缘的聚会和消散。所有的一切策励我们，在这个东西方文明交融的时代，在成住坏空的规律中，成就圆满恒久的菩提之心。

再见

27 天，四个“佛七”的欧洲参访，已走入尾声。些许的不舍或许说明，龙泉佛子和欧洲的善缘才刚刚开始。回到龙泉寺，回到凤凰岭，回到师法友团队——这样的思绪又让每个人心中充盈着一种莫名的踏实和期待。

• 再见了，罗马

中午 12 点，我们到达罗马菲乌米奇诺机场 T3 航站楼。蒋哲文的身份绝不限于导游，一直在悉心照顾着我们出行的点点滴滴。现在又继续陪着我们办理登机、托运行李，还特意买了当地的巧克力供养法师。

悟光法师第一个走到值机柜台前，没想到工作人员竟微笑着用汉语和法师说话。法师随缘赠送了佛珠和光盘，她脸上的欢喜就更加不言而喻了！法师办理完手续之后，不动声响地走到了一角，为大家看护手提行李。

排队的间隙，宋柏青拿出彩色的打包绳，准备给自己的箱子捆上一圈，以防行李散开。贤清法师看到后，也弯下腰去帮他扶着行李。一路下来，我们名义上是在随从法师，但无论工作还是生活，却常常受到两位法师的照顾，想来真是惭愧。

办完手续的同行都陆续聚集到法师身边，不由赞叹起那几位工作人员来。这时，贤清法师又掏出两串佛珠，交代一位同修去送给另两位工作人员。

两位法师送礼物的细节也让我不禁回想，此行中他们时时处处表现出来的那种默契。比如，在到达参访地或者座谈交流前，两位法师总是互相配合，一位介绍龙泉寺，另一位介绍参访团简况；在和神父和学者们的交流中，当一位提出严肃的问题，另一位就会说一个轻松的话题；即便是离开参访处的告别，也是一位“打头”，另一位“断后”，既保证团队前行速度，又能让送别的人感受到我们的真诚；面对各种境界时，一位会提策我们，不忘宗旨，不忘目标，不忘佛弟子的真正皈依处，另一位又会教授，要保持开放包容的心态，谦下低调才能学人所长。表面看来，他们各有不同，但实际上，他们的言传身教又是浑然一体的。

- 中转也有故事

中午，我们找了个餐馆点了面包和饮料，携带的方便面、饼干还有剩余，这样完成了一顿简单的午斋。候机座位不多，大家自然围坐在地上，围着两位法师。现在，不用再考虑下一个行程，还能在法师身边听闻，这样的时光真是难得而幸福。

这个时候，我们可以“关怀”一下法师了。一位同学很实在地问：“法师，相对于上次美国行的参访，您觉得更累吗？”“后来几天确实觉得有些累了，总是犯困。”悟光法师的回答很实在，但实则已在紧密安排回京后的事情了。

在很多时刻，法师一直扮演着家长的角色，带领我们奔走欧洲七国。现在，就要带我们登上回去的飞机了！

飞机于 19∶58 起飞，感恩三宝，很平稳！晚上八九点钟，在欧洲还算是傍晚，刚刚日落。在过去的这些天中，我们这个时间也多是在路上或活动中，所以大家全无困意。

飞行平稳不多久，关怀委员周韶毅就来挨个关怀大家了，让枯燥的飞行也温暖了起来。什么是关怀呢？有时是有形有相的，比如点人数，发食物；更多时候却是无形无相的，比如一个微笑，打个招呼，共同诵经，片刻间就让烦恼烟消云散。

由吴梓纯介绍，我认识了一个 17 人的大团——来自斯洛文尼亚大学的汉语学生团。其中，坐在吴梓纯身边的 Maria 是俄罗斯人，才学了 8 个月汉语，就已经很清晰地用汉语表述了。而娜塔莎老师则对中国文化有一定的了解，对寺庙很感兴趣，翻看了好一阵送给她的《北京龙泉寺简介》。下飞机后，我们两个团还拍了一张大合影。

清醒时，已到达蒙古上空，很快就要进入中国了。发了早餐之后，机上播了一条慈善广告：每个人座位前的靠背网袋内有一个小纸袋，可以放零散货币进去，捐献给那些需要帮助的儿童。真是善巧易行的慈善，手中的外币零钱有了最好的去处。靳学勤先放了几个硬币进去，然后在团内募捐起来。我们没有想到的是，这一举动产生了“连锁反应”，其他乘客也投币进来，袋子里甚至出现了几张 10 欧、50 欧的纸币。靳学勤掩不住满心喜悦，把袋子交给悟光法师“加持”，再由张龙交给了乘务员。后来，一位满头金发的乘务长还特地来向悟光法师致谢。

据了解，汉莎航空公司在 1999 年就创建了慈善组织“帮助联盟”，很多理念和寺里的北京仁爱慈善基金会颇为相似：开展“小项目”，注重与援助对象的直接联系；除物质外，给予更多辅助类支持。这个“小硬币，大帮助”行动，就是号召乘客在旅行结束后把零散的货币捐出来，帮助需要帮助的儿童。

北京时间 6 月 27 日 11：30，在慈悲和感恩的氛围中，飞机平稳着陆。

走在北京的土地上，感觉很踏实。过海关，取行李，都很顺利。机场内，十几名同修早已在等待。远远地，我们就看到了那些熟悉的面孔。灿烂的笑容，美丽的花束——我还是头一次被这样的阵势迎接，好不温暖！见到法师，两位师兄恭敬地送上了鲜花，一路的疲劳在欢声笑语中化解。

走向圆满的路，从来都是在脚下

今天是欧洲行最后一个至关重要的环节——结行。

虽然同游欧洲，但每个人的心得和感受注定各不相同，通过这个最后环节的分享和总结，让收获进一步增值。同时，在法师的总摄开示中，更是深入体会到此次欧洲行的殊胜价值和意义。

- 平安是福

结行会在下午 3：00 准时开始，由副团长张龙主持。

贤清法师的开场白很真诚而坦率："去年自己是个'旁观者'，只是通过博文了解到，大家浩浩荡荡进行了一次成功圆满的出国参访之旅；没想到今年就身处其中了，这和旁观的感觉很不一样！"

法师口中的不一样又是怎样呢？"看起来很简单的一件事情，可是亲身经历以后再回过头去看，就会发现很不简单！这里面有太多的因缘促成，才呈现出这样圆满的果相！很多事情看起来是水到渠成，可是背后到底有多少缘起的组合呢？"

法师接下来一句话，让大家不禁开怀而笑："我们都平平安安地回来了，至少达到了悟光法师的期待。"我暗自想：这个标准也太低了嘛。法师的话立刻击中了我的问题："事实上，大家没有比较，如果真的有一个人没回来的话……无论是取得多么大的成功和收获，也只有切肤之痛，无法去弥补！"

- 承担是乐

贤清法师的话极富引导力，所以接下来，参访团成员顺时针进行心得分享时，各自发言也都各具特色，精彩纷呈！

首先发言的是翻译组组长宋柏青，他在国外播放介绍寺庙的片子。“这些我曾不同程度地参与翻译。远在他乡观看，尤其体会到因缘之殊胜，体会到每次承担背后，都有广大的缘起！”他转述了两句在参访过程中令自己印象深刻的话——当爱生起的时候，上帝就被证明了；生死不重要，爱更重要！宋柏青师兄感觉，在爱、慈悲、超越生死等方面，佛教和基督教大有可交流之处！

而蒋晓旭的很多受益是来自法师们的言谈举止，这可能也得益于他的“岗位”优势——悟光法师的随侍。看到悟光法师给人结缘礼品，他学到了广结善缘；在贤清法师的一次开示中，他铭记住了一句话——开悟之前最重要的事情就是经营增上环境。

如果让二十余人，在 27 天当中都能够法喜充满，不可缺少的就是身心关怀了。不过关怀组长周韶毅还是把功劳还给了大家：“每个人都是关怀组义工，互相照顾帮忙，对此特别感恩！倒是我自己做得很差，连数数都要法师提醒。”每一次上下车，每到一个地点的出发或离开，她都要清点一遍人数，以确保全团不“丢”一人，同时提高统一行动效率。

关怀组的薛园春参访前就主动发心，想“好好地让大家感受一下，什么是关怀”。正行中，她还从法师的讲座和言谈中认真揣摩学习，怎样做好关怀工作。她很谦虚地说：“自己只是查漏补缺，但是在为大家服务的过程中，还是体会到了很多轻松和快乐！”

接下来发言的孟祥兰，她最主要的一项职务则是教育组组长。她汇报时列举了几个数字：“13 场讲座，悟光法师 8 场，贤清法师 5 场；12 场座谈，其中两场是高端的；1 次展览；欧洲 7 个国家中，除了教堂还没数过来，共到了 12 所大学，7 个道场。”这让我很惭愧，自己对承担中的人、事、物等各种因缘从没有这样清晰的记忆。

文宣组长隆凤负责的是拍照和博文写作。她感触很大的是，因为所缘境①明确，就是要拍出好照片，所以能够忘记或不黏着在“身体不好”这样的小障碍中。拍照的另一个殊胜就是可以在镜头中，更细微深入地观察法师功德。在技术上，贤清法师给予了极其精到的点评和指导，还从佛法运用的高度让大家体会揣摩，使得后期的整体拍照水平有很大提升。这些都让她感受到善知识之于生命的重要。

此次参访的职责分配有个特点，就是多数团员“身兼数职”，A 组组员可能是 B 组组长、C 组助理。能兼而顾之又做好平衡，也是个很有趣的体验。史彦芳在发言中说，看到了自己的很多问题，尤其“在开始的几天里，一直不能静心，安住本位，在教育组和联络组之间游离”。好在因为有团队的保护和提策，在慢慢坚持的过程中，才学会了怎样用心，这样做事也变得有序了起来，思维似乎更清晰，乃至于对一直困惑的“什么是佛法”也有了些突破。

兰天的角色更加多元一些：法语翻译、英语翻译、联络组组员、团长助理王硕的秘书、协助关怀。她说：“借助于翻译的承担，稍微突破了一点内心障碍，敢去亲近善知识了。”像很多同学那样，此行激发了她强烈的学习欲望，“学广论，学佛法，学习传统文化，外语专业化”。

后勤物资涉及很多，近 20 箱法宝、结缘礼品、自带素食，都要统筹管理好，非常考验人。所以靳学勤和李晓红任劳任怨的身影颇为让人印象深刻。

组长靳学勤的最大收获，则是明白了分工的重要性！“最初只知道一个人瞎忙活，很苦；后来把部分职责分给李晓红，她完成得那么好，我也轻松了！”提到后勤组其他组员，正式的、客串的，靳学勤师姐满怀感恩，并且“大家都同心协力地做，不但工作完成得好，人也和合；随喜他人功德的同时，自己的功德也跟着增长”！

李晓红很善于反省。她说参访团的三条纪律“服从管理”“坚持随众”“不说废话”，自己都做得很差。甚至于开始“对废话这两个字非常反感，觉得这个词太强硬，不调柔，后来才发现，这个心理正是因为‘自己废话说得太多了’”！这时她就开始注意纪律，学习关照整体，碰到境界调心转心，“经常让自己笑起来，以欢喜心做事，努力让自他都欢喜”。

崔晓珊轻声细语的分享，很难把那个在欧洲扛着大摄像机大步流星的形象和

① 心识所向的对境，比如大悲心之所缘境为众生。

她重叠在一起。欧洲的风土人情、大学、文化机构、宗教组织等也让她产生很多思考:“要怎样看待佛法?于我而言,需要一个更实际、更宏观的角度。很多人对真理的追求、对利益别人的实践,都让我反思。并不是把自己安立为佛教徒,贴个标签就比别人强了,这完全是把学佛当成一种凭恃!真正的一个人的境界,还是取决于他平时的积累、用心和行动!”

医疗组长李冰做事很认真,她不停地向大家忏悔:基于去年美国参访时药品用量很小的经验,没有带那么多药品储备,“没想到,实际遇到了很多情况,就不知所措了”。实际上,李冰全程对大家嘘寒问暖,是有目共睹的。她还分享了承担拍摄,得益于法师的开示——“多祈求皈依三宝,心向内缘”,在拍摄时就不会因现场各种因素变化而生烦恼,乃至于到后来发现,问题没有了。

杨云凌也是摄影组的成员。她说:“得益于去年美国拍摄时的失败教训,这次比较用心。尤其在突破了不喜拍摄的成见之后,做事也变得更加顺手起来!”“有意思的是,拿掉了一点个人见解,对待其他一切事物的态度,都能更开阔。”

音视组组长吴梓纯对于组员不住地夸赞,在她眼中,好像每个组员都是个宝!真心随喜赞叹他人,这正是一种领导力。

团长助理王硕除了主要岗位外,也涉及联络、翻译等其他事项。“在我心里,佛法好像更神了!”一次做代理小团长的经历让她体会到,神奇其实来源于真真实实的修行,“当时真是一点恶念都不敢起,生怕出点什么问题”。

郑屹虽然中途加入摄像组,其对镜头的天赋和专业程度受到法师和同行的一致赞叹,不过她还是常常虚心请教。面对法师,太近吧,自己紧张;乃至于摄像的时候,因为找不好位置,把法师追得也挺难受的。“怎么真正亲近善知识,至诚恭敬而无分别心?……这正是修行路上要不断思维、实践而提升的吧。”

副团长张龙列举了自己认为的“欧洲参访之最”:收获最大的是贤清法师讲的故事;最好吃的一顿饭是在巴黎佛光山道场,素食还能做成那样,很震惊;最美的一个地方就是里斯本的罗卡角;最相应的一个地方,就是在杰罗尼莫斯修道院,感觉很熟悉;最遗憾的一件事,就是没有太主动地结缘;给自己触动最大的人——法师的身功德,同行们主动发心,在活动中转心。

几名“留守”翻译中心的义工也讲述了参加结行会的感触。

• 师长最胜

最后，悟光法师做了总结开示："北京龙泉寺欧洲参访之行，从目前看，非常圆满！我们整个团，所做的一切，无非是希望快快地成就圣者之道，这是我们的宗旨目标，是根本!"

悟光法师还把这次参访称为"传奇之旅"：从"离奇"的前期准备，签证过关，到腾云驾雾般的航线；从第一站，近代复兴崛起的葡萄牙，到最后一站"条条大路通罗马"的罗马，法师对整个行程做了简要概括，说"非常不可思议的一件事情就这么神奇地、自然地、圆满地成办了"！但是，"这决非是哪一个人安排的！整体那个时空点到了、因缘到了。表面上，有这么一群人，站在这个平台上。实际呢，是大的时空因缘，有整个时代的背景，有整个中国佛教整体业力的推动"。

"体会到更多的因缘，会让我们看清自己，看清大背景，会让我们重新审视自己的发心。正行中，每个人都在坚持；一路努力，都会得到好处。我们找到各自的定位，安住职责，就不会遇缘迷失，就会体会到如鱼得水般的自在。有这个体会就可以说收获颇丰!"

此次翻译中心总计 27 天的"欧洲之行"结束了，日子似乎又恢复了平常。其实呢，根本就没有"不平常"过！出国参访第一步也好，进一步探索也罢，早就在师长的心中有着具体的勾画！有幸，逢其时；有幸，逢其人！如若没有纳入生活，所有的殊胜经历也会显得不真实。走向圆满的路，从来都是在脚下，都是在每个当下的心相续之中!

从今开始，发长远心

遥想，在星际中回望的地球，没有国界，没有荒漠，没有战火，当我们不再囿于自我时，便进入了自在而殊胜的境界，只有摄人心魄的美丽庄严。

欧洲参访，作为当代汉传佛教向外弘传的一次实践，北京龙泉寺参访团用交流、对话的形式尝试与欧洲大陆进行心灵碰撞。归来后，走访欧洲七国的冲击更加平稳地漾开，似把殊胜的缘起导向更为深广的未来。

• 虚实结合

唐朝，繁华、开放、包容的中国成为当时各国向往的中心。在这样的盛世中，玄奘大师前往西土印度，历经千辛万苦取回珍贵经典。彼时的交流，给汉传佛教带来了新的生机。

如今，世界进入全球一体时代，多元文化、多元宗教百花齐放。2013 年 5 月 30 日至 6 月 27 日，龙泉寺参访团共 21 人，行走于葡萄牙、西班牙、法国、瑞士、德国、荷兰、意大利欧洲七国，开始了尝试将汉传佛教的智慧传递给西方有缘的人们。

欧洲，优美的环境、友好的人们、灿烂的文化、良好的信仰环境，对于来自古老东方的汉传佛教的好乐之心，对于来自现代中国的佛教僧侣、居士的友好之意，让我们对这片土地有了热切的期待。

- 交流，在随缘深入

全球化时代，便利的交通让万水千山只等闲。6 月间在欧洲大地播下的种子，在回国后开始迅速发芽。曾经到访过的每一个国家，都有人来到北京，来看一看我们当时向他们介绍过的寺院，到底是什么样子的。交流，在随缘深入。

记得，巴黎大学伯纳丁学院的讲座刚结束，一位名叫 Monique 的法国女士就问悟光法师是否可以到寺参访。我们返回刚 1 个月，Monique 就带着朋友 Martine 来了。两位女士虽已年过六旬，但仍保持着旺盛的学习力，退休之后开始学习中文，还在巴黎成立了一个“所有人的中国文化协会”，推广中国文化。

在寺里，她们体验了早晚课、过堂，参观了各个部组，还在动漫组做面人、在翻译中心校对文稿，寺里的环境、建筑、弘法事业给她们留下了深刻印象。Martine 女士现在成为了法语组的外教，还介绍了她的法国朋友来参访，而其中一位在参访后的邮件中这样说：“龙泉寺的各项事业展现了中国佛教的复兴大势以及高度开放的精神。”

2013 年 7 月 27 日，在日内瓦联合国总部接待我们的国际贸发组织官员梁国勇教授，也来到了龙泉寺。梁教授对龙泉寺的现代化、国际化、学院化程度深表赞叹。当日恰逢“六・一九”观世音菩萨成道日法华法会，多语种分会场举办“多元文化中的慈悲——社会互助”主题论坛，作为发言嘉宾的他，在听了仁爱慈善基金会代表的发言之后，感动地说：“慈悲就是我们眼里的一滴泪……慈悲是眼泪之后拿起背包的行动。”

2014 年 9 月，曾与贤清法师“论剑”的里昂富维埃尔大教堂的桑德济神父也来了。他说，要来见见我的朋友们。参访中，偶遇正在朝山礼佛的周末心义工。义工虔诚专注的神情举止让神父驻足良久。在交流中了解到法师们的出家生活后，他分享了成为神父之前在修道院做隐修士的生活。他说，在经历这种远离俗世的修行生活之后，才能更了解人们的痛苦，才能入世去帮助别人。

在参观基金会时，基金会秘书长王卫说自己正在读天主教圣女小德兰的自传《灵心小史》，神父听后很惊喜，“没想到龙泉寺的义工也阅读天主教方面的书”。对于大家开放、学习的精神，他很是赞叹。

葡萄牙的刘川同学、西班牙的巴塞罗那自治大学的何莹、德国菩提善知识协会的郭居士，以及意大利普华寺的多位居士都先后来寺回访。

其实，回访并不是结束，而是另一个新的起点、新的旅程。

• 从今开始

似曾有过的欧洲参访，似曾有过的那些感悟，也许在某一个因缘汇聚的时刻，还能再次重逢。而当下，对于我们而言，是更为重要的缘起。

中国文化以及中国佛教向外传播的时代因缘已经来到。这里面就需要人才，需要对不同文化的研究，更需要语言这个媒介的作用，这也就是翻译中心的主要目的之一。

无论东方、西方，都需要文明与文明的和平、宗教与宗教的和平、国与国的和平、人与人的和平。汉传佛教所践行的人间佛教思想，正契合了这一令人类共同的福祉，有待于大家一起努力去完善、奉献、成就。千里之行，始于足下，从今开始，发长远心。!